A. Fritz Verlag

Für Gabrie

lass Deine Gedanken
zu Träumen wachsen.
Viel Spaß beim Lesen.

Heiko
Juli 2023

DAS BUCH

Drei Weltenmaler, wie sie unterschiedlicher nicht sein könnten. Drei einzigartige, mächtige Begabungen. Drei entgegengesetzte Vorstellungen einer perfekten Welt. Doch nur vereint wird sich ihre Bestimmung erfüllen.

Der junggebliebene Psychologie Professor und Fantasyautor Samu Amundsen, der extrovertierte russische Lobbyist Andrej Semjonow und die schüchterne Mira Schneider wissen nichts von ihren einzigartigen Fähigkeiten. Auch als immer häufiger außergewöhnliche Dinge in ihrem Umfeld geschehen, ahnen sie noch nicht, dass es ihre Gedanken und Träume sind, die die Realität verändern. Erst als Samu dem Traumweiser begegnet, lernt er seine besondere Gabe zu nutzen und begibt sich auf die Suche nach den anderen Weltenmalern. Nur gemeinsam können sie eine neue Welt erschaffen.

Die Weltenmaler ist ein Urban-Fantasy Roman, der die Grenzen zwischen Wirklichkeit und Fantasie spielerisch verschwimmen lässt und zum Nachdenken über das unglaubliche Potenzial der Gedankenkraft einlädt.

DER AUTOR

Heiko Huber wurde 1981 in Seeheim-Jugenheim geboren und wuchs im Rhein-Main-Gebiet auf. Er studierte Bauingenieurwesen an der TU Darmstadt, wo er auch promovierte. Er arbeitet in einem Ingenieurunternehmen im Kreis Bergstraße im Bereich Spezialtiefbau. Seit 2018 hat er einen Lehrauftrag an der Hochschule Darmstadt. Er lebt mit seiner Frau und seinen drei Kindern in Zwingenberg an der Bergstraße.

Heiko Huber

Die Weltenmaler

Originalausgabe

Printed in Germany
Titelbild: A. Fritz Verlag
Umschlaggestaltung: A. Fritz Verlag
Lektorat: Arnulf Liebherr

a-fritz-verlag.de

ISBN 978-3-944771-41-0

TEIL I

Die Jahre vor dem letzten Morgen

EIN AUSSERGEWÖHNLICHES BABY

27 Jahre vor dem letzten Morgen

«Oh je. Sie hat Hunger», stellte der ältere Herr, mit dem Sandra sich die Parkbank in der Sonne teilte, mit einem mitfühlenden Seufzen fest.

Stirnrunzelnd beugte sie sich vor und warf einen Blick in ihren Kinderwagen. Mira schlief friedlich. Gerade wollte die junge Mutter zu einer Frage ansetzen, als Mira ihr zartes Gesicht zu einer herzzerreißenden Grimasse verzog und aus Leibeskräften zu schreien begann.

Irritiert packte Sandra ihre Sachen zusammen, schnappte sich den Kinderwagen samt weinendem Inhalt, verabschiedete sich mit einem stummen Nicken und lief los. Bis zum Ausgang des Parks war es noch ein gutes Stück und von dort aus sicherlich noch einmal ebenso weit bis zu Ihrer Wohnung, wo sie das sehnsüchtig erwartete Milchfläschchen finden würde.

Mitfühlend sah sie ihre Tochter an. «Das tut mir leid, meine Süße. Sei tapfer!»

Für einen Augenblick hielt Mira inne, als würde sie erst kurz über die Bedeutung der Worte ihrer Mutter nachdenken wollen, bevor sie noch wehklagender und noch lauter als zuvor in ihr Weinen verfiel.

Einmal mehr verfluchte Sandra sich für ihre Vergesslichkeit, dafür, dass sie wieder einmal die Zeit nicht im Blick gehabt hatte und Gott dafür, dass ihr spärlicher Milchfluss schon lange versiegt war, der so Vieles hätte einfacher machen können. Kopfschüttelnd beschleunigte sie ihren Schritt und folgte in zügigem Tempo dem Weg in Richtung Ausgang.

Kaum waren sie einige Meter weit gekommen, überholte sie eine junge Joggerin mit gleichmäßigen, kräftigen Atemzügen. Auf Höhe des Kinderwagens verringerte sie ihre Geschwindigkeit und lief mit tippelnden Schritten neben ihnen her.

Stirnrunzelnd drehte sie ihren Kopf und betrachtete für einen Moment das weinende Baby. «Das Kind hat Hunger», stellte sie sachlich fest, wobei Sandra glaubte, eine angedeutete Belehrung aus der Feststellung herauszuhören.

Die brünette Mutter rang sich ein nur wenig überzeugendes Lächeln ab und erklärte wiederwillig: «Wir sind gerade auf dem Nachhauseweg.»

Als wäre damit alles gesagt behielt sie ihr Tempo aufrecht, sah strikt auf den Weg, der vor ihr lag, und versuchte der Frau keinerlei weitere Beachtung zu schenken.

«So hungrig!», wiederholte die Joggerin mit einem Blick, der eine Mischung aus wissenschaftlicher Faszination und übertriebener Fürsorge widerspiegelte. Unverfroren trabte sie weiter neben dem Kinderwagen her und überging das von Sandra zur Schau gestellte Desinteresse.

Verwirrt über die dreiste Einmischung der Fremden legte Sandra die Stirn in Falten, presste die Lippen fest aufeinander und verdrehte genervt die Augen. Dabei stieß sie unmerklich ein kehliges Knurren aus, das an eine gereizte Löwin erinnerte, die ihre Jungen vor einer drohenden Gefahr schützen wollte.

Trotz der spürbaren Abneigung, die Sandra nun an den Tag legte, ließ die penetrante Joggerin sich nicht davon abbringen, in Miras Nähe zu bleiben. Ob sie die deutliche Abwehrhaltung dabei nicht erkannte oder schlichtweg ignorierte, konnte Sandra nur schwer einschätzen.

In schnellem Schritttempo kam das Dreiergespann in den etwas belebteren Teil des Parks, der wie in einem bunten Wimmelbild mit allerlei Picknickdecken, Fahrradfahrern, Hundebesitzern und schlafenden, lesenden oder spielenden Menschen angefüllt war. Alle schienen die ersten Sonnenstunden des Jahres ausgelassen zu genießen.

Doch so wuselig und beschäftigt der ameisenähnliche Menschenhaufen auch war, kam es Sandra so vor, als ob sämtliche Parkbesucher, die Miras Weinen vernahmen, plötzlich in ihrer Bewegung innehielten. Suchend drehten sie ihre Köpfe in Richtung des Kinderwagens und richteten den Blick konzentriert auf das Kind, sobald sie es als Quelle des Geschreis identifiziert hatten.

«Wir gehen ja schon. Lasst Euch von uns bitte nicht stören!», raunte Sandra kleinlaut mit einem entschuldigenden

Schulterzucken in Richtung der Parkbesucher, während sie zwischen zusammen gebissenen Zähnen ergänzte: «Habt ihr noch nie ein weinendes Baby gesehen?»

Wie als Reaktion auf ihre Entschuldigung blickten immer mehr Menschen mit besorgtem Interesse in Richtung des weinenden Kindes. Einmal mehr versuchte Sandra sich in Gedanken zu beruhigen und fragte sich, ob sie wirklich ihr Baby meinten, oder ob es vielmehr ihr schlechtes Gewissen war, dass ihr dies vorgaukelte. Ging es allen jungen Müttern so, dass sie glaubten, das Geschrei ihres Kindes würde ihre Mitmenschen wütend machen?

Weitere Parkbesucher unterbrachen ihre Freizeitbeschäftigung. Einige, die eben noch gemütlich auf ihren Picknickdecken gesessen hatten, standen ruckartig auf. Fixiert wie Jagdhunde, die eine Fährte aufgenommen hatten, hielten sie den Blick starr auf das unschuldige Kind gerichtet, als wäre nichts anderes in diesem Moment von Bedeutung.

Sandra erkannte einen Mann, der die rote Leine seines Dackels achtlos fallen ließ. Neugierig schaute er zu Mira und ging energisch einen Schritt auf sie zu, als wolle er zum Kinderwagen eilen, um die Quelle des störenden Geschreis gewaltsam zum Versiegen zu bringen.

Ein junges Pärchen, das sich eben noch verträumt in die Augen gesehen hatte, unterbrach abrupt ihre romantische Verliebtheit und starrte irritiert in Richtung von Sandras Tochter.

Eine Frau, die eben noch in ihren Schmöker vertieft war, ließ das Buch gleichgültig aus ihren Händen gleiten und blickte sichtlich irritiert auf.

Förmlich spürte Sandra die Anspannung derjenigen Parkbesucher, die in Hörweite von Miras Geschrei kamen. «Das ist nur dein schlechtes Gewissen», sagte sie mehr zu sich selbst in der Hoffnung, dass der Klang ihrer eigenen Stimme sie beruhigen könnte. Dann biss sie sich leicht auf die Unterlippe und beschleunigte doch noch einmal ihr Lauftempo.

Noch immer ließ sich die Joggerin nicht abschüttelt. Als Sandra ihr einen kurzen Blick zuwarf, glaubte sie, die abwesend gehauchten Worte «Sie hat doch Hunger!» von ihren Lippen ablesen zu können. Ungläubig blinzelte Sandra, als wäre dies ein möglicher Ausweg, um dem eigenartigen Alptraum zu entkommen.

Wenige Schritte später passierte das merkwürdige Dreiergespann eine beleibte ältere Dame, die auf einer Parkbank nur wenige Meter abseits des Weges saß. Ihr Haupt zierte ein altmodisches Kopftuch. Eine dicke Hornbrille saß schief auf ihrer Nase. Ein brauner Gehstock lehnte in Griffweite neben ihr an der Bank.

Mira schrie unermüdlich.

Gerade als der Kinderwagen auf gleicher Höhe mit der Dame war, stand diese überraschend agil auf und lief mit erstaunlich schnellen Schritten neben dem Gespann her. Den Kopf reckend versuchte sie, einen Blick in den Kinderwagen zu werfen. Dabei legte sie eine Hand beschwichtigend auf die Seitenwand des Gefährts und versuchte, den Wagen zum Stehen zu bringen.

Würde der Kinderwagen herrenlos eine der steilen Straßen San Franciscos in Richtung Bay herunterrasen, würde die ältere Dame sicherlich als Heldin gefeiert werden. Doch so wurde Sandra die Szenerie mehr als unheimlich. *Sind denn alle hier verrückt geworden?*

Mit schnellen Schritten versuchte sie ein für allemal die unliebsamen Begleiter abzuschütteln, während sie der älteren Dame entgeistert entgegenrief: «Lassen sie die Finger von meinem Kind!»

Die Angesprochene realisierte, dass sie das Tempo nicht würde halten können und antwortete völlig außer Atem mit verzweifelt krächzender Stimme: «Aber sie hat doch Hunger!» Dabei hielt sie den Blick starr auf den Kinderwagen gerichtet und schien sichtlich bemüht mit ihren letzten Kraftreserven den Abstand zu Mira noch einmal zu verringern.

Aus den Augenwinkeln sah Sandra, wie immer mehr der Parkbesucher losliefen. Ihr Ziel war nicht zu übersehen: Sie alle versuchten, zu der rüstigen Dame und der Joggerin aufzuschließen. Sie alle wollten zum Kinderwagen. Sie wollten zu Mira.

Sandras Unbehagen wandelte sich in unbändige Angst. Dies war keine Einbildung. Das war nicht das schlechte Gewissen einer jungen Mutter. Das war echt. «Lasst mein Kind in Ruhe!», schrie sie verzweifelt gegen die herannahende Menschenansammlung an und begann zu rennen, so schnell sie konnte.

Doch immer mehr ihrer Verfolger steigerten ebenfalls ihr Tempo, bis sie schließlich ähnlich einer Hetzjagd dem Kinderwagen hinterhereilten.

Verzweifelt hielt Sandra auf den Ausgang des Parks zu, als dieser endlich in Sicht kam. Mira schien die Angst ihrer Mutter zu spüren und erhöhte noch einmal die flehentliche Intensität und die Lautstärke ihrer Bitte nach Nahrung. Von schierer Panik gepackt nahm Sandra die unentwegten Schreie ihres Babys kaum noch wahr. Sie wollte nur noch hier weg.

«Wir schaffen das, Süße», sagte sie schon völlig außer Atem mehr zu sich selbst als zu ihrer Tochter und beschleunigte mit letzter Kraft noch einmal ihre Schritte.

Doch die Meute holte auf.

Noch während Sandra erkannte, dass sie ihren Verfolgern nicht entkommen konnte, blickte sie flehend in den Kinderwagen und stammelte schluchzend «Du musst jetzt bitte still sein, Süße.»

Vielleicht durch die große Kraftanstrengung des anhaltenden Schreiens oder weil sie die Hilflosigkeit in der Bitte ihrer Mutter erkannte, nahm Mira ihren Daumen in den Mund und schlief auf der Stelle ein.

Schweißgebadet hielt Sandra inne und sah sich um. Niemand behelligte sie mehr. Niemand folgte ihnen. So plötzlich wie der Spuk gekommen war, war er vorüber.

GEFÄHRTENTOT

Im Jahr des letzten Morgens

Die kräftigen Strahlen der unermüdlich hochstehenden Sonne spiegelten sich in dem annähernd perfekt runden Blutstropfen wider. Ähnlich einem hochkarätigen Diamanten vor schwarzem Samt unter der Lampe eines Diamantschleifers erstrahlte er für einen Augenblick. Nicht einmal der stete Wind konnte der Oberflächenspannung der dunklen Flüssigkeit etwas von dessen kreisrunder Form nehmen, sodass das aufblitzende Strahlen gleich der Korona einer Sonnenfinsternis über Kilometer weit zu sehen war.

Erst als erneut der intervallartig wiederkehrende Schatten für einen kurzen Moment auf den Blutstropfen fiel, erlosch das blendende Strahlen. Mit dem Erlöschen wurde die für das Blut eines gewöhnlichen Säugetiers etwas zu dunkle und leicht silberne Farbe für das zuvor geblendete Auge sichtbar.

Ein weiterer, etwas kleinerer Blutstropfen erschien wie aus dem Nichts erschaffen auf dem schwarzen Streifen des Fells. Der Haltung des gestreckten Hinterlaufs folgend, floss er auf den schwarzen, borstenartigen Haaren fast schwebend in Richtung seines größeren Vorgängers, um sich mit ihm in perfekter Symbiose zu vereinen.

Kaum drei Herzschläge nach der untrennbaren Vereinigung erschien ein weiterer Tropfen des dunkelrot-silbrigen Lebenssaftes. Die Frequenz des Erscheinens neuer Blutstropfen auf dem Fell des schwarz blau getigerten Hinterlaufs nahm beängstigend schnell zu. Immer mehr Blut sammelte sich in der handtellergroßen, windgeschützten Kuhle, die sich zwischen den mächtigen Muskeln des Hinterlaufs ausbildete.

Ein weiterer Speer, dick wie ein Birkenstamm flog heran. Der Schaft der hölzernen Waffe war uneben und rau, als wäre er von kräftigen Nagezähnen nur rudimentär bearbeitet worden. Hier und dort waren noch deutliche Reste der Rinde des einstigen Stammes zu erkennen.

Die Speerspitze aus grob beschlagenem Feuerstein saß wenig fest in der schlitzförmigen Spalte des vordersten Teils des Speeres. Keine Lederschnur festigte ihren Halt. Der Erschaffer der Waffe vertraute wohl auf die unbändige Kraft, mit der der Stein in die Spalte getrieben worden war.

Die Waffe war ebenso wenig filigran oder schön anzuschauen wie die plumpen Wesen, die sie nutzen. Narben und Warzen überwucherten die ledrig graue Haut. Hauer, ähnlich eines Wildschweins, wuchsen unförmig aus ihren Mäulern, die von wulstigen Lippen umrandet waren. Die Kreaturen waren für den Krieg geschaffen. Effektiv. Hasserfüllt. Tödlich.

Nur knapp verfehlte der Speer den Hinterlauf. Weitere Fluggeschosse, mit sicherlich nicht weniger großem Hass geworfen, würden mit Gewissheit folgen.

Als sich der Flügel kraftvoll hob und wieder zu voller Größe aufspreizte, warf er erneut einen Schatten auf den Blutstropfen des Hinterlaufs, dessen Strahlen augenblicklich erlosch. Der Schattenwurf des Flügels bedeckte fast den gesamten Hinterteil des Tieres. Nur auf eine kreisrunde Stelle knapp oberhalb des Schwanzansatzes schien, umgeben von Schatten, auch in diesem Moment die Sonne auf das schwarz blau getigerte Fell. Die Ränder des hell leuchtenden Flecks ähnelten selbst einer kleinen Sonne mit ausgefransten Strahlen.

Hervorgerufen wurde der leuchtende Fleck durch ein klaffendes Loch im Flügel des majestätischen Wesens, das von einem der ersten geworfenen Speere vor wenigen Herzschlägen erst in den filigranen Flügel gerissen wurde.

Stetig troff Blut aus der klaffenden Wunde und strömte gepeitscht vom unablässigen Flugwind entlang des schwarz roten Gefieders, das den gesamten Flügel bedeckte.

Als die Schwinge erneut kraftvoll nach unten schlug, löste sich der nächste Blutstropfen, der gerade an der Federspitze angelangt war und spritze nach kurzem Fall auf das schwarz blau getigerte Fell des Hinterlaufs, wo er in der Sonne kontrastreich erstrahlte.

Mit einem Rucken des gefiederten Kopfes fokussierten die zu Schlitzen verengten Augen die Wunde im Flügel. Während das blaue Auge kalte Entschlossenheit zeigte, spiegelte sich im roten

Auge purer Zorn. Der Zorn galt nicht der Kreatur, die den Speer geworfen hatte. Was konnte ein Feuer dafür, dass es brannte?

Der Zorn richtete sich auf seine eigene Unvollkommenheit, als der Tigergreif erkannte, dass seine Flugbahn nicht mehr der Perfektion entsprach, die er von sich selbst erwartete. Mit jedem Schlag des verletzten Flügels verlor der sonst so ästhetische Flug mehr an Eleganz. Imperfektion. Unvollkommenheit. Unwürdig einer majestätischen Erscheinung.

Voll Trauer und Scham schloss der Tigergreif für einen Herzschlag seine Augen, die so scharf waren, dass sie einen Nachtfalter noch aus zwei Kilometern Flughöhe erkennen konnten. Wie nur hatte er ein Wesen, groß wie ein Katapult und einer Waffe, die mehr einem Baum ähnelte als einem Speer, übersehen können?

Traurig drehte er seinen mächtigen Schnabel, der schon so manche Beute geschlagen hatte, in den Wind. Noch einmal wollte er das Gefühl des vorbeirauschenden Vaters aller Flugwesen genießen, nachdem er voll schmerzlicher Scham erkannte, dass er abstürzen würde.

Abstürzen. Er, das größte Flugwesen am strahlenden Himmel?

Er, mit den roten adlerartigen Klauen der Vorderläufe, scharf und lang wie Dolche.

Er, mit dem schwarz blau gestreiften Körper eines Tigers, so kräftig wie geschmeidig und den mächtigen Tigerhinterläufen, mit denen er sich aus dem Stand in die Lüfte abdrücken konnte.

Noch einmal spreizte er die Flügel in einer heroischen Geste zu voller Größe auf, um für einen Herzschlag wie ein Monument am Himmel zu verweilen. Dabei öffnete er seinen Schnabel und sandte einen letzten Feuerstrahl blau-roter Flammen in den Himmel, gefolgt von seinem Schrei, der so manchen Feind das Fürchten gelehrt hatte.

Mit diesem letzten Salut gab er sich den Kräften des Windes und der Erde hin und kämpfte nicht weiter gegen seinen ungewollten Sinkflug an.

Ein weiterer Speer raste heran. Der Tigergreif versuchte nicht mehr, ihm auszuweichen. Er hatte aufgegeben. Die oberarmdicke Waffe durchschlug seine roten Schwanzfedern. Unmittelbar begann der mächtige Körper zu taumeln.

Er legte die gewaltigen Flügel eng an den muskulösen Körper und streckte sich zu voller Länge. Wie ein Bohrer drehte sich der gestreckte Leib um die eigene Achse und raste in steilem Sinkflug der Erde entgegen. Der Tigergreif schloss die Augen und ergab sich voller Scham seinem Schicksal. Er war besiegt. Er war der Luft nicht würdig. So sollte die Erde sein Grab sein.

Auf einer leichten Anhöhe, von der aus er die Schlacht gut überblicken konnte, stand ein Mönch im Schatten eines kleinen Klosterbauwerks. Trotz der angenehmen Kühle und dem stetigen Wind stand ihm der Schweiß glänzend auf dem kahlrasierten Teil seines Hauptes, der die für seine Zunft typisch geschnittene, etwa handtellergroße, dunkelbraune Haarpartie umgab.

Unter seiner reinweißen Kutte war er im Gegensatz zu den wenigen Mönchen, die einst in dem verlassenen Kloster gelebt haben mochten, keinesfalls beleibt. Er war Kampfmönch. Jeder Muskel seines Körpers war bis ins letzte definiert und dafür geschaffen seine Gegner zu bekämpfen. Mit leicht zusammengekniffenen Augen beobachtete er das Geschehen seit Beginn der Schlacht.

Am Boden wimmelte es nur so von Wesenheiten unterschiedlichster Art, die einzig durch ihren Hass aufeinander vereint waren.

Ein Heer schwarzer Negromer hatte mit ihren echsenartigen Reittieren im Süden Stellung bezogen.

Ihre Flanke wurde aufgerieben von einer Horde Kampfstrauße, die in unglaublichem Tempo immer wieder angriffen, zuschlugen und sich sofort wieder in den Schutz des Schildwalls zurückzogen, den ihre Herren errichtet hatten.

Im Norden sammelte sich das Herr der Hexen, die ihre Machenschaften in einer Gewitterwolke verbargen. Nur vereinzelt zuckten Blitze aus dem undurchsichtigen Schwarz und verrieten die geheimen Vorbereitungen des mystischen Volkes.

Im Osten hatten sich Raubhasen formiert, die bisher jedoch nicht in das Kampfgeschehen eingriffen, als wollten sie den anderen Parteien zunächst den Vortritt lassen. Sie kauerten verängstigt aneinander, seitdem sie am Himmel den Tigergreifen gesichtet hatten. Somit hatten die Hexen die Zeit bekommen, die sie benötigten, um ihre düsteren Rituale vorzubereiten.

Der Kampfmönch legte den Kopf leicht schräg und widmete seine volle Aufmerksamkeit dem jüngst aufgezogenen Bataillon grauhäutiger Skals, die mit ihren mächtigen Wurfspeeren vielleicht den Ausgang der Schlacht doch noch zu Gunsten der Negromer wenden konnten. Dass auch sie sich auf die Seite des schwarzen Heeres schlagen würden, hatte er nicht vorausgeahnt.

Den Kopf sachte schüttelnd, verfluchte er seine eigene Unachtsamkeit. Wieso nur hatte er das nicht kommen sehen? Wie hatte er seinen Tigergreifen in die Schlacht aussenden können, um die Raubhasen in Schach zu halten, wenn sich Geschöpfe am Boden tummelten, die dank ihrer grauen Haut kaum von dem felsigen Boden zu unterscheiden waren, bis sie im letzten Moment aufsprangen, um ihre tödlichen Speere zu schleudern?

Es war seine Aufgabe, die Schritte des Feindes vorauszuahnen und die Schlacht entsprechend zu lenken. Er hatte versagt. Würden die Raubhasen die schwarze Gewitterwolke stürmen, bevor die Vorbereitungen der Hexen gänzlich vollendet waren, wäre die Schlacht entschieden. Die Kampfsträuße würden die Hexen nicht verteidigen können, solange sie sich noch an den Negromern aufrieben.

Gebannt von dem letzten heroischen Aufbäumen des Tigergreifen, dessen Feuerstrahl auch am taghellen Himmel bis in weite Ferne gut sichtbar war und der mit dem gefolgten Todesschrei jegliche Aufmerksamkeit auf sich gezogen hatte, starrte der Kampfmönch ungläubig auf das Geschehen am Himmel.

Als er erkannte, dass sich der Tigergreif, getroffen von zwei Speeren, flugunfähig seinem Schicksal ergab, schloss auch er die Augen und begann ein Gebet an den Vater der Lüfte zu senden. Ungeachtet des feinen Stoffs seiner weißen Robe, ließ er sich auf die Knie fallen, riss den Kopf in den Nacken und spreizte die sehnigen Arme weit weg von seinem durchtrainierten Körper. Dabei drehte er die Handflächen zum Himmel und schrie seinen Schmerz aus voller Kehle hinaus, als der Tigergreif mit einem dumpfen Knall auf den Boden aufschlug: «Xam!»

Samu drückte den Pause-Knopf seiner Spielekonsole.

Langsam ließ er den Controller aus den Händen gleiten. Gedämpft vom schwarzen Langflorteppich war der Aufprall auf den Boden kaum zu hören. Ungläubig starrten seine blauen Augen auf den Monitor, während er bewegungslos auf seiner Couch saß.

Stunden hatte ihn das Level gekostet. Er war sich sicher, dass er die Schlacht der Heere noch heute Nacht gewinnen würde. Langsam schloss er die Augen und versuchte seine Gedanken zu sortieren. Sein Tigergreif war tot. Xam war ein Gefährte der Stufe sieben. Er hatte Samus Kampfmönch-Avatar über unzählige Schlachten hinweg stets treue Dienste geleistet. Und nun war er tot? Wie hatte das nur passieren können?

Er rieb sich mit Daumen und Zeigefinger die geschlossenen Augen, die durch das Licht des Monitors und der angestauten Müdigkeit viel zu trocken waren. Langsam beugte er sich vor, stemmte die Ellenbogen auf seine Knie und vergrub den blonden Schopf in seinen Händen.

«Verdammter Mist», fluchte er leise vor sich hin. Er schüttelte den Kopf und betrachtete eine Weile den vor ihm liegenden Controller. *Gefallen.* Am Boden wie sein Tigergreif.

Resigniert hob er den Kopf und suchte nach seinen Zigaretten. Auf dem Couchtisch vor ihm stand ein bereits überquellender Aschenbecher. Gespickt mit den weißen Filtern seiner Mentholzigaretten ähnelte der Anblick einem Mettigel. Neben dem stacheligen Wesen stand ein halb volles Glas Rotwein. Er griff danach und trank es leer, während seine Augen weiter den Couchtisch nach den Zigaretten absuchten.

Das Feuerzeug entdeckte er neben der leeren Chipstüte, die von zerknüllten Dosen eines Energy-Drinks, einer Fernbedienung und seiner Armbanduhr umrahmt wurde. Insgesamt gab der Couchtisch zwar ein schönes Stillleben ab, Zigaretten sah Samu jedoch keine. Immerhin wusste er jetzt, dass es schon zwei Uhr war.

Er begann mit den nackten Füßen den Bereich unter dem Couchtisch abzutasten. Der Langflorteppich kitzelte an seinen Sohlen. Von den Zigaretten fehlte auch hier jede Spur. Wieder ließ Samu den Kopf sinken und stützte das Gesicht auf seine

Hände. Er könnte das Level nochmal spielen, ging es ihm für einen flüchtigen Moment leiser Hoffnung durch den Kopf.

«Diese verdammten Skals», fluchte er resigniert. Xam würde nur erneut den Wurfspeeren zum Opfer fallen. Noch einmal könnte er dieses Massaker nicht ertragen. Müde massierte er seine Schläfen mit den Zeigefingern. Er brauchte einen Espresso, doch er fand einfach nicht die Kraft aufzustehen, um in die Küche zu gehen. *Vielleicht ist es besser so.* Vielleicht hatte er sowieso schon zu viele Espressi gehabt. «Was für ein beschissener Tag», murmelte er halb gähnend vor sich hin.

Müde ließ er sich zurück auf die Couch sinken und wunderte sich, wie still es in seiner Wohnung war. Mit dem Pause-Knopf war der Kampflärm, der seit Stunden aus den Boxen des Surroundsystems in realitätsnaher Lautstärke dröhnte, plötzlich verstummt. Die Stille wirkte unwirklich.

Samu liebte sein Konsolenspiel. Wie viele der vergangenen Nächte er mit dem abwechslungsreichen Mix aus zu viel Espresso, Rotwein, Energy-Drinks und Mentholzigaretten verbracht hatte, konnte er nicht mehr zählen. Und nun war sein Tigergreif tot. Das würde seinen Kampfmönch um mindestens drei Stufen zurückwerfen. Natürlich könnte er seinem Avatar einen neuen Tigergreifen zur Seite stellen. Aber was würde ein Tigergreif der Stufe eins in der Schlacht der Heere nützen?

«Der Stufe-eins-Tigergreif kann noch nicht einmal Feuer speien», hörte Samu seine eigene Stimme ihn belehren. «Wie soll er ohne Feuer die Raubhasen in Schach halten?»

Verzweifelt ob der Erkenntnis, die seine Stimme ihm vermittelte, beugte er sich erneut nach vorne, stützte die Ellenbogen auf die Knie und legte den viel zu schweren Kopf in seine Hände. Er schloss die Augen. *Ich werde einfach ein wenig so sitzen bleiben*, dachte er mutlos. Vielleicht könnte er auch in dieser Haltung etwas schlafen.

Er wusste nicht, ob er wirklich schlief, oder sich noch immer darüber Gedanken machte, zu schlafen, als er von einem nassen Etwas geweckt wurde, das über seine Nase fuhr. Leicht angeekelt musste er sofort an die abstoßenden Momente seiner Kindheit denken, wenn seine Tante ihm das Gesicht mit einem viel zu nassen Lappen gewaschen hatte.

Langsam hob er den Kopf und öffnete die Augen. «Max, alter Junge!» rief er mit einer Mischung aus Freude und etwas verbliebenem Ekel. «Na, kommst du mich trösten? Du bist ein Guter.» Dabei fuhr er seinem Australian Shepherd durch das weiche Fell, das mit seinen schwarzen, weißen, grauen und beigen Flecken, eher an einen Flickenteppich als einen stolzen Rassehund erinnerte.

Sofort begann Samu zu lächeln. «Du verstehst mich einfach, nicht wahr!»

Max drehte den Kopf leicht schräg als müsste er über die Worte seines Herrchens kurz nachdenken. Er blickte Samu mit seinen intelligenten, eisblauen Augen konzentriert an, als wollte er sagen: «Reiß dich zusammen, Junge.» Dann leckte er Samu noch einmal über die Hand und wanderte gemächlich in Richtung seines Körbchens.

«Du hast ja recht!», rief Samu ihm nach. Sein Hund konnte so viel weiser sein als er, gestand er sich anerkennend ein. Es war nur ein Konsolenspiel. *Morgen ist Vorlesung. Ich sollte schlafen*, dachte er mit einem tiefen Seufzer.

Müde schloss er die Augen, ließ sich auf die Seite fallen und legte die Füße hoch. Er würde hier auf der Couch schlafen. Das war einfacher als der Weg ins benachbarte Schlafzimmer. Eine Decke brauchte er nicht. Seine ausgeleierte Trainingshose war bequem und warm, auch wenn sie gespickt von Flecken dem Fell seines Hundes ähnelte. Sein T-Shirt mit der Aufschrift „Dude from Hell“ hatte er bereits mehrere Tage hintereinander an. Auch darin konnte man gut schlafen. Er atmete tief ein und bereitete sich auf den willkommenen Schlaf vor.

So sehr sein Körper auch nach Ruhe schrie, konnte Samu doch keinen Schlaf finden. Seine Gedanken rasten. Wieder und wieder wurde sein Tigergreif vor seinem inneren Auge von Speeren durchbohrt. Wieder sah er ihn dem Boden entgegenrasen. Wieder ging er seine Taktik gedanklich durch. Die Raubhasen mussten in Schach gehalten werden. Raubhasen hatten Angst vor Feuer und Flugwesen. Wieder sah er die Skals vor seinem inneren Auge aufspringen, die unerbittlich ihre Speere warfen.

Er fand keine Ruhe. Er brauchte einen Gefährten für seinen Kampfmönch. Einen fliegenden Gefährten. Einen der weniger filigran war, weniger verletzlich, aber mindestens ebenso furchteinflößend.

Was für ein Flugwesen könnte den mächtigen Speeren widerstehen? Ein Drache? Ein Pegasus? Es müsste sicher vor Speeren sein. Eine Haut hart wie Stein. Flügel aus Stein. Furchteinflößende Reißzähne. Massiv geschützt und dennoch filigran und wendig. Ein gehörnter steinerner Drache? Fliegend? Passend zu seinem Kampfmönch. *Was sollte das nur für ein Wesen sein? So etwas gibt es nicht. Aber es muss etwas geben.*

Irgendwann schlief Samu ein.

DAS SPIEL UM MACHT

3 Jahre vor dem letzten Morgen

Das dunkle Schlangenleder blitzte für einen Moment auf, als der Halbschuh auf den nassen Asphalt trat. Von der Türbeleuchtung des mattschwarzen Mercedes AMG GT 63 angestrahlt wurde es perfekt in Szene gesetzt.

Andrej fuhr sich durch das glatt gegelte Haar und warf einen prüfenden Blick in den Innenspiegel, bevor er aus dem Wagen stieg. Er richtete sein Sakko mit einem geübten Griff und schloss die Tür des teuren Wagens.

Das blank geputzte Seitenfenster spiegelte seine durchtrainierte Silhouette wider. Lässig griff seine Hand in die Innentasche des Sakkos und holte ein silbernes Zigarettenetui hervor. Mit einer fließenden Bewegung nahm er eine der Zigaretten in den Mund und entzündete sie mit einem Sturmfeuerzeug, auf das die Initialen A. S. geätzt waren. Gierig zog er an der Zigarette, so dass sie hell aufglühte.

Mit gediegenem Schritt ging er auf den Hotelpagen zu, der ihn respektvoll abwartend beobachtete. Mit seiner roten Weste über dem schwarzen Hemd erinnerte er ihn an eines dieser kleinen Plüschäffchen, die mit einem Türkenhut und zwei Becken ausstaffiert ihre stumpfsinnige Arbeit verrichteten.

Mit geschultem Blick musterten Andrejs dunkelbraune Augen den schüchtern wirkenden Mann. Er hatte gerötete Wangen und einen leicht verängstigten Gesichtsausdruck. Eine Ader auf der Stirn stach pulsierend hervor. Er hatte kaum Bartwuchs. Er war jung. Er musste neu sein. Er hatte Respekt, vielleicht sogar Angst.

Langsam steckte Andrej sein Feuerzeug in die Hosentasche des dunklen Anzugs, der vermutlich mehr gekostet hatte, als der Page in einem Quartal verdiente. Mit ausgestreckter Hand hielt er ihm die Schlüssel seines Mercedes entgegen und fragte schroff: «Sag nicht, dass das der erste AMG ist, den du parken sollst?»

Der junge Mann sah ihn leicht verängstigt an.

«Mein Gott, ist das dein erster Tag? Du hast doch einen Führerschein, oder?»

Hastig stammelte der Jüngling: «Aber natürlich, Sir. Ich werde Sie gut behandeln. Äh, Ihren Wagen, meine ich natürlich», korrigierte er sich schnell, nachdem er seine eigenen Worte gehört hatte. Verlegen senkte er den Blick bevor er sich beeilte, die Schlüssel aus Andrejs Hand zu klauben und seiner Aufgabe nachzukommen.

Eine einzige simple Aufgabe und vollkommen damit überfordert, dachte Andrej kopfschüttelnd, während er dabei zusah, wie sein Wagen in Richtung Hotelparkplatz fuhr. Er warf seine gerade einmal halb gerauchte Zigarette achtlos beiseite und ging in Richtung des Hoteleingangs.

Auf dem obersten Treppenabsatz angekommen, begrüßte ihn ein weiteres Schellenäffchen in roter Weste. «Guten Abend, Sir. Ich hoffe Sie hatten eine gute Anfahrt.»

Leicht abfällig lächelte Andrej den Portier an, ohne ihm zu viel Beachtung zu schenken. Es gab so viele Menschen niederen Ranges auf dieser Welt. Doch er durfte sich nicht ablenken lassen. Er musste sich auf das Treffen konzentrieren. Der erste Moment war entscheidend. Der erste Blick entschied darüber, wer sich wem fügen würde, und wer den Ton angab. Und Andrej war ein Meister dieses Blickes.

In der weit offenen Empfangshalle wurde an der Zurschaustellung von Protz nicht gespart. Stuck, Marmor, ein Mosaik an der Wand und hängende Gärten, die gleich einem immergrünen Wandteppich die Emporen der unzähligen Stockwerke verbanden, schmeichelten den Augen der eintretenden Hotelgäste. Aus einer Ecke der Empfangshalle hörte man Wasserplätschern. In einer anderen erkannte Andrej ein riesiges Aquarium. Doch ihn interessierte das alles nicht. Luxus war eine Selbstverständlichkeit.

Kaum einen Herzschlag nachdem er sein Desinteresse am dargebotenen Prunk zeigte, wurde er auch schon von einer Empfangsdame angesprochen. Sie stand in der Rangordnung deutlich über den Schellenäffchen, was augenscheinlich daran zu erkennen war, dass sie anstatt der für das niedere Bedienstetenvolk obligatorischen roten Weste nur eine schwarze Bluse trug.

Sie streckte Andrej die Hand entgegen und begrüßte ihn freundlich. «Willkommen im Radisson Royal, Sir.» Ein einstudiertes Lächeln später ergänzte sie: «Wie kann ich Ihren Aufenthalt so angenehm wie möglich gestalten?»

An der ausgestreckten rechten Hand erkannte Andrej einen goldenen Verlobungsring, der mit einem nicht gerade kleinen Zirkon bestückt war. Ein leichtfertiger Beobachter könnte hieraus den falschen Schluss ziehen, dass die Ringträgerin kurz davorstand, einen wohlhabenden Mann zu heiraten, da sie sich sicherlich einen solchen Ring nicht von dem Gehalt einer Empfangsdame leisten konnte. Andrej erkannte jedoch mit seinem geübten Auge eine viel entscheidendere Tatsache.

Die Empfangsdame durfte hingegen den sonst sehr strengen Regeln der Hotelbranche eigenen Schmuck tragen. Dies deutete darauf hin, dass sie, oder ihr zukünftiger Mann einen hohen Rang in der Hierarchie dieses Hotels innehatten. Ein weiterer aufmerksamer Blick bestätigte seine Ahnung, als er sah, dass sie auf ihrer schwarzen Bluse kein Namensschild trug.

Nicht ihr Mann war hier das hohe Tier. Sie war es.

«Ich nehme an, Ihnen gehört das Hotel», sagte Andrej so selbstsicher, dass es deutlich als rhetorische Frage zu verstehen war.

«Sie sind gut informiert. Herr Semjonow, nehme ich an», erwiderte die Angesprochene nur kurz irritiert.

«Sie haben meine Utensilien in die Suite bringen lassen?», fragte Andrej, wobei die Frage mehr dem Abgleich der Direktiven als einer höflichen Bitte glich.

«Alles ist hergerichtet.»

«Sehr gut, dann werde ich mich an die Bar begeben.»

Mit einem höflichen «Ich wünsche Ihnen einen angenehmen Abend», deutete die Hotelbesitzerin mit ausgestrecktem Arm in Richtung der Bar.

Zielstrebig hielt Andrej auf die Hotelbar zu. Schon von weitem erkannte er den langen Bartresen in Betonoptik, der sich über die gesamte Breite der Bar erstreckte. Vor dem Tresen standen kupferfarbene Barhocker, deren Sitzfläche mit dunklem Leder bezogen waren.

Noch einmal ermahnte er sich in Gedanken dazu sein Schritttempo zu mäßigen. Auf keinen Fall durfte er sich die Vorfreude anmerken lassen. Er wollte gleichgültig wirken. Eher desinteressiert. Er bestimmte, wo es lang ging. Alles kam auf den ersten entscheidenden Blick an.

Langsam wanderten seine suchenden Augen die Reihe der Barhocker entlang, bis er sie sah.

Sie hatte ihm den Rücken zugedreht. Ihr kurzes, engsitzendes, schwarzes Kleid betonte ihre langen überschlagenen Beine und stellte dabei ihren Rücken fast gänzlich zur Schau. Der Rückenausschnitt reichte so tief, dass die Ansätze eines Steißtattoos deutlich zu erkennen waren.

Anerkennend bemerkte Andrej, dass sie es schaffte, auf dem Barhocker elegant zu wirken. Sie hielt den Kopf leicht gesenkt und spielte mit einem Zahnstocher an einer Olive herum, die in dem farblosen Drink schwamm, der vor ihr stand. Sie gab sich Mühe, das perfekte Bild abzugeben. Sie wollte auf den ersten Blick beeindrucken. Auch sie wusste, wie wichtig der erste Augenblick war. Sie hatte Erfahrung.

Als hätte sie Andrej kommen sehen, drehte sie sich im perfekten Moment um und schenkte ihm ein aufreizendes Lächeln. Deutlich waren ihre asiatischen Züge zu erkennen. Das Gesicht war perfekt symmetrisch, die Haut makellos, ihre Augen leicht mandelförmig. Ihre für Asiatinnen typischen, von Natur aus eher flachen Brüste hatte sie sich vergrößern lassen. Ansonsten hatte sie kein Gramm zu viel am Körper. Ihre glatten schwarzen Haare, die ihr bis zu den markanten Wangenknochen reichten, trug sie offen.

Andrej war durchaus beeindruckt. Den Tipp, einmal eine Asiatin auszuprobieren, hatte er von Boris bekommen. Sein Bruder schwärmte von den Vorzügen der asiatischen Kultur. Gerade was Frauen betraf. Asiatische Frauen waren reinlich und achteten penibel auf ihr Äußeres. Darüber hinaus waren sie ihrer Kultur entsprechend eher zurückhaltend bis schüchtern. *Asiatinnen kannst du noch so richtig schocken. Nicht wie die abgeklärten Mädchen aus Russland, die schon alles gesehen haben*, hallten die Worte seines Bruders in Andrejs Ohren wider.

Andrej erwiderte ihr Lächeln. Sie sah die Reaktion auf ihre

einleitende Geste und strahlte gewinnend. Sie glaubte, sie hätte ihn in ihren Bann gezogen. Sie war gut, das erkannte er sofort. Sie hatte ihm zur Begrüßung den Rücken zugedreht. Zum einen um ihr Desinteresse zu zeigen; als hätte sie ihn nicht nötig. Zum anderen um ihm die Möglichkeit zu geben, ihre Vorzüge ausgiebig vor dem eigentlichen Aufeinandertreffen zu studieren. Sie hatte sich bewusst in Szene gesetzt und ihre Vorteile voll zur Geltung gebracht. Aufreizend aber nicht billig. *Ihr erster Schachzug war weise gewählt,* dachte Andrej innerlich schmunzelnd.

Das Spiel um Macht hatte begonnen. Diabolisch lächelte der fünfzigjährige Mann in sich hinein. Sie war selbstsicher. Doch er würde sie schon noch brechen. Er hatte hier das Sagen.

Für einen Augenblick überlegte er, wie er auf ihre Eröffnung reagieren sollte. Ein Kompliment über das perfekt sitzende Kleid wäre sicherlich angebracht, würde sie aber nur in ihrem Glauben bestärken, ihn in der Hand zu haben.

Er könnte fragen, ob der Barhocker neben ihr noch frei wäre und ob er sich setzten dürfte. Doch, dass der Stuhl frei war, und dass sie mit niemand anderem hier war, wusste er ohnehin. Sie war für ihn hier. Er hatte sie bestellt.

Er öffnete den Knopf seines Sakkos und setzte sich auf den Barhocker neben sie. «Guten Abend. Mein Name ist Andrej Semjonow.» Dabei wandte er den Kopf zwar leicht in ihre Richtung, vermied es aber, sie anzusehen.

Sein Blick suchte den Barkeeper. Als dieser aufmerksam einen Schritt auf ihn zukam, gab Andrej ihm mit einer knappen Geste zu verstehen, dass er einen Vodka wollte.

«Sie sind Asiatin. Woher kommen Sie genau?», fragte er ruhig in Richtung seiner Begleitung.

Sie ließ sich Zeit.

«Japan», antwortete sie schließlich mit einer angenehm wenig fipsigen Stimme.

Sie ging auf sein Spiel ein. Sie blieb einsilbig und hielt den Blick auf ihren Drink gerichtet. Sie ließ sich nicht verunsichern.

Mit einem Zug trank Andrej seinen Vodka aus, den der aufmerksame Barkeeper mit gesenktem Blick vor ihm abgestellt hatte, bevor er sich wieder in eine diskrete Entfernung zurückgezogen hatte. Wortlos griff er in sein Sakko, öffnete sein Zigarettenetui und steckte sich eine Zigarette in den Mund.

Der Barkeeper sah nervös auf das „Bitte nicht rauchen“ Schild, das an der Wand über der Bar prangte. Andrej nickte leicht, als hätte er ihn verstanden und holte sein Feuerzeug hervor. Ungeniert zündete er seine Zigarette an. Nach einigen tiefen Zügen aschte er in sein leeres Vodkaglas.

Innerlich schmunzelnd packte er sein Feuerzeug wieder weg. Zigaretten würden mit Sicherheit noch sein Tod sein. Doch Zigaretten waren sein Leben. Häufig vertrat er die Interessen der Waffen- oder Erdölindustrie. Doch kein Industriezweig verlangte so häufig nach seinen Verhandlungskünsten wie die Zigarettenindustrie.

Seit den unmenschlichen Kampagnen gegen Raucher hatte es die Zigarettenindustrie nicht leicht. Raucher wurden sozial geächtet. Eingepfercht in gläserne Séparées wie dämliches Viehzeug. Angeprangert von den rechtschaffenen Gutmenschen.

Andrej hatte kein Problem mit der Waffen-, der Erdöl- oder der Zigarettenindustrie. Gerne vertrat er deren Interessen. Nicht nur weil hier Geld keine Rolle spielte. Alle diese Industriezweige waren schon fast geächtet in der westlichen Welt. Hier musste noch überzeugt werden. Hier wurden seine Dienste gewürdigt.

Seine Arbeit als Lobbyist brachte ihm viel Geld ein. Gewissenskonflikte hatte er dabei keine. Er konnte sich gut mit den Interessen seiner Arbeitgeber identifizieren. Sollten sich doch irgendwo in Schwarzafrika ein paar Zurückgebliebene gegenseitig den Kopf wegschießen, ein paar alte Säcke an Lungenkrebs krepieren oder die Menschheit am Feinstaub zugrunde gehen. Das scherte ihn nicht. Im Gegenteil. Es gab ohnehin zu viele Menschen auf diese Erde.

Mit einem gehauchten «Was machen sie beruflich, Andrej», riss die Asiatin ihn aus seinen Gedankengängen. Sie war eingeknickt. Ihr war die Stille nach der Einsilbigkeit scheinbar doch unangenehm und ergriff die Initiative, ein Gespräch zu eröffnen.

Kurz verharrte Andrej in seinen Gedanken.

Er mochte seinen Beruf als Lobbyist. Er war gut darin, seine Verhandlungsgegner genauestens zu studieren, um sie bis ins

Kleinste zu kennen. Kannte man seinen Gegner, konnte man jede noch so kleine Änderung in dessen Mimikspiel deuten und ihn besser verstehen als er sich selbst.

Kannte man dessen Wünsche, dessen Begierden, konnte man seine eigenen Ziele geschickt in die Wünsche des Gegners einweben bis dieser schließlich ganz nebenbei die eigenen Forderungen akzeptierte und im besten Fall sogar für seine eigenen Ideen hielt. Das war unschlagbar.

Und Andrej hatte ein unglaubliches Potenzial in diesem Spiel um Macht. Er liebte es, sich tage- oder wochenlang auf seinen Verhandlungsgegner vorzubereiten. Sich auf ihn einzustellen. Ihn zu verstehen, um ihn zu überzeugen. Im Spiel Mann gegen Mann war er hervorragend. Wenn er sich voll und ganz auf sein Gegenüber konzentrieren konnte, kam es nur selten vor, dass er seine Forderungen nicht durchbrachte.

Ohne auf ihre Frage einzugehen, drückte er seine Zigarette in dem als Aschenbecher fungierenden Vodkaglas aus und stand auf. Er holte aus seiner Sakkotasche ein Bündel Geldscheine hervor, das von einer silbernen Geldspange gehalten wurde und legte einen fünftausend Rubelschein auf den Tresen. Langsam drehte er sich zu seiner Begleitung um. Zum ersten Mal sah er ihr direkt in die Augen.

«Ich habe eine Suite herrichten lassen. Begleiten Sie mich», sagte er mit einer ruhigen Stimme, die keinen Raum für Widerworte ließ.

Kaum hatte er die Aufforderung ausgesprochen, ging er in Richtung der Fahrstühle.

Wortlos trank die Zurückgelassene ihr Glas in einem Zug leer, stand auf und folgte ihm.

Gemeinsam betraten sie die Suite.

Zufrieden erkannte Andrej, dass alles seinen Wünschen entsprechend arrangiert war. Er drehte sich zu seiner Begleitung und beobachtete sie mit gespannter Vorfreude.

Sie zeigte sich wenig beeindruckt, als ihre Augen das einladend geräumige Zimmer inspizierten. Ihr Ausdruck ließ erahnen, dass sie schon viele Suiten in ihrem Leben betreten hatte. Vermutlich waren schon größere oder prachtvollere unter ihren Arbeitsstätten dabei gewesen. Doch dann blieb ihr Blick auf den ersten der extra für diesen Abend eingeflogenen Gegenstände haften.

Andrej konzentrierte sich voll auf ihr Mimikspiel, als sie die Ansammlung an sorgfältig aufgereihten Peitschen betrachtete. Er glaubte ein leichtes Lächeln auf ihren Lippen zu erkennen. Auch dies war scheinbar nichts gänzlich Ungewöhnliches in ihrem Berufsleben.

Ihr Blick wanderte weiter.

Ein wenig weiteten sich ihre Augen als sie den mit schwarzem Leder überzogenen Gynäkologenstuhl erkannte, dessen Kopf-, Arm- und Beinhalterungen in jegliche Richtungen mechanisch bewegt werden konnten. Die Halterungen waren mit ledernen Schnallen versehen, mit denen Arme, Beine, Körper und Stirn fixiert werden konnten. Die Mechanik, die sich dahinter verbarg, war so stark, dass die darauf festgeschnallte Person jegliche Bewegungen scheinbar willenlos vollführte, die der Sitz ihr vorgab.

Andrej wusste, dass der Stuhl durchaus in der Lage war, einzelne Gliedmaßen bis zum Reißen zu überspannen. 360° drehbar und um 180° schwenkbar, war der Sitz vielseitig einsetzbar. Das Verhältnis zwischen Schmerz und Lust war beliebig wählbar.

Inwiefern das Weiten ihrer Augen auf Schrecken, Interesse oder sogar Vorfreude schließen ließ, konnte er jedoch nicht wirklich zuordnen. Zu gering war ihre durchaus professionell ausgefallene Reaktion.

Ihr Blick streifte weiter durch das Zimmer.

Kaum hatten ihre Augen wieder zu ihrer normalen, leicht mandelförmigen Form zurückgefunden, weiteten sie sich erneut, als sie den nächsten Gegenstand fixierte. Ihre Wangen röteten sich leicht. Ihr Puls und ihre Atmung beschleunigten sich, was Andrej an einer Ader an ihrem schlanken Hals erkannte. Sie war sichtlich nervös. Dieses Gerät kannte sie nicht. Es lag außerhalb ihrer Komfortzone, außerhalb dessen, was sie in anderen Hotelzimmern erwartet hatte.

Deutlich sah er, wie ihr Verstand versuchte, die Maschinerie aus Seilen und Hebeln einem mechanischen Sinn zuzuordnen.

Eine Art Tragegeschirr hing von starken Tauen gehalten von

der Decke. Über Winden konnten die Taue rhythmisch herauf- und herabgezogen werden. In die Taue waren Federn integriert. Die Federkraft konnte so variiert werden, dass die mechanisch plumpen Bewegungen ruckartig, robust und hart weitergegeben oder zu einem wellenartig sanften Schwingen abgefedert werden konnten. Das Tragegeschirr bestand vorrangig aus breiten ledernen Bändern, die um Hüfte, Oberschenkel und Arme geschnallt werden konnten.

Unterhalb des Geschirrs befand sich ein mechanisch angetriebenes Gestänge, das an eine Kinderwippe auf einem Spielplatz erinnerte. Doch anstelle eines Sitzplatzes für ein unschuldiges Kind, war ein rotierbarer Phallus montiert, der senkrecht in die Luft ragte. Mit Hilfe von kleinen Düsen und einer ausgeklügelten Pumptechnik konnte der Phallus mit verschiedenen Gleitgelen, Ölen, betäubenden Lidocainen, leichten Säuren, Laugen oder sogar einer Brennpaste benetzt werden.

Andrej hatte gefunden, was er gesucht hatte.

Langsam wendete sie sich von der Maschinerie ab und wandte sich ihrem Begleiter zu.

Er glaubte ein wenig Verunsicherung in ihrem Blick erkannt zu haben.

Für einen Augenblick sah sie ihn fragend an.

Kommentarlos nickte er langsam.

Ohne ein Wort zu sagen zog sie ihr engsitzendes, schwarzes Kleid aus.

Unbefriedigt lag Andrej im Bett seiner Suite.

Ein Blick auf den rotleuchtenden Radiowecker zeigte ihm, dass es gerade halb zwölf in der Nacht war. Nach schier endlosen Spielen hatte er die Japanerin nach Hause entlassen.

Er war frustriert. Er hatte alles versucht. Er hatte sie gequält. Er hatte sie gedemütigt. Nichts rief die Reaktion hervor, nach der er sich so sehnte. Er hatte gehofft, sie würde betteln. Winseln. Um Gnade flehen. Er wollte Verzweiflung in ihren Augen sehen. Panik. Angst. Doch nichts dergleichen.

Sein Bruder hatte recht. Asiatinnen waren tatsächlich eher zurückhaltend. Er hätte es ahnen müssen. Sie hatte sich einfach in ihr Schicksal ergeben und in völliger Gleichgültigkeit alles mit sich machen lassen, zu dem er sie aufgefordert hatte.

Natürlich hatte sie hin und wieder geschrien, wenn seine Schläge härter wurden. Er hatte jedoch stets das Gefühl gehabt, dass sie nur schrie, weil sie glaubte, so seine Lust anzutreiben. Sie wollte ihm gefallen, in jeder Hinsicht. Sie musste von nichts überzeugt werden. Sie hielt es für ein Spiel. Sie wusste, dass sie nie wirklich in Gefahr war.

Frustriert nippte er an seinem Vodka.

Er hätte noch einen Schritt weiter gehen sollen. Gerne hätte er sie gewürgt. Ihr ganz sanft die Luftröhre zugedrückt, so dass sie zunächst noch gedacht hätte, es wäre nur ein Spiel zur Steigerung seiner Lust. Erst langsam hätte er den Druck erhöht. Stetig. Bis sie mit vor Angst geweiteten Augen erkannt hätte, dass es alles andere als ein Spiel war. Dass sie sterben würde.

Sie sollte betteln. Kurz vor der Ohnmacht hätte er ihr vielleicht einen letzten Atemzug geschenkt, nur um das Flehen in ihrem Blick für einen Herzschlag zu genießen um dann erneut zu zudrücken. Letztlich hätte sie um Gnade gefleht.

Wäre es so weit gekommen, hätte er sie überzeugen können. Er wollte sie davon überzeugen, dass es ihr eigener Wunsch war. Dass es ihr Verlangen war, zu sterben. Das wäre die Herausforderung. Die ultimative Überzeugung.

Würde sie eines inneren Trotzes folgend, nicht um Gnade flehen wollen, würde sie eben sterben. Könnte er sie überzeugen, dass es ihr eigener, innigster Wunsch war, würde sie auch sterben. Ein Zurück würde es nicht geben, hätte er erst einmal seine Hände um ihren Hals gelegt.

Er trank einen weiteren Schluck des milden Vodkas, stellte das Glas auf dem Nachttisch ab und schüttelte leicht den Kopf. Sicherlich. Er hatte sehr gute Kontakte. Er konnte Menschen einschüchtern lassen. Er konnte Menschen verschwinden lassen. Er wusste, wen er bestechen konnte. Doch das war niemals eine langfristige Sicherheit. Würde er einen Mord gänzlich vertuschen können? *Nein.*

Es durfte von vornherein keine Augenzeugen geben, würde er einen Mord begehen. Der perfekte Mord. Doch wie sollte das gehen? In den Hotels wimmelte es nur so von Angestellten. Es gab überall Überwachungskameras. Nicht nur in Eingangshalle und Empfangsbereich. In Autos, an Straßen und an Geldautomaten. Alles wurde jederzeit beobachtet. Etwas in der heutigen Zeit unerkannt zu tun war unmöglich.

Fast unmöglich.

Er schloss die Augen und gab sich seinen düsteren Gedanken hin bis er in einen unruhigen Halbschlaf fiel.

IM EXIL

18 Jahre vor dem letzten Morgen

Mira lag auf dem Rücken im trockenen Gras. Sie hielt das eine Knie angewinkelt. Das andere Bein hatte sie darüber geschlagen und ließ ihren nackten Fuß auf und ab wippen. Die Sonne schien um die Mittagszeit unerbittlich. Ein Schweißtropfen glänzte zwischen ihren Sommersprossen. Sie lag unter einem Olivenbaum, der kaum Schatten spendete.

Sie trug das leichte Sommerkleid, das ihr ihre Mutter genäht hatte. Auch jetzt war Sandra wieder am Nähen. Wie so häufig. Das stete Summen der Näh- und Overlock-Maschine ertönte weit ausdauernder als das unermüdliche Zirpen der Grillen, für die die Region berühmt war.

Immer wenn sie ihre Mutter fragte, ob sie etwas zusammen spielen könnten, antwortete Sandra in gewohnter Lethargie: «Aber wir müssen doch Geld verdienen, verstehst du, Schatz?»

Natürlich verstand sie das. Sie verstand alles. Ihre Mutter nähte tagein, tagaus. Sie nähte Kinderkleider, Mützen, Sommerschals, Tischdecken, Puppen und Teddybären. Alles was sich übers Internet verkaufen ließ.

Mira war neun Jahre alt. Und schon immer war sie allein. Sie war allein mit ihrer Mutter mitten im Nirgendwo Italiens. Ligurien nannte Sandra den Landstrich, den sie als ihr zu Hause auserkoren hatte. *Ligurien, welch nett klingender Name für die Einöde, die mein Gefängnis ist*, dachte sie bitter. Wobei Gefängnis eigentlich nicht der passende Begriff war. *In einem Gefängnis saßen gewöhnlich mehrere Insassen. Exil war vielleicht das treffendere Wort. Im Exil ist man allein.* Mira war allein. Immer allein mit ihrer Mutter.

Sandra liebte sie über alles, da war sich Mira sicher. Sie verbrachte ihre gesamte Zeit, die sie neben dem Nähen erübrigen konnte, mit Mira. Doch meist nutzte sie die gemeinsame Zeit, um sie zu unterrichten. Selbstunterricht nannte sie das.

Und ihre Mutter war streng und konsequent bis ins Letzte. «Wenn ich dich schon selbst unterrichten muss, müssen wir wenigstens den Lehrplan der dritten Klasse einhalten», hallten ihre Worte in Miras Ohren wider. Für gemeinsame Spiele war selten Zeit.

Dennoch hatte Mira stets das Gefühl, dass ihre Mutter sie verstand. Sie war immer da. Sie wusste immer genau, was sie brauchte. Manchmal kam es einem sogar so vor, als ob Sandra wusste was ihre Tochter brauchte, noch bevor Mira es wusste. Dann kochte sie Pudding, noch bevor Mira nach Nachtisch fragte. Wenn Mira kalt war, wartete manchmal eine Wanne voll heiß dampfendem Badewasser auf sie. Und wenn sie sich einen Splitter holte, stand Sandra mit Pinzette und Pflaster bewaffnet auf der Terrasse, noch ehe sie mit zitterndem Kinn das Haus erreicht hatte.

Gerade hatte Mira Mittagspause.

Sie lag unter dem Olivenbaum und betrachtete die Bergkette am Horizont, während sie wie so oft über ihr Leben nachdachte. Solange sie denken konnte, wohnte sie allein mit ihrer Mutter in einem einsamen Landhaus mitten im Nirgendwo Liguriens. Geschwister hatte sie keine. Freunde hatte sie keine. Nachbarn gab es in dieser Einöde nicht. Sie war allein. Das war schon immer so.

Immerzu ermahnte ihre Mutter sie, sich nicht mit anderen abzugeben. Mira konnte sich gut erinnern, wie sie Sandra einmal gebeten hatte, sie auf den Wochenmarkt mitzunehmen. Ihre Mutter war kreidebleich geworden und hatte nur gestammelt, dass sie sich von anderen Menschen fernhalten müssten. Warum hatte Mira bis heute nicht verstanden.

Doch es spielte auch keine Rolle. Sie hatte sowieso keine Chance in dieser Einöde andere Menschen zu treffen. *Ich brauche überhaupt keine anderen Menschen*, dachte sie trotzig. Sie konnte gut allein sein. Hier liegen, die Berge und den Himmel beobachten. Allein. Das konnte sie gut.

Vor dem annähernd wolkenlosen Blau des Himmels erregte ein strahlend gelber Fleck ihre Aufmerksamkeit, den sie am Rande ihres Sichtfeldes wahrnahm. Langsam drehte sie ihren Kopf in Richtung des sich bewegenden, scheinbar flimmernden Punktes.

Sie kniff die Augen zusammen und hielt die Hand oberhalb der Augenbrauen waagerecht an die Stirn. Der gelbe Punkt flatterte mit einem doppelten Flügelpaar auf beiden Seiten des schmalen Körpers. Auch wenn der Flügelschlag schnell ging, war er nicht mit der Frequenz einer Libelle oder gar eines Kolibris zu vergleichen. Ihm wohnte viel mehr trotz der hohen Geschwindigkeit eine majestätische Ruhe inne.

Das hintere Flügelpaar war von einem reinen, leuchtenden Gelb, während das vordere Flügelpaar orange Einschlüsse aufwies. Zusammen verbanden sich die schlagenden Flügel vor dem menschlichen Auge zu einem gelb leuchtenden Feuerwerk, dessen orange Highlights nur bei passender Sonnenreflektion aufblitzten.

Der kleine Zitronenfalter flog unstet, als hätte er kein wirkliches Ziel, das er anstrebte. Nach einem kurzen Flug auf Mira zu, bog er in Richtung des etwas in die Jahre gekommenen Landhauses im Rustico-Stil ab, hielt an dieser Flugrichtung jedoch nur zwei Herzschläge lang fest, bevor er erneut abbog, als hätte er es sich anders überlegt oder kurzzeitig vergessen, warum er eigentlich einst in genau diese Richtung fliegen wollte.

Mit einem erneuten Richtungswechsel reduzierte er seine Flughöhe und hielt direkt auf Mira zu und landete schließlich auf Miras Knie.

Stolz öffnete er seine Flügel zu vollem Umfang, als wäre er sich der besonderen Einzigartigkeit seines Erscheinungsbildes bewusst und als wüsste er genau, wie wunderbar seine strahlend gelbe Erscheinung auf Miras von der Sonne braun gebrannter Haut zur Geltung kommen würde.

Ebenso stolz war Mira, dass der farbenfrohe Gesandte sie als Bühne seiner Proklamation erwählt hatte. Sie blieb ganz ruhig liegen und versuchte sich weder zu bewegen noch zu heftig zu atmen, um den Moment der abwechslungsreichen Zweisamkeit voll auszukosten.

Viel zu kurz nur blieb der Zitronenfalter auf ihrem Knie sitzen. Dann entschied er sich weiter zu fliegen und ließ Mira allein zurück.

Wieder war sie allein. Wie immer. Sie erinnerte sich gut, wie sie als kleines Mädchen ihre Mutter immerzu mit Fragen gelöchert hatte, warum sie stets allein war. Wenn sie sich nach ihrem Vater oder ihren Großeltern erkundigte, wich ihre Mutter ihr meist einfach aus. Wenn sie fragte, warum sie keine Freunde haben durfte, pflegte ihre Mutter zu antworten: «Ich bin doch deine Freundin, Süße.»

Wenn Mira dann etwas erwiderte wie «Nein, Mama, ich meine richtige Freunde», wurde Sandra traurig und verschloss sich.

Nur einmal hatte sie eine andere Antwort auf ihre Frage erhalten.

Mira war mitten in einer gewittrigen Nacht wach geworden und wollte unter die Bettdecke ihrer Mutter kriechen. Doch Sandras Bett war leer gewesen. Ängstlich war Mira durch das alte Haus geschlichen und fand ihre Mutter schließlich im Wohnzimmer. Sie war auf der Couch eingeschlafen. Auf dem Couchtisch hatte eine halbleere Flasche Rotwein gestanden. Ihre Mutter trank selten Alkohol. Nur einmal im Jahr. Dann war sie meist etwas eigenartig.

Mira hatte sich Sorgen um Sandra gemacht. Sie wollte ihre Mutter ins Bett bringen und zog an ihrem Arm. Dabei war sie schlaftrunken aufgewacht, streichelte ihrer Tochter sanft durch das blonde Haar und hatte einige Worte gelallt, die Mira bis heute noch nicht richtig zu deuten wusste.

«Wir mussten wegziehen, Schatz. Ich hatte keine andere Wahl.»

Traurig hatte sie Mira mit zusammengekniffenen Augen angeschaut. Ihr Oberkörper schwankte leicht, als sie versucht hatte sich aufzusetzen.

«Bitte verurteile mich nicht, Süße. Ich habe keinen anderen Ausweg als die Abgeschiedenheit gesehen. Du hast einen zu großen Einfluss auf andere!»

Erst später verstand Mira, dass es der Tag war, an dem sie nach Ligurien geflohen waren, den ihre Mutter jedes Jahr aufs Neue versuchte mit einer Flasche Alkohol zu verdrängen.

Auf der Suche nach einem abgeschiedenen Ort hatte sie das damals schon halb verfallene Landhaus in der Einöde Liguriens gefunden. Sie hatte ihre Eigentumswohnung verkauft und gab ihr Leben in Deutschland von heute auf morgen auf. Über Nacht hatte sie ihre Sachen gepackt und war mit Mira in ihrem alten

Corsa nach Italien geflohen. Ein Land, das sie vorher nur von der Landkarte gekannt hatte. Dessen Sprache sie nicht beherrschte. Allein in die Isolation.

Sie übernahm Miras Erziehung, wie auch ihre schulische Ausbildung. Sie erklärte ihr alles über Familie, Freunde und soziale Verhaltensweisen. Sie brachte ihr bei, anständig zu essen und sich gewählt auszudrücken. Sie las Mira viel vor und ließ sie viel lesen. Sie kaufte Lehrbücher und unterrichtete sie selbst, damit Mira nicht in die Schule gehen brauchte.

Das Geld, das sie zum Leben brauchten, verdiente sie übers Internet. Dem örtlichen Postboten hatte sie untersagt, ihr Grundstück zu betreten. Die liebevoll genähten Kleider und Plüschtiere fuhr sie regelmäßig selbst zur Post. Lebensmittel kaufte sie auf dem Wochenmarkt und ließ Mira solange allein zu Hause.

Niemand sollte zu Mira Kontakt haben.

So hatte Mira neben ihrer Mutter immer nur das mediterrane Klima und die umgebenden Olivenbäume als Spielgefährten. So sehr sehnte sie sich nach Veränderung. Nach Abwechslung. Nach einem Ausweg aus der tristen Einöde. Aus dem Exil.

Sie hielt den Oberkörper leicht aufgerichtet und stützte sich auf den Ellenbogen ab. Im Mund hatte sie einen vertrockneten Grashalm stecken, auf dem sie gedankenverloren kaute. Ihr Blick folgte dem leicht abschüssigen Gelände vorbei an den unzähligen Olivenbäumen, dem maroden Bretterzaun, den vereinzelten Pinien bis hin zu den umgebenden Hügeln der fernen Bergkette. Wieder einmal fragte sie sich, ob der Berg ebenso einsam war wie sie. Ob auch er sich nach Abwechslung sehnte.

Ein Schatten schob sich langsam auf ihren braungebrannten Körper. Eine Wolke hatte sich mutig vor die unerbittliche Sonne geschoben und senkte das Grundstück in Schatten. Wie dem Kommando eines heroischen Anführers folgend, hörten die Grillen geschlossen auf zu zirpen. Gebannt beäugten scheinbar auch sie das Spiel der aufziehenden Regenwolken.

Immer mehr der wattebauschartigen Kumulusgebilde versammelten sich am Himmel. Ein Gewitter zog über der Bergkette auf. Wie so oft verfolgte Mira das Naturschauspiel mit bewunderndem Interesse. Die Wolken verharrten für einige Augenblicke. Dann begann das stets gleiche Schauspiel. Deutlich sah sie, wie dichte Regenschleier ähnlich unermüdlicher Wasserfälle auf das Bergmassiv herunterregneten.

Hunderte Male hatte sie schon diese Urgewalt beobachtet. Die Regenwolken versammelten sich stets an derselben Stelle über der Bergkette. Dort hielten sie zunächst kurz inne als wollten sie Mut schöpfen, um dann mit vereinter Kraft den Berg mit ihrer nassen Fracht zu überschütten.

Schnell bildeten sich Sturzbäche, die auf den immer gleichen Bahnen den Berg hinab ins Tal rannen. Mit jedem neuen Regentag grub sich das Wasser unermüdlich ein Stück tiefer in den mächtigen Fels. Es bahnte sich erbarmungslos seinen Weg und nahm dabei billigend in Kauf, das uralte Felsmassiv zu zerschneiden.

Doch Mira kam es so vor, als würde sich die Bergkette gerne dem Regen hingeben. Als sehnte sich der Fels danach, letztlich aus seiner äonenalten Lethargie erlöst zu werden und endlich eine neue Silhouette zu bekommen. Als wäre auch der Berg sich seiner Eintönigkeit überdrüssig. Als wolle auch er eine Veränderung.

Ein Lächeln lag auf ihren Lippen. Sie freute sich für den Berg. Der erneute Schauer würde ihm helfen, sich endlich zu verändern. Ein klein wenig nur. Aber sie erkannte die stete Veränderung. Wie sehr wünschte sie sich, er würde schneller an sein Ziel kommen. Gerne würde sie ihm helfen. Sie wusste nur nicht wie. Warum konnte die Welt sich nicht schneller verändern? Warum musste es tausende Menschengenerationen dauern, bis ein Berg eine neue Gestalt erhielt?

Warum musste das Leben so unendlich eintönig sein? Wie abwechslungsreich wäre es wohl, wenn ein Berg über Nacht seine Form ändern könnte? Wie ein Kind, das früh am Morgen erwacht und sich an diesem Tag für das gelbe Kleid entschied und das schwarze zurück in den Schrank legte? Wie ein Zitronenfalter, der eben noch vor azurblauem Hintergrund verharrend seine Position so änderte, dass er vor brauner Haut viel besser zur Geltung kam? Warum nur war die Welt so langsam. So unendlich stoisch. So monoton?

«Mira, kommst du mal bitte», riss der Ruf ihrer Mutter sie aus ihren Gedanken. Tief atmete sie noch einmal durch.

«Mist», entglitt ihr ein leiser Fluch. War ihre Pause etwa schon wieder um? Noch einmal schloss sie für einen kurzen Moment die Augen.

«Ich komme, Mama!»

Langsam richtete sie sich auf, zog ihre Sandalen an, die sie neben sich abgestellt hatte und schlurfte in Richtung Haus. Noch bevor sie die Terrasse erreichte, sah sie ihre Mutter. Sie stand mit den Händen in den Hüften regungslos da, als hätte Mira etwas angestellt.

Mira überlegte. War sie zu spät? Hatte sie etwas ausgefressen? Sie konnte sich an kein Vergehen erinnern. Dennoch beschleunigte sie lieber ein wenig ihren Gang.

Erst als sie bis auf einige Schritte an Sandra herangekommen war, erkannte sie, dass etwas nicht stimmte. Ihre Mutter war nicht sauer. Sie war besorgt.

«Was ist los, Mama?» fragte sie betroffen.

Sandra runzelte die Stirn. Sie war tief in Gedanken. Mira konnte förmlich sehen, wie es in ihrem Kopf arbeitete. Sah, wie sie mit sich rang. Etwas musste passiert sein. Sandra begann leicht den Kopf zu schütteln, als führte sie ein inneres Zwiegespräch, dessen Ausgang noch nicht ganz entschieden war.

«Alles in Ordnung, Mama? fragte sie besorgt. So hatte sie ihre Mutter noch nie erlebt.

Eine Unendlichkeit verging, in der sie sich einfach nur schweigend gegenüberstanden.

Schließlich richteten sich Sandras Augen auf ihre Tochter. Ihr Blick wirkte glasklar und entschlossen, als hätte sie nun eine Entscheidung getroffen und würde diese konsequent bis zum bitteren Ende verfolgen.

«Meiner Mutter geht es nicht gut. Sie kommt in ein Pflegeheim», sagte sie betont langsam. «Wir müssen nach Deutschland zurück.»

Kaum waren die Worte ausgesprochen brach Miras Welt zusammen. Ja. Sie wollte Veränderung. Doch das war vielleicht etwas viel Veränderung auf einmal.

«Ich habe eine Oma?» fragte sie mit zitternder Stimme.

VORLESUNG

Im Jahr des letzten Morgens

Wie gerädert erwachte Samu. Die Sonne schien hell durch die Schlitze seiner nur halb geschlossenen Rollläden. Sein Schädel dröhnte. Sein Mund war ausgetrocknet. Ein penetranter Geschmack von Menthol lag schwer auf seiner Zunge. Seine Augen brauchten einige Zeit, um sich an die quälende Helligkeit zu gewöhnen.

Um den Schmerz in seinem Schädel zu lindern, schloss er lieber noch einmal das eine Auge. Mit dem anderen, das etwas im Schatten seiner Nase lag, fokussierte er langsam etwas Hölzernes, das nicht mehr als vielleicht einen Meter von ihm entfernt stand. Erst nach einiger Anstrengung erkannte er den Couchtisch vor sich.

Samu lag seitlich auf der Couch. Alles tat ihm weh. Er war eindeutig zu alt für diese Schlafgelegenheit. Das wusste er genau. Doch wie so häufig ließ ihn auch vergangene Nacht der Alkohol vergessen, dass er schon siebenundvierzig Jahre alt war. Er war zu alt für nächtliche Zockereien. Er war zu alt, die Nächte auf der Couch zu verbringen, wo sein weiches Bett doch nicht weit entfernt stand. Er war zu alt für den Mix aus Energydrinks, Alkohol und Kaffee.

Mit viel Überwindungskraft brachte er sein zweites Auge dazu, sich blinzelnd gegen das anstehende Sonnenlicht zu erheben. Einen Sieg, den er sogleich mit stechenden Kopfschmerzen bezahlte. *Verdammter Rotwein*, jagte es ihm durch den Kopf. Gähnend massierte er sich die Nasenwurzel in der Hoffnung auf Linderung. Vergebens. Qualvoll und nur mit größter Mühe beförderte er seinen Körper in eine sitzende Position.

Erst jetzt bemerkte er seine Kreuzschmerzen. *Verdammte Couch.* Mit einem Blick, der einen Basilisk vor Ehrfurcht hätte erstarren lassen, strafte er seine unbequeme Schlafgelegenheit. Sie hatte dies seinem Rücken angetan. Doch unweigerlich bahnte sich ein Lächeln auf seine Lippen. In der Couchritze entdeckte er seine Mentholzigarettenpackung. Nicht alles war schlecht.

Er nahm sich eine Zigarette, griff nach dem Feuerzeug auf dem Couchtisch und zündete sich genüsslich eine der vermisst geglaubten Glimmstängel an. So begann der Tag nicht ganz mies.

Verschlafen wanderten seine müden Augen über das Chaos auf dem Couchtisch, bis sein Blick an der Hülle seines Konsolenspiels hängenblieb. Schmerzvoll jagte die Erinnerung an vergangene Nacht durch seinen Verstand. Xam, sein Tigergreif war in den Tod gestürzt.

«Was für ein Mist», fluchte er leise.

Von den Bewegungen seines Herrchens angelockt, streckte Max seinen Kopf um die Ecke. Kurz verharrte er abwartend, dann trottete er freudig mit dem Schwanz wedelnd auf Samu zu. Er schleckte Samu zur Begrüßung einmal über die Hand. Dann schob er den Kopf unter Samus Arm und ließ sich ein wenig streicheln.

«Guten Morgen, alter Junge», begrüßte Samu seinen besten Freund.

Für einen Moment hielten beide nachdenklich inne, bis Samus Blick auf die Armbanduhr fiel, die noch immer im Chaos des Couchtischs lag.

«Verdammt», entglitt es ihm, «es ist ja schon nach eins.»

Den Blick auf Max gerichtet fuhr er mit aller Strenge, die er aufbieten konnte, fort: «Wir müssen in die Uni, alter Junge».

Den pochenden Schmerz in seinem Kopf ignorierend stand er auf. Sofort drehte sich die Welt um ihn. Schwankend kniff er die Augen zusammen.

«Ich muss erst mal duschen. Halt´ du solange die Stellung!»

Achtlos warf Samu sein T-Shirt und seine Jogginghose auf die Couch und wankte in Richtung Badezimmer.

Eine Dusche und zwei doppelte Espressi später ging Samu Richtung Wohnungstür. Er trug ein annähernd frisches T-Shirt, das unifarben und nicht bedruckt war, eine Jeans, die kaum Löcher aufwies und seine weißen Turnschuhe. Der blonde Dreitagebart sah nicht allzu wild aus. Um die Schulter hing seine abgewetzte Ledertasche. Er war ausgehfertig.

Noch einmal wanderte sein Blick durch die siebenunddreißig Quadratmeter große Wohnung. Hatte er etwas vergessen? Der Fernseher war aus. Die Dusche lief nicht mehr. Der Aschenbecher war zwar voll, qualmte aber nicht.

Gerade wollte sich er sich kopfschüttelnd zum Gehen wenden, als er Max vor sich stehen sah. Mit der Leine im Maul schaute sein Hund ihn erwartungsvoll an.

«Natürlich kommst du mit, mein Guter. Dich würde ich doch nie vergessen», sagte Samu und klopfte Max dabei auf die Seite. «Auf geht's.»

Mit leisen Schritten gingen Samu und Max durchs Treppenhaus des etwas heruntergekommenen Achtzigerjahre Baus. Fast hatten sie die Haustür erreicht, als die Wohnungstür gegenüber der Haustür aufgerissen wurde.

«Herr Amundsen?» dröhnte eine anklagende Stimme durch den Flur.

Verdammt, schoss es Samu durch den Kopf. *Wieder mal nicht schnell genug.*

Abrupt stockte er mitten in der Bewegung, die Türklinke schon fast in der Hand. Max kniff den Schwanz ein und legte die Ohren an. Er ahnte die Gefahr.

«Guten Morgen, Frau Stenzel», begrüßte er seine Vermieterin betont freundlich. «Wie geht es Ihnen?»

«Was meinen Sie denn, wie es mir gehen soll», keifte Martha Stenzel ohne Umschweife los. «Die ganze Nacht habe ich kein Auge zugetan. Über meiner Wohnung klang es wieder, als würde die gesamte Welt untergehen.»

Schon öfter hatte Samu über Kopfhörer nachgedacht. Aber der Sound seines Surroundsystem war einfach zu fesselnd.

«Oh, entschuldigen Sie bitte, hatte ich den Ton ein wenig zu laut eingestellt?», fragte er mit einem gewinnenden Lächeln.

«Und der Zigarettenqualm kommt doch auch aus Ihrer Wohnung. Das ist ein Nichtraucherhaus», wetterte Frau Stenzel weiter. «Und Sie wissen ganz genau, dass ich eigentlich keine Tiere dulden müsste. Ihr Hund hat heute Morgen wieder gebellt.» Anklagend zeigte sie auf Max, der den Kopf etwas einzog.

Noch immer freundlich lächelnd entgegnete Samu resigniert «Kommt nicht wieder vor, Frau Stenzel, ich werde ihn öfter raus lassen.» Mit einem verschmitzten Blick zu Max ergänzte er eilig: «Oh je, Max, du musst bestimmt schon dringend deine Notdurft verrichten. Schnell, schnell, komm mit, nicht das hier im schönen Flur ein Unglück geschieht.» Damit öffnete er die Tür und entfloh den wütenden Blicken seiner Vermieterin.

Wenig später saßen Samu und Max in der S-Bahn. Bis zur Universität waren es gerade einmal drei Stationen. Zu Fuß war die Strecke sogar noch ein Stück kürzer, da die S-Bahn einen langgezogenen Bogen in Kauf nahm, um die Steigung der kleinen Anhöhe zu umgehen, die zwischen Samus Wohnung und der Universität lag. Früher hatten sie die Strecke zu Fuß in einer guten halben Stunde zurückgelegt. Trotzdem verzichtete Samu meist auf den ausgiebigen Spaziergang und wählte den bequemen Weg mit der Bahn.

Für sein Gewissen schob er Max als Begründung vor. Natürlich brauchte Max Auslauf. Aber die Anhöhe immer wieder zu meistern war sicherlich Gift für seine alten Knochen. Seit letztem Herbst merkte man Max sein Alter deutlich an. Er wollte Samu noch immer auf Schritt und Tritt begleiten. Nur seine Beine konnten nicht mehr so schnell laufen, wie sie es noch vor einigen Jahren taten.

So saßen sie wie heute häufig in der Bahn und betrachteten die meist gestressten Pendler. Immer beschäftigt. Immer in Eile. Max hatte sich neben Samu auf einem freien Sitz zusammengerollt.

Ihnen gegenüber saß ein Geschäftsmann, der einen abgetragenen grauen Anzug trug und einen Laptop auf dem Schoß balancierte. Hektisch tippte er. Alle paar Minuten unterbrach er das Tippen, atmete schwer durch und blickte nervös auf sein Handy. Ständig kaute er an seinen Fingernägeln.

Langsam wanderte Samus Hand auf Max Kopf. Dort streichelte er verträumt das weiche Fell hinter den Ohren und gab sich seinen ziellos umherschweifenden Gedanken hin. All die Menschen in der S-Bahn funktionierten einfach. Wie Roboter. Jeder erledigte seine Aufgabe. *So könnte ich nicht leben*, dachte er mitleidig.

Sein Blick wanderte weiter über die anderen Passagiere. Ihm fiel ein vielleicht vierzehnjähriger, leicht dicklicher Junge auf. Er trug eine Brille. Sein Haar wuchs wild. Sein T-Shirt fiel etwas knapp aus. Er stach aus der Menge hervor. Er ließ sich nicht vom Strudel mitreißen.

Immerzu zählte er mit dem Zeigefinger der rechten Hand die Finger seiner linken Hand ab. Wenn er am kleinen Finger ankam, fing er nach kurzer Pause wieder beim Daumen an. Dabei bewegten sich seine Lippen unmerklich. Er zählte. Immerzu. Was er zählte, konnte Samu nicht erkennen. Sein Blick schweifte nicht über andere Menschen. Auch sah er nicht aus dem Fenster, um vorbeirasende Straßenlaternen oder Bäume zu zählen. Er konzentrierte sich nicht etwa auf ein Muster an der Decke oder ähnliches. Sein Blick war einfach entrückt. Er war komplett in sich gekehrt.

Samu lächelte ihn freundlich an. Der Junge reagierte nicht. Samu vermutete, dass er Autist war. Andere Menschen nannten Autismus eine Behinderung. Für Samu schien er der einzig frei von gesellschaftlichen Zwängen Mensch in der Bahn zu sein.

Mit der Durchsage «Nächste Station: Universität» wurde Samu aus seinen Gedanken gerissen. Er lächelte dem Jungen noch einmal aufmunternd zu, verließ mit Max die S-Bahn und betrat den Campus.

Kaum ausgestiegen, atmete er erleichtert durch. Die Luft war frisch. Der Campus war dominiert von weiten Wiesen. Vereinzelt stehende Bäume spendeten Schatten. Die Kopfschmerzen waren fast vergessen und Samu würde annähernd pünktlich kommen, was tatsächlich bemerkenswert war. Pünktlichkeit war nicht seine Stärke.

Noch einmal schaute er auf sein Handy und ließ sich anzeigen, in welches der unzähligen Gebäude er musste, die über den Campus verteilt waren. Schlendernd hielt er auf ein graues Gebäude aus Sichtbeton zu, das vermutlich in den Siebzigerjahren erbaut worden war. Max trottete treu neben ihm her.

Als Samu den Hörsaal betrat, stockte ihm der Atem. Bis auf den letzten Platz war der geräumige Raum bereits voll besetzt. War er doch so spät dran? Noch einmal schaute er auf die Uhr. Er war gerade einmal elf Minuten zu spät. Voll im akademischen Viertel.

Sein Blick wanderte über die anwesenden Studenten. Ein buntes Volk vorrangig junger Menschen. Die meisten saßen. Wenige standen und unterhielten sich angeregt. Viele tippten auf ihren Handys herum. Ein paar waren in Bücher vertieft.

Insgesamt herrschte eine ähnliche Stimmung wie in einem Bienenstock. Freie Sitzplätze konnte Samu auf den ersten Blick keine ausmachen.

Für einen Augenblick ließ er die Atmosphäre auf sich wirken. Dann hielt er von Max flankiert zielstrebig auf den vielleicht einzigen freien Platz im gesamten Hörsaal zu.

Am Lehrerpult angekommen drehte er sich zur Hörerschaft. Lächelnd hob er langsam seine Ledertasche bis weit über den Kopf, verharrte für einen Moment heroisch in dieser Position und ließ sie schließlich krachend auf den Boden fallen.

Sofort herrschte aufmerksame Stille. Handys und Bücher wurden eilig beiseitegeschafft. Alle setzten sich schnellst möglich. Die bienenstockartige Geräuschkulisse war verstummt.

«Guten Tag, meine Damen und Herren», begann Samu mit gewohnt ruhiger Stimme. «Mein Name ist Professor Amundsen. Ich begrüße Sie zur Vorlesung im Nebenfach Psychologie III.»

Als er merkte, dass ihm die ungeteilte Aufmerksamkeit der Studenten gehörte, ließ er sich schwerfällig in den Stuhl fallen und legte die Füße betont langsam auf den Tisch. Jede seiner Bewegungen wurde von den Zuhörern mit Argusaugen verfolgt, die den unrasierten Mann nicht recht einzuschätzen wussten.

«Ich möchte Sie in diesem Semester in die Welt der Gedanken, der Ideen und der Träume entführen. Was sind Gedanken? Woher kommen sie? Wohin gehen sie, nachdem sie gedacht wurden?»

Kurz hielt er inne und ließ seine Worte wirken.

«Warum haben manche Menschen abstrakte Gedanken bis hin zu verrückten Ideen? Wie kann man etwas völlig Neues, nie Dagewesenes erfinden, an das zuvor noch niemand, nicht einmal im Traum dachte? Warum sind Träume frei von Schranken, Hindernissen und den Barrieren, die unser Tagdenken beschränken? Wie können wir es schaffen diese Hindernisfreiheit in unser Wachdenken zu transferieren, um frei zu denken? Dies sind die zentralen Fragen, mit denen wir uns in diesem Semester beschäftigen wollen.»

Zufrieden betrachtete er die Reaktionen seiner Zuhörer. Er hatte sie schon fast für sich gewonnen.

«Ich möchte diese Vorlesung mit zwei Gedankenexperimenten beginnen, damit Sie besser verstehen, worum es mir geht.»

Aufmerksam sah er sich unter den Studenten um.

«Machen Sie sich bitte zunächst frei von allem Unnötigen. Packen Sie Ihre Handys beiseite und die Bücher weg. Schaffen Sie sich den Freiraum, den Ihr Geist braucht.»

Anstandslos begannen die Studenten seinen Anweisungen Folge zu leisten. Er hatte sie.

«Ich weiß, Sie sind jung», fuhr er fort. «Doch ich bin mir sicher, dass jeder von Ihnen den wunderbaren Film Ghostbusters mit Bill Murray, Dan Aykroyd und dem Typ, der Egon spielt, gesehen hat.»

Ein leichtes Murmeln ging durch den Saal. Samu vergaß jedes Jahr aufs Neue, wie verdammt jung die Studenten waren. Und sie wurden jedes Jahr jünger, da war er sich sicher.

«Das erste Gedankenexperiment, das ich mit Ihnen exerzieren möchte, nenne ich Ghostbusters-Experiment. Dazu möchte ich Sie bitten, die Augen zu schließen und sich zu entspannen.»

Samu wartete gelassen, bis auch die letzten Skeptiker ihre Augen geschlossen hatten.

«Erinnern Sie sich bitte zurück an die Schlüsselszene des Films. Versetzen Sie sich in einen der drei Charaktere hinein, als sie auf dem Dach des Gebäudes stehen und entscheiden sollen, in welcher Gestalt der Dämon die Stadt zerstören soll. Sie erinnern sich? Die Ghostbusters stimmen sich kurz ab und begreifen, dass sie für einige Zeit ihre Köpfe zu leeren müssen, damit das Böse keine Gestalt annehmen kann.»

Wieder gab er den Zuhörern mit einer kurzen Pause die Möglichkeit, sich voll in die Situation hineinzuversetzen.

«Sie wissen schon. Die Szene nach der letztendlich Marshmallow-Man kommt.»

Hier und da erkannte er durch ein flüchtiges Lächeln, dass die Szene zumindest dem ein oder anderem der Anwesenden bekannt sein musste.

«Ich möchte, dass nun auch Sie Ihre Köpfe leeren. Ich möchte, dass Sie, wie im Film, für zehn Sekunden an nichts denken. An gar nichts.»

Wieder ließ er einen Moment verstreichen.

«Ab jetzt.»

Samu schaute auf seine Uhr. Es herrschte absolute Stille. Er hatte die Studenten tatsächlich so weit. Alle spielten mit. Keiner verließ den Raum oder hatte die Augen geöffnet. Sie fraßen ihm aus der Hand. Er grinste in sich hinein und ließ einige Sekunden verstreichen.

«Öffnen Sie bitte die Augen», beendete er schließlich das Experiment. Auffordernd blickte er einen jungen Mann in der ersten Reihe an. «Würden Sie uns bitte sagen, woran Sie gedacht haben?»

Etwas verlegen antwortete der Angesprochene: «Ich habe versucht an nichts zu denken.» Beschämt senkte er den Blick. «Dann dachte ich an eine schwarze, sternenlose Nacht. Und schon dachte ich an Sterne.»

«Vielen Dank für ihre Offenheit», erwiderte Samu.

Sein Blick wanderte weiter zur Sitznachbarin des Angesprochenen. «Haben Sie es geschafft?», fragte er die junge Frau mit den hochgesteckten Haaren und der Hornbrille. «Sie wirken so, als hätten Sie ihre Gedanken besser unter Kontrolle als Ihr Nachbar.»

Die Studentin wurde ebenfalls sichtlich verlegen und antwortete «Nein, Herr Professor, ich habe es auch nicht geschafft. Ich habe das Bild des Marshmallow-Man zunächst einfach nicht aus dem Kopf bekommen. Um ihn los zu werden stellte ich mir eine Leere in meinem Kopf vor. Doch kaum, dass mein Kopf leer war, hörte ich das Blut durch meine Ohren pumpen. Ich spürte mein Herz schlagen und nahm meine Atmung wahr. Ich war der Meinung, ich sei auf einem guten Weg in mich zu kehren wie bei einer Meditation. Doch kaum hatte ich das gedacht, manifestierte sich das Bild eines meditierenden Buddhas.» Verlegen lächelte sie Samu an. «Tut mir leid. Bei mir wäre wohl Buddha erschienen, um die Welt zu zerstören.»

Lächelnd wanderte Samus Blick langsam durch die Reihen der Studenten. «Ist irgendwer der Anwesenden der Meinung, er hätte die Aufgabe erfüllt?», fragte er offen in die Runde. «Irgendwer?», beharrte er nach einer Pause.

Niemand meldete sich. Betont langsam fasste Samu das Ergebnis des Experiments zusammen.

«Sie sehen. Gedanken können nicht ausgeschlossen werden. Gedanken sind immer in uns. Gedanken sind allgegenwärtig in jedem denkenden Wesen. Gedanken kommen aus dem nichts. Gedanken rasen. Kaum ist ein Gedanke gedacht, führt er zu einem nächsten Gedanken, aus dem ein weiterer entsteht.»

Für einen Moment ließ er sein Resümee im Raum stehen und betrachte zufrieden die aufkeimende Erkenntnis in einigen Gesichtern der Anwesenden.

«Wie wir den Weg der Gedanken beeinflussen können, ist die große Frage, der wir gemeinsam auf den Grund gehen wollen.»

RIESENRAD

18 Jahre vor dem letzten Morgen

Das Zimmer war beängstigend klein. Schlauchförmig. Es war warm und die Luftfeuchtigkeit viel zu hoch. Im Raum hing ein permanenter Geruch von Urin. Auch der Blick aus dem kleinen Fenster eröffnete keine neuen Perspektiven. Das Nachbargebäude war kaum zehn Meter an das Altenheim heran gebaut worden. Im Vergleich zur gewohnten Weite und dem freien Blick bis zur weit entfernten Bergkette, war alles bedrückend eng.

Dennoch wollte Mira in diesem Moment nirgendwo lieber sein als genau hier. Hier bei ihrer Oma. Die wenigen Tage seit ihre Mutter von der Demenzerkrankung von Miras Oma erfahren hatte, waren wie im Flug vergangen. Noch am selben Tag hatten sie in aller Eile das nötigste Hab und Gut in den kleinen Corsa verfrachtet und waren nach Deutschland aufgebrochen.

Die Fahrt hatte fast die ganze Nacht über gedauert. Dennoch hatte Mira kein Auge zu getan. Viel zu aufgewühlt war sie, um auch nur im Entferntesten an Schlaf zu denken. Immerzu hatte sie versucht, sich ein Bild von ihrer Oma zu machen. Sie konnte es einfach nicht fassen, dass da neben ihrer Mutter doch noch jemand an Familie war.

Und nun saß sie ihr gegenüber. Eine ältere Dame. Etwas füllig. Graues schütteres Haar. Ihr Gesicht war von Falten durchzogen. Mira fiel auf, dass es nicht nur altersbedingte Falten waren. Um die Augen und den Mund konnte sie deutlich die Überreste von einst ausgeprägten Lachfalten erkennen. Sie war sich sicher, dass ihre Oma früher viel gelacht hatte. Sie musste ein abwechslungsreiches, interessantes Leben geführt haben. Sie hatte sicherlich viel Spaß gehabt. Mira stellte sich vor, wie ihre Oma stets lachend durchs Leben gegangen war. Doch das war lange her.

Seit Stunden starrte sie Mira an. Und Mira saß ihr gegenüber und betrachtete ihre Oma ebenso wortlos. Ihre Hände waren vom Alter gezeichnet. Übersät von Altersflecken und kleinen Narben, die von einem arbeitsreichen Leben berichteten. Mira fiel eine besonders große Narbe auf, die vom Daumenballen quer über den Handrücken verlief. Mit ihrer kräftigen lila Färbung hob sie sich deutlich von der faltigen Haut ab. Die Ränder waren etwas ausgefranst. Vielleicht war die Wunde durch ein schartiges, altes Messer verursacht worden.

«Woher hast du die Narbe an deiner Hand, Oma?», versuchte Mira erneut ein Gespräch aufzubauen.

Sofort lächelte ihre Oma. Es war kein höfliches Lächeln, das dem Anstand geschuldet war. Vielmehr lag darin eine kindliche Freude. Vielleicht erinnerte sie sich gerade zurück. Vielleicht durchlebte sie noch einmal, wie sie sich die Wunde einst zugezogen hatte. Vielleicht war es als Kind passiert, als sie über einen alten Weidenzaun geklettert war, um Kühe zu jagen.

Doch ihre Augen erfassten ihre Enkelin nicht. Es würde ihr Geheimnis bleiben.

Auf fast keine der wenigen Fragen, die sie bislang gestellt hatte, hatte Mira eine Antwort erhalten. Meistens erhielt sie nicht einmal eine Reaktion. Das flüchtige Lächeln von eben war eine Seltenheit. Meist reagierte sie gar nicht.

Einzig auf eine Frage hatte sie geantwortet, als Mira am frühen Vormittag gefragt hatte: «Kannst du dich noch an mich erinnern? Ich bin Mira, deine Enkeltochter.»

Kaum hatte Mira die Frage gestellt, hatten die Augen ihrer Großmutter den abwesenden, jedoch glücklichen Glanz verloren. Ihr Gesicht wurde traurig. Der Körper sackte unmerklich in dem großen Ohrensessel zusammen.

«Ich hatte mal eine Enkelin, die Mira hieß“, antwortete sie entrückt. «Aber sie musste gehen. Sie hatte einen zu großen Einfluss auf andere.»

Es dauerte eine Weile, bis sich erneut das kindlich glückliche Lächeln in die Gesichtszüge ihrer Oma stahl.

Ausgelaugt betrat Sandra spät am Nachmittag den Haupteingang des Altenheims. Den ganzen Tag über war sie unterwegs gewesen, um Erledigungen zu machen. Alles musste geregelt werden. Wieder einmal wurde ihr bewusst, wie lange sie vor der Alltagsmaschinerie des deutschen Behördentums geflohen war.

Stunden hatte sie in diversen Warte- und Vorzimmern verbracht, um ihre Mutter zu entmündigen, ihr einen Schwerbehindertenausweis zu beantragen und eine Vorsorgevollmacht zu erwirken. Nebenbei musste sie sich um eine neue Wohnung in der Nähe des Altenheims kümmern und war auf der Suche nach einem neuen Job. Mira hatte sie, wie die letzten Tage zuvor, im Altenheim abgestellt, um ungestört die verhassten Behördengänge zu erledigen.

Mit einem Kopfnicken begrüßte sie im Vorübergehen die Dame an der Anmeldung.

Genervt nickte die etwas ältere, rüstige Frau zurück, die gerade mit einem jungen Mädchen diskutierte, das vor dem Tresen stand. Die Kleine war vielleicht in Miras Alter. Mit ruhiger Stimme sprach sie bestimmt auf ihr Gegenüber ein. Sie sprach betont langsam und etwas lauter, als es für den geringen Abstand zu ihrem Gesprächspartner vermutlich erforderlich gewesen wäre. Scheinbar ging sie davon aus, dass die Dame an der Anmeldung nicht mehr allzu gut hörte.

Immer wieder zeigte sie auf ihr Handy, das sie vor sich auf den Anmeldetresen gelegt hatte. Worum genau es in der Diskussion ging, konnte Sandra nicht heraushören, dennoch stellte sie mit Bewunderung fest, wie selbstsicher die Kleine auftrat. Sie wirkte unglaublich erwachsen. Nicht vom Körperlichen her. Ihre Statur war noch die eines Mädchens. Doch sie war erstaunlich selbstsicher.

Nachdenklich fragte Sandra sich, ob Mira ein Gespräch mit einem Fremden genauso hätte führen können. *Vermutlich nicht*, musste sie sich schnell eingestehen. Mira war schüchtern bis zurückgezogen. Niemals wäre sie so selbstsicher in einen Dialog gegangen und hätte den Gesprächsverlauf so zielsicher dominiert.

War es ein Fehler gewesen, sie zu isolieren, jagte es Sandra wie ein Blitz durch den Kopf. Sie hatte ihrer Tochter jede Möglichkeit der menschlichen Interaktion genommen. Hatte sie sie zu sehr eingeschränkt? Hatte sich Mira in der Isolation nicht so entfalten können, wie andere Kinder?

Mira war durchaus intelligent. Auch sie könnte schon längst ein Handy bedienen, oder Dialoge auf erwachsenem Niveau führen. Sie hatte einfach nur nie die Möglichkeit erhalten, es zu versuchen und zu üben, gestand Sandra sich schließlich ein.

Eiligen Schrittes ging sie in Richtung des Treppenhauses. Auf dem Weg nach oben zählte sie in Gedanken die Stufen. Es waren neun Stück. Genauso viele Treppenstufen, wie Mira alt war. Genauso viele Treppenstufen, wie viele Jahre sie allein mit ihrer Mutter verbracht hatte. Genauso viele Treppenstufen wie Sandra ihrer Tochter Jahre der Entfaltung genommen hatte.

Lange stand Sandra in der offenen Tür des Zimmers ihrer Mutter. Noch hatten ihre Mutter und ihre Tochter sie nicht bemerkt. Schweigend betrachtete sie ihre Tochter. Mira wirkte plötzlich unglaublich jung und zerbrechlich.

Beschämt wurde Sandra bewusst, was sie Mira alles genommen hatte. Natürlich hatte sie in der Zweisamkeit Liguriens oft daran gedacht, ob sie den richtigen Weg eingeschlagen hatte. Doch immer wieder rechtfertigte sie sich damit, dass die Vorfälle, die sie mit ihrem kleinen Baby erlebt hatte, ihr keine Wahl gelassen hatten.

Sie hatte in der Isolation den einzigen Ausweg gesehen. Doch waren die Vorfälle tatsächlich so dramatisch gewesen? Oder hatte sie die Situationen vielleicht falsch eingeschätzt? Waren die Menschen um Mira herum vielleicht stets einfach nur hilfsbereit und freundlich gewesen? War sie, von ihrem Partner verlassen, mit dem kleinen Baby einfach überfordert gewesen?

Langsam schüttelte Sandra den Kopf. Was hatte sie ihrer Tochter alles genommen? Welche Chancen hatte Mira bereits verpasst? Wie hätte sie sich entwickelt, wäre sie unter Menschen gewesen, wie jedes andere Mädchen auch? *Wäre sie selbstsicherer? Selbstbewusster? Wäre sie aktiver oder weniger in sich zurückgezogen?*

Entschlossen ging sie auf Mira zu und nahm sie energisch in den Arm. Eine Träne lief ihre Wange herab. «Es tut mir leid, meine Süße», brach es aus ihr hervor. «Es war ein Fehler.»

Lange umarmte sie ihre Tochter, ehe sie sich gefasst hatte.

«Es ist ein Jahrmarkt in der Stadt. Möchtest du mit mir dort hingehen? Ich würde mich freuen, wenn du ein wenig unter Leute kommst.»

Früh am Abend lief Mira mit offenem Mund strahlend neben ihrer Mutter. Aufgeregt jagte ihr Blick von einer Seite zur anderen. Auf dem Jahrmarkt wimmelte es nur so vor Menschen. Bis zu diesem Tag hatte sie nicht einmal geahnt, dass es so viele Menschen geben könnte. Geschweige denn in einer Stadt. Geschweige denn auf einem Jahrmarkt.

«Was isst der Mann da?», fragte sie mit einem Blick, der eine Mischung aus Ekel und Interesse widerspiegelte.

«Das ist eine Currywurst, Süße. Das schmeckt gut. Magst du eine probieren?»

Skeptisch sah sie ihre Mutter an. Kurz überlegte sie, bis sie schließlich verängstigt den Kopf schüttelte. «Lieber nicht.»

Nach zwei weiteren Marktbuden blieb Mira abrupt stehen. Ihre Augen weiteten sich. Sie zog ihre Mutter am Arm zu sich herunter und flüsterte aufgeregt in ihr Ohr: «Dürfen diese Kinder die Autos schon fahren, Mama?»

Schmunzelnd flüsterte Sandra zurück: «Das ist ein Autoskooter. Die Autos sind extra für Kinder gemacht. Da kann nichts passieren.»

Sie gab Mira einen kurzen Augenblick Zeit, um das Gehörte zu verarbeiten, dann fragte sie verschwörerisch: «Magst du eine Runde fahren? Wir könnten uns ein Auto zusammen nehmen. Du lenkst und ich lasse mich kutschieren. Na, was denkst du? »

Kurz überlegte Mira eher sie abwiegelte. «Lass uns lieber noch ein wenig spazieren und Leute beobachten.» Schweigend schlenderten sie Hand in Hand weiter.

Sandra betrachtete verträumt ihre Tochter, die alles um sich wie ein Schwamm aufsog. Sie war wissbegierig und interessiert. Doch mutig war Mira keinesfalls. Traurig erkannte Sandra, wie viel ihre Tochter verpasst hatte. Wie viel sie ihr genommen hatte. Und dies nur wegen der Wahnvorstellung einer überforderten jungen Mutter? Sandra schämte sich. Sie würde alles wiedergutmachen. Sie würde dafür sorgen, dass Mira all das aufholte, was sie ihr genommen hatte.

«Komm. Ich weiß, wohin wir gehen.»

Sachte zog sie Mira mit sich durch die Schluchten der eng beieinanderstehenden Jahrmarktsbuden. Sie hatte entdeckt, was sie mit Mira ausprobieren wollte. Der perfekte Punkt, um die

Menschenströme zu überblicken. Die perfekte Mutprobe, um etwas aus sich herauszukommen.

Mira hatte es noch nicht gesehen. Zu abgelenkt waren ihre Augen von all den Eindrücken um sie herum. Das bis weit in den Himmel aufragende Konstrukt nahm sie noch nicht wahr. Noch zweimal mussten sie abbiegen, dann stellten sie sich an der Schlange der Wartenden an.

Fasziniert betrachtete Mira die Menschen vor und hinter sich, die mit allerlei Popcorn, Zuckerwatte oder anderen Süßigkeiten warteten. Immer wieder sahen sie zum Himmel auf. Erst als Mira dem Blick der anderen folgte und ihren Kopf ebenfalls in den Nacken legte, erblickte sie das riesige, hell erleuchtete Rad, an dessen Schlange sie sich angestellt hatten.

Es überragte die Buden des Jahrmarktes um ein Vielfaches. Bis hoch in den Himmel reichte es hinauf. Höher noch als ihre geliebten Berge. Mit offenem Mund drehte sie sich fragend zu ihrer Mutter, die sie voller Vorfreude anlächelte.

«Ist das nicht schön, Süße? Schau nur wie es leuchtet. Von dort oben haben wir einen wunderbaren Blick über all die Menschen. Hast du Lust?»

Argwöhnisch betrachtete Mira das Riesenrad. Erst jetzt erkannte sie, dass in den winzigen Gondeln tatsächlich Menschen saßen. Sie waren klein wie Spielzeugfiguren.

«Und da kann man wirklich drin fahren, Mama?», fragte sie unsicher.

«Natürlich, Süße. Schau nur wie glücklich die Menschen dort vorne sind, die an der Reihe sind in die Gondeln einzusteigen.»

Kurz überlegte Mira.

Sandra sah ihr an, dass sie der ganzen Sache nicht wirklich traute.

«Was ist, wenn es umfällt?»

Schmunzelnd antwortete Sandra: «Warum sollte es umfallen? Es ist sicher, glaub mir.»

Als sich Miras skeptischer Blick noch immer nicht aufhellen wollte, fügte Sandra schnell hinzu: «Ich bin das als Kind auch immer gefahren. Du brauchst keine Angst zu haben.»

Mira umklammerte Sandras Hand etwas fester und betrachtete gebannt das große Riesenrad. Nun waren ihr die Menschen um sie herum völlig egal. Ihre ganze Aufmerksamkeit galt dem Konstrukt, in das sie gleich einsteigen sollte.

Immer weiter näherten sie sich, von der Menschenschlange vorwärts gedrängt, dem Einstiegsbereich vor der untersten Gondel.

Zwei weitere Gondeln bewegten sich in Richtung Himmel. Wieder kamen Sandra und Mira dem Eingang ein Stück näher.

Noch einmal blickte sie sich nervös um. Hinter ihnen standen mittlerweile immer mehr Menschen an. Alle wollten sie Riesenrad fahren.

Zwei weitere Gondeln hoben ab. Wieder schob sie die Menschenschlange unerbittlich ein Stück näher in Richtung Riesenrad.

«Ist das nicht viel zu hoch, dort oben?», fragte sie ihre Mutter mit einem leicht ängstlichen Blick.

«Mach dir keine Sorgen, Süße. Ich kann ja deine Hand halten. »

Wieder stiegen zwei Fahrgäste in eine der Gondeln. Unermüdlich drehte sich das Riesenrad und hob die Fahrgäste ein Stück an.

«Ein Erwachsener und ein Kind, bitte», sagte Sandra als sie am Kartenhäuschen ankamen. Sie nahm die Tickets entgegen und drückte Mira eines davon in ihre freie Hand.

«Ich glaube, ich will lieber nicht, Mama.»

«Na komm schon. Manchmal muss man sich überwinden, um ein Abenteuer zu erleben. Und für deinen Mut wirst du mit einem wunderbaren Ausblick belohnt, wenn wir oben sind.»

Wieder gingen sie einen Schritt weiter.

Schon standen sie direkt vor dem großen Riesenrad. Mira blickte an den leuchtenden Verstrebungen des Konstrukts entlang bis zur obersten Gondel. Alles begann sich zu drehen. Kurz wurde Mira schwarz vor Augen. *In etwas so Hohes sollte man nicht einsteigen,* jagte es ihr durch den Kopf. Das war Wahnsinn.

Mira begann zu zittern. Ihr Herz raste. Ihre Hand war schweißnass. Flehend blickte sie ihre Mutter an. «Ich habe Angst, Mama!», flehte sie weinerlich.

«Hab dich nicht so. Jetzt haben wir schon die Tickets gekauft. Ich bin doch bei dir.»

Mira schloss die Augen. Noch immer drehte sich alles. Sie wandte sich zu ihrer Mutter und nahm sie fest in den Arm. Mit aller Kraft klammerte sie sich an sie und wollte die Augen einfach nicht mehr öffnen; wollte dem Wahnsinn entfliehen. Sie atmete tief durch und versuchte sich selbst zu beruhigen; versuchte sich auf den Atem ihrer Mutter zu konzentrieren.

Sie wollte alles um sich herum vergessen. Es gab nur noch sie und ihre Mutter. So wie es immer war. Wie es gut war. Sie war vollkommen in sich gekehrt, als sie mit geschlossen Augen langsam mit gepresster Stimme sagte: «Das ist zu hoch».

Für eine Weile verharrten sie regungslos.

Mira hatte pochende Kopfschmerzen bekommen. Ob sie der Angst, der Aufregung oder dem Schwindel entstammten, wusste sie nicht. Schließlich riss sie die besorgte Stimme ihrer Mutter aus ihren Gedanken.

«Komm mein Schatz, lass uns gehen», sprach Sandra mit zitternder Stimme.

Langsam öffnete Mira die Augen. Sie löste sich aus der Umarmung ihrer Mutter, hielt sie jedoch noch immer fest an der Hand.

Langsam sah sie sich um. Der Platz um sie herum war menschenleer. Alle, die bis eben noch in der Schlange hinter ihnen angestanden hatten, waren gegangen. Das Kassenhäuschen war nicht mehr besetzt. Der Einweiser, der bis eben noch den Gästen beim Einsteigen geholfen hatte, war weg.

«Komm mit, wir gehen nach Hause, Süße!», sagte Sandra unter Tränen.

WASSERSPEIER

Im Jahr des letzten Morgens

«Ich habe Ihnen noch ein zweites Gedankenexperiment für die heutige Vorlesung versprochen», führte Professor Samu Amundsen gegen Ende seiner Vorlesung aus. «Dieses Experiment nenne ich das Tisch-Gedankenexperiment».

Kurz ließ er seine Worte sacken und betrachtete die interessierten Gesichter der Studenten, die sich sichtlich auf die Abwechslung von den sonst eher theoretischen Frontalvorlesungen freuten.

«Bitte schließen Sie die Augen und entspannen Sie sich.»

Samu wartete, bis alle Studenten ihre Augen geschlossen hatten. Er streichelte Max, der sich unter dem Lehrerpult zusammengerollt hatte, über den Kopf, stand auf und ging ein paar Schritte auf die Zuhörerschaft zu.

«Nun möchte ich, dass Sie sich einen Tisch vorstellen. Das ist schon die ganze Aufgabe. Lassen Sie in ihren Gedanken, in ihrem Kopf einen Tisch entstehen. Wie der Tisch aussieht, bleibt Ihnen überlassen.»

Wieder ließ er einige Sekunden verstreichen.

«Ich hoffe Sie haben nun alle einen Tisch vor Ihrem geistigen Auge entstehen lassen? Sehr gut. Dann öffnen Sie bitte die Augen.»

Verhalten öffneten die Studenten ihre Augen und sahen den Professor mit ungläubig fragenden Blicken an.

«Nun bitte ich um Handzeichen. Ich möchte, dass alle Anwesenden ihre Hand heben, die sich einen Tisch mit vier Beinen vorgestellt hatten.»

Zögernd hoben fast alle der Anwesenden ihre Hand. Die Studenten in den vorderen Reihen drehten sich dabei leicht nach hinten, um sich einen Überblick über die Anzahl der Meldungen verschaffen zu können.

Auch Samu blickte sich um. Dann ging er ein paar Schritte auf eine Studentin aus dem kleinen Kreis derer, die sich nicht gemeldet hatten zu.

«Wie viele Beine hatte Ihr Tisch?»

«Ich dachte an den Esstisch meiner Eltern. Er hat nur ein massives Bein in der Mitte des Tisches», antwortete die Angesprochene.

«Sehr schön.»

Samu ließ seinen Blick weiter wandern und sprach einen jungen Mann an, der sich ebenfalls nicht meldete.

«Beschreiben Sie mir bitte Ihren Tisch. Wie viele Beine hat ihrer?»

«Das ist nicht ganz leicht, Herr Professor», antwortete der Angesprochene stockend. «Ich denke, mein Tisch hat keine Beine.»

«Keine Beine?» Etwas verwundert sah Samu den Studenten an. «Beschreiben Sie ihn uns bitte näher.»

«Nun, ich dachte an den Resolute Desk, aus dem Weißen Haus im Oval Office. Kennen Sie den? Der ist sehr massiv. Mehr wie ein großer Kubus. Beine hat er jedenfalls nicht wirklich.»

Zufrieden lächelte Samu. «Ah, Sie meinen dieses massive Ding? Ja, da haben sie wohl recht.»

Samu ging ein paar Schritte zurück, bis er wieder neben seinem Lehrerpult stand. Mit der Hand fuhr er langsam über den einfachen Holztisch.

«Wer von Ihnen dachte an einen Tisch aus Holz?»

Wieder fuhren fast sämtliche Hände in die Höhe.

«Wer von Ihnen dachte an einen Tisch, den er schon einmal in seinem Leben gesehen hatte, sei es bei sich zu Hause, bei Freunden, im Möbelhaus oder im Fernsehen?» Wieder hoben fast alle der Studenten ihre Hände.

Zufrieden nickte Samu.

«Was ich Ihnen mit diesem Experiment demonstrieren wollte, ist Ihre eigene Begrenztheit!»

Mit Genugtuung registrierte er die fragenden Blicke der Anwesenden.

«Sie alle, wie Sie hier sitzen, sind beschränkt! Sie sind Gefangene Ihres konservativ fantasielosen Denkens.»

Mit einer ausgiebigen Pause ließ er seine Worte wirken.

«Sie können ruhig Ihre Hände wieder runternehmen», sprach er schließlich mit einem kleinen Schmunzeln die wenigen an, die scheinbar fassungslos noch immer ihre Hände in die Luft reckten.

«Fast jeder von Ihnen dachte an etwas ihm Bekanntes. Etwas das Ihnen vertraut ist. Etwas das Sie schon einmal irgendwo gesehen haben. Ich hatte Ihnen alle Optionen, alle Möglichkeiten gelassen. Ich habe extra betont, dass es völlig offen ist, wie der Tisch aussehen kann. Doch niemand von Ihnen hat diese Möglichkeit ergriffen.»

Zufrieden schmunzelte er.

«Ich nehme an, niemand von Ihnen hat sich einen Tisch vorgestellt, der auch nur im Geringsten außergewöhnlich ist, anders als sämtliche Tische dieser Welt. Bitte melden Sie sich, sollte ich falsch liegen.»

Fragend sah Samu in die Runde.

«Niemand von Ihnen denkt über seinen Tellerrand hinaus», fuhr er schließlich fort, als sich keiner im Raum meldete.

«Niemand nutzt das unglaubliche Potenzial des menschlichen Gehirns, sich mittels Gedankenkraft etwas vorzustellen, was es nicht bereits gibt. Ich nehme an, niemand von Ihnen hatte einen Tisch vor Augen, der anstatt aus Holz oder Metall sagen wir aus unzähligen Schmetterlingen bestand. Niemand hatte einen fliegenden Tisch, ganz ohne Beine, oder einen Tisch aus festem Licht. Und selbst das wären zwar zugegebenermaßen außergewöhnliche Möbel, aber es wären letztendlich Tische gewesen, die lediglich aus anderen Materialien, anderen Dingen oder einer anderen Form bestünden, die uns vertraut sind.

Wieder ließ Samu seine Worte einen Moment wirken.

«Unser Gehirn ist wie wir Menschen selbst ein Gewohnheitstier. Wir denken in uns bekannten, bequemen Bahnen. Unsere Gedanken sind Gefangene der Beschränktheit unserer Wirklichkeit.»

Kurz überlegte er.

«Nehmen Sie als erläuterndes Beispiel einen Maler. Ein Maler denkt über Bilder nach, die sich aus Geometrie und Farben zusammensetzen, die er kennt, anstatt seinen Geist zu befreien. Als weltbewegend innovativ werden sofort diejenigen ihrer Zunft bezeichnet, die mit etwas bunteren Farben als zuvor, etwas unschärfer als zuvor oder etwas blumiger als zuvor arbeiten.

Das Maximum an Verrücktheit ist es, einen Affen ein Bild mit Ketchup malen zu lassen. Das wird dann sofort als hochkarätige, richtungsweisende Innovation bezeichnet. Doch es ist auch nichts anderes als ein Tisch aus Schmetterlingen. Etwas, bestehend aus etwas Bekanntem in einem anderen Kontext. Sie müssen zugeben, das ist nur ein wenig fantasievoll und überhaupt nicht einfallsreich.»

Zufrieden sah er sich unter den Gesichtern der Studenten um und glaubte zumindest hier und dort eine gewisse Erkenntnis sehen zu können.

«Bevor ich diese Stunde beende, möchte ich Sie ermuntern, sich über das Potenzial ihrer Gedanken im Klaren zu werden. Unsere Gedanken sind so viel mehr, als nur etwas Bekanntes in einem anderen Zusammenhang zu verwenden. Nutzen Sie ihre Fantasie. Lassen Sie ihren Gedanken freien Lauf. Denken Sie in anderen Bahnen. Befreien Sie Ihren Geist!»

Als der letzte Student den Vorlesungssaal verlassen hatte, fiel die Anspannung der ersten Vorlesung des Semesters von Samu ab.

Er war völlig ermattet. Sein Schädel dröhnte. Wieder spürte er deutlich die Folgen der letzten Nacht. Durch die Anspannung waren die Kopfschmerzen während der Vorlesung fast vergessen gewesen. Doch nun, mit dem Entlassen der Studenten, meldete sich sein Körper vehement zu Wort. Müdigkeit und Kopfschmerzen bildeten eine zerstörerische Einheit.

Er sollte vor Vorlesungen nicht mehr so lange zocken, nahm er sich erneut vor. Mit herabhängenden Schultern schlurfte er müde zu Max, der noch immer zusammengerollt unter dem Lehrerpult schlief.

«Na alter Junge, das hätten wir wieder einmal geschafft. Ich denke, wir haben uns nicht zu schlecht verkauft.»

Träge hob Max den Kopf und betrachtete fragend sein Herrchen. Samu fuhr seinem Hund sanft über das grau-schwarz-beige Fell. Dankend leckte Max über die Hand seines Herrchens.

«Komm, wir gehen nach Hause. Die Couch ruft.»

Auf dem Campus atmete Samu tief durch. Die Luft tat seinem dröhnenden Schädel gut. Entspannt ließ er seinen Blick schweifen. Am Ende der weitläufigen Rasenflächen erblickte er die S-Bahnstation. Fragend schaute er Max an.

«Was meinst du? Sollen wir den Nachhauseweg mal wieder zu Fuß in Angriff nehmen, oder fühlst du dich dafür zu alt?»

Max drehte fragend den Kopf, als müsste er über die Vorschläge seines Herrchens erst gründlich nachdenken. Samu gab seinem Hund etwas Zeit, doch als er erkannte, dass Max unsicher ob der Antwort war, zeigte er mit ausgestrecktem Arm auf die S-Bahnstation.

«Also. S-Bahn fahren und schnell zu Hause ankommen?»

Kurz wartete er, bis er sicher war, dass Max verstanden hatte. Dann fuhr er langsam mit seinem Arm herum und zeigte in Richtung der Anhöhe, in die fast entgegengesetzte Richtung.

«Oder laufen und ein wenig durchatmen?»

Als hätte Max nur die gestenreiche Erläuterung gebraucht, um die Worte seines Herrchens zu verstehen, lief er sicheren Schrittes, dem Wegweiser des ausgestreckten Arms folgend, in Richtung der Anhöhe.

Lächelnd schloss sich Samu seinem Hund an.

Mit jedem Schritt und jedem tiefen Atemzug ging es Samu ein Stück besser. Kaum hatte er den weitläufigen Campus verlassen, folgte er einem Wanderweg durch einen lichten Wald. Die Strecke führte leicht bergauf. Häuser oder sonstige Anzeichen von Zivilisation begegneten ihm nicht. Wie rein und naturbelassen dieser Teil der sonst belebten Stadt war, hatte Samu völlig verdrängt.

Nur ein wenig außer Atem erreichten sie schließlich eine Weggabelung direkt unterhalb des Plateaus der kleinen Anhöhe, die Samus Wohnung von der Universität trennte.

«Na alter Junge. Sieht so aus, als wären wir beide doch noch recht fit.»

Dabei klopfte er seinem Australian Shepherd auf die Seite. Der Hauptweg führte links ein Stück um das Plateau herum und war der direkte Weg zu Samus Wohnung. Nach rechts führte ein Trampelpfad in Richtung des Plateaus. Das Gras wucherte seitlich des schmalen Weges hoch und beugte sich weit in den Pfad hinein, sodass dessen Verlauf nur schwer zu überblicken war.

Scheinbar war schon längere Zeit niemand mehr auf dem Plateau der Anhöhe gewesen. Kurz hielt Samu inne. Er drehte sich um und genoss den Blick zurück in Richtung Campus. Doch nicht nur das Universitätsgelände erstreckte sich in voller Größe unter ihm. Bis weit über darüber hinaus konnte Samu durch den wolkenlosen Himmel sehen.

Tief atmete er ein. Seine Kopfschmerzen waren durch den Spaziergang tatsächlich verflogen. Max setzte sich neben ihn und richtete seinen Blick ebenfalls in die Ferne. Gemeinsam genossen sie eine Weile den friedvollen Moment.

«Was meinst du», forderte Samu seinen Hund schließlich auf, «sollten wir uns mal oben auf dem Plateau der Anhöhe umschauen? Von dort ist der Blick sicher noch besser!»

Mit einem Lächeln blickte er auf Max herab. «Komm mit. Es wird Zeit für neue Wege.»

Das Plateau war nur von wenigen Bäumen umgeben und bot fast rundherum einen freien Blick über die gesamte Stadt, die von grünen Wäldern und gelben Sonnenblumenfeldern umgeben war. Es war in etwa so groß wie ein halbes Fußballfeld und war ebenso mit saftigem, wenn auch deutlich weniger gepflegtem Grün bedeckt.

Annähernd in der Mitte stand ein in die Jahre gekommenes Gemäuer, das vielleicht zwanzig Schritt in der Länge und acht Schritt in der Breite maß und in etwa so hoch wie drei Mann war.

Es war gefertigt aus grob behauenen, hellgrauen Sandsteinblöcken, die durch einen hellgrauen Mörtel zusammengehalten wurden. Das dreiseitige Walmdach zierten mediterrane, rote Rundschindeln, die zu großen Teilen von grauen Moosflechten bedeckt waren. Die Seitenwände des Rechteckbaus wurden von je zwei romanischen Torbögen verziert, die fast über die gesamte Höhe der Mauern reichten. Ein halbkreisförmiger Turmbau schloss an den rechteckige Grundriss des Hauptgebäudes.

Max trottete noch einige Schritte weiter, drehte sich im Schatten des Gemäuers zweimal im Kreis und legte sich in das hohe Gras. Samu ließ seinen Blick schweifen. Irgendwie kam ihm der Ort seltsam vertraut vor. Die Anhöhe. Der weite, freie Blick. Er kannte diesen Ort. Ob er doch schon einmal hier oben gewesen war?

Doch es kam ihm keinesfalls wie eine längst verblasste Erinnerung an die Tage seiner Jugend vor. Vielmehr erschien es ihm, als wäre er gerade eben erst hier oben gewesen. Als wäre in jüngster Vergangenheit hier etwas Entscheidendes passiert. Alles passte. Er war schon einmal hier gewesen. Nur wann?

Samu konnte das Déjà-vu nicht lösen. Müde seufzend trottete er zu seinem Hund. Nun spürte er doch die Anstrengung des Aufstiegs. Er setzte sich neben Max und betrachtete die Umgebung auf der Suche nach der Eingebung, die ihm vielleicht verriet, wann er zuletzt hier gewesen sein mochte.

Der Platz war menschenleer. In fast alle Himmelsrichtungen gab es eine atemberaubende Aussicht. Nur vereinzelt standen einige Bäume, die die Sicht jedoch kaum einschränkten.

Wieder wanderte sein Blick zu dem Sandsteingemäuer. Erst bei genauerem Hinsehen erkannte er an der Front des Rundturms eine schmale Fensteröffnung, ähnlich einer Schießscharte. Doch im Gegensatz zu einer Schießscharte bestand die Öffnung nicht nur aus einem vertikalen, sondern zusätzlich noch aus einem kürzeren, horizontalen Schlitz.

Die sich kreuzenden Schlitze waren so angeordnet, dass ein Christuskreuz entstand, das an vorderster Front des Bauwerks in Richtung Osten zeigte. Bei dem Bauwerk musste es sich um einen sakralen Bau, vielleicht um ein altes Kloster handeln.

«Natürlich Max!», rief Samu seine plötzliche Erkenntnis laut aus. «Ein altes Kloster auf einer Anhöhe, von der aus man die gesamte Umgebung überblicken kann! Warum bin ich nicht gleich darauf gekommen?»

Verwundert hob Max den Kopf.

«Das hier ist alles haargenau wie in meinem Konsolenspiel!»

Von der plötzlichen Erkenntnis berauscht blickte Samu sich erneut um. Alles passte. Der weite Blick. Die Größe der Anhöhe. Die Fläche des Plateaus. Das Kloster. Es war, als hätte noch gestern sein Kampfmönch an genau dieser Stelle gestanden, wo Samu nun saß. Als würde gleich im nächsten Moment sein Tigergreif am Himmel vorbeifliegen und ihn mit einem schrillen Schrein und einem mächtigen Feuerstrahl begrüßen.

Ungläubig schüttelte er den Kopf. War er doch noch so stark übermüdet? Hing ihm der Tod seines Tigergreifen doch noch so nach? Wieso bildete er sich ein, hier sähe es genauso aus, wie in seinem Konsolenspiel? Das konnte nicht sein. Vielleicht gab es Ähnlichkeiten. Aber das hier war die Wirklichkeit. Es war nie gut, wenn man glaubte, die Fantasiewelt eines Konsolenspiels wäre Wirklichkeit. Er sollte definitiv weniger zocken.

Vielleicht erinnerte ihn die grobe Szenerie an den Weltenaufbau seines Spiels, aber sobald er anfangen würde Details näher zu betrachten, würden sich schnell Unterschiede finden, die seinen Geist von dem Déjà-vu abbringen würden.

Bereit den Knoten in seinem Gehirn zu lösen betrachtete er den Sakralbau noch einmal genauer.

Oberhalb des kreuzförmigen Fensterausschnitts saß ein hellgrauer Wasserspeier, der sich fast waagerecht nach vorne streckte. Irgendetwas an ihm passte nicht ins Bild. Er war vielleicht armlang und aus grauem Stein gehauen. Nicht wie das Bauwerk, das sicherlich aus Sandstein bestand, war der Wasserspeier viel eher aus Granit gemeißelt, was nicht wirklich zum Rest des Bauwerks passen wollte.

Doch unabhängig vom Material, störte sich Samu viel mehr an dem Wasserspeier selbst. Diese figürlichen Wasserspeier kannte man eher von pompösen Kathedralbauten wie Notre-Dame oder dem Kölner Dom. Doch das Kloster hier war sicherlich nicht gotisch und in keiner Weise als pompös zu bezeichnen. Und hier gab es nur einen Wasserspeier während die Fassade von Notre Dame von unzähligen seiner Art geziert wurde. Er wollte einfach nicht richtig ins Bild passen. War sein Konsolenspiel in diesem Punkt der Wirklichkeit näher als die Wirklichkeit selbst?

Das steinerne Wesen hatte eine für Wasserspeier typische grässliche Dämonenfratze. Sein weit aufgerissenes Maul zeigte vier mächtige, furchteinflößende Reißzähne. Sein Körper war muskulös und gleichzeitig schlank, ähnlich dem einer Echse. Sein Rücken war mit Stacheln gespickt. An den Vordertatzen, die weit nach vorne gestreckt waren, als wollten sie gerade eine Beute greifen, blitzten scharfe Krallen auf. Angelegt an seinen Körper waren zwei mächtige Schwingen.

Steinerne Schwingen, fuhr es Samu wie ein Blitz durch den Kopf. Konnte das sein? Flügel aus Stein. Eine Haut hart wie Stein. Massiv geschützt und dennoch filigran und wendig.

Furchteinflößende Reißzähne. Konnte das wirklich sein? Ein Wesen, das den mächtigen Speeren der Skals widerstehen könnte? Passend zu seinem Kampfmönch?

Aufgewühlt ließ er seine Augen wieder und wieder über die Szenerie gleiten und blickte letztlich verwirrt zu Max. Wie konnte es sein, dass exakt das Wesen, das er sich vergangene Nacht vorgestellt hatte, das er sich in seiner Fantasie ausgemalt hatte, hier als Wasserspeier an einem Bauwerk prangte, zu dem es eigentlich nicht richtig passen wollte? Wo es eigentlich nicht hingehörte?

Schaffte Samu es nicht mehr, seine Fantasiewelt strikt von der Realität zu trennen? Verschwammen Fantasie und Wirklichkeit nun? Oder hatte er den Wasserspeier doch schon bei einem früheren Spaziergang gesehen und ihn nur deshalb in seine Gedanken gelassen, weil ihn die Szene im Konsolenspiel unbewusst an diesen Platz erinnert hatte? *So musste es wohl gewesen sein.* Es war die einzig sinnvolle Erklärung, die zuließ, dass er nicht langsam verrückt wurde.

Energisch stand Samu auf und blickte zu Max herab. «Ich weiß wirklich nicht, was hier los ist oder was das alles zu bedeuten hat. Aber ich denke, ich sollte zukünftig definitiv weniger zocken. Lass uns nach Hause gehen.»

DAS PERFEKTE VERBRECHEN

3 Jahre vor dem letzten Morgen

Ayumi setze einen Schritt vor den anderen. Sie achtete darauf, dass ihre Schrittlänge nicht zu groß war und dass ihre Atmung gleichmäßig ging. Ein Blick auf die Armbanduhr an ihrem schlanken Handgelenk zeigte ihr, dass es sechs Uhr dreißig und ihr Puls im grünen Bereich war.

Sie liebte es durch den Yoyogi-Park zu joggen. Es gab nichts, was den Kopf schneller frei machte. Auch wenn es noch früh am Morgen war und die Sonne sich noch nicht am Himmel zeigte, war ihr nicht kalt.

Sie lief schon gut eine Stunde. Sie brauchte die Bewegung vor dem tagesfüllenden Brüten über ihrer Masterarbeit in Betriebswirtschaft. Die Abwechslung tat ihr gut. Auch wenn – oder vielleicht gerade weil – es noch dunkel war, hatte der Park seine ganz besondere Ausstrahlung. Ein breites Lächeln lag auf den Lippen der jungen Frau mit dem Kurzhaarschnitt, als sie einmal mehr ihren morgendlichen Lauf genoss.

Sie joggte vorbei an Rhododendren, Oleanderbäumen, Himalaya-Zedern, Ginko-Bäumen und unzähligen der für das Land berühmten Kirschbäume mit ihren zart rosa Kirschblüten. Mehr als zehntausend Bäume zählte der weitläufige Park und ebenso viele Quadratmeter an Buschland verteilt auf einer Fläche, die etwa fünfzigmal so groß war. Ein Mekka für Jogger und ein kostbares Kleinod in der belebten Hauptstadt Japans. Der perfekte Ort, um den Kopf frei zu bekommen und kaum zehn Gehminuten von ihrer Wohnung entfernt.

Der gut asphaltierte Weg schlängelte sich entlang eines schön angelegten Sees zu ihrer Linken und dichtem Buschwerk zu ihrer Rechten. Ohne ihre Geschwindigkeit zu verringern, neigte sie den Kopf in Richtung der bald aufgehenden Sonne, die es heute kaum schaffen würde, den wolkenverhangenen Himmel zu durchdringen. Es würde ein trüber Tag werden.

Noch ehe sie den Gedanken vollständig zu Ende gedacht hatte, sprang ein schwarz gekleideter Mann aus dem Busch zu ihrer rechten. Blitzschnell griff er ihr mit einer Hand in den Nacken und presste die andere, ebenfalls mit einem Lederhandschuh bekleidete Hand auf ihren Mund.

Vollkommen überrumpelt, konnte sie weder um Hilfe schreien noch auch nur den Kopf drehen, um den Angreifer zu erkennen. Sobald er sie fest im Griff hatte, ging er zielsicher einige Schritte rückwärts und zog sie mit einer Kraft, die keine Gegenwehr zuließ, mit sich in die dunkle Hecke.

Innerhalb eines Herzschlags fand sie sich, herausgerissen aus der eben noch so sicher geglaubten Wegstrecke, in einem düsteren Gestrüpp in der Gewalt eines Unbekannten wieder.

Sofort spürte sie Panik in sich aufkeimen und versuchte verzweifelt die Situation zu begreifen. Aus dem Augenwinkel sah sie, dass der Mann nicht nur ganz in schwarz gekleidet war. Neben schwarzen Hosen, einem eng anliegenden schwarzen Pulli, schwarzen Stiefeln und schwarzen Lederhandschuhen trug er scheinbar auch eine schwarze Sturmmaske, ähnlich derer, wie Motorradfahrer sie unter einem Helm trugen. Sein Gesicht konnte sie nicht erkennen. Er war etwas größer als sie und durchtrainiert.

Instinktiv erinnerte sie sich zurück an die Selbstverteidigungskurse, die sie zu Beginn ihres Studiums belegt hatte, als sie aus dem Dorf ihrer Eltern in die Hauptstadt Japans gezogen war.

Gezielt versuchte sie, das Gesicht des Angreifers mit ihren freien Händen zu zerkratzen. Mit aufkeimender Hoffnung bemerkte sie, dass er seine linke Hand aus ihrem Nacken löste. Sie wollte daran glauben, dass dies tatsächlich ein Zeichen der Schwäche des Unbekannten und ihrer vehementen Verteidigung geschuldet war.

Doch während die rechte Hand des Mannes noch immer auf ihrem Mund gepresst war, holte er mit der linken Hand aus seiner umgeschnallten, ebenfalls schwarzen Bauchtasche eine Rolle schwarzes Klebeband hervor.

Kaum ein Augenblick verging, zwischen dem Moment, als er seine Hand von ihrem Mund löste und stattdessen das Klebeband über ihren Mund und zweimal um ihren Kopf abrollte. Er war beängstigend effektiv in dem was er tat. Jeder einzelne Handgriff saß perfekt.

Unaufhörlich versuchte sie, den neuen Knebel ignorierend, weiter sein Gesicht zu zerkratzen. In blinder Angst schlug sie, wie eine Raubkatze mit den Fingernägeln voran, in Richtung des unter Schwarz verborgenen Gesichts des Unbekannten ein.

Doch nun hatte der Angreifer, Dank des festsitzenden Knebels, beide Hände frei. Als würde er eine lästige Fliege abwehren, fing er mit seiner linken Hand Ayumis rechte mitten im Schlag ab und verharrte für einen Moment etwa eine Handbreit vor seinem in schwarz gehülltem Gesicht.

Mit ihrer linken Hand holte sie erneut aus und versuchte, sein Gesicht über einen seitlich weit ausladenden Schwinger zu erreichen. Als hätte er diesen Angriff erwartet, fing er auch ihre zweite heran rauschende Hand mühelos ab.

Nun hatte er ihre beiden Hände fest im Griff.

Noch während sie sich über den gescheiterten Angriffsversuch ärgerte, lockerte er seinen schraubstockartigen Griff für einen winzigen Augenblick, nur um mit beiden Händen ein Stück weiter oben zu fassen und so jeweils vier ihrer schlanken Finger umgriff. Ruckartig überdehnte er die zarten Glieder. Mit einem hörbaren Knacken brachen Ayumis Finger. Ihr Schrei verstummte unter dem festsitzenden Knebel.

Sofort schossen Tränen in ihre Augen. Ungläubig starrte sie auf ihre skurril nach hinten verdrehten, schmalen Finger. Die Schmerzen waren unbeschreiblich.

Noch während sie gegen den Schmerz ankämpfte, packte der Angreifer sie an der Hüfte, hob sie ein Stück an und warf sie wie einen lästigen Käfer auf den Boden.

Ungebremst schlug Ayumi auf dem Rücken auf, sodass ihr die Luft aus den Lungen getrieben wurde. Kurz wurde ihr schwarz vor Augen.

Auf dem Boden liegend ahnte sie, was ihr Angreifer nun vorhatte. Doch er ließ sich Zeit. So präzise, brutal und schnell seine einzelnen Schritte bisher auch waren, so sehr schien er es nun zu genießen, sie ausgiebig von oben herab zu betrachten. Er war sich seiner Macht bewusst.

Sie hechelte durch die Nase und versuchte erneut Luft zu bekommen, um sich auf den nächsten Angriff vorzubereiten. Noch immer war ihre Sicht von Tränen getrübt.

Wie sie es in ihrem Selbstverteidigungskurs gezeigt bekommen hatte, zog sie ihr Knie bis weit an die Brust und trat mit einem kräftigen Tritt nach dem vor ihr stehenden, maskierten Mann.

Mit einem inneren Jubelschrei spürte sie, wie ihr Bein auf Widerstand traf. Sie hatte ihn getroffen.

Gleich noch einmal zog sie nun beide Knie an und ließ ihre Beine erneut vorschnellen. Doch nun war er vorberietet. Sie spürte, wie er mit den Händen ihre heran rauschenden Joggingschuhe abfing und festhielt.

Noch während sie sich dafür verfluchte, dass sie sich mit dem zweiten Tritt hätte mehr Zeit lassen sollen, um ihn präziser platzieren zu können, fasste der Mann in Schwarz mit schnellen Handgriffen ihr rechtes Knie und riss ihren Fuß in die Höhe. Mit brutaler Gewalt drückte er ihr Kniegelenk nach unten durch bis es krachte.

Vergebens schrie sie gegen den Knebel an.

Achtlos ließ er ihren eigenwillig verdrehten Fuß auf den Boden fallen und packte sofort mit beiden Händen Ayumis freies Bein.

Verzweifelt schüttelte sie den Kopf und versuchte mit weit aufgerissenen Augen um Gnade zu flehen.

Der Angreifer drehte sich ihr zu, als wolle er ihr ins Gesicht blicken, verharrte einen Moment in stillem Genuss und brach auch ihr zweites Bein.

Der Schmerz in ihrem Kopf explodierte. Mit gebrochenen Fingern und Beinen lag sie geknebelt um Luft ringend am Boden und kämpfte gegen die unmenschlichen Qualen an.

Scheinbar zufrieden mit sich streifte er in seliger Ruhe raubtiergleich um seine wehrlose Beute.

Mit angsterfüllten, weit aufgerissenen Augen versuchte sie, seinem Gang mit ihrem Blick zu folgen.

Er setzte jeden Schritt genießerisch langsam als wolle er nun jeden einzelnen Moment voll auskosten.

Neben ihrem Kopf angekommen, ging er wie in Zeitlupe in die Knie, wandte ihr den Kopf zu und zog die Lederhandschuhe wie ein Chirurg vor einem wichtigen Eingriff ein letztes Mal zurecht.

Unfähig sich zu wehren, verfolgte sie, wie seine Hände genüsslich in Richtung ihres schmalen Halses wanderten. Fast schon zärtlich umschlossen sie ihr Ziel knapp unterhalb des

Kinns und drückten zu.

Ayumi wehrte sich nicht mehr. Sie wollte sich der willkommenen Ohnmacht hingeben, um die Qualen vergessen zu können.

Doch kaum, dass ihre Augenlieder zu flattern begannen und sich ihre Pupillen nach oben verdrehten, lockerte er seinen Griff und ließ sie atmen.

Obwohl sie es nicht wollte, zwang ihr Körper sie, Luft durch die Nase in die brennenden Lungenflügel zu ziehen. Wie sehr sie sich auf die Ohnmacht gefreut hatte. Doch sie war ihr nicht vergönnt. Nicht sie traf mehr die Entscheidungen über ihren Körper. Ihr Angreifer hatte das Sagen übernommen. Er hatte die Macht. Er traf die Entscheidungen. Sie gehörte ihm. Erneut drückte er zu und ließ das Spiel um Macht – das Spiel um Atem und Ohnmacht erneut beginnen.

Wann genau, während dieses perfiden Spiels der Mann in schwarz letztlich begann, ihre Leggings zu zerreißen, bekam Ayumi gepeinigt von Schmerz und Atemnot nicht mehr mit.

Erst als er in sie eindrang, weiteten sich ihre Augen und fokussierten sich auf den Kopf der Bestie, die nun auf ihr lag. Sie wollte sein Gesicht sehen. Sie wollte wissen, wer ihr dies antat. Sie wollte keine Angst mehr haben. Wollte ihm stolz in die Augen schauen.

Langsam wanderte ihr von Tränen und Adrenalin getrübter Blick über die schwarze Maske bis hin zu der Stelle, an der die Augenlöcher sitzen sollten.

Aber da waren keine Augen.

Verwirrt suchte sie den Kopf ihres Vergewaltigers ab. Doch sie konnte weder Augenlöcher noch Schlitze für Mund und Nase erkennen. Nicht einmal Nähte sah sie. Fast schien es, als gäbe es keinen Übergang zwischen dem Schwarz der Maske und dem schwarzen, eng anliegenden Pulli, den er trug.

Noch bis zu ihrem gnadenreichen Tod glaubte sie, dass er keine gar Maske trug. Dass er überhaupt kein Gesicht hatte, das er hätte verbergen müssen. Dass sein Kopf konturlos, ähnlich dem einer Schaufensterpuppe war. Keinerlei Gesichtszüge. Weder Augen, Nase noch Mund. Kein Merkmal, das der Polizei hätte beschrieben werden können. Nichts was jemals von einem

Augenzeugen hätte identifiziert werden können.

Der perfekte Verbrecher. Das perfekte Verbrechen.

Mit pochenden Kopfschmerzen erwachte Andrej Semjonow aus seinem unruhigen Halbschlaf.

Blut lief ihm aus der Nase. Verschlafen blickte er sich um. Noch immer war er in der Suite des Radisson Royals. Ein Blick auf den rotleuchtenden Radiowecker auf dem Nachtisch zeigte ihm, dass es gerade halb eins in der Nacht war. Er griff nach einem Taschentuch auf dem Nachttisch und wischte sich gedankenverloren das Blut von der Nase.

Trotz der Kopfschmerzen lächelte er diabolisch. Irgendetwas erschreckend Wunderbares war passiert, das spürte er.

FANTASIUM

Im Jahr des letzten Morgens

Spät am Abend betrat Samu mit schlurfenden, müden Schritten seine Wohnung. Im Gehen zog er die qualmenden Turnschuhe aus und beförderte sie mit gezielten Fußtritten neben die Garderobe. Die abgewetzte Ledertasche, deren Gewicht er nun deutlich auf der Schulter spürte, ließ er achtlos zu Boden gleiten. Schwer atmend schloss für einen Moment seine müden Augen.

Max trottete sichtlich zufrieden darüber, zu Hause angekommen zu sein, hinter Samu her. Im Maul trug er noch immer seine Leine. Auch ihm sah man die Strapazen des ausgiebigen Spaziergangs an.

Müde ließ sich Samu auf die Couch fallen und seufzte gequält: Wieder wanderten seine Gedanken zurück zu dem Plateau. Wie konnte es sein, dass es der Szenerie in seinem Konsolenspiel so sehr glich? Hatte ihn das Spiel so sehr vereinnahmt? Natürlich kannte er den Begriff der selektiven Wahrnehmung. Ein Leben lang fuhren unzählige PKW in allen erdenklichen Lackierungen an einem vorbei, die man jedoch nie wahrnahm. Erst wenn man mit dem Gedanken spielte, sich ein außergewöhnlich gelbes Auto zu kaufen, sah man plötzlich, dass es auf den Autobahnen nur so von davon wimmelte.

Beschäftigte er sich gedanklich zu viel mit dem Konsolenspiel? Nahm ihn der Tod seines Tigergreif so sehr mit, dass er einen gewöhnlichen Platz sofort mit der Szenerie der Schlacht der Heere verband? Hätte ihn das Plateau auch ohne den Tod seines Tigergreif an das Konsolenspiel erinnert?

Abwesend starrte er auf den schwarzen Bildschirm seines Fernsehers. Er sollte nicht so viel zocken. Es war niemals gut, wenn man Fantasie und Wirklichkeit nicht mehr auseinanderhalten konnte. Für diese Erkenntnis musste man kein Professor sein.

Nachdenklich zündete er sich eine seiner geliebten Mentholzigaretten an und schenkte sich ein Glas Rotwein ein.

Max trottete langsam zu seinem Herrchen, schleckte ihm über

die Hand, als wolle er «Gute Nacht» sagen und verabschiedete sich in Richtung seines Körbchens.

«Schlaf gut, alter Junge», murmelte Samu ihm nach. Müde schüttelte er den Kopf.

Es ist nur ein Konsolenspiel, ermahnte er sich selbst in Gedanken. Es waren nur bunt animierte Pixel und ein zufälligerweise ähnlich aussehender Platz. Eine Art Déjà-vu. Nichts weiter. Eine starke Verbindung, die sein Geist zog, in dem er die wenigen Ähnlichkeiten zweier sonst sehr unterschiedlicher Szenerien markant hervorhob und die eigentlich großen Unterschiede verblassen ließ. Er sollte dem ganzen nicht zu viel Bedeutung schenken.

«Aber wie passt dieser Wasserspeier ins Spiel?», hörte er sich selbst sagen.

Ein Wasserspeier, ähnlich dem Wesen, an das er vergangene Nacht dachte, hing an einem alten Klosterbau, zu dem er stilistisch überhaupt nicht passte. Was konnte das noch mit Zufall oder selektiver Wahrnehmung zu tun haben?

Samu trank einen weiteren Schluck Rotwein. *Ich sollte an etwas anderes denken, sonst werde ich tatsächlich noch verrückt.*

Tief entschlossen zog er noch einmal kräftig an seiner Zigarette und drückte sie in dem mehr als vollen Aschenbecher aus. Er klappte seinen Laptop auf und klickte nach einigem Suchen zwischen den unzähligen Dateien, die sich auf dem Desktop befanden, auf eine Textdatei.

Es öffnete sich ein weißes Blatt, auf dem mit schwarzen Lettern die Worte standen: «Fantasium - die fantastische Welt». Nachdenklich runzelte er die Stirn. Weiter als bis zu diesem - wie er fand - vielversprechenden Titel, war er noch nicht mit seinem Fantasyroman gekommen.

Vielleicht ist es Zeit, sich mal wieder über das Universum Gedanken zu machen, in dem mein Buch spielen soll, dachte er kampfeslustig.

Auch wenn er bislang noch keine einzige Zeile geschrieben hatte, war er sich sicher, dass sein Buch außergewöhnlich werden würde. Es musste nur noch zum Leben erweckt werden. Ideen hatte er zur Genüge. Ganz im Gegenteil. Das Problem war nicht, dass er zu wenig fantasievolle Einfälle hatte, vielmehr war sein

Problem, dass er einfach all das, was durch seinen Kopf schwirrte, nicht zu Papier bringen konnte. Sein Kopf war voll. Doch seine Hand wollte die Gedanken nicht fassen. Seine Gedanken zu strukturieren, das war sein Problem.

Vorstellungen, die andere abstrus oder verrückt fanden, hatte er schon immer gehabt. Er war schon immer derjenige gewesen, der sich zufrieden lächelnd in seine Gedankenwelt zurückzog, wenn es etwas Spannendes gab, über das nachgedacht werden musste.

Das war immer so gewesen. Sei es als Kind, als Pubertierender oder als Professor. So kam es auch schon mal vor, dass er in der S-Bahn vom Schaffner mit einem freundlichen Lächeln darauf hingewiesen wurde, dass der Zug seit geraumer Zeit die Endstation erreicht hatte, während er sich verträumt über Dinge Gedanken machte, die in diesem Augenblick wichtiger waren als auf die Stationen zu achten.

Dinge wie das Wort Scheibenwischer. Warum hieß die Vorrichtung aus Gummi Scheibenwischer, wenn es doch nur eine Frontscheibe am Auto war, die sie wischte? Eigentlich müsste es Scheibewischer heißen.

Oder die Frage warum kochendes Wasser harte Nudeln weich werden ließ und weiche Eier hart. Kochte Wasser selektiv? Und wenn dem so war, kochte Wasser überall auf der Welt gleich selektiv, oder machte es Unterschiede?

Samu trank einen Schluck Rotwein und zündete sich eine weitere Mentholzigarette an. Genau diese Gedankengänge, diese kleinen Verrücktheiten, diese Absurditäten wollte er in seinen Roman einbringen. Er sollte bunt sein. Viel bunter als unsere graue Welt.

Warum nur ist unsere Welt so traurig fantasielos und trist?, fragte er sich in Gedanken einmal mehr. Natürlich gab es Landmassen, Meere und Luft. Aber all das war fein separiert und strukturiert durch Aggregatzustände, die kaum Übergänge zuließen. Eingeengt von physikalischen Gesetzen und unveränderlichen Konstanten. Massenerhaltung. Thermodynamik. Gravitation. *Warum sollte es überhaupt Schwerkraft geben?* Und wenn es schon unbedingt Schwerkraft geben musste, warum sollte die Gravitationskonstante überall auf der Welt gleich sein?

Natürlich änderte sich unter dem Einfluss des Mondes auch auf der Erde täglich die Gravitation, was jeder schon durch Ebbe und Flut nicht nur sehen, sondern was feinfühlige Menschen zum Beispiel durch Schlaflosigkeit bei Vollmond auch spüren konnten. Doch wirklich abwechslungsreich waren Gezeiten nicht. *Wie würde die Welt wohl aussehen, gäbe es nicht eine Sonne und einen Mond in unmittelbarer Umgebung der Erde, sondern acht Sonnen, die mit der Masse des blauen Planeten spielten?*

Oder was wäre mit wahllos umher wabernden Schwerelosigkeitsfeldern und Feldern erhöhter Schwerkraft? Eine Art unsichtbare Wolke, die durch die Gegend schwebte und in sich eine extrem hohe oder extrem niedrige Schwerkraft hätte? Kleine Mikrokosmen unterschiedlicher physikalischer Gesetzmäßigkeiten. Das wäre Abwechslung.

Eben spazierte man noch durch einen Wald und im nächsten Augenblick würde man von einem Feld erhöhter Schwerkraft erfasst und auf den Boden gedrückt werden. Wenig später schwebte man vielleicht innerhalb eines Feldes geringerer Schwerkraft durch die Luft.

«Was würde allein das schon für eine deutlich abwechslungsreichere Flora und Fauna hervorrufen?», sprach Samu fasziniert seine Gedanken laut aus.

Blumen müssten viel standhafter sein, um im einen Moment nicht zerdrückt zu werden und zugleich viel besser verwurzelt sein, um im nächsten Moment nicht abzuheben.

Und wie hätte sich die Menschheit unter solchen Bedingungen entwickelt? Hätten wir Flügel? Gäbe es Vögel? Warum sollte eine Spezies unter diesen Bedingungen Flügel entwickeln? Sinnvoller wäre es Antennen auszubilden, mit denen die Lebewesen die Schwerelosigkeitsfelder erspüren könnten, um sie gezielt als Transportmittel zu nutzen.

Und Schwerkraft ist nur ein Aspekt.

Wie spannend wäre es wohl, wenn Luft, Wasser und Landmassen sich in viel kleineren Einheiten losgelöst von Schwerkraft und Anziehungskraft frei bewegen würden? Ähnlich der Flut, die ein Wattenmeer über Nacht in eine Sandwüste verwandelt. Nur viel weniger berechenbarer und plötzlicher. So dass von einer Sekunde auf die nächste ohne jegliche

Vorankündigung das Stück Land, auf dem eben noch ein Haus stand, mit der darüber schwebenden Luft den Platz tauschen würde. Oder mit dem benachbarten See.

Nachdenklich lächelnd legte er den Kopf leicht schräg. *Natürlich müssten Menschen unter Wasser atmen können, wenn sie sich von jetzt auf gleich mitten in einem See befänden. Und fliegen, sollte ihr Standort mit Luft tauschen.*

Seufzend fuhr sich Samu durch seinen blonden Bart. Unser Planet war so langweilig.

Gut, es gibt fliegende Fische und Amphibien, dachte er in einem inneren Zwiegespräch. *Doch sie wechseln ihr Territorium so gut wie nie. Vielleicht einmal im Leben. Und von den wenigen Ausnahmen abgesehen, bleibt fast jedes Lebewesen immer schön seinem Element treu. Angepasst.*

Millionen Lebensarten leben allein auf unserer Welt, dachte er. *Aber sie sind alle gleich aufgebaut. Kohlenstoffbasierend. Haut, Fleisch, Knochen oder Gräten. Alle atmen mit Lungen oder Kiemen. Alle bewegen sich auf Beinen oder mit Flügeln. Alle nehmen Nahrung zu sich, scheiden sie aus und zeugen Nachkommen. Bis sie endlich sterben.*

In einem Zug trank Samu sein Glas Rotwein leer. Seufzend stand er auf, schlurfte in die Küche, holte sich eine neue Flasche Rioja und machte sich einen Espresso. Noch auf dem Rückweg zur Couch trank er das starke Heißgetränk mit nur einem Zug aus. Er schenkte sich ein weiteres Glas Rotwein ein und setzte sich wieder auf seinen altgedienten Platz. Müde schloss er die Augen. Der Espresso half nicht wirklich. Vermutlich müsste er sich gleich einen weiteren holen. Oder besser einen doppelten.

Noch einmal begab er sich in seine Gedankenwelt.

Es könnte Wesen halb Tier halb Roboter geben. Maschinenwesen, die sich selbst reproduzieren oder reparieren, wenn sie defekt waren. Alte Maschinenteile könnten ausgetauscht werden. Fleisch, Organe oder Nervenzellen könnten in Petrischalen gezüchtet werden.

Eine Gesellschaft würde entstehen, die unsterblich wäre und sich stets weiterentwickeln könnte, wenn sie es wollte. Eine Gesellschaft, die sich selbst reguliert. Es gäbe keine Überbevölkerung, keine Krankheiten, keinen Tod. Wie weit würde es so eine Gesellschaft wohl bringen?

Langsam öffnete er die Augen und schüttelte den Kopf.

«Das könnte nicht gut gehen. Oder doch?», murmelte er nachdenklich vor sich hin. *Aber wie wäre es mit ein- oder zweidimensionalen Wesenheiten? Oder mit Wesen aus Licht, die sich selbstverständlich mit Lichtgeschwindigkeit bewegen könnten und somit annähernd überall zu gleich wären?*

Oder mit Wesen, die in mehreren Zeiten parallel existierten?

Warum sollten Wesen körperlich sein? Geisterhafte Seelen, die wahlweise eine Zeit lang in einem Baum, einem Bach oder einem Bergkristall lebten, bis sie ihre Symbiose nach Belieben lösten und ihre Körperlichkeit wechselten?

«Nein!»

Warum sollten sie überhaupt an Materie gebunden sein? Ebenso gut könnte jede Seele sich eine eigene körperlose Traumwelt erschaffen, in der sie eine Zeitlang verweilt, um sich von jetzt auf gleich eine komplett neue Heimat zu erschaffen. Seelen könnten sich vorübergehend Traumwelten partnerschaftlich teilen oder es könnten mehrere Seelen in einem Kollektiv miteinander verbunden sein.

Wieder blickte er auf das hell leuchtende Display seines vor ihm stehenden Laptops. Noch immer starrten ihn ausschließlich die Worte „Fantasium - die fantastische Welt“ in ermahnenden Lettern auf dem sonst unschuldig reinen Weiß an. Er hatte es wieder nicht geschafft, auch nur einen einzigen seiner Gedanken zu Papier zu bringen.

Frustriert stand er auf und machte sich einen doppelten Espresso, den er diesmal noch in der Küche trank.

Er würde wieder nicht weiter kommen mit seinem Buch. Wie oft er schon stundenlang das Weiß unterhalb seines Titels angestarrt hatte, ohne auch nur ein weiteres Wort zu schreiben, konnte er nicht mehr zählen. Er hatte Ideen. Er war voll von Fantasien. Es waren nur einfach zu viele, zu wilde, zu wirre Ideenansätze und unausgegorene Gedankengänge. Er müsste versuchen, sich auf einzelne Aspekte zu konzentrieren. Seine Gedanken zu bündeln.

Es konnte doch nicht so schwer sein. Er müsste nur anfangen. Ein erstes Wort schreiben, dann würden die anderen wie von allein aus seinem Kopf über seine Finger auf der leeren Seite landen.

Nur ein Wort müsste er eintippen. Doch mit welchem Wort sollte er anfangen? Wie fasste man einen wirren Haufen Ideen und abstruser, unausgegorener Gedanken in strukturierte Worte? Ihm wollte nichts einfallen. Welches könnte das erste Wort sein, das er niederschrieb, um mit seinem Buch zu beginnen?

«Ein Wort. Ein einziges Wort», fluchte er stumm vor sich hin.

Frustriert schüttelte er den Kopf.

Seine Augen wanderten zur Küchenuhr. Es war schon wieder spät in der Nacht geworden. Er hatte gar nicht mitbekommen, wie schnell die Zeit verflogen war. Die Flasche Wein war fast leer. Bestimmt hatte er gut ein halbes Päckchen Zigaretten geraucht. Wie viele Espressi er gehabt hatte, konnte er nicht mehr überblicken. Etwas zu Papier hatte er jedenfalls nicht gebracht.

Enttäuscht von sich selbst zog er den Mund zu einem schmalen Strich. Morgen war wieder Vorlesung. Er sollte ins Bett gehen. *Schlafen werde ich dank des wunderbaren Koffeins sicher nicht können,* dachte er von seiner eigenen Inkonsequenz genervt.

Er öffnete die Küchenschublade neben dem Kühlschrank und fischte zwei lose in der Schublade herum rollende Schlaftabletten heraus, warf sie sich in den Mund, ging zum Couchtisch und spülte die Tabletten mit dem letzten Schluck Rotwein herunter, den er direkt aus der Flasche trank.

Mit einem unzufriedenen Seufzer klappte er den Laptop zu, streifte auf dem Weg in sein Schlafzimmer seine Hose aus und legte sich in sein Bett. Er zog seine weiche Bettdecke bis weit an sein Kinn und schloss die Augen.

Enttäuscht von sich selbst wälzte er seinen Kopf aufgewühlt hin und her. Er hatte nicht ein einziges Wort geschrieben. Nicht ein Wort. Nicht einen Buchstaben.

EIN FANTASTISCHER ERFINDER

1867 nach Christus

Saftig knatsche es unter seinem schwarzen Stiefel. Das Geräusch erinnerte an pralle Weintrauben, die durch sonnige Tage und ausreichend Regen eines besonders guten Sommers gereift waren und nun von den nackten Füßen eines korpulenten Winzers in einem gefüllten Holztrog zerstampft wurden.

Wütend kniff er die Augen zusammen. Noch einen Moment versuchte er das Bild appetitlicher Trauben vor seinem inneren Auge aufrecht zu erhalten. Könnte er doch nur daran glauben, dass es Weintrauben waren, die er zertreten hatte.

Langsam hob er seinen Fuß und betrachtete angewidert den guten Lederstiefel, den er zu seinem dunkelgrauen Ausgehanzug trug. Er war in Pferdeäpfel getreten. Frische Pferdeäpfel. Schon wieder.

«Verdammte Pferde!», fluchte er aufbrausend, die Faust drohend erhoben.

Auf Bostons gepflasterten Straßen wimmelte es nur so von herrschaftlichen Kutschen, die von edlen Zweiergespannen gezogen wurden. So edel die Kutschen auch waren, so viel Mist machten die Zweiergespanne. Boston war voll von Pferdedreck. Der sichelförmige Mond spendete kaum Licht, sodass die Pferdeäpfel auf den grau in grau gepflasterten Straßen nur schwer zu erkennen waren. Warum nur waren die Straßen so schlecht beleuchtet?

«Verdammte Dunkelheit!»

Die Welt war so ineffizient. So dreckig. Und niemand scherte sich darum, etwas zu verändern. Die Menschen waren so faul.

«Verdammte Nichtsnutze!»

Vermutlich war der Nachtwächter einmal mehr nicht hinterhergekommen, die Laternen der Straße rechtzeitig zu entzünden. Wie auch. In der Stadt gab es hunderte Laternen. Und jede einzelne musste geöffnet, entzündet und verriegelt werden, bis der Nachtwächter müde singend zur nächsten Laterne weiterziehen konnte.

Wie konnte es nur sein, dass Licht durch menschliche Hand von Laterne zu Laterne getragen werden musste? Warum schaffte es die Menschheit nicht, sämtliche Straßenlaternen sich gleichzeitig entzünden zu lassen? Wie durch das Umlegen eines Schalters?

Gleichzünder?

Die gesamte Stadt könnte per Schalter erhellt werden, sobald es dämmerte. Niemand würde mit seinen guten Stiefeln in Pferdeäpfel treten.

Doch die Menschen dachten nicht daran, über ihren Tellerrand hinauszuschauen. Sie schafften es nicht, auch nur einen Schritt weiter zu denken. Sie vergeudeten ihre Zeit damit zu glauben, die Schöpfung wäre in ihrer Blütezeit angekommen und der Mensch wäre die Krönung der Schöpfung. Sie fuhren stolz in ihren Pferdekutschen und ließen ihre edlen Pferde auf die Straße äppeln. Niemand wagte es weiter zu denken. Niemand hielt es für notwendig. Umgeben von Pferdedreck lebten sie verdammt in Dunkelheit.

Langsam blickte er sich um. Keine Menschenseele war zu sehen. Nur Wagemutige trauten sich aus dem Schutz ihrer ihres Heims, wenn es dunkel wurde und der Nachtwächter sein einsames Lied sang.

Mit einem Seufzer blickte er zum Himmel. Schwere Wolken hatten sich versammelt. Es würde ein Gewitter geben. Er stampfte zweimal mit dem Stiefel auf, um den gröbsten Dreck abzuschütteln und beeilte sich weiterzukommen. Ein Gewitter hatte ihm gerade noch gefehlt.

Einmal mehr fragte er sich, warum er durch die Nacht wandern musste. Die Antwort darauf kannte er genau. Er wollte Geschäfte machen. Natürlich wollte er Geschäfte machen. Natürlich musste er noch eine Vereinbarung mit dem hiesigen Eisenwarenladen treffen. Die eigentliche Frage war, warum er hierfür durch die nächtlichen Straßen Bostons streifen musste. Bis ans andere Ende der Stadt. Wieso? Wieso konnte er nicht mit Mr. Bright von seinem Haus aus über seine Geschäfte sprechen?

Noch gestern hatte er zwei Burschen gesehen, die auf der Straße mit zwei Dosen spielten, die sie mit einer langen Schnur verbunden hatten. Sie hatten gelacht während der Rothaarige der beiden seine Dose an sein Ohr gehalten hatte und sein hagerer

Freund in dessen Dose hineinsprach. War die Schnur nur straff genug gespannt, konnte der Rothaarige seinen Freund verstehen. Die Worte wanderten durch die Schnur.

Könnte man nicht in jedes Haus Bostons eine Dose stellen, die über gespannte Schnüre quer durch die Stadt miteinander verbunden waren?

Eine Art Fernsprechapparat?

Ein Netz aus Fernsprechapparaten? Er könnte bequem von zu Hause aus mit Mr. Bright über seine Geschäfte sprechen, ohne durch halb Boston wandern zu müssen. Ohne in Pferdemist zu treten. Ohne vom Gewitter überrascht zu werden.

Warum nur waren seine Mitbürger so träge? Wie Ratten lebten sie gefangen in ihren grauen Käfigen aus Eintönigkeit und Dreck. Niemand wagte es hinaus zu schauen und die bunte Blumenwiese an Möglichkeiten zu erkennen, die sich denjenigen bot, die ihren Ideen die Ketten abnahmen und die Käfigtür einen Spalt weit öffneten.

Es konnte gehen. *Es würde funktionieren.* Was man sich vorstellen konnte, konnte auch umgesetzt werden. Ein Maler, der ein Bild vor Augen hatte, konnte es auch auf eine Leinwand bringen. Ein Bildhauer sah eine Skulptur lange bevor er sie erschuf vor seinem geistigen Auge.

Es war möglich Gedanken umzusetzen. Ideen wahr werden zu lassen. Und er war voller Ideen. Er konnte es schaffen. Er würde Dinge wie Fernsprechapparate und Gleichzünder aus seinem Kopf in die Welt holen. Er würde die Welt verändern. Er musste es sich nur vorstellen.

Entschlossen setzte Thomas Alva Edison seinen Weg fort.

DER PERFEKTE PLATZ

Im Jahr des letzten Morgens

Mira lag auf dem Hochbett ihrer beschaulichen Zweizimmerwohnung. Neben dem in die Jahre gekommenen Hochbett zierte das Zimmer eine Stehlampe und ein sauber aufgeräumter Schreibtisch, auf dem ihr Laptop stand. Im etwas kleineren Nebenzimmer hatte sie eine Küchenzeile, ein Gewürzregal und einen Esstisch mit zwei Stühlen. Sie brauchte nicht viel.

Sie hatte weder Mann noch einen festen Freund. Niemand, der sie regelmäßig besuchte. Nur ab und an stand ihre Mutter in der Tür. Zufälligerweise hielt sie dann meist zwei Einkaufstüten mit frischen Lebensmitteln in den Händen, die sie ihrer Aussage nach eigentlich gar nicht brauchte und ja da lassen könne, wo sie schon mal hier war.

Mira trug ihren roten Flanellpyjama und dicke hellgraue Wollsocken. Tief hatte sie sich in ihre Bettdecke eingegraben, sodass nur ihr Kopf hervorlugte. Sie strich sich eine braune Haarsträhne aus dem Gesicht.

Die blonden Haare, die sie als Kind noch hatte, waren mit jedem Sommer, den sie seit ihrem Umzug im kalten Deutschland verbracht hatte, einem undefinierbaren braun gewichen. Ähnlich verhielt es sich mit ihrer einstigen Sommersprossenpracht, auf die vor einem halben Leben sogar Pipi Langstrumpf neidisch gewesen wäre. Nur wenige der markanten Punkte um die Nasen- und die Wangenpartie waren ihr aus ihrer Zeit in Ligurien noch geblieben.

Sie war siebenundzwanzig Jahre alt. Seit achtzehn Jahren war sie nun in Deutschland. Doppelt so lange, wie sie als Kind in Ligurien verbracht hatte. Eine doppelte Ewigkeit.

Und doch verging kaum ein Tag im kalten Deutschland, an dem sie nicht an die warmen Sommer Liguriens dachte. Tagelang hatte sie zu jener unbeschwerten Zeit einfach im Garten gesessen und den Blick in die Ferne genossen.

Damals hatte sie die Aussicht für selbstverständlich hingenommen. Sie kannte es nicht anders. Wusste nichts von der Größe der trostlos grauen Städte, die inmitten einstiger Natur unerbittlich wie Krebsgeschwüre wucherten.

Heute vermisste sie den Blick in Ferne. Wie sehr sie ihn vermisste. Endlose Weite bis zu den erst am Horizont aufragenden Bergen.

Oft dachte sie an ihre Berge zurück. Was wohl aus ihnen geworden war? Ob sie sich noch immer vom Regen formen ließen? Hatten sie ihre Gestalt schon geändert? Glücklich lächelte sie beim Gedanken an ihre Bergmassive. Die Faszination der stetigen Veränderung, der sie ausgesetzt waren, hatte sie bis heute nicht losgelassen.

Als Jugendliche hatte sie unermüdlich gelesen. Sie wollte alles über Gebirge wissen. Hatte Atlas um Atlas durchblättert und in der Bibliothek unzählige geologische Karten studiert. Ganze Nachmittage hatte sie ihren beleuchteten Globus angestarrt, während Gleichaltrige sich verabredeten, sich auf Spielplätzen trafen oder einfach miteinander abhingen. Doch das brauchte sie nicht.

Ihre Mutter hatte sie auch in Deutschland bis zur Mittelstufe selbst unterrichtet. Und irgendwann hatte Mira sich daran gewöhnt, eine Einzelgängerin zu sein. Sie hatte aufgegeben nach Freunden zu fragen. Hatte aufgegeben, die Beweggründe ihrer Mutter verstehen zu wollen. Ohne es zu wollen, hatte sie sich mit der Einsamkeit ihrer Gedanken angefreundet.

Nun war sie gerne für sich allein. Sie hasste es im Mittelpunkt zu stehen. Sie lebte zurückgezogen und versuchte Beziehungen jeglicher Art zu vermeiden. In größeren Gruppen schwamm sie so gut es ging mit dem Strom, um möglichst nicht aufzufallen. Meist trug sie grau und hielt den Blick gesenkt.

Auch als sie dann die Oberstufe einer regulären Schule besuchte, mied sie den Kontakt zu anderen. Ihre sportliche Figur verbarg sie hinter einem Schlabberlook aus Kapuzenpulli und Jogginghose. Ohrstecker, Tattoos oder Piercings hatte sie bis heute noch keine. Die mittellangen, braune Haare trug sie meist zu einem einfachen Pferdeschwanz zusammengebunden. Sie beschränkte Kommunikation und menschliche Interaktion auf das Minimum. Sie war ein graues Mäuschen, das in der Menge unterging. In jeglicher Hinsicht unauffällig. Zurückhaltend. In sich gekehrt.

Nach dem Abitur hatte sie Geologie studiert, um alles über die Prozesse der Veränderung von Gesteinen zu erfahren. So leid taten ihr die Berge. Sie mussten so lange darauf warten, bis sie sich endlich verändern durften. Alles in der Welt der Geologie ging so unglaublich langsam von statten.

Sie hatte alles erfahren wollen über den Äonen dauernden Wandel des Gesichts der Erde. Doch bis zum vierten Semester des Studienfachs Geomorphologie, in dem eben diese Veränderung des Angesichts der Welt gelehrt wurde, hatte sie nicht durchgehalten. Noch im ersten Semester hatte sie das Studium abgebrochen. Nicht weil sie mit den Anforderungen einer technischen Universität überfordert gewesen wäre.

Mira hätte das Studium mit Leichtigkeit absolvieren können. Auf dem Gymnasium hatte sie im schriftlichen Bereich durchweg fünfzehn Punkte. Doch im Gegensatz zu dem Gymnasium, das sie zuvor besucht hatte, war das Geologiestudium von kaum mehr als einem Dutzend Studenten besucht. Eine Chance, sich hier in der Masse zu verbergen, wurde ihr nicht gegeben. Alle führten sich auf wie eine kleine Familie. Sie wollten Lerngruppen bilden und gemeinsam durchs Studium gehen. Durch dick und dünn. Freunde für immer. Das war nichts für sie. Sie zog sich zurück und brach das Studium schließlich ab.

Trotz des dicken Pyjamas, der Wollsocken und der Bettdecke fror sie. Sie fror eigentlich immer. Draußen war es ungemütlich, nass und kalt. Und auch in ihrer Wohnung könnte es wärmer sein.

Wieder einmal konnte sie nicht einschlafen. Es war erst früh am Abend. Doch sie musste schlafen. Sie brauchte mehr Schlaf. Sie schlief nicht gut. Egal wie früh sie ins Bett ging. Egal ob sie auf Koffein oder Alkohol verzichtete. Egal ob sie abends nur etwas Leichtes aß, auf Abendessen komplett verzichtete, oder sich den Bauch voll schlug. Sie schlief einfach nicht gut.

Seit Jahren wachte sie auch nach zwölf Stunden Schlaf mit Augenrändern und Tränensäcken groß wie Kartoffelsäcke auf. Ihr Kopf hämmerte und konnte nicht glauben, dass die Nacht tatsächlich schon vorbei sein sollte.

Meist wollte sie einfach weiterschlafen. Sich umdrehen, die Augen schließen und sich ihren Körper erholen lassen. Auch nach einer ganzen Nacht Schlaf fühlte sich ihr Körper an, als hätte sie durchweg körperlich hart gearbeitet. Als wäre sie von einem Panzer überrollt worden. Häufig tat ihr alles weh. Und ständig diese Kopfschmerzen.

Ärzte konnten ihr nicht helfen.

«Medizinisch gesehen, sind sie absolut gesund», hallten die Worte des letzten Allgemeinmediziners in ihren Ohren wider.

Wie oft sie diesen Satz schon gehört hatte, konnte sie schon nicht mehr zählen.

«Vielleicht sollten Sie einen Spezialisten konsultieren.»

Doch auch eine Nacht in der Schlafklinik zeigte nur, dass sie ruhig atmete und auch Puls und Blutdruck absolut in Ordnung waren. Schnell kam sie in die erholsame REM-Phase.

«Es gibt keinen medizinischen Grund, warum Sie erschöpft aufwachen sollten.»

Auch Neurologen und Psychologen kamen zum selben Schluss und rieten ihr, sich auf ihr Innerstes zu konzentrieren.

«Vielleicht könnten Sie es mit Meditation versuchen?»

«Meditation?» Verächtlich spuckte sie das Wort aus.

Als ob Meditation irgendwem nützen könnte. Sie wusste genau, warum sie nicht schlafen konnte. Es war das Klima. Ihr war immer zu kalt. Warum nur war es immer so kalt, hier in Deutschland. Wer brauchte schon Temperaturen um den Nullpunkt?

Wieder dachte sie versonnen an ihre Kindheitstage, als sie umgeben von Olivenbäumen und sanften Bergketten häufig unter freiem Himmel schlief. Es wurde einfach niemals kalt, damals in Ligurien. Es war das Wetter, das ihr den erholsamen Schlaf raubte und ihr dafür Kopfschmerzen brachte, da war sie sich sicher.

Seufzend ließ sie den Blick über den verregnet grauen Vorgarten schweifen. Was für ein Kontrast zu dem Grün Liguriens. Müde schloss sie die Augen.

Einmal mehr fragte sie sich, ob Ligurien wirklich so war, wie sie es in Erinnerung hatte. War es tatsächlich das paradiesisch grüne Eldorado mit den unendlichen Weiten, oder sah es nur in den Augen einer unbeschwerten Kindheit so aus?

Auch wenn sie unentwegt an ihre Kindheitstage dort zurückdachte, wollte sie nicht mehr nach Italien zurück. Vermutlich hatte sie zu viel Angst, ihre Illusion einer perfekten Welt zu zerstören.

Und so schlecht war es in Deutschland nicht. Sie mochte ihre Wohnung. Mochte es, unabhängig zu sein. Allein zu sein. Sie mochte ihren Job in der Werbeagentur. Dort konnte sie kreativ am PC arbeiten, ohne Fragen beantworten zu müssen. Ohne Kundenkontakt.

Tief atmete sie ein. Nein. Sie würde hier in Deutschland bleiben. Ihr Leben hier war in Ordnung. Wäre es doch nur etwas wärmer. Wieder drehten sich ihre Gedanken im Kreis. Wie lange es dauerte, bis sie wie fast jede Nacht mit der Wunschvorstellung eines etwas wärmeren Deutschlands einschlief, wusste sie nicht.

Erst am späten Sonntagvormittag wachte Mira mit rasenden Kopfschmerzen auf. Wie so oft. Ihr Körper rebellierte. Alles tat ihr weh. Verschlafen streckte sie die geschundenen Glieder. Ein Blick aus dem Fenster zeigte ihr, dass das Wetter in Deutschland sich auch heute nicht von seiner Sonnenseite zeigen würde.

Langsam massierte sie sich ihre Schläfen und die Schultern. Noch wollte sie nicht die wärmende Decke aufgeben, doch ihre Blase zwang sie dazu. Es war ein Kampf, den sie verlieren würde. Das wusste sie. Sie kletterte die Sprossenleiter des Hochbettes herunter und ging ins Bad, um sich fertig zu machen.

Ausgerüstet mit ihrem Lieblingspulli und ihrer Jogginghose setzte sie sich an den Frühstückstisch. Eine Schüssel gesundes Körnermüsli und ein Glas Orangensaft später fühlte sie sich schon etwas besser, auch wenn es ihr in ihrer Wohnung noch immer kalt vorkam. Noch einmal prüfte sie den Heizkörper. Er lief auf höchster Stufe. Frustriert schüttelte sie sich. Es war Zeit zu gehen. Sie nahm ihren Schlüsselbund vom Hakenbrettchen neben ihrer Eingangstür, zog sich ihren schwarzen Mantel an und verließ ihre Wohnung.

Wenig später betrat sie das Altenheim, in dessen Nähe sie und ihre Mutter sich damals wegen Miras demenzkranker Großmutter ihre Wohnung gesucht hatten. Eigentlich gab es keinen Grund mehr, hier her zu kommen. Ihre Großmutter war längst gestorben. Das Personal hatte sicherlich schon mehrfach gewechselt und auch von den anderen Hausbewohnern kannte Mira niemanden. Es gab keinen, den Mira im Altenheim hätte besuchen können.

Doch noch immer kam sie regelmäßig hierher. Sie mochte das Altenheim. Nicht, weil es sie in sentimentaler Form an ihre Oma erinnern würde. Mira rümpfte die Nase. Auch nicht, weil der Geruch nach alten Menschen in irgendeiner Art angenehm wäre. Doch schon im Eingangsbereich schlug ihr die wohlige Wärme entgegen, die nur von Hallenbädern und Saunaparadiesen übertroffen wurde.

Strahlend ging sie an der Rezeptionistin vorbei, die sie nicht wirklich wahrnahm. Noch nie wurde Mira gefragt, warum sie hier wäre oder wen sie besuchen wollte. Niemand behelligte sie hier, solange sie innerhalb der regulären Besuchszeiten kam und nicht negativ auffiel.

Und Mira hatte es perfektioniert, nicht aufzufallen. Mit gesenktem Kopf ging sie durch die endlosen Flure in Richtung ihrer Lieblingsecke. Niemanden sah sie direkt an, als wäre sie tief in ihre Gedanken versunken.

Rechts wie links passierte sie unzählige, weit geöffnete Türen, die in helle Zimmer einladen wollten. Doch darin lagen in hohen Betten alte Menschen, die zumeist den Begriff Mensch nur im wohlwollendsten Sinne verdient hatten. Apathisch starrten die meisten Bewohner bewegungsunfähig in dicke Decken eingehüllt an die weißen Zimmerdecken ihrer unfreiwillig gewählten Gefängnisse.

Mira wusste nur zu gut, dass sich das Gros der Insassen bereits von ihrem Leben verabschiedet hatte. Zurückgeblieben war nur die leblose, verkümmerte Hülle des einst lebensfrohen, agilen Menschen.

Sie ließen sich füttern, wenden und waschen, reagierten aber nicht mehr auf äußere Einflüsse. Sie waren in sich gekehrt. Der Welt entrückt. Als hätten sie die Welt bereits verlassen, aber vergessen, ihren Körpern Bescheid zu geben. Mira taten die Zurückgelassenen leid. Doch genauso wie sie ihr leid taten, wusste sie auch, dass es nichts auf der Welt gab, was sie für sie hätte tun können.

Zu ihrer Rechten passierte sie ein weiteres, offen stehendes Gefängnis. Der Insasse war so drapiert worden, dass die glasig entrückten Augen auf einen Fernseher ausgerichtet waren. Mit ohrenbetäubender Lautstärke lief eine Dokumentation über die Folgen des Klimawandels. Alarmierend dröhnte die Stimme des Reportes durch den Flur.

«Seit fast zwanzig Jahren ist das Phänomen des Klimawandels in aller Munde. Von Jahr zu Jahr steigen die Temperaturen. Trotz aller Bemühungen hat es die Menschheit jedoch noch nicht geschafft, diesen erschreckenden Trend aufzuhalten.»

Mit den dramatischen Worten «Auch in Zukunft wird die Menschheit mit steigenden Temperaturen rechnen müssen», schloss der Reporter seinen Bericht ab.

Mira verlangsamte ihren Schritt und drehte ihren Kopf in Richtung der Stimme. Ein Lächeln umspielte ihre Mundwinkel. «Seit fast zwanzig Jahren ist das Phänomen des Klimawandels in aller Munde», hallten die Worte des Sprechers in ihren Ohren wider. Seit fast zwanzig Jahren war sie nun im kalten Deutschland angekommen. Seit fast zwanzig Jahren wünschte sie sich Nacht für Nacht ein wärmeres Klima.

Vielleicht wird sich mein Wunsch nach einem wärmeren Deutschland doch noch erfüllen, dachte sie schmunzelnd. Vielleicht müsste sie nur weiterhin daran glauben.

Zufrieden setzte sie ihren Weg fort.

Beschwingt von der Idee einer wärmeren Zukunft erreichte sie schließlich ihren Lieblingsplatz des Gebäudes. Der kleine Erker im zweiten Obergeschoss schloss an die Südwestseite des Altenheims an. Er war etwas versteckt hinter der Besenkammer angebracht, so dass die meisten Besucher dieses Kleinod überhaupt nicht wahrnahmen. Er bestand aus vier dicht beieinanderstehenden Fenstern, deren Rahmen so filigran waren, dass sie das Sichtfeld kaum einschränkten und den halbkreisförmigen Raum mit Licht durchfluteten.

Entlang der Außenwand des Halbkreises luden mit beigen Stoff bespannte Fensterbänke zum Sitzen ein. Unter ihnen befand sich je ein schmaler Heizkörper, der den kleinen Raum auch im Winter konstant warmhielt. Der Blick aus dem zweiten Stock reichte bis zu einer weit entfernten Bergkette. Die Blickrichtung

Süd-Westen garantierte lange sonnige Nachmittage und schöne Sonnenuntergänge. Auch wenn es nicht mit der Weite Liguriens vergleichbar war, hatte Mira hier doch ein vages Gefühl von Freiheit.

Es war herrlich abgeschieden und doch so nah bei ihrem Zuhause. Eine wunderbar einsame, warme Insel inmitten des kalten Deutschlands. Der perfekte Platz.

Wie immer setzte sie sich auf eine der beiden mittleren Fensterbänke. Wohlig schaudernd seufzte sie. Hier ging es ihr gut. Aus ihrer Tasche kramte sie ihre Geoscience Zeitschrift hervor. Noch immer las sie die monatlich erscheinende Bibel der Geologen. Sie überblätterte das Inhaltsverzeichnis und die Werbung und öffnete den ersten Artikel.

Große Letter titulierten: «Geburt einer Insel».

EINE FRAGE DES GESCHMACKS

Im Jahr des letzten Morgens

Dröhnend laut wummerte die Rockmusik aus den Lautsprechern. Noch einmal drückte Andrej das Gaspedal durch. Sofort reagierte der matt graue AMG C63 mit einer gewaltigen Beschleunigung, die von einem blubbernden Röhren des V8 Motors begleitet wurde.

Der Winter zeigte sich von seiner unerbittlichen Seite. Kniehoch stand der Schnee am Straßenrand. Andrej wusste, dass er viel zu schnell fuhr, doch es war ihm egal. Sollte eine Streife ihn ruhig anhalten. Er war in genau der richtigen Stimmung, um sich mit der Polizei anzulegen.

Wieder einmal hatte er einen dieser unsäglichen Massentermine ertragen müssen. Seine Arbeit war nicht mehr das, was sie mal war. Früher galt eine Vereinbarung unter Männern noch etwas. Man stand zu seinem Wort. Zwei Männer trafen sich, sie machten ihren Standpunkt klar, stritten sich und kamen schließlich zu einem Ergebnis. Und dieses Ergebnis war dann unumstößlich.

Die heutigen Verhandlungen waren nur noch zäh. Niemand vereinbarte irgendetwas ohne seinen Beraterstab, begleitet von mindestens einem halben Dutzend Anwälte. Massenaufläufe ohne Substanz. Ohne Ergebnis. Wenn überhaupt schaffte man es, sich auf einen weiteren Termin zu einigen, um die Verhandlungen fortzuführen. In dem darauffolgenden Termin konnte sich niemand mehr an die wenigen bereits vereinbarten Punkte erinnern.

Das war einfach nicht mehr seine Welt. Das Verhandeln machte ihm unter diesen Bedingungen keinen Spaß mehr. Früher liebte er es. Das Spiel um Macht. Mann gegen Mann. Einfach. Zielführend. So machte Überzeugen Spaß.

Doch es waren nicht nur die Massenaufläufe, die der westliche Trend mit sich brachte, die ihm den Spaß an seinem Beruf nahmen. Auch wenn er sich hinter den Kulissen, abseits der strikt reglementierten Massenverhandlungen, allein mit einem

Vertreter der Gegenpartei traf, war das Verhandeln nicht mehr so wie früher. Es lag nicht ausschließlich an seinem Gegenüber. Es lag viel mehr an ihm.

Früher kämpfte er leidenschaftlich für die Interessen der Zigaretten, Erdöl- oder Waffenindustrie. Doch mehr und mehr hatte er das Gefühl, dass seine Dienste nicht gewürdigt wurden. Was nützte es, für seinen Auftraggeber einen Erfolg nach dem anderen zu erzielen, wenn dieser sich doch wieder wie ein weinerliches Mädchen an den Rockzipfel des Staats heftete und sich willig den vorgegebenen Restriktionen ergab?

Es gab schlicht keine echten Männer mehr. *Jedenfalls keine mit Eiern*, sinnierte er. Mit der Zeit verlor er das Interesse, sich für seinen Job aufzureiben. Mit steigendem Desinteresse konnte er immer weniger Verhandlungserfolge nachweisen. Er war einfach nicht mehr mit Herzblut bei der Sache.

«Boris Semjonov anrufen», rief er gegen die dröhnende Musik an. Er wollte auf andere Gedanken kommen. Unverzüglich versetzte die Anlage die düster melodische Musik der Gruppe Seelenzorn in den Mute Zustand.

Wenige Augenblicke danach ertönte durch die Lautsprecher das monotone Klingelzeichen des Telefons.

«Andrej, mein Bruder!», erklang nach dem dritten Tuten eine voluminöse Stimme. «Was kann ich für dich tun?»

«Wo steckst du gerade, Boris?»

«Indien. Ein schreckliches Land. Alles ist voller Menschen. Menschen und Dreck. Grässlich. Überbevölkert wie fast alle asiatischen Länder, doch so viel dreckiger. Einfach grauenhaft.»

«Es gibt einfach viel zu viele Menschen auf der Welt», pflichtete Andrej seinem Bruder bei. Schnell brachte er das Gespräch wieder auf das Wesentliche.

«Wann bist du wieder im Land?»

«Heute Abend lande ich. Ich mache drei Kreuze, wenn ich aus dem Drecksloch endlich raus bin. Was hast du vor?»

«Ich hatte einen schlechten Tag. Ich will spielen.»

«Was für ein Startkapital?

«Zehn Millionen Rubel.»

Andrej konnte die freudige Anspannung seines Bruders förmlich durchs Telefon spüren. Vor seinem inneren Auge sah er ihn schmunzeln.

«Wie immer bis 3:00 Uhr?»

«Wie immer.»

«Bis heute Abend. 22:00 Uhr.»

Mit dem Ende des Telefonats regelte sich Seelenzorn vollautomatisch auf die gewohnte Lautstärke zurück. Andrej lächelte. Er liebte es, mit seinem Bruder zu wetten. Schon in ihrer Kindheit hatte sich immer nur alles darum gedreht, wer schneller laufen, höher springen oder weiter werfen konnte. Ein ewiges Duell.

Oft wurden ihre Wettkämpfe mit begeisterter Anspannung von den anderen Schulkindern begleitet. In Heerscharen rotteten sie sich zusammen, wenn die Semjonow Brüder aufeinandertrafen, um anschließend den Sieger gebührend zu feiern und den Verlierer mit Häme und Spott zu überschütten. Mit den Jahren waren die Wettkämpfe zwar seltener geworden, gewannen dafür aber mehr an Intensität.

Immer häufiger verlagerten Andrej und Boris ihren niemals endenden Wettstreit ins Spielkasino. Es war eine Frage der Ehre. Der Sieg am Spieltisch kürte den ruhmreichen Bruder bis dessen nächste Niederlage anstand.

Derzeit hielt Boris den Titel inne. Seit drei Monaten war er unbesiegt. Dreimal hatte Andrej Boris seit seinem letzten Sieg herausgefordert. Zweimal war er knapp gescheitert. Das letzte Mal ging er chancenlos unter. Ein schwarzer Abend.

Heute war es an der Zeit. Andrej musste gegen seinen Zwillingsbruder gewinnen. Es gab keinen besseren Weg, sich nach einem unbefriedigenden Tag aufzubauen und sich selbst zu beweisen, dass man noch zu etwas taugte. Eine weitere Niederlage wäre unverzeihlich. Doch soweit durfte es nicht kommen. Er musste gewinnen.

Kurz überlegte er. Zwar behauptete er gerne von sich, kein abergläubischer Mensch zu sein. Doch den Anzug, den er bei seinem ehrlosen letzten Wettstreit mit Boris trug, konnte er keinesfalls noch einmal im Kasino tragen. Dies wäre ein schlechtes Vorzeichen.

Es war Zeit für einen neuen Anzug. *Ein neuer Anzug, um eine neue Ära einzuläuten*, sinnierte er finster lächelnd. Er würde seinen Bruder nicht nur in die Schranken weisen, er würde ihn vernichten. Siegessicher nickte er mit dem Kopf zur Musik. Dann griff er nach seinem Handy und suchte nach dem nächsten Herrenausstatter, der Brioni Anzüge führte.

Schon wenig später erreichte Andrej sein Ziel.

Er parkte den Wagen auf einem Behindertenparkplatz direkt vor dem Geschäft. Kopfschüttelnd stieg er aus.

«Wie viele Behinderte kaufen sich wohl einen Anzug?» brummte er leise in sich hinein «Und fahren dafür mit dem Wagen vor?»

Nicht immer war ihm klar, wem die Gesellschaft etwas mit diesem Gutmenschentum beweisen wollte. Allenfalls bewies sie damit, dass sie sich mittlerweile zu fein dafür war, auch nur eine Minute über Sinnhaftigkeit nachzudenken. Der eiskalte Wind biss ihm ins Gesicht.

Nach wenigen Schritten betrat er den kleinen Laden, der mit geschwungenen Lettern an der Außenfassade warb: „Pavel Blumberg, Mode für Herren“. Stampfend trat er sich den Schnee ab.

Auch im Inneren wirkte das Geschäft minimalistisch. Klein aber ordentlich strukturiert und aufgeräumt. Nicht zu überladen. Andrej mochte die neumodischen Kaufhäuser nicht, die in ganzen Etagen oder gar über mehrere Stockwerke sämtliche Anzüge aller bekannten und weniger bekannten Modehersteller feilboten, um auch ja jedem Geschmack gerecht zu werden. *Fließbandabfertigung für die Massen.* Er mied diese Geschäfte.

Dieser Laden hier könnte schon eher nach meinem Geschmack sein, dachte er zufrieden.

Der Bereich gegenüber dem Eingang wurde durch einen langen, allerdings verhältnismäßig niedrig wirkenden Tresen bestimmt, hinter dem ein älterer Herr saß. Er war allein. Als er seinen Kunden bemerkte, blickte er von seinem Modemagazin auf und lächelte Andrej freudig an. An der Art, wie der Mann ihn anblickte, erkannte Andrej, dass dieser seine Vorfreude kaum zurückhalten konnte. Er musste erkannt haben, dass Andrej nicht nur einer dieser Neureichen, sondern ein Kunde mit Geschmack war, was ihn sichtlich freute.

«Herr Blumberg nehme ich an», sagte Andrej noch bevor er den Tresen erreichte.

Deutlich war herauszuhören, dass Andrej dies keinesfalls als Frage, sondern viel mehr als Feststellung der Tatsachen meinte. Schon in der Eröffnungsphase zeigte er gerne, wer das Gespräch führen würde.

Seine Feststellung wurde von dem Mann hinter dem Tresen mit einem freundlichen, schon fast würdevollen Kopfnicken beantwortet. Dabei schloss Herr Blumberg für einen Moment seine Augen, als wolle er eine förmliche Verbeugung andeuten.

«Sie führen Brioni Anzüge.»

Wieder war Andrejs Aussage deutlich zu entnehmen, dass es sich nicht um eine einfache Frage oder gar um eine Bitte handelte, sondern um einen Grundsatz, der, sollte er nicht korrekt sein, zum sofortigen Abbruch der bevorstehenden geschäftlichen Beziehung führen würde.

Augenblicklich umspielte ein wissendes Lächeln die Augenpartie des Ladeninhabers.

«Ich begrüße es, wenn Kunden nicht nur Geschmack haben, sondern auch direkt zum Punkt kommen. Darf ich Sie bitten mir zu folgen?» Dabei verließ er den Bereich hinter seinem Tresen und fuhr Andrej in seinem Rollstuhl entgegen.

Amüsiert lächelte Andrej in sich hinein. Er konnte also doch noch überrascht werden.

Zielstrebig hielt der Rollstuhl auf ein Regal an der Seitenwand zu, in dem ein gutes Dutzend Anzüge in gedeckten Grau- und Schwarztönen hingen. Noch während Andrej sich fragte, wie der gehandicapte Ladenbesitzer an die in Andrejs Kopfhöhe hängenden Kleiderbügel herankommen wollte, griff dieser im Vorbeifahren nach einem Greifstock aus Ebenholz, der neben dem Regal hing. Mit einem kurzen Blick durch den Verkaufsraum erkannte Andrej, dass neben jedem der Regale ein solcher Greifstock hing.

Er ist gut vorbereitet, dachte er anerkennend. Der Mann gefiel ihm.

Mit dem Greifstock angelte Herr Blumberg geschickt einen anthrazitfarbenen Anzug, hob ihn herab und präsentierte ihn stolz.

«Sie tragen Konfektionsgröße 106.»

Diesmal war er es, der die Aussage deutlich als Feststellung formulierte.

«Modell Primo. Ein Klassiker. Schlicht und elegant.»

Andrej fiel es schwer, seine Bewunderung für Herrn Blumberg zurückzuhalten. Er verachtete zutiefst all die Faulenzer und Nichtsnutze, von denen es viel zu viele auf dieser Erde gab. Wie ein Virus breiteten sie sich aus und ernährten sich wie Parasiten von den Wenigen, die aufrichtige Arbeit leisteten.

Aber dieser Mann erfüllte nicht nur pflichtbewusst seine Arbeit. Er beherrschte wahrlich sein Handwerk. Herr Blumberg schien ein ausgezeichnetes Gespür für den Geschmack seiner Kunden zu haben und sah auch ihm förmlich in die Seele. Andrej hatte einige Anzüge des Modells Primo in seinem Schrank hängen. Wobei er sich nicht sicher war, ob er schon einen in anthrazit hatte. Er würde gut in seine Sammlung passen. Doch er war nicht hier wegen einem Alltagsanzug.

«Ich dachte an das Modell Brunico.»

Nun war es der Ladenbesitzer, der seine Bewunderung kaum zurückhalten konnte.

«Eine ausgezeichnete Wahl», quittierte er Andrejs Geschmack anerkennend. Sein Blick bekam einen träumerischen Ausdruck.

«Brunico. Der Brioni Anzug mit Birdseye Muster. Perfekte Silhouette, zeitloses Design, handgefertigt aus hochwertigen Materialien», beschrieb er den Anzug, als würde er ihn in den Händen halten. «Das Sakko im zweireihigen Drei-Knopf-Stil mit steigendem Revers. Die Hose leicht schmal zulaufend mit einfacher Bundfalte, französischen Taschen und kleiner Uhrentasche. Ein exzellentes Stück Mode.»

Doch das Strahlen in seinen Augen hielt nur ein paar Herzschläge lang an. Dann wurde sein Gesichtsausdruck ernst. Fast glaubte Andrej Trauer in seinem Blick zu erkennen.

«Das Modell Brunico kann ich ihnen leider nicht verkaufen, Sir.»

Andrej fiel auf, dass der Verkäufer ihn zum ersten Mal, seitdem er den Laden betreten hatte, „Sir“ nannte. Wollte er nur den Preis in die Höhe treiben? Schmeichelte er ihm deshalb mit der förmlichen Anrede? Warum sonst beschrieb er den Anzug voller Verzückung, wenn er ihn nicht verkaufen wollte?

«Können oder wollen Sie mir dieses Modell nicht verkaufen?»

Zum ersten Mal war Andrej ein Anflug von Unsicherheit anzuhören.

«Ich bin untröstlich.» Fast mitleidig sah er Andrej an. «Von dem Modell Brunico besitze ich nur noch ein Exemplar ihrer Größe. Und das kann ich Ihnen nicht überlassen.»

Kurz ließ er die Worte wirken. Dann blitzten seine Augen erneut auf, als hätte er eine Eingebung. Ein Lächeln umspielte seine Lippen.

«Vielleicht darf ich Ihnen eines dieser wunderschönen Modelle bestellen? Ich verfüge über recht gute Beziehungen und könnte es sicherlich bewerkstelligen, dass ich ein Modell Ihrer Wunschfarbe binnen drei Wochen in meinem Geschäft zur Anprobe zur Verfügung hätte.» Mit sichtlichem Stolz blickte er seinen Kunden erwartungsvoll an.

«Ich brauche den Anzug noch heute Abend.»

Nun war es Andrej, der seinen Worten mit einer ausgedehnten Pause Gewicht verlieh.

«Ich würde vorschlagen, Sie tun das, was ein Verkäufer tun sollte und verkaufen mir den Anzug, den Sie vorrätig haben. Welche Farbe hat er? Klassisches schwarz?»

Leicht verärgert schüttelte der Mann im Rollstuhl den Kopf.

«Sie scheinen nicht zu verstehen. So sehr ich es auch wollte. Ich kann ihnen diesen Anzug nicht verkaufen.»

Anerkennend musste sich Andrej eingestehen, dass sein Gegenüber es wahrlich verstand, den Preis seiner Ware in die Höhe zu treiben. Er war gerissen. Gerne akzeptierte er die ungeahnte Herausforderung.

«Es geht Ihnen um Geld», stellte er fest. Nennen Sie mir Ihren Preis.»

Selbstsicher zog Andrej ein Bündel Geldscheine aus der Innentasche seines Sakkos, die mit einer silbernen Geldklammer gehalten wurden, um seinen Worten mehr Gewicht zu verleihen.

Nur für einen flüchtigen Augenblick verweilte der Blick von Herrn Blumberg auf dem Geldbündel. Dann fing er sich und sah Andrej fast schon mitleidig an.

«Der Anzug ist für meinen Neffen bestimmt. Er heiratet übernächstes Wochenende. Schon immer war es mein Wunsch, dass er einmal in einem Anzug heiraten wird, den sein Onkel ihm ausgesucht hat. Ich selbst habe keine Kinder. Und er ist mein einziger Neffe. Für ihn soll es nur das Beste sein. Ein Geschenk, an das er sich sein ganzes Leben erinnern wird. Ein Brunico.»

Kurz sinnierte Andrej, ob Herr Blumberg sich tatsächlich diese Geschichte ausgedacht haben könnte, um den Preis in die Höhe zu treiben. Sollte dem so sein, wäre er tatsächlich ein begnadeter Verkäufer. Doch daran wollte Andrej nicht glauben. Zu nah ging Herrn Blumberg die Geschichte.

Andrej konnte den inneren Zwiespalt des Rollstuhlfahrers förmlich spüren. Er brauchte das Geld. Und Andrej musste den Anzug haben. Es ging mittlerweile mehr als nur um den Verkauf eines Kleidungsstücks. Es ging darum, sich selbst zu beweisen, dass er noch immer den stärksten Verhandlungsgegner in die Knie zwingen konnte. Es ging darum, eine Siegesära einzuläuten.

«Was halten Sie davon, wenn Sie ihrem werten Neffen ein anderes Modell schenken. Glauben Sie wirklich, er weiß das Modell Brunico zu schätzen? Schenken Sie ihm das Modell Primo. Er wird es ebenso lieben, da es von seinem Onkel kommt. Und ich zahle Ihnen die Differenz der beiden Anzüge noch einmal als kleinen Bonus aus. Das Geld können Sie sicherlich gut gebrauchen.»

Andrej sah, wie der Verkäufer mit sich rang. Fast hatte er ihn, er schien den richtigen Nerv getroffen zu haben.

«Und für Ihren Neffen lege ich noch einmal einhunderttausend Rubel oben drauf. Sagen wir als Hochzeitsgeschenk eines Freundes seines Onkels. Was halten Sie davon?»

«Es tut mir leid, Sir. Ich werde Ihnen diesen Anzug nicht verkaufen.»

Andrej durfte dieses Spiel um Macht nicht verlieren. War er denn zu gar nichts mehr nütze? Konnte er nicht mal mehr einen greisen Rollstuhlfahrer in einem Vorstadtladen von etwas überzeugen? Das konnte nicht sein. Düster blickte er auf den Mann vor sich herab.

«Sie wollen mich nicht als Feind haben!»

Ohne Andrej in die Augen zu blicken fuhr Herr Blumberg an ihm vorbei in Richtung Ausgang.

«Darf ich Sie nun bitten zu gehen? Wir werden heute nicht

übereinkommen. Es war mir eine Freude, einen Mann mit exzellentem Modegeschmack getroffen zu haben.»

Resigniert folgte Andrej dem Rollstuhl mit gesenktem Blick. Wie tief war er gesunken. Der Anzug, den er unbedingt haben wollte, war hier. Zum Greifen nah. Doch er schaffte es nicht einmal mehr, einen alten Mann im Rollstuhl zu überzeugen, obwohl er alle Register gezogen hatte.

Wie sollte er jemals wieder erhobenen Hauptes Verhandlungen führen? Wie sollte er heute Abend seinem Bruder gegenübertreten? Er würde Andrejs Schwäche sofort spüren. Könnte Boris sein Versagen riechen? Seit wann war er zu diesem jämmerlichen Wurm geworden?

Versager, hörte er die Stimmen der anderen Kinder im Chor widerhallen.

Versager. Nie wieder wollte er so genannt werden.

Als er schon fast geschlagen an dem Rollstuhlfahrer in Richtung Ausgang vorbeiging, hielt Andrej noch einmal inne. Er sammelte sich. Drückte sein Kreuz durch, nahm die Schultern zurück und baute sich zu seiner vollen Größe vor Pavel Blumberg auf.

Sein Herz raste. Leicht zuckte sein linkes Auge. Doch jeglicher Zweifel war aus seinem Gesicht gewichen.

Er spürte, wie tief in ihm eine Macht entfesselt wurde.

Konzentriert blickte er in die Augen seines Gegenübers, als er den Verkäufer ruhig und betont ansprach.

«Ich brauche diesen Anzug. Ich kann sonst nicht gewinnen und wäre ein Versager. Sie werden mir den Anzug verkaufen und Ihrem Neffen einen anderen schenken. Er wird es verstehen und Ihnen dankbar sein.»

EINE WELT ENTSTEHT

Im Jahr des letzten Morgens

Die Luftblasen umkreisten einander wie zwei turtelnde Vögel. Elegant schraubten sie sich in der Dunkelheit empor. Immer schneller stiegen sie auf. Der Oberfläche entgegen. Kein Licht reflektierte sich in ihrer perfekt glatten Rundung. Zu tief waren sie noch. Zu weit entfernt vom strahlenden Gestirn.

Voller Ungeduld erhöhten sie mit sinkendem Gegendruck ihre Geschwindigkeit. Als wären sie sich der Jahrtausende bewusst, die sie in der Tiefe verbracht hatten.

Sie waren die ersten. Doch gleich einer heranstürmenden Meute hungriger Ratten folgten ihnen unzählige weitere ihrer Art. Sie alle strömten der Meeresoberfläche entgegen. Hinauf in die Freiheit. Immer schneller.

Mit abnehmender Tiefe gewann das Licht mehr und mehr die Oberhand und verdrängte die ewige Dunkelheit. Doch auch dann noch, als die ersten Sonnenstrahlen die Luftblasen trafen, reflektierten sie kaum einen Lichtstrahl. Sie glänzten nicht wie Seifenblasen. Zu dunkel war ihre Füllung. Tausende und abertausende der Blasen strömten der Meeresoberfläche entgegen. Die Hitze, die die dunklen Blasen mitführten, brachte das Salzwasser zum Kochen.

Schlagartig entstanden Siedeblasen und gesellten sich zu ihren düsteren Artgenossen. Gemeinsam hoben sie im steten Aufwärtsstrom das umgebende Wasser aus den Angeln des statischen Gleichgewichts. Treibsand ähnlich befand sich die See durch den Einfluss der Luftblasen in einem Zustand annähernder Masselosigkeit. Das Meer ergab sich der schieren Übermacht der Luftblasen und schäumte wild auf.

Als die ersten der dunklen Luftblasen die Meeresoberfläche erreichten, zerplatzen sie in schwarzem Rauch. Die Hitze, die ihre schwarze Füllung mit sich führte, reichte aus, um die Luft zum Brennen zu bringen.

So dicht stand der schwarze Rauch, dass er die Welt ringsum verdunkelte. Kein Lichtstrahl war mächtig genug, das Schwarz der Äonen zu durchdringen. Nur im Innersten des dunklen Gebildes glomm eine finstere Glutwolke bösartig auf.

Und immer mehr qualmender Rauch erhob sich aus dem Meer. Schiere Massen verbreiteten sich um den Bereich der tosenden See. Schnell wand sich eine riesige Rauchsäule zum Himmel empor. Binnen kürzester Zeit war das Schauspiel über Kilometer weit zu sehen, als wolle es gleich einem Muezzin die Gläubigen von weit her zusammenrufen, um das bevorstehende Fest zu feiern.

Doch Insekten wie Vögel mieden instinktiv den Ort des Geschehens, als ahnten sie die trügerische Gefahr, die der Rauch mit sich brachte. Und auch der Lebensraum unterhalb der Wellen war wie ausgestorben. Die dort heimischen Wesen mieden das Gebiet bereits seit langem.

Weit unterhalb der Meeresoberfläche war nun das Leuchten zu sehen. Ein rotes Glühen gleich dem wütenden Auge eines uralten Dämons. Es strahlte in der Dunkelheit der Tiefe, aus der es kam. Und es kam näher.

Immer näher strömte es den mit Rauch gefüllten Luftblasen folgend den Wellen entgegen. Als könne es nicht erwarten, endlich dem Gefängnis der Urzeit zu entfliehen. Als hätte es seine einmalige Chance erkannt, die der mobile Aggregatzustand mit sich brachte.

Mit dem Leuchten kam Hitze. Die Wärme aus der Tiefe war so groß, dass das Wasser sofort zu kochen begann. Schlagartig stieg mehr und mehr Rauch auf und riss das umgebende Meer mit. Gleich einem schwarzen Loch wurde immer mehr Wasser aus der Umgebung zugeführt, erhitzt und nach oben geworfen.

Wie Luftmassen, die nach der Trennung durch einen Blitz mit einem gewaltigen Donnerschlag aufeinanderstießen, schien auch das Meer tosen zu wollen, um sich gegen den glühenden Eindringling zur Wehr zu setzen. Tsunamiartige Wellen stoben durch die See.

Doch die Massen des stetig nachströmenden Wassers reichten nicht aus, um die Hitze zu bändigen. Zu hoch waren die

Temperaturen der Urgewalt. Zu viel der glühend leuchtenden Masse strömte beständig nach, kaum, dass ihr Vorgänger auch nur etwas abgekühlt war.

Unermüdlich brach der heiße Strom glühenden Magmas aus dem Riss der Erde, der sich am Meeresgrund aufgetan hatte. Immer mehr Lava ergoss sich in die tosende See. Eine unaufhaltbare Urgewalt. Jahrmillionen hatte es gedauert. Jahrmillionen war der Fels hart und fest gewesen. Ein massives Gebilde. Eine Einheit.

Als wäre das Gestein es nun satt, die nahezu unendliche Zeit des Zwangs in starrer, gleichbleibender Form zu verharren. Als wäre es dankbar dafür, sich endlich frei entfalten zu dürfen. Die Welt verändern zu dürfen. Eine neue Ordnung zu schaffen. Eine neue Welt. Nun brach es mit einem Willen hervor, der stärker und mächtiger war als alles andere auf dieser Erde. Die größte Urgewalt aller Zeiten.

Die Lava ergoss sich in einem pyroklastischen Strom in die See. Dort wo sie abkühlte, erstarrte das flüssige Gestein und gab scheinbar befriedigt das dämonische Leuchten auf. Dankbar ob der kurzweiligen Abwechslung fügte es sich willig in seine neue Form. An seinen neuen Ort.

Immer mehr erstarrtes, nur noch müde glimmendes Gestein entstand um den Riss in der Erdkruste und verteilte sich auf dem einstigen Meeresgrund. Immer mehr Lava türmte sich auf. Immer höher wuchs der Berg im salzigen Blau. Zu allen Seiten des jungen Bergmassivs floss frische Lava entlang der Flanken, um augenblicklich zu erstarren und den Berg weiter zu erhöhen.

Lange bevor das wachsende Gebilde die Meeresoberfläche erreichte, entwichen die ersten der halb erstarrten Gesteinsbrocken dem Meer und schossen raketengleich in den Himmel. In der Dunkelheit des Rauchs wirkte das fliegende, noch immer glühende Gestein wie ein diabolisches Feuerwerk, das zu Ehren des Jahrtausendereignisses abgebrannt wurde, um den jüngsten der Berge an der Erdoberfläche gebührend willkommen zu heißen.

Zischend stob der feste Auswurf des Vulkans durch die rauchgefüllte Luft. Erst in kilometerweiter Entfernung trafen die noch immer glühenden Bomben weit abseits der Glutwolke wieder auf die Meeresoberfläche, wo sie dampfend versanken.

Begleitet wurde das furchteinflößend festliche Spektakel von einem Donnergrollen, das die gesamte Umgebung erzittern ließ.

«Angekündigt von den festlichen Fanfaren und dem Scheinwerferlicht der meteoritartig fliegenden Bomben erhob sich der stolze Berg majestätisch aus dem Wasser.»

Mit weit aufgerissenen Augen las Mira die niedergeschriebenen Worte. Gebannt bugsierte sie mechanisch mit der einen Hand eine ihre braunen Haarsträhnen hinter ihr Ohr. Mit der anderen Hand blätterte sie um.

Sofort suchten ihre Augen die oberste Zeile der neuen Seite. Ohne dass ihre Zunge auch nur einen Laut von sich gab, formte ihr Mund stumm die nächsten Worte des Artikels:

«Eine Insel war geboren.»

Ungeduldig sprangen ihre Augen in die nächste Zeile. Vollkommen konzentriert starrte sie auf jeden einzelnen der schwarz gedruckten Lettern. Jedes Wort sog sie gierig in sich auf.

Aus dem Augenwinkel sah sie bereits, dass sie auf der letzten Seite angekommen war. Bald wäre der wunderbare Artikel zu Ende.

Nicht jetzt, fuhr es Mira durch den Kopf. *Es darf noch nicht zu Ende sein.*

Entgegen ihrer unbändigen Neugierde versuchte sie sich selbst zu bremsen; versuchte die Worte zu genießen, um noch etwas mehr Zeit mit ihnen zu haben. Jedes einzelne Wort, jeden Buchstaben, jeden Pixel nahm sie in sich auf, umarmte und liebte ihn. Sie war die Worte. Die Worte waren sie. Was für eine Geschichte. Jedes geschriebene Wort flammte in ihrem Kopf auf. Sie sah es vor sich. Sah sie umgeben von einem ungewöhnlich starken Glanz.

Fast fühlte sie sich als wäre sie selbst der Schöpfer der Insel.

Ihr Herz schlug wild. Tief atmete sie ein. Sie versuchte sich zu beruhigen, während sie die letzten Zeilen Wort für Wort in sich aufsog.

«Gewaltvoller und gleichsam friedvoller als jede menschliche Geburt.»

Nun hauchte sie die Laute ehrfürchtig. Sie konnte sich nicht dagegen wehren. Von ihrer Zunge perfekt geschliffen, verließen die Worte einfach ihren Mund. Als wollten sie vom geschriebenen

Schwarz in die Welt hinaus entlassen werden. Als wollten sie ausgesprochen werden, um Realität zu werden.

«Mit dem Abbrennen des Feuerwerks herrschte Stille.»

Mira bemerkte kaum, wie trocken ihre Augen waren. Viel zu lange hatte sie nicht mehr geblinzelt. Viel zu groß war ihre Angst etwas zu verpassen, würde sie sie auch nur für einen Moment schließen.

«Noch traute die Welt der Ruhe nach dem Sturm nicht», las sie weiter laut vor.

Fast euphorisch rief sie die gelesenen Zeilen hinaus in die Welt. Voller Glückseligkeit. Vollkommen zufrieden. *So müssen sich Mütter direkt nach einer Geburt* fühlen, dachte sie seufzend. *Durchtränkt vom alles zerfressenden Schmerz Leben geschaffen zu haben.*

«Noch Wochen würde das Gebiet durch Asche- und Säureregen weiträumig geschützt, von Lebewesen jeder Art gemieden werden. Bis sich die ersten wagemutigen auf dem neuen Eiland einfanden, würde es Monate dauern. Perfekte Einsamkeit. Zeit, die der Berg brauchte, um sich an seine neue Umgebung und seine neue Rolle zu gewöhnen, bevor er den neuen Lebensraum Flora und Fauna zum Verweilen anbieten würde.»

Die letzten Worte verschwammen fast vor Miras Augen.

Er hatte es geschafft. Er hatte sich verwandelt. Aus den Tiefen der Erde aufgestiegen war er zu einer Insel über dem Meer geworden. Wie ein wunderschöner Schmetterling, der aus einer Raupe erwuchs. So schnell. Ungebändigt. So stolz war sie auf das Gestein. Mitgenommenen von dem fesselnden Artikel dachte sie erst, es wären Tränen, die ihre Wangen hemmungslos hinunterliefen.

Erst als sie die Flüssigkeit wegblinzelte und ihre Sicht langsam klarer wurde, sah sie, dass sich rote Flecken auf der Zeitschrift versammelt hatten. Dunkles Blut rann aus ihren Augen. Ebenso glücklich aber erschöpft brach Mira zusammen.

DER FOKUS

Im Jahr des letzten Morgens

Mit einem breiten Grinsen verließ Andrej den Herrenausstatter. Hell klingelten Glöckchen, als die Tür zufiel. Kaum, dass er einen Schritt aus dem wohlbeheizten Geschäft setzte, wehte ihm eine eiskalte Brise entgegen. Wie wirbelnde Rasiermesser schnitt der Wind unbarmherzig in die Stellen der Haut, die nicht von Stoff bedeckt waren.

Unbeeindruckt schlug Andrej in einer gewohnten Handbewegung den Kragen seines schwarzen Wollmantels nach oben. Über der Schulter trug er lässig seinen neuen Brunico Anzug, als er in Richtung seines parkenden Wagens schlenderte.

Er verstaute den Zweiteiler ordentlich im Kofferraum, schloss die Klappe per Knopfdruck und lehnte sich an die Seite seines Mercedes. Lächelnd ignorierte er die beißende Kälte und die Kopfschmerzen, die ihn seit den letzten Worten plagten, die er an Herr Blumberg gerichtet hatte.

Es war Zeit zu genießen. Fast schon feierlich zündete er sich eine Zigarette an und ließ das Gespräch mit dem Ladenbesitzer noch einmal Revue passieren, während er den warmen Rauch gierig einatmete.

Wenn ich es wirklich will, kann ich überzeugen, dachte er selbstzufrieden. Er musste sich nur konzentrieren. Alle Gedanken mussten zu diesem einen Wunsch verschmelzen. Alles musste eins werden. Ein einziger Befehl, der keinen Widerspruch duldete. *Und ich muss es wirklich wollen. Dann kann ich jeden von allem überzeugen.* Konnte es so einfach sein?

Während er seine Linke im dicken Stoff seines warmen Mantels verstaut hatte, spürte er seine rechte Hand, welche die gerade einmal zur Hälfte aufgerauchte Zigarette hielt, kaum mehr. *Verdammte Kälte.*

Noch einmal nahm er genüsslich einen tiefen Zug, bevor er den glühenden Stängel in den Schnee schnippte. Er gönnte der rechten Hand eine Aufwärmpause und zog mit der Linken sein

Smartphone aus der Innentasche seines Mantels, um sich von dem Stück Hardware das Offensichtliche bestätigen zu lassen. Minus sechs Grad Celsius. *Sibirischer Winter.*

Sogar für Väterchen Russland war es um diese Jahreszeit auffällig kalt. Und es würde heute Abend noch mehr schneien, wenn sein Handy Recht behielt. *Vielleicht war es doch mal wieder Zeit für Urlaub.* Irgendeine warme Insel. Vielleicht die Nordägäis oder die Sporaden? Auf Chios waren es fünfzehn Grad. Plus. Er könnte einfach ein paar Tage der beißenden Kälte entfliehen.

Verträumt ruhte sein Blick auf seinem Mobiltelefon, als ihn eine eingehende Push-Nachricht durch eine intensive Vibration, begleitet von einem hellen Ping, aus seinen warmen Gedanken riss.

„Top-News", titulierte eines der großen Online Nachrichtenmagazine in rot leuchtenden Lettern: „Neue Insel entsteht unerwartet vor Küste Liguriens."

Verärgert legte er die Stirn in Falten und starrte ungläubig auf das Display. *Auch die Fake-News werden immer schlechter.* Angeblich sei jüngst durch einen unterirdischen Vulkanausbruch in der Riviera eine neue Insel entstanden. Wer sollte so einen Unsinn glauben?

Sogar im fernen Russland war der Geografieunterricht solide genug, dass jeder, der die siebte Klasse abgeschlossen hatte, wusste, dass es im nördlichen Mittelmeer keine aktiven Vulkane gab. Lächerlich. Auch keine unterirdischen.

Vielleicht wurde ihm diese Überschrift deshalb angezeigt, weil er hin und wieder in den vergangenen Tagen auf seinem Smartphone nach einem passenden Urlaubsort gesucht hatte, überlegte er grimmig. Oder weil es der Wirtschaft einfach gerade beliebte, den Tourismus in Südeuropa zu stärken.

Ein wenig musste er schmunzeln. *Irgendwie bewundernswert.* Die Internetriesen ließen nichts unversucht, um die arglosen Benutzer in die Richtung zu drücken, in der die Wirtschaft sie haben wollte. Dabei hatten sie sich soweit perfektioniert, dass ihnen die Massen meist willenlos folgten. Wie dankbare Lemminge warteten sie nur darauf, dass jemand kam, um sie zu führen. Damit sie weiterhin ihr Gehirn ausschalten konnten und stumpf dem Führer folgen durften.

Wohin war ihnen egal. Ob sie einem Diktator in den Krieg oder einem Rattenfänger ohne Umschweife in den nächsten Fluss folgten, spielte keine Rolle. Nur nicht selbstständig denken müssen. Immer deutlicher zeigte die jüngste Geschichte, dass nicht derjenige, der auf dem Thron saß, die Macht innehatte, sondern derjenige, der fähig war, die Massen effektiv zu lenken. Der Populismus erhielt Einzug in die Geschehnisse der Welt.

Doch was scherten ihn irgendwelche Inseln vor der Küste Liguriens und das verborgene Ränkespiel, das vielleicht hinter dieser Geschichte stand?

Er sollte sich auf das Hier und Jetzt konzentrieren, ermahnte er sich selbst in Gedanken. Der Nachmittag war zu gut verlaufen, um sich über unsinnige Fake-News zu ärgern. Er hatte einen beachtlichen Verhandlungserfolg erzielt. Herr Blumberg war ein würdiger Gegner gewesen. Doch letzten Endes hatte Andrej ihm seinen Willen aufgezwungen. Und nun hatte er den Anzug, in dem er seinen Bruder heute Abend vernichtend schlagen würde. Er konnte nicht mehr verlieren. Es war Zeit zu siegen. Zeit zu… *Zeit*?

Erschrocken zuckte er zusammen, drehte sein Handgelenk und ließ seinen Blick über das Smartphone hinweg in Richtung Armbanduhr wandern. Seit seiner letzten Niederlage hatte er sich keinen neuen Chronographen mehr geleistet. Er konnte unmöglich mit diesem Ding an der Hand spielen, dem der Gestank des Untergangs noch immer wie Pech anhaftete. Er sollte sie sofort ausziehen und wie den nicht mehr benötigten Zigarettenstummel in den Schnee des Vergessens schnicken.

Aber ich brauche eine Armbanduhr, fuhr es ihm durch den Kopf.

Boris und Andrejs Wettspiele waren streng reglementiert. Bis Punkt drei Uhr morgens hatte Andrej Zeit, seinen ruhmreichen Sieg auszubauen. Die Zeit dabei stets im Auge zu behalten war essenziell. Jedoch verzichteten Kasinos in Spielhallen bewusst auf Uhren.

Entschlossen nickte er und ließ er sich von seinem Smartphone den nächsten passenden Juwelier anzeigen. Er musste eine neue

Armbanduhr kaufen. Noch heute. Zügig setzte sich in seinen Wagen und fuhr los.

Helligkeit und Glas dominierten den Laden. Winzige Strahler in Vitrinen aus Panzerglas brachten die verschiedenen, meist goldenen Schmuckstücke zur Geltung. Aus den Lautsprechern klang „wonderful dream“ oder irgendein anderer dieser, in der kalten Jahreszeit viel zu oft wiederholten Weihnachtspopsongs, die er einfach nie eindeutig auseinanderhalten konnte.

Verdammte Melanie Thornton! Warum hätte das verdammte Flugzeug nicht schon viel früher abstürzen können? Doch Andrej rief sich selbst zur Ordnung. Er durfte sich nicht ablenken lassen, sondern musste sich voll auf sein Ziel fokussieren.

Auf der Fahrt hierher hatte er sich seine Aufgabe überlegt und sein persönliches Ziel formuliert. Ziele waren wichtig. Nur wer sein Ziel im Vorfeld einer Aufgabe definierte wusste hinterher, wie er abgeschnitten hatte. Alles andere war sich in die eigene Tasche lügen.

Er wollte nicht einfach nur eine Uhr kaufen. Er wollte mit dem Verkäufer feilschen, wie auf einem türkischen Basar. Er hatte bewusst einen Juwelier der gehobenen Klasse ausgewählt. Hier war man es nicht gewohnt zu feilschen. Hier bezahlten die Kunden den Betrag, der ihnen genannt wurde, mit ihrer Gold- oder Platinkreditkarte, ohne sich wirklich für die Höhe des abgebuchten Betrags zu interessieren. Die Kunden, die hier einkauften, hatten Geld. Warum darüber sprechen oder gar feilschen?

Doch genau das wollte er heute tun. Er wollte sich eine Uhr aussuchen und hatte sich als Ziel gesetzt, den Verkäufer um die Hälfte des Preises zu drücken. Das war eine Herausforderung. Und zwar keine kleine. Andrej verzog den Mund zu einem selbstgefälligen Lächeln. *Fünfzig Prozent Rabatt in einem Geschäft, dass es nicht gewohnt war Rabatte anzubieten. Und das in der Adventszeit, in der bekanntlich das Geschäft mit Gold und Juwelen boomte. Jetzt wird sich zeigen, wie gut ich wirklich bin.*

Zielstrebig trat er an einen freien Tresen und taxierte den dort stehenden Angestellten mit einem dominanten Blick.

Der etwa Dreißigjährige war gut einen Kopf kleiner als Andrej. Er trug wie alle Niederen im Raum einen grauen Anzug mit rotem Einstecktuch. Unterhalb des Einstecktuchs prangte ein Schild mit der Aufschrift „Thomas“.

Unmerklich ließ Thomas die Schultern etwas hängen und versuchte dem strengen Blick des neuen Kunden auszuweichen. Dass Andrej sich ausgerechnet ihn als Ansprechpartner auserkoren hatte, war ihm sichtlich unangenehm. Seine ganze Körpersprache schrie förmlich nach Erbarmen.

Wären er und Andrej nicht zivilisierte Menschen in einem edlen Juwelier in einer der größten Städte des Landes, sondern Mitglieder eines Wolfsrudels in freier Wildbahn, hätte der Angestellte vermutlich sofort den Schwanz eingezogen und den Kopf gesenkt. Vielleicht hätte er ihm sogar die Kehle angeboten. *Würstchen.* Dies war kein würdiger Gegner.

«Bring mir deinen Geschäftsführer», waren die wenigen Worte, die Andrej an den Angestellten richtete.

Mit einer Hand stützte Andrej sich auf der Vitrine des Tresens ab und drehte sich dabei desinteressiert zur Seite, um dem Würstchen klar zu machen, dass dies die letzten Worte waren, die er gewillt war, an ihn zu richten.

Mit leicht geröteten Wangen nahm Thomas die Entlassung aus der ihm sichtlich unbehaglichen Situation dankend entgegen und verschwand mit einem raschen Kopfnicken.

«Guten Tag, Sir. Mein Name ist Sascha Wolkov. Ich bin der Filialleiter dieses Geschäfts. Wie darf ich Ihnen behilflich sein?»

Wolkov, dachte Andrej amüsiert. Russisch für Wolf. War das ein Zeichen? Auch wenn es nur ein Filialleiter und nicht der Geschäftsführer war, würde er die Herausforderung annehmen.

Lächelnd drehte er sich Herrn Wolkov zu. Wie der geborene Leitwolf sah der Filialleiter nicht gerade aus. Er war von schmächtiger Statur und trug eine auffällige Brille mit hellblauem Rahmen, die nicht gerade für guten Geschmack sprach. Sein dünnes Haar war akkurat zur Seite gelegt. Der Anzug, den er trug, war eine Farbnuance dunkler als der seiner Angestellten. Herr Wolkov verzichtete auf ein Einstecktuch.

An die Klasse eines Herrn Blumberg kam er bei weitem nicht heran.

Innerlich seufzte Andrej. Er hatte sich eine größere Herausforderung erhofft. *Egal.* Das Ziel, dass er sich gesetzt hatte, war ambitioniert genug. Filialleiter hin oder her. Er würde sich seine Uhr holen. Er brauchte die Uhr. Er musste es sich selbst beweisen. Er konnte seine Forderungen durchsetzen. Er musste sich nur vollends auf sein Ziel konzentrieren. Er würde nur den halben Preis zahlen. Er brauchte diese letzte Bestätigung. Nie wieder würden sie ihn Versager nennen.

Betont langsam drückte er sein Kreuz durch, schob die Schultern zurück und nahm so das gesamte Blickfeld des Leitwolfes ein. Er sollte sich voll und ganz auf ihn konzentrieren. Verschwörerisch senkte er das Kinn. Seine dunklen Augen fixierten Herrn Wolkov gebieterisch. Es gab nur sie beide. Nur das Hier und Jetzt. Nichts zählte außer Andrejs Stimme.

«Sie werden mir eine Breitling Navitimer Nr. 1, Modell Chronograph 46 verkaufen.»

«Ich werde Ihnen eine Navitimer Chronograph 46 verkaufen», wiederholte Herr Wolkov ähnlich lethargisch wie Andrej, bevor er kurz innehielt, sich innerlich schüttelte und fortfuhr:

«Gehäusedurchmesser 43 mm, schwarzes Lederarmband mit weißen Ziernähten und klassischer Dornschließe. Eine Uhr gemacht für die großen Legenden der Welt der Wissenschaft, des Sports und der Technologie. Eine ausgezeichnete Wahl, Sir.»

Noch einmal fokussierte Andrej sich auf den Filialleiter.

Unmerklich rückte er mit seinem Gesicht noch ein wenig näher an ihn heran. Er sollte nur Andrej sehen. Nur ihn hören. Alles andere ausblenden und vergessen.

Andrejs Blick umschloss die Aufmerksamkeit seines Gegenübers fest wie ein Schraubstock während er die Worte zunächst in seinem Kopf formte. Jedem einzelnen verlieh er einen machtvollen Glanz, auch wenn es ihn unglaubliche Anstrengung kostete. Auf jedes einzelne konzentrierte er sich, bis er es vollendet vor sich sah.

Jedes Wort war essenziell. Jedes Wort sollte seine Wirkung voll entfalten können. Sollte aus seinem Kopf über seinen Mund und Herrn Wolkovs Ohren direkt in dessen Kopf dringen, um dort zu voller Größe anzuschwellen. Um widerzuhallen gleich einem niemals endenden Echo.

Nichts anderes sollte für den Zuhörer noch zählen. Nur diese eine Wahrheit. Eine untrennbare Einheit zwischen dem gesprochenen Wort und dem innersten Selbst des Angesprochenen. Die absolute Maxime sämtlichen Denkens, Handels und Seins. Das höchste Ziel. Die ultimative Bestimmung.

Andrejs Kopf pochte vor Anstrengung, als er endlich die wohl geformten Worte in die Freiheit entließ und den Verkäufer langsam und mit der Intonation eines gregorianischen Chorals ansprach:

«Sie werden mir diese Uhr zum halben Preis verkaufen.»

«Ich werde Ihnen diese Uhr zum halben Preis verkaufen», bestätigte der Filialleiter als wäre es eine Selbstverständlichkeit.

Innerlich unterdrückte Andrej einen Jubelschrei. Er hatte es geschafft. Er hatte sich konzentriert, sein Gegenüber voll vereinnahmt und ihm schließlich seinen Willen aufgezwungen. Er konnte noch immer überzeugen, wenn er nur wollte.

Mit einem angedeuteten Kopfnicken orderte Herr Wolkov eine seiner Angestellten zu sich.

Andrej ließ ihn keinen Augenblick aus den Augen. Er hielt die Verbindung zum innersten Selbst des Filialleiters offen, um ihn weiter voll zu kontrollieren. Er durfte jetzt nicht nachlässig werden. In der Nachspielzeit den sicher geglaubten Sieg zu verschenken wäre nicht nur fahrlässig, sondern schlichtweg dumm. Er musste am Ball bleiben.

Konzentriert hielt er seinen Blick auf die Augen des Filialleiters gerichtet. Nicht die winzigste Kleinigkeit durfte ihm entgehen. Wie ein Dressurreiter, der über den Druck seiner Oberschenkel jede noch so kleine Muskelzuckung seines Reittiers wahrnahm, um zu erahnen, in welche Richtung es ausbrechen wollte, noch bevor es selbst dies so genau wusste.

Vollste Kontrolle.

«Magdalena, würden Sie dem Gentleman bitte einen Chronograph 46 verpacken?», wies der Filialleiter seine Angestellte im grauen Kostüm an.

«Wir gewähren diesem Kunden einen Nachlass von fünfzig Prozent auf unseren Verkaufspreis. Könnten Sie dies bitte veranlassen?»

Ungläubig sah die Angestellte ihren Vorgesetzten an. Innerlich wand sie sich. Ein Teil der ihr übertragenen Aufgabe schien ihr Probleme zu bereiten, was sich durch ihre leicht geröteten Wangen und den verkrampft mahlenden Unterkiefer zeigte.

Kurz lächelte sie Andrej verlegen an, bevor sie sich ihm leicht entzog und ihrem Vorgesetzten zuwandte. Sie beugte sich etwas vor, um für den Kunden möglichst unhörbar nachzufragen:

«Habe ich Sie richtig verstanden, Herr Wolkov? Einen Nachlass von fünfzig Prozent?»

Innerlich zuckte Andrej zusammen. Er durfte keine Zweifel an seiner Erhabenheit aufkommen lassen. Tief atmete er ein. Er versuchte das grelle Licht und die schreckliche Musik aus seiner Wahrnehmung zu verbannen. Er musste fokussiert bleiben. Leicht kniff er die Augen zusammen und konzentrierte sich voll auf den Leitwolf. Er war der Schlüssel.

«Ja, Magdalena. Sie haben mich richtig verstanden», erwiderte der Filialleiter bissig, ohne den Blick von Andrej zu nehmen. Widerworte, die seine Autorität vor Kunden untergruben, war er scheinbar keinesfalls gewillt hinzunehmen.

«Wir gewähren dem Gentleman einen Nachlass von fünfzig Prozent. Haben Sie ein Problem mit dieser Anweisung?», fügte er scharf hinzu.

Die Angesprochene wich wie von einer Ohrfeige getroffenen einen Schritt zurück und senkte beschämt den hochroten Kopf. Sie wusste, dass sie weit über ihren Kompetenzen agiert hatte. Ihr Atem ging schnell, ihr Herz raste, was Andrej an ihrer wild pochenden Halsschlagader erkannte. Regungslos verharrte sie, scheinbar bereit, jede Strafe über sich ergehen zu lassen.

Doch noch brannte ein innerer Kampf in ihr, der es ihr scheinbar nicht ermöglichte, den Anweisungen ihres Vorgesetzten Folge zu leisten. Auch wenn es ihr noch so unangenehm war, befand sie sich in einer Zwickmühle, aus der es für sie keinen Ausweg zu geben schien. Sie wusste, dass sie mit ihrer Kündigung spielte, als sie einen Schritt von Herrn Wolkov zurücktrat und sich Andrej zuwandte. Mit leiser, fast schon unterwürfiger Stimme sprach sie ihn nun direkt an.

«Bitte entschuldigen Sie, Sir. Einen Rabatt dieser Größenordnung kann ich nur nach Rücksprache mit dem

Geschäftsführer ins System eingeben. Wenn Sie mich kurz entschuldigen würden, kann ich versuchen ihn telefonisch zu erreichen.»

Sofort zog Andrej die Stirn kraus. Hatte er es nur noch mit Dilettanten zu tun? Warum nur ließ man ihn mit einem niederen Filialleiter verhandeln, der nicht mal die Kompetenzen hatte, einen Rabatt von fünfzig Prozent zu gewähren.

Er musste handeln. Würde die viel zu pflichtbewusste Angestellte ihren Geschäftsführer am Telefon sprechen, hätte Andrej keine Chance positiv auf dessen Entscheidung einzuwirken. Er müsste hilflos abwarten und sich wie ein einfacher Bittsteller der Großzügigkeit des Herrn Geschäftsführers unterwerfen. Das durfte nicht sein.

Er könnte einfach den Laden verlassen und sich der Situation entziehen. Doch er wollte diese Uhr. Und er wollte sie zu seinen Bedingungen. Zu seinen Konditionen. Er durfte nicht versagen. Er musste es sich selbst beweisen. Er hatte hier das Sagen.

Mit einem leichten Augendrehen entließ er Herrn Wolkov aus dem Bann seines Blickes und drehte sich der Angestellten zu. Unmerklich kniff er die Augenlider zusammen und fokussierte sein strebsames Gegenüber. Dann blickte er ihr tief in die Augen bis er die Verbindung zu ihrem innersten Selbst spürte.

Wieder ließ er sich Zeit, um seine Worte zu formen. Unter Anstrengung verlieh er jedem einzelnen einen machtvollen Glanz und gab ihnen die Fähigkeit gleich einem niemals endenden Echo im Kopf des Hörers widerzuhallen. Nichts anderes durfte für sie noch zählen. Er wartete zwei Atemzüge bis er sich der Perfektion der Worte sicher war. Erst dann sprach er mit ruhiger und befehlsgewohnter Stimme:

«Magdalena. Sie werden nicht ihren Geschäftsführer anrufen. Sie werden ihrem Filialleiter Folge leisten und die Breitling einpacken. Sie werden mir einen Rabatt von fünfzig Prozent einräumen. Wie Sie dies bewerkstelligen, obliegt allein ihrem Einfallsreichtum, auf den wir uns voll und ganz verlassen.»

Widerstandslos wiederholte Magdalena Andrejs Worte in stumpfer Lethargie: «Sehr gerne, Sir. Ich werde Ihnen die Breitling einpacken. Ich werde Ihnen einen Rabatt von fünfzig Prozent einräumen.»

Zufrieden nickte Andrej. «Sehr schön», bestätigte er.

Er hatte es geschafft. Er hatte sie alle überzeugt. Mit einem leichten Kopfnicken wollte Magdalena sich verabschieden, um ihren Auftrag auszuführen. Sie drehte sich bereits zum Gehen, als Herr Wolkov sie rüde am Arm packte.

Verwirrt sah er seine Angestellte an. Schlaftrunken schüttelte er sich, als müsse er seine Gedanken frei bekommen, um die Situation vollends zu begreifen, ehe er sie leise anfauchte:

«Habe ich eben richtig gehört, Magdalena? Was bringt sie dazu einen Nachlass von fünfzig Prozent auf eines unserer Top Produkte anzubieten? Das kann ich nicht autorisieren. Ich bin doch sehr verwundert über ihr eigenmächtiges Handeln.»

Entgeistert drehte sich Andrej dem Leitwolf zu, den er wohl einen Moment zu lange vernachlässigt hatte. Er hatte sich vollkommen aus seiner Trance gelöst und schimpfte nun wüst auf seine Angestellte ein.

Alles begann sich vor Andrejs innerem Auge zu drehen. Wieder hörte er die Stimmen der anderen Kinder. *Versager. Versager.*

Kopfschmerzen breiteten sich rasend schnell im hinteren Teil seines Schädels aus.

Nun löste sich auch Magdalena aus ihrem tranceartigen Zustand und blickte ihren Vorgesetzten verwirrt an.

«Aber ich verstehe nicht, Herr Wolkov. Niemals würde ich einem Kunden einen Nachlass dieser Höhe anbieten. Sie müssen mich missverstanden haben.»

Enttäuscht holte Andrej das Bündel Geldscheine hervor, das von der silbernen Geldspange gehalten wurde. Achtlos legte er es zwischen die beiden Verkäufer vor sich auf die Vitrine.

Sanft wiegte er den dröhnenden Kopf, als ihm der Fehler klar wurde, den er begangen hatte. Er hatte versucht, sich auf mehr als einen Kontrahenten einzulassen. Um seine Gabe effektiv zu nutzen, musste er eine Verbindung zu seinem Gegenüber aufbauen und diese bis zuletzt aufrechterhalten. Sobald er den Fokus auf eine weitere Person richtete, brach sein Einfluss ab.

«Könnten Sie mir die Uhr nun bitte einpacken», beendete er müde die Verhandlungen.

WORTWEISER

Im Jahr des letzten Morgens

Samu rannte um sein Leben.

Immer wieder schaute er sich gehetzt um. Wurde er verfolgt? Der Blick über die Schulter offenbarte nur trügerische Leere. Nichts war zu sehen. Nur graue Dunkelheit.

Trotzdem rannte er in voller Panik weiter.

Er spürte, dass sie kamen, um ihn zu holen. Sie würden ihn gleich haben. *Ja*, dachte er verbittert. *Niemand entkam ihnen.*

Samu hatte Angst. Kalter Schweiß stand ihm auf der aschfahlen Stirn.

Er durfte nicht langsamer werden. Nicht jetzt. Er musste schneller rennen. Schneller. Musste ihnen entkommen. Doch es gab kein Entkommen, das wusste er nur zu gut. Dafür waren sie zu resolut. Zu unbarmherzig. Zu konsequent. *Niemand entkam ihnen jemals.*

Ein plötzlicher Schrei zerriss die Nacht und ließ ihn zusammenzucken. Wie der Ruf einer hasserfüllten Harpyie erklang ein lang gezogenes «Ahhhh», gefolgt von einem schrill keckernden «Ii hi hiiih».

Waren sie schon so nah?

Panisch blickte er sich im Laufen um und versuchte dabei verzweifelt seine Geschwindigkeit nicht zu verringern. Ungläubig weiteten sich seine Augen. Was er sah, ließ ein bisher unbekanntes Maß an Angst in ihm aufsteigen.

Wie ein großes stilisiertes V flogen sie in perfekter Formation weit oben am grauen Nachthimmel. Sie kamen. Ein dunkles Bataillon gieriger Konsonanten angeführt von mehreren Vokalen verfolgte ihn.

Schnell drehte er sich wieder um und beschleunigte noch einmal seinen Schritt. Er musste schneller laufen.

Ein weiterer Schrei erklang. Deutlich hörte Samu nun den zuversichtlichen Unterton heraus, der in dem Schrei lag. Als wären sie sich seiner Niederlage bewusst. Als wüssten sie, dass er keine Chance hatte. Wie eine Katze spielten sie mit ihrer Beute. Er durfte keine Zeit verlieren. Er musste weiter.

Samu konnte nicht mehr.

Bis zur völligen Erschöpfung war er weiter und immer weitergelaufen. Weg von den Wesen, die ihn erbarmungslos verfolgten. Er konnte schon lange nicht mehr. Ein permanentes Rasseln begleitete seine Atmung. Es schnürte ihm die Luftzufuhr ab. Sein Herz schlug wild und unregelmäßig. Seine Oberschenkel brannten von der dauerhaften Anstrengung.

Ich schaffe das nicht, fuhr es ihm durch den Kopf. *Ich bin zu langsam.*

Angsterfüllt wanderte sein Blick seine erschöpften Beine entlang. Seine Augen weiteten sich vor Schreck. Die Beine bewegten sich nicht. Er rannte nicht. Keinen Millimeter bewegte er sich vom Fleck. Wie angewurzelt stand er reglos da.

Panik stieg in ihn auf. Mit angstverzerrtem Gesicht begann er zu schluchzen und seine Beine zu verfluchen, die ihm den Dienst verweigerten. Warum bewegten sie sich nicht? Sie mussten ihm doch gehorchen.

Erst jetzt traf ihn die Erkenntnis.

Wie verwurzelt steckten seine Füße bis zu den Knöcheln in klebrigem Sumpf fest. Soweit das Auge reichte, war Samu umgeben von schwarz-grauem Morast, der ihn erbarmungslos fesselte.

Panisch versuchte er seine Füße frei zu bekommen. Versuchte davonzulaufen. Doch je mehr er sich anstrengte, desto eiserner wurde der lähmende Griff.

Der kalte Griff des Todes umklammerte ihn. Sollte das das Ende sein?

Er musste weiter. Mit aller Kraft stemmte er sich dem Sumpf entgegen und versuchte seine Beine dazu zu bringen, den nächsten Schritt zu tun. Wohin, dass wusste er nicht. Doch er musste weiter. Immer weiter. Kein Stück gab der Sumpf nach. Unerbittlich hielt er ihn zurück.

Ein weiterer Schrei ertönte am Nachthimmel. Näher.

Sie kamen.

Mit beiden Armen riss Samu in unbändiger Verzweiflung an seinem Fuß. Doch der Sumpf wollte ihn nicht freigeben. Wollte ihn bannen. Wollte ihn halten, bis sie kamen, um ihn zu holen.

Verzweifelt schrie er seine Angst in die Nacht. Er wusste, dass er diesen Kampf nicht gewinnen würde.

Traurig ließ er den Kopf sinken und ergab sich seinem Schicksal. Heiße Tränen rannen über sein Gesicht. Ungehemmt bahnten sie sich ihren Weg über den Nasenrücken und tropften in stetem Strom als weiße Perlen in den dunklen Morast.

Stirnrunzelnd betrachtete er den entstandenen Tränensee zu seinen Füßen. Wie ein Leuchtfeuer an einer nebligen Küste strahlten seine Tränen in reinstem Weiß und setzten sich kontrastreich vor dem schwarzen Morast in Szene.

Kurz stutzte er.

Kann das sein, fragte er sich. *Schon wieder?* Aber warum sonst sollten seine Tränen weiß sein? *Ich träume,* fuhr es ihm wie ein Blitz durch den Kopf.

Apathisch lächelnd begrüßte er die willkommene Erkenntnis. *Ich träume nur.*

Niemand verfolgte ihn. Niemand jagte ihn. Es war nur einer seiner wirren Träume. *Schon wieder.*

Erleichtert atmete er auf.

Mit der Erkenntnis fiel all die Anspannung von ihm ab. Immer häufiger kam es in den vergangenen Jahren vor, dass er in seinen Träumen gehetzt wurde. Immer war er auf der Flucht vor etwas, das ihn jagte und durch eine unwirkliche Landschaft trieb.

Befreit schüttelte er den Kopf, als ihn die Erkenntnis wie ein Blitzschlag traf.

«Es waren Konsonanten und Vokale.», brummelte er beruhigt in seinen Bart, wobei er sich über seine eigene Dummheit amüsierte. «Buchstaben!». *Wie kann ein erwachsener Mann nur Angst vor Buchstaben haben?*

Samus Atem verlangsamte sich. Tief atmete er die frische Nachtluft durch die Nase ein. Sein Puls normalisierte sich. Geräuschvoll ließ er den Atem durch den Mund entweichen. Er wurde ruhig. Nun beherrschte er die Situation. Niemand verfolgte ihn. Niemand konnte ihm etwas anhaben.

Er hob den Kopf, streckte sein Kreuz durch und stand gerade. Selbstsicher begann er zu lächeln. Nun war er der Herr dieses Traums.

Kurz konzentrierte er sich. Ohne jeden Widerstand hob er sein Bein und ging einen Schritt vorwärts. Der helle Boden war sanft gewellt und angenehm weich. Von dem düsteren Sumpf, der noch eben das Landschaftsbild geprägt hatte, war nichts mehr zu sehen.

Gelassen blickte Samu sich um und verschaffte sich einen Überblick über die Umgebung. Neugierig machte er sich daran, möglichst viel von dem zu erkunden, was seine Traumwelt ihm dieses Mal bot.

Entspannt schlenderte er zu einer kleinen Anhöhe, um sich einen besseren Überblick über seine Traumwelt zu verschaffen. Mühelos erklomm er den sanften Hügel, ohne auch nur im Geringsten ins Schwitzen zu kommen. Selbstzufrieden blickte er sich um. Es war genau wie er es sich vorgestellt hatte.

Auf dem kleinen Hügel angekommen, hatte er einen fantastischen Blick, als stünde er auf der Spitze des höchsten Berges. Um ihn herum war helle Weite und geschwungene Hügel soweit das Auge reichte. Der schwarze Sumpf war verschwunden. Auch der eben noch dunkle Nachthimmel erstrahlte nun in wolkenlosem Weiß. Die kalte Nacht war einem milden Sommertag gewichen. Friedlich wehte ein angenehm kühler Wind.

Hellgraue Weizenfelder reihten sich anmutig aneinander. Wie die Wellen eines großen Meeres wiegten sie sich in der sommerlichen Brise hin und her, nur um ihm zu gefallen.

Platingraue Sonnenblumen erhoben stolz ihre Köpfe und drehten sich andächtig zu ihm, als wäre er ihre Sonne.

Ein taubengrauer Laubwald stand wie ein schützender Wall am Horizont. Mächtig trotzte er jedem, der es wagen würde, Samu zu stören.

Kaum ließ er seinen Blick einen Moment auf dem Wald verharren, verneigten sich die Bäume ehrfurchtsvoll vor ihm. Wie mit einem Knicks bei Hofe, zollten sie Samu Respekt, nur um gleich wieder ihre schützende Haltung einzunehmen.

Zufrieden lächelte er. Alles gefiel ihm. Stolz genoss er den weiten Blick über das Königreich seiner Traumwelt. Alles war perfekt.

Gerade als Samu glaubte, dass er sich niemals an dem perfekten Anblick, der ihm geboten wurde, satt sehen könnte, erregte ein Makel am Rande seines Blickfeldes seine Aufmerksamkeit. Verärgert drehte er sich ein Stück zur Seite, um ihn zu inspizieren. Wie ein Schandfleck prangte ein undefinierbarer, schwarzer Körper weit oben am sonst so unschuldig weißen Himmel.

Warum kann nicht einmal alles perfekt sein, dachte er gereizt. *Nicht einmal in meinen Träumen?*

«Das ist mein Traum!», rief er dem Fleck kampfeslustig entgegen. «Verschwinde gefälligst! Du gehörst hier nicht her!»

Wie um sich selbst Mut zu machen, nickte er selbstsicher mit dem Kopf. Ja. Das war sein Traum. Er war der Herr seines Traums. Alles hatte so zu sein, wie er es wollte. Und einen schwarzen Schandfleck im perfekten Weiß wollte er mit Sicherheit nicht haben. Er hatte zu verschwinden. Samu schloss die Augen und konzentrierte sich.

«Wenn ich bis drei gezählt habe und die Augen öffne, bist du verschwunden», manifestierte er seine Gedanken.

«Eins.»

Er roch einen intensiven Geruch. Tief atmete er durch die Nase ein. Warme, fast heiße Luft schoss durch sein Riechorgan und erfüllte innerhalb eines Herzschlages seinen ganzen Kopf. Ein wunderbarer Kaffeeduft lag in der Luft.

In keinem Wiener Kaffeehaus könnte es besser riechen, dachte er verzückt.

Er könnte einfach stehen bleiben, die Augen geschlossen halten und den Duft für immer genießen. Doch er durfte sich nicht von seiner Aufgabe ablenken lassen. So gut der Kaffee auch roch, erst einmal musste Samu sich um den eigenartigen Fleck kümmern.

Noch einmal sammelte er seine Gedanken.

«Zwei.»

War das Wein? Deutlich schmeckte Samu einen ausgereiften, vollen Rioja auf seiner Zunge. Der Geschmack füllte seine ganze Mundhöhle aus.

Langsam fuhr sich Samu mit der Zungenspitze vorbei an der Unterseite seiner oberen Schneidezähne bis hin zu seinem Gaumen. Schnell sammelte sich Speichel. Verzückt schluckte er.

Langsam rann der wohltuende Geschmack Samus Kehle herab und wärmte seinen Körper von innen.

Der Wein war nicht zu alt, musste aber schon genügend lange in einem Eichenfass gelagert gewesen sein, um einen Hauch von Barrique anzunehmen. Genau sein Geschmack. Es war perfekt.

Perfektion, dachte er verträumt.

Langsam schüttelte er den Kopf. *Perfektion duldet keinen Makel*, ermahnte er sich frustriert. *Konzentriere dich auf den Fleck, danach kannst du in Ruhe den Wein genießen.*

«Drei.»

Siegessicher öffnete er die Augen und biss sich fast im selben Moment wütend auf die Lippe.

Der Fleck war nicht verschwunden. Im Gegenteil. Anstatt kleiner zu werden und letztlich gänzlich zu verschwinden, zog er sich provokativ vor Samus zornerfüllten Augen in die Breite. Länger und immer länger wurde der schwarze Schandfleck und erstreckte sich bald über den halben Himmel. Wütend funkelte Samu ihn an.

«Das ist meine Welt. Verschwinde!», rief er aus tiefster Lunge.

Unbeeindruckt begann der Fleck weiter seine Form zu verändern. Nun wurde er zwar nicht mehr größer, doch nahm seine Kontur eine neue Form an. Das Schandmal teilte sich auf in sechs etwa gleich große Teile, die bald einzeln nebeneinanderstanden.

Tiefe Lücken entstanden an den Rändern der kleinen Flecke, die sich immer weiter ausbildeten. Individuell gestaltete sich aus jedem der einzelnen Flecken eine eigenständige Form.

Ebenso fasziniert wie zornig erkannte Samu, dass sich aus den kleinen Flecken Buchstaben bildeten.

Laut las er die sich ergebende Buchstabenfolge vor: «S. O. M. N. I. A.»

Kurz überlegte er.

«Somnia», las er noch einmal die Buchstaben vor, diesmal jedoch als ganzes Wort.

Was sollte das bedeuten? Er überlegte, ob er ein Mädchen oder eine Frau namens Somnia kannte. Oder könnte Somnia ein Ort sein? Ein Land vielleicht? Oder ein Fluss? Ihm wollte einfach nichts Sinnvolles einfallen. Er verband einfach nichts mit diesem

Wort und war sich ebenso sicher, dass er es noch niemals gehört oder irgendwo gelesen hatte.

Was wollte sein Unterbewusstsein ihm mit diesem Wort mitteilen? Oder war es doch nur eine wahllose Buchstabenfolge? Wurde sein Verstand vielleicht einfach nur von zusammenhanglosen Buchstaben verfolgt, weil er beim Einschlafen zu lange versucht hatte, das perfekte erste Wort seines Romans zu erschaffen? Sollte er seinen Roman mit dem Wort Somnia beginnen? Oder vielleicht sogar seinem Roman den Titel Somnia geben? *Was sollte das alles?*

Verärgert darüber, das Rätsel des eigensinnigen Wortes nicht lösen zu können, wollte er sich schon frustriert in sein Wachleben zurückziehen, als plötzlich von überall her Fanfaren ertönten.

Ein Stück weiter rechts des Wortes Somnia erschien begleitet von den pompösen Fanfaren in schillernden Regenbogenfarben ein weiteres Wort.

Gespannt las Samu laut vor: «V. A. R. I. E.»

Samu runzelte die Stirn und schüttelte langsam den Kopf.

«Somnia Varie».

Das half ihm auch nicht weiter. Vielleicht war es tatsächlich ein Frauenname, wobei Somnia der Vor- und Varie der Familienname war. Aber er kannte niemanden mit diesem Namen.

Ein verwirrender Traum, dachte er verärgert. Dies alles nervte ihn. Wenn sein Unterbewusstsein ihm etwas mitteilen wollte, warum sagte es dann nicht einfach, was es wollte? In einfachen Worten? Ohne Rätsel.

Frustriert entschied er sich, den Traum zu beenden und aufzuwachen.

Müde blinzelnd öffnete er die Augen. Mit jedem Lidschlag wich die Traumlandschaft mehr und mehr der Realität seines Schlafzimmers. Die eben noch das Landschaftsbild prägenden weißen, weichen Bergketten verschwammen wieder zu seiner weichen, weißen Bettdecke.

Der hell leuchtende Himmel verschmolz zu seiner Zimmerdecke.

Die Traumwelt löste sich auf und wich der Realität. Samu lag auf dem Rücken in seinem Bett. Noch immer hatte er die Bettdecke bis weit unter das Kinn gezogen. Ein weiteres Mal blinzelte er müde. Seine Traumlandschaft war bereits verflogen. Einzig die Quintessenz seiner Traumbotschaft wollte nicht der Realität weichen.

Direkt vor ihm erstrahlten noch immer die schwarze Buchstabenfolge „Somnia“ und die schillernd bunten Buchstaben „Varie“. Frustriert studierte er die Worte einmal mehr. Doch noch immer verstand er die Bedeutung der Buchstabenfolge nicht.

Resigniert schloss er die Augen. Was wollte sein Unterbewusstsein ihm mitteilen? Warum gerade diese Eigennamen? Was sollten sie bedeuten? Und warum war der vermeintliche Vorname in schwarz und der Nachname in schillernden Regenbogenfarben gehalten?

Träge verzog er die Mundwinkel. Vielleicht sollte er den Traum vergessen. Vielleicht gab es wirklich keinen tieferen Sinn hinter den Worten. Er sollte sich auf das Hier und Jetzt konzentrieren. Heute hatte er wieder Vorlesung.

Entschlossen öffnete er die Augen. Noch immer schwebten die Buchstaben rund eine Armeslänge vor seinem Gesicht. Sie wollten einfach nicht der Realität weichen.

Böse funkelte er die Worte an. Was sollte das denn nun? Wurde er verrückt? Konnte er nicht mehr zwischen Traumwelt und Realität unterscheiden?

Vorsichtig holte er seinen Arm unter der Bettdecke hervor und streckte ihn langsam nach den Buchstaben aus. Er war sich sicher, dass er sie einfach beiseite wischen müsste, um die Überbleibsel des Traums zu beenden.

Vorsichtig näherte sich seine Hand den Worten. Doch als würden sie die nahende Gefahr erahnen, zogen sie sich behände ein Stück in Richtung Zimmerdecke zurück und brachten so einen sicheren Abstand zwischen sich und Samus Hand.

Wütend richtete er seinen Oberkörper auf und streckte sich nach den Buchstaben. Doch auch dieses Mal wichen sie seiner Hand einfach aus.

Samu schüttelte sich. Träumte er noch immer? Das konnte doch alles nicht wahr sein. Fliegende Buchstaben, die aus seiner Traumwelt kamen und auf seine Aktionen reagierten? *Das ist doch Unsinn.*

Er musste dem Unsinn nun ein Ende bereiten.

Entschlossen warf er die Bettdecke beiseite und kniete sich auf sein Bett, sodass die Worte nun wieder kurz vor seinem Gesicht schwebten. Mit beiden Armen gleichzeitig holte er aus und griff wie ein Ringer nach ihnen.

Doch wie eine erfahrene Stubenfliege wichen sie schnell zurück, bis sie schließlich kurz vor seiner Zimmerdecke verharrten.

Zornig stellte Samu sich in seinem Bett auf. Dieser Spuk musste nun enden. Hier und jetzt. Er konnte nicht verrückt werden. Die Worte standen sprichwörtlich mit dem Rücken zur Wand. Es gab keine Ausweichmöglichkeit mehr für die schwebenden Störenfriede. Nun würde er sie kriegen.

Selbstsicher sprach er sich Mut zu. Er würde dem Ganzen ein für alle Mal ein Ende machen.

Mit beiden Händen schlug er nach den Buchstaben. Klatschend trafen seine Hände genau dort aufeinander, wo sie eben noch schwebten.

«Ha!», rief er. «Hab‘ ich euch erwischt!»

Zufrieden ließ er seine Hände sinken. Doch kaum, dass sie die Sicht auf die Stelle freigaben, an denen noch eben die Worte geprangt hatten, erkannte er, wie sehr er sich geirrte hatte. Die Worte hatten sich nicht in Wohlgefallen aufgelöst und in die Traumwelt zurückgezogen, aus der sie gekommen waren. Sie klebten nun an der Zimmerdecke.

Ungläubig fuhr er mit der Hand über die unebene Raufasertapete. Wie Druckerschwärze, die für immer untrennbar auf dem einst weißen Blatt der Tageszeitung haftete, waren sie mit der Tapete verschmolzen.

Samu schüttelte sich ungläubig. Das alles war nicht real. Vielleicht träumte er noch immer? Vielleicht war er im Halbschlaf oder schlafwandelte? Er musste den Kopf freibekommen. Mit einem Seufzer wandte er sich von der Zimmerdecke ab und stieg von seinem Bett.

«Eine Dusche wird dir jetzt guttun», sprach er zu sich selbst und ging ins Bad.

Nach einer ausgiebigen Dusche schlenderte er sichtlich erfrischt zu seinem Schlafzimmer, um sich anzuziehen und auf die Vorlesung vorzubereiten. Belustigt schüttelte er den Kopf. *Was für ein verrückter Traum.*

Scheinbar hatte ihn das Brüten über seinem Buch so sehr beschäftigt, dass sein Geist versuchte, das Problem, die richtigen Worte zu finden, im Traum zu verarbeiten. Das erklärte, warum er von Buchstaben verfolgt wurde. Es war nicht ungewöhnlich, dass Elemente der realen Welt in der Traumwelt auftauchten.

Aber das er glaubte, Teile seiner Traumwelt könnten nun den umgekehrten Weg nehmen und in der realen Welt erscheinen - das war natürlich abstrus. *Ich muss vorhin wohl ziemlich verschlafen gewesen sein*, dachte er lächelnd. *Was für ein Traum!*

Kopfschüttelnd betrat er sein Schlafzimmer. Ohne es verhindern zu können wanderte sein Blick an die Zimmerdecke über seinem Bett. Ungläubig weiteten sich seine Augen. Für einen Moment verharrte er regungslos.

In schwarzen und bunten Buchstaben erstrahlten dort noch immer die Worte „Somnia Varie“.

Samu nahm sein Handy in die Hand. Mit zitternden Fingern tippte er eine Nachricht.

BRUDERWETTE

Im Jahr des letzten Morgens

Voller Vorfreude schritt Andrej die Stufen zum Spielkasino hinauf. Endlich war er angekommen.

Schon früh am Abend hatte das vorhergesagte Schneechaos eingesetzt. Die Stadt ging unter im alles erdrückenden Weiß. Der Verkehr war schon fast gänzlich zum Erliegen gekommen. Nur unter Bemühung all seiner Kontakte und Aufbringung eines kleinen Vermögens an Bestechungsgeldern hatte er noch ein Taxiunternehmen gefunden, das ihn durch das Schneetreiben gefahren hatte.

Sollte sein Handy weiter Recht behalten und es noch weiter schneien, würde der Verkehr vermutlich bald komplett zusammenbrechen. *Doch vielleicht hat das alles auch etwas Gutes*, dachte er maliziös lächelnd. *Vielleicht wird es so weniger Abschaum ins Kasino schaffen.*

Unter seinem schwarzen Mantel trug er seinen neuen Brunico Anzug. Sein Chronograph 46 komplettierte das Outfit. Er war bereit. Heute würde er seinen Bruder vernichtend schlagen. Die Weichen standen auf Sieg, das spürte er.

Schon von weitem erkannte er Boris im Eingangsbereich des Kasinos. Im gedämpften Licht wartete er bereits, obwohl es noch vor 22:00 Uhr war. Mit einem breiten Lächeln begrüßte er seinen Bruder.

«Boris, schön dich zu sehen.»

Herzlich umarmten sich die beiden Männer.

«Bin ich froh, wieder hier zu sein», berichtete Boris noch während er die Arme auf Andrejs Schultern liegen hatte. «Indien ist so furchtbar. Alles ist voller Leute. Man hat das Gefühl, das Land würde platzen vor Menschen. Furchteinflößend.» Dabei schüttelte er mit weit aufgerissenen Augen den Kopf, um sein Entsetzen zu verdeutlichen. «Ich weiß nicht, wo die Überbevölkerung noch enden soll, Andrej.»

«Wir können nur hoffen, dass wir beide längst tot sind, wenn die Erde vor lauter Abschaum zerreißt», pflichtete Andrej seinem Bruder bei. «Doch lass die Krebsgeschwüre der Welt heute Nacht nicht unsere Sorge sein, Bruder.»

Ohne den Blick von Boris zu lösen zog Andrej seinen Mantel aus und hielt ihn mit weit ausgestrecktem Arm seitlich von sich weg.

«Vor Indien warst du in Deutschland, richtig?»

«Ein schönes Land», bestätigte Boris. «Kein Vergleich zu Indien.»

Während Andrej den Ausführungen seines Bruders folgte, spürte er, wie ihm sein Mantel abgenommen wurde. *Man kann die Äffchen doch erziehen*, dachte er selbstzufrieden.

«Auf den Autobahnen gibt es kein Tempolimit. Du musst nicht mal mehr an Bargeld denken, um eine Polizeistreife zu bezahlen. Und auch die Spielkasinos haben ihren Reiz.» Mit einem verschmitzten Lächeln fügte Boris hinzu: «Und die Prostituierten verstehen ihr Geschäft. Du solltest dir Deutschland mal anschauen.»

«Das klingt schon mehr nach einem Land für mich», bestätigte Andrej seinem Bruder und klopfte ihm auf die Schulter.

Gemeinsam verließen sie den Eingangsbereich und traten vorbei an den Cash Schaltern des einfachen Volkes. Sie gingen in ein seitlich gelegenes Séparée, wo der Cash Desk Supervisor sie mit einem gewinnbringenden Lächeln empfing.

«Die Brüder Semjonow. Ich freue mich, Sie wieder in unserem Hause begrüßen zu dürfen. Ich nehme an, ich darf Ihnen auch heute Abend keinen Begrüßungsdrink anbieten?»

«Danke, nein!», antwortete Andrej für beide.

«Ich sehe schon, Sie möchten wie immer direkt zum geschäftlichen Teil übergehen. Das Spiel geht vor. Ich schätze das. Wie viele Chips darf ich Ihnen für den heutigen Abend anbieten?

«Jeweils zehn Millionen Rubel, bitte», antworte Andrej mit einem Kopfnicken.

«Ich nehme an, es gelten die gleichen Regeln wie die letzten Male? Gleiches Startkapital für beide Spieler. Freie Tischwahl. Kein Einsatzlimit. Keine Kameras. Unser Haus legt, wie Sie wissen, höchsten Wert auf Diskretion. Gespielt wird bis...», fragend wanderte der Blick des Cash Desk Supervisors zwischen Andrej und Boris hin und her.

«bis 3:00 Uhr», vervollständigte Boris den Satz.

«Sehr wohl. Gespielt wird bis 3:00 Uhr. Ab diesem Zeitpunkt werden sämtliche Tische für Sie beide geschlossen. Kein Einsatz wird dann noch angenommen. Derjenige von Ihnen, der zu diesem Zeitpunkt mehr Kapital erspielen konnte, wird zum Sieger des heutigen Abends gekürt.»

Lächelnd blickte der Kasinoangestellte in die fast gleichen Gesichter seiner Gegenüber. «Habe ich alles korrekt zusammenfassen können?»

Fast zeitgleich nickten Andrej und Boris.

Ausgestattet mit jeweils einem silbernen Koffer, der ihr Startkapital enthielt, betraten sie kurz darauf das Herz des Spielkasinos.

Goldene Kronleuchter tauchten den hohen Saal in ein gedämpftes, warmes Licht und verbreiteten einen Hauch von Ehrfurcht. Der rote Teppichboden war mit einem kachelförmigen Muster grüner Lilien versehen, die eine farbliche Symbiose mit dem meist grünen Filz der Spieltische eingingen. Die Spieltische selbst waren in massivem Holz eingefasst, das auf goldenen Tischbeinen ruhte.

Andrejs Herz schlug wild als er sich umblickte. Er lag mit seiner Vermutung richtig. Verhältnismäßig wenige Spieler waren an diesem Abend an den Tischen vertreten. Nur schwer konnte er sein Lächeln zurückhalten. Der Sieg war nah.

Mit einem Handschlag trennte er sich von seinem Zwillingsbruder und betrat das Labyrinth aus Spieltischen.

Der schier endlosen Phalanx an Spielautomaten in einem separaten Flügel des Gebäudes zu seiner Linken schenkte er keine Beachtung. An einem Spielautomaten wäre seine Gabe vergeudet. Zielstrebig ging er weiter.

Zu seiner Rechten passierte er einen Pokertisch. Drei Herren in dunklen Anzügen und Sonnenbrillen waren ins Spiel vertieft. Mit einem flüchtigen Blick überprüfte er die Einsätze. Es ging um viel Geld. Hier könnte er sich schnell einen großen Vorsprung vor seinem Bruder erspielen, der sicherlich wie meist zu Beginn des Abends an einem der Roulette Tische sitzen würde.

Doch gegen drei Kontrahenten war sein größter Vorteil nutzlos. Er musste sich auf ein Gegenüber konzentrieren. Kopfschüttelnd ging er weiter.

Seine Augen suchten rastlos nach dem perfekten Tisch. Auf einem der kleineren Spieltische im hinteren Ende des Saales verharrte sein Blick schließlich. Unweigerlich formte sich sein Mund zu einem breiten Grinsen. Er hatte gefunden, was er gesucht hatte.

Zufrieden setzte er sich. Ihm gegenüber saß ein Croupier, der wie die anderen Bediensteten ein weißes Hemd und eine schwarze Fliege trug. Sein Alter sprach für Erfahrung. Seine weißen Zähne blitzen im Kontrast zu seiner ebenholzfarbigen Haut auf, als er Andrej mit einem freundlichen Lächeln begrüßte:

«Willkommen, Sir. Sie haben Lust auf eine Partie klassisches Black Jack?»

Mit einem Kopfnicken bestätigte Andrej seinen Gastgeber.

«Sie sind an diesem Tisch der einzige Spieler gegen die Bank. Es gibt kein Limit.»

Kurz wartete der Croupier, um zu sehen, ob Andrej seine Ausführungen verstanden hatte und begann schließlich die Karten zu mischen.

«Dürfte ich um Ihren Einsatz bitten?»

Ohne zu zögern legte Andrej einen orange-weißen Jeton in die weiß markierte Box vor seinem Platz.

Mit den Worten «500.000 Rubel, sehr wohl, Sir» bestätigte der Dealer Andrejs Einsatz und teilte ihm und der Bank jeweils zwei Karten aus.

Gespannt blickte Andrej auf die vor ihm liegenden Spielkarten. Pik-Fünf und Karo-Dame. Zusammen fünfzehn. Die offene Karte des Dealers zeigte eine Herz-Zehn. Fragend sah sein Gegenüber ihn an.

«Möchten Sie eine weitere Karte, Sir?»

Mit einem Klopfen der rechten Hand gab Andrej dem Croupier zu verstehen, dass er eine weitere Karte wollte. Kurz darauf lagen vor ihm neben der Pik-Fünf und der Karo-Dame eine Kreuz-Vier. Neunzehn. Zufrieden lächelte er.

Fragend blickte der Dealer ihn an, der seinem Gegenüber

jedoch schnell mit einem Abwinken der rechten Hand zu verstehen gab, dass er halten wollte.

Nun war der Croupier an der Reihe, seine zweite, noch verdeckte Karte umzudrehen. Mit einem souverän gleichgültigen Blick offenbarte er einen Kreuz-König.

«Neunzehn für den Spieler. Zwanzig für die Bank, fasste der Dealer das Offensichtliche zusammen.

Lächelnd blickte Andrej den Dealer an, der gerade die ausgeteilten Spielkarten einsammeln wollte.

«Die Bank sollte eine weitere Karte nehmen», empfahl Andrej dem Dealer mit einem einnehmenden Lächeln.

Mit einem bedauernden Schulterzucken fasste der Dealer seinem Gegenüber noch einmal die Regeln der Bank zusammen: «Sobald die Bank mehr als sechzehn Augen hat, zieht sie keine weiteren Karten, Sir. Es tut mir leid.»

Andrejs Herz raste. Nun war der Moment gekommen, das Potenzial seiner neuen Fähigkeiten zu testen. Alles war perfekt. Er war allein mit seinem Gegenüber. Das Licht war gedämpft. Es herrschte eine angenehm ruhige Geräuschkulisse. Er konnte sich voll auf sein Gegenüber konzentrieren.

Tief blickte er in die Augen des Dealers. Es dauerte einige Herzschläge, bis er den Zugang zu dessem innersten Selbst fand. Erst dann formte er in seinem Geist die Worte vor, verlieh ihnen einen machtvollen Glanz und sandte sie von seiner Zunge geschliffen in Richtung des Dealers aus.

«Ich habe ein Pik-Ass und eine Karo-Dame. Black Jack. Einundzwanzig für den Spieler. Zwanzig für die Bank. Die Bank hat verloren.»

Noch einmal betrachtete der Dealer die ausgeteilten Karten. Wie in Trance fasste er den Ausgang des Spiels zusammen: «Black Jack für den Spieler. Die Bank verliert.»

Mit einer kurzen Handbewegung und einem freundlichen Lächeln zahlte er den Gewinn von 750.000 Rubel in verschiedenfarbigen Jetons aus.

Nur schwerlich schaffte Andrej es, sein diabolisches Grinsen zu verbergen. Der Abend versprach interessant zu werden.

Immer wieder konnte er den Croupier davon überzeugen, dass die Bank verloren hatte. Meist suggerierte er seinem Gegenüber, der Spieler hätte ein Black Jack oder ein Triple Seven, um den Auszahlungsbetrag zu erhöhen. Manchmal ließ er den Croupier glauben, die Bank hätte weniger als sechzehn Augen, bräuchte aber keine weitere Karte. Manchmal ließ er die Bank bis zu deren bust Karten ziehen. Er hatte den Croupier vollkommen im Griff.

Und mit mehr Übung fiel es ihm immer leichter, den Zugang zum innersten Selbst des Dealers zu finden. Kostete es ihn anfangs noch viel Konzentration, die die ersten Male von leichten Kopfschmerzen begleitet wurde, musste er später nur flüchtig in die Augen seines Gegenübers schauen, sich kurz auf das fokussieren, was er wollte und die Worte mit machtvollem Glanz versehen.

Kurz fragte er sich, wie weit er mit seiner Gabe gehen könnte. Könnte er einzelne Menschen von allem überzeugen? Doch heute war nicht der richtige Abend, um dies herauszufinden. Es galt eine Wette zu gewinnen.

Gegen halb drei Uhr morgens hatte er eine beachtliche Summe Geld angesammelt. Nie hatte er verloren und stets seinen Einsatz im Verhältnis eins zu eins oder drei zu zwei ausgezahlt bekommen.

Doch würde es reichen? Im Roulette gab es Gewinne im Verhältnis eins zu fünfunddreißig. Auch am Pokertisch konnten beachtliche Summen erspielt werden. Wurden Spielautomaten lange nicht geknackt, konnten sie hohe Jackpots ansammeln.

Würden seine Gewinne ausreichen, wenn Boris eine Glückssträhne hatte? Andrej wurde ungeduldig. Nervös sah er sich um. Doch von seiner Position im hinteren Eck des Kasinos konnte er seinen Bruder nicht ausfindig machen. Noch einmal ließ er sich seinen Gewinn auszahlen. Dann sammelte er seine Jetons ein und verließ den Black Jack Tisch mit einem Kopfnicken.

Ziellos wanderte er durch das Spielkasino und ließ seinen Blick über die verschiedenen Glücksspieltische wandern.

Zu seiner Rechten passierte er einen Roulette Tisch. Die drei Herren in schwarzen Smokings, die gerade noch an diesem Tisch ihr Glück versucht hatten, standen fast zeitgleich kopfschüttelnd auf und gingen in Richtung Bar. Der Tisch war leer.

Lächelnd setzte sich Andrej auf einen der gerade frei gewordenen Stühle, der von seinem Vorbesitzer noch immer recht warm war. Ein Hauch von Schweiß lag in der Luft, den die schweren Rasierwässer nicht gänzlich überlagern konnten. Es musste heiß hergegangen sein.

Der Croupier lächelte ihn professionell an. Was auch immer es an diesem Tisch für einen Show-Down gegeben haben mochte, es würde sein Geheimnis bleiben.

«Guten Abend, Sir», begrüßte der Croupier mit der typischen schwarzen Fliege auf weißem Hemd Andrej. «Willkommen beim französischen Roulette. Darf ich um Ihren Einsatz bitten?» Seine Aussprache war akzentfrei. Jede Silbe betonte er. Dabei sprach er langsam und deutlich.

Einen Moment nahm Andrej sich Zeit sein Gegenüber zu studieren.

Der Croupier war in etwa in seinem Alter. Das kurze schwarze Haar hatte er sich zu einem akkuraten Seitenscheitel gelegt. Er trug eine Brille. Ein abgetragener Ehering zeigte Andrej, dass sein Gegenüber schon sehr lange verheiratet war.

Andrej stufte ihn in die Kategorie korrekt bis penibel ein. Menschen dieses Typs waren strebsam, ordentlich, treu und meist unbestechlich. Selbstzweifel stiegen in ihm auf. *Kann ich auch zu ihm Zugang finden? Kann ich es wagen, es zu riskieren?*

Er zog die Lippen zu einem schmalen Strich zusammen und überschlug noch einmal gedanklich, wie viel Geld er bereits erspielt hatte. *Kann ich es wagen, es nicht zu riskieren?*

Entschlossen öffnete er seinen Jetonkoffer. Stapelweise drapierte er die bunten Jetons vor sich auf. Noch einmal blickte er dem Croupier in die Augen, der Andrejs Vorbereitungen mit stoischer Geduld verfolgte. Mit beiden Händen schob Andrej die Stapel auf das Setzfeld, bis sie ihr Ziel erreicht hatten.

«Ich setze alles auf die zweiunddreißig», sagte er selbstsicher. Es war Zeit seiner Gabe zu vertrauen. Der Croupier zeigte keine Anzeichen einer Überraschung. Selbst Beträge dieser Größe waren keine Seltenheit. Routiniert fasste er die Einsätze des Tischs zusammen.

«Alles auf Plein zweiunddreißig, rot. Sehr wohl, Sir.»

Noch während er die Worte sprach drehte er den Kessel schwungvoll an. Entgegen der Laufrichtung warf er die kleine weiße Kugel an der Kante des drehenden Kessels entlang ein.

Seine Augen wanderten von der rotierenden Kugel hin zu Andrej. Mit den Worten «Rien ne vas plus», beendete der Croupier die Einsatzphase des Spiels.

Ungeduldig verfolgte Andrej den Lauf der Kugel. Noch immer drehte sie sich mit hoher Geschwindigkeit und machte keinerlei Anstalten, in den Kessel zu fallen. War es die richtige Entscheidung gewesen? Er hatte seine gesamten Jetons eingesetzt. Nicht nur die bisher gewonnen Jetons. Auch sein Startkapital von zehn Millionen Rubel lag auf dem Tisch.

Sieger oder Versager.

Sein Herz raste, als die Kugel langsamer wurde und zu schlingern begann. Lange würde sie ihre Umlaufbahn nicht mehr halten könnten. Leicht sackte sie in Richtung Kesselmitte ab, um sofort unruhig zu hüpfen.

Andrej hörte jeden einzelnen der Aufsetzer der Kugel auf den silbern glänzenden Stegen, die die einzelnen Zahlenfelder voneinander trennten, hundertfach widerhallen. Gleich den Detonationen eines Bombenteppichs der Luftwaffe schlug die Kugel wieder und wieder auf dem Kessel ein. Immer schneller folgte der nächste Aufsetzer, bis sie schließlich in einem der Fächer zum Liegen kam.

Andrej versuchte das Zahlenfeld, auf dem sie lag, zu erkennen. Alles um ihn herum drehte sich.

Es war der Croupier, der zuerst das Ergebnis sachlich zusammenfasste: «Fünfzehn, schwarz. Kein Glück für Sie heute, Sir.»

Schon wollte er mit einem langen Holzstab, an dessen Ende eine Querblatt angebracht war, Andrejs Einsatz zu sich ziehen. Doch Andrej hielt ruhig beide Hände knapp über dem Spieltisch und drehte die Handflächen in Richtung seines Gegenübers, um ihm zu signalisieren, dass er nicht vorschnell handeln sollte. Dabei zog er die Augenbrauen weit nach oben.

Fragend blickte der Croupier ihn an, während er sich nun voll auf die Augen des Unbestechlichen konzentrierte. Schnell fand er den Zugang, den er suchte. Er formte die Worte in seinem Geist vor. Dann schliff er an jedem einzelnen und verlieh ihnen den Glanz, den sie benötigten.

«Die Kugel liegt auf zweiunddreißig, rot. Ich habe gewonnen.»

Mit einem inneren Lächeln fühlte Andrej, wie seine Worte ihre Macht verbreiteten. Er hatte den Croupier in seinem Bann. Siegessicher konnte er kaum an sich halten. Er würde gewinnen. Er würde Boris schlagen. Er wusste, dass er nicht mehr verlieren konnte, als er plötzlich eine kräftige Hand auf seiner Schulter spürte.

«Darf ich mich zu dir setzen, Bruder?»

Auch wenn Andrej innerlich zusammenzuckte, ließ er sich seine Überraschung nicht anmerken. Weiterhin hielt er die Verbindung zum Croupier aufrecht. Er durfte sich nicht ablenken lassen. Weder Andrej noch der Croupier schenkten Boris Beachtung, als er sich neben seinen Bruder setzte und mit erstauntem Blick versuchte, die Situation zu erfassen.

Lethargisch fasste der Croupier den Spielausgang zusammen: «Zweiunddreißig, rot. Herzlichen Glückwunsch, Sir.»

Lachend wandte sich Boris an den Croupier. «Netter Scherz, Kumpel. Schau dir die weiße Kugel nochmal genau an. Sie liegt auf der fünfzehn. Kauf dir eine neue Brille!»

Unbeirrt blickte der Croupier Andrej an. Den Worten des Zwillingsbruders schenkte er keinerlei Beachtung. Ohne den Blickkontakt mit Andrej zu unterbrechen, begann er, Andrej seinen Gewinn auszuzahlen.

Nun wurde Boris ungehalten. Zornig wandte er sich an seinen Bruder.

«Was soll dieses Spielchen, Andrej? Hast du ihn bestochen? Wie viel deines Gewinns hast du ihm versprochen, damit er dich auszahlt? Oder hast du ihm gedroht? Womit hast du ihn in der Hand? Hast du den Sieg mittlerweile so nötig, dass du auch vor diesen Mitteln nicht zurückschreckst? Du enttäuschst mich, Bruder. Beende dieses jämmerliche Schmierentheater!»

Mit der flachen Hand schlug er rüde auf den Roulette Tisch, um seinen Worten Nachdruck zu verleihen.

Andrej begann zu zweifeln. Noch konnte er die Verbindung zwischen ihm und dem Croupier aufrechterhalten. Noch hatte er ihn unter Kontrolle. Angestrengt versuchte er, seinen Bruder auszublenden. Solange er sich voll auf den Croupier konzentrierte, hatte er ihn in seinem Bann. Noch konnte er sich den vollen Gewinn auszahlen lassen.

Doch was nützte das, wenn sein Bruder seinen Sieg anzweifeln würde? Warum musste er auch gerade jetzt hier auftauchen? Innerlich zerrissen verfluchte er sich. Er hätte am Black Jack Tisch bleiben sollen. Doch er hatte den ultimativen Sieg gewollt. Eine vernichtende Niederlage für seinen Bruder. Nun hatte er gar nichts mehr. So durfte es nicht enden.

Widerwillig löste Andrej die Verbindung zum Croupier und wandte sich seinem Bruder zu. Tief blickte er seinem Ebenbild in die Augen.

Sichtlich ungehalten wartete Boris auf eine Erklärung, die Andrejs Verhalten rechtfertigen würde.

Andrej suchte nach dem Zugang zu seinem Bruder. Lange dauerte es nicht. Er kannte seinen Zwillingsbruder wie sich selbst. Er kannte seine Stärken wie auch seine Schwächen. Der Zugang zu seinem innersten Selbst war offen für Andrej.

Sorgfältig formte er die Worte vor, bevor er sie aussprach: «Es ist bereits drei Uhr morgens, Bruder. Ich habe kurz vor Ende unserer Wette meine gesamten, bis dahin erspielten fünfzig Millionen Rubel auf eine Zahl gesetzt und gewonnen. Somit habe ich am heutigen Abend rund 1,75 Milliarden Rubel gewonnen. Du hast alles verspielt. Ich habe unsere Wette gewonnen und dich vernichtend geschlagen.»

Noch während der Croupier sich aus seiner Trance löste und Andrejs Einsatz einsammelte schlug Boris seinem Bruder anerkennend auf die Schulter.

«Gut gespielt, Andrej. Du hast unsere Wette gewonnen und mich vernichtend geschlagen.»

DIE WAHRNEHMUNGSKETTE

Im Jahr des letzten Morgens

Samu ließ sich Zeit. Er wusste, dass alle Blicke auf ihm ruhten. Er genoss es, die ungeteilte Aufmerksamkeit der Studenten zu haben. Ruhig zog er den Stuhl ein Stück zurück und wartete bis Max in die Höhle zwischen Lehrerpult und Stuhl gekrochen war.

Auch der ließ sich Zeit. Zweimal drehte er sich behände unter der Tischplatte im Kreis, bis er sich zusammengeringelt hinlegte. Noch einmal leckte er seinem Herrchen über den Handrücken bevor Samu seinen Blick hob und die Zuhörerschaft betrachtete. Mit Genugtuung stellte er fest, dass nicht weniger Studenten als das letzte Mal anwesend waren. In der hintersten Reihe des Auditoriums standen sogar ein paar vereinzelte, die wohl keinen freien Platz mehr bekommen hatten.

«Ich begrüße Sie zu unserer zweiten Vorlesung im Nebenfach Psychologie III. Ich freue mich, dass Sie so zahlreich erschienen sind.»

Samu konnte sein Lächeln nicht verbergen. Trotz der großen Anzahl an Studenten herrschte eine aufmerksame Stille. Sie waren wissbegierig.

«Bevor wir heute ein weiteres Gedankenexperiment erarbeiten, möchte ich zunächst mit einem Rückblick auf unsere gestrige Vorlesung beginnen. Gestern hatte ich mit Ihnen das Tisch-Gedankenexperiment durchgenommen. Dabei hatte ich Ihnen alle Optionen gelassen, doch jeder von Ihnen dachte an etwas ihm Bekanntes. Niemand hatte sich einen außergewöhnlichen, verrückten oder neuartigen Tisch vorgestellt. Niemand von Ihnen nutzte das unglaubliche Potenzial seines Gehirns.»

Geduldig ließ er einige Sekunden verstreichen und gab den Studenten Zeit, sich die gestrige Vorlesung noch einmal vor dem geistigen Auge aufzurufen.

«Warum war das so?», brach er die entstandene Stille. «Wir hatten uns erarbeitet, dass das Gehirn des Menschen ein

Gewohnheitstier ist. Es denkt konservativ in ihm bekannten, bequemen Bahnen. Wie kommt das?»

Wieder ließ er den Studierenden Zeit, seinen Gedanken folgen zu können.

«Unsere Gehirne können mit Veränderungen eher schlecht umgehen. Sie nutzen gerne die bereits verknüpften Synapsen. So sind sie aufgebaut. Was immer unserem Gehirn zugetragen wird, sei es an visuellen, auditiven oder sensitiven Reizen, versucht es einem ihm bekannten Muster zuzuordnen.»

Nachdenklich fuhr er sich mit der Hand durch den Bart.

«John Raymond Smythies erkannte dieses Phänomen in den Siebzigerjahren und leitete hieraus das Modell der Wahrnehmungskette ab. Diese setzt sich aus sechs Gliedern zusammen und ist in sich geschlossen. Reiz, Transduktion, Verarbeitung, Wahrnehmung, Wiedererkennung und Handeln. Jedes Glied übt jeweils auf das Folgeglied einen Einfluss aus. Kein Glied wird übersprungen.»

Bedeutungsvoll hob er den Zeigefinger.

«Und jedes der Glieder besteht aus mehreren einzelnen Prozessen. Die Wiedererkennung zum Beispiel kann durch Erinnern, Kombinieren, Erkennen, Assoziieren, Zuordnen oder Urteilen erfolgen. Alle diese Prozesse führen zum Verständnis des Wahrgenommenen und bilden dic Grundlage für das Handeln als Reaktionen auf einen Reiz. Das Wiedererkennen ist also ein essenzieller Teil unseres Denkens. Kein Handeln ohne Wiedererkennen.»

Er blickte durch die Reihen der Studenten. In vielen Gesichtern sah er ein großes Fragezeichen. Langsam ging er an seine Tasche, die er neben Max unter dem Tisch abgestellt hatte, öffnete sie und holte eine weiße Kerze und eine Streichholzschachtel hervor.

Er ließ sich Zeit damit, die Kerze vorsichtig auf den Tisch zu stellen und zündete sie an, bevor er weitersprach.

«Nehmen sie als erläuterndes Beispiel der Wahrnehmungskette diese brennende Kerze.»

Wieder blickte er sich unter den Anwesenden um. Noch war keines der Fragezeichen verschwunden.

«Diese Kerze sendet Strahlung, Schall und chemische Stoffe aus. Die ausgesandten Signale reizen als Licht, Wärme,

Geräusche und Gerüche die Sensoren Ihrer Sinnesorgane, die zum Beispiel in der Netzhaut Ihrer Augen sitzen, zu einer Reaktion. Ihre Sinnesorgane wandeln beispielsweise das empfangene Licht in eine Spannung um, wodurch der Reiz verarbeitet werden kann. Ihr Gehirn kombiniert dann durch Kognition den Duft nach Kerzenwachs, die leicht erhöhte Wärme und die Helligkeit miteinander zum vollständigen Bild der brennenden Kerze.»

Kurz schmunzelte er.

«Dann beginnt ihr Verstand die brennende Kerze mit Ihren Erinnerungen abzugleichen und assoziiert sie mit einem romantischen Candle-Light Dinner, das Sie vielleicht einst erlebt haben. Schließlich werden die Erinnerungen angenehm, erotisch oder verrucht hervorgerufen.»

Verschmitzt fügte er hinzu: «Natürlich je nachdem, was genau Sie erlebt haben. Das verknüpfte Gefühl beeinflusst dann Ihr weiteres Handeln.

«Also», fasste er zusammen. «Unser Verstand ist darauf programmiert, Reize abzugleichen und mit bereits erlebtem in Verbindung zu bringen. Er möchte, wenn möglich, verknüpfte Synapsen nutzen. Natürlich können wir auch jederzeit etwas Neues erlernen und weitere Synapsen verbinden. Doch Veränderungen fallen unserem Gehirn generell schwer. Je größer dabei die Veränderungen sind, desto schwerer fällt es unserem Verstand, sie zu akzeptieren.»

Wieder ließ er seinen Blick über die Zuhörerschaft wandern, um zu erkennen, ob die Studenten ihm noch folgen konnten.

Als er erneut eine große Anzahl an Fragezeichen in den Gesichtern vor sich sah, griff er noch einmal in seine Ledertasche und zog sein Handy hervor. Mit ausgereckten Arm hielt er es gleich einem Zepter hoch in die Luft.

«Stellen Sie sich bitte vor, ich würde dieses Handy» kurz überlegte er bevor er fortfuhr «sagen wir meiner Vermieterin Frau Stenzel zeigen. Aber nicht der Frau Stenzel von heute. Stellen Sie sich vor, ich würde es schaffen, mit einer Zeitmaschine zurück in die Vergangenheit zu reisen. Dort würde ich mein Handy der Frau Stenzel von vor zehn Jahren zeigen. Sie würde das Smartphone betrachten und vermutlich etwas sagen wie: «Die Dinger werden auch immer kleiner.»

«Was meinen Sie aber, wenn ich» wieder legte er sich die Worte kurz zurecht. «sagen wir in das mächtige Kolosseum platzen würde und dem Imperator Gaius Julius Caesar dieses Handy unter die Nase halten würde. Was denken Sie würde er sagen?»

«Richtig», fuhr er nach einer rhetorischen Pause fort, «vermutlich würde er gar nichts sagen, sondern mich direkt ans Kreuz nageln lassen.»

Samu wartete, bis sich die nun aufgelockerte Stimmung wieder etwas beruhigt hatte.

«Was also unterscheidet meine Vermieterin von vor zehn Jahren von Caesar? Auch sie kannte das Handy, das ich ihr zeigte, nicht. Der Unterschied ist, dass sie ähnliche Gegenstände bereits kannte. Andere Handys. Etwas größere vielleicht. Weniger schicke vielleicht. Aber Handys an sich waren für sie nichts Neues. Im Gegensatz zu Julius Caesar.»

Jedes Wort einzeln betonend fasste er zusammen: «Unser Gehirn ist im Stande, kleine Veränderungen zu akzeptieren. Sind die Veränderung jedoch zu abrupt, zu plötzlich oder zu groß, weigert sich unser Verstand, ihnen zu folgen und sie zu akzeptieren.»

Langsam schritt er die Reihen der Studierenden wie ein Feldwebel ab. Lächelnd erkannte er, dass sich die meisten der fragenden Blicke allmählich auflösten.

«Nun wo Sie die Mechanismen der Wahrnehmungskette kennen, wollen wir gemeinsam überlegen, wie wir sie beeinflussen können.»

Samu wartete einige Herzschläge und sah in die gespannten Gesichter der Zuhörer, bevor er fortfuhr.

«Das folgende Gedankenexperiment nenne ich das Frühstücks-Experiment. Bitte schließen Sie die Augen.»

Er betonte jede Silbe, um ihre Wichtigkeit hervorzuheben. «Konzentrieren Sie sich bitte voll und ganz auf sich selbst.»

Samu gab den Studierenden Zeit, sich ihren Gedanken hinzugeben, während er leise an seinen Platz ging und behutsam seine Tasche öffnete. Mit einem strengen Blick ermahnte er Max, dass auch er keinen Laut von sich geben sollte.

Langsam sprach er weiter: «Konzentrieren Sie sich auf Ihr Innerstes. Werden Sie eins mit Ihren Gedanken.»

Mit größter Vorsicht holte er leise eine silberne Thermoskanne hervor. Mit leicht zugekniffenen Augen schraubte er den Deckel ab, der gleichzeitig als Tasse diente und öffnete den inneren Verschluss des Gefäßes. Vorsichtig stellte er die Tasse auf dem Lehrerpult ab und goss sich leise gluckernd von dem heißen Kaffee ein, den er noch am Morgen frisch gebrüht hatte. Sofort begann der Kaffee seinen intensiven Duft im gesamten Hörsaal zu verteilen.

Ohne die dampfende Tasse eines weiteren Blickes zu würdigen, stellte er die noch immer offene Thermoskanne leise auf dem Tisch ab.

Einmal mehr ließ er den Blick über die Reihen der Studierenden wandern. Noch immer hielten sie die Augen geschlossen. Trotz der großen Anzahl an Anwesenden herrschte eine konzentrierte Stille.

«Stellen Sie sich bitte vor, Sie würden zu Hause in Ihrem Bett liegen. Bis eben haben Sie noch geschlafen.»

Wieder gab er den Studierenden Zeit, die Bilder in ihren Köpfen entstehen zu lassen.

«Die Sonne scheint hell und warm in Ihr Zimmer. Die Vögel zwitschern freundlich in Ihrem Garten. Es ist schon spät am Morgen. Sie sind völlig entspannt. Sie konnten ausschlafen und hatten einen wunderschönen Traum.»

Während er sprach bückte Samu sich langsam zu seiner Tasche herab. Fast geräuschlos kramte er eine Brotdose hervor, legte sie vorsichtig auf dem Tisch ab und öffnete sie behutsam. Mit spitzen Fingern griff er sich das darin aufbewahrte Croissant und hob es aus heraus.

«Aus der Küche hören Sie im Halbschlaf die liebevoll warmherzige Stimme Ihres Partners.»

Genüsslich zerriss Samu langsam das frische Croissant in zwei Teile. Das typisch knusprige Geräusch der unzähligen Blätterteigschichten zerriss die entspannte Stille und erfüllte den gesamten Hörsaal für einen kurzen Moment.

Mit sanfter Stimme fuhr er fort: «Was möchtest du frühstücken, Schatz?»

Zufrieden setzte er sich und legte die Beine gemütlich auf den Tisch. Lächelnd wartete er bis die ersten Studenten verstanden hatten, dass das Experiment vorüber war und nacheinander die Augen öffneten.

«Ich bitte um Handzeichen. Wer von Ihnen dachte an Croissants und Kaffee?»

Zögerlich hoben die ersten ihre Hände.

Langsam nickend blickte Samu sich um und überflog die Anzahl der erhobenen Arme. Er wartete, bis auch die Zuhörer in den vorderen Reihen sich umgeblickt und einen Überblick über die Anzahl der erhobenen Hände verschafft hatten. Lächelnd stellte er fest, dass mehr als die Hälfte der Studierenden seiner Suggestion gefolgt waren.

«Sie können die Hände wieder herunternehmen. Wie Sie sehen, konnte ich es mit einfachen Mitteln schaffen, die Gedanken von gut der Hälfte der Anwesenden in eine bestimmte Richtung zu lenken. Wie war das möglich?»

Samu gab der Zuhörerschaft etwas Zeit, seine Frage zu verarbeiten.

«Aus unserem Tisch-Gedankenexperiment wissen wir, dass unser Geist konservativ denkt. Es lag nahe an etwas Ihnen Bekanntes wie Kaffee, Tee, Brötchen oder Croissants und nicht etwa an fliegenden Wackelpudding aus Licht zu denken, als ich Ihnen den Titel des Experiments genannt hatte», sagte er mit einem Grinsen im Gesicht.

«Schon allein der Titel „das Frühstücks-Experiment“ lässt Ihren Verstand unterbewusst eine Vorauswahl verschiedener ihm bekannter Frühstücksköstlichkeiten treffen, auf die er sich dann einstellt. Mit diesem Wissen war es leicht, Ihrem Geist einen kleinen Schubs zu geben, um sich für eine der eingegrenzten Auswahlmöglichkeiten zu entscheiden. So habe ich versucht, mit einfachen Mittel einen Gedanken in Ihren Geist zu pflanzen, um ihre Wahl zu beeinflussen.»

Mit Genugtuung nahm er einen leicht ungläubigen Gesichtsausdruck einiger der Studenten zur Kenntnis.

«Auch wenn Sie Ihre Augen geschlossen hatten und versucht hatten, sich einzig auf Ihre Gedanken zu konzentrieren, blieb Ihr Körper ständig in Empfangsbereitschaft. Reize können Ihr Gehirn über die verschiedensten Wege erreichen. Auch wenn Sie Ihre Augen geschlossen halten riechen, schmecken, fühlen und hören Sie unentwegt weiter. Alle Ihre Sinne verarbeiten stets sämtliche Signale, die Ihnen zugetragen werden und leiten sie permanent an Ihr Gehirn weiter. Bei jeder Entscheidung, die Ihr Verstand in Ruhe treffen soll, wird er daher von Reizen überflutet. Auch wenn Sie dies vielleicht gar nicht groß bemerken.»

Samu blickte über die Gesichter der Anwesenden. Wieder sah er zu viele fragende Blicke.

«Stellen Sie sich vor, Sie müssten eine wichtige Entscheidung treffen und stehen dabei mitten im römischen Kolosseum. Während Sie versuchen Ihre Gedanken zu ordnen brüllt Ihnen die voll besetzte Tribüne unablässig gute Ratschläge zu. Am Himmel erscheint gleichzeitig ein Leuchtbanner, voll beschrieben mit weiteren Vorschlägen. Ihre Augen, Ihre Ohren, Ihre Haut, Ihre Zunge und Ihre Nase. Sie alle nehmen ständig Reize auf, verarbeiten sie vor und bieten Ihrem Geist vorgefertigte Lösungsmöglichkeiten und gutgemeinte Ratschläge an. Und Ihr Geist, der von Natur aus darauf bedacht ist, ihm bekannte Ratschläge aufzugreifen, ist nur selten geneigt, sich den Empfehlungen seiner Sinne zu verwehren.»

Samu erkannte bereits, dass die Studenten seinen Gedankengängen nun besser folgen konnten. Dennoch gab er ihnen noch etwas mehr Zeit, das Gehörte zu verarbeiten und eigene Schlüsse zu ziehen.

«Wenn Sie mir soweit zustimmen können, dass es möglich ist, die Entscheidungen des Geistes unseres Gegenübers mit einfachen Sinnesreizen zu beeinflussen, wäre es dann nicht auch vorstellbar, ohne Kaffeeduft oder Croissant-Geräusche Gedanken in anderen Menschen entstehen zu lassen oder zu beeinflussen? Denken Sie einen Schritt weiter als an die fünf altbekannten Sinne. Sie alle kennen den wissenschaftlich mittlerweile unumstrittenen sechsten Sinn, der sich auf vielfältige Weise darstellen kann. Intuition, sensitive Wahrnehmungsfähigkeit, Hellsicht, Geisterglaube, Telepathie, Magie, Präkognition, Bauchgefühl oder Vorahnung sind nur einige der Erscheinungsformen des sechsten Sinnes.»

Kurz lächelte er, als ihm ein griffiges Beispiel einfiel.

«Denken Sie an die Stimmung, die im Raum herrscht, bevor eine Klausur geschrieben wird. Das Gefühl der Anspannung ist förmlich greifbar, auch für einen Menschen, der den Saal betritt, ohne zu wissen, dass hier eine Arbeit geschrieben wird. Wenn ein Mensch starke Gefühle wie Anspannung, Angst, Zuversicht oder Hoffnung in einem Raum entstehen lassen oder direkt in mehrere andere Menschen gleichzeitig pflanzen könnte, könnte er ganze Massen beeinflussen und lenken.»

Zufrieden nickte er.

«Dies wäre aber eher vage. Ein Gefühl der Angst kann Menschen verschieden reagieren lassen. Das liegt am Prozess der Wiedererkennung der Wahrnehmungskette. Wir reagieren in Abhängigkeit der Erfahrungen, die wir gemacht haben, unterschiedlich auf vorgegebene Reize. Manche Menschen würden sich beispielsweise ducken, andere würde vielleicht weglaufen, wieder andere würden vielleicht eine Kampfhaltung einnehmen, wenn sie Angst verspüren.»

Noch einmal fuhr er sich nachdenklich durch den Bart.

«Um Menschen gezielter zu beeinflussen, bedürfte es genauerer Anweisungen. Stellen Sie sich vor, es wäre möglich, in Menschenmassen nicht nur ein einfaches Gefühl entstehen zu lassen, sondern abstrakte Gedankengänge oder Anweisungen in den Geist einzelner zu pflanzen. Somit könnte man einzelne Menschen explizit steuern und zu allem überzeugen. Alles was hierzu notwendig wäre, ist ein Weg, das Wiedererkennen seines Gegenübers zu überbrücken. So könnte man seinem Gegenüber die Eigenständigkeit nehmen, auf vorgegebene Reize entsprechend der eigenen Erfahrungen zu reagieren. Menschen würden zu Robotern werden, die sämtliche vorgegebene Reize oder Befehle vollständig umsetzen würden, wie willenlose Zombies.»

Erst zehn Minuten nach dem geplanten Ende der Vorlesung verabschiedete er die Studierenden. Als auch der letzte den Hörsaal verlassen hatte und Samu gerade dabei war, seine Vorlesungsutensilien einzuräumen, kam ihm Giulia aufgeregt entgegengelaufen.

«Was ist denn los, Samu?», fragte sie mit besorgtem Blick, als sie ihn überschwänglich umarmte. «Deine Nachricht heute Morgen hat mir Sorgen gemacht. Mein Gott, du siehst ja schrecklich aus», fügte sie mit einem mütterlich fürsorglichen Kopfschütteln hinzu. Für einen Moment starrte Samu seine alte Freundin und Kollegin gedankenverloren an. Er hatte völlig verdrängt, dass er ihr früh am Morgen geschrieben und um ihre Hilfe gebeten hatte.

«Ich schlafe schlecht», beantwortete er ihre letzte Frage zögerlich, nachdem er sich etwas gesammelt hatte. Missbilligend verzog Giulia die Mundwinkel und setzte eine tadelnde Mine auf.

«Du spielst doch nicht etwa wieder nächtelang dieses schreckliche Computerspiel, oder?»

Ihre Augen weiteten sich und Angst lag in Ihrem Blick.

«Nimmst du wieder diese Schlaftabletten, um die Wirkung des Koffeins und dieser teuflischen Energydrinks zu übertünchen? Sag, dass es nicht wahr ist.»

«Ich träume schlecht», führte Samu noch einmal nüchtern aus.

«Ständig werde ich verfolgt, gejagt oder gehetzt. Ich komme einfach nicht zur Ruhe. Nicht einmal in meinen Träumen.»

Aufmunternd nahm Giulia ihren Freund aus Kindheitstagen in den Arm.

«Du musst aufhören mit diesen nächtlichen Eskapaden. Das kannst du von mir aus in der vorlesungsfreien Zeit machen, aber nicht, wenn du morgens früh raus musst.»

Nun war Samu es, der Giulia sorgenvoll ansah. Er zögerte vor dem nächsten Schritt. Verlegen senkte er den Blick.

«Meine Träume, meine Fantasiewelt und die Realität verschmelzen immer mehr.»

Wieder setzte sie diesen mütterlich tadelnden Blick auf. Als sie ansetzte etwas zu sagen, sprach Samu schnell weiter. Es tat gut, seine Ängste in Worte zu fassen.

«Ich habe eine Steinskulptur gesehen, die ich mir selbst ausgedacht habe. Ich habe sie weder gezeichnet noch irgendwem davon erzählt. Es gab sie eigentlich nur in meinem Kopf. Doch nun fand ich sie an einem Ort, der meinem Computerspiel bis ins letzte Detail glich. Ich wurde in meinen Träumen von Buchstaben verfolgt, nachdem ich zu lange über das passende erste Wort meines Romans gebrütet habe. Und an der Decke meines Schlafzimmers brannten sich die Worte Somnia Varie förmlich ein, die mir in meinem Traum erschienen waren. Ich weiß nicht, wie sie dort hingekommen sind, wenn nicht ich es war, der sie dort hinkritzelte. Daran kann ich mich aber nicht erinnern.»

Nach einer kurzen Pause fügte er niedergeschlagen hinzu: «Ich glaube, ich werde verrückt, Giulia».

«Samu Amundsen», setzte sie streng an, «du wirst auf der Stelle diese Computerspiele einstellen und die Tabletten und die Energydrinks in den Müll schmeißen. Du wirst früher ins Bett gehen und auf Alkohol und Kaffee verzichten! Man muss keine Psychologin sein, um zu erkennen, dass das ernst zu nehmende Hilfeschreie deines Körpers sind. Du musst mehr schlafen.»

Samu zuckte ob der harschen Worte leicht zusammen.

Giulia fiel es schon immer schwer, ihr italienisches Temperament in Zaum zu halten. Doch nun schien sie tatsächlich besorgt, als sie fortfuhr.

«Diese Worte - Somnia Varie – verstehst du nicht, was sie bedeuten?»

«Nein, ich hatte gehofft, du könntest mir das vielleicht erklären.»

«Die Worte sind Latein. Übersetzt bedeuten sie: Träume bunt.»

Nach einer Pause fügte sie hinzu: «Begreifst du nicht, Samu? Dein Körper schreit nach Schlaf. Du musst mehr schlafen, versprich es mir!»

DIE ULTIMATIVE ÜBERZEUGUNG

Im Jahr des letzten Morgens

Mit einem respektvollen, fast schon unterwürfigen Handschlag verabschiedete sich Boris von Andrej vor den Toren des Spielkasinos. Er wirkte gedemütigt.

Für einen Moment überlegte Andrej, ob er es zu weit getrieben hatte. Hatte er den Sieg zu sehr ausgeschmückt? Kleine Lachfältchen bildeten sich um seine Augenpartie. Nun war nicht die Zeit für Gewissensbisse. Boris würde es überleben. Genüsslich zündete er sich eine Zigarette an. Er war kein Versager. Er konnte überzeugen.

Andrej blickte Boris nach, als er sich von ihm abwandte und in die sternenklare Nacht hinaus wanderte. Er hatte noch versucht seinen Bruder aufzuhalten. Sie hätten noch irgendwo etwas trinken gehen und seinen Sieg gebührend feiern können. Doch Boris meinte, er müsse den heutigen Abend erst noch verdauen. Er konnte einfach nicht verstehen, wieso er alles verspielt hatte. Sonst war er ein eher konservativer Spieler, der niemals alles auf eine Karte setzte. Es war ihm einfach unverständlich, was ihn zu dieser Leichtfertigkeit getrieben hatte. Ohnehin konnte er sich kaum an den Verlauf des Abends erinnern. Alles, was er wusste, war, dass er sein gesamtes Startkapital verloren und Andrej ihn vernichtend geschlagen hatte.

Boris hinterließ tiefe Spuren im mittlerweile fast kniehohen Weiß. Das Schneetreiben hatte über Nacht angehalten und bedeckte nun sämtliche Straßenzüge. Die Räumdienste waren rund um die Uhr im Einsatz, schafften es aber nicht, das Zusammenbrechen des Verkehrs zu verhindern. Der Winter hatte die Stadt fest im Griff. Nichts fuhr mehr in den vollkommen zugeschneiten Straßen.

Andrej versuchte nicht einmal mehr, ein Taxiunternehmen zu finden, das ihn nach Hause bringen würde. Er wusste, wann eine Situation aussichtslos und eine Schlacht verloren war. Niemand würde ihn heute Nacht noch fahren. Für kein Geld der Welt.

Er nahm einen weiteren tiefen Zug und ließ den Abend noch einmal vor seinem geistigen Auge Revue passieren.

Weder vom Black Jack Dealer, noch vom Roulette Croupier und auch nicht von seinem Bruder, von keinem seiner Opfer waren auch nur ansatzweise Widerworte gekommen. Er war über jeglichem Zweifel erhaben. Nichts konnte ihn aufhalten. Zufrieden drückte er seinen Rücken durch und blickte in den sternenklaren Himmel. Niemand konnte sich ihm widersetzen!

Wie ein Blitz zuckte es durch seinen Kopf. *Wie weit ich wohl gehen kann?*

Ein Blick auf sein Smartphone zeigte ihm, dass die U-Bahnen der Stadt ihren Dienst noch nicht eingestellt hatten. Angeekelt schüttelte er den Kopf. Er hasste öffentliche Verkehrsmittel. Fortbewegungsmittel der Massen. Eingepfercht in einem Abteil mit stinkendem, hustendem und quiekendem Vieh. Auf einer Stufe mit dem Abschaum.

Abfällig spuckte er in den Schnee. Noch einmal nahm er einen tiefen Zug an seiner Zigarette. Langsam verzogen sich seine Mundwinkel zu einem angewiderten Gesichtsausdruck. Was hatte er für eine Wahl? Widerstrebend ging er in Richtung der nächsten U-Bahnstation.

Nach nur drei Stationen erreichte er seinen ersten Zwischenhalt. Hier musste er umsteigen. Der Viehtransporter, der ihn bis hier her gebracht hatte, war verhältnismäßig leer gewesen. Scheinbar hielt der Schnee die Massen in ihren Ställen gefangen.

Andrej stieg aus dem Waggon und betrat den unterirdischen Bahnhof.

Zwei schier endlos lange Säulenreihen aus massivem Granit trugen ein mächtiges Tonnengewölbe auf schwungvoll verzierten steinernen Kapitellen. Der Prunk der alten Zarenzeit zeigte sich in weißem Stuck und Blattgold, die das gelbe Tonnengewölbe schmückten. Den Boden bedeckten kupferfarbene Fließen. Massive goldene Leuchter tauchten das unterirdische Bauwerk in ein warmes Licht.

Nur vereinzelt warteten angetrunkene Partygänger, arbeitsstrebsame Pendler oder fernreisende Frühaufsteher in der Kälte der unterirdischen Bahnanlage. Unbeeindruckt zündete sich Andrej eine Zigarette an und lief kopfschüttelnd an einem rot umrandeten „Rauchen verboten“ Schild vorbei, das an einer der Granitsäulen hing und ging in Richtung der tiefer gelegenen Ebene.

Ein Blick auf sein Smartphone verriet ihm, dass seine Anschlussbahn erst in knapp einer Stunde abfahren würde. *Verdammte U-Bahn.* Schlendernd stieg er die Marmortreppe hinab und betrat die unterste, nicht weniger prunkvolle Ebene der altehrwürdigen U-Bahnstation.

Müde sah er sich um. Der Bahnsteig dieser Ebene war verlassen. Niemand schien um diese Zeit in seine Richtung fahren zu wollen. Gelangweilt wanderte er die Säulenreihe ab. Die Minuten verstrichen quälend langsam, bis er das Ende des Bahnsteigs erreicht hatte.

Gerade wollte er umdrehen und seinen Weg in die entgegengesetzte Richtung fortsetzen, als ihn eine kratzige Stimme aus seinen monotonen Gedanken riss.

«Endschüldigen Sie, Monsieur. ´ätten Sie wohl en petit Kloingeld pour misch?»

Langsam ließ Andrej seinen Blick in Richtung der Stimme wandern.

Auf dem Boden vor ihm kauerte ein Häufchen Abschaum. Er trug mehrere alte Daunenjacken übereinander und eine hellgraue Wollmütze. Füße und Beine waren unter einer olivfarbenen Decke verborgen, die vor Dreck nur so strotzte.

Sein Lager bestand vorrangig aus alten Zeitungen und etwas Pappe, die wohl die Bodenkälte abhalten sollten. Seine verhältnismäßig große Nase hatte eine rötlich blaue Verfärbung angenommen. Ob dies von der Kälte oder jahrelangem Alkoholeinfluss rührte, konnte Andrej auf den ersten Blick nicht ausmachen. Sein Alter war schwer zu schätzen.

Mit den Händen formte er ein Gefäß, als er Andrej flehentlich ansah.

«Die Kält macht´s selbst ´ier unten trés difficile. Une eißer Café würde die Nacht erträglischer machen.»

Franzosen, dachte Andrej verächtlich. *Was für ein erbärmlicher Dialekt.*

Unschlüssig überlegte er, ob er den Mann erst ausgiebig beschimpfen, oder direkt seinen Weg in die entgegengesetzte

Richtung fortsetzen sollte. Ein Blick auf die Uhr half ihm bei der Entscheidung.

Gerade wollte er den Mann über das andauernde Versagen des französischen Volkes in jeglicher Hinsicht aufklären, als ihm eine andere Idee kam. Leicht kniff er die Augen zusammen und betrachtete das Häufchen Elend zu seinen Füßen schweigend. In seinem Kopf überschlugen sich die Gedanken.

Ist das die Chance, nach der ich gesucht habe?

Da Andrej keine Anstalten machte, sich abzuwenden, nutzte der Obdachlose seine Chance, um weiter auf sein Gegenüber einzureden.

«Mon Nome is Pascal. Pascal Rousseau. Isch komme aus Fronkreich.» Traurig senkte er seinen Blick. «Isch ´atte viel Pöch im Löben, mussd du wis-sön.»

Zornig stellte Andrej fest, wie schnell das Stück Abschaum vor ihm vom förmlichen Sie zum du übergegangen war. Ganze zwei Sätze hatte er durchgehalten. Abfällig schüttelte er den Kopf und sortierte seine Gedanken.

Unauffällig blickte er sich auf dem Bahnsteig um. Die nächsten Züge würden erst in etwa fünfzig Minuten einfahren. Außer ihm und dem in Decken gehüllten Elend war niemand zu sehen. Sie waren allein. Diabolisch lächelte er. Könnte er es wagen, die Grenzen seiner neuen Fähigkeiten auszuloten?

«Bist du allein hier, Pascal?»

Obwohl Andrej es versuchte, schaffte er es nicht, Mitgefühl in seine Stimmfarbe einzuweben.

«Isch ´abe doch niemond mehr. Olle ´aben sie misch im Stich geloss-ön», fuhr Pascal traurig fort. «Isch bin gescheit-ört im Löben. ´abe keinen. ´abe nichts. Die Jack-ön, die Deck-ön, die Zeitung-ön. Dasis allös, was isch noch ´abe.»

Andrej blickte Pascal tief in die Augen, der diese Geste als Erfolg seiner mitleiderregenden Lebensgeschichte wertete. Neue Hoffnung keimte in ihm auf.

«Doin Mant-öl siehd auch warm aus, copain. Konnsd du mir nichd en bösschen aus-ölfen, es ist bitter kalt ´eute Nochd. »

Andrej blendete Pascals Worte aus und konzentrierte sich voll auf die Augen seines Gegenübers. Es dauerte nicht lange, bis er

Zugang zu dessem innersten Selbst fand. Er nahm sich Zeit, die Worte vor seinem inneren Auge vorzuformen und ihnen mehr Glanz zu verleihen, als Pascal wohl je im Leben gesehen hatte.

Er konnte kaum an sich halten, so groß war die Vorfreude. Immer wieder musste er sich zur Ordnung rufen und bremsen. Seine Worte mussten perfekt gewählt sein. Sie durften keine Wiederworte dulden. Der letzte Befehl. Die ultimative Überzeugung.

Noch einmal schloss er die Augen und besah das in seinem Geist geschaffene Wortgebilde. Es glänzte vor Macht. Langsam öffnete er die Augenlider und sprach Pascal mit ruhiger, befehlsgewohnter Stimme an.

«Dein Leben ist unwert. Beende es. Jetzt gleich.»

Kaum hatte er die Worte ausgesprochen, trat er einen Schritt zurück und wartete gespannt auf die Wirkung, die sie erzielen mochten. Wie in Trance wiederholte Pascal Andrejs Aufforderung, während er ihn durchdringend ansah.

«Moin Löben isd unwörd. Isch wörde es jetzd gloich beönden.»

Dabei schlug er seine Wolldecken beiseite und schälte sich aus den verschiedenen Zeitungsschichten, die ihn wärmten.

Bedächtig stand er auf und sah sich um. Sein Blick verweilte auf den Schienen. Gedankenverloren schüttelte er den Kopf. Auch er wusste, dass es noch lange dauern würde, bis die nächsten Züge einfuhren. Wollte er den Anweisungen genau Folge leisten, war dies für ihn keine Option, erkannte Andrej zufrieden lächelnd.

Schließlich wandte er sich von den Schienen ab und blickte in Richtung des Aufgangs, der zur oberen Ebene führte. Vielleicht würden dort Züge fahren? Zielstrebig ging er in Richtung der Treppen, wobei Andrej auffiel, dass er stark hinkte. Mühsam quälte er sich den weißen Marmor hinauf.

Andrej folgte ihm voll gespannter Vorfreude. *Wie wird er seine Aufgabe umsetzen?*

In der oberen Ebene blickte Pascal sich rastlos suchend um. Auch hier fuhren keine Züge, erkannte er schnell. Entschlossen ging er weiter und folgte dem nächsten Treppenaufgang, der an die Oberfläche führte.

Ein kalter Wind zog das Treppenauge herunter. Erstmals glaubte Andrej eine Art zufriedenen Ausdruck in Pascals Gesicht zu erkennen. Er schien gefunden zu haben, wonach er suchte.

Angestrengt schleppte er sich die Stufen hinauf. Mit beiden Händen zog er seinen Körper quälend langsam am Handlauf empor, um seine Beine zu unterstützen, die ihm fast schon den Dienst versagten.

Andrej folgte Pascal in gebührendem Abstand. Auf keinen Fall wollte er die Verbindung zu ihm unterbrechen. Noch weniger wollte er etwas verpassen. Gespannt beobachtete er jeden Schritt des Franzosen.

Weiter zog Pascal sich die Treppen empor. Die Hälfte der Strecke hatte er bereits hinter sich gelassen. Mit jeder Stufe in Richtung Ausgang wurde es kälter.

Kurz hielt er inne.

Erst vermutete Andrej, Pascals geschundener Körper bräuchte eine Pause von der Kraftanstrengung des beschwerlichen Aufstiegs. Doch dann löste er eine Hand vom Treppenlauf, fasste sich an den Kopf und zog sich seine warme Wollmütze aus. Achtlos ließ er sie fallen, während er eine weitere Treppenstufe emporstieg.

Drei weitere Treppenstufen später zog er seine Daunenjacken aus.

Lächelnd glaubte Andrej Pascals Plan verstanden zu haben. Aufmerksam folgte er jeder seiner Bewegungen, als er die letzte Stufe erreichte.

Der Mond schien hell und erleuchtete die weiße Schneepracht, die die Erde wie ein gigantisches Leichentuch bedeckte. Kurz hielt Pascal inne und blickte sich um. Auf dem Bürgersteig hatten die Räumfahrzeuge einen großen Haufen Schnee aufgeschüttet.

Ohne zu zögern bückte er sich und begann die Schnürsenkel seiner Schuhe zu öffnen. Mühevoll zog er sich Schuhe, Socken, Hose und Pullover aus. Halbnackt stand er vor Andrej und begann bereits am ganzen Körper zu zittern.

Mit Ekel betrachtete Andrej den geschundenen Körper des Franzosen. Der Skorbut hatte seiner Haut bereits schwer zugesetzt. Kopfschüttelnd überlegte Andrej, was einem Menschen wie diesem überhaupt noch den Willen verlieh, weiterleben zu wollen. Tag für Tag erneut aufzuwachen, um sich durch endlose Stunden voller Schmerzen, Sinnlosigkeit und Demütigungen quälen zu wollen.

Ohne den Blick von dem Schneehaufen vor ihm abzuwenden, zog Pascal seine vor Dreck und Urin starrende Unterwäsche aus. Wie scharfe Rasierklingen biss der eiskalte Wind in die Haut des Franzosen, die sofort begann, sich rot zu verfärben. Nackt trat er an den Schneehaufen heran.

Langsam drehte er sich um die eigene Achse, bis er in Andrejs Richtung blickte und dem weißen Berg den Rücken zuwandte. Ohne zu zögern hob er den Kopf zum Himmel und spreizte die Arme weit weg vom Körper. Für einen Moment verharrte er in dieser heroischen Haltung, bis er sich plötzlich rückwärts in den Schnee fallen ließ. Mit einem gedämpften Aufschlag wurde sein Körper sanft von den weißen Massen aufgenommen.

Mit gespreizten Armen lag Pascal nackt im Schnee. Andrej schmunzelte, als ihn die Szenerie an einen gefallenen Schneeengel erinnerte. Kaum dass Andrej das Bild des Schneeengels vor Augen sah, begann Pascal die abgespreizten Arme im Schnee auf und ab zu bewegen. Dabei schaufelte er mit den bloßen Händen mehr und mehr Schnee auf seinen Körper.

Er versucht sich im Schnee einzugraben, verstand Andrej.

Füße, Beine und Bauch waren bereits von Schnee bedeckt, als Andrej nachdenklich die Augenbrauen zusammenzog. Er versuchte abzuschätzen, wie lange der Tod durch Erfrieren wohl dauern würde.

Er wusste, dass der Körper bei starkem Kälteeinfluss zunächst die Kapillaren der Hände, Füße, Arme und Beine zusammenzog, was schnell zu Schmerzen der mangelversorgten Bereiche führte. Hielt die Kälte weiter an, würde der Körper auch die Arterien der lebensunwichtigen Extremitäten zusammenziehen, was die Mangelversorgung weiter vorantrieb.

Kurz vor dem Tod schaltete der Körper weniger wichtige Organe ab, um Herz, Lunge und Hirn weiter in Funktion halten zu können. Erst wenn die Kälte auch dann noch weiter anhielt, erweiterte der Körper in einem letzten Akt der Verzweiflung die Blutgefäße schlagartig, um die wichtigsten Organe ein letztes Mal zu wärmen, bis schließlich das Herz im Kälteschock versagte.

Süffisant lächelnd wurde ihm die Konsequenz des Körpers bewusst. Gab es zu wenig Wärme für den gesamten Körper, wurde die Versorgung der weniger wichtigen Körperteile stringent abgebrochen. Sie wurden ohne zu zögern der größeren Sache geopfert.

Warum schaffte die Menschheit nicht, was jeder einzelne menschliche Körper verinnerlicht hatte? Dass es zu viele Menschen auf dieser Welt gab, war offensichtlich. *Warum schaffte es die Menschheit nicht mit der gleichen Konsequenz, unwerte Verbraucher rigoros zu opfern?* Musste erst die gesamte Rasse sterben, bis sie diesen Fehler begriff?

Gefühllos betrachtete er den Franzosen, der noch immer mit den Armen auf und nieder schlug. Fast hatte er es geschafft, sich gänzlich mit Schnee zu bedecken. Ein zufriedener Gesichtsausdruck legte sich auf Pascals Gesicht.

Andrej fragte sich, wie lange der Tod wohl auf sich warten ließ? Wenige Minuten? Eine halbe Stunde? *Ich werde meine Bahn noch verpassen, wenn es zu lange dauert.* So spannend das Experiment zur Auslotung seiner Fähigkeiten auch war, wollte er dennoch auf keinen Fall länger in diesem Nest des Abschaums gestrandet sein.

Noch einmal konzentrierte er sich auf die Verbindung, die er zu dem Obdachlosen aufgebaut hatte. Leicht kniff er die Augen zusammen, als er die nächsten Worte in seinem Geist vorformte. Ohne den Mund zu öffnen dachte er konzentriert:

Das dauert zu lange. Beende es jetzt!

Als hätte Pascal die Worte, die niemals Andrejs Mund verlassen hatten, gehört, nickte er leicht zur Bestätigung. Dabei drehte er seinen Kopf nach links und betrachtete für einen Moment seine Hand, die noch immer damit beschäftigt war, im Schnee auf- und abzugleiten.

Plötzlich hielt er mitten in der Bewegung inne. Langsam hob er seine linke Hand und führte sie in Richtung seines Kopfes. Dabei öffnete er den Mund und entblößte eine Reihe ungepflegter, gelblich schwarzer Zähne, die sich vor dem Weiß des Schneebergs deutlich abhoben. Zielstrebig führte er sein Handgelenk in Richtung seines Mundes.

Kein Schmerzenslaut entwich seiner Kehle, als er begann, seine Pulsadern wie ein wildes Tier aufzubeißen.

Kaum hatte er sein Werk an der linken Seite vollendet, ließ er diese sinken, drehte den Kopf nach rechts und zerbiss auch die Pulsadern des zweiten Handgelenks.

Sein Mund war blutverschmiert als er erneut die Haltung des Schneeengels einnahm und wieder elegant mit den Armen auf- und abgleitete. Pulsierend spritze das Blut aus seinen Handgelenken. Schnell färbte sich der weiße Schneeberg in ein anmutiges Rot.

Viermal hob und senkte er die Arme noch. Dann starb er mit einem seligen Lächeln auf den Lippen.

Ohne sichtbare Gemütsregung wandte Andrej sich von der Leiche ab, ging hinab zum Bahnsteig und fuhr mit der U-Bahn nach Hause. In seiner Villa angekommen, nahm er sich ein Glas seines besten Vodkas und setzte sich in seinen rot gepolsterten Ohrensessel. Er wollte nachdenken.

Endlich war ihm die ultimative Überzeugung gelungen. Doch was hatte dies alles zu bedeuten? Was für Möglichkeiten offenbarte ihm seine neue Fähigkeit?

Nachdenklich schloss er die Augen und ließ das Erlebte noch einmal wie einen Film Revue passieren. Doch so sehr er sich auch auf die Ergründung des Rätsels seiner Gabe konzentrieren wollte, schweiften seine Gedanken immer wieder ab.

Immer wieder blitzte das Bild des geschundenen Körpers des Obdachlosen in seinem Kopf auf. *Wie konnten Menschen nur so leben wollen? Die gelben Zähne. Die rot-blaue Nase. Der von Skorbut gezeichnete Körper. Und dieser grässliche Akzent.*

Lebten alle Menschen in Frankreich so? Fuhren sie dort auch alle mit der Bahn? Seuchenherde. Brutstädte niederen Gewürms. Massenviehtransporter. Es gab einfach zu viele Menschen. Zu viele Franzosen. Sie müssten alle geopfert werden, wenn die lebenswichtigen Organe überleben sollten.

Weiter kreisten seine düsteren Gedanken darum, wie sehr er unwertes Leben, Frankreich und die Bahn verabscheute.

Mit geschlossenen Augen formten seine Lippen langsam die Worte «Franzosen-Abschaum», als er in den Halbschlaf hinabglitt.

DIE LETZTE FAHRT

Im Jahr des letzten Morgens

Mathieu Schreiner saß bequem auf dem weich gepolsterten Stuhl. Er blickte aus der schräg nach hinten geneigten Fensterscheibe. Die Sonne war gerade erst aufgegangen. Er liebte diesen Moment des Zwielichts, wenn die Welt langsam erwachte.

Verträumt ließ er seine Gedanken schweifen. Heute Abend gab es Coq au Vin. Seine Schwester Michelle kam mit ihrem Mann aus Nantes zu Besuch. Allein bei dem Gedanken an das zarte Hähnchen in Rotwein lief ihm das Wasser im Mund zusammen. Dazu ein Glas des wunderbar runden Bordeaux, den seine Frau auf einem kleinen Weingut im Medoc entdeckt hatte. Es würde ein herrlicher Abend werden. Morgen würde Jean-Luc endlich getauft werden.

Seine rechte Hand ruhte auf dem schwarzen Knauf des Handgriffs. Der Griff war leicht nach vorne geneigt. In gewohnter Routine ließ Mathieu den Blick über die Instrumente des Führerstandes wandern. Der Digitalfunk war einsatzbereit. Das Bedienfeld der Maschinentechnik zeigte keine Warnhinweise. Der Druck in der Bremssteuerleitung und im Bremszylinder war im grünen Bereich. Der Tachometer zeigte 210 km/h an. Fast geräuschlos glitt der TGV über die Schienen der weiten Ebene der Île-de-France.

Lange würde sein Arbeitstag nicht mehr dauern, dachte er mit einem Lächeln. Immer mehr wich die weite Landschaft der städtischen Bebauung des zwölften Arrondissements. Sein Schnellzug hatte die Ausläufer der französischen Hauptstadt erreicht. Links von ihm verlief bereits die Seine. Bis zum Pariser Hauptbahnhof Gare de Lyon waren es vielleicht noch sechs Kilometer.

Sachte zog er den Handgriff etwas zu sich. Es dauerte nicht lange, bis die kraftvolle Maschine des Hochgeschwindigkeitszugs reagierte und das Tempo auf etwa 120 km/h drosselte. Bald würde er den Bremsvorgang einleiten. In Paris endete seine Nachtschicht.

Zuhause angekommen würde er ausgiebig schlafen, und wenn er aufwachte, wären Michelle und Jaques sicherlich schon da.

Der Zug passierte ein weiteres Streckensignal. Gefühlvoll zog Mathieu den Bremshebel ein Stück zu sich, um die Geschwindigkeit weiter zu reduzieren. Gleich würde er die Durchsage machen, dass der TGV in Kürze sein Ziel erreicht hätte.

In seinem Geist legte er sich bereits die passenden Worte zurecht, als er weit hinter sich eine tiefe Stimme hörte.

Die Worte waren mit schwerem Akzent und etwas undeutlich ausgesprochen, als wäre die Zunge, die sie formte, betrunken oder verschlafen. Dennoch war Mathieu sich sicher, die Worte „Franzosen-Abschaum“ aus dem säuselnd gesprochenen Wortgemenge herauszuhören.

Erschrocken drehte er sich um. Schnell durchsuchten seine Augen das kleine Abteil, doch niemand außer ihm war im Führerstand.

Ein Schauer durchfuhr seinen Körper. Hatte er die Stimme nur in seinem Kopf gehört? Hatte er sie sich nur eingebildet? Es wurde Zeit, dass seine Nachtschicht endete und er ins Bett kam. Schlaf würde ihm guttun.

Kurz schüttelte er sich, um den Kopf frei zu bekommen. Mit der linken Hand drückte er den Knopf der Gegensprechanlage, die seine Stimme in jedes Abteil des Zugs übertragen würde.

«Sehr geehrte Reisende», setzte er mit freundlich warmer Klangfarbe an. «In Kürze erreichen wir…».

Mathieu stockte. Leicht kniff er die Augen zusammen, als er wieder die Stimme hörte. Nun war sie weniger säuselnd, sondern klar und voluminös. Sie hallte hundertfach wider, als wäre sein Kopf eine weite, leere Höhle. Schließlich nahm sie den Raum seines Schädels vollkommen ein.

Noch immer ruhte sein Finger auf dem gedrückten Knopf der Gegensprechanlage. Doch seine Lippen blieben verschlossen. Er war vollkommen unfähig ein weiteres Wort zu formulieren.

Starr blickte er aus dem Fenster. Er konnte keinen klaren Gedanken mehr fassen. Sein ganzes Sein war auf seinen Kopf konzentriert. So gerne wollte er der Stimme lauschen. Nichts anderes zählte mehr. Nur die Stimme in seinem Kopf.

Gierig sog er jede Silbe, jeden einzelnen Laut in sich auf, als sie endlich zu ihm sprach.

Unfähig eigene Entscheidungen zu treffen, wiederholte Mathieu wie in Trance die Botschaft, die er in seinem Geist gehört hatte, wobei ihm die eigene Stimme abscheulich dünn und unvollkommen vorkam: «Ich werde den Zug mit voller Geschwindigkeit in den Sackbahnhof fahren, sodass möglichst viel von diesem Franzosen-Abschaum verreckt.»

Noch während er die letzten Worte in das kleine Mikrofon vor sich sprach, schob er den Hebel in seiner Rechten bis zum Anschlag nach vorne.

Es war kurz nach sieben Uhr morgens, als der TGV 6760 mit über 270 km/h in den Sackbahnhof Gare de Lyon in Paris raste.

In seinem rot gepolsterten Ohrensessel kam Andrej mit pochenden Kopfschmerzen aber einem maliziösen Lächeln auf den Lippen zu sich. Er spürte, dass er zu mehr fähig war.

TEIL II

Die Tage vor dem letzten Morgen

DER TRAUMWEISER

Wenige Tage vor dem letzten Morgen

Träume bunt. Was für ein Unsinn, dachte Samu verärgert.

Seit Wochen hatte er sich vorgenommen, die Schweinerei an seiner Zimmerdecke zu beseitigen. Kurz nachdem er mit Giulia gesprochen hatte, hatte er schon einmal versucht, die schwarzen und bunten Buchstaben zu entfernen. Er war mit einem nassen Lappen auf sein Bett geklettert und hatte angefangen über die Worte zu wischen. Doch das hatte sie wenig beeindruckt.

Mit welchem Stift auch immer sie geschrieben worden waren, die Farbe war auf jeden Fall wasserfest. Kein bisschen hatten sie sich von der Tapete lösen lassen. Noch immer waren die Lettern gestochen scharf zu entziffern.

Er hatte versucht, Giulias ernst gemeinte Ratschläge zu befolgen. Seit Tagen hatte er weder Alkohol noch Kaffee getrunken und hatte die Finger von den Schlaftabletten gelassen. Sein Online-Rollenspiel hatte er nicht mehr angerührt. Er bemühte sich, früh ins Bett zu kommen und nicht mehr auf der Couch zu schlafen.

Er hatte alles getan, um seinen Geist zu entspannen. Sogar meditiert hatte er. Ob er dadurch dem Burnout, einem Herzinfarkt oder dem Wahnsinn noch einmal entkommen war, konnte er nicht mit Sicherheit sagen. Was er wusste war, dass die Worte an der Zimmerdecke seines Schlafzimmers noch immer Nacht für Nacht auf ihn herabblickten, als belächelten sie höhnisch seine Besserungsbemühungen.

Er stand auf einer Leiter und hielt den Spachtel in der Hand, den er sich extra aus dem Baumarkt besorgt hatte. Kampflustig funkelte er die Buchstaben an der Zimmerdecke an.

Das Bett hatte er beiseite gerückt, damit kein Dreck auf seine durchgelegene Matratze rieseln konnte. Auf dem Kopf trug er einen selbst gemachten Malerhut, den er aus der Doppelseite eines Werbeprospekts gebastelt hatte, der allwöchentlich in seinem Briefkasten lag. Wenn die Farbe sich nicht von der Tapete lösen wollte, musste er eben die Tapete von der Decke lösen.

Träume bunt.

Immer wieder seit dem Gespräch mit Giulia hatte er sich gefragt, was diese Botschaft ihm sagen sollte. Das Wort „Träume" war in schwarzen Lettern geschrieben. Das Wort „bunt" war wortwörtlich bunt geschrieben. *Wortmalerei?* Eine Art der Kommunikation, die eigentlich so einfach war, dass auch Legastheniker, Kinder und Betrunkene sie verstehen konnten. Bunt war bunt.

Aber was sollte das alles? War es, wie Giulia vermutete, sein Unterbewusstsein, welches sich an ihn wandte? War es wirklich ein verzweifelter Hilfeschrei seines Körpers, der ihm raten wollte, besser einen Schritt zurückzutreten und eine langsamere Gangart zu wählen, wenn er kein Burnout oder Herzinfarkt mit siebenundvierzig Jahren riskieren wollte?

«Aber warum sollte mein Unterbewusstsein mir eine Botschaft in Latein zukommen lassen, wenn es ganz genau weiß, dass ich diese Sprache nicht spreche», grummelte er mit zusammengepressten Lippen vor sich hin.

Immer wieder hatte er diese Gedankengänge durchgespielt. Immer wieder war er mit dem Latein in einer Sackgasse geendet.

Es macht keinen Sinn, dass die Botschaft von mir kommt, wenn ich kein Latein verstehe, fasste er erneut seine Schlussfolgerung zusammen. *Aber von wem kommt die Botschaft dann, wenn nicht von mir selbst?*

Nächtelang hatte er wach gelegen und die Worte an der Decke verständnislos angestarrt. Immer wieder hatte er versucht, dem Rätsel auf die Spur zu kommen. Noch einmal fasste er in seinem Geist seine bisherigen Erkenntnisse zusammen. Der lateinische Imperativ „Träume" war schwarz auf weiß geschrieben. Farblos. Trist. Eintönig.

Träumte er wirklich nur schwarz-weiß? Wieder versuchte er sich die Bilder der vergangenen Nächte ins Bewusstsein zu rufen. An die meisten Träume konnte er sich leider kaum erinnern. Wirklich in Erinnerung war ihm nur der Traum geblieben, der zu der Schweinerei an der Decke geführt hatte.

Deutlich sah er die hellgrauen, wogenden Weizenfelder, die platingrauen Sonnenblumenfelder und den majestätisch taubengrauen Laubwald vor seinem geistigen Auge. Alles war in freundlich hellen Grautönen gehalten, nachdem er an seinen weißen Tränen vor dem schwarz-grauem Morast erkannt hatte, dass es nur ein Traum war und er nicht wirklich verfolgt wurde. Auch die schwarzen Worte waren ähnlich wie ein Tintenfleck auf einer Leinwand am weißen Nachthimmel erschienen.

Alles war schwarz-weiß, kam er erneut zur selben Erkenntnis.

Samu konnte sich an nichts Buntes in seinem Traum erinnern, bis endlich das Wort Varie in schillernden Regenbogenfarben erschienen war. Lebhaft schoben sich die Fanfaren erneut in sein Gedächtnis, von denen das Wort angekündigt worden war. Königlich. Heroisch. Als würde eine ganze Armada leuchtender Wegweiser auf die fünf einfachen Buchstaben zeigen.

Keinesfalls hätte sein Traum geduldet, dass diesem Wort nicht die volle Aufmerksamkeit des Betrachters zugestanden hätte. Als wäre das Wort essenziell. Allesentscheidend. So bedeutend, dass es selbst dann noch zu sehen war, als er bereits seine Traumwelt verlassen hatte und er in die Wirklichkeit zurück gekehrt war.

Als wollte jemand ihm diese Botschaft unbedingt mit auf den Weg in die Realität geben, damit er sie nicht wie all die anderen Träume einfach mit dem Aufwachen vergessen konnte.

Verärgert schüttelte er seine Gedanken ab. Was auch immer die Botschaft ihm sagen wollte und wer auch immer sie ihm geschickt hatte, die Worte an der Zimmerdecke mussten nun verschwinden.

Samu setzte den Spachtel an. Die alte Tapete ließ sich leicht lösen. Triumphierend zog er ein großes Stück der bunt besudelten Raufaser ab und ließ es achtlos auf den Boden fallen.

Doch kaum, dass er die Tapete gelöst hatte, starrte er entgeistert den nackten Beton an, der sich hervortat. Die Farbe der Buchstaben war durch die Tapete auf den Beton übergegangen. Noch immer waren die Worte Somnia Varie gestochen scharf zu lesen.

Frustriert stieg er von der Leiter, ging in die Küche und holte einen Eispickel, den er gelegentlich nutzte, um crushed ice für Mojitos zu machen.

Zornig erklomm er erneut die Leiter, holte weit aus und rammte die Spitze des Eispickels in den harten Beton. Samu steckte seinen ganzen Zorn in den Stoß. Dieser Wahnsinn musste hier und jetzt enden. Wie im Wahn holte er erneut aus und stach begleitet von ohrenbetäubendem Krach wieder und wieder auf den Beton ein, bis sich schließlich ein größeres Stück gelöst hatte.

Außer Atem ließ er den Eispickel fallen und betrachtete das Handteller große Loch, dass er geschlagen hatte. Auch bis zum tiefsten Punkt hatte sich die Farbe des Satzes förmlich in den Beton gefressen.

Als wären die Worte für immer mit der Zimmerdecke verschmolzen. Ein Teil der Wirklichkeit. Untrennbar von der Realität. Direkt über seinem Bett.

Samu wandte den Blick von dem Loch in der Decke ab und stieg von der Leiter.

Die Worte aus seinem Zimmer zu verbannen war mit den Mitteln, die ihm zur Verfügung standen, nicht möglich. Sollte er mit einem Presslufthammer die ganze Zimmerdecke zerstören? Sollte er mit einem irrsinnigen Lachen auf den Lippen sein Schlafzimmer in die Luft sprengen? *Ist es das, was die Buchstaben wollen?*

Langsam schüttelte er den Kopf. So würde er die Worte nicht aus seiner Realität verbannen können.

Vielleicht gehe ich die Sache falsch an. Wenn sich die hartnäckigen Deckenworte nicht in der Wirklichkeit entfernen ließen, musste er sie vielleicht dort bekämpfen, wo sie herkamen. In seinen Träumen. Vielleicht würden sie einfach verschwinden, wenn er die Botschaft befolgen würde. Vielleicht würden sie sich auflösen, wenn sie ihre Aufgabe erfüllt hatten.

Ich könnte es auf einen Versuch ankommen lassen, dachte er, neue Hoffnung fassend. Samu holte tief Luft und atmete langsam aus. Er löschte das Licht und legte sich ins Bett. Es war Zeit sich seinen Träumen zu stellen.

Träume bunt.

Lange noch lag er wach. Immer wieder ging er seine Gedankengänge durch. Immer wieder kam er zum gleichen Schluss. Er musste sich seinen Träumen stellen. Er musste bunt träumen. *Doch wie?*

Er versuchte sich zu beruhigen und seine Gedanken bewusst zu steuern. Ähnlich wie im Ghostbusters-Experiment, das er noch vor wenigen Wochen gelehrt hatte, probierte er, alle störenden Bilder aus seinem Kopf zu verbannen. Sein Fokus sollte auf nur einer Sache liegen. *Etwas Buntes.* Doch was? *Ein Feuerwerk? Eine Blumenwiese? Eine tanzende Menschenmenge auf dem Höhepunkt des Holi-Festivals?*

Er wusste, dass es so nicht funktionieren würde. Seine Gedanken waren zu sprunghaft. Er brauchte einen Anker. Etwas Buntes, zu dem er eine starke emotionale Bildung hatte. Etwas Starkes. Mächtiges. Auf das er sich voll fixieren konnte.

Als er endlich fand, was er suchte, schlief er mit einem Lächeln auf den Lippen ein.

Im selben Augenblick erschien Samu auf dem sanften Hügel. Ein intensiver Geruch nach frischen Sonnenblumen lag in der Luft. Aufgeregt blickte er sich um, als er realisierte, dass er endlich eingeschlafen war.

Der Hügel war samt weiß. Ihn umgaben die hellgrauen, wogenden Weizenfelder, die platingrauen Sonnenblumenfelder und der taubengraue Laubwald, der sich ehrfürchtig vor ihm verneigte, als Samu kurz seinen Blick auf ihm ruhen ließ.

Gespannt blickte er nach oben. Gleich einer jungfräulichen Leinwand erstrahlte der Himmel in unschuldigem Weiß. Am Horizont erhob sich gerade die aufgehende Sonne. Von den schwarzen und bunten Buchstaben war nichts zu sehen. Alles war schwarz, weiß, oder in verschiedenen Grautönen gehalten.

Enttäuscht drehte er sich auf dem kleinen Hügel im Kreis. Mit schwindender Hoffnung suchten seine Augen die weite Traumlandschaft ab. Doch das, worauf er sich so sehr konzentriert hatte, konnte er nirgendwo ausmachen. Nicht einen Farbklecks fand er in der schwarz-weißen Umgebung. Hatte er sich nicht genug konzentriert? Waren seine Gedanken doch wieder abgeschweift, kurz bevor er eingeschlafen war?

Von sich selbst enttäuscht, schloss er die Augen. Was hatte er falsch gemacht? Er hatte auf Alkohol und Koffein verzichtet. Er war früh ins Bett gegangen und hatte sich scheinbar endlos dafür genommen, seine Gedanken zu bündeln. Warum also konnte er seinen Traum nicht in die Richtung lenken, die er wollte?

Gerade als er für sich beschließen wollte, den Traum als Fehlversuch ad acta zu legen und sich eingestand, dass es Zeit war aufzuwachen, hörte er einen markerschütternden Schrei am Himmel. Instinktiv zuckte er zusammen. Doch anders als die schrillen Schreie der Konsonanten und Vokale ruhte diesem Ruf eine majestätische Macht inne.

Schnell bildeten sich Lachfalten um seine Augenpartie. Unweigerlich zogen sich seine Mundwinkel nach oben und formten ein stolzes Lächeln. Diesen Ruf würde er unter tausenden wiedererkennen. Er hatte es doch geschafft, seine Traumwelt zu beeinflussen. Er hob die Hand zum Gruß und öffnete langsam die Augen.

«Schön dich zu sehen, Xam!»

Mit mächtigen Flügelschlägen näherte sich der Tigergreif dem kleinen Hügel, auf dem Samu stand. Seine schlitzförmigen Augen, von denen eines feurig rot und das andere eisblau war, hatten Samu fest fokussiert. Sanft wehten die roten Federn des Gefieders seines Vorderleibs im Wind. Die adlerartigen Klauen der Vorderläufe hielt er nach vorne gestreckt, allzeit bereit, eine sich nähernde Bedrohung oder Beute zu greifen. Der schwarzblau gestreifte Rumpf und die ebenso mit dem farbenfrohen Tigermuster versehenen Hinterläufe glänzten in der aufgehenden Sonne. Deutlich zeichneten sich die starken Muskeln unter dem samt-weichen Fell ab.

Der Tigergreif erwiderte Samus Gruß mit einem leichten Nicken des mächtigen, gebogenen Schnabels. Mit einem letzten Flügelschlag landete er auf dem flachen Hügel und setzte sich neben Samu, wobei sich die messerscharfen Krallen der aufgestellten Vorderfänge unter dem Gewicht des Wesens leicht in den weichen Boden eingruben. In der sitzenden Haltung ruhte der gefiederte Kopf in etwa auf Samus Brusthöhe.

Katzengleich schlängelte sich der am letzten Stück buschig gefiederte Tigerschwanz hin und her, während die schlitzförmigen Augen jede Bewegung von Samu aufmerksam verfolgten.

«Du bist bunt», stellte Samu zufrieden fest, während er den treuen Gefährten stolz betrachtete, der ihn durch unzählige

Abenteuer begleitet hatte. Bis ins kleinste Detail stimmte das Wesen, das nun vor ihm saß, mit Xam überein.

Leicht legte der Tigergreif den Kopf schräg, als verstünde er die Bedeutung der gesprochenen Worte nicht.

«Ich hatte schon daran gezweifelt, jemals bunt träumen zu können», erklärte Samu ergänzend mit einem Schulterzucken.

Ruckartig bewegte sich der Adlerkopf wieder in die aufrechte Position. Leicht plusterte der Greif das rote Brustgefieder auf, als er tief einatmete. Seine zu Schlitzen verengten Augen fixierten Samu mit einem strengen, fast schon tadelnden Blick, als er erwiderte: «Natürlich kannst du bunt träumen. Du musstest es nur wollen.»

Verblüfft bemerkte Samu, dass der Tigergreif zwar den hakenförmigen Schnabel zum Sprechen leicht öffnete, die Worte jedoch nicht dort her kamen. Viel mehr schien es, als würden sie überall zu gleich entstehen. Es klang als befänden sie sich in einer tiefen Sandsteinschlucht, die jegliches noch so kleine Geräusch tausendfach wiedergab. So erfüllten die leise gesprochenen Worte die gesamte Traumlandschaft mit heroischer Macht.

Nun war Samu es, der den Tigergreifen ungläubig ansah.

«Du kannst also sprechen», stellte er beeindruckt fest.

Fast schon beleidigt stampfte der Greif mit seinem Vorderfang auf den weichen Boden auf.

«Natürlich kann ich sprechen. Es ist dein Traum. Ich kann alles, was du dir vorstellst, das ich können sollte.»

«Dann bist du nicht Xam, sondern nur ein Produkt meiner Fantasie. Und Xam ist wirklich tot», fragte Samu enttäuscht.

«Ich bin Xam. Weil du wolltest, dass ich Xam bin. Ich bin all das, was du von Xam weißt. Ich weiß alles, was Xam wusste. Ich kann all das, was Xam konnte. Und mehr. Ich bin all das, was du möchtest, das ich sein soll.»

Kurz überlegte Samu. Er verschränkte die Arme und blickte den Tigergreifen ungläubig an.

«Das heißt», fasste er schließlich vorsichtig seine Gedanken in Worte, «dass du jegliche Gestalt annehmen könntest, die ich mir nur vorstelle? Du könntest auch ein Schwarm goldener Schmetterlinge oder ein aus Granit gemeißelter Wasserspeier sein, wenn ich das nur wollte?»

«Ich kann alles sein, was immer du willst», bestätigte der Tigergreif Samus Gedankengänge. «Alles kann das sein, was du willst. Hier und dort. Überall.»

Samu verstand zwar nicht wirklich, was sein Gegenüber ihm versuchte zu sagen. Er spürte jedoch, dass es ungünstig wäre, ihn jetzt zu unterbrechen. Also nickte er bestätigend und blickte Xam fest in die Augen.

Stolz plusterte sich der Adlerteil seines Gegenübers auf, während der Tigerschwanz aufgeregt wie eine angriffslustige Schlange hin und her zuckte.

«Du bist ein Weltenmaler», sagte Xam schließlich feierlich.

Samu runzelte fragend die Stirn.

«Ein Fantast», ergänzte der Tigergreif, als wäre damit alles erklärt.

«Ich bin ein Fantast?», hinterfragte Samu die soeben gehörten Worte. «Was genau ist ein Fantast?»

Wieder legte Xam den Kopf leicht schräg, als wäre er enttäuscht von der Begriffsstutzigkeit seines Gegenübers.

«Ein Fantast ist ein Weltenmaler, dessen Gedanken gänzlich frei und unbeschränkt sind», erklärte er, als wäre dies doch eine Selbstverständlichkeit. «Die Aufgabe des Fantasts ist es, losgelöst von allen bestehenden Eindrücken, in neuen Dimensionen zu denken.»

«In neuen Dimensionen», wiederholte Samu die Worte nachdenklich. «Ich habe schon immer geahnt, dass ich anders denke als die meisten.»

Grüblerisch verharrte Samu für einige Sekunden wortlos.

«Gibt es noch mehr wie mich? Noch mehr dieser Fantasten? Ich würde gerne die anderen kennenlernen, die so sind wie ich.»

Scheinbar amüsiert über diesen infantilen Wunsch, legte der Tigergreif seinen Kopf in den Nacken als wollte er lautlos lachen. Es dauerte einen Moment, bis er realisierte, dass es Samu mit seiner Bitte ernst war.

Er fasste sich und antwortete mitleidig: «Du bist in der heutigen Zeit der einzige Fantast.»

«In der heutigen Zeit», wiederholte Samu langsam die Worte des Tigergreifen. «Heißt das», er überlegte, ob er seinen Gedanken laut aussprechen sollte. «Heißt das», führte er zögerlich fort «es gab früher schon häufiger Menschen – äh – Fantasten, die so waren wie ich?»

Wohlwollend nickte der Adlerkopf, als wolle er ihn dafür loben, dass Samu nun endlich die richtigen Fragen stellte.

«In der Geschichte der Menschheit gab es immer wieder Fantasten. Der letzte Fantast, der auf dieser Welt lebte, nannte sich Thomas Edison.»

«Thomas Edison, der Erfinder!» murmelte Samu versonnen vor sich hin. «Er lebte vor weit über einhundert Jahren.»

Samu ließ sich Zeit und ordnete seine Gedanken. Mit leicht zusammengekniffenen Augen ließ er seinen Blick über das Wesen vor ihm wandern. Er trat zwei Schritte zurück, so dass er außerhalb der Reichweite der mächtigen Fänge des Tigergreifen war. Mit Bedacht erhob er die Stimme.

«Weder ich noch Xam kannten Details über Thomas Edison, die über das normale Schulwissen hinausgehen. Auch wussten wir beide mit Sicherheit nicht, dass es etwas wie Fantasten gibt.»

Kurz ließ Samu seine Worte wirken.

«Wer oder was bist du und woher weißt du das alles?»

Langsam erhob der Tigergreif sein ruhendes Hinterteil aus der Sitzposition und stand auf. Sein weiches Fell glänzte in der bereits hoch am Himmel stehenden Sonne, als er seine rot gefiederten Flügel zu ihrer vollen Spannweite ausbreitete. Er hob den Kopf leicht in den Nacken und blähte sein Brustgefieder auf. Wild zuckte sein Schwanz von einer zur anderen Seite. Mit einem einzigen Schritt überbrückte er die entstandene Distanz zwischen ihm und Samu.

Mit Schrecken erkannte Samu, dass er nun wieder in der Reichweite der messerscharfen Fänge des Wesens war. Kurz überlegte er, ob er weiter zurückweichen sollte, doch innerlich spürte er, dass er diesem machtvollen Wesen nicht entkommen konnte, wenn es sich gegen ihn stellen würde.

Also nahm auch er eine würdevolle Haltung ein, streckte seine Brust heraus, nahm die Schultern zurück und hob das Kinn. So verharrten sie für einen Moment, bis der Tigergreif schließlich das Wort ergriff.

«Ich bin der Traumweiser. Mir obliegt es, den Weltenmalern die Verantwortung ihrer Gabe zu erklären und sie auf den richtigen Weg zu führen. Mit meinem Rat stehe ich dir von nun an zur Seite, Samu Amundsen.»

Feierlich senkte der Tigergreif sein Haupt und verneigte sich tief vor seinem verdutzten Gegenüber.

DER VERBREITER DES BÖSEN

etwa 1933 nach Christus

Die uniformierte Wache, die am Eingangsbereich des großen Backsteingebäudes postiert war, nahm Haltung an und salutierte achtungsvoll, als die beiden Männer sich näherten.

Ihre Schritte knirschten lautstark auf dem hellen Kies des Innenhofs. Noch im Gehen gab der hagere und etwas kleinere der beiden Männer dem Wachmann mit einem leicht seitlichen Kopfnicken zu verstehen, dass er das Tor öffnen sollte, das groß genug war, um eine Pferdekutsche passieren zu lassen.

Unverzüglich fasste der Uniformierte den Griff des eisernen Schiebetors mit beiden Händen und zog es unter Einsatz seines ganzen Körpergewichts begleitet von schrillem Quietschen auf.

Die beiden Männer verlangsamten ihren Schritt und blieben schließlich vor dem sich schwerfällig öffnenden Tor stehen.

«Ich kann Ihre Beweggründe in dieser Angelegenheit noch immer nicht nachvollziehen», sprach der größere der beiden den hageren Mann an, wobei er das „R“ auffällig stark rollte.

«Die Juden sind ein geachteter Teil unserer Gesellschaft. Sie sind strebsam und arbeiten hart», fuhr er fort. «Wieso sollte man sie ächten, sie aus der Gesellschaft ausschließen und vertreiben wollen?»

«Bitte gedulden Sie sich noch einen Moment», bat der hagere Mann, mit einem vielsagenden Blick auf das bereits halb geöffnete Tor. «Das Volk braucht ein Feindbild, um näher zusammenzurücken. Nur ein gemeinsamer Feind vereint im Geiste. Nur ein vereintes Volk ist schlagkräftig genug, um die Weltherrschaft an sich zu reißen.»

Während er sprach entrückte sein Blick gedankenverloren. Unhörbar für seinen Begleiter fügte er nach einer kurzen Pause hinzu: «und die Bevölkerungszahl endlich auf ein gesundes Maß zu verringern.»

Kurz räusperte er sich, bevor er lauter weitersprach. «Sie werden gleich verstehen.»

Noch ehe das schwere Schiebetor vollkommen geöffnet war, schlugen den beiden Männern donnernder Lärm, eine auf der Haut spürbare Wärme und ein intensiver Geruch nach Farbe entgegen.

Für einen Augenblick ließen sie die Eindrücke auf sich wirken. Dann betraten sie im Gleichschritt das Gebäude. Im Inneren war es so laut, dass es fast schon schmerzhaft in den Ohren war.

Schnell holte der Hagere aus der Innentasche seines Nadelstreifensakkos ein Papiertaschentuch hervor, faltete es sorgfältig und riss es in vier Stücke. Während er sich mit der einen Hand begann zwei der Papierstreifen in seine Ohren zu pressen, reichte er mit der anderen Hand die verbliebenen Stücke seinem Gegenüber und gab ihm mit einer knappen Geste zu verstehen, dass er es ihm gleichtun sollte.

Gemeinsam traten sie näher an die Maschine heran, die fast den gesamten Raum des Gebäudes einnahm.

Sie war so hoch wie zwei Mann und bestand aus unzähligen Rollen und Walzen unterschiedlicher Größe, die parallel hintereinander angeordnet waren. Über verschiedene Leitern, Gerüste und Stege konnten auch die schwer zugänglichen Areale der Maschine erreicht werden, um einzelne Walzen auszutauschen, zu säubern oder zu warten.

Die gesamte Maschine bestand fast ausschließlich aus poliertem Metall, das trotz all der Jahre und dem andauernden Einsatz von Farbe nichts von seinem Glanz verloren hatte.

Mit einem Kopfnicken forderte der hagere Mann in dem, für diese Umgebung unangemessen wirkenden, Nadelstreifenanzug seinen uniformierten Begleiter auf, ihm weiter zu folgen.

Er fuhr sich mit der flachen Hand durch die ordentlich zur Seite gelegten dunkelbraunen, dünnen Haare und schritt um die silbern glänzende Maschine herum, bis er schließlich am Ende der Walzen angekommen war und stehen blieb.

Zufrieden lächelnd wartete er, bis sein Begleiter ihm gefolgt war. Dann zeigte er mit ausgestrecktem Finger auf die letzte der Walzen vor sich.

Mit dem rhythmischen Herzschlag eines Zweitaktdieselmotors spuckte die Maschine im Sekundentakt ganze Bögen bedruckten Papiers aus, stanzte sie in einem letzten Arbeitsschritt und entließ ordentlich übereinander gestapelte Einzelblätter in einen Sammelbehälter, der sich am Ende der Druckerwalzen befand.

Mit hoch gezogenen Augenbraunen und einem angedeuteten Kopfnicken lud der hagere Mann seinen Begleiter ein, sich ein Exemplar zu nehmen, um es genauer zu inspizieren.

Widerwillig kam der Mann in der engsitzenden grauen Uniform der Aufforderung nach, wobei sein grimmiger Gesichtsausdruck verdeutlichte, dass er sich hierfür eigentlich keine Zeit nehmen wollte. Mit einem stillen Seufzer feuchtete er Daumen und Zeigefinder an seiner Zunge an und nahm sich eines der Blätter aus dem hüfthohen Stapel heraus.

Mit dem Blick eines Raubvogels beobachtete der hagere Mann das Minenspiel seines Gegenübers. Es fiel ihm sichtlich schwer, sein triumphierendes Lächeln zu unterdrücken, als er die deutlich geweiteten Augen und die leichte Rötung der Wangen des Uniformierten sah.

Es dauerte einen Moment, bis der Mann in der grauen Uniform den Text auf dem Flugpapier gelesen und sich aus seiner Starre gelöst hatte. Dann hob er seinen Blick und sah sein Gegenüber entschlossen an.

Der hagere Mann im Nadelstreifenanzug nickte zustimmend, drehte sich um und verließ das Backsteingebäude in dem Wissen, dass sein Begleiter ihm folgen würde.

Auf dem weitläufigen Innenhof der Druckerei angekommen wandte sich Adolf Hitler sofort an den zufrieden lächelnden Mann im Nadelstreifenanzug. Mit geweiteten Augen zeigte er auf das Flugblatt, das er noch immer in der Hand hielt.

In großen geschwungenen Lettern stand dort: «Deutsche! Wehrt Euch gegen Juden!»

Für einen Augenblick schien es, als würde ein eigenwilliger Glanz in seinen Augen aufleuchten. Dann nickte er seinem Gegenüber bestätigend zu.

«Sie hatten Recht, Herr Goebbels! Das deutsche Volk muss sich einen und endlich gegen die Juden zur Wehr setzen!»

IHRE LETZTE CHANCE

Wenige Tage vor dem letzten Morgen

«Willst du dieses Mal nicht doch mitkommen?»

Die Stimme klang freundlich aufmunternd und nur wenig fordernd. Die Klangfarbe erinnerte sie an ihre Mutter, die einen ganz ähnlichen Tonfall anschlug, wenn sie ihre Tochter einmal mehr dazu bewegen wollte, aus sich herauszukommen.

«Mira?», fragte die Stimme noch einmal etwas forscher und riss die brünette Frau aus ihren Gedanken.

Mira nahm die Hand von der Computermaus und drehte sich in ihrem schwarzen Bürostuhl langsam um.

«Es ist gleich fünf.»

Mit großen Augen blickte Heike in einer übertriebenen Geste auf ihr linkes Handgelenk und wartete auf eine Reaktion ihres Gegenübers. Mira sah sie verständnislos an.

«Es ist der zweite Freitag im Monat», ergänzte sie, als würde dies alles erklären.

Mira runzelte die Stirn und versuchte halbherzig den Gedankengängen ihrer Kollegin zu folgen. Sie war ganz kurz davor gewesen, die entscheidende Eingebung zu haben, dachte sie verärgert.

Eine Weile verging, in der beide Frauen sich wie trotzige Bergmassive gegenüberstanden und wortlos ansahen.

«Kneipenabend!», rief Heike fröhlich, wobei Mira der leicht gereizte Unterton nicht entging, der sich in die Klangfarbe ihrer Kollegin gemischt hatte. «Es ist Feierabend! Mark, Jens, Silke und ich wollen gleich ins Irish-Pub am Marktplatz. Hast du dieses Mal Lust mitzukommen?»

Mira atmete schwer ein, hielt die Luft für einen Moment tief in sich und ließ sie schließlich hörbar gequält durch die Nase austreten. «Tut mir leid», sagte sie schließlich gedehnt. «Heute ist Abgabe!»

«Dann wird es dieses Mal wohl wieder nichts.»

Während Heikes Mundwinkel Mitleid andeuteten, konnten

ihre Augen nicht verbergen, dass sie mit dem Ausgang des Gesprächs nicht unbedingt unzufrieden war. Sie hatte für das Büroklima alles getan und wirklich jeden Mitarbeiter der kleinen Werbeagentur gefragt, ob er mitkommen wollte. Dass Mira einmal mehr absagte, schien ihr nicht allzu sehr zu missfallen. Mit einem Schulterzucken drehte sie sich schließlich um und verließ das Büro.

Verärgert blickte Mira ihrer Kollegin nach. In Gedanken nahm sie sich fest vor, an den kommenden Irish-Pub Freitagen von zu Hause aus zu arbeiten, um sich und ihren Kollegen die allmonatliche Farce zu ersparen. Reichte es nicht aus, miteinander zu arbeiten? Musste man auch noch über die verordneten gemeinsamen Pflichtstunden hinaus seine Freizeit miteinander verbringen?

Nachdenklich schüttelte sie den Kopf. Sie konnte ganze Wochenenden damit verbringen, aus dem Erker ihres Lieblingsplatzes zu schauen. Sie konnte wieder und wieder denselben Artikel einer spannenden Fachzeitschrift lesen. Sie konnte sich stundenlang darüber Gedanken machen, wie ungerecht die Ressourcen der Erde verteilt waren. Aber sich am Smalltalk der anderen beteiligen und dabei verschwörerisch zu lächeln während über einen Kollegen, die jüngsten Entscheidungen der Politik oder den umweltverschmutzenden Verbrauch an Papierservietten hergezogen wurde, war einfach nicht ihre Welt.

Nie hatte sie verstanden, warum ständig alles besprochen werden musste. Alles musste bequatscht, von zehn Seiten beleuchtet, hinterfragt und weitergetratscht werden. Wenn nicht mit seinem Gegenüber, dann über das Internet oder das Handy.

Die Gesellschaft war so falsch. Jeder schrie mit erhobener Faust nach Datenschutz und zeigte im gleichen Atemzug bereitwillig, wo er gerade war, was er gestern gegessen hatte, und wie sein aktueller Gefühlsstatus war. Was immer man tat, fotografierte man und teilte es mit den anderen, die begierig darauf warteten, es ausgiebig zu bewerten und zu kommentieren.

«Ein Penny für deine Gedanken» flüsterte sie verächtlich, während sie langsam den Kopf schüttelte.

Früher noch waren Gedanken etwas Intimes. Ein Gut, das noch etwas wert war. Nicht umsonst hieß es Gedankengut, auch wenn dieses Wort in der heutigen Gesellschaft nur noch dann benutzt wurde, wenn es um das Recht auf Tantieme ging.

Miras haselnussbraune Augen richteten sich wieder auf die zwei schwarz gerahmten, nebeneinander stehenden 24 Zoll Monitore vor ihr.

Strahlendes Weiß leuchtete ihr trotzig entgegen, als wollte es sie verhöhnen. Sie war ideenlos.

Noch einmal versuchte sie, das unermüdliche Rauschen der Druckmaschinen im benachbarten Plotterraum zu ignorieren, den Feinstaub der Phalanx an Laserdruckern, der schwer in der Luft lag und die Nase etwas kitzelte, auszublenden und sich auf ihre Aufgabe zu konzentrieren.

Eigentlich mochte sie ihren Job. Sie liebte es, autark am PC zu arbeiten. Sie hatte keinen Kundenkontakt und wurde die meiste Zeit auch nicht von anderen Mitarbeitern behelligt. Ihr Bürozimmer war eines der wenigen im Souterrain, das ihre Kollegen bei der Zimmerwahl verschmäht hatten, weil es nur ein Fenster hatte mit Ausblick über den kleinen Garten des Bürogebäudes hatte.

Abgesehen von ihrem Chef saßen alle ihre Kollegen in einem Großraumbüro im ersten Stock, wo es, ganz anders als bei Mira, stets hektisch zuging wie in einem Bienenstock. Ständig klingelten mehrere Telefone gleichzeitig. Die Mitarbeiter pflegten enge Kundenkontakte und tauschten sich über die aktuellen Projekte aus.

Mira liebte die Abgeschiedenheit und Ruhe, die ihr Exilzimmer bot. Sie hatte keine vorgegebene Kernarbeitszeit und nahm sich die Freiheit, an manchen Tagen noch vor Sonnenaufgang zu kommen. An anderen Tagen fing sie erst spät am Nachmittag an, wenn die ersten ihrer Kollegen schon wieder Feierabend machten. Manchmal arbeitete sie von zu Hause aus und kam ganze Tage gar nicht ins Büro, wobei sie sich sicher war, dass dies die meisten ihrer Kollegen überhaupt nicht bemerkten.

Noch einmal versuchte sie, sich auf ihre Aufgabe zu konzentrieren.

Auch wenn sie bereits alles versucht hatte. Schon vier Wochen lang. Sie hatte stapelweise Fachzeitschriften durchblättert und unzählige Webseiten durchsucht. Sie war sogar ins Archiv gegangen und hatte versucht, sich aus alten Vorlagen Inspirationen zu holen. Nichts brachte die zündende Idee. Sie war einfach nicht der kreative Typ, gestand sie sich ein.

Bisher hatte sie ihre Arbeit stets gewissenhaft erledigt. Wenn sie klare Vorgaben hatte, erfüllte sie ihre Aufgaben sorgfältig und zeitgerecht. Doch so gut sie auch darin war, vorgegebene Aufgaben akribisch abzuarbeiten, so schlecht war sie darin, sich selbst kreativ in Projekte einzubringen. Egal wie lange sie ihre Gedanken frei umherschweifen ließ, es wollte sich einfach keine Eingebung finden.

Wieso nur hatte sie diese Aufgabe bekommen? Alles war in Ordnung gewesen, wie es war. Bis zu jenem Tag vor etwa vier Wochen, als Herr Morf sie zu sich in sein Büro geordert hatte.

Ihr Herz raste, als sie die Türklinke zu seinem Büro in der Hand gehalten hatte. *Hätte ich mich vielleicht doch etwas mehr zurechtmachen sollen*, war es ihr in diesem Moment wie ein Blitz durch den Kopf gefahren.

Ihr Chef hatte sie am Tag zuvor zum Termin einbestellt. Sie hatte alle Möglichkeiten gehabt, sich adrett zu kleiden und sich eine Strategie für verschiedene Gesprächsszenarien zurechtzulegen.

Doch das hatte ihrem Wesen zu sehr widerstrebt. Trotzig hatte sie einen ihrer geliebten Kapuzenpullis angezogen. Einen grauen Sweater, der zwar keine Löcher oder Flecken aufwies, dafür aber schon so oft gewaschen war, dass die einst satte Farbe nun maximal als blasses Mausgrau durchging.

Ließ ihr Chef sie bewusst warten, seitdem sie geklopft hatte. *Ist es eine Machtdemonstration? Oder muss er sich noch sortieren und sich die unschönen Worte erst zurechtlegen?*

Auch jetzt noch bekam sie Herzrasen, wenn sie an diesen Moment zurückdachte. Sie war sich so sicher gewesen, dass er sie feuern würde. Nur zu sehr war sie sich darüber im Klaren, dass sie von ihrem Arbeitsumfeld bestenfalls als unscheinbares, graues Mäuschen wahrgenommen wurde, das still und leise seine Arbeit erledigte ohne dabei zu negativ aufzufallen.

Mit Sicherheit lud ihr Chef sie nicht ein, um ihr eine Gehaltserhöhung oder die Zahlung einer Prämie als Belohnung anzubieten. Grübelnd hatte sie in der Nacht zuvor wach gelegen und sich geschworen, mit Fassung zu nehmen, was immer er ihr zu sagen hatte. Keinesfalls wollte sie betteln.

So fest hatte sie sich vorgenommen, ihm stolz in die Augen zu blicken. Doch als sie dann sein Zimmer betreten hatte, hatte sie seinem Blick einfach nicht standhalten können. Eingeschüchtert hatte sie zu Boden geschaut. Alles, was sie sich in diesem Moment gewünscht hatte, war, dass es bitte schnell vorübergehen würde.

Mit einem in die Länge gezogenen «Fräulein Schneider», hatte er seine Rede begonnen.

Unter enormer Kraftaufwendung hatte Mira versucht, gegen den Kloß anzukämpfen, der sich in ihrem Hals bildete.

«Sie arbeiten nun seit fast fünf Jahren in dieser Agentur.»

Firmenpolitik, war es ihr heiß durch den Kopf geschossen. Erst nach einer Zeitspanne von fünf Arbeitsjahren wurde Angestellten eine Abfindung gezahlt, wenn ihnen gekündigt wurde.

«Es wird Zeit für Sie, neue Wege zu gehen!»

Sofort hatte sie gespürt, wie ihr Gesicht rot anlief und sich ihr Körper darauf vorbereitete, in Tränen auszubrechen. Die anschließende rhetorische Pause war ihr unendlich lange vorgekommen.

«Sie machen eine ausgezeichnete Arbeit. Sie sind strukturiert und gut organisiert. Sie erledigen die Ihnen übertragenen Aufgaben gewissenhaft und termingetreu», kurz hatte ihr Chef seine Worte wirken lassen. «Ich würde gerne mit Ihnen den nächsten Schritt gehen.»

Überrumpelt von der für sie unerwarteten Wendung des Gesprächs hatte Mira ihren Vorgesetzten verständnislos angestarrt.

«Es wird Zeit, dass Sie mehr Verantwortung übernehmen.»

Kopfschüttelnd dachte sie an das Gespräch mit ihrem Chef zurück. Er hatte einen neuen Kunden an Land gezogen. Mira sollte das erste Projekt für diesen Kunden abwickeln. Ein kleines Projekt nur. Jedoch ein richtungsweisendes Pilotprojekt zum beiderseitigen Beschnuppern, wie ihr Chef es nannte.

«Wenn Sie hier eine ordentliche Leistung abliefern, kann daraus eine langjährige Kundenbeziehung entstehen!», hatte er immer wieder betont. «Und für Sie wäre es eine wunderbare Entwicklungschance. Ich möchte, dass Sie dieses Projekt zu Ihrem Projekt machen. Dass Sie diesen Kunden zu Ihrem Kunden machen. Sie sollen all seine Wünsche und Bedürfnisse kennen. Erfüllen Sie ihm seine Wünsche, noch bevor er weiß, dass er sie überhaupt hat», hallten seine pathetischen Worte in ihren Ohren wider. «Das ist ein großer Fisch. Und ich traue Ihnen zu, ihn an Land zu ziehen.»

Noch immer starrte Mira auf die beiden blütenweißen Monitore vor sich.

Ihre Aufgabe war es, das erste Werbeplakat für das hiesige Varieté entwerfen. Das erste einer ganzen Reihe von Werbeplakaten, wenn es nach ihrem Chef ging. Dazu vielleicht einige Flyer, Handouts und Werbung in den lokalen Zeitungen oder im Radio. Ein großes Folgepotenzial. Herr Morf ließ ihr freie Hand. Und sie hatte nicht die leiseste Ahnung, was sie tun sollte. Sie war am Ende.

Alles was sie hatte, war eine E-Mail, die ihr Chef ihr nach ihrem Gespräch geschickt hatte. Darin hatte er die Kontaktdaten des Ansprechpartners des Varietés festgehalten und stichpunktartig die erste Aufgabenstellung angerissen: Großflächenplakat, bunt, mit Abmessungen 356 cm auf 252 cm. Stückzahl zunächst kleiner 100. Erste allgemeine Werbung fürs Varieté oder explizit für die anlaufende Show. Aufreißer – muss den Auftraggeber aus den Socken hauen.

Verärgert über sich selbst zog Mira die Stirn kraus.

Vier Wochen hatte sie Zeit gehabt. Nicht einmal in dieser Zeit war sie ins Varieté gefahren, um sich eine Show anzusehen oder wenigstens einen Eindruck von der Lokalität zu bekommen. Nicht einmal hatte sie den Besitzer zum Essen oder auf einen Kaffee eingeladen. Nicht einmal hatte sie mit ihm oder einem anderen Verantwortlichen telefoniert.

Sie hatte sich einfach nicht überwinden können, den Hörer in die Hand zu nehmen. Schon immer hatte sie instinktiv versucht, jegliche menschliche Interaktion zu vermeiden, die nicht zwingend erforderlich war. Es entsprach einfach nicht ihrem Naturell, gestand sie sich frustriert ein. Sie wusste noch nicht einmal, welches Thema die anlaufende Show haben würde.

Verzweifelt starrte sie die großen Monitore an, auf denen die Abmessungen des zu entwerfenden Plakats bereits eingestellt waren. Eine der wenigen definierten Aufgaben, die sie umsetzen konnte. Eine exakte Fläche von 356 cm auf 252 cm von reinstem Weiß verhöhnten sie.

Sie war einfach nicht geschaffen für Kundenkontakt. Sie war einfach nicht geschaffen für kreatives Arbeiten. Sie würde die Erwartungen ihres Chefs auf ganzer Linie enttäuschen.

Heute war Abgabetermin. Sie hatte sich den Tag extra in ihrem Wandkalender rot umrandet. Heute musste das abgestimmte und finalisierte Plakat in den Druck gehen. Bis zum Annahmeschluss um 18:00 Uhr hatte sie noch knapp eine Stunde. Eine Stunde Zeit, um etwas zu entwerfen, das sie in vier Wochen nicht geschafft hatte. Mira vergrub ihr Gesicht in den Händen. Ihr Chef würde sie feuern.

Tief in Gedanken versunken zuckte sie zusammen, als es an ihrer Tür klopfte. Erschrocken drehte sie sich um und sah Herrn Morf in der offenen Tür stehen.

«Heute ist der große Tag, Fräulein Schneider», begann ihr Chef ohne Umschweife. «Aber das muss ich Ihnen ja nicht sagen. Sie fiebern sicherlich schon seit Tagen diesem Datum entgegen, an dem endlich Ihr erster eigener Entwurf in den Druck geht. Ihr erstes eigenes Projekt. Sind Sie am letzten Feinschliff?»

Erwartungsvoll neigte er seinen Kopf ein Stück zur Seite, um einen Blick auf Miras Bildschirme zu erhaschen.

Geschickt folgte Mira seiner Bewegung und versperrte ihm weiter die Sicht. Dabei lächelte sie freundlich und deutete mit einem leichten Kopfnicken an, dass seine Vermutung korrekt war.

«Verstehe, es soll eine Überraschung bleiben», reagierte er mit einem verständnisvollen Gesichtsausdruck.

«Ich zähle auf Sie, Frau Schneider», fuhr er ernst fort. «Das muss ein Knaller werden.»

Wieder lächelte Mira schweigend.

«Naja», seufzte er schließlich, als er merkte, dass sie sich nicht auf eine Konversation einlassen wollte. «Ich folge den Kollegen ins Irish-Pub. Sie können ja später noch nachkommen. Dann können wir auf ihre Abgabe anstoßen.»

Kaum hatte er das Büro verlassen, sackte Mira in sich zusammen. Resigniert ließ sie die Schultern hängen. Sie hatte nicht einen Strich gezeichnet. Sich keinen reißenden Slogan oder geniales Wortspiel einfallen lassen. Sie hatte kein farbenfrohes Logo oder ein lustiges Maskottchen entworfen. Sie hatte gar nichts.

Schlagartig wurde ihr die Tragweite ihres Versagens bewusst. Ihr Chef würde sie fristlos entlassen, noch ehe sie die fünf Jahre Betriebszugehörigkeit erreicht hätte. Sie würde ihre Miete nicht mehr zahlen können. Sie würde ausziehen müssen. Vielleicht würde sie wieder bei ihrer Mutter einziehen und sich wie ein kleines Kind von ihr aushalten lassen müssen. Sie würde ihre hart erkämpfte Selbstständigkeit verlieren.

Heiße Tränen flossen über ihre Wangen. Beschämt vergrub sie ihr Gesicht in den Händen. In Gedanken malte sie sich aus, wie die Kündigung von statten gehen würde. Würde ihr Chef sie anschreien? Würde er ihr sagen, wie unfähig sie war? Ein uneigenständiges, graues Mäuschen, das es nicht einmal schaffte, ein paar Telefonate zu führen? Würde er ihr eine Standpauke halten?

Zähneknirschend flammten Bilder aus ihrer Jugend auf. Wann immer sie etwas ausgefressen hatte, hatte Sandra sie zu sich zitiert. Dann hatte Mira sich vor ihre Mutter aufstellen und eine ihrer nicht enden wollenden Standpauken anhören müssen. Wenn sie dann verschämt den Blick gesenkt hatte, hatte Sandra sie angefahren, sie solle ihr gefälligst in die Augen schauen. Wie sehr hatte sie diese Predigten gehasst.

Würde ihr Chef sie ebenso an den Pranger stellen? Würde er sie vor den anderen Kollegen zusammenstauchen? Unweigerlich begann sie am ganzen Körper zu zittern und weinte hemmungslos.

Erst als sie schließlich einen Entschluss für sich getroffen hatte, öffnete sie schniefend die Augen und wischte sich die Tränen beiseite. Sie würden sie nicht weinen sehen, nahm sie sich fest vor. Egal was passierte.

Trotzig wanderte ihr Blick auf die untere rechte Ecke des Bildschirms. Noch hatte sie zwanzig Minuten Zeit. Noch hatte sie nicht verloren. Noch war sie nicht gefeuert. Noch einmal könnte sie in sich gehen und einen letzten Versuch starten. Ein letztes Aufbäumen. Ihre letzte Chance.

Sie schloss die Augen.

«Du schaffst das!», sprach sie sich mit zusammengekniffenen Augen Mut zu.

Langsam atmete sie tief ein, hielt die Luft lange in ihren Lungenflügeln und ließ sie leise entweichen. Tief tauchte sie in ihre Gedanken ein und analysierte die ihr gestellte Aufgabe vor ihrem geistigen Auge.

Sie stellte die Aufgabe in den Mittelpunkt ihres Denkens und beleuchtete sie von allen Seiten strahlend hell. Nichts sollte ihr verborgen bleiben. Nichts sollte ihr entgehen. Sie nahm sich die Zeit, die sie brauchte. Ob es Sekunden, wenige Minuten oder eine halbe Stunde dauerte, konnte Mira nicht mit Gewissheit sagen.

Doch dann sah sie es.

Sie sah die Aufgabe, den Weg und die Lösung. Sah den Auftraggeber und dessen Bedürfnisse. Sie sah seine Sorgen und Ängste. Sah seinen Wunsch, möglichst viele Menschen zu erreichen, anzusprechen und davon zu überzeugen, ins Varieté zu kommen. Sie sah die Menschen, die das Plakat erreichen sollte. Und sie sah das Plakat, das die Menschen erreichen sollte.

Mit geschlossenen Augen griff sie nach der Maus. Zielsicherer steuerte sie den Mauszeiger an genau die Stelle, an der er zu liegen kommen sollte. Selbstsicher klickte sie, ließ die Maus los und führte ihre Hände zur ergonomisch geformten Tastatur vor sich. Dort ließ sie ihre schlanken Finger für einen Moment ruhen als lägen sie auf einem scheuen Pferd, das sich erst an die Nähe des neuen Besitzers gewöhnen sollte.

Frei von jeglichen Zweifeln tippte sie, klickte erneut und tippte wieder.

Lächelnd übertrug sie das Abbild aus ihrem Kopf in die Realität der Monitore. Als das Bild, das die Augen sehen sollten, fertig war, verlieh sie der Botschaft, die es übertragen sollte, ein Leuchten. Hell wie ein Leuchtturm, wie ein Leuchtfeuer in der Nacht, wie der Morgenstern an einem wolkenlosen Himmel, sollte die Botschaft erstrahlen, so dass alle sie sahen.

Mira spürte, wie die Botschaft wuchs und sich zur absoluten Reinheit entfaltete.

Doch je größer und reiner die Botschaft wurde, desto mehr Anstrengung kostete es sie.

Schnell breiteten sich Kopf-, Nacken- und Gliederschmerzen in ihrem ganzen Körper aus. Jeder ihrer Muskeln brannte. Aber sie wollte nicht aufgeben. Sie musste die Botschaft vollenden. Vervollkommnen.

Entschieden ignorierte sie den Schmerz und gab sich ganz der Botschaft hin. Mit einem Lächeln auf den Lippen spürte sie, dass dies ihr einziger Zweck war. Ihr Sinn im Leben.

Ein letztes Mal wanderte ihre Hand zur Maus. Mit noch immer geschlossenen Augen speicherte sie ihr Werk ab und verschickte den Auftrag an die Druckerei.

Im gleichen Moment, als die E-Mail den Rechner verließ, um in die Welt hinausgetragen zu werden, brach Mira in ihrem Bürostuhl zusammen.

ETRHÄFEG

Wenige Tage vor dem letzten Morgen

Mit einem ernsten, fast traurigen Blick sah der Tigergreif an Samu vorbei und betrachtete für einen Moment die Sonne, die bereits weit über dem Zenit stand.

«Die Sonne wird bald untergehen», stellte er nüchtern fest. «Dein Traum endet.»

Verwirrt drehte Samu sich um und verfolgte die Bahn des hell strahlenden Himmelsgestirns. Er hätte schwören können, dass sie gerade erst aufgegangen war, kurz bevor Xam am Himmel erschienen war.

«Die Zeit folgt hier anderen Regeln», schien der Tigergreif Samus Gedanken zu erraten.

Unzählige Fragen schossen Samu zugleich durch den Kopf. Was für ein Wesen war dieser Traumweiser, der ihm von nun an mit seinem Rat zur Seite stehen wollte? Was meinte er damit, die Weltenmaler auf den richtigen Weg bringen zu müssen?

Noch einmal ging er das Gespräch mit dem Wesen in Gestalt des Tigergreifen im Geiste durch. Hatte er wirklich gesagt, dass alles genau das sein könnte, was immer er sich vorstellte? Was meinte er mit den Worten hier und dort? Überall? Sollte das heißen, Samu konnte nicht nur seine Träume beeinflussen?

Ihm schwirrte der Kopf. So vieles war noch ungesagt. Er spürte, dass nur dieser Traumweiser ihm helfen konnte, die Rätsel der vergangenen Tage zu lösen. Könnte er nur mehr Zeit mit dem Tigergreifen verbringen.

Ein leichter Anflug von Panik stieg in ihm auf, als er das farbenfrohe Wesen betrachtete. Würde er es noch einmal schaffen, bunt zu träumen? Könnte er auf diese Weise wieder in Kontakt mit dem Traumweiser treten? *Und was wenn nicht?*

Immer wieder drehte er sich hastig zur Sonne. Sie war kurz davor unterzugehen. Rote Schatten legten sich bereits auf den Hügel. So sehr wünschte er sich, mehr Zeit mit dem Tigergreifen zu verbringen.

Samus Gedanken überschlugen sich. *Wenn meine Zeit mit dem Tigergreifen hier begrenzt ist, vielleicht könnte ich...* für einen Moment hielt er inne.

Wenn der Tigergreif wirklich recht mit seinen Andeutungen hat und ich tatsächlich die Wirklichkeit verändern könnte...

Er traute sich nicht, den Gedankengang bis ans Ende fortzuführen.

Wenn ich Elemente aus meinen Träumen über die Grenzen der Traumwelt hinaus in die Realität bringen könnte?

Energisch unterbrach er sich selbst. Zu weitreichend waren die Folgen.

Doch der begonnene Gedanke wollte sich nicht auflösen.

Mit einem Schmunzeln stellte Samu sich vor, wie es wohl wäre, wenn er im echten Leben einen Tigergreifen als Gefährten hätte. Ein Wesen, dass es schaffte, den Brückenschlag zwischen der so eintönig langweiligen Realität und der wunderbaren Welt der Fantasie zu bilden. Ein fantastisches Wesen, das ihn treu begleitete und ihm mit all seiner Macht und seinem Wissen zur Seite stünde.

Mit einem Kopfschütteln verwarf er traurig den schönen Gedanken. Er hatte Max. Der Australian Shepherd war der treue Gefährte seiner Wirklichkeit. Und Samu konnte sich nicht vorstellen, dass Max einen anderen Gefährten neben seinem Herrchen akzeptieren würde.

Doch es musste eine Möglichkeit geben. *Nein. Das kann nicht funktionieren.*

Mit dem pochenden Wunsch einen Weg zu finden, den Tigergreifen mit seiner Realität in Einklang zu bringen, schloss Samu die Augen. Ruhig verharrte er und ließ den Gedanken in seinem Geist freien Lauf, ließ sie wachsen und gab ihnen bunte Flügel.

Auf seiner Haut spürte er, wie die Kraft der Sonnenstrahlen verebbte.

Langsam öffnete er die Augen. Er lag in seinem Bett. Mit einer Hand fuhr er sich an seine Stirn. Er hatte rasende Kopfschmerzen. Während er sich langsam mit Daumen und Zeigefinger die Schläfen massierte, verflog langsam der intensive Geruch der in voller Blüte stehenden Sonnenblumen.

Noch einmal ging er den Traum in Gedanken durch. Auch wenn er große Teile nicht wirklich zuordnen konnte, hatte er es doch zumindest geschafft, endlich bunt zu träumen. Wie ein Blitz zuckte er zusammen. *Träume bunt.* Langsam nahm er die Hand von seinem Kopf und suchte mit den weit geöffneten Augen die Zimmerdecke nach den schwarzen und bunten Buchstaben ab. Doch dort, wo sie stehen sollten, fand er nur ein großes Loch in der Decke. Die Botschaft war verschwunden.

Stirnrunzelnd ging er in die Küche, um sich ein Glas Wasser zu holen. In großen Zügen trank er gierig und schenkte sich gleich ein weiteres Glas ein. Vielleicht würde eine Dusche helfen, die Kopfschmerzen zu vertreiben. Mit gesenktem Blick schlurfte er aus der Küche und bog in Richtung Badezimmer ab. Doch irgendetwas irritierte ihn.

Nachdenklich zog er die Augenbrauen zusammen. Aus dem Augenwinkel sah er etwas auffällig Farbenfrohes. Er blieb stehen. Langsam drehte er seinen Kopf und ließ seinen Blick für eine Zeit lang ungläubig auf Max Körbchen ruhen.

Zweimal blinzelte er und rieb sich die Augen mit Zeigefinder und Daumen. Schlief er doch noch? Träumte er bloß?

Im Körbchen seines treuen Australian Shepherds lag ein Wesen, das in roten und blau-schwarzen Farbtönen die triste Wirklichkeit seiner Wohnung überstrahlte. Es hatte sich wie ein Hund zusammengerollt und schlief.

Vorsichtig trat Samu etwas näher und kniete sich vor dem Körbchen hin. Nun erkannte er deutlich das blau-schwarz getigerte Fell der Hinterläufe und des Rückens, der zum größten Teil von dem roten Gefieder der Flügel verdeckt war. Als wäre das weiche Gefieder eine schützende Bettdecke, hatte das Wesen seinen Schnabel unter dem vorderen Teil des Flügels verborgen.

Unschlüssig blickte Samu sich in seiner Wohnung um. Alles war wie immer. All seine Gegenstände waren genau an dem Platz, wo sie hingehörten. Gewohnte Eintönigkeit. Sogar die Unordnung in seinem Zimmer war genau so, wie er sie hinterlassen hatte. Alle Gegenstände waren, wenn auch in gedeckten Tönen, farbig, nicht wie in seiner größtenteils schwarz-weißen Traumwelt. Es war kein Traum.

Ungläubig wanderte sein Blick wieder auf das Wesen vor ihm. Lange betrachtete er die getigerten Hinterläufe, bis sein Blick weiter zum roten Gefieder der Flügel und schließlich zum adlerförmigen Kopf wanderte.

Es war unumstritten. Es war der Tigergreif, von dem Samu sich eben noch so sehr gewünscht hatte, er könnte ihn in die Wirklichkeit begleiten. Alles stimmte bis aufs kleinste Detail, abgesehen davon, dass das Wesen, das nun vor ihm lag, nur etwa halb so groß war, wie der Tigergreif, der in seinem Traum eben noch zu ihm gesprochen hatte. Er hatte viel mehr die Größe von Max.

Noch immer kniete Samu vor dem Hundekörbchen und betrachtete den nun deutlich kleineren Tigergreifen fasziniert. Er hatte den katzenartigen Schwanz wohlig zusammengeringelt. Die schlitzförmigen Augen waren geschlossen. Hin und wieder zuckte einer der Hinterläufe, wie auch Max es manchmal tat, wenn er im Traum einer Beute nachstellte.

Samu legte die Stirn in Falten, als er ein weiteres Detail fand, das neben der Größe nicht mit dem Bild aus seinem Traum übereinstimmte. Um den gefiederten Hals trug der Tigergreif ein abgetragenes, dunkelbraunes Lederhalsband. Samu konnte sich noch gut erinnern, wie er es seinem Hund vor etwa zwölf Jahren gekauft und das erste Mal angelegt hatte.

Langsam beugte er sich vor, stets darauf bedacht, kein unnötig lautes Geräusch zu verursachen, das das Wesen vielleicht aufwecken könnte.

Vorsichtig griff er nach dem Halsband und fuhr langsam mit der Hand über das raue Leder. Es gab keinen Zweifel. Es war Max Halsband. Nachdem seine Hand ein gutes Stück am Lederhalsband entlang geglitten war, ertastete sie schließlich halb unter dem Gefieder verborgen, das, wonach er gesucht hatte.

Vorsichtig hob er den silbernen Anhänger etwas an, um in besser sehen zu können. Er legte ihn auf die Innenseite seiner flachen Hand und betrachtete den Namen, der in das runde Silber gestanzt war. In großen Druckbuchstaben las er MAX, den Namen seines Hundes.

Mit einem Lächeln erinnerte er sich daran zurück, wie er dem ungläubig dreinblickenden Verkäufer erklärt hatte, er solle die drei Buchstaben bitte nicht nur in das Metall, sondern durch das Metall stanzen.

Ein vages Gefühl hatte Samu damals zu der Überzeugung gebracht, es wäre wichtig, dass man die Buchstaben von beiden Seiten des Namensanhängers lesen konnte. Warum wusste er nicht. Jedoch ließ sein Gefühl damals keinen Widerspruch zu. Der Verkäufer musste erkannt haben, wie wichtig seinem Kunden dieses Detail war, denn er erklärte ihm mit einem bedauernden Blick, der einstudiert wirkte, dass seine Stanzmaschine dafür leider nicht ausgelegt wäre und dass es deshalb ein sehr teures Unterfangen werden würde. Alles Handarbeit.

Gedankenverloren drehte er den Anhänger in seiner Hand, um sich davon zu überzeugen, dass die Buchstaben auch von hinten zu lesen waren. Ein letzter Beweis dafür, dass es tatsächlich das Halsband seines Hundes war.

Sein Herz schien für einen Moment auszusetzen, als er die drei Buchstaben auf der Rückseite des Anhängers betrachtete. Mit weit geöffneten Augen formte sein Mund stumm die Buchstaben, die er vor sich sah: «XAM».

Verständnislos starrte er auf die drei Buchstaben auf dem Anhänger des Hundehalsbandes. *Wie ist das möglich?* Konnte es ein Zufall sein, dass der Name seines fantastischen Gefährten rückwärts genauso hieß, wie der Name seines treuen Begleiters der Realität? Hatte er schon damals, als er den Gefährten für seinen Mönchavatar erschaffen hatte, unbewusst eine Verbindung zu seinem wahren Gefährten aufgebaut? Hatte er so eine Brücke zwischen der Welt der Fantasie und der Realität geschaffen?

Tief in Gedanken versunken, bemerkte er nicht, wie sich langsam das schlitzförmige rote Auge des Tigergreifen öffnete. Sofort zog sich dessen Iris zusammen und fokussierte den vor dem Körbchen knienden Menschen.

Vor Schreck ließ Samu den Anhänger los und zog seine Hand ein Stück zurück, als er schließlich die offenen Augen des Wesens bemerkte.

Der Tigergreif holte ruckartig den Schnabel unter dem Flügel hervor, hob seinen adlerförmigen Kopf an und stellte die Vorderbeine auf. Kaum zwei Herzschläge hatte es gedauert bis er vor Samu saß. Sein Kopf verweilte direkt vor Samus Gesicht.

Die schlitzförmigen Augen fixierten ihn mit einer Mischung aus Neugier und Härte.

Schnell erkannte Samu, dass er in seiner knienden Position keine Chance hatte, wenn sich der Tigergreif dazu entscheiden sollte, den Mensch vor dem Hundekörbchen als Bedrohung, Gefahr oder Beute zu sehen. Der mächtige, messerscharfe Schnabel musste nur ein Stück vor zucken und würde ihm vermutlich mit einem Stoß das halbe Gesicht zertrümmern.

Für einen Moment verharrten beide regungslos, scheinbar unschlüssig, wie sie mit der neuen Situation umgehen sollten. Es war Samu, der sich zuerst aus seiner Starre löste und sein Gegenüber mit ruhiger, beschwichtigender Stimme ansprach.

«Guten Morgen, Xam. Schön, dass du mich in meine Welt begleitet hast. Ich habe noch viele Fragen an dich.»

Als verstünde das Wesen die behutsam ausgesprochenen Worte nicht, legte es seinen Kopf schräg und blickte Samu unschlüssig an.

Stirnrunzelnd erkannte Samu, dass die unsichere Art, wie das Wesen vor ihm diese Geste ausführte, viel eher zu Max passte, als zu dem selbstsicheren Tigergreifen. Er glaubte sich zu erinnern, dass auch der Tigergreif in seinem Traum den Kopf leicht schräg gelegt hatte, doch hatte diese Geste des stets majestätisch und allwissend gewirkt und nicht unsicher. In seinem Traum war die Geste des Tigergreifen eher herablassend, so als würde er sich über Samus kindliche Unwissenheit amüsieren.

«Du bist doch Xam, oder?», fragte er etwas verunsichert.

Für einen unendlich langen Moment blickte das Wesen ihn mit noch immer schräg gehaltenem Kopf an.

Dann neigte es das eindrucksvolle Adlerhaupt langsam und beugte sich vor, bis sein Schnabel direkt über Samus noch immer ausgestreckter Hand verharrte. Langsam öffnete es den mächtigen Schnabel.

Mit einer silbrig roten Zunge leckte er Samu über den Handrücken, als würde diese Geste alles erklären. Dann knickte der Tigergreif seine Beine ein und legte sich scheinbar zufrieden wieder ins Körbchen. Er vergrub den Schnabel unter seinem Flügel und schloss müde die Augen.

Samu verfolgte die Szene vor ihm ungläubig. So sehr das Wesen, das nun friedlich im Körbchen seines Hundes lag, vom Äußeren her dem Tigergreifen Xam glich, erinnerte dessen gesamte Art Samu viel mehr an Max. Als wären beide Wesen eine Art Symbiose eingegangen und hätten sich zu einem Zwitterwesen vereint.

Noch immer versuchte er die Situation auch nur im Ansatz zu verstehen, als ihn ein durchdringendes Geräusch aus seinen Gedanken riss.

Es dauerte eine Weile, bis er realisierte, dass es an seiner Wohnungstür klingelte. Schnell wurde ihm bewusst, dass er zu lange gebraucht hatte, das Klingelgeräusch der Realität zuzuordnen, als es ein zweites und gleich darauf ein drittes Mal klingelte. Die Person, die vor der Tür stand, schien es ernst zu meinen.

Samu fuhr dem Tigergreifen behutsam durch das weiche Gefieder. Das mächtige Wesen hielt die Augen geschlossen und schien sich auch durch das vehemente Klingeln nicht von seinem Schlaf abbringen lassen zu wollen.

Noch während er aufstand und in Richtung seiner Wohnungstür lief, klingelte es zwei weitere Male kurz hintereinander. Samu glaubte einen gewissen Zorn aus der schnellen Abfolge der Klingeltöne schließen zu können.

Gedankenverloren öffnete er die Tür und blickte überrascht in das rot angelaufene Gesicht seiner Vermieterin. Es verging keine Sekunde, bis Frau Stenzel in schrillen Tonfall begann zu keifen.

«Na vielen Dank auch, dass Sie sich doch bemüßigt gefühlt haben, mir die Tür zu öffnen», polterte sie in bahnbrechender Geschwindigkeit los.

Dabei trat sie noch während des ersten Halbsatzes einen Schritt auf Samu zu und überschritt ungefragt die Türschwelle.

Überrumpelt blickte Samu seine Vermieterin an. Sie hatte es sich in den letzten Jahren zur Gewohnheit gemacht, seine Wohnung unaufgefordert zu betreten.

Schon öfter hatte er sich vorgenommen, sie deshalb zurechtzuweisen. Doch wenn es dann so weit war, hatte er niemals den Mut dazu aufgebracht. Noch ehe er Luft holen konnte, um etwas zu erwidern, schob sich Frau Stenzel an ihm vorbei und trat einen weiteren Schritt in seine Wohnung hinein.

Erst jetzt erfasste Samu die Situation. Panisch realisierte er, dass Frau Stenzel auf keinen Fall den Tigergreifen sehen durfte.

Schnell trat er ein Stück zu Seite, um ihr den Weg in seine Wohnung zu versperren. Dabei versuchte er, sich möglichst breit zu machen, um ihr die Sicht auf das fantastische Wesen zu nehmen.

«Was kann ich für Sie tun, Frau Stenzel», fragte er mit einem gewinnenden Lächeln.

«Erst neulich hatte ich Sie auf den Lärm in Ihrer Wohnung angesprochen. Und nun fangen Sie mitten in der Nacht an zu hämmern, als wären wir in einer schwarzafrikanischen Erzmine. Welcher Teufel hat Sie bloß geritten, Herr Amundsen?», wetterte sie unentwegt weiter. «Oder haben Sie sich überlegt, über Nacht mal eben ein paar Wände rauszureißen? Sind Sie von allen guten Geistern verlassen?»

Vehement trat Frau Stenzel einen weiteren Schritt vor. Samus zaghaften Versuch, sich ihr erneut in den Weg zu stellen quittierte sie mit den entrüsteten Worten «Ich habe das Recht, zu sehen, was Sie in meiner Wohnung veranstaltet haben.» Dabei schob sie Samu kurzerhand beiseite und ging zwei weitere Schritte in die Wohnung hinein. Sie stemmte die Hände in die Hüften und blickte sich im Zimmer um.

Schnell versuchte Samu die Aufmerksamkeit auf sich zu lenken.

«Aber Frau Stenzel. Ich muss Sie doch sehr bitten. Auch ich habe Rechte als Mieter.»

Verärgert über sich selbst, bemerkte er, wie schwach und unsicher seine Stimme klang. Er gehörte einfach nicht zu dem Schlag Menschen, die ihre Rechte mit Bestimmtheit durchsetzten.

«Was Sie vergangene Nacht gehört haben, war sicherlich wieder mein Computerspiel. Es wird nicht wieder vorkommen.» Mit einem schuldbewussten Blick fügte er hinzu: «Oder glauben Sie etwa wirklich, ich hätte in der Nacht auf meinem Bett gestanden und mit einem Eispickel ein Loch in die Zimmerdecke gehämmert?»

Samu bemerkte, wie sich die dunkelrote Farbe im Gesicht seiner Vermieterin langsam verflüchtigte. Er hatte sie. Mit einem tiefen Seufzer blickte sie ihn an.

«Ich möchte, dass das aufhört, Herr Amundsen», schloss sie beschwichtigt, nachdem sie im Wohnzimmer keine größeren Beschädigungen feststellen konnte. Dabei wandte sie sich zum Gehen und machte einen Schritt in Richtung Tür.

Erleichtert wollte er schon aufatmen, als sie sich erneut zu ihm umdrehte.

«Nichts für ungut. Aber kümmern Sie sich mal um Ihre Unordnung, Herr Amundsen», dabei ließ sie noch einmal demonstrativ ihren Blick über die Klamotten, Pizzakartons und Energydrink-Dosen wandern, die Samu noch immer nicht beseitigt hatte.

Gerade wollte er ein weiteres Mal Besserung geloben, als er bemerkte, wie die Farbe im Gesicht seiner Vermieterin erneut eine erschreckend dunkle Färbung annahm. Ihre Augen weiteten sich ungläubig, als ihr Blick auf das Hundekörbchen hängen blieb.

«Was beim Allmächtigen ist das?»

«Was meinen Sie?», fragte Samu unschuldig. «Sie kennen doch meinen Hund Max.»

«Aber», stammelte sie scheinbar außer Stande, die Situation in Worte zu fassen. «seit wann hat er rote Federn? Sind das Flügel? Was haben Sie mit dem Tier gemacht?»

«Das kennen Sie nicht? Das ist der neueste Schrei aus Asien», stammelte Samu. «So wie … äh», kurz musste er sich die Worte zurechtlegen «so wie an Halloween sich die Kinder in Amerika verkleiden, verkleiden die Asiaten am … äh … Tsingtao Fest ihre Haustiere … äh … wie Superhelden eben. Ich wollte das auch mal ausprobieren und Max scheint es zu gefallen.»

Für einen Augenblick herrschte ein angespanntes Schweigen zwischen Mieter und Vermieterin.

«Die spinnen, die Schlitzaugen», grummelte Martha Stenzel kopfschüttelnd mehr zu sich selbst, bevor sie sich wieder an Samu wandte «Sie wissen ganz genau, dass ich eigentlich keine Tiere im Haus dulden müsste. Sie beenden gefälligst diesen

Schmarrn auf der Stelle und bringen meine Wohnung wieder in einen ordentlichen Zustand.»

Mit den Worten «Ich will keine nächtlichen Störungen mehr, sonst sehe ich mich gezwungen die Polizei zu rufen, Herr Amundsen», verließ sie seine Wohnung.

DAS PLAKAT

Wenige Tage vor dem letzten Morgen

Mira saß im Schneidersitz auf ihrem Bett. Auch wenn es schon beinahe Mittag war, trug sie noch immer ihren Pyjama. Ihre Bettdecke hatte sie eng um den Körper geschlungen.

Fast das ganze Wochenende hatte sie in dieser Haltung verbracht. Aus Scham? Aus Angst? Mira wusste es nicht genau. Alles was sie wusste, war, dass ihr kalt war, und dass sie definitiv nicht bereit war, wieder ins Büro zu gehen.

Drei Tage waren vergangen, seit sie den Entwurf ihres Plakats in den Druck gegeben hatte. Immer wieder hatte sie versucht, ihre letzten Arbeitsschritte nachzuvollziehen und einen Sinn in das zu bekommen, was sie getan hatte.

Hatte sie wirklich innerhalb weniger Minuten mit geschlossenen Augen ein Plakat entworfen und es ungesehen in den Druck gegeben? Das passte so gar nicht zu ihr. Alles schien ihr wie ein ferner Traum.

Erst kurz vor Mitternacht war sie im Büro aufgewacht. Sie musste über fünf Stunden mit dem Kopf auf dem Schreibtisch geschlafen haben. Wie sie es in der unbequemen Position auf dem Bürostuhl ausgehalten haben konnte, war ihr unverständlich.

Es war, als wäre ihr Körper wie nach einem immensen Kraftakt einfach zusammengebrochen und hätte sich die Ruhepause geholt, die er so dringend benötigte. Alles hatte geschmerzt. Ihre Muskeln hatten, wie nach einem Marathonlauf, gebrannt. Ihr Nacken hatte sich angefühlt, als wäre eine Elefantenhorde darüber marschiert. Sie hatte unglaubliche Kopfschmerzen gehabt.

Im Nachhinein war sie unendlich dankbar gewesen für ihr Einzelzimmer, das fernab des Großraumbüros der anderen lag. Nicht selten kam es vor, dass der ein oder andere ihrer Kollegen, alleine oder in zweisamer Gesellschaft, nach einem Kneipenabend angeheitert noch einmal ins Büro kam, um eine vergessene Jacke zu holen, unflätige Aufnahmen auf dem Kopierer zu machen oder die Kosten für ein Stundenhotel zu sparen. Schon beim bloßen

Gedanken daran, dass ihre Kollegen sie so vorgefunden, im Halbkreis um sie herumgestanden, auf sie gezeigt, gelacht und Fotos gemacht hätten, lief ihr Gesicht rot an.

Fortwährend schaute sie auf ihr Handy, prüfte ihre E-Mails und checkte die Facebook-Seite ihres Büros.

Noch hatte niemand Fotos von der schlafenden Frau Scheider veröffentlicht. Noch hatte niemand sich über den Komplettausfall ihres ersten Projekts amüsiert. Noch zerrissen sich ihre Kollegen nicht das Maul über ihr Versagen. Doch das war nur eine Frage der Zeit, wusste sie nur zu gut.

Keinesfalls konnte sie jetzt einem ihren Kollegen oder gar ihrem Chef unter die Augen treten. Den ganzen Montag war sie zu Hause im Bett geblieben. Ständig hatte sie bange ihr Telefon angeblickt. Doch noch hatte Herr Morf nicht angerufen. Vielleicht war es ihm bisher nicht aufgefallen, dass sie unentschuldigt fehlte. Vielleicht bereitete er aber auch schon das Kündigungsschreiben vor. Ein bedrückender Mix aus Angst, Enttäuschung, Selbstmitleid und Verachtung waberte seit drei Tagen in ihr.

Sonntag war der schlimmste Tag gewesen, rechnete sie erneut nach.

Freitagabend hatte sie den Entwurf in den Druck gegeben. Es hatte keine Rückfragen gegeben. Die Proportionen und die RGB-Farbkodierung waren korrekt angelegt. Die Stückzahl war definiert. Der Druckauftrag war klar. Es gab anscheinend keinen Grund für Rückfragen.

Samstag liefen die Druckerpressen auf Hochtouren, so dass die fertigen Plakate an die Plakatiertruppe ausgegeben werden konnten, die ihre Arbeit in der Nacht von Samstag auf Sonntag verrichtet haben mochten.

Seit Sonntagmorgen mussten nun einhundert von ihren Plakaten die Stadt verschandeln.

Wie sie wohl aussehen, fuhr es ihr nochmals durch den Kopf. Sie hätte die Versandmail von ihrem Handy aus abrufen können. Doch das traute sie sich, trotz all der Neugier, einfach nicht.

Noch immer hatte sie ihren eigenen Entwurf nicht gesehen. Auch hatte sie keine Erinnerung – ja nicht mal eine vage Vorstellung von dem, was sie an dem Abend in ihrem Kopf entworfen und letztendlich in die Wirklichkeit hinaus getragen hatte.

Sie wusste, dass es sich irgendwie gut angefühlt hatte. Irgendetwas tief in ihr hatte ihr zugerufen, dass das, was sie tat, genau richtig war. Das einzig Richtige. Doch wie nur hatte sie diesem Gefühl blind vertrauen können? Das sah ihr so gar nicht ähnlich.

Seit drei Tagen tat sie alles, um die widerstreitenden Gedanken aus dem Kopf zu verbannen. Immer wieder versuchte sie, sich abzulenken und blätterte die aktuelle Ausgabe der Geoscience durch, die auch jetzt aufgeschlagen auf ihren Knien lag.

Schon fünfmal hatte sie den Leitartikel gelesen, in dem es um die Ressourcenverteilung der Erde ging. Gleich zu Beginn des Berichts war eine Weltkarte abgebildet, auf der die einzelnen Kontinente in verschiedenen Rot- und Grüntönen dargestellt waren. Einmal mehr widmete sie ihre volle Aufmerksamkeit der Abbildung und versuchte, ihre Gedanken auf das Dargestellte zu konzentrieren.

Mit kleinen stilisierten Symbolen wie einem Öllämpchen waren die größten Schätze der grünen Landstriche dargestellt. Je mehr das Farbspektrum jedoch ins rote tendierte, desto weniger reich gesegnet waren einzelne Länder. So zeigte sich mit einem grün-roten Flickenteppich, auf den jeder türkische Teppichhändler stolz gewesen wäre, die Ressourcenverteilung der Welt.

Während einige Kontinente und Länder mit Rohstoffen wie Erdöl, Erdgas, Erz, Uran, Lithium, Grundwasser, regenerativen Energien, Wald- oder Ackerbauflächen reich gesegnet waren, litten andere unter Armut.

Von wegen Land der Dichter und Denker, dachte sie verächtlich.

Es waren nicht der Fleiß, die Arbeitsbereitschaft oder die Intelligenz der Bürger eines Landes, die dessen Reichtum bedingten. Es waren einzig die Ressourcen des Landstriches. Die Menschen waren so gutgläubig.

Als könnte der Wohlstand einer Bevölkerung sich allein durch Denken bedingen.

Natürlich konnte durch Ingenieurskunst, Beratung und Dienstleistungen Geld verdient werden. Aber Zeit zum Denken blieb doch nur, wenn die Grundvoraussetzungen dafür geschaffen waren. Glaubten die Menschen in Deutschland wirklich, dass sie so viel schlauer als die Hungerleidenden in Afrika waren? Dann waren sie wirklich Idioten.

Die Welt war so ungerecht.

Und der egoistische Mensch schaffte es nicht, die Ungerechtigkeit der Natur durch fairen Handel zu begleichen. Anstatt den Hunger in der Welt zu bekämpfen, beuteten die mit Wohlstand Gesegneten die Armen nur noch mehr aus.

Die Menschen in Afrika waren nicht weniger Dichter und Denker als das deutsche Volk. Einzig hatten sie nie die Chance gehabt, sich ihren Gedanken zu widmen, weil sie stets viel zu beschäftigt damit waren, ihre Grundbedürfnisse zu decken. *Es ist schwer, sich mit der Weltsicht von Kant auseinanderzusetzen, wenn die eigenen Kinder vor Hunger weinen.*

Dabei war Afrika nicht arm. Nicht arm an Georessourcen, erkannte Mira, als sie die abgebildete Weltkarte einmal mehr studierte.

Das Land hatte Sonne, die in Energie gewandelt werden konnte. Es war reich an Erzen, Metallen und Öl. Einzig fehlte es an Wasser. Wasser und Nahrung. Gäbe es mehr Wasser, Flüsse und Seen, würde die jetzt ausgedorrte Erde fruchtbar gedeihen und Pflanzen und Nahrung in Massen erzeugen. Gäbe es mehr Küstenregionen könnte Fischerei den Hunger minimieren.

Wasser ist Leben.

Hätten die Menschen erst einmal ihre Grundnahrung sichergestellt, könnten sie sich dem Dichten und Denken widmen und die Ressourcen des Landes selbst nutzen, anstatt sie im Tausch gegen einen Korb voll Äpfel von anderen Nationen ausbeuten zu lassen, die lachend die Schätze mitnahmen und nichts als verbrannte Erde zurückließen.

Ohne den Blick vom Fachmagazin zu lösen atmete sie schwer ein. Die Welt war nicht gerecht.

Wie schön wäre es, wenn jemand einfach den Reset-Knopf drücken würde. Wenn alle Menschen mit dem gleichen Startkapital erneut bei Los starten würden. Mit den gleichen Voraussetzungen: Einer sichergestellten Grundversorgung. Genug Wasser. Genug Sonne. Genug Energie. Genug Lebensfläche. Wie würde sich die

Welt entfalten? Würde fairer Handel betrieben werden? Würden die Menschen in Frieden leben?

Natürlich gab es keinen Reset-Knopf, dachte sie missmutig. Und dass Wunder nicht über Nacht geschahen, wusste sie nur zu gut. Die Natur brauchte Zeit. Doch wenn etwas die Natur erst in Gang brachte, war sie unaufhaltsam. Ein kleiner Regentropfen konnte, gefolgt von Milliarden weiterer, ein Rinnsal in einem Bergmassiv erschaffen, das zu einem Flussbett heranwuchs und sich immer tiefer in den Berg fraß, bis er schließlich zweigeteilt war.

Die Zielstrebigkeit der Natur war unaufhaltsam. Sie brauchte nur einen ersten Anschub. Einen ersten Regentropfen. *Einen ersten kleinen Riss inmitten des Kontinentes, dazu auserkoren, die Landmassen zu teilen.*

Mira schloss die Augen.

Gedanklich flog sie über den schwarzen Kontinent und betrachtete die unendliche Weite. Das Land war einfach zu groß. Es schrie nach Wasser. Nach mehr Flüssen, Seen und Meeresküsten, die es kühlten und ihm Leben gaben.

Es schrie danach, geteilt zu werden. Durchströmt von Wasser und umgeben von Meer. Eine weite Insellandschaft. *Es brauchte einen Riss.* Einen Kleinen Anfang nur. Einen ersten Riss, der alles ändern würde, der Gerechtigkeit schaffen würde.

Immer fester konzentrierte sie sich auf die Konturen des Kontinentes.

Sie sah die wenigen Flüsse. Sah die Regionen des Landes, die mit Küsten gesegnet waren. Und sie sah das ausgetrocknete Landesinnere, das nach Wasser schrie.

Immer bildlicher und detailreicher stellte sie sich dem Trockenheitsproblem des Kontinents und erfasste es in Gänze. Dann nahm sie sich Zeit, um die perfekte Stelle zu finden, an der er ansetzen musste.

Erst als sie sich absolut sicher war, versuchte sie in Gedanken den Riss zu formen. Lange ließ sie sich Zeit.

Dann sah sie ihn.

Ein Brummen riss Mira aus ihren Gedanken. Ihr Handy vibrierte rhythmisch. Schnell griff sie danach und blickte auf das Display. „Alexander Morf“ zeigte es an.

Für einen Moment spielte sie mit dem Gedanken ihren Chef wegzuwischen, den Deckenfluter neben ihrem Bett auszuschalten und einfach zu schlafen. Doch wie lange könnte sie sich totstellen? Würde er bald persönlich vor der Tür stehen? *Oder wäre ich ihm die Mühe nicht wert? Würde er doch nur einen Kurier schicken, der mir die Kündigung aushändigt?*

Noch ehe sie den Gedanken vollendet hatte, nahm sie ihr Handy in die Hand, drückte den grün aufleuchtenden Knopf und hielt es sich ans Ohr. Es dauerte eine kleine Ewigkeit, bis die Stimme ihres Chefs die Stille der Leitung durchbrach.

«Fräulein Schneider? Guten Tag?»

«Ja?», antwortete sie vorsichtig, wobei ihr auffiel, wie dünn ihre eigene Stimme klang.

«Sind sie im Büro? Ich habe ihre Durchwahl gewählt, doch ich glaube, ich wurde weitergeleitet. Es hat bestimmt fünfmal geklingelt. Haben sie eine Rufumleitung eingerichtet?»

Mira konnte ein Schmunzeln nicht unterdrücken. Ihr Chef machte sich noch nicht einmal die Mühe, sie in ihrem Büro zu besuchen. *Wieso auch all die Treppenstufen auf sich nehmen, nur wegen dem kleinen grauen Mäuschen*? Sie war es einfach nicht wert. Egal wie groß der Schaden war, den sie angerichtet hatte. Einmal mehr wurde ihr bewusst, welche Vorzüge ihr Job hatte.

«Ja, eine Rufumleitung», antworte sie zögerlich und ging dabei nur auf den letzten Teil seiner Frage ein.

«Ah, gut, gut!», fuhr er gedehnt fort.

Auch er ignorierte die ersten Teile seine Einleitung, die wohl mehr im Sinne einer rhetorischen Frage als Gesprächsöffner hatten dienen sollen, als dass sie wirklich von Belang gewesen wären.

Nun ließ er sich Zeit, als müsse er sich die weiteren Worte erst gründlich zurechtlegen. Mira war sich sicher, dass dies der Beginn einer lange andauernden Standpauke werden würde.

Komm zum Punkt, dachte sie frustriert. *Spuck's einfach aus. Wenn du mir etwas zu sagen hast, dann raus damit. Bin ich gefeuert?*

«Ja!», fuhr er schließlich fort.

«Also.» Wieder entstand eine quälende Stille. Dieses Mal dauerte die Gesprächspause noch länger. Oder kam es ihr nur so vor?

Kurz überlegte sie, ob sie ihre eigenen Herzschläge zählen sollte, um ein Gefühl für die Dauer der Pause zu bekommen. Doch sie wusste nicht, wie schnell ihr Herz schlug. Raste es? Schnell verwarf sie den Gedanken.

Sie nahm ihr Handy vom Ohr, blickte aufs Display und vergewisserte sich, dass ihr Chef noch in der Leitung war. Er hatte nicht aufgelegt.

Mira führte das Mobiltelefon wieder an ihr Ohr und wartete, bis sie erneut die Stimme ihres Vorgesetzten hörte.

«Ich bin nicht ganz sicher was ich sagen soll – nein – besser wie ich es sagen soll», fuhr er schließlich fort. «Und das kommt selten vor. Gerade rief mich Herr Moosmüller an.»

Mira schloss die Augen. Sie versuchte sich zu sammeln und konzentrierte sich auf die Stimme am Telefon.

«Er war fassungslos. Er konnte es einfach nicht verstehen. Die Plakate. Unglaublich!»

Miras Herz raste. Alles drehte sich.

«Er sagte, so etwas hätte er noch nicht erlebt. Noch nie wären die Tickets für die kommende Show innerhalb von nur einem Tag ausverkauft gewesen. Die Leute hatten gestern früh vorm Varieté Schlange gestanden. Alle wollten Tickets. Es gab regelrechte Tumulte. Es war unfassbar!»

Erschrocken riss Mira die Augen auf.

«Verstehen Sie, Fräulein Schneider. Ausverkauft. Innerhalb weniger Stunden. Als wären die Stones in der Stadt. Herr Moosmüller wollte sofort die nächsten Schritte einleiten. Er will uns weiter beauftragen. Er sagte, er zahle, was immer wir verlangen. Eine so gigantische Resonanz hätte er noch auf keine Werbeaktion gehabt. Nicht einmal zur Weihnachtszeit würde er so schnell so viel Geld einnehmen. Er wollte mir durch den Hörer um den Hals fallen. Ich wusste, sie sind die richtige für diesen Job! Ihr Plakat hat genau den Nerv der Menschen getroffen. Es hatte einen unglaublichen Einfluss.»

Mira nahm das Handy vom Ohr und starrte es für einen kurzen Moment ungläubig an. Dann drückte sie die rote Taste und beendete das Telefonat. Achtlos ließ sie es aus der Hand gleiten.

Sie wollte das nicht hören. Wollte sich davor verschließen. Nun wünschte sie sich nichts sehnlicher, als dass Herr Morf sie einfach entlassen hätte. Dass er sie einfach angebrüllt, sie als Versagerin bezeichnet und ordentlich zusammengestaucht hätte. Alles wäre besser gewesen, als das.

Wild schüttelte sie den Kopf. Sie musste sie sehen. Mit eigenen Augen. Sie wollte vor ihnen stehen. Ein Blick auf die Versanddatei reichte nicht. Sie wollte sie so sehen, wie die anderen sie sahen. Wollte sie spüren.

Was hatte sie nur gemacht?

Entschlossen streifte sie die Decke ab und kletterte aus dem Bett. Ohne über die einzelnen Schritte nachzudenken, zog sie sich den Pyjama aus und warf sich eine graue Jogginghose und einen schwarzen Kapuzenpulli über. Rasch band sie sich die brünetten Haare mit einem Haargummi zusammen und schlüpfte in die ausgetretenen, einst weißen Joggingschuhe. Dann nahm sie sich den Hausschlüssel vom Schlüsselbrett neben der Tür und lief los.

Ihre Gedanken rasten. Was hatte sie nur getan?

Es hatte einen unglaublichen Einfluss, hallten die letzten Worte des Gesprächs mit ihrem Chef in ihren Ohren wider. Das war unmöglich. Ohne darüber nachzudenken setzte sie in rascher Abfolge immer wieder einen Fuß vor den anderen. Stetig erhöhte sie ihr Tempo, als versuchte ihr Körper vor dem davonzulaufen, was ihr Verstand schon längst wusste.

Ohne sich umzublicken rannte sie quer über die Straße und bog ab in Richtung Stadtmitte. So schnell ihre Beine sie tragen konnten, folgte sie dem Straßenverlauf ohne dabei auf Einmündungen, Kreuzungen oder Ampeln zu achten. Sie rannte einfach immer weiter.

Kurz bevor sie den Marktplatz erreichte, bog sie in die Schlossstraße ab. Noch etwa fünfzig Schritte lief sie in vollem Tempo weiter. Dann blieb sie abrupt stehen.

Ihr Herz raste. Sie wusste nicht, ob dies ausschließlich eine Folge des kurzen aber intensiven Sprints oder vielmehr der Anspannung war, die ihren ganzen Körper beherrschte. Alles fühlte sich an, als wäre jede Sehne ihres Körpers gespannt wie ein schussbereiter Bogen, während ihre Muskeln nicht aufhören wollten, sich weiter krampfartig zusammenzuziehen.

Sie hatte ihr Ziel erreicht und stand direkt vor einem großen Werbeplakat, das gegenüber einer Bushaltestelle vor einer grauen Hauswand angebracht war.

Gehetzt wanderten ihre Augen in die untere rechte Ecke der großen Werbefläche. Schnell fand sie das kleine Copyright-Symbol gefolgt von den dunkelgrauen Lettern „Werbeagentur Morf", die das Plakat eindeutig als ihres auswiesen.

Für einen Augenblick verharrte sie regungslos. Dann ging sie ohne sich umzublicken oder auf den Verkehr zu achten einige Schritte rückwärts, bis sie mitten auf der Straße stand und das Plakat in Gänze erfasste.

Leicht weiteten sich ihre Augen. Dann runzelte sie die Stirn. Sie hatte keine Ahnung, was genau sie erwartet hatte. Das jedenfalls hatte sie nicht erwartet.

Es war kein Feuerwerk, was vor ihr aufleuchtete. Keine abstrakte Kunst, vollgepackt mit abstrusen geometrischen Formen, wilden Farbklecksen oder gezackten strichpunktierten Linien.

Das Plakat war rudimentär schlicht gehalten. Es war fast ausschließlich weiß. Wie ein großes, breites Blatt, das noch darauf wartete, von Kinderhand bemalt zu werden, um seinen einzigen Zweck zu erfüllen, bevor es achtlos der Altpapiertonne übergeben wurde.

Mira zählte fünfzehn Buchstaben, die in der Mitte der weißen Fläche in einer Zeile angeordnet waren. Sie waren nicht aufdringlich, sondern gerade einmal so groß, dass sie auch von der Bushaltestelle auf der anderen Straßenseite noch gut gelesen werden konnten.

Schnell erkannte sie, dass sie in der einfachen Schriftart verfasst waren, die ihr Büro als Standardeinstellung verwendete. Kein Geschnörkel. Nichts Besonderes.

Die Buchstaben waren zu drei einfachen Worten zusammengesetzt, die die Botschaft des Plakats dem Leser so einfach und präzise wie nur irgendwie denkbar vermittelten:

Kommt ins Varieté.

EIN ÜBERZEUGENDER ZIMMERMANN

etwa 30 nach Christus

Ein Lächeln schlich sich auf die Lippen des Zimmermanns. Schon von Weitem erkannte er den aufgewühlten Mob, der Abwechslung nach der langen Wanderung versprach. Rund zwei Dutzend Männer und Frauen hatten sich am Marktplatz des kleinen Dorfes versammelt. Mit finsteren Minen und Steinen bewaffnet standen sie um einen Pfahl herum, der scheinbar hastig in den Boden gerammt worden war.

An dem Pfahl war eine junge Frau gefesselt. Deutlich litt ihr Körper unter den unerbittlichen Strahlen der Sonne. Vermutlich stand sie so schon einige Zeit fernab von jedem Schatten und ohne Wasser. Schweiß rann ihren schlanken, braungebrannten Körper herab. Ihre dunkelbraunen Augen wirkten erschöpft, jedoch brannte in ihnen ein Feuer aus Leidenschaft und Stolz.

Interessiert trat er näher, stellte sich am Rande der Menschenansammlung auf und betrachtete einen Moment lang den Körper genauer. Sie trug ein einfaches Leinengewand, das an mehreren Stellen in Fetzen gerissen war, sodass es wenig züchtig Einblick auf verschiedene Körperpartien der Gefesselten bot.

Ihr langgestrecktes, schlankes Bein war bis weit über das Knie freigelegt, sodass auch große Teile des Oberschenkels der geifernden Menge zur Schau gestellt waren. Eine ihre Brüste war nur spärlich mit Stoff bedeckt. Lediglich eine Strähne ihres dunkelbraun gelockten Haares behinderte den freien Blick auf ihre Brustwarze.

Versonnen genoss der Zimmermann den Anblick, als einer der Schweißtropfen entlang des schlanken Halses langsam in Richtung ihrer freigelegten, prallen Brust wanderte.

Als schließlich doch die Neugier die Oberhand über den seltsam erregenden Anblick gewann, drehte er sich widerwillig zu dem Dorfbewohner zu seiner Rechten und sprach ihn von der Seite an, ohne dabei jedoch den Blick von der jungen Frau ganz abzuwenden.

«Sagt, Herr, welchen Verbrechens wird diese Frau beschuldigt?»

Der Zimmermann spürte, wie ihn die Augen des Angesprochenen einige Herzschläge lang misstrauisch musterten, als müsse er sich zunächst darüber im Klaren werden, ob der Fremde vertrauenswürdig wäre.

Erst dann antwortete er mit rauer Stimme: «Ihr seid nicht von hier. So will ich es euch sagen.»

Tief holte er Luft, als wollte er den Moment voll auskosten und ihn nach Möglichkeit noch etwas hinauszögern.

«Sie ist eine Ehebrecherin und wird der Hurerei angeklagt.»

Mit einem gespielt entrüsteten Blick fügte er hinzu: «Das halbe Dorf hat sie verführt!»

Noch immer hatte der Zimmermann die Augen nicht von der Angeklagten abgewandt. Wieder lächelte er versonnen. In sich gekehrt, grübelte er und schien die Situation nun neu bewerten zu müssen.

Als er schließlich keine Anstalten machte, dem Dorfbewohner etwas zu erwidern, hob dieser schließlich seine Hand und präsentierte ihm voller Stolz einen vielleicht faustgroßen, massiven Steinbrocken.

«Alsgleich wird der Dorfälteste das Urteil verkünden», platze es, begleitet von einem breiten, fast zahnlosen Lächeln, endlich aus ihm heraus. «Dann werden die Steine ihr Schicksal besiegeln!» Dabei schnalzte er voller Vorfreude auf das bevorstehende Spektakel mit der Zunge.

Kaum hatte er seinen Satz beendet, trat auch schon ein alter Mann mit langem, weißem Bart vor und stellte sich mit gebeugtem Rücken, der von einem Leben voller Arbeit und Entbehrungen zeugte, neben der Frau auf. Sofort verebbte das vorfreudige Gemurmel der aufgebrachten Meute.

Ganz genau achtete der Fremde nun auf die Reaktionen der anwesenden Männer. Geifernd umschlossen die meisten die Steine, die sie von ihren Feldern mitgebracht hatten, so fest, dass die Knöchel ihrer Hände weiß hervortraten.

Eine angespannte Stille stellte sich ein, die nur darauf wartete, endlich explodieren zu dürfen. Die Anspannung der Anwesenden steigerte sich spürbar ins Unermessliche, bis der Alte endlich seinen dürren Arm hob, mit ausgestrecktem, krummen Finger auf die Gefesselte zeigte und mit fast überschlagender Stimme verkündete: «Dieses Weib ist eine Ehebrecherin!»

Sofort ertönten Aufschreie der Zustimmung aus der Menge. Einige riefen: «Hure!» Andere forderten: «Steinigt sie!»

Eine Weile ließ der Alte die Menge wild rufen, dann hob er beschwichtigend die Handflächen und nickte langsam mit dem Kopf, um die Dorfbewohner zur Ruhe zu bringen.

Schnell erkannte der Zimmermann, dass der Vorsteher es gewohnt war, sein Dorf zu führen. Er musste nicht lange warten, bis erneut eine angespannte Stille eingekehrt war und die geifernde Menge erneut an seinen Lippen hing, als wollten sie keinesfalls die Verkündung des Urteils und die Aufforderung zur Vollstreckung der Strafe verpassen.

Wieder ließ der Alte gekonnt einige Herzschläge verstreichen, um die Spannung noch weiter zu steigern. «Das Gesetz fordert den Tod durch Steinigung für diese Sünde!»

Kaum hatte er seinen Satz beendet, brandete unter den Dorfbewohnern eine Welle zufriedener Jubelschreie auf, während sie ihre Fäuste gen Himmel reckten. «Übergebt sie der Gerechtigkeit der Steine!», riefen sie im Chor.

Wieder gewährte der Dorfälteste den Anwesenden großmütig genügend Zeit, um die Urteilsverkündung voll auszukosten, bis er noch einmal mit der gewohnten Geste die Menge zum Schweigen brachte. Er hatte die Anwesenden voll in seinem Bann und führte sie mit harter Hand. Er wusste, dass es niemand wagen würde, sich über sein Wort hinwegzusetzen.

Dann hob er langsam den mahnenden Zeigefinger und ließ seinen strengen Blick von einer Seite der Anwesenden zur anderen wandern. Erst als er so dreimal die Reihen der Dorfbewohner abgegangen war, sprach er mit weit aufgerissenen Augen langsam weiter, wobei er jede Silbe einzeln betonte.

«Hat einer von Euch etwas zu ihrer Verteidigung zu sagen?»

Sofort begannen einige der Anwesenden vehement den Kopf zu schütteln. Andere blickten einfach zu Boden oder betrachteten verzückt die Steine in ihren Händen. Ein gedehnter Moment angespannter Stille verstrich.

Erst als der Alte tief Luft holte, um das Urteil zu besiegeln, trat der Zimmermann einen weiten Schritt aus der Menge vor und stellte sich mit erhobenem Haupt dem gestrengen Blick des Dorfältesten, der sichtlich verärgert über die Störung des Tribunals wirkte.

Wachsam erfasste der Fremde jede noch so kleine Reaktion im Gestik- und Mimikspiel der Anwesenden aus den Augenwinkeln. Einige drehten sich zu ihm, als wollten sie sich ihm entgegenstellen oder dafür bereit machen, sich im selben Augenblick mit den Steinen in ihren Händen auf ihn zu stürzen, sollte er es wagen, etwas zur Verteidigung der Hure vorzutragen.

Verärgert fixierten die leicht zusammengekniffenen Augen des Alten den Störer mit einem zornigen Glanz.

«Du bist nicht von hier, Fremder!», fasste er zusammen, was für alle Anwesenden offensichtlich war. Langsam schüttelte er den Kopf, verzog die Lippen zu einem schmalen Streifen und fuhr scharf fort: «Dein Wort ist hier nicht von Bedeutung.»

Der Zimmermann erwiderte unbeeindruckt den Blick des Alten. Konzentriert stand er still, als müsste er sich im Klaren darüber werden, ob er sich wirklich mit der bewaffneten Meute anlegen und sein Leben für eine Unbekannte riskieren wollte, oder ob er einfach mit gesenktem Haupt einen Schritt zurücktreten sollte, um die Steinigung zu genießen und anschließend weiter seines Weges zu ziehen. Ein Moment der Anspannung verstrich während die Sonne heiß brannte.

Dann erhob er seine Stimme nur so laut, dass der Dorfälteste ihn gerade gut verstehen konnte, als hätte er es nicht nötig, seine Meinung durch Lautstärke zu untermauern.

«Ich nehme dieses Weib mit mir. Bindet sie los.»

Gebannt richteten sich die Augen der Anwesenden auf den Dorfältesten, als warteten sie nur darauf, dass er ihnen ein Zeichen gab, um sich auf den Fremden zu stürzen und ihn mit Fäusten und Steinen aus dem Dorf zu jagen. Einige hielten gebannt den Atem an.

Doch der Alte verharrte regungslos und wirkte, als müsste er die Worte des Fremden erst reichlich bedenken. Dann endlich blinzelte er zweimal, als er sich aus seiner Starre löste und wandte sich zu den Dorfbewohnern. Mit einer Entschlossenheit, die keinen Widerspruch duldete, sprach er: «Der Fremde nimmt das Weib mit sich. Bindet sie los.»

Niemand in der Menge regte sich. Deutlich zeigte sich Verwirrung in den Blicken einzelner Männer, die freudig darauf gewartet hatten, ein Spektakel zu erleben, an das sie noch viele der eintönigen Tage auf ihren Feldern und viele einsame Nächte an den heimischen Herden zurückdenken hätten können.

Als niemand sich rührte, um seinen Worten Folge zu leisten, schlich sich Zorn in die Stimme des Alten. «Habt ihr nicht gehört?», fragte er ungehalten in die Menge. «Bindet sie los. Sie geht mit dem Fremden.»

Spät am Abend saßen der Zimmermann und die junge Frau auf dem gemauerten Rand des Dorfbrunnens. Die Mittagshitze war lange vorbei. Eine laue Sommernacht stand bevor. Der wolkenlose Himmel ließ auf eine sternenklare Nacht hoffen.

Auch wenn der Körper der Frau noch von der unerbittlichen Sonne gezeichnet war, ging es ihr sichtlich besser. Immer wieder fuhren ihre schlanken Finger durch ihre Haare, umspielten sie eine Zeitlang einzelne Strähnen und versuchten schließlich, eine davon hinter ihrem Ohr zu bändigen.

Lächelnd streckte sie ihrem Retter den grob geschlagenen, hölzernen Zimmermannsbecher entgegen, den sie gerade erst ein weiteres Mal geleert hatte. Verspielt schüchtern, neigte sie leicht das Kinn und blickte ihn mit großen Augen fragend an.

Er zuckte mit den Schultern, hob den Brunneneimer etwas an und schenkte ihr voll ein.

Sie trank in kleinen Schlucken, wobei sie, wie aus Versehen, ein wenig der kühlen Flüssigkeit verschüttete. Langsam floss das klare Wasser ihren langen Hals in Richtung ihrer Brüste.

«Wie ungeschickt, von mir», lächelte sie ihn kokett an.

Dabei streifte sie wie zufällig mit ihrer Hand über seinen durchtrainierten Oberschenkel, wanderte weiter in Richtung Oberkörper und verharrte für einen Moment an seiner Hüfte. Ihr Blick, der eben noch aufmerksam ihrer Hand gefolgt war, richtete sich auf sein Gesicht, als sie aufreizend die Augen aufschlug und ihn verschmitzt anblickte.

«Wie nur kann ich dir danken?», fragte sie mit einem Lächeln, dass eine Möglichkeit der Entlohnung bereits andeutete.

Der Zimmermann fuhr sich mit der Hand durch den Bart und legte die Stirn in Falten, als müsse er zunächst gründlich zwischen den dargebotenen Auswahlmöglichkeiten abwägen.

Sofort ging sie auf sein Spiel ein, setzte eine traurige Mine auf, senkte das Kinn und schaute an ihrem Kleid herab, das in Fetzen von ihrem Körper hing. Dann hob sie den Blick und sah ihn mit unschuldigen Augen an.

«Ich habe doch nichts, was ich Euch geben könnte. Wenn ich doch nur wüsste, was wir tun sollten.»

Dabei ließ sie gekonnt ihre Schulter ein wenig sinken, sodass der Stoff ihres Kleides ein Stück ihre glatte Haut herabglitt und ihre Schulter und Teile ihrer Brust entblößte. Schuldbewusst neigte sie ihr Haupt als wäre ihr etwas unglaublich Ungeschicktes passiert und biss sich verlegen auf die Unterlippe.

Er nickte anerkennend. Sie war gut in dem, was sie tat.

«Ich denke wir sollten das Leben feiern als gäbe es kein Morgen. Lass uns darauf anstoßen. Lass uns Wein trinken. Guten Wein!», entgegnete er mit ernster Miene.

«Guten Wein? Wie es ihn auf Hochzeiten in den großen Städten gibt?», lachte sie amüsiert. «Du bist ein Fremder hier und ich eine Verstoßene. Wer würde uns Wein geben, selbst wenn wir das Geld hätten, ihn zu bezahlen?»

Kurz stimmte er in ihr Lachen ein, dann wurde seine Miene wieder ernst. Mit einem leichten Kopfnicken deutete er auf den Becher in ihrer Hand.

«Warum trinkst du nicht einen Schluck?»

Verunsichert, wie sie darauf reagieren sollte betrachtete sie den grob behauenen Zimmermannsbecher.

Als sie keine Anstalten machte, den Becher an ihre Lippen zu führen, legte er bestimmt seine Hand auf ihre Schulter, sah ihr tief in die Augen und sagte: «Trink. In meinem Becher ist bester Rotwein aus dem fernen Syrien. So wunderbar süß und kräftig, wie du ihn noch nie gekostet hast.»

Ohne zu zögern setzte sie das Gefäß an ihre Lippen an. Verwirrt runzelte sie die Stirn, als sie durch die Nase einatmete und glaubte eine feine Note junger Trauben und Johannisbeeren riechen zu können.

Dann öffnete sie ihre Lippen und ließ einen kleinen Schluck in ihren Mund laufen. Sofort weiteten sich ihre Augen ungläubig. Auf ihrer Zungenspitze schmeckte sie eine wohlige Süße, die sie so noch nie gekostet hatte. Schnell breitete sich in ihrem Mundraum die Schwere eines vollmundigen Weines aus, der im Abgang noch kräftiger und intensiver wurde, als sie gierig schluckte. Innerhalb eines einzigen Herzschlages erfasste eine wundervolle Wärme ihren ganzen Körper. Nie hatte sie etwas gleichartig Schönes empfunden.

Ungläubig blickte sie hinab in den Becher, den sie mit beiden Händen fest umschlossen hielt, als wollte sie ihn nie wieder hergeben. Sie war sich sicher, dass sie noch eben durch das klare Brunnenwasser den Boden des grobschlächtig gehauenen Gefäßes gut erkennen hatte können. Nun war er randvoll mit kräftig dunkelrotem Wein, dessen Farbe fast an das Blut eines frisch geschächteten Stieres erinnerte. Langsam nickte sie anerkennend mit dem Kopf.

«Du bist ein wahrlich außergewöhnlicher Mann!»

Als der Zimmermann und die junge Frau leicht wankend und lallend aufbrachen, ging die Sonne bereits auf. Hand in Hand folgten sie dem Weg, der die Siedlung teilte und passierten einige der meist einfach gehaltenen Holzhäuser.

Gerade als sie das Ende des kleinen Dorfes erreicht hatten, sprach sie ein Bettler an, der einsam am Straßenrand kauerte. Wehleidig hob er die Hände, streckte sie den beiden Wanderern entgegen und sah sie flehend aus milchig trüben Augen an.

«Ihr guten Leute. Seit unzähligen Monden bin ich erblindet, so dass ich für die Arbeit auf dem Feld nicht mehr zu gebrauchen bin. Habt Erbarmen mit einem armen Mann.»

Kurz hielt der Zimmermann inne und wandte sich zu dem sichtlich ausgehungerten Mann.

Tief blickte er ihm in die Augen, als wollte er sich davon überzeugen, dass er die Wahrheit gesprochen hatte. Die Augäpfel des Mannes waren von einer solch dicken und trüben Hornhaut überzogen, dass die Pupillen kaum zu erkennen waren. Vermutlich war es ihm nicht möglich, mehr als grobe Schemen wahrzunehmen und Licht von Dunkel zu unterscheiden.

Für einen Augenblick sah der Zimmermann zu seiner Gefährtin, zuckte mit den Schultern und konzentrierte sich als gleich wieder auf die Augen des Mannes. Mit ruhiger Stimme, die keine Widerworte zuließ, sagte er: «Schließe deine Augen.»

Unverzüglich gehorchte der am Boden kauernde Mann und ergab sich wehrlos in das Wohlwollen des Fremden.

Der nickte zufrieden und sprach bestimmt weiter: «Du bist nicht blind. Öffne deine Augen und sieh selbst.»

Als sie das Dorf verließen erscholl hinter ihnen ein jauchzender Jubelschrei: «Ich kann wieder sehen. Ich bin nicht länger mehr blind! Ein Wunder ist geschehen!»

Leicht wankend drehte sich Maria Magdalena noch einmal um und winkte dem vor Freude auf- und abspringenden Mann zu. Dann wandte sie sich zu ihrem Begleiter und sagte lächelnd: «Du bist ein wahrlich überzeugender Mann, Jesus von Nazareth.»

EIN MOMENT DER STILLE

Wenige Tage vor dem letzten Morgen

Mira ließ den silbernen Löffel in ihrer Hand eine weitere Runde kreisen. Gedankenverloren betrachtete sie die Überreste des einst weißen Milchschaums, der ihren Cappuccino bedeckte.

Seit fast einer halben Stunde saß sie annähernd regungslos vor der cremefarbenen Porzellantasse, die ihr der Kellner serviert hatte und rührte den Inhalt mit stoischer Gelassenheit um, auch wenn dieser den Namen Heißgetränk sicherlich schon seit mehreren Minuten nicht mehr verdient hatte.

Noch einmal ließ sie den Blick über die Tische und Stühle des kleinen Cafés am Marktplatz wandern. Um sie herum herrschte reges Treiben. Fast alle Tische waren besetzt. Überall blätterten Menschen in Zeitungen, tippten auf ihren Handys oder unterhielten sich angeregt.

Das Publikum war um diese Tageszeit bunt gemischt.

Mira sah zwei Mütter, die ihre Kinderwagen mit dem vermutlich schlafenden Inhalt neben sich abgestellt hatten und sich angeregt austauschten.

Sie sah drei Geschäftsleute in grauen Anzügen, die die Kerze und den Salzstreuer vor sich beiseitegeschoben hatten, etwas zusammengerückt waren und gemeinsam auf das Display eines Laptops schauten, den sie vor sich aufgebaut hatten.

Sie sah viele Menschen, die wie sie alleine an Tischen saßen. Ältere Herren, die vielleicht der Einsamkeit entfliehen wollten. Einzelne Frauen, die wohl für die Zeit einer Tasse Tee der Kälte des Winters entkommen wollten.

Rastlos wanderten ihre Augen von einem zum nächsten Tisch.

Kurz zuckte sie innerlich zusammen, als sie einen sportlichen, jungen Mann bemerkte, der sie schamlos anstarrte. Er dachte nicht einmal daran, seinen Blick zu senken. Vielmehr schien es ihm zu gefallen, dass er endlich ihre Aufmerksam erhascht hatte.

Als sie schließlich erkannte, dass er sogar noch zu einem Lächeln ansetzte, spürte sie, wie sich ihre Gesichtsfarbe zu ändern drohte. Inwiefern die aufkeimende Reaktion ihres Körpers der Entrüstung über die Dreistigkeit des Mannes oder ihrer eigenen Schamhaftigkeit geschuldet war, konnte sie nicht mit Sicherheit sagen.

Schnell drehte sie verlegen ihren Kopf ein wenig zur Seite und löste sich von den dunkelbraunen Augen des sportlichen Mannes, bis ihr Genick, weit entfernt von den Fähigkeiten einer Eule, am Anschlag seiner Möglichkeit angekommen war.

Mit einer fast schmerzhaft verkrampften Kopfhaltung verharrte sie in dieser unangenehmen Stellung, in der Hoffnung, dass es so aussähe, als wäre sie nur auf der Suche nach etwas oder jemand Bestimmten gewesen und dabei zufällig für einen etwas zu langen Bruchteil einer Sekunde an ihm hängen geblieben.

Ein stechender Schmerz schoss durch ihr Genick.

Um dem Flehen ihres rebellierenden Nackens Folge zu leisten, drehte sie ihren Oberkörper ihrer Blickrichtung folgend ein wenig und wandte sich von dem distanzlosen Mann gänzlich ab. Inständig hoffte sie, dass diese verzweifelte Geste flüssig genug wirkte, um den Anschein zu erwecken, als wäre sie von Anfang an geplant gewesen.

Mit der, dem Schmerz geschuldeten, Körperdrehung wandte sie sich unbewusst einem anderen Mann zu, der in einer abgeschiedenen Ecke des Cafés saß.

Sind denn hier nur einsame Männer, fragte sie sich in Gedanken und fühlte sich wie eine Fliege, die gerade mit letzter Kraft einem Spinnennetz entkommen war, nur um direkt auf das nächste zuzusteuern.

Erleichtert stellte sie fest, dass diese Spinne die Fliege nicht bemerkte. Der Mann tippte konzentriert auf sein Smartphone ein, scheinbar ohne sich von ihr beobachtet zu fühlen.

Sie nahm sich einen Moment Zeit und betrachtete den etwas abgeschieden sitzenden, vielleicht fünfzigjährigen Mann genauer. Er hob sich von den anderen Gästen ab. Leicht neigte sie den Kopf und überlegte, was genau an ihm anders war.

Seine Erscheinung passte einfach so gar nicht in das Bild des sonstigen Klientel des Kleinstadtcafés. Er trug einen schwarzen Anzug, bei dem sogar Mira erkannte, dass er weit über der Gehaltsklasse eines gewöhnlichen Arztes, Anwalts oder Bankers lag.

Seine dunklen Haare waren glatt zurück gegelt. Er war durchtrainiert, wenn auch nicht ganz so definiert wie der Mann, dessen Blick sie ausgewichen war. Seine Gesichtszüge waren kantig geschnitten. Vielleicht russisch.

Mira runzelte leicht die Stirn. Er hatte etwas Dunkles an sich.

Vielleicht weil er ihren Blick spürte, vielleicht dem reinen Zufall geschuldet, löste sich der dunkle Russe plötzlich von seinem Smartphone und sah in ihre Richtung. Für den Bruchteil einer Sekunde erfasste sie die dunkelbraunen, fast schwarzen Augen des geheimnisvollen Mannes, bevor sie geistesgegenwärtig reagierte und den Blick senkte. In einer flüssigen Bewegung griff sie nach ihrem Handy und tat so, als ob sie schnell etwas Wichtiges nachschauen musste.

Deutlich spürte sie seinen durchdringenden Blick.

Jetzt nicht rot werden, ermahnte sie sich in Gedanken, während sie die Augen starr auf ihr Handy gerichtet hielt und dabei versuchte, möglichst desinteressiert zu wirken. Alles musste ganz natürlich aussehen.

Mira spürte ihr Herz schlagen. Ob er die Schlagader ihres schlanken Halses wild pulsieren sah und erkannte, dass sie nicht nur gelangweilt einige Textnachrichten las?

Sie musste sich ablenken. Ziellos tippte sie auf ihrem Handy herum, öffnete verschiedene Apps und blätterte durch einige Internetseiten.

Das Wetter würde die kommenden Tage unverändert kalt bleiben. Der Winter hatte Deutschland fest im Griff. *Globale Erderwärmung*, dachte sie verächtlich. Wie viele Nächte müsste sie wohl noch davon träumen, dass es endlich milder wurde?

Sie klickte weiter auf ihre Nachrichtenapp. Auch innenpolitisch war nichts Weltbewegendes geschehen. Der Verkehrsminister dachte zum wiederholten Mal laut über ein Tempolimit nach, um seinen Beitrag zu einer klimafreundlicheren Zukunft zu leisten. *Alle Jahre wieder*, dachte Mira kopfschüttelnd.

Ob er mich noch ansieht?

Sie musste Zeit gewinnen. Sie blätterte weiter zu den Lokalnachrichten.

Der Weihnachtsmarkt war eröffnet worden. *Unglaublich wie schnell die Zeit vergeht.*

Ein Kritiker schrieb eine Rezension darüber, dass der Hype um die aktuelle Show des Varietés weder gerechtfertigt noch in irgendeiner Form nachvollziehbar wäre. *Warum nur stehen die Menschen dann am Kartenhäuschen Schlange?*

Sie öffnete ihr online Abo der Geoscience. Die aktuelle Ausgabe war heute erschienen. Schnell blätterte sie zum Inhaltsverzeichnis, um sich einen Überblick darüber zu verschaffen, welche Themen diesen Monat behandelt wurden.

Wie immer waren der Zeitschrift verschiedene Einleitungen und Grußworte des Herausgebers vorangestellt. Ungeduldig übersprang sie diese Zeilen, bis sie schließlich zur Überschrift des Leitartikels kam. Augenblicklich weiteten sich ihre Augen ungläubig. Ihr Herz begann zu rasen.

Das durfte nicht sein. Es war schlicht unmöglich.

Mit leicht zitterndem Finger klickte sie den Artikel an. Interpretierte sie die Schlagzeile falsch? Konnte vielleicht etwas anderes gemeint sein? Oder war es einfach nur Zufall? *Konnte es solche Zufälle geben?*

Sie schlug die Augen nieder und fuhr sich nervös mit der Hand durchs Haar. Vergessen war der Mann am Nachbartisch.

Nur langsam baute sich die Seite des Artikels auf. War ihre Internetverbindung so schlecht, oder war es ihre brennende Neugier, die den Aufruf der Seite wie eine kleine Ewigkeit erscheinen ließ?

Voller Ungeduld flogen ihre braunen Augen konzentriert über jeden einzelnen Buchstaben, als die Zeilen sich endlich vollständig aufgebaut hatten. Wissenschaftler des Geoforschungszentrums Potsdam hatten eine ungewöhnliche Entdeckung gemacht, die sich bislang einfach nicht schlüssig erklären ließ.

Ein Team vor Ort hatte bereits die Satellitenbilder bestätigt, welche die Geologen vorgestern Nacht ausgewertet hatten. Sie war eindeutig da. Nicht mehr zu leugnen. Nicht wegzudiskutieren. Doch die Forscher konnten sich ihre Entstehung einfach nicht erklären.

In der Welt der Geomorphologie geschieht nichts über Nacht, fuhr es ihr durch den Kopf. Und doch war sie plötzlich da. Einfach so. Am Tag zuvor gab es sie noch nicht, das bestätigten die Bilder des Vortages. Innerhalb eines Tages war sie entstanden.

Aber nicht nur die Geschwindigkeit mit der sie plötzlich aus dem Nichts erschienen war, dachte sie, während sich ihre Gedanken überschlugen. In der Welt der Geomorphologie geschahen solch abrupte Änderungen niemals heimlich, still und leise. Sie gingen stets mit gewaltigem Lärm und Erschütterungen einher.

Und keine Erdbewegung entging den Wissenschaftlern der heutigen Welt der Geoüberwachung. Das internationale Tsunamifrühwarnsystem erkannte zielsicher jedes noch so kleine Erdbeben auf der gesamten Welt. Die komplette Erdkruste wurde genauestens mit hochsensiblen Geophonen rund um die Uhr überwacht, in Echtzeit ausgewertet und Forschern auf der ganzen Welt online zur Verfügung gestellt.

Und doch hatten die Geophone den gesamten Dienstag über keinen Ausschlag auf der Richterskala gezeigt. Null. Nichts was ein solches Ereignis hätte erklären können. Die Wissenschaftler standen vor einem Rätsel. Mess- oder Datenfehler waren ausgeschlossen.

Als wäre sie einfach aus dem Nichts entstanden.

Völlig durcheinander schloss sie die Augen. *Das darf nicht sein.* Vielleicht träumte sie? Vielleicht bildete sie sich alles nur ein.

Innerlich rief sie sich selbst zu Ordnung. *Konzentriere dich, Mädchen!*

Tief atmete sie langsam ein und aus und versuchte ihre rasenden Gedanken zu entschleunigen. Mit Daumen und Zeigefinger ihrer linken Hand rieb sie sich die Augen als könnte sie das Gelesene einfach wegwischen, wie Tafelkreide mit einem nassen Schwamm.

Wenn doch alles nur ein Traum wäre.

Erschrocken zuckte sie zusammen, als sie eine Hand auf ihrer Schulter spürte, die sie abrupt aus ihren sich überschlagenden Gedanken riss.

«Hallo Süße!», hörte sie eine vertraute Stimme hinter sich.

Ruckartig drehte sie sich um und blickte entgeistert in das Gesicht ihrer Mutter.

«Ich hoffe, du hast nicht zu lange warten müssen», sagte Sandra und rieb sich fröstelnd über die Arme während sie den kleinen Tisch umrundete, an dem Mira saß.

«Sie ist aus dem Nichts entstanden.», sprudelte es aus Mira wie aus einem Wasserfall heraus, als sie ihre Fassungslosigkeit überwunden und die Situation halbwegs erfasst hatte. «Zehn Kilometer lang und knapp zweihundertfünfzig Meter breit.»

Mit großen Augen verfolgte Mira, wie ihre Mutter in aller Ruhe ihre Handtasche über die Lehne ihres Stuhls hing, als verstünde sie den bahnbrechenden Inhalt ihrer Worte nicht.

«Es hat den Anschein, dass sie mit unglaublicher Geschwindigkeit wächst», fuhr sie fort, als ihre Mutter sich nicht davon ablenken ließ, sich gemächlich hinzusetzen.

«Verstehst du nicht, Mum?» Fordernd blickte sie ihre Mutter an. «Eine Erdspalte. Quer durch Afrika!»

«Das klingt ja aber wirklich spannend, Süße. Stand das in deiner Erdzeitung? Vielleicht kannst du mir ja mal den Artikel ausschneiden, dann lese ich ihn mir in einer ruhigen Minute durch. Aber erzähl doch mal. Wie geht es dir denn überhaupt?»

Fassungslos starrte Mira ihre Mutter an. Verstand sie die Zusammenhänge nicht? Wie konnte sie es nur nicht sehen?

«Was trinkst du da, Cappuccino? So einen bestelle ich mir auch», fuhr Sandra schließlich fort, als sie erkannte, dass ihre Tochter ihr eine Antwort schuldig bleiben würde.

«Du weißt aber genau, dass du nicht immer die Nase stundenlang in deine Magazine stecken sollst. Das habe ich dir doch schon hundertmal gesagt», neckte Sandra mit gespielter Empörung. «Wie oft muss ich dir noch sagen, dass du mehr aus dir herauskommen sollst? Die Welt wartet auf dich mit all ihren Überraschungen und du liest Zeitung.»

Langsam legte Mira ihr Smartphone auf den Tisch, griff nach dem Löffel und ließ ihn apathisch eine weitere Runde kreisen. Ihre Gedanken rasten noch immer um das eben Gelesene. Die Worte ihrer Mutter hörte sie nur wie aus weiter Ferne, als sie monologartig weiter auf sie einsprach.

«Du wirst nicht glauben, wen ich getroffen habe.»

Freudig strahlte Sandra ihre Tochter an.

«Tanja, eine ehemalige Kollegin», ließ sie schließlich nach

einer rhetorischen Pause die Bombe platzen, als sie bemerkte, dass Mira scheinbar nicht in der Stimmung war, zu raten.

«Wir haben viel geredet. Auch über dich. Sie hat einen Sohn.» Wieder machte Sandra eine längere Pause und blickte Mira erwartungsvoll an.

«Er studiert Sportmedizin», sagte sie kopfnickend mit einem träumerischen Blick. «Er ist achtundzwanzig. Ein Jahr älter als du und fast fertig mit dem Studium. Danach will er vielleicht seine eigene Praxis aufmachen.»

Wieder platzierte Sandra eine wohl überlegte Pause in ihrer perfekt einstudierten Rede. «Eine eigene Praxis, Mira!», wiederholte sie schließlich.

Mira schaffte es nicht, sich auf die Worte ihrer Mutter zu konzentrieren. Zu aufgewühlt waren noch immer ihre Gedanken.

Die Erdspalte wuchs. Sie war unerklärlicherweise innerhalb eines Tages entstanden. Und nicht irgendwo. In Afrika, dem Kontinent, der schlicht zu groß war. Mira musste herausfinden, wo genau sie entstanden war und in welche Richtung sie sich ausbreitete.

Mit der rechten Hand wollte sie gerade nach ihrem Handy greifen, als Sandra ein Stück näher an den Tisch heranrückte und beide Hände auf Miras legte. Verschwörerisch beugte sie sich vor und sprach langsam mit gesenkter Stimme, wobei sie jede Silbe einzeln betonte:

«Er ist Single.» Dabei nickte sie aufgeregt mit dem Kopf und strahlte ihre Tochter stolz an. «Tanja meinte, er hätte sich so sehr auf sein Studium konzentriert, dass er einfach keine Zeit für Dates gehabt hätte.»

Verärgert darüber, aus ihren Gedanken gerissen worden zu sein, runzelte Mira die Stirn. *Ist das wieder einer dieser albernen Verkupplungsversuche?* Immer wieder versuchte ihre Mutter sie dazu zu bringen, mehr aus sich heraus zu kommen. Immer betonte sie, wie wichtig es wäre, eine Familie zu gründen, und dass Mira jetzt in genau dem richtigen Alter wäre.

Auch deine biologische Uhr tickt immer lauter, Fräulein, klangen die Worte vergangener Gespräche in ihren Ohren wieder. Meist hatte Mira die gut gemeinten Versuche ihrer Mutter geflissentlich ignoriert. Hatte sich wieder und wieder angehört, wie schwer Sandras Leben ohne Lebenspartner gewesen war. Und wie viel abwechslungsreicher es mit einem Mann an der Seite hätte sein können.

Sandra beugte sich noch ein wenig weiter zu ihrer Tochter hin und verstärkte sanft den Druck auf ihre Hand. Lange blickte sie Mira in die Augen.

Dann zuckten ihre Pupillen für einen kurzen Moment nach links, um sich gleich darauf wieder auf Mira zu konzentrieren. Kleine Lachfalten entstanden um ihre Schläfen. Es fiel ihr sichtlich schwer ein breites Grinsen zurückzuhalten, als sie endlich fortfuhr: «Tanja hat mit ihm gesprochen. Sie hat ihm von dir erzählt. Er würde dich gerne kennenlernen!»

Voller Unbehagen entzog Mira ihre Hände dem Griff ihrer Mutter, zog die Bündchen beider Ärmel ihres Kapuzenpullis ein Stück weit über ihre Handgelenkte und legte die Arme eng an ihren Körper. Unmerklich schüttelte sie den Kopf. Wann würde Sandra endlich aufhören, ihr Kind zu bemuttern, zu bevormunden und zu versuchen, ihr Leben zu beeinflussen?

Sandras Augen wanderten erneut nach links. Dieses Mal weniger ungewollt oder zufällig. Deutlicher, als wolle sie etwas stolz präsentieren.

Oh nein, fuhr es Mira durch den Kopf, als sie die Geste ihre Mutter glaubte deuten zu können.

Sandra strahlte über beide Ohren, als sie ihre Geste noch verstärkte und leicht mit dem Kopf nach links nickte. Konspirativ senkte sie erneut die Stimme. «Er sitzt dort hinten. Er heißt Jens.»

Miras Augen wanderten nach rechts und erfassten den nun freundlich lächelnden, sportlichen Mann. Nicht umsonst war er alleine hier. Nicht umsonst hatte er sie angestarrt.

Sie schaffte es nicht, sein Lächeln zu erwidern. Ruckartig wanderte ihr Blick zurück zu ihrer Mutter. *War das wirklich ihr Ernst?* Schon oft hatte Sandra versucht, sie zu verkuppeln. Stets waren es nett vorgebrachte Angebote, gute Zusprüche oder freundliche Aufmunterungen. Die gut gemeinten Ratschläge einer fürsorglichen Mutter. Doch das hier war anders. Das ging eindeutig zu weit.

Sie war doch kein Kamel, den es galt an den Meistbietenden zu verhökern. Was dachte sich ihre Mutter? Wie oft musste sie noch freundlich dankend ablehnen, sich Ausflüchte einfallen lassen oder die Angebote ihrer Mutter mit einem höflichen Lächeln ignorieren? Was musste sie noch tun, damit diese Spiele endlich ein Ende fanden?

Mira schüttelte den Kopf. Angewidert blickte sie Sandra an, die voller Stolz bis über beide Ohren strahlte.

«Und … was denkst du», fragte Sandra fröhlich. «Kein schlechter Fang, oder?»

Alles um Mira herum begann sich zu drehen. Ein wilder Mix aus Zorn, Ärger und Scham waberte durch ihren Körper. Sie musste das ein für allemal beenden. Musste die passenden Worte finden, damit auch der letzte - inklusive ihrer Mutter die Botschaft klar und deutlich verstand.

Tausende Gedanken und noch mehr Worte flogen durch ihren Kopf. Doch es dauerte nur den Bruchteil einer Sekunde, bis ihr Geist die richtigen davon auswählte, die ihre Gefühle und alles, was zählte enthielten.

Miras Herz raste. Mit Hochdruck jagte es heißes Blut bis in den entlegensten Winkel ihres Körpers. Ihr Mund wurde trocken und ihre Augen glasig. Ihre Kiefer verkrampften sich bis ihre Zähne knirschend aufeinander rieben. Verbissen blickte sie ihrer Mutter in die Augen.

Langsam und gefährlich leise presste sie zwischen ihren malenden Zähnen hervor: «Ich will keinen Mann!»

Wie nach der Detonation einer Wasserstoffbombe herrschte in dem eben noch so gesprächigen Treiben des Cafés plötzliche Stille. Obwohl außer ihrer Mutter sicherlich niemand die leise gesprochenen Worte hatte hören können, hielten alle Anwesenden für einen Moment den Atem an.

Mira blickte sich um und fühlte sich wie in einem Film, bei dem jemand die Pause-Taste gedrückt hatte. Niemand sprach. Niemand trank seinen Kaffee. Niemand rührte mit seinem Löffel und klapperte dabei gegen den Rand der Tasse. Es herrschte eine gespenstische, angespannte Stille.

Der Kellner, der gerade einem der Tische die Rechnung hatte bringen wollen, war mitten in der Bewegung erstarrt, hatte sich zu Mira umgedreht und schaute sie nun verstört an.

Doch nicht nur er.

Alle Gäste blickten wie in einer eigenartigen Trance für einen Augenblick in Miras Richtung. Manche drehten die Köpfe leicht. Einige ließen die Mundwinkel traurig herabhängen. Jens und einige der Männer, die alleine an einem Tisch saßen, schauten ein wenig enttäuscht. Die beiden Mütter mit den schlafenden Babys sahen sie traurig, fast schon mitleidig an.

Alle wirkten gebannt. Fast wie hypnotisiert. Alle.

Bis auf einen.

BITTERKEIT UND SÄURE

Wenige Tage vor dem letzten Morgen

Müde betrachtete Andrej die Fotos, die die Kamera seines Smartphones vergangene Nacht aufgenommen hatte. Immer wieder wischten seine Finger ein weiteres Bild gelangweilt beiseite, kaum dass es vollständig aufgebaut war.

Nun verharrte er länger. Er beugte sich ein wenig vor, zoomte einen Ausschnitt des Bildes heran und legte die Stirn in Falten. Der Rücken der jungen Frau war stark malträtiert.

Deutlich konnte Andrej fünf parallel verlaufende, dünne Striemen erkennen, die sich vom rechten Schulterblatt bis tief zum Steiß hinab erstreckten. Vermutlich stammten sie von Fingernägeln, die sich gleich den Pranken einer tollwütigen Großkatze in den Rücken verkrallt hatten. Sicher war sich Andrej nicht.

Fast senkrecht dazu verliefen mehrere etwa daumendicke Striemen quer über der einst makellosen Haut, die eine deutlich dunklere Färbung aufwiesen. Waren die Kratzspuren von einem hellen Rot, so tendierten die Farben dieser Spuren der Nacht deutlich mehr ins Dunkelrote bis sogar Violette hin. Die Farbgebung zeugte von der entfesselten Kraft, mit der sie zugefügt wurden.

Ein Rohrstock? Eine Peitsche? Er wusste es nicht mehr genau. Zu sehr war er im Rausch gewesen.

Von den Kratzern und Striemen würde sich die junge Haut sicherlich rasch erholen. Ein größeres Problem stellten jedoch vermutlich die kreisrunden, etwa münzgroßen Verbrennungen dar, die sich vorrangig im Bereich der linken Schulter und entlang der Wirbelsäule verteilten, dachte er schmunzelnd.

Diejenigen, bei denen die Zigarre die Haut nur für einen kurzen Moment berührt hatte, waren nur leicht gerötet, ähnlich einem Sonnenbrand nach einem ausgiebigen Tag am Meer. Doch es gab auch solche Stellen, bei denen eindeutig erkennbar war, dass die zarte Epidermis deutlich zu lange der Gluthitze ausgesetzt war.

Mit der Zunge fuhr er sich über den Gaumen. Verträumt erinnerte er sich an den Geschmack der Cohiba Robusto zurück, eine überraschende Mischung aus Bitterkeit und Säure. Amüsiert stellte er fest, dass er sich im Gegensatz zu dem, was er vergangene Nacht getan hatte, sehr facettenreich an den einzigartigen Geschmack der Zigarre erinnern konnte.

Bitterkeit und Säure, dachte er versonnen. *Das passte.*

Er reduzierte das Bild wieder auf seiner Ursprungsgröße. Die gefesselte Frau lag auf dem Bauch. Ihre Hände waren hinter ihrem Kopf fest verknotet. Ihre Beine waren knapp oberhalb der Knie mit einem dicken Strick eng an einander gebunden. Ebenso die Knöchel ihrer schlanken Füße.

Ein weiteres Seil verband die Fußfessel mit dem Strick, der um ihre Oberschenkel gebunden war. Dabei war das Verbindungsseil so kurz, dass die junge Frau ihre Unterschenkel angewinkelt nach oben halten musste. Durch diese Technik waren sowohl die glatt rasierten Achseln als auch die schmerzempfindlichen Fußsohlen wehrlos offen dargeboten.

Durch ein Heranzoomen an die entsprechenden Körperstellen erkannte Andrej auch an diesen empfindsamen Körperpartien Brandmale, die vielleicht von der Zigarre herrührten, Verätzungen, die wohl durch diverse Säuren verursacht worden waren, aber auch winzig kleine Einstichlöcher, die vermutlich von Nadeln stammten.

Ob es sich hierbei um eine wohlplatzierte Akupunktur handelte, die die Haut rund um die Einstichstelle betäuben sollte oder ob er der Frau ein Amphetamin injiziert hatte, das die Schmerzen sogar noch bis ins Unermessliche steigern konnte, war ihm entfallen. Zu dunkel waren die Erinnerungen an die vergangene Nacht.

Sicher war jedoch, dass Mystique sich einige Tage nicht mehr unter den Achseln rasieren würde, und dass sie die schwarzen Christian Louboutin Ankle Boots mit den zehn Zentimeter hohen Absätzen, in denen sie gekommen war, auf dem Heimweg bestimmt in der Hand gehalten hatte und barfuß gelaufen war, wobei sie darauf geachtet hatte, die Fußballen möglichst wenig zu belasten.

Vielleicht sollte er sich die Aufnahmen ihres Nachhauseweges von den Hotelkameras besorgen, sinnierte er lächelnd.

Kurz blickte er von seinem Smartphone auf und sah sich unter den anderen Gästen um. Eine sportliche Frau, die alleine an einem der Tische saß, senkte ruckartig den Blick, als er in ihre Richtung sah.

Eine Russin hätte provokativ seinem Blick standgehalten und ihm sicherlich ein laszives Lächeln geschenkt. Unmerklich schüttelte er den Kopf, während er die junge Frau im Kapuzenpulli beobachtete, die nun verlegen auf ihrem Handy herum tippte.

Die Art, mit der sie ihren Kopf gedreht hatte, erinnerte ihn an etwas. Sie wirkte distanziert und in sich gekehrt. Vermutlich schüchtern. Ihre ausdrucksstarken Gesichtszüge strahlten Kälte aus. Ihre Augen saßen tief.

Snezhnaya sova- Schneeeule, dachte er und wandte sich wieder seinem Smartphone zu.

Vor seinem inneren Auge ließ er noch einmal die letzten Tage und die vergangene Nacht Revue passieren. Bisher war er einfach nur enttäuscht von Deutschland. Gleich nach der Nacht im Kasino hatte er den Rat seines Bruders befolgt und sich Tickets für einen Flug nach Deutschland gebucht. Am Flughafen hatte bereits der Porsche GT1 auf ihn gewartet, den er ebenfalls von Russland aus reserviert hatte.

Fast den ganzen Tag war Andrej damit die Deutschen Autobahnen hoch- und runtergefahren. Immer mit Vollgas. Immer am Anschlag. Doch kaum, dass er mit Hilfe des Blinkers, der Lichthupe oder der Hupe den Vordermann dazu gebracht hatte, die linke Spur endlich zu räumen, war er auch schon dem nächsten Vollidioten aufgefahren.

Was nutzten Autobahnen ohne Geschwindigkeitsbegrenzung, wenn sie einfach viel zu voll waren, um die schnellen Autos auch nur annähernd ausfahren zu können. Und dazu kam der Zustand der Straßen. In der ganzen Welt brüstete sich Deutschland mit der Qualität ihrer Produkte und dem Wohlstand des Landes.

Doch gerade das Aushängeschild Deutschlands - neben Kuckucksuhren, Pünktlichkeit, Fettleibigkeit, Bratwurst, Unfreundlichkeit und Sauerkraut, nämlich die Autobahnen, waren marode und voller Schlaglöcher.

Viel zu selten hatte er die drei Komma zwei Liter Maschine des Sechszylinders mit seinen achthundert Pferdestärken aufheulen lassen können. Was brachte eine Karosserie aus Kohlefaser und eine Beschleunigung von null auf hundert km/h in nur drei Komma sechs Sekunden, wenn schon nach zwei Sekunden freier Fahrt der nächste Kofferraum eines klobigen Familienvans auf der linken Spur wartete?

Andrej hatte alles ausprobiert. Er hatte auf der rechten Spur oder sogar auf dem Standstreifen überholt und gab auch in Baustellen und geschwindigkeitsbegrenzten Bereichen Vollgas, wo immer es möglich war.

Zweimal war er alleine am Vormittag geblitzt worden. Doch auf eine Streife, die ihn anhielt, hatte er vergebens gewartet. Niemand, der ihn bestrafen, zurechtweisen oder maßregeln wollte. Niemand, den er von der Regelkonformität seiner Tat hatte überzeugen können.

Es war einfach frustrierend.

Als er früh am Abend seine Spritztour beendet hatte und in dem Hotel der kleinen Vorstadt eingecheckt hatte, hatte Mystique bereits auf ihn gewartet. Auch sie hatte er von Russland aus erwählt.

Explizit hatte er nach einer deutschen Frau verlangt. Er hielt nichts davon, ins Ausland zu reisen, um dort die gleichen Speisen wie zu Hause zu verkosten. Nur durch Aufgeschlossenheit und Neugier konnte man die Vorzüge eines fremden Landes erfahren.

Die Internetseite, auf der er Mystique aus hundert anderen ausgewählt hatte, hatte nicht zu viel versprochen. Ob sie wirklich wie angegeben Jurastudentin war, würde er wohl nie herausfinden. Doch sie war auf jeden Fall jung und wirkte gebildet. Ihr Körper war wohlproportioniert, ihre Brüste prall und ihre Haut makellos. Sie hatte lange braune Haare, dunkle Augen und verstand es, sich zu kleiden und ihren Körper in Szene zu setzen. Insgesamt sprach sie Andrejs Beuteschema voll an.

Doch auch Mystique hatte ihn maßlos enttäuscht, noch ehe die Nacht vorüber war.

Ohne auch nur mit der Wimper zu zucken, hatte sie all seine Spiele über sich ergehen lassen. War die Asiatin, die er sich früher einmal bestellt hatte, zu devot, um ihre Grenzen abzustecken, waren die Deutschen Frauen scheinbar einfach zu fleißig und strebsam, um einem Kunden einen Wunsch nicht zu erfüllen.

Ohne Widerspruch hatte sie die Säure, den Rohrstock, diverse Peitschen und sogar die Zigarre über sich ergehen lassen. Sie hatte nicht einmal ein Safeword gewollt, auch wenn ihr Körper nun für einige Zeit im wahrsten Sinne des Wortes gebrandmarkt war und sie vermutlich für längere Zeit größere Umsatzeinbußen zu verbuchen hat.

Im Nachgang ärgerte er sich darüber, dass er ihr so viel Geld geboten hatte. Vielleicht hätte sie sich mehr gesträubt oder sogar gewehrt, wenn der vereinbarte Preis nicht den Verlust der kommenden Tage oder Wochen ausgleichen würde.

Vielleicht hätte er sie dann überzeugen dürfen.

Er war diesen Typ Frau so leid. Lämmer, die sich bereitwillig nackt mit gespreizten Beinen auf den Opferstein legten und lächelnd darauf warteten, dass ihnen das Herz mit einem säuregetränkten, gezackten Dolch herausgerissen wurde.

Er wollte einfach keine willigen Jasager mehr, die all seine Wünsche erfüllten und dabei stoisch alles über sich ergehen ließen, während sie ihre Würde im Sand der Unterwürfigkeit begruben. Gab es denn keine starken Frauen mehr auf der Welt, die sich ihre eigene Meinung bildeten und diese bis ins letzte vertraten? Jemand der einfach zu sich stand? Dem die Meinung der anderen über sich egal war, solange sie sich selbst guten Gewissens in die Augen schauen konnten? Einfach eine starke Frau? Jemand der es wert war, überzeugt zu werden?

Noch während er tief in Gedanken auf das Display seines Smartphones blickte, spürte er plötzlich eine Veränderung. Ohne genau sagen zu können, was es war, runzelte er die Stirn.

Um ihn herum lag für einen Moment Stille. Die vorherrschende Geräuschkulisse des belebten Kaffeehauses, in das er aus Mangel an Alternativen geflüchtet war, war schlagartig versiegt. Es herrschte eine angespannte Stille, die fast greifbar war.

Irritiert hob er den Kopf und blickte sich um. Alles schien wie das sprichwörtlich weiße Kaninchen vor der Giftschlange erstarrt zu sein, die plötzlich in Fangweite aufgetaucht war und kampflustig ihre bedrohlichen Giftzähne präsentierte.

Doch wer war die Schlange?

Er sah sich um. Das Kaffeehaus war mäßig besetzt.

Ein sportlicher Mann, der mit seiner Nerdbrille wirkte, als

könne er sich nicht entscheiden, ob er Wissenschaftler oder Türsteher werden wollte und alleine an einem der Nachbartische saß, war mitten in der Bewegung erstarrt. Er hielt seine Kaffeetasse fest in der Hand und stierte mit glasigen Augen geradeaus.

Zwei Mütter, die in Russland den Begriff Frauen nicht verdient hätten, unterbrachen schlagartig ihr permanentes Geschnatter und ließen sogar für einen Augenblick ihre schlafende Brut aus den Augen. Auch sie waren mitten in der Bewegung erstarrt, als hätte sie der Schullandheimdirektor auf frischer Tat beim Rauchen erwischt.

Drei Möchtegern-Geschäftsleute, die in ihren Anzügen an Kommunionskinder erinnerten, hoben für einen Moment den Blick von ihrem Billig-Notebook, das sie sich wohl einzig aus dem Grund teilten, weil sie das Geld für ein zweites oder gar drittes nicht aufbringen konnten. Apathisch blickten sie über den aufgeklappten Computer hinweg und verharrten in gespenstischer Stille.

Doch nicht nur sie. Alle hielten regungslos inne. Die entstandene Stille erfüllte den ganzen Raum und war inzwischen in jede Faser eingedrungen.

Andrej schaute sich interessiert um und fragte sich, was er verpasst hatte. Ging es hier um ein nationales Ritual? War vielleicht eine Gedenkminute für ein verstorbenes Staatsoberhaupt oder ein paar Gefallene in irgendeinem Krieg angebrochen? Oder hatte bloß jemand einen Fauxpas begangen?

Eine tiefe Falte bildete sich auf seiner Stirn, als er krampfhaft versuchte zu verstehen, was ihm entgangen war.

Ihm gefiel die ganze Situation ganz und gar nicht. Nicht, dass in einem Kaffeehaus ein paar Einsiedler plötzlich apathisch wirkten. Sollten sie doch machen was sie wollten. Aber dass der Auslöser hierfür so völlig unbemerkt an ihm vorübergegangen war, das störte ihn.

Er war sonst ein äußerst begabter Beobachter. Jemand der Situationen und Menschen von Natur aus gut einschätzen konnte, der lange vor anderen erkannte, wenn Dinge passierten. Doch das hatte er nicht kommen sehen.

Noch einmal ließ er seinen forschen Blick über die anwesenden Gäste wandern. Dabei fiel im auf, dass alle wie gebannt in die gleiche Richtung schauten. Einige ungläubig, teilweise entrückt, andere verträumt oder mit glasigem Blick, starrten sie allesamt eine junge Frau an, die an einem der Nachbartische saß und verbissen eine ältere Frau anfunkelte, die ihr nun gegenübersaß.

Es war die Schneeeule.

Genau so plötzlich, wie der Moment der Stille gekommen war, verschwand er nach nur wenigen Herzschlägen schlagartig. Wie auf Kommando lösten sich alle Anwesenden aus ihrer Starre und nahmen die Tätigkeiten wieder auf, die sie bis eben noch beschäftigt hatten.

Die drei Kommunionsanzugsträger blickten wieder geschäftig in ihr Notebook. Die beiden Mütter nahmen nahtlos ihr Gespräch wieder auf und der Kraftprotz starrte verlegen in seine Kaffeetasse, als wäre nichts gewesen.

Die ältere Frau, die von der Schneeeule kampflustig angefunkelt wurde, schüttelte langsam und verwirrt den Kopf. Sie wirkte traurig oder enttäuscht. Sie sprach wohl mehr zu sich selbst als zu ihrem Gegenüber ein paar gehauchte Worte, stand auf, nahm ihre Tasche, die über der Stuhllehne hing und verabschiedete sich kurz.

Kaum war sie außer Sichtweite, vergrub die Schneeeule ihr Gesicht in den Händen. Ob sie weinte, enttäuscht oder verärgert war, konnte Andrej nicht erkennen.

Verärgert runzelte er die Stirn. Er bekam einfach keinen Sinn in das eben Geschehene. Immer wieder ging er die letzten Sekunden in seinem Geist durch. Alle hatten die Schneeeule angestarrt. Als hätte sie jemandem eine Szene gemacht, der sie vielleicht vergangene Nacht betrogen hatte. Oder einen Heiratsantrag?

Doch sie hatte nichts gesagt. Jedenfalls nichts, was wirklich jeder hätte hören können oder was eine solche Aufmerksamkeit hervorgerufen haben konnte. Warum war es allen aufgefallen nur ihm nicht? Er war erst durch das Prickeln, das in der Luft lag und durch die Reaktionen der Anderen auf die Szene aufmerksam geworden.

Entschlossen winkte er den Kellner zu sich.

Es dauerte nicht lange, bis der junge Kerl mit weißem Hemd und schwarzer Schürze an seinem Tisch stand und ihn mit einem

Block in der einen und einem Stift in der anderen Hand anlächelte.

«Noch einen Kaffee, der Herr?»

Andrej winkte ab und holte mit einer geübten Bewegung ein Bündel Geldscheine aus der Innentasche seines Sakkos, die von einer silbernen Geldklammer gehalten wurden.

«Der Herr möchte bezahlen?», fragte der junge Kellner höflich mit einem unsicheren Blick auf das Bündel Geldscheine.

Andrej schüttelte leicht den Kopf und zog mit den Fingerspitzen einen Fünfzig Euro-Schein aus dem Bündel hervor. Für einen Moment hielt er die zusammengefaltete Banknote gut sichtbar vor die Augen des Kellners, bevor er sich leicht nach vorne beugte und den Geldschein in der Hemdtasche des Kellners verschwinden ließ. Langsam lehnte er sich wieder zurück und deutete mit dem Kopf gewichtig in Richtung Schneeeule.

«Sag mir. Was hat sie getan, dass alle sie angestarrt haben?»

Der Kellner runzelte die Stirn als würde er die Frage nicht verstehen. Dann drehte er sich leicht, um zu sehen, auf wen Andrejs Geste deutete. Als er erkannte, wer gemeint war, wurde seine Mimik schlagartig ernst. Stockend versuche er, die Situation zu beschreiben, dabei wirkte er, als wäre er sich selbst nicht ganz darüber im Klaren, was genau passiert war und wie er zur Einschätzung der aktuellen Lage gekommen war.

«Diese Frau», erklärte er stirnrunzelnd, «sie … sie will keinen Mann, spüren Sie es nicht auch? Kein Mann sollte sie wollen. Sie sollte in Frieden gelassen werden. Sie… sie möchte ihre Ruhe, denke ich! Nichts als ihre Ruhe! Sie ist doch keine Beute oder Trophäe, verstehen Sie?»

«Keine Beute?», fragte Andrej düster lächelnd und begrüßte die freudige Abwechslung. Vielleicht bot der Tag doch noch etwas Gutes.

Mit einer herrischen Handbewegung gebot er dem Kellner ihn allein zu lassen. Er steckte sein Smartphone in die Tasche und beobachtete die Schneeeule, die nun von allen Anwesenden vehement ignoriert wurde. Niemand hatte sie in ihrer mitleidserregenden Pose getröstet. Niemand hatte sie angesprochen. Die meisten der Männer vermieden es sogar, in ihre Richtung zu schauen, fiel Andrej auf.

Nachdem sie sich gefasst und die Hände von ihrem Gesicht gelöst hatte, hatte sie ein paar Mal versucht, den Kellner herbeizuwinken, doch auch er missachtete sie beharrlich. Erst nach dem vierten oder fünften Versuch, gab sie es schließlich auf und kramte ein paar Münzen aus ihrer Tasche, die sie einfach auf den Tisch legte.

Mit einer unsicheren Geste zupfte sie die Bündchen der Ärmel ihres Kapuzenpullis bis über ihre Handgelenke, als wäre sie verlegen oder als schäme sie sich für etwas. Dann zog sie ihre Jacke an und wandte sich zum Gehen.

Schnell stand Andrej auf und folgte ihr. Mit ausladenden Schritten durchmaß er den Raum. Kurz bevor sie die Ausgangstür erreichte, holte er sie ein.

«Entschuldigen Sie», sprach er sie gerade in dem Moment an, als sie nach der Türklinge griff.

Mit einem tiefen Seufzer drehte sie sich um.

«Ich habe das Geld doch auf den Tisch gelegt», sagte sie genervt, noch bevor sie sich ganz umgedreht hatte.

Deutlich sah Andrej, wie sie zusammenzuckte, als sie erkannte, dass es der Kellner war, der sie aufgehalten hatte. Ihre Augen weiteten sich leicht. Ihre Atmung beschleunigte sich. Ihr Puls ging schnell.

Andrej nahm sich Zeit und genoss den Moment bis ins Letzte. Für eine kurze Unendlichkeit sah er in ihre tiefliegenden, dunkelbraunen Augen. *Sie passen wirklich zu einer Schneeeule*, dachte er amüsiert.

Dann konzentrierte er sich. Er fokussierte sein Gegenüber und versuchte alles um ihn herum auszublenden.

Irgendwo hinter ihm ließ jemand eine Kaffeetasse fallen. Eines der Babys fing an zu plärren. Andrej versuchte, sich nicht beirren zu lassen und formte in seinem Geist die Worte vor, die er ihr aufzwingen wollte, verlieh ihnen Macht und sagte schließlich:

«Du willst mir jeden Wunsch erfüllen.»

Die Schneeeule starrte ihn entgeistert an. Dann runzelte sie die Stirn und legte den Kopf leicht schräg. In ihren dunklen Augen sah Andrej eine Flamme lodern.

Schließlich schüttelte sie stirnrunzelnd den Kopf, drehte sich ohne ein weiteres Wort zu sagen um und ging.

Andrej unternahm keinen Versuch, sie aufzuhalten. Zu sehr raste sein Herz. Lange hatte er sich nicht mehr so frei gefühlt. Er konnte seine freudige Erregung kaum unterdrücken.

Er musste sie haben.

DIE MACHT DER TIEFDRUCKGEBIETE

Wenige Tage vor dem letzten Morgen

Eine ganze Weile starrte Samu auf die geschlossene Wohnungstür vor ihm, in der noch eben seine Vermieterin gestanden hatte. Schwer atmend fuhr er sich nachdenklich durch seinen blonden Bart, unfähig das Geschehene einzuordnen, geschweige denn zu begreifen.

Wieder wanderte sein Blick zum Hundekörbchen. Noch immer lag darin friedlich schlafend ein zusammengeringelter Tigergreif. Deutlich waren auch von dieser Position des Zimmers die Flügel, der farbenfroh getigerte Rücken und der katzenartige Schwanz des eigenartigen Wesens zu erkennen.

Noch einmal fasste Samu in Gedanken die Ereignisse des Morgens gebetsmühlenartig zusammen.

In seiner Wohnung lag ein fantastisches Wesen. Ein Wesen, mit dem er sich eben noch in seinem Traum unterhalten hatte. Es hatte sich Traumweiser genannt und hatte auf seinen Wunsch hin die Gestalt des Tigergreifen angenommen, der ihn in einem Computerspiel treu begleitet hatte und den er gedanklich einfach nicht loslassen konnte. Er, Samu Amundsen, hatte das Wesen mit Hilfe seiner Gedanken aus dem Computerspiel in die Traumwelt und aus der Traumwelt nun in die wirkliche Welt gebracht.

Und als wäre das alles nicht schon verrückt genug, schien es auch so, als hätte er nicht einfach nur das Wesen aus seinen Träumen hierher geholt. Er hatte seinen Hund Max in dieses Wesen verwandelt.

Schlagartig wurde ihm die logische Konsequenz dieser Erkenntnis klar.

Er konnte Gedanken Realität werden lassen. Dinge, die ihm in seinen Träumen begegneten, konnten die Barriere zwischen Traum und Wirklichkeit überwinden, wenn er sich nur fest genug darauf konzentrierte. Gedanke und Wunsch mussten in seinem Geist klar formuliert sein.

Seine Träume wirkten dabei scheinbar als eine Art Katalysator. Als ein Raum, der half, seinen Gedanken freien Lauf zu lassen, um sie sich uneingeschränkt entwickeln zu lassen, bis sie sich schließlich manifestierten.

Konnte das sein?

Doch so sehr er auch gespannt war, sich auf die vielfältigen Möglichkeiten dieser neuen Gabe einzulassen, sie ausgiebig zu erkunden, umso weniger erfreut schien seine Umwelt diese Änderungen willkommen heißen zu wollen.

Schlagartig wurde ihm bewusst, dass er niemals den Martha Stenzels dieser Welt die Existenz von Tigergreifen plausibel machen konnte. Wie sollte er seiner Vermieterin nur glaubhaft machen, dass er seinen Hund in einen Tigergreifen verwandelt hatte? Die Erklärung, dass es sich bei der Erscheinung lediglich um einen verkleideten Australian Shepherd handelte, hatte sie ihm sicherlich nicht abgenommen.

Er war noch nie gut darin gewesen, andere Menschen für seine Sache zu gewinnen. Niemand war weiter von einem charismatischen Populisten entfernt, als Samu Amundsen. Und selbst wenn er es irgendwie schaffen sollte, seine Vermieterin davon zu überzeugen, dass der Tigergreif eine ganz normale Sache wäre, wie sollte er es all den anderen Menschen erklären?

Er konnte nicht einfach mit dem Greif an der Leine eine Runde spazieren gehen, allen Menschen, denen er begegnete, freudig zulächeln und auf deren Nachfrage hin erklären, es sei eine Art lustige Verkleidung, ein seltener Unfall der Natur oder eine ganz besondere Kreuzung.

Was nur musste geschehen, damit die Realität, wie sie jetzt war, Änderungen dieser Größenordnung akzeptieren würden?

Verzweifelt überlegte er, was die Existenz eines Greifen für Folgen mit sich brächte. Damit die Menschheit Greifen als Teil ihrer Welt akzeptierte, müsste sie sie als selbstverständlich hinnehmen. Als hätte es sie schon immer gegeben. Keinesfalls durfte sich der Gedanke an einen Greifen als Fremdkörper anfühlen, wie etwa ein Handy zur Zeit Caesars. Es müsste Leinen, Halsbänder und Spielzeug für Greifen geben.

Eine Greifensteuer, dachte er halb amüsiert, halb frustriert. *Greifenfutter im Supermarkt?*

Es müsste Greifenkörbchen geben. Filme über Greifen. Sprichwörter mit Greifen. Ausgesetzte Greifen müssten in Tierheimen vermittelt werden. *Greifenratgeber in der Bücherei? Polizeigreifen zur Rauschgiftsuche aus der Luft?* Sie mussten einfach ein ganz normaler Teil der Gesellschaft sein. Hundertfach verknüpft mit dem Alltag. Wie nur sollte Samu ganz alleine all diese Änderungen so stringent erschaffen, dass sie von jedem wie selbstverständlich als natürlicher Teil der Wirklichkeit akzeptiert würden?

«Das ist unmöglich», brummelte er resigniert in seinen Bart.

Samu wurde vehement aus seinen Gedanken gerissen, als er im Treppenhaus sich schnell nähernde Schritte hörte. Der Schrittfolge nach zu urteilen mussten es wenigstens zwei Personen sein. Hatte Martha Stenzel ihren Mann zur Unterstützung geholt, um ihm das eigenartige Wesen zu zeigen, das sie in der Wohnung ihres Mieters entdeckt hatte? Waren Hundefänger auf dem Weg zu ihm oder hatte sie tatsächlich die Polizei gerufen?

Panisch blickte er zwischen der geschlossenen Tür und dem Wesen in seinem Hundekörbchen hin und her. Noch einmal spitze er die Ohren und versuchte an Hand der sich nähernden Geräusche im Treppenhaus abzuschätzen, wer oder was auf ihn zukam. Er glaubte, eine dunkle Männerstimme auszumachen, konnte aber nicht verstehen, was sie sagte. Waren da schwere Stiefel herauszuhören? War die Polizei tatsächlich schon auf dem Weg zu ihm?

Seine Gedanken überschlugen sich. Was würde die Polizei machen, wenn sie den Tigergreif sah? Würden sie ihn einsperren? Würden sie das Wesen den Behörden übergeben, um ihn zu studieren oder gar zu sezieren?

Was würden sie mit ihm machen, der das Wesen in diese Welt geholt und ihm Unterschlupf gewährte hatte? Würden sie auch ihn einsperren und ihn zwingen weitere Dinge aus der Traumwelt zu erschaffen, die für sie von Nutzen waren?

Die Schritte der schweren Stiefel näherten sich weiter. Gleich würden sie vor seiner Tür ankommen.

Noch einmal wandte Samu seinen Blick zum Tigergreif. Keinesfalls konnte er das Wesen in seiner Wohnung verstecken. Wo sollte ein Greif in der Größe eines ausgewachsenen Hundes auch hin? Unter sein Bett? Unter die Spüle? Sollte er eine Bettdecke über ihn legen, wie im Film E.T.? Das war lächerlich. Es gab in dieser Wohnung kein geeignetes Versteck für ein solches Wesen. Wenn die Polizei erst einmal in seiner Wohnung war, würden sie den Tigergreif schnell finden.

Panisch malte er sich weiter aus, was passieren würde, wenn die Polizisten den Greifen entdeckten und mitnehmen wollten. Würde das eben noch so heroische Wesen sich einfach an die Kette legen lassen? Oder würde es die Flügel zu voller Größe ausbreiten, den mächtigen Adlerkopf wie ein gereizter Stier leicht senken und die Beamten mit seinen zweifarbigen geschlitzten Augen kampfeslustig anfunkeln, während der Schwanz aufgeregt hin und her zuckte? Würden die Polizisten einen Kampf mit dem Greif überleben, wenn er seine Freiheit mit den messerscharfen Krallen seiner Fänge und dem kraftvollen Schnabel verteidigte?

Vehement schüttelte er den Kopf. Soweit durfte es nicht kommen.

Entschlossen ging er auf das Körbchen zu und kniete sich vor den Greifen. Noch immer schlief das Wesen friedvoll und ahnte nichts von der sich nähernden Bedrohung. Sanft legte Samu seine Hand auf das zarte, rote Gefieder am Halsansatz. Noch einmal blickte er zu seiner Wohnungstür. Es gab keinen anderen Weg.

Er schloss seine Augen und atmete tief ein.

Für einen Moment behielt er die Luft in seinen Lungen, bis er sie langsam durch seine Nase entweichen ließ. Noch dreimal wiederholte er diese tiefe Atmung und konzentrierte sich ausschließlich auf das Hier und Jetzt. Nichts Anderes zählte. Nichts durfte seine Gedanken ablenken.

Mit seiner Hand spürte er das weiche Gefieder des Wesens. Unter den Federn glaubte er deutlich die beiden in wunderbarem Einklang parallel schlagenden Herzen des Hybridwesens zu spüren. Es dauerte nicht lange, bis er den Greifen nicht mehr nur mit der Hand spürte. Trotz der geschlossenen Augen sah er das Wesen vor sich liegen. Er sah seine Wohnung mit all ihrer Unordnung. Sah das Loch in der Zimmerdecke seines Schlafzimmers. Und er sah vor dem Hundekörbchen knien. Er konnte alles sehen. Nichts blieb ihm verborgen.

Er sah durch das Gefieder und das Fell des Wesens. Jede einzelne Sehne, jeden Muskel des kraftvollen Körpers. Er sah das rote Fleisch, das die filigranen Knochen umspannte. Sah das dunkelrote, leicht silberne Blut durch die Adern fließen. Tiefer und immer tiefer drang er in die Erscheinung des Wesens ein.

Er sah jedes einzelne Chromosom bis in die kleinsten Zelle des Lebens. Sah sie in ihrem wunderbar einzigartigen Zusammenspiel. In seinem Geist streckte er die Hand nach den Bausteinen des Wesens aus, ergriff sie und strukturierte sie um. Alles musste wieder sein wie vorher.

Er nahm die Flügel und ließ sie mit dem Körper verschmelzen. Nahm den Schnabel des Adlerkopfes und wandelte ihn zu einer Hundeschnauze. Den fast armdicken Tigerschwanz änderte er zurück zu der einst buschigen Rute. Das schwarz-blau getigerte Fell und das rote Federkleid modellierte er zum schwarz – grau -weiß gefleckten Hundefell mit den beigen Einschlüssen.

In rasender Geschwindigkeit folgte seine Hand seinem Geist und vollführte die Umwandlung des Tigergreifen Xam zurück zu seinem treuen Hund Max innerhalb eines Augenblickes.

Mit einem Lächeln auf den Lippen führte er noch einmal seine Hand an die Augen des vor ihm liegenden Wesens. Er streckte seine Finger und berührte die geschlossenen Augenlieder.

Ein wenig Xam sollte noch in Max verbleiben dürfen. Und wenn es nur dafür gut war, sich daran zu erinnern, dass es kein Traum war, dachte er trotzig.

Er schaffte es noch seine Augen zu öffnen und das Werk vor ihm für einen Moment zu betrachten. Dann brach er ohnmächtig zusammen.

Spät am Nachmittag erwachte er durch ein eigenartig feuchtes Gefühl an seiner Hand. Es dauerte eine Weile, bis seine Augen dem Wunsch seines Gehirns Folge leisteten und sich widerspenstig öffneten.

Er lag in der Fötusstellung auf der Seite vor dem Hundekörbchen. Die kräftige Nachmittagssonne schien ihm mitten ins Gesicht. Lichtfelder wanderten über seinen verschwommenen Blick. Als er es endlich schaffte, seine Augen scharf zu stellen, erkannte er Max vor sich. Sein räudig geschecktes Fell glänzte im Licht.

Er hielt den Kopf nach vorne gebeugt, betrachte sein Herrchen mitleidig und leckte ihm noch einmal über die Hand.

«Oh Mann, Max. Schön dich wiederzusehen, alter Junge», brachte Samu unter Schmerzen hervor.

Seine Kehle fühlte sich an, als hätte eine mit Schmirgelpapier ummantelte Schlange sie als Wasserrutschbahn benutzt. Seine Stimme klang etwas blechern und erinnerte an ein gequältes Krächzen. Sein Mund war staubtrocken. Er bekam schlecht Luft.

Zweimal räusperte er sich. Doch sofort war es, als steche ihm ein messerscharfer Eispickel direkt in den hinteren Paritallappen. Sein Schädel fühlte sich an, als wäre er mit Säure übergossen geworden. Begleitet wurde der pochend brennende Schmerz von zehntausenden von Ameisenvölkern, die allesamt mit Stollenschuhen ausgerüstet über seine Hirnwindungen trampelten.

Waren das die Folgen, die die Anstrengung der Realitätsänderung mit sich brachte, fragte er sich frustriert.

Mit der Verzweiflung eines Ertrinkenden rappelte er sich auf und schlurfte ans Fenster. Er öffnete es weit und ließ die frische Winterluft in sein Zimmer strömen. Bis in den Abend saß er auf der Fensterbank und zog die frische Luft gierig ein.

Max hatte sich sorgenvoll vor ihn gesetzt und beobachtete sein Herrchen so wachsam, als ahnte er, dass etwas mit ihm nicht in Ordnung wäre. Immer wieder leckte er ihm über den Handrücken, legte den Kopf schräg und blickte ihn fragend mit seinem roten und blauen Auge an.

Samu saß still auf der Fensterbank und betrachtete nachdenklich seinen treuen Gefährten. Abgesehen von den auffällig bunten Augen war Max wieder ganz der Alte.

Es dauerte lange, bis Samus Kopfschmerzen allmählich vergingen und er klar genug denken konnte, um die Situation einmal mehr zu hinterfragen.

Warum sollte es gerade ihm möglich sein, Dinge durch seine bloße Vorstellungskraft Wirklichkeit werden zu lassen? Warum gerade er? Sicherlich, er war schon immer einer von den Menschen gewesen, die eine besonders blühende Fantasie hatten. War er deshalb zum Fantast auserkoren worden, um mit seiner andersartigen Art zu denken die Welt bunter zu machen? Wurde das von ihm erwartet?

Hatte der Traumweiser Samus Potenzial erkannt und ihn deshalb in seinen Träumen angesprochen? Oder war es umgekehrt? War er schon immer ein Fantast, wie der Traumweiser ihn nannte und hatte daher eine außergewöhnlich bunte Vorstellungskraft?

Und was war mit den anderen Weltenmalern?

Der Traumweiser hatte gesagt, es hätte in der Geschichte der Menschheit immer wieder Fantasten gegeben. Zuletzt Thomas Edison. *Thomas Edison*, dachte Samu gleichermaßen entzückt wie beeindruckt. Er, Samu Amundsen, war wie Thomas Edison, der größte Erfinder der Menschheit. Ein revolutionär Andersdenkender. Eine Koryphäe des Geistes.

Geschmeichelt lächelte Samu innerlich und fragte sich, welche großen Erfinder und Persönlichkeiten der Weltgeschichte wohl sonst noch Fantasten gewesen waren? Würde er genauso berühmt werden? Würde er ebenso wie seine Vorgänger die Welt beeinflussen?

Dazu müsste ich nur meine Gedanken wahr werden lassen. Sie aus meinem kreativen Geist in die Realität pflanzen, ging es ihm durch den Kopf. *Ich müsste…* Er suchte ein passendes Wort, um diesen Vorgang angemessen zu beschreiben. Leicht kniff er die Augen zusammen, überlegte einen Moment und hauchte das Wort «wirken!».

So wie Thomas Edison Dinge wie Elektrizität oder das Telefon aus seiner Vorstellungkraft heraus in die Wirklichkeit brachte - erfand, wie die Menschheit es nannte oder wirkte, was Samu für das deutlich treffendere Wort hielt - so könnte auch er die abwechslungsreich farbenfrohen Ideen seines Geistes wirken und damit die trist graue Alltagswelt verändern, sie nach seinen Vorstellungen gestalten und formen.

Ist es das, was der Traumweiser von mir erwartet?, dachte er versonnen.

«Ja!», hauchte Samu schließlich im Zwiegespräch mit sich selbst.

Doch kaum, dass er den Entschluss gefasst hatte, die Welt durch sein Wirken aus dem öden Alltagstrott zu befreien, wurde er traurig. Frustriert blickte er zur geschlossenen Wohnungstür.

Wie nur sollte er Fantasien auf den Weg bringen, die das Leben grundlegend veränderten, wenn er es nicht einmal schaffte, Menschen wie seine Vermieterin von der Existenz eines außergewöhnlichen Tierwesens zu überzeugen? Und bei derlei Anpassungen der Welt, wie Samu sie durch den Kopf gingen, genügte es bei weitem nicht nur einzelne Menschen davon zu überzeugen, dass die jeweilige Änderung ganz normal war. Alle Menschen mussten zugleich überzeugt werden.

Wie nur konnte er wirklich bahnbrechende Veränderungen wirken, wenn die Größe der Änderung minimal glaubhaft bleiben musste, um eine Akzeptanz in den konservativen Köpfen der Bürger zu erlangen?

Resigniert ließ er die Hände sinken. Er fühlte sich wie ein Kind, dem jemand ein Eis schenkte, aber ihm verbot daran zu lecken.

Er hatte das Geschenk erhalten, Dinge Wirklichkeit werden zu lassen. Doch was nützte das, wenn die Menschheit nicht bereit war, Änderungen zu akzeptieren? *Vielleicht muss es ja nicht gleich etwas bahnbrechend Neues sein*, dachte er einer plötzlichen Eingebung folgend.

Schnell hielt er diesen Gedanken fest und überlegte, was wohl das vielleicht Fantastischste wäre, das er ohne viel Aufheben wirken könnte. Etwas, das die Welt wie sie ist bunter und abwechslungsreicher machen würde, was aber eine so annehmbar kleine Veränderung für die Menschheit darstellte, dass sie sie einfach akzeptierte.

Verträumt ließ er seinen Blick über die schnell ziehenden Wolken wandern. Ein Tiefdruckgebiet näherte sich. Bald würde es regnen. Die Schwalben flogen bereits sprichwörtlich tief. Sie passten ihren Flug an die aktuellen Gegebenheiten an.

Ein breites Lächeln entstand auf seinen Lippen. Mit der Hand fuhr er sich aufgeregt durch den Bart. Vielleicht war etwas wie Luftdruck eine lenkende Größe, die er ohne viel Aufhebens verändern konnte.

Das war es.

Magnetismus, Dichte, Kraft, Spannung, Druck, schoss es ihm durch den Kopf. Physikalische Größen, die für die Lebewesen unseres Planeten nicht direkt sichtbar waren. Und doch beeinflussten diese Größen das Leben auf der Welt ungemein.

Näherte sich ein Tiefdruckgebiet, wichen die empfindsamen Insekten dem leicht unangenehmen Druck instinktiv aus. Die Schwalben folgten der Nahrungsquelle, flogen tief und reagierten somit unbewusst ebenfalls auf das nahende Tiefdruckgebiet.

Vielleicht war das ein Weg die Menschen zu lenken, ohne dass sie überhaupt bemerkten, dass sie beeinflusst wurden. Vielleicht konnten sie so von ihrer eintönig geradlinigen Zielstrebigkeit abgebracht und ein wenig abwechslungsreiches Chaos in die Welt gebracht werden.

Zufrieden lächelte er.

Voll kindlicher Vorfreude schloss er die Augen und atmete tief durch den Mund ein und durch die Nase aus. Er musste zur inneren Ruhe kommen. Musste sich voll der Sache hingeben. Nur seine Gedanken zählten. Nur der Wunsch nach Veränderung.

Es dauerte eine Weile, bis er sich sicher war, dass er seine Gedanken strukturiert zur Ordnung gebracht hatte. Erst dann formte er in seinem Geist kleinräumige wolkenähnliche Luftgebilde.

Anders als die Hoch- und Tiefdruckgebiete in großer Höhe sollten sie in Bodennähe ähnlich einem unsichtbaren Nebel durch die Luft schweben. Sie durften nicht sichtbar sein, aber gegenüber der normalen Umgebungsatmosphäre eine erhöhte Dichte aufweisen. Nur etwas erhöht. So dass sie leicht drückend auf Menschen und Tiere wirkten und etwas schwerer zu durchschreiten wären. Ähnlich wie Laufen durch Wasser. Würde ein Lebewesen auf eine solche Anomalie treffen, würde es ihr instinktiv versuchen auszuweichen.

Von weit oben sah Samu die Erde. Er stellte sich vor, wie überall auf der Welt unzählige dieser kleinräumigen Dichteanomalien wahllos durch die Gegend waberten und dabei sämtliche Lebewesen unbewusst dazu brachten, ihnen auszuweichen.

Überall zugleich ließ er in Gedanken die einzigartigen Dichtefelder entstehen. Er formte sie in seinem Geist und ließ seine Gedanken wirken.

Schon spürte er die ersten Ameisenvölker seine Hirnwindungen erklimmen. Alles begann zu kribbeln. Hatte er sich zu viel zugemutet? Er durfte sich nicht ablenken lassen und ignorierte den aufkeimenden Schmerz in seinem Gehirn.

Mehr und immer mehr Dichtefelder erschuf er. Manche groß wie ein See, andere klein wie ein Fußball. Mal ließ er sie direkt über dem Boden entstehen, mal in einer Höhe von wenigen Metern über der Erdoberfläche. Manche mit nur wenig erhöhter Dichte, manche mit deutlich höherer Dichte.

Er wollte Vielfalt. Die Welt brauchte Vielfalt.

In dem Moment, als Samu die letzte Dichteanomalie in die Wirklichkeit entsandte, lief ihm eine Träne roten Blutes die Wange hinab. Sein Kopf sackte auf seine Brust. Besinnungslos kippte sein Körper nach vorne und schlug ungebremst mit einem dumpfen Knall auf dem Boden seines Zimmers auf, wo er regungslos liegen blieb.

WINDSPIEL

Wenige Tage vor dem letzten Morgen

Andrej zog die Magnetkarte durch den Schlitz und wartete einen Moment, bis das kleine LED neben dem Magnetkartenleser grün leuchtete. Mit einem hörbaren Klicken entriegelte der Sperrmechanismus. Er steckte die Karte zurück in die Innentasche seines schwarzen Sakkos und öffnete die Tür.

Noch bevor er eingetreten war, schlug ihm ein markanter Geruch entgegen. Deutlich stachen die feinen Noten von Bitterkeit und Säure aus dem Mix aus Zigarrenrauch, Schweiß, Lust und Reinigungsmittel hervor. Verärgert schüttelte er den Kopf. Die Deutschen Äffchen hatten es nicht geschafft, die Düfte der vergangenen Nacht aus seinem Zimmer gänzlich zu entfernen. Einem russischen Hotelier wäre das nicht passiert.

Unweigerlich ließ der Geruch des Zimmers die Bilder von Demütigung und Schmerz in seinem Kopf aufblitzen. Als wollte er eine lästige Schmeißfliege vertreiben, wischte er mit der Hand durch die Luft, in der Hoffnung, die Geister der vergangenen Nacht so vertreiben zu können.

Dann betrat er seine Suite, ließ die Tür hinter sich ins Schloss fallen und sah sich um. Die Äffchen hatten bereits die Möbel wieder an ihren ursprünglichen Platz geräumt und die Utensilien, die er hatte einfliegen lassen, zum Abtransport verstaut. Der Wohnbereich wurde nun wieder dominiert von einem Arrangement zweier hellgrauer, moderner Designerohrensessel mit Fußschemeln, die unschuldig um einen freistehenden Kamin angeordnet waren. Nichts deutete auf die Exzesse der vergangenen Nacht hin. *Nichts außer dem Geruch.*

Er öffnete die großflügelige Verandatür und ließ die Kälte des Winters ins Zimmer strömen.

Eine Weile stand er vor der offenen Tür und atmete den unverbraucht reinen Sauerstoff ein, der im Kontrast zu den Gerüchen der Nacht nach Abwechslung, Abenteuer und Aufbruch schmeckte. Er war bereit für Neues.

Er ließ die Tür offen und wandte sich zur Hausbar, die von mehreren Lichtspots in Szene gesetzt, einen stilvollen Blickfang darstellte. Sie bestand aus einem rustikalen Weinfass, aus dessen Seitenwand ein großes Stück herausgeschnitten und durch eine Glastür ersetzt worden war. In das Fass waren Einlegeböden eingebaut, auf denen rund zwei Dutzend edle Spirituosen aus aller Welt aufgereiht waren.

Er griff sich eines der Gläser, die auf dem Fassdeckel bereitgestellt waren und ließ seinen Blick über die bunte Flaschenauswahl schweifen.

Er entschied er sich für einen Vodka, dessen Etikett ihn als „Windspiel“ auswies, nahm die Flasche aus dem oberen Regalboden und betrachtete das Label interessiert. Für einen Moment legte er abgeneigt die Stirn in Falten, als er erkannte, dass es sich um ein Deutsches Fabrikat handelte.

Dann zuckte er unmerklich mit den Schultern, drehte den Schraubverschluss auf und schenkte sich zweifingerbreit ein. Im Glas offenbarte die Spirituose einen ungewöhnlich blassgelben Farbton, den Andrej interessiert betrachtete.

Vielleicht schafft Windspiel es doch, mich zu überraschen, dachte er amüsiert.

Er setzte sich auf einen der Sessel, aktivierte mit der bereitgelegten Fernbedienung das Kaminfeuer und legte die Füße hoch. Eine Zeitlang betrachtete er die prasselnden Gasflammen und gab dem Vodka die Zeit, die er brauchte, um sein Aroma im Glas voll zu entfalten.

Mit einer ruhigen Handbewegung schwenkte er den Glasinhalt mehrmals und überprüfte dabei stetig, wie der Farbton, der vielleicht von einer langjährigen Reifung in einem Eschenholzfass herrührte, sich intensivierte, während die Flüssigkeit mit dem Sauerstoff reagierte.

Lange genoss er das Farbspiel, atmete immer wieder das milde Aroma tief ein, bis er endlich das Glas ansetze. Ein letztes Mal genoss er den Moment der Vorfreude, bevor er die Lippen leicht öffnete, das Glas ein wenig neigte und einen kleinen Schluck der Flüssigkeit in seinen Mund fließen ließ.

Es dauerte nicht lange, bis der Deutsche Vodka ein erstaunlich mildes und subtiles Geschmacksprofil am Gaumen entfaltete. Es war leicht süßlich und von einer zarten Kartoffelnote geprägt. Mit einem weichen Mundgefühl breiteten sich Karamellnoten mit feinen Anklängen von Eschenholz elegant aus. Vollendet wurde der erste Schluck durch einen auffallend runden Abgang.

Verblüfft betrachtete Andrej noch einmal das Glas in seiner Hand und nickte dem Inhalt anerkennend zu. Vielleicht hatte Deutschland doch ungeahnte Vorzüge.

Von dem überraschend interessanten Vodka wanderten Andrejs Gedanken zu der Frau, die ihn zu seinem eigenen Erstaunen stark beschäftigte. Den ganzen Tag über musste er unentwegt an sie denken.

Noch einmal ging er in Gedanken die Szene im Kaffeehaus durch, die er einfach nicht zufriedenstellend einordnen konnte. Er war davon überzeugt, ein äußerst aufmerksamer Mensch zu sein. Ob es Veranlagung war, die über die jahrelange Ausübung seines Jobs noch ausgeprägter wurde, oder den unzähligen Schulungen zu verdanken war; kaum ein anderer Mensch achtete so sehr auf die Gestik und Mimik seiner Mitmenschen wie er.

Niemand verstand sich so gut darin, die kleinen Details im Mienenspiel seines Gegenübers zu bemerken und zielgenau zu interpretieren. Abweisende Körperhaltungen, ein leicht seitlich gedrehter Oberkörper oder nervöse Angewohnheiten der Hände, die darauf schließen ließen, dass sein Kontrahent sich in eine Verteidigungsstellung zurückziehen würde oder leicht pulsierende Adern, geweitete Augen, nach außen gedrehte Fußspitzen, die darauf hindeuteten, dass ein verbaler Angriff bevorstand.

All das entging Andrej schon seit Jahren nicht mehr.

Und nicht nur das. Vielleicht daraus abgeleitet hatte er ein äußerst feines Gespür für Situationen. Er erfasste die Spannung in einem Raum voller Menschen und verstand es, sie zu deuten. Wenn er einen Besprechungsraum betrat, begriff er auf Anhieb, ob eine unbestimmte Anspannung, eine definierte Angst oder eine gewisse Vorfreude vorherrschte, die darauf schließen ließ, wie seine Verhandlungsgegner gesinnt waren.

Und dann das.

Etwas im Kaffeehaus war geschehen, das alle bemerkt hatten. Ob sie abgelenkt auf ihr Telefon geblickt hatten, alleine in eine Zeitung vertieft, zu zweit in ein Gespräch verwickelt oder zu dritt mit einem Notebook beschäftigt waren. Allesamt hatten wie auf Kommando ihre Tätigkeit im selben Augenblick eingestellt und die junge Frau angestarrt.

Schneeeule.

Was nur hatte sie getan, das alle bemerkt hatten, nur er nicht? Irgendwie musste sie die Aufmerksam aller auf sich gezogen haben. Dabei war es nicht so, dass sie gerade eben mit einem bombastischen Auftritt den Raum betreten hatte, plötzlich aufgesprungen war oder einfach laut etwas gerufen hätte. Nichts dergleichen.

Und doch hatten alle wie gebannt gewirkt. Als wären sie sich schlagartig darüber im Klaren geworden, dass etwas von Bedeutung geschehen war. Andrej wusste nur zu gut, dass viele Persönlichkeiten eine mächtige Erscheinung hatten. War das Ego eines Menschen groß genug, passierte es nicht selten, dass niedere Menschen das Alphatier sofort erkannten, noch bevor er auch nur ein einziges Wort gesprochen hatte.

Doch das war bei der Schneeeule ganz gewiss nicht der Fall. Sie war unscheinbar. Alles andere als ein Anführer oder Alphaweibchen. Sie war introvertiert. Zurückgezogen.

Sie hatte ihren eigenen Willen. Das sicherlich. Sie wirkte desinteressiert, als hätte sie andere nicht nötig. Als wäre sie sich selbst genug. Sie hatte sich bei dem kurzen Wortwechsel nicht sonderlich an ihm interessiert gezeigt. Sein Anzug, seine Erscheinung und sein Ego hatten sie nicht im Geringsten beeindruckt.

Nachdenklich schüttelte er den Kopf. Dass sie ihren eigenen Willen hatte und ihm nicht sofort erlegen war, mochte sie zwar vielleicht von den anderen Frauen, mit denen er Umgang hatte, unterscheiden. Es erklärte aber bei weitem nicht, warum sie alle, wie auf Knopfdruck, angestarrt hatten.

Was nur war ihm entgangen?

Noch einmal rief er sich in Gedanken die Gesichter der anderen Besucher auf. Einige hatten verdutzt gewirkt. Andere etwas erschrocken, vielleicht sogar leicht abwesend. Apathisch? Einige wirkten verständig. Fast alle hatten ein gewisses Strahlen in den Augen, eine Art innere Glückseligkeit. Als wäre ihnen allesamt im selben Moment eine Erkenntnis zu Teil geworden.

Als wäre ihnen etwas klar geworden.

Vielleicht ist es das?

Andrej konzentrierte sich noch einmal in Gedanken auf die drei Männer in ihren Kommunionsanzügen. Im Moment der Stille hatten sie allesamt einen eigenartigen Blick aufgelegt, der eine gewisse Erkenntnis widerspiegelte.

Er kannte den Gesichtsausdruck. Er erinnerte ihn an jemand. *An etwas?*

Tief in Gedanken trank er einen weiteren Schluck des milden Vodkas. Ganz sicher hatte er diesen Blick schon gesehen. Etwas fehl am Platz vielleicht. Unpassend? *Dieser Glanz in den Augen.* Dieses innere Strahlen voller Zufriedenheit in einem gänzlich unpassenden Moment.

Andrej konnte sich einfach nicht erinnern.

Er stellte das Glas ab, zog sein Zigarettenetui und das Feuerzeug aus seiner Hosentasche und zündete sich eine Zigarette an. Genüsslich sog er den warmen Rauch tief ein, der mit den letzten Aromen des Vodkas auf seinem Gaumen eine wunderbare Symbiose einging. Sein Blick wanderte zu der offenstehenden Verandatür, durch die noch immer stetig die kalte Winterluft strömte. Für deutsche Verhältnisse war es erstaunlich kalt.

Ob es heute Nacht noch schneien wird?

Im gleichen Moment, in dem er an Schnee dachte, bildete sein Gehirn die Verbindung und zeigte ihm, nach was er so lange gesucht hatte. *Natürlich*, fuhr es ihm wie ein Blitz durch den Körper. Wie nur hatte er das Offensichtliche nicht erkennen können?

Nicht nur einmal hatte er den prägnanten Gesichtsausdruck gesehen. Doch niemals so intensiv wie nach der letzten Kasinonacht, als er mit der verdammten Bahn nach Hause gefahren war. Der Schneehaufen. Der Bahnhofspenner, den er davon überzeugt hatte, dass sein Leben nicht lebenswert war. Er hatte den gleichen unpassenden Gesichtsausdruck der Erkenntnis, als Andrej ihn überzeugt hatte.

Konnte das sein?, durchzuckte es seinen Geist wie ein stechender Schmerz.

Konnte es sein, dass die Schneeeule - wie auch immer - alle im Kaffeehaus auf einmal von etwas überzeugt hatte? Ohne auch nur ein Wort zu sagen? Mit einer Art Blick, Telepathie oder … kurz überlegte er, ob er diesen Gedanken wirklich zu Ende führen wollte … *Gabe*?

Konnte es sein, dass sie eine ähnliche Gabe besaß wie er? *Gab es andere Menschen, die ähnlich mächtig waren*?

Doch wie nur war es ihr im Kaffeehaus gelungen, alle gleichzeitig zu überzeugen, während er es nicht einmal schaffte, seine Gabe auf zwei Menschen zur selben Zeit anzuwenden? War sie besser? Hatte sie ihre Gabe perfektioniert?

Andrejs Gedanken überschlugen sich.

Noch einmal rief er sich den Gesichtsausdruck der Schneeeule vor seinem geistigen Auge auf. Sie hatte überrascht gewirkt. Als wäre ihr unangenehm, was sie getan hatte. Sie hatte nicht den Moment der Überzeugung genossen und die Reaktionen der Anderen voll ausgekostet.

Nein.

Sie war aufgestanden und gegangen, nachdem sie ihr Gesicht eine Zeitlang beschämt in den Händen vergraben hatte. Als bereue sie das, was sie getan hatte. Deutlich konnte er sich an ihre Mimik erinnern, als sie realisiert hatte, was geschehen war.

«Sie war überrascht gewesen!», sprach er seine Gedanken laut aus, um die Erkenntnis zu manifestieren.

Kann es sein, dass sie ihre Gabe nicht bewusst einsetzt?, wagte er zu denken. Er schmunzelte. *Kann es sein, dass sie sich ihre Gabe nicht gewahr ist? Oder versucht sie, sie zu verdrängen, weil sie ihr unangenehm ist?*

Entschlossen zog er noch einmal an seiner Zigarette, dann schnickte er sie mit einer geübten Handbewegung zur offenen Tür hinaus und nahm sein Smartphone zur Hand. Über die Kurzwahltaste suchte er die Person aus, der er wie keiner anderen vertraute. Für einen Moment überlegte er, wie groß der Zeitunterschied zwischen Deutschland und Russland war. Doch noch bevor er zu einem Ergebnis kam, meldete sich die vertraute Stimme.

«Andrej, mein Bruder. Schon wieder ins Kasino?»

Für einen kurzen Augenblick grinste Andrej in sich hinein, als er an den glorreichen Sieg zurückdachte, den er über seinen

Bruder errungen hatte – oder zumindest, von dem sein Bruder glaubte, dass Andrej ihn errungen hatte.

«Nein, Bruder. Aktiviere das Netzwerk. Du musst alles über eine gewisse Person in Erfahrung bringen.»

Andrej glaubte deutlich Vorfreude in der Stimme seines Bruders herauszuhören, als er ohne zu zögern antwortete.

«Wie heißt das Schwein und was hat er unserer Familie angetan? Soll er Schmerzen leiden, oder soll seine Familie bluten?»

Andrej zog die Augenbrauen zusammen und schüttelte den Kopf.

«Nein. Das wird nicht nötig sein.»

Kaum hatte Andrej ihn dermaßen ausgebremst, war er sicher, am anderen Ende der Leitung einen unterdrückten Seufzer zu vernehmen. Schnell fuhr er fort, bevor sein Bruder eventuell noch die Lust an dem bevorstehenden Auftrag verlor.

«Es geht um eine Frau.»

«Eine Frau?»

«Sie war heute Mittag im Kaffeehaus am Marktplatz in diesem verdammten Ort, in dem ich untergekommen bin. Sie hatte sich mit einer älteren Frau getroffen. Sie wirkten vertraut. Vielleicht ihre junge Mutter oder eine deutlich ältere Schwester. Ich schätze sie auf Ende zwanzig. Sie ist sportlich und trug einen dieser grässlichen grauen Kapuzenpullis. Du kennst diese Pullis?»

«Ja.», antworte Boris einsilbig, während das Telefon Geräusche wiedergab, die darauf schließen ließen, dass er sich mit einem Bleistift Notizen machte.

«Sie bezahlte bar und ging alleine kurz nachdem ihre Begleitung das Kaffeehaus verlassen hatte.»

Wieder hörte er den Stift über das Papier kratzen.

«Ich muss alles wissen. Wie sie heißt. Wo sie wohnt. Wo sie arbeitet. Mit wem hat sie Umgang? Hat sie Schwächen? Alles. Kannst du das für mich herausfinden?»

Mit fester Stimme bestätigte Boris den Auftrag. «Gib mir einen Tag.»

Hoch zufrieden beendete Andrej den Anruf. Er wusste, er konnte sich auf Boris verlassen. Vermutlich würde er umgehend sein exzellentes Netzwerk aus Hackern, Spitzeln und

Spionen aktivieren und mit Hilfe von Überwachungskameras, Satellitenbildern und allen Informationen, die das Inter- und Darknet hergaben, ein lückenloses Profil der Schneeeule erstellen. Sicherlich würde er schon morgen Mittag alles zusammengestellt und für ihn sauber aufbereitet auf sein Smartphone zugesendet haben.

Er nahm das Vodkaglas, hob es leicht zum Gruß an, als stünde sein Bruder direkt neben ihm und nicht in rund zweitausend Kilometern Entfernung und trank den letzten Schluck in einem Zug.

Er schlenderte zum Weinfass und griff ohne Zögern erneut nach der Flasche mit dem weißen Etikett, auf dem einer dieser viel zu mageren Hunde abgebildet war. Er schenkte sich ein weiteres Glas des auffallend gelblichen Vodkas ein und ließ sich in den Ohrensessel fallen.

Lange betrachtete er die rötlichen Flammen des Feuers und das Gelb des Vodkas im Wechsel. Als die einst volle Flasche spät am Abend zur Neige ging, kam er seufzend zu dem Schluss, dass er der Lösung der rätselhaften Geschehnisse des Tages heute nicht näher kommen würde. Dazu brauchte er die Informationen seines Bruders. Erst damit würde es sich lohnen, die nächsten Schritte zu bedenken, um das Geheimnis der Schneeeule zu ergründen. Solange konnte er in dieser Sache nichts unternehmen.

Unzufrieden holte er noch einmal sein Smartphone hervor, um sich mit den Nachrichten des Tages abzulenken. Gelangweilt klickte er sich durch die verschiedenen Nachrichtenapps, die sich jedoch allesamt darin einig waren, dass es keine weltbewegenden Neuigkeiten im Bereich der Wirtschaft und der Politik gab. Einzig feierten die Presseagenturen den Erfolg eines indischen Ärzteteams, den sie als Meilenstein der Medizin betitelten.

Stöhnend klickte er den Artikel an und überflog rasch die ersten Absätze. Immer wieder tauchten die Phrasen Helden oder Götter in Weiß gepaart mit Worten wie Sensation, Durchbruch oder Meilenstein auf.

Überladen von den überschwänglichen Huldigungen dauerte es eine Weile, bis der Bericht endlich preisgab, was die Ärzte überhaupt erreicht hatten. Mit hochtrabenden Worten wurde davon berichtet, dass sie es geschafft hatten, den Hirntumor eines

Patienten rückstandslos zu entfernen. Besonders hervorgehoben wurde dabei, dass das Team aus Onkologen und Chirurgen den Mut aufgebracht hatte, den gefährlichen Eingriff an dem fast achtzigjährigen Patienten trotz des hohen Risikopotenzials durchzuführen und dieser sich nun bester Gesundheit erfreute.

Verärgert schüttelte Andrej den Kopf. Die Menschen waren einfach dumm. Was genau konnte an der widernatürlichen Verlängerung der Lebensspanne eines Achtzigjährigen als Heldentat bezeichnet werden?

Andrej war alles andere als gläubig. Aber erkannten die Wahnsinnigen da draußen denn nicht, dass Gott, Allah, Wischnu, Glück, Pech, Schicksal oder wer auch immer die Geschicke der Menschheit lenken mochte, scheinbar eine Art Plan verfolgte? Konnte es denn wirklich Gottes Wille sein, dass immer mehr Menschen immer länger lebten und dass sogar die achtzigjährigen, unheilbar Kranken noch einmal aufgepäppelt wurden? Erkannten sie nicht, dass Gott mit allen ihm gegebenen Mitteln versuchte, die Ausbreitung der Menschen einzudämmen?

«Die Welt platzt doch schon jetzt aus allen Nähten», fluchte er leise.

Wo sollte das noch hinführen? Schon längst gab es Menschen, die weit über einhundert Jahre alt wurden. Wobei die westliche Medizin lediglich dafür sorgen konnte, dass die alternden Körper vor dem letzten Zerfall bewahrt wurden. Der Geist der Menschen war jedoch für eine Lebensspanne dieser Größenordnung nicht geschaffen. Schon ab dem sechzigsten Lebensjahr baute das Denkvermögen merklich ab. Vergesslichkeit, Demenz, Altersschwachsinn. Der Verstand verabschiedete sich nach und nach und ließ die körperlichen Überreste alleine zurück.

Finster blickte er sein Smartphone an.

Krebs ging schon in die richtige Richtung. Er wütete bemerkenswert stark gerade unter dem älteren Teil der Bevölkerung. Aber noch immer gab es zu wenige, die von ihm zerfressen wurden. Es müsste eine Seuche geben, die die Menschheit wieder auf ein gesundes Maß reduzierte, wie eine reinigende Flut.

Vielleicht ein neuartiger Virus?

Eine Krankheit, die sich so schnell verbreitete und so tödlich war, dass die Helden in Weiß sie nicht besiegen konnten. Eine Krankheit, effizient und tödlich, die alle dahinraffte. Ähnlich wie Krebs aber ansteckend, so dass er von Patient zu Patient weitergegeben wurde.

Ein Krebs-Virus?

Müde lächelnd trank er sein Glas leer, schloss die Augen und fiel in einen dunklen Halbschlaf, während seine Gedanken rastlos umherschweiften.

SEELENHEIL

Wenige Tage vor dem letzten Morgen

Mira verfolgte verträumt den Lauf der Sonne, die sich stetig sinkend dem Horizont näherte. Deutlich begannen die eben noch von einem hellen gelb dominierten Farbtöne in ein Orange überzugehen, das bereits Nuancen von Rot enthielt.

Bald wäre ihr Tageswerk in diesen Breitengraden erfüllt, bewunderte Mira stolz die unermüdliche Leistung des strahlenden Himmelsgestirns.

Sie saß im Schneidersitz auf ihrem Lieblingsplatz, dem kleinen Erker im zweiten Obergeschoss des Altenheims, in dem sich das Leben ihrer Großmutter, ähnlich früh wie die untergehende Sonne an diesem Nachmittag, dem Ende entgegen geneigt hatte.

Wie immer liefen die Heizkörper unter den schmalen Fensterbänken auf Hochtouren, sodass sie den kleinen halbkreisförmigen Raum auf eine angenehm warme Temperatur verliehen. Wohlig zog Mira die Bündchen beider Ärmel ihres Kapuzenpullis ein Stückweit über ihre Handgelenkte, legte die Arme eng an ihren Körper und dachte einmal mehr an die kurze Zeit mit ihrer Großmutter zurück.

Ob auch sie zufrieden auf ihre Lebensleistung zurückblicken konnte, als ihr helles Strahlen viel zu früh dem Rot gewichen war? Ob auch sie auf der anderen Seite der Welt nach einer kurzen Phase der Dunkelheit erscheinen würde, um ein weiteres Leben in Helligkeit zu erfüllen? Oder wartete sie noch im Zwielicht zwischen Tag und Nacht darauf, dass der Kreislauf des Lebens erneut beginnen würde? Wie es ihr wohl geht?

Natürlich war es Mira durchaus bewusst, dass ihre Großmutter längst gestorben war. Auch wenn sie sich kaum noch an die verregnete Beerdigung erinnern konnte. Doch sie wollte nicht glauben, dass das Leben einfach zu Ende war, wenn ein Körper alterte, verging und starb.

Immer wieder hatte sie sich als junger Teenager darüber Gedanken gemacht, was wohl nach dem Ende des irdischen

Lebens wartete. Von ihrer Mutter im christlichen Glauben erzogen, hatte sie nach dem Tod ihrer Großmutter zunächst versucht, im Alten Testament Antworten auf diese Frage zu finden.

Tagelang hatte sie sich mit der Bibel in ihrem Zimmer zurückgezogen und nach Hinweisen gesucht. Zu gerne wollte sie daran glauben, dass ihre Großmutter wirklich im Himmel wartete und von dort auf sie herabblickte.

Verächtlich schnaubte sie. Früh hatte sie sich davon abgewendet, an die katholische Form des Himmels glauben zu können.

Wie voll müsste es dort wohl nach rund zweitausend Jahren Glaube sein?

Wenig später hatte sie sich in das Glaubenskonstrukt des Hinduismus eingelesen. Nachdem sie das Bild des überfüllten Himmels abgeschreckt hatte, schien der Gedanke der Wiedergeburt verlockend sinnvoll.

Lange versuchte sie zu glauben, dass mit dem Tod ihrer Großmutter nur eine weitere Epoche des Daseins geendet hatte. Vielleicht war ihre Seele im Punarajati, dem ewigen Kreislauf von Geburt, Leben und Tod, bereits in einem neuen Körper wiedergeboren worden.

Vielleicht war sie schon lange eine Schnecke, ein Insekt oder eine Eule?

Doch als sie sich eingehender mit dem Hinduismus beschäftigt hatte, erkannte sie, dass letzten Endes auch hier mit dem Moksha eine Art Himmel wartete, den die Seelen erreichten, wenn sie den Kreislauf der ewigen Wiedergeburt durchbrachen. Am Ende war das Moksha der Hindus – ebenso wie das Nirwana der Buddhisten also nur eine Abart des Himmels der Christen? Dann wäre auch das Moksha – wenn auch vielleicht durch unzählige Ehrenrunden auf Erden etwas verzögert – aber mit der Zeit ein sicherlich genauso überfüllter Ort erleuchteter Seelen.

Mira schüttelte es bei der Vorstellung an einen engen Stall, in den immer mehr Seelen wie Schweine eingepfercht wurden.

Enttäuscht von sämtlichen großen Religionen hatte sie lange versucht zu glauben, dass Körper vielleicht einfach gar nicht beseelt waren.

Sie schnaubte verächtlich. Auch heute hatte sie der Weg zu ihrem Lieblingsplatz im zweiten Stock des Altenheims durch den Korridor geführt, den sie als Teenager so oft gegangen war. Ein Schauer lief ihr den Rücken hinunter. Deutlich spürte sie, wie sich ihre Nackenhärchen aufstellten.

Wie früher offenbarte der Blick durch die meist offenstehenden Türen in die Zimmer entlang des schier endlosen Flurs auch heute ein Bild nüchterner Trostlosigkeit. Seelenlose Hüllen lagen wohl behütet in weichen Betten und warteten mit starrem Blick darauf, dass endlich ein Angehöriger die Maschinen stoppte, die die Lungenflügel stets zu einem neuen Atemzug zwangen, der das Leben um einen weiteren schier endlosen Moment verlängern würde.

Jemand der nicht daran glaubt, dass Menschen eine Seele haben, sollte einen Tag im Altenheim verbringen, dachte sie bitter. Hier sah man ungeschönt, was ein unbeseelter Körper war: Eine freudlos leere Hülle Fleisch.

Eine Zeitlang hatte sie versucht zu glauben, dass es nichts gab, was auf die Seele der Menschen nach dem Tod wartete, wie die Nihilisten und Atheisten gleichermaßen vermuteten. Doch konnte es wirklich sein, dass Seelen sich mit dem sterbenden Körper einfach auflösten und im Nichts vergingen?

Konnten Seelen derart unbedeutend sein, dass ihre Existenz an Körper aus Fleisch und Blut gebunden war? Und würden sie sich freiwillig von alternden Körpern abnabeln, nur um in einem sinnlosen Nichts zu vergehen?

Wieder schüttelte sie den Kopf.

Nachdem sie in den Texten der Religionen nicht die Antworten gefunden hatte, nach denen sie suchte, hatte sie sich mit den Philosophen der Antike beschäftigt. Sie hatte alles verschlungen, was die örtliche Bücherei ihr zum Thema Philosophie bieten konnte.

Nächtelang war sie in dicken Decken gehüllt in Bücher eingetaucht, die nur die wenigstens Teenager eines Blickes würdigten, als sie hier schließlich die Bestätigung ihrer Überzeugung gefunden hatte, dass Seelen existierten.

Mit klopfendem Herz hatte sie von Aristoteles Skala der Natur gelesen, in der er die verschiedenen Typen von Seelen charakterisierte. Sie erfuhr von der Humanseele, der höchsten Form aller Seelen, die sich dadurch kennzeichnet, dass sie Anteil an Geist und Vernunft hätte, der Tierseele, die durch Selbstwahrnehmung und dem Streben nach Etwas geprägt war und der Pflanzenseele, die man an der Fähigkeit erkannte, sich zu nähren, zu wachsen und fortzupflanzen.

Noch heute spürte sie die heiße Wut in sich aufsteigen, als sie mit zitternden Fingern umgeblättert hatte und lesen musste, dass Aristoteles der Meinung war, die Pflanzenseele würde die unterste Einheit der Skala bilden. Enttäuscht hatte sie das Buch beiseitegelegt und tagelang schmollend ignoriert. So sehr hatte sie sich gewünscht, dass der Philosoph sie in der Vermutung bestätigt hätte, dass auch in Bergen eine alte Seele lebte. Waren sie nicht auch in gewisser Art Lebewesen?

Traurig richtete sie den Blick in die Ferne beim Gedanken an die ziellose Zeit, die sie nach dem Tod ihrer Großmutter nur noch mehr in die Einsamkeit gedrängt hatte. Tagelang hatte sie sich enttäuscht und missverstanden von der Welt in ihrem Zimmer eingeschlossen und kein Wort mit ihrer Mutter geredet.

Erst Wochen später, als sie mit ihren eigenen Gedanken immer wieder in derselben Sackgasse geendet war, zwang sie sich weiterzulesen. Mit Genugtuung hatte sie festgestellt, dass Aristoteles sich nicht nur in Bezug auf die Seelen der Berge geirrt hatte.

Er beschrieb die Seele als sterblich, da sie seiner Meinung nach für immer untrennbar an die Wahrnehmungen des Körpers gebunden wäre. *Wie nur konnte ein Mensch, der sich ernsthaft mit Philosophie beschäftigte, glauben, dass Seelen einfach vergehen konnten?*

Schon als Teenager hatte sie erkannt, dass, wenn Seelen tatsächlich nicht wiedergeboren werden würden, dies im selben Atemzug bedeutete, dass mit jedem neugeborenen Menschen, jedem Tier und jeder Pflanze auch eine neue Seele entstehen müsste.

Wie viele Algen, Plankton oder Grashalme es wohl auf der Erde gibt?

Doch woher sollten all diese Seelen kommen? Aus einem unerschöpflichen Seelenpool? Verärgert knetete sie ihre Finger und schüttelte den Kopf. So vieles sprach für eine Wiedergeburt der Seelen. Wie konnte dieser Mann nur ernst genommen und Bücher über ihn geschrieben werden?

Zutiefst enttäuscht von den aristotelischen Ansätzen hatte sie sich Platon gewidmet.

Hier hatte sie begeistert lesen dürfen, dass er im Gegensatz zu Aristoteles die Seele als unzerstörbar und unsterblich einstufte. Er glaubte, dass sie unabhängig vom Körper schon lange vor dessen Entstehung und auch nach dessen Zerstörung weiter existierte und sich nicht einfach im Nichts auflöste.

Er glaubte an die Beständigkeit von Seelen und untermauerte somit ihre Gedanken. Glücklich über den neuen Anker, der ihrem Leben vielleicht Sinn und Halt geben konnte, hatte sie unzählige Male die Stelle gelesen, in der Platon folgerte, dass letztlich der Körper nichts weiter als ein vorübergehendes Gefängnis der Seele wäre. Gleich einer Zwangsjacke, in das die sonst freien Seelen für eine Zeit gepfercht wurden, nur um sich wenig später von ihr zu befreien, wenn sie genug vom irdischen Leben hatten.

Als wäre es erst gestern gewesen, erinnerte sie sich daran, wie sie das Buch fest an ihr Herz gedrückt hatte und nicht mehr loslassen wollte, weil sie sich so sehr bestätigt fühlte. Wochenlang hatte sie es nicht mehr aus der Hand legen können. Immer wieder las sie jeden einzelnen Satz mehrfach hintereinander, analysierte ihn und versuchte ihre eigenen Schlussfolgerungen daraus zu ziehen.

Nicht selten war sie zu den gleichen Schlussfolgerungen wie Platon gekommen. Mit einem breiten Lächeln auf den Lippen hatte sie ihm in Gedanken anerkennend zugenickt, als er die Möglichkeit der Seelenwanderung beschrieben hatte. Er glaubte, dass sich letztlich die Seele aus dem Gefängnis des Körpers lösen und von der einzig durch ihre Einwirkung belebten Materie befreien würde. Zurück würde nur die leblose menschliche Hülle bleiben.

Miras Herz hatte fast ausgesetzt, als sie gelesen hatte, dass Platon eigenständige Bewegung als Definitionsmerkmal der Seele aufführte und somit neben Tieren und Pflanzen auch Gestirne als beseelt einstufte.

Wie Recht er hatte.

Auch Sterne hatten eine Seele. Natürlich. Warum nur hatten das die anderen Philosophen nicht erkannt? Wieso sollten sie keine Seele haben? Ungeduldig hatte sie damals das Buch verschlungen und nach der letzten für sie entscheidenden Konsequenz gesucht.

Als sie enttäuscht am Ende des Buchs angelangt war, hatte sie ungeduldig auf die erste Seite zurückgeblättert und begonnen, es noch einmal durchzulesen. Vielleicht hatte sie nur etwas übersehen? Er musste es doch auch erkannt haben.

Erst als sie das komplette Buch ein drittes Mal Zeile für Zeile durchgegangen war, hatte sie sich eingestehen müssen, dass Platon den letzten entscheidenden Schritt nicht gegangen war. Er hatte nicht erkannt, dass auch Berge sich bewegten und entsprechend auch eine Seele haben mussten.

Natürlich bewegen sie sich.

Nur eben unendlich langsam. Manche wurden kleiner. Die meisten wuchsen. Sie teilten sich. Sie veränderten sich stetig. Nur eben so langsam, dass die Gelehrten der Antike dies nicht erkennen konnten.

So oft hatte sie damals davon geträumt, Platon einmal zu begegnen. Ihn zu treffen und ihm zuzurufen, dass er mit Allem richtig lag, aber dass natürlich auch die Berge eine Seele hatten. Sie hatte sich vorgestellt, mit ihm in einen philosophischen Disput zu gehen, in dem er schließlich anerkannte, dass sie absolut Recht hatte.

Ebenso hätte sie gerne mehr erfahren über das Jenseits, in das sich Seelen zurückziehen, die gerade nicht in einer Hülle stecken. Platon glaubte daran, dass das Jenseits in einen oberen und einen unteren Bereich gegliedert war. Im oberen Bereich führten die vom Körper befreiten Seelen in einer reinen und wunderbaren Umgebung ein glückliches Leben, bis sie erneut einen Körper bewohnten, so deutete er an.

Im unteren Bereich würden sie je nach der Schwere ihrer im Leben begangenen Verfehlungen bestraft und so gereinigt werden. Nur unheilbar schlechte Seelen würden im Tartaros versinken. Über die Vergehen der einzelnen Seelen auf Erden urteilte ein Totengericht.

Lange hatte sich Mira gefragt, ob es wirklich eine Instanz geben konnte, die über die Seelen wachte? Eine Art allwissender

Anwalt und Richter, der zugleich auch Henker war. Ein Seelenhüter, der die Taten der Seelen auf Erden verfolgte und sich um ihr Heil und Wohlergehen sorgte? Als Teenager war das nur schwer vorstellbar für sie.

Doch wenn es wirklich eine Wiedergeburt gab, musste es auch eine Art Richter geben. Würden sonst nicht sämtliche Seelen vorrangig in die mächtigen und schönen Körper schlüpfen?

Welche Seele hätte freiwillig Lust darauf, als Plankton zu enden?

Schwer seufzte Mira als der erste Teil der Sonnenscheibe hinter der Bergkette verschwand. Einmal mehr fragte sie sich, ob ihre Oma bereits wiedergeboren war? Achtzehn Jahre waren vergangen seit sie gestorben war. Wie lange würde es wohl dauern, bis eine Seele wiedergeboren wurde?

War sie vielleicht bereits ein Plankton?

Im Tartarus war sie sicherlich nicht, da war sich Mira sicher, auch wenn sie ihre Großmutter kaum kannte. Sie wusste es einfach.

Wieder versuchte sie sich an die kurze gemeinsame Zeit mit ihr zu erinnern. Lange hatte sie über die ersten der wenigen Worte nachgedacht, die sie damals an sie gerichtet hatte, als sie in dem großen Ohrensessel gesessen hatte.

Ich hatte mal eine Enkelin, die Mira hieß, aber sie musste gehen. Sie hatte einen zu großen Einfluss auf andere, hallten ihre entrückt gehauchten Worte in Miras Ohren wider. Innerlich fröstelnd hielt sie die Arme eng an den Körper gelegt. Bis heute hatte sie versucht, die Bedeutung dieser Worte zu verdrängen.

Doch konnte sie sie auch jetzt noch ignorieren? Es war ihr nicht entgangen, dass alle im Café sie angestarrt hatten. Apathisch. Abwesend. Manche mitleidig. Andere fast traurig. Dabei hatte sie nicht wild gestikulierend ihre Mutter angeschrien. Sie war nicht aufgestanden oder hatte den Salzstreuer an die Wand geworfen. Nichts was alle hätte dazu bewegen können, sie anzustarren.

Auch wenn in ihrem Innern ein wahres Gefühlschaos loderte, hatte sie sich unter Kontrolle gehabt. Sie hatte nur ihren Standpunkt eindeutig klarmachen wollen. Konnte es wirklich sein, dass sie einfach, wie ihre Großmutter gesagt hatte, einen großen Einfluss auf andere hatte?

Eine Zeitlang betrachtete sie weiter den Verlauf der untergehenden Sonne, während sie ihren Gedanken freien Lauf ließ.

Gestern war nicht das erste Mal gewesen, dass so etwas passiert war, gestand sie sich schließlich ein. Auch wenn sie noch ein Kind gewesen war, hatte sie wahrgenommen, was damals am Riesenrad geschehen war. Ihre Mutter hatte versucht, die Sache kleinzureden und ihre bohrenden Fragen ignoriert oder überspielt. Doch Mira wusste, was passiert war.

All die Jahre hatte sie es gewusst, auch wenn sie es sich niemals hatte eingestehen wollen. Alle waren gegangen. Alle hatten plötzlich Respekt vor der Höhe des Riesenrades. Weil sie panische Angst hatte. Und irgendwie hatte sich ihre Angst wie ein Lauffeuer unter den Anwesenden verbreitet.

Und nun häuften sich diese Ereignisse.

Unterschwellig wusste sie, dass der Erfolg ihres Plakats nicht dem einzigartigen Design oder der gut gewählten Abfolge der Buchstaben geschuldet war. Irgendwie hatte sie es geschafft, das Plakat als eine Art Medium für ihre Gefühle zu nutzen. Es übertrug ihren verzweifelten Wunsch, der so sehr in ihr gebrannte hatte, an die Betrachter weiter.

Konnte es wirklich sein, dass Menschen in ihrer Umgebung ihre Gefühle gewollt oder ungewollt nachempfanden, wenn die Emotionen nur heiß genug in ihr aufloderten? Könnte es sein, dass sie ähnlich wie ein Empath, der besonders sensibel die Emotionen anderer erspüren konnte, in umgekehrter Richtung anderen ihre Gefühlslage aufzeigen wenn nicht sogar aufzwingen konnte?

Konnte es sogar sein, dass sie durch die aktive Übertragung von Emotionen Menschen unbewusst zu etwas bringen konnte, ohne dass sie genau wussten wieso sie es taten? Wie eine Art unterbewusste Schleichwerbung? Ein impliziertes Bauchgefühl?

Die Sonne war endgültig hinter der Bergkette verschwunden.

Entschlossen drückte Mira ihren Rücken durch und ballte die Finger zur Faust. Nie war sie sich so sicher darin gewesen, dass mehr in ihr steckte. Schon immer hatte sie es geahnt. Eine Zeitlang hatte sie versucht, ihre Ahnung zu ignorieren und alle Anzeichen unter den Teppich zu kehren, wie ihre Mutter es tat.

Mira konnte sich nicht erinnern, dass Sandra jemals eine ihre Fragen beantwortet hatte. Bis heute hatte sie ihr nicht erklärt, warum sie mit ihrer Tochter ins selbstgewählte Exil geflohen war. Lange hatte Mira geglaubt, ihre Mutter hätte die Abgeschiedenheit gewählt, um ihr Kind vor anderen zu schützen.

Hatte sie viel eher versucht, andere vor mir zu schützen?

Wusste ihre Mutter über die Eigenart ihrer Tochter, ihre besondere Fähigkeit Bescheid?

Mira versuchte den Gedanken abzuschütteln und genoss stattdessen für einen Moment das Zwielicht, dass sich einstellte, wenn das Taggestirn bereits unter, das Nachtgestirn jedoch noch nicht aufgegangen war. Diese Momente, in denen sich Tag und Nacht die Waage hielten und die Welt in Unbestimmtheit lag, hatten etwas Magisches. Sie machten alles möglich.

Noch einmal atmete sie tief durch. Ihr Mund wurde trocken, ihre Finger begannen vor Aufregung zu kribbeln und ihr Herz klopfte laut. Dann fasste sie ein für alle Mal einen Entschluss. Von ihrer Mutter würde sie die Antworten nicht erhalten. Sie musste sich selbst auf die Suche nach dem Rätsel ihrer Fähigkeiten begeben.

Sie würde das Rätsel lösen. Sie allein würde die Antworten auf all ihre Fragen finden.

UE-11-R

Wenige Tage vor dem letzten Morgen

Noch einmal beugte sich Professor Narendra Kunnar stirnrunzelnd nach vorne, legte seine Augen auf das weiße Binokular und betrachtete das eigenwillige Objekt auf dem Objektträger. Gestochen scharf zeigte ihm das Elektronenmikroskop jede Einzelheit des Gebildes. Deutlich waren die Proteinhülle, die Lipiddoppelschicht und die Membranproteine zu erkennen.

Soweit nichts Außergewöhnliches, fasste er gedanklich noch einmal alle Fakten Schritt für Schritt zusammen.

Würde er dieses Bild seinen Studenten zeigen, würden sie wohl einstimmig sagen, dass es sich hierbei um ein gewöhnliches Virus handelte, dessen Aufbau exakt dem jedes anderen Virus entsprach.

Für einen Moment ließ er seinen Blick auf der Viruszelle ruhen. Dann fuhr er sich in einer alten Angewohnheit mit der Zunge über die kaffeebraunen Lippen, die hinter der Atemmaske verborgen waren. Ohne seine Augen vom Okular zu lösen, drückten seine durch doppelwandige Handschuhe geschützten Finger mit routinierten Bewegungen einige Knöpfe, betätigten einen kleinen Schieber am Revolverkopf des Objektivs und drehten erst am Grob- und schließlich am Feinantrieb, bis die Auflösung des Bildes noch einmal um das Zehnfache vergrößert wurde.

Langsam ließ er den Bildausschnitt entlang der Außenhülle des Virus wandern und betrachtete hoch konzentriert ein weiteres Mal die unzähligen außenliegenden Membranproteine, die dem Virus als Rezeptoren dienten. Aufgeregt kaute er auf seiner Unterlippe, als sich ihm erneut das Bild zeigte, dass er nun schon bestimmt ein halbes Dutzend Mal innerhalb der letzten Stunde überprüft hatte.

Es war nicht nur ein wenig anders, eine neue Unterkategorie oder ein neuer Stamm. Im Vergleich zu all den anderen Viren, die der geachtete Virologe der Universität Mumbai in seinem Leben bisher untersucht hatte, war dieses Exemplar von Grund auf anders. Nachdenklich schüttelte er ganz leicht den Kopf. Auf den ersten Blick waren es keine allzu großen Unterschiede. Aber die Konsequenz, die diese Abart mit sich brachte, war erschreckend.

Erneut machte er ein Bildschirmfoto und speicherte es auf der Datenbank des Universitätsrechners ab. Er musste es festhalten. Jeder der mikroskopisch kleinen Rezeptoren, die ähnlich wie ein dichter Laubwald um die kreisrunde Viruszelle wuchsen, sah unterschiedlich aus.

Einige waren lang und schmal, andere hatten breite Rezeptoröffnungen. Manche sahen aus wie kleine Pilze mit großen Hüten oder Pfeilspitzen, die nur darauf warteten, ihre Widerhaken in eine andere Zelle zu schlagen. Andere wirkten wie Kelche oder Tulpen, die sich wohl über längliche Auswüchse anderer Zellen stülpen konnten, während wieder andere an die Tentakel von Oktopoden erinnerten, die mit unzähligen, mikroskopisch kleinen Saugnäpfen ausgestattet waren. Jede einzelne Rezeptorzelle war unterschiedlich ausgebildet. Keine glich der anderen.

Dieses Mal sprach Narendra seine Feststellung laut aus, als würde es ihm helfen, die erschreckende Tatsache der außergewöhnlichen Erkenntnis Schritt für Schritt zu akzeptieren.

«Während andere Viren sich mit meist gleichartigen Rezeptoren darauf spezialisiert haben, nur an bestimmte Zelltypen anzudocken, gibt sich UE-11-R nicht mit dieser Einschränkung zufrieden.»

Waren andere Virenstämme wie ein Räuber auf nächtlichem Streifzug, der mit einem einzigen Schlüssel bewaffnet von Haus zu Haus zog und hoffte, eine passende Tür zu finden, die er öffnen konnte, um sich in dem fremden Haus auszubreiten, hatte UE-11-R einen gigantischen Schlüsselbund voller Dietriche, mit denen es sich sein Wunschhaus aussuchen konnte.

«Ein Universalvirus!», beendete Narendra seine Gedanken fasziniert und erschrocken zugleich.

Er löste seine Augen vom Okular und ließ sich auf seinen Stuhl fallen. Tief atmete er mehrmals ein und aus, um sich selbst zur Ruhe zu bringen. Dann beugte er sich wieder vor und griff nach dem Objektträger, der von zwei silbernen Klemmen des Mikroskops auf dem Objekttisch fixiert wurde.

Mit geübten Griffen löste er die Klemmen und nahm sich die beiden flachen Glasplättchen, die die Probe des eigenartigen Virus enthielten, die sein Studienkollege ihm gestern per Kurier geschickt hatte. Fasziniert betrachtete er den etwa fingernagelgroßen Dünnschliff, den er sich von dem murmelgroßen Geschwür am frühen Morgen genommen hatte.

«Ein Festköper», wisperte er kopfschüttelnd. «Er hinterlässt einen Festkörper!»

Gleich Lebewesen haben auch Viren die gottgegebene Bestimmung, sich zu vermehren. Ihr Antrieb ist es, passende Zellen zu finden, sich daran anzudocken, und den genetischen Code der Zelle durch den eigenen Code zu ersetzen, sodass eine Kopie ihrer selbst entsteht und sich der Virus auf diese Weise schließlich vermehrt, repetierte er in Gedanken die Worte, mit denen er meist die jungen Erstsemester begrüßte.

Vermehrung. Töten um zu Überleben.

Doch von diesem ethisch moralischen Grundgedanken wich UE-11-R gänzlich ab. Zwar hatte Narendra beobachtet, wie sich das Virus zunächst mehrfach replizierte. Hatte sich UE-11-R jedoch ausreichend oft repliziert, änderte es seine Bestimmung. Ab diesem Moment übernahm es nicht einfach nur andere Zellen, um eine weitere Kopie seiner selbst zu erzeugen.

Ab diesem Moment übernahm es andere Zellen und wandelte sie zu einer Art Krebszelle um.

Noch einmal ging er in Gedanken die Nachricht durch, die sein alter Freund dem Probenkörper beigelegt hatte. In mehr als fünfundzwanzig Jahren als praktizierender Onkologe hatte Jatinda noch nicht ein einziges Mal einen Krebstumor gesehen, der sich so rasant ausbreitete, wie dieses Exemplar.

Mit kurzen Worten hatte er berichtet, dass ihn am Tag zuvor ein verzweifelter Patient konsultiert hatte, der mit Geschwüren am gesamten Köper übersät gewesen war. Neben den sichtbaren Hautgeschwüren berichtete der Patient weiter von starken Schmerzen im Inneren seines Körpers, die auf innenliegende Tumore hindeuteten.

Noch während er den jungen Mann untersucht hatte, waren weitere Geschwüre auf dessen Haut entstanden. Eindeutig belegte der onkologische Bericht, dass es sich um eine Art Krebs handelte, die der Wissenschaft noch nicht bekannt war.

Allein die Tatsache, dass der neuartige Tumor, dem Jatinda die Bezeichnung UE-11-R gegeben hatte, derart streute, hatte ihn so sehr erschreckt, dass er sich sofort an seinen alten Freund und Kollegen gewandt hatte.

Ruckartig stand Narendra auf. Er hatte die Daten oft genug verifiziert. Es war Zeit zu handeln.

Vorsichtig legte er den Objektträger auf den Probentisch ab und ging zur Schleuse des Hochsicherheitslabors. Kaum hatte er die Desinfektionsprozedur hinter sich gebracht nahm er sein Handy aus dem Spind und wählte die Nummer seines Freundes.

«Jatinda», sagte er im gleichen Moment, als die Verbindung aufgebaut war, wobei er sich selbst zu einer professionellen Ruhe ermahnte. «Es ist kein Tumor. Also schon. Natürlich. UE-11-R ist ein Tumor. Oder vielmehr das, was es zurücklässt, ist ein Tumor. Es selbst. Es selbst aber ist kein Tumor. Verstehst du, Jatinda? Deswegen streut es so schnell. Es ist ein Virus. Ein Tumor-Virus.»

Nur kurz holte er Luft, um ansatzlos weiter zu sprechen.

«Ich habe die Daten wieder und wieder überprüft. Es ist unspezifisch. Es dockt nicht nur an bestimmte Zelltypen wie rote oder weiße Blutkörperchen bestimmter Blutgruppen an. Es kann sich fast überall andocken. Es verbreitet sich im gesamten Körper. Hat es sich genug ausgebreitet wandelt es schließlich infizierte Zellen zu Tumorzellen. Verstehst du? Tumore im ganzen Körper. Die sich viral verbreiten. Tröpfcheninfektion. Blut.»

Seine Stimme brach, als er es nicht mehr schaffte, seine Emotionen unter Kontrolle zu halten.

«Berührung! Verstehst du, Jatinda? Er könnte sogar über Berührung weitergegeben werden!»

Atemlos hielt Narendra inne und lauschte ins Telefon.

Mit seiner wirren Redeflut hatte er seinem Gesprächspartner keine Chance gegeben, selbst zu Wort zu kommen. War er sonst ein eher ruhiger und konzentrierter Redner, der jedes einzelne Wort gedanklich abwog, waren die Sätze nur so aus ihm herausgesprudelt.

Hatte er sein Gegenüber schlicht überrannt? War Jatinda überhaupt noch am Hörer? Oder hatte er schon aufgelegt, weil er die Absurdität der Bedeutung der Worte einzig damit erklären konnte, dass sein Gesprächspartner senil oder schlicht verrückt geworden war?

Ein eigenartiges Schnaufen ertönte aus dem Lautsprecher von Narendras Mobiltelefon.

Gerade fragte er sich, ob sein Kollege sich über ihn lustig machte, als dieser tief Luft holte und ansetzte, etwas zu sagen. Er klang nüchtern sortiert und weder amüsiert noch schockiert.

«Mein Patient ist heute Morgen verstorben. Die Tumore hatten sich im ganzen Körper verbreitet und schließlich ein Organ nach dem anderen zum Versagen gebracht.»

«Exitus innerhalb von kaum mehr als vierundzwanzig Stunden? Das ist noch schneller, als ich befürchtet hatte», erwiderte Narendra kopfschüttelnd.

«Wir müssen sofort...»

«Nein!», fiel ihm Jatinda ins Wort. «Hör mir zu, Narendra. Seit etwa zwei Stunden weise auch ich Geschwüre auf. Ich habe die Landesbehörde informiert.»

Alles um Narendra begann sich zu drehen.

«Du musst sofort in Quarantäne. Hörst du. Berühre niemanden. Fass nichts an. Du darfst niemanden anhusten oder ansprechen. Wenn wir Pech haben reicht alleine schon eine Übertragung durch Aerosole. Du musst andere Menschen und unbelüftete Räume meiden. Ich lasse sofort den Katastrophenschutz zu dir kommen.»

Kurz überlegte Narendra ob er alles bedacht hatte.

«Und dein Patient. Niemand darf den Leichnam berühren, hörst du Jatinda?»

Wieder erklang am Hörer das eigenwillige Schnaufen.

«Ich habe recherchiert. Er kam mit der Metro zu mir in die Praxis. Wie alle anderen saß er vor der Behandlung in meinem überfüllten Wartezimmer. Die Sprechstundenhilfe. Mein gesamtes Personal.»

Resigniert unterdrückte Jatinda ein Schluchzen.

«Der Fahrradkurier mit dem ich dir die Probe geschickt habe...»

Seine Stimme brach. Für einen Augenblick herrschte eine fast friedliche Stille zwischen den Kollegen, bis Narendra seiner alten Gewohnheit folgend seine Gedanken manifestierte, indem er sie leise vor sich hin murmelte.

«Wir können es nicht mehr aufhalten.»

TEIL III

Die Stunden vor dem letzten Morgen

HERR SEINER TRÄUME

3 Tage vor dem letzten Morgen

Ein letztes Mal streifte Samu die Sohle über den Türabtreter, zog dann beide Schuhe aus und betrat kopfschüttelnd seine Wohnung. Mit der Leine im Maul folgte ihm Max, trottete zu seinem Körbchen, drehte sich, dort angekommen, wie ein Wolf zweimal im Kreis und ließ sich sichtlich erleichtert auf die weiche Decke darin fallen. Sorgenvoll blickte er sein Herrchen mit den verbliebenen rot und blau funkelnden Augen an, als spürte er die Unruhe, die ihn umtrieb.

Samu ließ die Tür hinter sich ins Schloss fallen und ging nervös im Zimmer auf und ab, während er die Lippen verärgert zu einem schmalen Strich zusammenpresste.

Vielleicht ist die Art meiner Recherche doch nicht zielführend, dachte er stirnrunzelnd.

Vielleicht sollte er besser die Nachrichten schauen oder gezielt Wetterberichte verfolgen. Er könnte auch jemanden anrufen, schoss es ihm durch den Kopf.

Nur wen? Einen Experten für ... Wieder schüttelte er den Kopf und unterbrach seine eigenen Gedanken.

Vielleicht sollte er sich an die Polizei wenden?

Doch was würden sie ihm schon sagen können? Mit lebhaften Bildern malte er sich aus, wie ein übermotivierter Hilfssheriff mit Schnauzbart erst fragend zu seinem Partner blickte, dann seufzend mit der Schulter zuckte und genervt erwiderte, ob er vielleicht etwas getrunken hätte. Einmal mehr schüttelte er frustriert den Kopf.

Zwei Tage lang war er auf der Suche nach Beweisen mit offenen Augen durch sämtliche Parks der Stadt geschlichen und hatte möglichst unauffällig Spaziergänger und Jogger beobachtet. Ein paar Stunden hatte er sich auf den Marktplatz gesetzt und versucht, eine Abweichung im Bewegungsmuster der Menschen zu entdecken.

Dann hatte er viel Zeit auf dem Campus verbracht und Studenten beobachtet. So sehr sehnte er sich nach einem handfesten Beweis. Etwas, das ihm zeigte, dass er die Welt verändert hatte. Wenn vielleicht auch nur ein kleines bisschen.

Ein einziges Mal hatte er eine Studentin gesehen, die sich auffällig verhalten hatte.

Wie so viele andere auf dem Campus war auch sie zunächst zielstrebig auf dem Weg zu einem der Hörsäle gelaufen. Sein Herz war fast stehen geblieben, als sie wie aus dem Nichts die Richtung geändert hatte, plötzlich einen kleinen Bogen um etwas gezogen hatte und erst nach einigen Metern wieder ihrem ursprünglichen Weg gefolgt war.

Mit einem inneren Jubelschrei hatte er geglaubt, endlich einen Beweis gefunden zu haben. Mit weit aufgerissenen Augen hatte er auf die Stelle gestarrt, die die Studentin vielleicht unbewusst gemieden hatte. Er hatte gewartet, bis die junge Frau außer Sichtweite gewesen war, ehe er mit ausladenden Schritten ungeduldig auf sie zuging.

Kurz bevor er sein Ziel erreicht hatte, hatte er sein Tempo verlangsamt und war schließlich ganz stehen geblieben. Er hatte die Augen geschlossen und sich voll und ganz auf sein Bauchgefühl konzentriert. Lange hatte er so in sich hineingehorcht, bevor er sich enttäuscht eingestanden hatte, dass er nichts Ungewöhnliches erspüren konnte. Keine Gänsehaut. Kein Unbehagen. Keine Härchen im Nacken, die sich sträubend aufgestellt hatten. Kein leichter Druck auf den Schläfen. Nichts.

In letzter Hoffnung war er in Tippelschritten weiter und immer weiter geradeaus gegangen, bis er schließlich erkannt hatte, was genau die junge Frau zu ihrem Manöver gebracht hatte. Anstatt eine der erhofften Dichteanomalien aufzuspüren, die die Welt ein kleines bisschen abwechslungsreicher machen sollten, war er mit einem knatschenden Geräusch und der ernüchternden Erkenntnis in einen äußerst gewöhnlichen, frischen Hundehaufen getreten.

Enttäuscht ging er weiter in seinem Zimmer auf und ab, während die Gedanken in seinem Kopf unstet kreisten. Es war frustrierend. So sehr hatte er gehofft, die Welt ein wenig bunter und ein kleines bisschen weniger eintönig machen zu können.

Immer wieder hatte er versucht, sich an den Moment zurückzuerinnern, als er die Dichteanomalien gewirkt hatte. Er war sich so sicher gewesen, dass es funktioniert hatte. Er ging fest davon aus, dass irgendwo in der weiten Welt einige der unsichtbaren Felder ihre Kreise zogen.

Doch er hatte kein Gefühl mehr dafür, wie viele dieser Anomalien er erschaffen hatte. Waren es Tausende? Oder Hunderte? Vielleicht auch nur eine Handvoll? Auf jeden Fall waren es zu wenige. Hätte er mehr von ihnen erschaffen sollen?

Resigniert legte er die Stirn in Falten.

Selbst wenn die Welt voll von Dichteanomalien wäre, die Mensch und Tier unbewusst dazu brachten, spontan ihre Richtung zu ändern - was wäre das schon für eine Veränderung? Nicht viel mehr als der sprichwörtliche Tropfen auf den heißen Stein.

Die Erde würde sich noch immer in stoischer Gelassenheit um die gleiche Achse drehen und auf der stets gleichen Umlaufbahn die Sonne umkreisen. Die Jahreszeiten würden sich in der immer gleichen Abfolge aneinanderreihen und der nächste Tag würde der nächsten Nacht folgen, bis schließlich wieder ein weiterer Tag in Eintönigkeit anbrach.

Einmal mehr fuhr er sich mit der Hand durch den wild gewachsenen Bart. Er wollte so viel mehr als nur unsichtbare Felder. Er wollte Tigergreifen am Himmel, Raubhasen und Kampfstrauße am Boden und gigantische Leviathane im Wasser. Kurz unterbrach er seine eigenen Gedanken.

Will ich überhaupt Himmel, Boden und Wasser?

Unschlüssig atmete er aus. Er wusste einfach nicht, was genau er wollte. Er wollte mehr. Er wollte die Welt verändern, das jedenfalls stand fest.

Doch wie? Wie sollte er die Grundzüge eines eingefahrenen Systems verändern, wenn die Menschheit ihn als Hexer verbrennen oder als Ketzer steinigen würde, sobald er etwas wirken würde, was zu sehr den Horizont der konventionellen Wahrnehmung überstieg.

Er war gesegnet mit einer einzigartigen Gabe. Und doch war er gefangen. Egal wie offen, frei und innovativ sein Geist war, war er doch restringiert durch die Beschränktheit der Menschen, die in ihren stets gleichen Bahnen dachten. Ein leuchtender Stern unterdrückt von der Dunkelheit der Monotonie.

Nachdenklich blieb er stehen und schaute auf der Suche nach Rat zu Max, der sein aufgewühltes Herrchen sorgsam aus der sicheren Entfernung seines Körbchens beobachtete.

«Was soll ich nur tun, alter Junge?», fragte er schulterzuckend. «Wenn ich nur wüsste, wer mir helfen könnte!»

Der Australian Shepherd legte seinen Kopf leicht schräg, als verstünde er die Frage nicht und erwiderte den bohrenden Blick stoisch mit seinen ungewöhnlich farbigen Augen. Es dauerte nur einen kurzen Augenblick, bis Samu sich mit der flachen Hand gegen die Stirn schlug.

«Natürlich!», rief er laut aus und wunderte sich im gleichen Moment darüber, wie er die ganze Zeit über das Offensichtliche hatte übersehen können. «Du bist genial, Max!»

Samu nahm sich Zeit, seine Gedanken zu ordnen. Er setzte eine Tasse Lindenblütentee auf und stellte sich eine Weile unter die warme Dusche, um sich von der Kälte und dem Schmutz der vergangenen Tage zu befreien.

Dann widmete er sich der dringend notwendigen Bart- und Nagelpflege, zog seinen weißen Bademantel an und kraulte eine Weile das flauschige Fell seines Hundes, während er mit kleinen Schlucken das aufgebrühte Heißgetränk genoss.

Erst als er die Tasse vollständig geleert hatte und sich eine wohlige Wärme in seinem Bauch ausbreitete, zündete er einige Kerzen an, löschte das kaltweiße Licht seiner Deckenlampe und legte sich im Bademantel ins Bett. Er zog die warme Decke über sich, schloss mit einem vorfreudigen Lächeln auf den Lippen die Augen und konzentrierte sich voll und ganz auf seinen Atemfluss.

Als er die Augen wieder öffnete, fand er sich auf dem flachen Hügel wieder, den sein Verstand so oft in jüngster Vergangenheit als Ausgangspunkt seiner Träume genutzt hatte. Gierig atmete er die frische Sommerluft ein, die nach Lindenblüten und Sonnenblumen duftete. Mit kleinen Schritten drehte er sich langsam im Kreis und nahm aufmerksam seine Umgebung war.

Das sanfte Kitzeln des Hügels an seinen nackten Fußsohlen quittierte er mit einem Lächeln. Er lehnte sich etwas vor und blickte an seinen Beinen herab. Die Oberfläche des Hügels war nicht wie zuletzt mit einem gepflegt kurz geschorenen, saftig grauen Gras bedeckt. Vielmehr erinnerte die weiche Oberfläche mit ihrer locker luftigen Beschaffenheit an den frisch gewaschenen Frottee seines weißen Bademantels. Kleine Lachfältchen bildeten sich an den Rändern seiner Augen, als er verspielt mit dem Fuß über den flauschigen Boden fuhr.

Wie nah sich doch Traum und Realität sind.

Samu sah auf und betrachtete aufmerksam die Traumwelt, die sich ihm bot, während er sich weiter langsam im Kreis drehte. Die warme Sonne schmeichelte seinem Körper, während ein frischer Wind für angenehme Kühle sorgte. Intensiv durchforsteten seine Augen die umgebende Landschaft.

Den Hügel flankierten die gewohnt hellgrauen, wogenden Weizenfelder und die platingrauen Sonnenblumenfelder, die ihren intensiv sommerlichen Geruch verströmten.

Ein Stück weiter traf sein Blick auf den taubengrauen Laubwald, der sich in fast schon gewohnter Manier ehrfürchtig vor ihm verneigte, als Samu ihm für einen Moment seine Aufmerksamkeit schenkte.

Gespannt blickte er nach oben und suchte mit zusammengekniffenen Augen jeden Zentimeter des strahlend weißen Himmels ab. Doch er fand nicht, was er sich erhofft hatte.

Geknickt ließ er sich auf der flauschigen Oberfläche des kleinen Hügels im Schneidersitz nieder. Mit einer Selbstverständlichkeit legte er die Handrücken auf die Knie, als hätte er nie etwas anderes getan. Tief atmete er die frische Sommerluft ein und nahm noch einmal in Ruhe das Bild auf, das seine Traumlandschaft ihm bot.

Immer wieder hatten seine Träume auf dem flachen Hügel begonnen, von dem aus er mit Leichtigkeit die Weite der umgebenden Landschaft überblicken konnte. Dabei kam es ihm fast so vor, als wählte sein Verstand den Hügel als Anfang seiner Reise bewusst aus, um ihm einen Überblick über all das zu bieten, was ihn erwartete. Als luden seine Träume ihn ein, ein wenig zu verweilen und die Vorzüge der einzigartigen Traumwelt zu erfahren und zu genießen.

Schon seit längerem wurde er nicht mehr von unbekannten Wesen verfolgt, übergroßen Tieren gejagt oder grässlichen

Monstern gehetzt. Seitdem er keinen Alkohol mehr konsumierte und auf Koffein und Zigaretten weitestgehend verzichtete, begannen seine Träume deutlich entspannter. War er früher nur reaktiv auf der Flucht gewesen, zu gehetzt, um auch nur einen klaren Gedanken fassen zu können, schien er nun alle Zeit der Welt zu haben, um seine Träume voll zu durchdringen.

So einfach habe ich die Ketten, die meinen Geist all die Jahre beschränkten, sprengen können, dachte er schmunzelnd und blickte fasziniert an sich herab.

Das letzte Mal, dass er im Schneidersitz gesessen hatte, war sicherlich im Turnunterricht der Grundschule gewesen. Und schon damals hatte es ihm ein unangenehmes Zwicken in den Knien beschert, weil er einfach zu ungelenk für solch unnatürliche Verrenkungen war. Die Vorstellung, diese Haltung in der Realität einzunehmen, war für ihn so absurd, dass er unweigerlich kichern musste.

Abrupt unterband er sein albernes Kichern und versuchte erneut sich auf das Wesentliche zu konzentrieren.

Kann es wirklich sein... mit einem leichten Kopfschütteln unterbrach er seine eigenen Gedanken, die einfach zu absurd wirkten, um fortgeführt werden zu dürfen.

Aber warum sonst kann ich..., nahm sein Verstand erneut den Faden des inneren Zwiegesprächs wieder auf.

Noch immer kämpfte der Widerspruch in seinem Innern, jedoch vielleicht mit einem kleinen bisschen weniger Nachdruck als zuvor. Die Argumentation war nicht von der Hand zu weisen. Noch einmal blickte er fasziniert auf seine Knie.

Wenn ich das kann, vielleicht kann ich auch...

Entschlossen hob er sein Kinn und sah auf. Seine Augen wanderten zu einem der platingrauen Sonnenblumenfelder zu seiner Rechten. Herausfordernd musterte er es und überprüfte noch einmal intensiv das Farbspektrum der langstieligen Blumen.

Hellgraue Sonnenblumen standen neben dunkelgrauen, die wiederum von tauben- oder platingrauen umgeben waren. So unterschiedlich die einzelnen Farbtöne auch waren, bildeten sie in Summe doch ein geschlossenes Bild der Gleichförmigkeit.

Kurz seufzte er. Dann atmete er schwer ein.

Dann richtete er seine volle Aufmerksamkeit auf eine der Blüten, die inmitten der unendlichen Weite des Feldes stand. Sie unterschied sich nicht sonderlich von ihren langstieligen Artgenossen. Der Blütenkorb war kreisrund und gleichmäßig ausgebildet. Die Blütenblätter, die diesen umgaben, waren von einer eher hellgrauen Farbe.

Noch während er überlegte, wie er seinen Wunsch am besten formulieren sollte, ob es ausreichte, wenn er ihn lediglich in Gedanken formte, oder ob er ihn besser aussprechen sollte, änderten die Blütenblätter der Sonnenblume plötzlich ihre Farbe. Wie von Zauberhand wich das Grau einem hellen Gelbton, der in der Sonne kräftig strahlte.

Samu kam es so vor, als streckte sich die von ihm auserwählte Blume nun mit ganzer Kraft mit der Intention, ihre Artgenossen ein wenig zu überragen, um so ihre leuchtende Blütenpracht stolz zu präsentieren.

Wie auf Knopfdruck erhellte ein Lächeln sein Gesicht.

«Alles kann das sein, was du willst. Hier und dort. Überall!», wiederholte er freudestrahlend die Worte, die ihm Xam bei ihrem ersten Treffen auf diesem Hügel mitgegeben hatte.

Endlich hatte er die weitreichende Bedeutung der zunächst kryptisch scheinenden Worte seines Traumweisers verstanden.

Noch einmal glitt sein Blick sanft über die gelb leuchtenden Blütenblätter der Blume. Als hätten sie beide eine direkte Verbindung zueinander aufgebaut und müssten nicht darauf warten, dass er seine Wünsche ausformulierte, änderte sich schlagartig die Farbe ihres hübschen Köpfchens zu einem kräftigen Azur.

Selbstzufrieden nickte er der Blume zu, die nicht minder stolz auf ihr neues, außergewöhnliches Farbenkleid zu sein schien.

«Das strahlende Gelb hat dir sichtlich gut gestanden, mein kleiner Freund. Doch in der Realität, in der ich gefangen war, gibt es ausschließlich gelbe Sonnenblumen. Dort wärst du nur eine von vielen.»

Als verstünde sie genau, welche ehrenvolle Verantwortung Samu ihr zuteilwerden ließ, verneigte sich der strahlend blaue Kopf der Pflanze unmerklich in Ehrfurcht.

«Anders.» Nickte Samu zufrieden. «Wir sind auf dem richtigen Weg.»

Nachdenklich kniff er die Augen leicht zusammen. «Aber noch immer zu eintönig.»

Noch bevor er seine Gedanken ausgesprochen hatte, änderte sich das Antlitz der Sonnenblume erneut. Nun erstrahle jedes einzelne der vielschichtigen Blütenblätter in einer anderen Farbe, sodass sich eine wahre Farbexplosion um das sonst braune Herz der Blume bildete.

Schnell viel ihm auf, dass sämtliche Farbnuancen vertreten waren. Doch nicht nur die des Farbspektrums, die das menschliche Auge erfassen konnten. Klar erkannte er auch die ungewöhnlich schönen Farben, die sonst nur Eulen, Maulwürfe und Seeanemonen wahrnahmen.

Noch bemerkenswerter war das herausstechend außergewöhnliche Farbspektrum, derjenigen plastisch melierten Farben, die keine der Spezies, die auf dem blauen Planeten vertreten waren, bewusst erfassen konnte. Diese waren so komplex strukturiert, dass sie es mehr wie ein Duft oder ein Gefühl auf vielschichtige Weise schafften, das Innere der Wesen zu berühren, die sie betrachteten.

Zufrieden lächelte Samu der Sonnenblume zu. «So gefällst du mir viel besser.»

Ohne Zögern füllte er seine Lungen mit so viel Luft wie er konnte und legte beide Hände mit den Handflächen nach oben flach an sein Kinn. Als würde er zum Abschied einer geliebten Person einen Kuss gefühlvoll zuhauchen, pustete er sanft über seine Handflächen in Richtung der bunten Sonnenblume. Im gleichen Augenblick erfasste ein kräftiger Windstoß die Blütenblätter, löste sie behutsam vom Blütenkorb und wirbelte sie verspielt umher.

Schnell verteilte sich ein schillernder Farbenreigen wie ein bunter Schneesturm über dem ganzen Blumenfeld. Immer wieder sanken die farbenfrohen Blätter wie Federn im Wind nieder, wirbelten von unsichtbarer Kraft getrieben auf und schwebten erneut in Richtung Boden.

Mit Genugtuung beobachtete er, wie alles, was die bunten Tupfen dabei berührten die Farbe des jeweiligen Blütenblattes annahm. Innerhalb weniger Herzschläge entstand um ihn eine Farbenwelt von unbeschreiblicher Schönheit.

Zufrieden verschränkte Samu Amundsen seine Arme und ließ den Blick über sein Werk wandern. Er hatte es geschafft.

Er war der Herr seiner Träume.

AUFREGEND ANDERS

3 Tage vor dem letzten Morgen

Annähernd geräuschlos senkte sich die leicht beschlagene Fensterscheibe und verschwand in der massiven Fahrertür des schwarzen SUV, der im Vergleich zu anderen Modellen seiner Klasse deutlich übermotorisiert war.

Es wäre unangemessen gewesen, in dieser Gegend längere Zeit mit einem Sportwagen oder einer Limousine zu halten, denen auch ein Laie angesehen hätte, dass ihr Kaufpreis bei weitem das durchschnittliche Jahresgehalt der Bewohner dieses Viertels überstieg. Ein familiengerechter SUV passte besser in das Bild des Kleinstadtfamilienidylls. Doch wenn es schon eine Familienkutsche sein musste, sollte sie doch wenigstens ein gewisses Mindestmaß an Komfort und Motorleistung bieten.

Andrej nahm einen letzten Zug, bevor er den Stummel der Zigarette in weitem Bogen durch das geöffnete Fenster hinaus auf den kalten Asphalt schnickte. Mit einem kurzen Aufsetzer gesellte sie sich zu ihren anderen Artgenossen der fast aufgebrauchten Packung, die sich, wie eine Kolonie Pinguine, der Kälte trotzend auf engstem Raum zusammengerottet hatten.

Lange hielt er den warmen Rauch in der Lunge, bevor er ihn in die beißende Kälte entließ. Die Sonne stand zu dieser Jahreszeit tief und hatte kaum die Kraft, die Temperatur in den wenigen hellen Stunden auf ein erträgliches Maß zu bringen.

Seit dem frühen Mittag saß Andrej in dem AMG GLC 63S mit den getönten Heckscheiben, den er nur für diesen Zweck angemietet hatte und betrachtete das unscheinbare Haus zu seiner Linken.

Der einst weiße Putz des dreistöckigen Mehrfamilienhauses, das seine beste Zeit schon lange hinter sich hatte, bröckelte an vielen Stellen von der Fassade. Der Vorgarten war lieblos mit einigen Sträuchern und Büschen bepflanzt, die offensichtlich schon lange nicht mehr gepflegt worden waren.

Ein schmaler Gehweg aus Waschbetonplatten führte die Anwohner und die wenigen Besucher, die sich hierher verirrten, durch ein Spalier aus Thuja-Hecken zum Eingangsbereich des Gebäudes.

Unter einem einfachen, schmalen Vordach in Sichtbetonoptik, das vielleicht zwei Schritte aus der Hausfront hervorragte, präsentierte das Haus eine in Weiß eingefasste Glastür neben einer sicherlich nachträglich installierten Gegensprechanlage und einer Phalanx aus Briefkästen, Namensschildern und Klingeln.

Erneut zählte er die Briefkastenschlitze. Noch immer waren es acht Stück. Genauso viele, wie Klingeln und Namensschilder. Dann schloss er das Seitenfenster seines Wagens und blickte auf die Mappe, die aufgeschlagen vor ihm auf dem ledernen Lenkrad und seinen Oberschenkeln ruhte.

Gleich als er am Vormittag die E-Mail von seinem Bruder bekommen hatte, hatte er das angehängte Essay ausgedruckt und in der Mappe zusammengeheftet, die ihm die junge Rezeptionistin nach einem kurzen Blick in seine Augen überlassen hatte.

Boris hatte seine Erwartungen wie immer übertroffen. Auf rund einem Dutzend engbeschriebener Seiten, hatte Andrej nun alle Informationen über die Schneeeule vor sich, die es vermutlich zu finden gab.

Sie hieß Mira. Mira Schneider, ging er sicherlich zum zehnten Mal an diesem Tag seine Notizen durch, die er neben die, zu Absätzen gebündelten, umfassenden Ausführungen gekritzelt hatte. Lautlos bewegten sich seine Lippen, als er konzentriert las.

«Siebenundzwanzig Jahre. Ledig, keinen Freund, keine Kinder. Eltern leben getrennt. Keinen Kontakt zum Vater. Aufgewachsen bei ihrer Mutter, Sandra Schneider. Verbrachte ihre Kindheit in einem Landhaus in Italien, bis sie mit neun Jahren zurück in ihren Heimatort nach Deutschland zog.»

Für einen Augenblick hielt er inne, als müsste er die Informationen erst sacken lassen, ehe er weiterlas.

«Abgebrochenes Geologie Studium. Arbeitet seit fast fünf Jahren in einer Werbeagentur. Ihr Konto zeigt selbst für die Werbeagentur einer Kleinstadt ein vergleichsweise geringes Einkommen. Keine Rücklagen. Keine Altersvorsorge. Ihr Browserverlauf lässt darauf schließen, dass sie außer joggen und lesen keine außergewöhnlichen Hobbies hat. Interessiert sich für Geologie, Geomorphologie, Umwelt, Klimawandel und Berge. Lebt zurückgezogen und hat keine Freunde, wie das Bewegungsprofil und die Anrufliste ihres Mobiltelefons zeigen.»

Unentschlossen seufzte er, hob den geneigten Kopf und sah erneut aus dem Fahrerfenster. Wieder wanderten seine braunen, leicht zusammengekniffenen Augen vom Eingangsbereich des farblich abgesetzten und leicht hervorspringenden Treppenhauskerns nach oben.

Im zweiten Stock, der deutlich durch das Treppenhausfenster erkennbar war, verharrten sie für einen Moment, als wollten sie absolut sichergehen, auch wirklich auf der richtigen Höhe angelangt zu sein.

«Wohnt im zweiten Stock», murmelte er fasst lautlos.

Von dort aus schwenkte sein Blick nach rechts, vorbei an den Fenstern ihrer Nachbarin und dem kleinen Badfenster, bis er schließlich erneut bei dem Fenster angelangte, das zu ihrer Wohnung gehören musste.

«Südwestliche Wohnung».

Ein warmes Licht schien gedämpft durch die zugezogenen Gardinen der Wohnung. Auch wenn er bisher keinerlei wechselnde Schattenumrisse erkennen konnte, die auf Bewegungen im Zimmer hätten schließen lassen, wusste er, dass sie zu Hause war. Sie gehörte einfach nicht zu der Sorte Mensch, die das Licht brennen ließ.

Zum wiederholten Mal ruhte seine Hand auf dem Türöffner. Seine Finger legten sich um das matt glänzende, kalte Metall. Ein leichter Zug würde genügen und die Tür des Wagens würde sich öffnen. Er könnte aussteigen, sicheren Schrittes zur Haustür gehen und klingeln. Für einen Moment verharrte er reglos. Nervös kaute er auf seiner Lippe und starrte zu ihrem Fenster. Langsam zog er die Hand wieder zurück.

Was nur macht diese Frau mit mir?

Wieder schossen ihm die Bilder aus dem Kaffeehaus durch den Kopf. Bisher hatte ihn nur das Rätsel fasziniert, warum die anderen Besucher sie im Moment der Stille angestarrt hatten. Wie sie es geschafft hatte, sie in ihren Bann zu ziehen. Wieso er nicht in ihren Bann gezogen worden war.

Erst jetzt, als er wieder und wieder das Essay seines Bruders durchblättert und versucht hatte, es um die wenigen Erfahrungen zu ergänzen, die er mit der Schneeeule gemacht hatte, war ihm ein viel essentielleres Rätsel bewusst geworden: Sie war auch seinem Bann nicht erlegen. Er hatte sie angesprochen. Er hatte sich konzentriert.

Du willst mir jeden Wunsch erfüllen, hallten seine Worte in seinen Ohren wider, die nun eigenartig überheblich klangen.

Er hatte sie überzeugen wollen. Wie er es unzählige Male mit anderen im vergangenen Jahr getan hatte. Doch sie hatte nicht auf sein Wort gehört. Im Gegenteil. Sie hatte ihn links liegen lassen. Sie hatte es nicht einmal für nötig befunden, ihm zu widersprechen oder in irgendeiner Art und Weise auf ihn zu reagieren.

Als wäre er ein Niemand. Ein unbedeutender Störenfried. Ihrer unwürdig.

Er musste es noch einmal versuchen sie anzusprechen und die Verhältnisse zurechtrücken. Doch wie? Er lächelte bitter. Lange nicht mehr hatte er so eine Unsicherheit verspürt.

Aufregend anders.

Mit fest zusammen gepressten Zähnen versuchte er wieder und wieder, sich möglichst bildhaft an den Moment zurück zu erinnern, als sie vor ihm gestanden hatte.

Wie gewöhnlich hatte er sie in seinen Fokus gestellt. Wie gewöhnlich hatte er lange und tief in ihre Augen geschaut. Wie gewöhnlich hatte er versucht, alles um sie herum auszublenden. Natürlich war das in einem Kaffeehaus nicht ganz einfach gewesen.

Es hatte eine Menge ablenkender Störgeräusche gegeben. Er erinnerte sich, dass irgendjemand eine Kaffeetasse hatte fallen lassen. Ein Baby hatte geplärrt. Es waren keine perfekten Voraussetzungen gewesen.

Doch er hatte es schon unter so viel widrigeren Gegebenheiten geschafft, eine Verbindung zum innersten Selbst seines Gegenübers aufzubauen. Sie hatte ihm alleine gegenübergestanden. Es hätte funktionieren müssen.

Seit dem Tag, an dem er versucht hatte, den verdammten Filialleiter, diesen Wolkov, dazu zu bringen, ihm die Breitling vergünstigt zu überlassen, hatte er penibel darauf geachtet, immer nur einer Person entgegenzutreten, wenn er überzeugen wollte.

Unzählige Male hatte es so funktioniert. Er hatte dem Croupier im Spielkasino alle Wahrheiten über die Lage der weißen Kugel auftischen können. Er hatte sich einen Luxussportwagen für eine Probefahrt geliehen und dem überheblichen Verkäufer stattdessen einen Einkaufswagen zurückgebracht. Er hatte einer Bankangestellten erklärt, er wolle sein Konto auflösen und war mit dem gesamten Vermögen ihres Chefs nach Hause gegangen. Er hatte Boris eine Niederlage eingeredet. Und er hatte einen Mann davon überzeugt, sich selbst das Leben zu nehmen.

Solange er sich auf nur auf einen Kontrahenten konzentrierte, konnte er diesen von allem überzeugen.

Wieso also hatte es bei ihr nicht funktioniert?

Sicherlich. Früher hatte er auch nicht immer jeden von allem überzeugen können. Auch wenn er schon immer ein gewisses Talent dafür gehabt hatte, war es damals eher so gewesen, dass er vor allem dann erfolgreich gewesen war, wenn er für eine Sache gebrannt hatte. Wenn ihm nicht nur der Sieg in einem belanglosen Wortgefecht, sondern die Sache an sich, etwas bedeutete hatte. Wenn er mit Leib und Seele dahintergestanden hatte und seinen Standpunkt voll und ganz vertreten konnte. Wenn er für etwas mit Herzblut eingestanden war.

Nicht zufällig hatte er vorrangig die Interessen der Zigaretten-, Erdöl- und Waffenindustrie vertreten. Natürlich hatte auch Geld eine Rolle gespielt. Und sicherlich gab es hier mehr als genug Überzeugungsarbeit zu leisten.

Doch in seinen jungen Jahren war er vermutlich deshalb so gut in seinem Job gewesen, weil er sich mit den Interessen seiner Arbeitgeber nicht nur wie viele andere in seiner Branche arrangieren, sondern sogar identifizieren konnte. Denn es waren gerade diese Industriezweige, die einen erheblichen Anteil daran hatten, dass die Population der Menschen nicht noch stärker anwuchs. Und alles, was dazu beitrug, die Überbevölkerung zu reduzieren, war etwas Gutes.

Schon immer war er der Meinung gewesen, dass es einfach zu viele Menschen auf der Welt gab. Die Menschheit hatte sich in eine Richtung gewandt, die für die Natur und für die selbsternannte Krone der Schöpfung selbst nicht mehr tragbar war. Es war höchste Zeit für einen Neuanfang.

Doch ein Anfang kann nur aus einem Ende erblühen.

Als junger Mann hatte er für diese Überzeugung gebrannt. Wann immer er über die Götter in Weiß gewettert, über die Menschenmassen in Indien geflucht oder den Wahn eines Terroristen verteidigt hatte, der sich und eine Handvoll Unschuldiger vom Erdboden getilgt hatte, hatte er andere leicht mitreißen und von seiner Meinung überzeugen können. Wie kein anderer hatte er es verstanden, sein Gegenüber mit einfachen, möglichst plakativen Parolen zu vereinnahmen.

Nachdenklich hielt er inne und unterbrach seine eigene Vergangenheitsanalyse.

Vielleicht liegt ja genau darin der Schlüssel.

Früher, bevor er sich weiterentwickelt hatte und nun fast jeden von allem überzeugen konnte, war seine Überzeugungskraft dann am stärksten gewesen, wenn er wahrhaft emotional hinter einer Sache stand.

Vielleicht war er es zu selbstsicher angegangen, als er sie im Kaffeehaus angesprochen hatte. Vielleicht war sie ihm damals nicht wichtig genug gewesen. Erst im Nachgang, als er am Abend in seinem Hotel den Tag hatte Revue passieren lassen, war ihm die Bedeutung des Moments der Stille bewusst geworden.

Vielleicht genügte es schon, dass er sich jetzt so viele Gedanken über seine Vorgehensweise machte. Dass er sich der Wichtigkeit ihrer Rolle bewusst war. Dass er es nicht auf die leichte Schulter und für selbstverständlich hinnahm. Mit genug genügend Einsatz sollte er sie überzeugen können.

Er sollte sich vor ihr aufbauen, sein Kreuz durchdrücken und ihr tief und lange in die Augen schauen. Dann müsste er sich Zeit nehmen. Wie früher. Er würde seine volle Konzentration in die Botschaft packen. Diese sollte er möglichst einfach und klar halten. Einen kurzen Befehl, der keinen Widerspruch duldete. Sie würde sich ihm öffnen und ihr Geheimnis preisgeben.

Noch einmal fuhr seine rastlose Hand zum matt glänzenden Türöffner. Für einen Moment hielt er inne. Dann zog er.

Schwungvoll stieg er aus und folgte dem schmalen Gehweg aus Waschbetonplatten durch das Spalier aus Thuja-Hecken, bis er schließlich vor der in Weiß eingefassten Glastür unter dem schmalen Vordach in Sichtbetonoptik stand.

Ohne zu zögern klingelte er bei einer der anderen Wohnungen im zweiten Stock und wartete ungeduldig, bis schließlich das eigentümliche Geräusch des elektrischen Türöffners erschallte und ihn jemand einließ.

Er drückte die Tür auf und folgte dem Treppenverlauf nach oben, wobei er immer zwei Stufen auf einmal nahm.

Als er den zweiten Stock erreicht hatte, bog er nach links ab und folgte dem Flur, vorbei an der Wohnung ihrer Nachbarin, bis er schließlich vor einer der einfachen, weiß gestrichenen Wohnungstüren stand. Ein kurzer Blick auf das Türschild bestätigte seinen Orientierungssinn.

Es war ihre Wohnung.

Die hörbar tiefen Atemzüge dienten dem Versuch, seinen Herzschlag zu beruhigen, wobei er insgeheim spürte, dass die hohe Frequenz nicht ausschließlich dem schnellen Lauf durch das Treppenhaus geschuldet war.

Er schloss die Augen und sammelte sich.

In seinem Geist legte er sich die Worte zurecht, die er ihr sagen wollte. Sie sollten einfach sein. Klar. Unmissverständlich. Unumstößlich. Noch einmal atmete er tief ein.

Dann öffnete er die Augen, ballte die Hand zur Faust und klopfte zweimal kräftig an der Wohnungstür.

EINES NEUEN SONNENAUFGANGS WÜRDIG

3 Tage vor dem letzten Morgen

Erst jetzt, im Kontrast der nun bunten Traumlandschaft, erkannte Samu den Glasturm, der sich keine zehn Schritte von ihm entfernt in atemberaubende Höhe schraubte. Ähnlich wie ein Mosaik bestand der durchsichtige Turm aus unzähligen, filigranen Glasplättchen, die teilweise groß wie ein Auge, teilweise aber auch kleiner als eine Wimper waren.

Allesamt waren konvex geformt, sodass sie an die geschliffenen Gläser einer Brille erinnerten. In jeder von ihnen reflektierte sich das Licht tausendfach, so dass der Turm wie der Schuppenpanzer einer geflügelten schwarz-weißen Himmelsechse vor dem nun bunten Hintergrund kontrastreich erstrahlte.

Hatte er den Turm deshalb zuvor nicht sehen können, weil er vor dem damals ebenso schwarz-weißen Hintergrund zu gut getarnt war? Oder wollte der Turm nur bisher noch nicht gesehen werden und offenbarte sich erst jetzt aus freien Stücken?

Neugierig betrachtete er das eigenartige Gebilde und bemerkte, dass an jedem der unzähligen Brillengläser, eine Art haardünner, durchsichtiger Schlauch befestigt war, der sich mit den unzähligen anderen verband und sich helixartig verflochten im Inneren des Turmschafts nach oben schraubte. Ein wenig erinnerte das Schlauchbündel an Adern oder Nervenstränge, die sich entlang eines menschlichen Rückrates nach oben wanden.

Ob sie zu einer Art Gehirn führen?

Fasziniert legte er den Kopf in den Nacken, folgte mit dem Blick der Schlauchhelix und versuchte die Spitze des Turms auszumachen. Doch so sehr er sich auch bemühte, konnte er nicht erfassen, wie hoch das filigrane Gebilde tatsächlich war. Zu gerne wollte er herausfinden, was es mit dem durchsichtigen Turm auf sich hatte, der sich so unerwartet in seiner Traumlandschaft gezeigt hatte.

Ohne weiter darüber nachzudenken, was er tat, oder wie genau er es tat, löste er sich vom Boden und schwebte der Turmspitze entgegen. Sanft wehte sein blondes Haar im milden Sommerwind, während er mit einem zufriedenen Lächeln immer höher stieg.

Er konnte nicht einschätzen, wie lange er geflogen war, bis er die Spitze schließlich erreichte.

Am höchsten Punkt fächerte sich der Schaft des Himmelsturms schließlich wie ein Weinkelch auf und verbreiterte sich zu einer Art rudimentärer Aussichtsplattform.

Langsam schwebte er über den Rand des Gebildes, landete sacht auf seinen Füßen und hielt zielsicheren Schrittes auf die Mitte der gläsernen Plattform zu, in der sich die haardünnen Schlauchstränge der Helix in einer eigenartigen Glaskugel vereinten. Sie hatte vielleicht den Durchmesser der Schrittweite eines ausgewachsenen Mannes und schien das Licht tausendfach widerzuspiegeln. Ein wohliger Schauer durchlief seinen Körper, als er direkt neben der Kugel fand, wonach er gesucht hatte.

«Ich hatte gehofft, dich hier zu treffen.», begann er euphorisch.

Ruckartig hob sich der gefiederte Kopf des mächtigen Wesens, das auf seinen samtenen, schwarz-blau gestreiften Hinterläufen saß. Aufgeregt schlug der getigerte Schwanz von einer Seite zur anderen. Das rote und blaue Auge, die noch eben zu schmalen Schlitzen verengt konzentriert das Innere der Kugel fixiert hatten, weiteten sich ein wenig, als Samu sich näherte.

«Du träumst bunt», begrüßte ihn der Tigergreif mit einer Mischung aus Anerkennung und Ungeduld.

Noch im Gehen deutete Samu eine leichte Verbeugung an, als er sich Xam näherte.

«Ich habe einiges verstanden», erwiderte er sichtlich stolz. Fast im selben Moment nahm sein Gesicht einen fragenden Ausdruck an. «Doch es gibt so vieles, das ich nicht verstehe.»

«Verstehen ist der Anfang und das Ende», erwiderte der Tigergreif mit leicht geöffnetem Schnabel.

Für einen Moment versuchte Samu einzuschätzen, ob diese Geste die Art des Hybridwesens war, ein Lächeln anzudeuten. Doch schnell gestand er sich ein, dass der offene Schnabel ebenso Belustigung, Hunger oder alles Mögliche bedeuten konnte. Zu unvergleichlich war die Mimik des gefiederten Adlerkopfes.

Xam machte keinerlei Anstalten, seine Erläuterungen weiter auszuführen, als wären sie so selbsterklärend, dass sie keiner weiteren Worte bedürften. Auffordernd sah er Samu mit leicht schräg geneigtem Kopf an und wartete auf dessen Fragen.

Für einen Moment legte Samu die Stirn in Falten, zuckte dann unmerklich mit den Schultern und ließ seinen Blick langsam über die Plattform wandern. Zögerlich hob er die Augenbrauen und spreizte die Arme in einer umfassenden Geste weit von seinem Körper weg.

«Was ist das hier alles?», fragte er schließlich.

Mit der Eleganz eines jahrhundertealten Raubtiers erhob sich der Tigergreif und umkreiste Samu und die Glaskugel auf den geschmeidigen Pfoten seiner Hinterläufe, wobei die Krallen der Vorderfänge schabende Geräusche auf der gläsernen Plattform erzeugten.

Dabei hielt er den Kopf von Samu abgewandt, als würde er sich selbst erst einen Überblick darüber verschaffen, wo genau er sich befand. Geschmeidig beendete er in aller Ruhe seine Runde, bevor er sich Samu schließlich zuwandte und mit sicherer Stimme und einem leichten Kopfnicken feststellte:

«Das ist ein Beobachtungsturm.»

«Ein Beobachtungsturm?», wiederholte Samu langsam, ohne es zu schaffen, seine Augenbrauen auf ihre normale Höhe zu senken, bevor er vorsichtig insistierte.

«Und damit…» Kurz unterbrach er sich selbst und überlegte, wie er dem Tigergreifen ein paar Antworten entlocken konnte.

«Und damit kannst du alles sehen?», traute er sich zu fragen und hoffte inständig weder zu einfältig noch in irgendeiner Form anmaßend zu wirken.

Aus dem Schnabel des Tigergreifen ertönte ein tiefes Grollen, das nur zum Teil belustigt klang.

«Ich kann ohnehin alles sehen», erwiderte er mit einem mahnenden Blick.

Es verging ein Moment der Stille, ehe der Tigergreif ein wenig sanfter hinzufügte:

«Damit kannst du alles sehen.»

Lange versuchte Samu einen Sinn in den Worten des Tigergreifen zu finden, die in seinem Kopf wie ein Echo widerhallten, bis er sich schließlich eingestand, dass er wohl forscher vorgehen müsste, um konkrete Antworten zu bekommen.

Eine Zeit lang biss er sich auf die Lippe und betrachtete das getigerte Wesen mit den mächtigen Adlerschwingen, dem Adlerkopf und dem Hinterleib eines Tigers. Mit der Vorsicht eines Kaninchens, das sich einem Schlangennest näherte, wagte er einen weiteren Vorstoß:

«Was bist du? Bist du Gott?»

Wieder erscholl das tiefe Grollen aus dem gebogenen Raubvogelschnabel.

«Nein. Ich bin der Traumweiser», antwortete Xam, wobei Samu der tadelnde Unterton in der Stimmfarbe des Wesens nicht entging. Fast klang es, als wäre Xam verärgert darüber, etwas erklären zu müssen, was bereits gesagt worden war.

Ein wenig entmutigt ließ Samu die Schultern hängen, während er sich wie ein Schuljunge fühlte, dem ein spannender Zaubertrick gezeigt worden war, ohne jedoch auch nur annähernd die Lösung des Rätsels preiszugeben. So würde er nicht die Antworten erhalten, nach denen er suchte.

Mit einem Anflug von Verzweiflung sah er dem Tigergreifen lange in die Augen, während er versuchte, sich an den genauen Wortlaut des letzten Gesprächs zu erinnern, das er mit Xam geführt hatte.

«Du hast mir gesagt, es würde dir obliegen, den Weltenmalern die Verantwortung ihrer Gabe zu erklären. Du hast gesagt, ich sei ein Weltenmaler. Also hilf mir zu verstehen. Existierst du nur in meinen Träumen, oder gibt es andere wie dich? Gab es dich schon immer? Was ist deine Bestimmung?»

Bedrohlich langsam setzte der Tigergreif einen seiner Fänge einen Schritt nach vorne und kam Samu so erschreckend nah, wobei die messerscharfen Krallen erneut ein eigentümliches Geräusch auf dem gläsernen Untergrund verursachten. Jeder Muskel des vollkommen auf die Jagd ausgelegten Wesens spannte sich an.

Starr vor Angst wagte Samu es kaum zu atmen, während er sich ausmalte, wie der Tigergreif ihn für die Dreistigkeit seiner Fragen mit einem Schlag seiner Klaue zerfleischte. So verharrten beide regungslos für einen unendlich langen Augenblick, ehe Xam die

Flügel eng an den Körper anlegte, die mächtigen Schulterblätter nach unten drückte und das Haupt anerkennend neigte.

«Du beginnst endlich die Fragen zu stellen, die einer Antwort würdig sind.»

Dann hob er das Adlerhaupt und setzte sich vor Samu auf die Hinterläufe, blickte ihm tief in die Augen und erklärte:

«Ich bin der einzige meiner Art. Ich existiere seit Anbeginn der Zeit. Meine Bestimmung ist es zu urteilen.»

«Zu urteilen?», setzte Samu zögerlich nach, nachdem er es unter Aufbringung höchster Konzentration geschafft hatte, seine Atmung zu normalisieren und seinen Puls zu beruhigen.

«Was beurteilst du?»

«Mit jeder untergehenden Sonne obliegt es mir, darüber zu urteilen, ob die Welt, wie sie ist, eines neuen Sonnenaufgangs würdig ist.»

Samus Augen weiteten sich ungläubig, als er die Bedeutung der Worte des Tigergreifens begann zu begreifen.

«Und dass», sprach er seine Gedanken stockend aus. «ich hier vor dir stehe bedeutet…»

Noch einmal hielt er inne und ging jedes einzelne Puzzleteil im Geist noch einmal durch. Er senkte seine Stimme zu einem Flüstern und sprach langsam mehr zu sich selbst als zu Xam:

«dass du die Welt nicht mehr für würdig befindest?»

Erneut neigte sich das Adlerhaupt anerkennend.

«Ihr Sein, wie es war, ist erschöpft. Nun ist es an den Weltenmalern, eine neue Welt zu erschaffen.»

Lange starrte Samu den Traumweiser schweigend an. Dann atmete er schwer ein, fuhr sich mit der Hand durch den Bart und sagte schließlich:

«Ich würde es lieben, die Welt verändern zu dürfen. Sie ist so wenig bunt. Denkst du nicht auch, dass sie viel abwechslungsreicher sein sollte?».

Wieder öffnete Xam leicht seinen gebogenen Schnabel, als amüsiere ihn Samus Aussage.

«Wie die Welt sein sollte obliegt nicht mir zu beurteilen.»

Fast schon kindlich verzückt malte Samu sich aus, was er wohl alles verändern könnte. Doch dann legte sich ein Schatten über sein Gesicht. Er senkte den Blick zu Boden und sagte mit bedrückter Stimme:

«Was du erwartest, kann ich nicht erfüllen.»

Nun war es Xam, der sein Gegenüber mit leicht geneigtem Kopf durchdringend ansah, bis Samu schließlich traurig ergänzte:

«Ich habe es schon versucht. Ich habe versucht die Welt ein wenig bunter zu machen. Zweimal schon. Das eine Mal hat mir deutlich aufgezeigt, dass ich nichts grundlegend verändern kann, wenn ich nicht von einer Meute wütender Konservativer gevierteilt werden will. Niemals würden die Menschen es akzeptieren, dass Tigergreifen, wie du, mit ihren mächtigen Schwingen den Himmel bevölkern.»

Ein dumpfes Grollen ertönte aus dem gefiederten Brustkorb des Traumweisers, als wäre er nicht zufrieden mit dem, was er gehört hatte.

«Das andere Mal», fuhr Samu unbeirrt fort, «habe ich absichtlich die Veränderungen so klein und unscheinbar gewählt, dass die Menschen sie akzeptieren könnten. Die Dichteanomalien sollten sie nur unterbewusst beeinflussen.»

Kleinlaut fügte er hinzu:

«Beide Male hat mich das Wirken der Veränderung an den Rand meiner Kräfte gebracht. Und ich habe nichts Weltbewegendes erreicht.»

Erneut ertönte das tiefe Grollen, bevor Xam erwiderte:

«Du bist ein Fantast. Dir obliegt es, wie keinem anderen, Welten zu ersinnen. Dinge vorzustellen fällt dir leicht. Die Welt jedoch wirklich zu verändern, ist schwierig für dich, wie für jeden einzelnen Fantasten. Ebenso ist es nicht Deine Aufgabe, Seelen dazu zu bringen, die Welt, in der sie zu leben bestimmt sind, zu akzeptieren. Das ist das Schicksal der Fantasten. Ein freier Geist gefangen in der Beschränktheit der Realität.»

Einen Augenblick ließ Xam seine Worte wirken ehe er in einer allumfassenden Geste die rot gefiederten Flügel zu voller Spannweite ausbreitete und sanft hinzufügte:

«Doch sieh dir an, was du schon geschaffen hast. Alles hier ist bunt!»

Resigniert ließ Samu die Schultern hängen und sackte ein wenig in sich zusammen.

«Ja», sagte er gedehnt mehr zu sich selbst als zu seinem Gegenüber. «Hier in meinen Träumen. Hier fällt es mir leicht, Dinge zu verändern. Alles passiert einfach während ich es denke. Mein Geist scheint eins zu sein mit meiner Traumwelt. Doch diese Verschmelzung von Gedanken und Wirklichkeit, die erforderlich ist, wenn ich Dinge wirken will, ist außerhalb meiner Träume zu kräftezehrend für mich. Auch wenn ich tief in mich gehe und versuche, mich voll auf meine Aufgabe zu konzentrieren.»

Der Tigergreif legte die Flügel wieder an, trat einen Schritt zurück und deutete erneut eine Verbeugung an, als wäre er zufrieden mit dem Verlauf, den das Gespräch genommen hatte oder der Entwicklung, die Samu gemacht hatte.

«So wie dein Geist bereits eins mit deiner Traumwelt geworden ist», erklärte er sanft, «kann auch das, was du Wirklichkeit nennst, eins werden mit deinem Geist. Wirklichkeit ist nichts anderes, als ein Traum, der vor langer Zeit ersonnen wurde. Du kannst alles neu gestalten.»

Gedankenverloren stand Samu dem Tigergreifen gegenüber, während sein Verstand versuchte, einen Sinn in die Worte des eigenartigen Wesens zu bringen. Skeptisch sah er dem Traumweiser tief in die schlitzförmigen Augen und fasste für sich noch einmal zusammen, was er verstanden hatte.

«Als…», unsicher überlegte er auf der Suche nach der Bezeichnung, die der Traumweiser für seine Aufgabenbeschreibung gewählt hatte.

«Als Richter hast du entschieden, dass die Welt, wie sie ist, nicht weiter funktioniert, und dass sie verändert werden muss.»

Fragend betrachtete er sein Gegenüber und wartete auf eine Reaktion, die darauf deuten ließ, dass er falsch lag, ehe er zögerlich fortfuhr.

«Als…», wieder stockte er, unsicher, das neuartige Vokabular richtig zu benutzen.

«Als Fantast kann ich es schaffen, die Wirklichkeit mit meiner Gedankenwelt zu verschmelzen und sie nach Belieben zu verändern, was allerdings nur funktioniert, wenn ich vollkommen konzentriert bin. Dies gelingt mir…», wieder blickte er unsicher zu Xam «zumindest noch…», er traute sich kaum, weiter zu sprechen, bevor er ein leichtes Kopfnicken des

Adlerhauptes wahrnahm, das ihn in seinen Annahmen bestätigte, «am leichtesten in meinen Träumen.»

Tief in Gedanken führte Samu den gestreckten Zeigefinger vor den Mund, als wollte er seine Studenten um Ruhe bitten, um ihn bei seinen Gedankengängen nicht zu unterbrechen.

«Aber…» sprach er etwas selbstsicherer mit festerer Stimme langsam weiter, «meine Möglichkeiten der Veränderungen sind beschränkt. Wann immer ich größere, grundlegende oder entscheidende Dinge ändern will, kostet mich das zum einen sehr viel Kraft», wieder wartete er, bis der Tigergreif unmerklich nickte, «und zum anderen stehen zwischen mir und tiefgreifenden Veränderungen, wie du sie wünschst, der konservative Geist der Menschen, der sich mit ganzer Kraft an die Wirklichkeit, wie er sie kennt, klammert.»

Der Tigergreif öffnete seinen gebogenen Schnabel einen Spalt breit, während sein Schwanz aufgeregt von einer Seite zur anderen zuckte. Fast wirkte es, als wäre er mit den geistigen Fortschritten seines Schützlings soweit zufrieden und wartete nun voller Ungeduld darauf, dass Samu nun auch die letzten folgerichtigen Schlüsse aus dem zog, was er verstanden hatte.

«Ich alleine», setzte Samu erneut an, «werde die Welt nicht in dem Maß ändern können, wie du und ich es uns wünschen.»

Lange folgte Samus Blick den zuckenden Bewegungen des getigerten Schwanzes, während er seine Gedanken ordnete.

«In unserer letzten Begegnung hast du mir gesagt, ich sei ein Weltenmaler. Ein Fantast.»

Nachdenklich fügte er mehr zu sich selbst als zu seinem Gegenüber hinzu: «Jede Tanne ist ein Baum. Aber nicht jeder Baum…»

«Du hast mir erklärt, dass es meine Aufgabe wäre, losgelöst von allen bestehenden Eindrücken in neuen Dimensionen zu denken.»

Samu nahm sich Zeit, die Logik seiner Gedankengänge wieder und wieder zu überprüfen, bevor er kopfnickend weitersprach.

«Und du sagtest, es sei nicht meine Aufgabe, die Menschen dazu zu bringen, eine neue Welt zu akzeptieren. Das heißt, das ist…», noch einmal stockte er, «das ist die Aufgabe…»

Samus gesamtes Gesicht erhellte sich voller Erkenntnis.

Stolz blähte Xam seinen mächtigen Brustkorb auf, stieg auf die Hinterläufe, sodass er Samu um ein gutes Stück überragte und spreizte seine Schwingen zu voller Spannweite.

Für einen Augenblick verharrte er in dieser heroischen Pose, eher er inbrünstig Samus angefangenen Satz vollendete: «…der anderen Weltenmaler!»

RAUS AUS MEINEM KOPF

3 Tage vor dem letzten Morgen

Mira saß auf dem Hochbett ihrer Zweizimmerwohnung. Sie trug eine bequeme Jogginghose und einen ihrer ausgeblichenen Kapuzenpullis und hielt die Beine im Schneidersitz verschränkt. Sie hatte die Vorhänge zugezogen und die Augen geschlossen. So versuchte sie, sich von anderen Einflüssen abzuschotten.

Schweigend in sich gekehrt verharrte sie seit dem frühen Vormittag in dieser Haltung, um Ordnung in das Chaos ihrer Gedanken zu bekommen. Wie die Köpfe einer aufgeregten Sippe Erdmännchen, die etwas Unbekanntes entdeckt hatten und nicht recht einschätzen konnten, ob es sich dabei um eine tödliche Gefahr, einen möglichen Spielgefährten oder eine willkommene Nahrungsquelle handelte, schossen ihre Gedanken scheinbar wahllos und immer wiederkehrend aus der Tiefe ihres Geistes nach oben, verharrten für einen Moment an der Oberfläche, um dann wieder eilig zu verschwinden.

Sie wollte das Rätsel lösen.

Lange genug hatte sie stillschweigend zugesehen, wie ihre Mutter sie wie ein kleines Kind behandelte. Sie war sich sicher, dass Sandra etwas über die eigenartigen Fähigkeiten ihrer Tochter wusste. Warum sonst war sie aus heiterem Himmel ins Exil geflüchtet?

Als Kind hatte Mira glauben wollen, dass Sandra die Trennung von Miras Vater so sehr verletzt hatte, dass sie niemanden mehr hatte sehen wollte. Oder dass vielleicht eine Art romantischer Selbstversorger Gedanke dahintergesteckt hatte. Doch je länger sie darüber nachdachte, desto deutlicher wurde ihr klar, dass nicht ihre Mutter es war, die niemanden mehr hatte sehen wollen. Es war Mira, die niemand zu Gesicht bekommen sollte.

«Du hast einen zu großen Einfluss auf andere», hauchte sie versonnen die Worte ihrer Mutter, die sie ihr in einer gewittrigen Nacht vor langer Zeit gesagt hatte, als die Schranken ihrer Verschwiegenheit vom Alkohol gelockert waren. Ihre Mutter wusste um ihr Geheimnis, da war sie sich sicher. Oder zumindest hatte sie eine Ahnung davon.

Doch nicht nur in diesem Punkt war Mira sich sicher. Ebenso war sie sich dessen gewahr, dass Sandra niemals ihr Schweigen brechen würde. Zu lange hatte Mira mit bohrenden Fragen versucht, die Gründe ihres damaligen Exils zu verstehen. Doch Sandra hatte sich dazu entschieden, den Mantel des Schweigens darüber zu legen. Niemals würde sie ihr dabei helfen, mehr über den Einfluss zu erfahren, den sie auf andere ausübte. Es lag an ihr selbst, sich dieser Aufgabe zu stellen.

Doch wie nur sollte sie diese Aufgabe angehen?

Seit Stunden versuchte sie Ordnung in ihre Gedanken zu bringen. Wieder und wieder war sie im Geist all diejenigen Momente ihres Lebens durchgegangen, die ihr eigenartig vorgekommen waren. Die unzähligen Tage in der Zeit im Exil, an denen ihre Mutter ihr unaufgefordert genau das gekocht hatte, auf das Mira gerade Lust hatte. Das menschenleere Riesenrad. Das erstaunlich wirksame Plakat. Und der Moment der Stille im Café.

Lange hatte sie gebraucht, um den geistigen Scherbenhaufen der verschiedenen Gedankenbruchstücke zu einem vollständigen Mosaik zusammensetzen, bis ein einigermaßen klares Bild entstanden war. Sie hatte alle Fakten zusammentragen. Nun stand sie vor der Herausforderung, eine geeignete Methode zu finden, um ihre Vermutungen zu bestätigen. Doch wie?

Sollte sie noch einmal ein Plakat entwerfen und in der Innenstadt aufstellen?

Oder vielleicht Flugzettel verteilen? Irgendetwas, auf das sie versuchte, ihre Gedanken und Emotionen zu projizieren und dem die Menschen dann aus einem unbestimmten Bauchgefühl heraus vielleicht folgen würden. Doch was genau sollte die Botschaft sein?

Überweist Mira Schneider Geld! oder *Geht nicht ins Varieté?*

Und wie könnte sie ihren Erfolg messen? Sollte sie jeden Tag ihren Kontostand überprüfen? Würden die Zeitungen über plötzliche Umsatzeinbußen der Unterhaltungsbranche berichten? Langsam schüttelte sie den Kopf.

Oder sollte sie sich einfach in eines der örtlichen Cafés oder Restaurants setzen und dort einen emotionalen Hilferuf aussenden? Etwas wie *liebt mich* oder *umarmt mich*? Würden die Restaurantbesucher sie nur entgeistert anstarren, wie in dem eigenartigen Moment der Stille, oder würden sie wirklich aufstehen, auf sie zugehen und sie herzlich drücken wie einen alten Freund, den sie lange nicht mehr gesehen hatten? Vor ihrem geistigen Auge sah sie sich schon mit hochrotem Kopf vor einer liebestrunkenen Meute willenloser Zombies flüchten. Schnell verwarf sie diesen Gedanken.

Flugzettel oder ein Plakat wären zu anonym. Ein Café hingegen war bedrückend eng. Sie brauchte Platz. Eine Anonymität in der sie untertauchen konnte, sollten ihre Bemühungen die falsche Richtung einschlagen.

Und sie brauchte eine große Menschenmenge, an der sie üben konnte und an der sie sofort ihren Erfolg sehen konnte. Wechselnde Menschenströme waren sicher von Vorteil. So könnte sie nach einem Fehlversuch kurz untertauchen, um bald darauf einen erneuten Versuch zu starten.

Aufgeregt begann ihr Herz schneller zu schlagen, als sich in ihrem Kopf ein Bild zu entwickeln begann. Zufrieden schlug sie die Augen auf. Ihre Mundwinkel verzogen sich zu einem breiten Lächeln.

«Der Weihnachtsmarkt!»

Voller Ungeduld sprang sie auf. Mit geübten Handgriffen bändigte sie ihre Haare mit einem Haargummi zu einem Pferdeschwanz, warf sich eine Jacke über und schlüpfte in die ausgetretenen Joggingschuhe. Sie löschte das Licht und ging mit entschlossen Schritten zur Tür. Noch einmal prüfte sie wie gewohnt, ob sie alles bei sich hatte, was sie brauchte. Handy und Schlüsselbund hatte sie verstaut. Geld brauchte sie für das, was sie vorhatte nicht.

Dann streckte sie zielstrebig die Hand nach der Türklinke aus. Doch noch ehe ihre schlanken Finger das glatte Metall erreichten, wurde sie von zwei lauten Schlägen, aus ihrer Konzentration gerissen, die wirkten, als würden Bomben direkt vor ihrem Gesicht detonieren.

Erschrocken zuckte sie zurück.

Es dauerte einen Moment, bis sie es schaffte, das Geräusch einzuordnen.

«Es hat nur jemand geklopft», versuchte sie ihre innere Balance wiederzufinden.

Sie wartete kurz bis sich ihr Herzschlag normalisiert hatte. Dann drückte sie langsam die Klinke herunter und öffnete mit zusammengezogenen Augenbrauen die Wohnungstür. Was nur wollte ihre Mutter jetzt hier? Wollte sie über die Szene im Café reden? Hatte sie wieder zwei Einkaufstüten voller Lebensmittel dabei? Oder wollte sie ihr doch wieder von einem erstaunlich gebildeten, sportlichen und ebenso netten Mann in Miras Alter berichten, den sie zufällig über eine Bekannte ausfindig gemacht hatte.

Verwirrt betrachtete sie den Mann, der ihr gegenüberstand.

Sein Gesichtsausdruck sollte selbstsicher wirken, doch Mira glaubte auch eine Mischung aus Anspannung und Überraschung zwischen seinen sonst harten Zügen ablesen zu können. Er trug einen dunklen Anzug, dessen Qualität zeigte, dass er weder ein Zeuge Jehovas noch ein Versicherungsvertreter war und der es schaffte, die durchtrainierte Silhouette des Anzugträgers zu betonen und ihm gleichzeitig eine gewisse Eleganz zu verleihen.

Sie musste nicht lange überlegen, um den Mann wiederzuerkennen, der sich so deutlich wie ein schwarzer Wolf in einer Herde unschuldig weißer Schafe von den übrigen Bewohnern der Stadt abhob.

«Sie?», fragte sie den russisch anmutenden Kerl, der sie im Café nach dem Moment der Stille angesprochen hatte und drehte dabei ihren Kopf mit gerunzelter Stirn fragend zur Seite, als würde sie die gesamte Szene für unwirklich halten.

Es verging ein Moment, in dem beide sich wortlos gegenüberstanden. Deutlich sah Mira, wir er versuchte, die letzte Unsicherheit und Überraschung aus seinen Gesichtszügen zu verbannen, als konzentrierte er sich angestrengt darauf, selbstsicher zu wirken. Dann wanderten seine dunkelbraunen Augen suchend über ihr Gesicht.

Mira fühlte sich so unbehaglich, als würde er ihre Haut mit unzähligen Fingern abtasten. Wie ein Metzger, der ein Stück Fleisch nach Knorpeln untersucht oder ein Gerichtsmediziner, der eine frische Leiche nach Einstichen abtastet. Als suchte er eine Schwachstelle. Eine Lücke in ihrer Verteidigung.

Langsam wanderte sein Blick von ihrem spitzen Kinn über ihre schmalen Lippen, vorbei an der Nase, über ihre letzten verbliebenen Sommersprossen, bis er schließlich an ihren Augen angelangte. Kaum hatte er sein Ziel erreicht, verengten sich seine Augenlider unmerklich, während sich seine Pupillen weiteten.

Als würde er nur durch den Blick in ihre Augen eine direkte Verbindung zwischen seinem und ihrem Innersten Selbst schaffen, spürte Mira nun eine Art Ziehen in ihrem Schädel. Erst schwach, dann immer stärker, bis es schließlich zu einem kräftigen Verlangen heranwuchs. Wie ein starker Sog, der an ihrem Willen kratzte. Es fühlte sich an, wie eine wundervolle Verheißung. Ein geflüstertes Versprechen umhüllt von Rosenduft. Zart und doch unglaublich machtvoll.

Für den Bruchteil einer Sekunde war sie geneigt, dem verlockenden Ruf nachzugeben. Sich fallen zu lassen und sich ihm ganz hinzugeben, auch wenn sie spürte, dass dies den Verlust ihrer Selbstbestimmung bedeuten würde.

Was wäre schon so verkehrt daran, von einer starken Hand geführt zu werden?

Es war so leicht, jemandem zu folgen.

Noch während sie innerlich schwankte, öffnete er seinen Mund. Wie in Zeitlupe formten seine Lippen Laute, die sich in unendlicher Sorgfalt zu Worten zusammensetzen. Wie ein kraftvoll ertönendes Alphorn in einem königlichen Ballsaal dröhnten sie in ihrem Kopf, prallten an den Innenwänden ihres Schädels ab und schallten zugleich als tausendfach zurückgeworfenes Echo in ihrem Geist wider:

«Du willst mir zuhören.»

So kraftvoll die Worte in ihrem Innersten auch waren, spürte Mira doch, wie ihr Körper einem uralten Instinkt folgend sich aufbäumte. Alles in ihr schrie danach, nicht auf die Stimme zu hören. Ihr nicht zu vertrauen.

Ihr Bauch zitterte, ihr Magen verkrampfte sich. Ihre Finger begannen zu kribbeln und ihre Nackenhärchen stellten sich auf. Ihre Kiefermuskeln spannten sich an. Fast fühlte es sich an, als würde jedes einzelne Körperteil, jeder Muskel, jede Sehne und jedes Organ sich gegen die Fremdbestimmung zur Wehr setzen wollen.

Fasziniert lauschte sie in ihren Körper hinein, und betrachtete stolz die Gegenwehr ihrer Instinkte, bis endlich auch ihr Geist sich entschieden hatte, dem Beispiel des Körpers zu folgen und der Verlockung zu widerstehen.

Selbstaufgabe war der falsche Weg.

Mit frischem Kampfgeist und selbstsicherem Blick funkelte sie ihr Gegenüber an. Deutlich erkannte sie, dass auch er erschrocken spürte, wie ihr Körper und Geist sich seinem Willen entgegenstellten. Er hatte nicht mit Gegenwehr gerechnet.

Eine Schweißperle rann langsam seine Stirn herab. Eine blaue Ader auf seiner Stirn pulsierte kräftig. Seine Nackenmuskeln verkrampften sich. Mit einem fast verzweifelten Wimpernschlag versuchte er, die Verbindung aufzulösen, die er zwischen ihnen geschaffen hatte.

Spürt er vielleicht, dass dieser Fisch, den er wie tausend andere vor ihm aus dem Wasser ziehen wollte, zu stark für ihn ist und es vielleicht schaffen könnte, sein Boot zum Kentern zu bringen, wenn er die Angelschnur nicht kappte?

Mit Genugtuung erkannte Mira, wie er immer verzweifelter versuchte, sich von ihr zu lösen. Doch sie ließ ihn nicht gewähren. Nun war sie es, die für einen unendlich langen Augenblick verharrte, um ihm zu zeigen, dass er keine Macht über sie oder die Verbindung hatte, die er geschaffen hatte. Sie hielt die Zügel in der Hand. Sie war es, die Tempo und Ton nun angab.

Mit einer Ruhe und Bestimmtheit, die sie sich selbst nie zugetraut hätte, erwiderte sie in Gedanken: «Raus aus meinem Kopf!»

Erst als sich seine Augen angstvoll weiteten, war sie es, die die Augenlider niederschlug und so die Verbindung zwischen ihnen beendete und den Bann brach.

Als er die wahren Machtverhältnisse realisierte, blinzelte er mehrmals und wirkte auf einmal furchtbar erschöpft. Alle Farbe war aus seinem markanten Gesicht gewichen, das nun viel eher erschüttert als heroisch wirkte. Sie unterdrückte ein triumphierendes Lächeln und fühlte sich, als würde sie nach dem Sieg über den Feldherren die Standarte des gegnerischen Heeres für alle sichtbar auf einer Anhöhe verbrennen.

Entschlossen schob sie sich an ihm vorbei, ließ die Tür ins Schloss fallen, wandte sich von ihm ab und ließ ihn unbeachtet stehen. Selbstsicher ging sie einige Schritte den Flur entlang. Dann verharrte sie für einen letzten Moment, drehte sich noch einmal um und warf dem Zurückgelassenen einen vernichtenden Blick über die Schulter zu.

«Lass mich gefälligst in Ruhe!», zischte sie mit zusammengekniffenen Augen.

IM SCHATTEN DES LEBKUCHENHAUSES

3 Tage vor dem letzten Morgen

Mit einem wohligen Gefühl im Bauch lief Mira zum nahegelegenen Weihnachtsmarkt.

An den russischen Kerl versuchte sie wenig Gedanken zu verschwenden. Sie wusste nicht, was er von ihr gewollt hatte, oder wie er es geschafft hatte, in ihren Geist einzudringen. Doch was genau er von ihr wollte, spielte keine Rolle. Sie war auf dem Weg dahin, ein anderer Mensch zu werden, dass spürte sie deutlich. Und es gefiel ihr.

Auf dem sonst weitläufigen Platz in der Innenstadt angekommen, blieb sie stehen und betrachtete für einen Moment die alljährliche Szenerie, die sich ihr bot. Unzählige Lichter beleuchteten bereits die engstehenden Buden, die mit goldenen Sternen, Tannenzweigen und Zuckerstangen verziert waren.

Dichte Dampfwolken quollen aus denjenigen Bretterverschlägen hervor, in denen Punsch, Grog oder Glühwein erhitzt wurden, Waffeleisen auf Hochtouren glühten und Bratwürste, Nierenspieße und Nackensteaks über Kohlen brutzelten.

Tief sog sie den unvergleichlichen Duft ein und fuhr sich mit der Zunge über die Lippe. Mit einem kräftigen Grummeln erinnerte sie ihr leerer Magen daran, dass sie schon länger nichts mehr gegessen hatte.

Doch schnell unterdrückte sie diesen Gedanken. Viel zu aufgekratzt und voller Vorfreude, als dass sie jetzt hätte essen können, fühlte sie sich wie ein Wissenschaftler, der kurz davorstand, eine experimentelle Studie abzuschließen, die seine bahnbrechenden Theorien endlich belegen würden. Aufmerksam ließ sie ihren Blick über den Platz schweifen.

Um sie herum waren nicht sehr viele Menschen. Vermutlich war es noch zu früh. Erst gegen Abend würde sich der Weihnachtsmarkt mit unzähligen Besuchern füllen. Die meisten

Stände und Buden waren nur spärlichem Besucherandrang ausgesetzt.

Einige Interessierte betrachteten prüfend die Auslagen voller Holzschnitzereien, Töpfe oder Wollmützen. Ein paar Rentner unterhielten sich angeregt mit Schaustellern über die Vorzüge von Fingerhandschuhen gegenüber Fäustlingen, von LED-Lichterketten und Teflonpfannen.

Andere standen sinnierend um einen Straßenkünstler, der in gemusterte Häkeldecke gehüllt auf seiner Panflöte Weihnachtslieder zum Besten gab. Andere warfen Kupfermünzen in den Hut eines Bettlers, der im Schatten eines Lebkuchenhauses kniete und hin und wieder mit gesenktem Blick auf ein Schild wies, auf dem geschrieben stand, dass er obdachlos sei und Hilfe bräuchte.

Eine Handvoll Kinder saß mit zumindest für diesen Moment zufriedenen Gesichtern auf einer Miniatur Eisenbahn, die behäbig ihre Kreise um eine Landschaft aus verschneiten Tannen, einigen Rentieren und einem übergroßen Weihnachtsmann aus Kunstharz zog, während ihre Mütter sich in einem großen Kreis um die Schienen herum aufgestellt hatten und nicht müde wurden, voll übertriebener Glückseligkeit zu winken und zu rufen, wenn der Zug ein weiteres Mal an ihnen vorüberfuhr.

In der Mitte des Platzes ragte eine aus massivem Holz gezimmerte, überdimensionale Holzpyramide weit über die Dächer der Buden hinaus. Auf vier Etagen drehten sich Jesus, Maria und Josef, die heiligen drei Könige, ein Esel und ein Ochse sowie ein Chor, bestehend aus gut einem Dutzend Engeln, die allesamt von acht waffelherzförmigen Windmühlenblättern angetrieben wurden.

Beleuchtet von unzähligen LED-Spots erstrahlte die Pyramide als traditionelles Wahrzeichen des Weihnachtsmarktes voller Stolz in lichtervollem Glanz. Am Fuße des weihnachtlichen Bauwerks hatten sich einige Punks mit ihren Hunden versammelt, tranken Bier aus Flaschen und vermittelten einen eher wenig besinnlichen Eindruck.

Am Rande des Weihnachtsmarktes lehnten zwei junge Sanitäter des Deutschen Roten Kreuzes gelangweilt an ihrem einsatzbereiten Rettungswagen. Sie trugen ihre roten Uniformen mit den auffällig weißen Leuchtstreifen. Sie tranken eine dampfende Flüssigkeit aus Pappbechern und unterhielten sich angeregt.

Die Türen des weiß-roten Kastenwagens hatten sie weit geöffnet. Vermutlich warteten sie darauf, dass interessierte Kinder darum baten, einmal auf dem Fahrersitz Platz nehmen zu dürfen.

Aufgeregt blickte Mira sich um und überlegte angestrengt ihre nächsten Schritte.

Immer wieder versuchte sie sich den Moment ins Gedächtnis zu rufen, als sie ihren Einfluss auf die Menschen am Riesenrad gewirkt hatte. Ob sie hier ähnlich vorgehen sollte? Sollte sie einfach die Augen schließen und in Gedanken rufen «geht alle weg von hier?»

Langsam schüttelte sie den Kopf. In der Schlange des Riesenrades hatte sie die Menschen nicht einfach zum Gehen aufgefordert. Sie hatte ihnen ein Gefühl vermittelt.

Als wäre es erst gestern gewesen erinnerte sie sich an die alles beherrschende Angst, die das Riesenrad in ihr als kleines Kind ausgelöst hatte und sie innerlich danach betteln hatte lassen, so weit wie möglich von dem stählernen Koloss zu fliehen. Sie hatte den Menschen ihr eigenes Gefühl, ihre eigenen Ängste übertragen.

Vielleicht ist das der Schlüssel.

Vielleicht funktionierte ihre Gabe gerade dann besonders gut, wenn sie eine Botschaft in die Welt sandte, die durch ihre eigene Gefühlslage verstärkt wurde?

Für einen Moment horchte sie in ihren Körper hinein und versuchte, in dem Wirrwarr aus Emotionen die dominierende zu ergründen. Neugier? Aufbruch? Ungewissheit?

Enttäuscht legte sie die Stirn in Falten. Selbst wenn es funktionieren würde, dieses Gefühl als Botschaft in die Welt zu entsenden, wie sollte sie ihren Erfolg messen? Würden alle Menschen anfangen zu Studieren um Wissenschaftler, Forscher oder Entdecker zu werden?

Wieder schüttelte sie den Kopf.

Gerade wollte sie auf der Suche nach passenden Empfindungen noch einmal in sich hineinhorchen, als es ihr Körper selbst war, der sie auf ein intensives Bedürfnis aufmerksam machte. Ihr Magen knurrte vor Hunger. Sanft beruhigend legte sie beide Hände auf ihren Bauch und streichelte ihn mit kleinen kreisenden Bewegungen. Zufrieden begann sie zu lächeln.

«Warum eigentlich nicht?»

Entschlossen ging sie einige Schritte und positionierte sich zwischen dem Lebkuchenhaus und einer Bude, an der mit überdimensionalen weißen Lettern das Wort „Schlemmerhütte" angeschlagen stand. Ein riesiger Schwenkgrill kreiste darin tanzend über glühenden Holzkohlen.

Noch war es wohl für die meisten Besucher zu früh für Abendessen. Nur vereinzelt lagen saftige Schweinenackensteaks und grobe Bratwürste auf dem Rost, drehten ihre Runden und versuchten mit ihrem wundervollen Geruch einige Passanten zum Kauf anzuregen.

Sie stellte sich so in den Gang zwischen den Buden auf, dass sie direkten Blickkontakt auf die Theke der Schlemmerhütte, die Kindereisenbahn als auch auf die Weihnachtspyramide hatte. In Gedanken nickte sie sich aufmunternd zu. Dann schloss sie die Augen.

Bedächtig nahm sie sich die Zeit, ausgiebig in sich hineinzuhorchen.

Langte suchte sie in ihrem Körper nach der Quelle des Hungergefühls. Erst als sie es zum Greifen nah vor sich hatte, umfasste sie es gedanklich und hielt es fest umschlossen. Dann begann sie es noch zu verstärkten, indem sie sich eine vor Fett triefende, saftige Bratwurst vorstellte, die in einem krossen Brötchen dampfte und mit gelbem Senf beschmiert darauf wartete, verzehrt zu werden.

Erst als ihr das Wasser im Mund zusammenlief, ein kräftiger Duft ihr förmlich in die Nase stieg und sie das feine Aroma der groben Bratwurst schon fast auf ihrer Zunge schmecken konnte, formte sie in Gedanken den Satz:

*Kommt alle schnell zur Schlemmerhütte, hier gibt es die hei*ßeste und leckerste Bratwurst und das nur für kurze Zeit sogar umsonst.

Einen Moment lang ließ sie die Worte in ihrem Geist wirken, bevor sie sie mit der gleichen Sorgfalt wie ein Kind ein selbstgebautes Spielzeugschiffchen aus Reisigzweigen, in einen reißenden Bach setzte, behutsam in die Welt entließ.

Dann nahm sie einen tiefen Atemzug und konzentrierte sich auf ihren Herzschlag. Sicher musste sie den Worten Zeit geben, um ihre Macht in der Welt zu entfalten. So stand sie zerrissen vor innerer Anspannung und Ungeduld und zwang sich, abzuwarten.

Einhundert ihrer Herzschläge ließ sie vergehen, die sie in Gedanken mitzählte. Dann erst schlug sie langsam die Augenlider auf, blinzelte zweimal, um sich erneut an das Tageslicht zu gewöhnen und sah sich um.

Noch immer standen die Mütter um die Miniatureisenbahn und winkten ihren vorbeifahrenden Kindern zu. Ebenso standen die Punks unter der Holzpyramide und tranken unverändert ihr Bier. Noch immer betrachteten vereinzelte Passanten die Auslagen der anderen Hütten.

Keine Menschenschlange hatte sich um die Theke der Schlemmerhütte gebildet. Kein Gedränge aufgeregter Weihnachtsmarktbesucher, die es nicht abwarten konnten, als erster eine Bratwurst zu ergattern. Noch immer interessierte sich niemand für die Schlemmerhütte.

Enttäuscht atmete sie tief ein und fragte sich, was sie falsch gemacht haben konnte. Noch einmal ging sie in Gedanken den Moment der Stille im Café und die Situation vor dem Riesenrad in Gedanken durch.

Was war damals anders gewesen?

Nachdenklich kniff sie die Augen leicht zusammen und legte die Stirn in Falten, als ihr eine Kleinigkeit auffiel: Beide Male hatte sie ihre Gedanken damals laut ausgesprochen. Auch wenn sie sicher war, dass sowohl die Menschen im Café als auch die Wartenden vorm Riesenrad ihre leise gehauchten Worte nicht hatten hören können, hatte es vielleicht doch dabei geholfen, ihre Gedanken und Gefühle zu transportieren.

Noch einmal schloss sie ihre Augen und rief sich das Bild der heiß brutzelnden Bratwurst in ihrem Geist auf. Wieder wartete sie und ließ ihre Gedanken wachsen. Dann atmete sie tief durch die Nase ein, hielt die kalte Luft für einen Moment in ihren Lungen, öffnete den Mund und sagte:

«Kommt alle schnell zur Schlemmerhütte, hier gibt es die heißeste und leckerste Bratwurst und das nur für kurze Zeit sogar umsonst.»

SOCKENSCHLUCKER

3 Tage vor dem letzten Morgen

Lange noch stand Andrej alleine im Flur des Mehrfamilienhauses. Seine Körperhaltung war in sich zusammengesunken. Er ließ die Schultern hängen und hielt den leeren Blick auf den im klassischen Achtzigerjahre Stil gehaltenen, kariert gemusterten Linoleum Fußboden gerichtet.

Wie Donnerschläge hallte jedes Ticken hundertfach in der Stille des schmalen Flures wieder, wenn der weiße Sekundenzeiger seiner Breitling ein weiteres Stück auf der Runde um das Zifferblatt zurücklegte. Abgesehen davon war es, als wäre die Zeit stehen geblieben.

Immer wieder schüttelte er ungläubig den Kopf. Lange versuchte er vergeblich zu verstehen, was passiert war.

Sie hatte ihn abgeblockt. Hatte ihn wie einen unliebsamen Bittsteller ignoriert und ihm die Tür fast wortwörtlich vor der Nase zugeschlagen. Es war als hätte sie eine Brandschutzmauer um ihren Geist herum errichtet. Und er war einfach nicht gegen ihre Verteidigung angekommen.

Dabei hatte er alles wie immer gemacht. Er hatte sich lange konzentriert. Es hatte kein Baby-Geschrei und kein klimperndes Geschirr gegeben. Keine Ablenkungen. Keine Ausreden. Er hatte sich Zeit genommen. Er war in sich gegangen. Und schließlich hatte er die Verbindung zu ihrem Geist herstellen können. Deutlich hatte er gespürt, dass er sie erreicht hatte. Dass er in ihrem Geist war.

Dann hatte er sorgfältig die Worte entstehen lassen. Behutsam hatte er sie anwachsen lassen, hatte sie bis zur Vollendung geformt und sie dann machtvoll entsandt. Es war nicht so wie damals mit diesem Wolkov und seiner verdammten Angestellten im grauen Kostüm gewesen.

Damals hatte er gespürt, dass er an die Grenzen seiner Gabe gekommen war. Doch diesmal war es nicht so gewesen, dass er etwas falsch gemacht hätte oder dass er außerhalb der Grenzen seiner Fähigkeiten gearbeitet hätte. Er hatte den Glanz seiner Worte gesehen.

Doch diese Mira hatte das alles überhaupt nicht interessiert. Als würden seine kraftvollen Worte einfach an ihr abprallen wie Regentropfen an ihrem Betonvordach. Als wäre sie auf irgendeine Weise immun gegen seine Gabe.

Kann das wirklich sein? Dann wäre sie tatsächlich einzigartig.

Andrej spürte, wie ein maliziöses Lächeln an seinen Mundwinkeln zupfte. Unweigerlich begann er zu schmunzeln, als er glaubte ein weiteres perfekt passendes Puzzleteil des Rätsels um die Schneeeule an den nur langsam größer werdenden Bildausschnitt angefügt zu haben.

Mit lautlosen Bewegungen seiner Lippen fasste er seine plötzliche Erkenntnis in Worte, als er sich vor seinem geistigen Auge noch einmal das Bild des Moments der Stille im Kaffeehaus aufrief. Der Moment, als alle Anwesenden die Schneeeule angestarrt hatten. Alle, außer ihm. «Natürlich ist sie immun gegenüber meiner Gabe. Genauso, wie ich gegenüber ihrer Gabe immun bin.»

Entschlossen warf er einen Blick auf sein Mobiltelefon. Dank der exzellenten Arbeit seines Bruders hatte Andrej nicht nur sämtliche Daten von Mira Schneider. Auf der satellitenbildgestützten Karte, die das gestochen scharfe Display seines Handys zeigte, sah er auch den aktuellen Standort ihres Handys.

Langsam folgte das weiße Fadenkreuz, das ihre Position in Echtzeit auf wenige Meter genau anzeigte, dem dargestellten Netz aus Straßen und Wegen in Richtung Innenstadt. Es bewegte sich nicht sehr schnell. Vermutlich war sie zu Fuß unterwegs. In einer geübten Bewegung richtete er den Sitz seines Sakkos.

In aller Ruhe ging er zu seinem Mietwagen und warf sich seinen schwarzen Mantel über, den er im Kofferraum verstaut hatte. Dann folgte er dem weißen Fadenkreuz. Immer wieder blickte er auf sein Handy, um sicherzugehen, dass er sich ihr nicht zu sehr näherte.

Würde sie ihn jetzt bemerken und erkennen, dass er ihr nachstellte, würde sie ihn entweder wie eine Furie angehen oder weglaufen. Auf beides wollte er gerne verzichten. Sollte sie ruhig der festen Überzeugung sein, ihn dermaßen in seine Schranken gewiesen zu haben, dass er es nicht wagen würde, ihr zu folgen.

Immer langsamer ging er weiter.

Seinem Handy nach zu urteilen war sie nur noch wenige hundert Meter entfernt. Sie schien mitten auf einem großen Platz zu verweilen. Ob sie sich dort mit jemandem getroffen hatte, oder vielleicht mit jemandem verabredet war, konnte er nicht abschätzen.

Noch einmal prüfte er den Abstand zwischen seiner und ihrer Position und verfiel in ein raubtierartiges Anpirschen. Aufmerksam blickte er sich um und versuchte jedes noch so kleine Detail in seiner Umgebung zu erfassen.

Von weitem glaubte er Musik und gedämpfte Stimmen zu hören. Ein eigenartiger Geruch lag in der kalten Luft. Nur noch eine Häuserecke lag zwischen ihm und der Schneeeule. Eine Zeitlang blieb er stehen und wartete, ob sie nicht doch weiterziehen würde.

Dann verstaute er sein Handy in seiner Hosentasche und schlug den Kragen seines Mantels nach oben. Noch einmal holte er tief Luft, senkte den Blick und verließ mit wenigen Schritten den Schutz der Verborgenheit. Langsam schlendernd bog er um die Ecke und versuchte auf jegliche Art gelassen zu wirken, während sein Herz immer schneller schlug.

Kaum war er um die Häuserecke gebogen, sah er erstaunt auf. Heller Lichterschein strahlte vor ihm aus tausenden kleiner Lichtquellen. Die eben noch gedämpften Laute schallten erschreckend laut als Gemisch aus verschiedenen Stimmen, einigem Kindergeschrei und weihnachtlicher Popmusik auf ihn ein. Mit dem Lärm stach ein eigenartiger Geruchsmix aus Fritteusenfett, Zimt und Glühwein in seine Nase.

Was nur hat sie hier zu suchen?

Mit gerunzelter Stirn betrat er die unerwartete Welt und sah sich aufmerksam um. Bretterbuden aus dunkelbraun gebeiztem Holz standen lieblos aneinandergereiht. Einige waren mit geschmacklosen gelben Pappsternen, roten Schleifen oder immergrünen Tannenzweigen geschmückt, die mit Kunstschnee überzogen waren. Kopfschüttelnd tauchte er ein in das Netz aus engen Gängen, die die dicht stehenden Buden bildeten.

Ein weiterer Blick auf das Display seines Smartphones zeigte ihm, dass sie nur noch wenige Meter von ihm entfernt sein konnte. Sie schien seit Längerem still zu stehen. Vielleicht wartete sie auf jemanden. Vielleicht war sie mit jemandem verabredet. *Ihrer Mutter vielleicht?*

Aufmerksam achtete er darauf, im Schatten der Vordächer der Holzbuden zu bleiben, folgte verschiedenen Süßigkeiten- und Spielzeugständen und bog schließlich mit vorsichtigen Schritten in einen kreuzenden Gang ein.

Zu seiner Linken sah er eine wenig liebevoll gestaltete Miniatureisenbahn, die sich um einen kitschig gestalteten Platz im Kreis drehte. Einige viel zu dicke Kinder, die es kaum schafften, ihre Emotionen über ihre eingefallenen Augen und die Speckschürzen ihrer Backen nach außen zu transportieren, ließen sich von ihren Müttern bejubeln, als hätten sie auf Grund ihrer hervorragenden Leistungen einen außergewöhnlichen Sieg errungen.

Ein Stück weiter erkannte er den gut gemeinten Versuch des Nachbaus einer Weihnachtspyramide, in der sich mit bunten Farben angelegte, hölzerne Krippenfiguren drehten, die eher wirkten als wären sie einem Gruselkabinett als der Heiligen Nacht entsprungen.

Langsam folgten seine braunen Augen aufmerksam dem schmalen Gang vor ihm, bis er sie schließlich sah.

Mira stand unweit von ihm entfernt zwischen zwei der braun getünchten Marktbuden. Sie war alleine und schien tatsächlich auf etwas oder jemanden zu warten. Sie hatte ihm den Rücken zugewandt. Noch hatte sie ihn nicht bemerkt.

Leise und auf jeden seiner Schritte achtend ging er vorsichtig ein Stück zur Seite, bis er schließlich unter dem Dach einer Bude stand. Von hier hatte er eine gute Position, um sie beobachten zu können.

Deutlich sah er sie nun ihr Profil. Sie hatte die Augen geschlossen und schien tief in Gedanken versunken zu sein. Er unterdrückte ein Schmunzeln. Solange sie sich nicht umdrehen würde, würde sie ihn hier nicht bemerken.

Konzentriert hielt er eine Weile seinen Blick auf die Schneeeule gerichtet und versuchte zu verstehen, was sie vorhatte, als ihn eine Frauenstimme aus seinen Gedanken riss.

«Schönen guten Abend der Herr», tönte es in einem schrillen Singsang von der Seite an sein Ohr. «Sie interessieren sich für meine Wollsocken?»

Irritiert ob der unerwarteten Ablenkung, drehte er sich zu der korpulenten Verkäuferin um, die hinter dem Tresen seines Beobachtungspostens stand. Gelbliche Zähne strahlten ihn zwischen rosigen Wangen mit einem breiten Lächeln an.

Das mondförmige Gesicht gehörte zu einer vielleicht sechzigjährigen Frau, die vermutlich doppelt so viel wog, wie sie Jahre zählte. Sie trug ein handgebatiktes Kopftuch, einen einfachen Schal, auf dem Andrej Hirsche oder Rentiere ausmachen konnte. Über mehreren Schichten Kleidern glänzten allerlei lederne Halsketten an denen verschiedene Bernsteine und Opale hingen.

Kaum hatte er sich ihr zugewandt, schoss sie eine stakkatoartige Salve schnell hintereinander folgender Wortsilben auf ihn ab, als befürchte sie, er könnte sich entschließen zu gehen, ohne seine volle Aufmerksamkeit auf ihre Ware gerichtet zu haben.

«Sie sind handgefertigt. Jedes einzelne Paar. Wunderbar engmaschig gestrickt. Aus Schafwolle. Schmiegt sich wunderschön an den Fuß an und hält auch im tiefsten Winter warm.»

Für einen Augenblick starrte er die Verkäuferin verständnislos an. Dann schüttelte er abwesend den Kopf, verzog die Lippen zu einem schmalen Stich und vollführte mit der Hand eine abweisende Bewegung als wollte er eine lästige Fliege verscheuchen. Schnell drehte er sich wieder zur Schneeeule.

Noch immer hielt sie die Augen geschlossen. Ihre Arme lagen dicht an ihrem Körper an, wobei ihre Handflächen nach außen gedreht waren. Den Kopf hatte sie leicht zum Himmel emporgereckt. Stirnrunzelnd erkannte er, dass sie die Lippen ein wenig bewegte, als würde sie in Gedanken einige Worte formulieren.

Langsam ließ er den Blick über ihr Umfeld schweifen.

Abgesehen von den Verkäufern waren um sie herum nicht sehr viele andere Menschen zu sehen. Vereinzelt schlenderten Alte und Greise durch das Labyrinth aus der Vielzahl der Gänge des Weihnachtsmarktes. Einige standen mit hinter dem Rücken verschränkten Händen vor den Auslagen der Stände. Wenige unterhielten sich angeregt oder ertrugen den Freigang einsam schweigend. Sie alle schienen sich nicht um die Schneeeule zu kümmern.

Gerade als Andrej seinen Blick wieder zurück auf Mira richten wollte, bemerkte er mit leichtem Unbehagen, das er mit seiner Einschätzung falsch lag.

Sie wird nicht nur von mir beobachtet.

Ein anderes Individuum fixierte sie aus eingefallenen Augen. Er kauerte neben einer der Buden im Dreck, trug eine schwarze Wollmütze, dunkelgraue, fingerfreie Handschuhe und war in mehrere Decken gehüllt.

Vor sich hatte er ein Schild aufgebaut, mit dem er vermutlich beschrieb, welchen besonderen Schicksalsschlägen er diese unglückliche Lebenssituation zu verdanken hatte. Er hielt seinen Kopf leicht schräg und versuchte scheinbar, ihre leise gehauchten Worte zu verstehen.

Wieder wurde Andrej unsanft aus seinen Gedanken gerissen, als er spürte, wie sich eine Hand von hinten auf seine Schulter legte.

Ruckartig drehte er sich um. Es war die dicke Verkäuferin, die ihm freudestrahlend etwas mitten vors Gesicht hielt. Verärgert legte er die Stirn in Falten. Es dauerte einen Moment, bis er erkannte, was das elfenbeinfarbene, etwa faustgroße Knäul darstellen sollte, das sie ihm entgegenstreckte.

«Beste Schafwolle. Eine bessere Qualität bekommen Sie nirgends. Jedes Schaf habe ich eigenhändig geschoren. Nicht mit einem dieser elektronischen Apparate. Nein. Mit der Schere. Wie zu Großmutters Zeiten. Ich lege größten Wert darauf, dass die Prozedur nicht die Gefühle der Tiere verletzt. Fassen Sie sie ruhig mal an. Warm und weich.»

Dabei streckte sie ihm das unförmige Knäul noch ein bisschen näher entgegen.

Genervt atmete er lautstark aus. Für einen kurzen Augenblick nur konzentrierte er sich und schaute seinem Gegenüber tief in die Augen.

«Stopf dir gefälligst deine verdammten Socken ins Maul!», flüsterte er unwirsch durch seine zusammengebissenen Zähne.

Kaum hatte er die Worte ausgesprochen, bekam die Verkäuferin einen glasigen Blick. Fast wirkte es, als beobachtete sie verträumt etwas, das in weiter Ferne lag.

Dann legte sie unversehens ihren Kopf in den Nacken und klappte den Unterkiefer auf soweit sie konnte. Noch einmal drehte sie die Socken verträumt durch ihre Finger. Dann hob sie langsam ihre Hand in Richtung Mund.

Mit Genugtuung betrachtete Andrej, wie sie sich die eben noch angepriesene Ware wie ein alterfahrener Schwertschlucker auf einem Kuriositätenjahrmarkt tief in den Rachen schob.

«Sockenschlucker», murmelte Andrej mit sich selbst zufriedenen. Er hatte nicht im Geringsten etwas von seiner Gabe eingebüßt.

Noch einen weiteren kurzen Moment hielt er die Verbindung zu der korpulenten Frau aufrecht, die mit weit aufgerissenen Augen versuchte, ihren Würgreflex zu unterdrücken und gleichzeitig genügend Luft durch die Nase zu bekommen. Mit einem Lächeln auf den Lippen sagte er versonnen: «Halt dir die Nase zu.»

Dann drehte er sich um und widmete sich wieder der Schneeeule.

Noch immer stand sie regungslos da, hatte die Arme eng an den Körper angelegt und die Handflächen nach außen gedreht als würde sie eine fremde Gottheit anrufen. Noch immer hielt sie die Augen geschlossen, wirkte in sich gekehrt und hoch konzentriert. Doch während sich eben noch ihre Lippen lautlos bewegt hatten, sprach sie nun ihre Gedanken laut aus.

Undeutlich glaubte er die Worte «Kommt alle schnell zur Schlemmerbude, hier gibt es die heißeste und leckerste Bratwurst und das nur für kurze Zeit sogar umsonst», zu verstehen. Verwirrt legte er die Stirn in Falten.

Kaum hatte sie den eigenwilligen Satz ausgesprochen, schloss sie fest ihren Mund.

Andrej sah wie ihre Kiefermuskeln hervortraten, als sie die Backenzähne aufeinanderpresste und ihr Körper sich versteifte. Die eben noch offenen Handflächen ballte sie zu Fäusten. Ihre sanft geschlossenen Augen kniff sie verkrampft zusammen. Ihre Lippen bildeten einen schmalen Strich. So verharrte sie, als hoffte sie inständig auf irgendeine Art von Zeichen.

Eine Zeit lang geschah nichts.

Dann bemerkte Andrej, wie der Obdachlose begann, sich aus seinem Deckenlager zu schälen. Mit der Zunge fuhr er sich über die rauen Lippen. Schließlich stand er auf und ging mit leicht gebückter Haltung auf Mira zu.

Er hielt den Kopf etwas schräg und wirkte wie eine Hyäne, die sich misstrauisch an ein Stück Aas heranschlich. Seine Augen hatten die Schneeeule fest fixiert. Fast schien es, als wäre er unsicher und traute der ganzen Sache nicht recht.

Schritt für Schritt ging er stetig weiter auf sie zu.

Als er bis auf zwei Schritte an sie heran war, holte er tief Luft, als müsse er all seinen Mut zusammennehmen. Dann sagte er mit einem leicht lallenden Tonfall:

«Ist ´ne nette Sache von dir. Ich weiß das echt zu schätzen.»

Dabei streckte er ihr seine zu einer Schale geformte Handfläche entgegen als würde er das Abendmahl empfangen wollen.

Erschrocken öffnete Mira die Augen, drehte ihren Kopf in einer ausladenden Geste erst in die eine, dann in die andere Richtung und blickte sich suchend um. Ernüchtert sah sie dem Obdachlosen in die Augen, als sie erkannte, dass er der Einzige in ihrem Umfeld war, der sich für sie oder die Schlemmerhütte zu interessieren schien.

Sie atmete tief aus und entspannte ihre Muskeln. Unmerklich sackte ihr ganzer Körper ein wenig in sich zusammen, als wäre sie traurig, enttäuscht oder von einer lang andauernden Anstrengung gebeutelt.

Einen Moment lang ergab sie sich der Frustration. Dann wandte sie sich zu dem Mann, der sie mittlerweile mit forderndem Blick unverhohlen anstarrte. Mitleidig musterte sie seine Wollmütze, betrachtete die fingerlosen Handschuhe, den ungepflegten und viel zu langen Bart und die unreine, gerötete Haut, die von einem

Leben in Kälte und schlechter Ernährung zeugte. Mitfühlend lächelte sie ihn an.

Dann fuhr sie sich mit der Hand über die Hosentasche ihrer Jogginghose, wo sie für gewöhnlich ihren Geldbeutel verstaut hatte, setzte einen ehrlich gemeinten, mitfühlenden Blick auf und zuckte entschuldigend mit den Achseln, bevor ihr Blick wieder rastlos umherschweifte.

Deutlich sah Andrej, wie Mira versuchte, sich auf die Menschen ihrer Umgebung zu konzentrieren. Fast schien es, als warte sie auf eine bestimmte Reaktion, die sie keinesfalls verpassen wollte.

Der Obdachlose starrte die Schneeeule eine Zeitlang ungläubig an. Als sie nicht weiter auf ihn einging, packte er schroff ihren Oberarm, um sich Beachtung zu verschaffen.

«Also. Was ist nun, Süße? Du wolltest mir doch ´ne Bratwurst kaufen. Ich hab´ nicht ewig Zeit», sagte er deutlich lauter als zuvor in rauem Ton.

Überrascht wandte Mira sich ruckartig wieder dem Mann zu, dessen Anliegen sie schon fast verdrängt hatte. Stirnrunzelnd blickte sie auf die Hand, die ihren Arm wie ein Schraubstock festhielt. Mit einer schnellen Drehung ihres Oberkörpers versuchte sie sich dem Griff des Mannes zu entziehen.

«Ich habe leider kein Geld dabei», stammelte sie abwehrend und bemühte sich, ihn mit einem weiteren Achselzucken und einem leichten Kopfschütteln abzuwiegeln.

Doch der Griff des schmächtig wirkenden Mannes war überraschend stark.

«Lassen Sie mich los!», versuchte sie ihm mit aller Kraft ihrer Stimme zu entgegnen, als sie sich eingestehen musste, dass sie sich nicht von ihm lösen konnte.

Fasziniert verfolgte Andrej die Situation. Nichts war mehr geblieben, von der entschlossenen Selbstsicherheit der Schneeeule, mit dem sie ihm noch vor wenigen Minuten entgegengetreten war. Deutlich erhöhte sich sein Herzschlag.

Die Stärke, die Verwegenheit, das Selbstbewusstsein. All das, was ihn eben noch so sehr an Mira fasziniert hatte, war mit einem Schlag wie weggeblasen. Doch es war keinesfalls so, dass sie nun etwas verloren hatten. Interessiert weiteten sich seine Augen, als er eine ganz neue Seite an ihr erkannte.

Sie ist verletzlich. Sie ist schützenswert.

«Was soll das heißen, du hast kein Geld? Willst du mich verarschen, Kleine?», rief der Abschaum ihr zornig entgegen. Dabei packte er rabiat ihren zweiten Arm, um ihr auch die letzte Chance zu nehmen, sich von ihm loszureißen

«Leute wie du! Ihr seid das Letzte!», schrie er sich in Rage, wobei mehrere Spucketröpfchen seinen Worten folgten. «Ihr trampelt auf uns rum als wären wir Dreck!»

Verzweifelt versuchte Mira noch immer sich aus seinem Griff zu lösen. Mit angstvollem Gesicht drehte und wand sie sich, während der Mann sie weiter anschrie. «Ich werde dir zeigen, was es heißt, wie Dreck behandelt zu werden! »

Mit ausladenden Schritten ging Andrej auf das ungleiche Paar zu.

Schnell hatte er die kurze Distanz überbrückt und trat von der Seite kommend an den Abschaum heran. Selbstsicher legte er die Hand auf dessen Schulter und wartete einen Moment, bis der Mann, der noch immer wild durch die Gegend schrie, sich aufgebracht dem neuerlichen Störenfried zuwandte.

«Kümmer´ dich gefälligst um deinen eigenen Scheiß. Ich hab´ hier was mit dem kleinen Miststück zu…»

Nur für einen kurzen Moment sah Andrej dem Mann in dessen blaue Augen.

«Lass sie los, bleib stehen wo du bist und sei still!», unterbrach er ihn.

STUMME SCHREIE DER VERZWEIFLUNG

3 Tage vor dem letzten Morgen

Miras Herz raste. Ihre Waden zitterten nervös. Noch immer schmerzten ihre Oberarme von dem rüden Griff des überraschend aggressiven Mannes. Wie in einer Schockstarre nach einem Autounfall, bei dem mehrere Wagen ineinander verkeilt lichterloh brannten, Männer bluteten, Frauen schrieen und Kinder weinten, hatte ihr Verstand ausgesetzt und ihr Körper die Weisungsbefugnis über ihr Handeln übernommen.

Fast hatte es sich angefühlt, als schaute sie von weit oben auf sich und den Obdachlosen herab. Als würde sie sich selbst in einem Film sehen. Unfähig zu handeln. Zur Passivität verbannt. Viel zu überrumpelt von der unerwarteten Situation hatte sie sich nur halbherzig wehren können, als er sie grob angepackt und wüst beschimpft hatte.

Sie hätte einfach einen Schritt zurücktreten sollen. Sich aus seinem Griffbereich entfernen, bevor er sie hatte festhalten können. Doch daran hatte sie nicht gedacht. Viel zu sehr hatte sie versucht zu verstehen, warum ihr Experiment gescheitert war.

Niemanden habe ich erreicht.

Kein Moment der Stille. Keine zwei Dutzend Passanten, die mitten in der Bewegung innegehalten hatten, sie für einen Augenblick entgeistert angestarrt hatten und dann einem inneren Ruf folgend wie seelenlose Zombies zur Schlemmerhütte gewandert waren. Niemand hatte auf ihre Aufforderungen reagiert.

Nur ein Obdachloser hatte ihre Botschaft empfangen. Aber vermutlich auch nur, weil er nah genug gewesen war, ihre Worte zu verstehen und verzweifelt genug, ihnen Glauben schenken zu wollen. Doch sicherlich hatte dies nichts mit einer übernatürlichen Gabe zu tun gehabt.

Verärgert über sich selbst presste sie die Lippen zu einem schmalen Strich zusammen und schüttelte leicht den Kopf.

Wie nur habe ich mich vor einen ausgemergelten Obdachlosen stellen können und sagen, es würde etwas umsonst zu essen geben?

Sanft fuhr sie sich mit den Händen in kreisenden Bewegungen über ihre Oberarme, wo der verzweifelte Mann sie hart gepackt hatte. Sicherlich würden dort zwei dicke blaue Flecken entstehen, so wie sie schon jetzt brannten. Doch vermutlich konnte sie von Glück sprechen, dass es nur ihre Oberarme und ihr verletzter Stolz waren, die schmerzten.

In einem inneren Kampf zwischen Dankbarkeit und Abscheu gestand sie sich schließlich ein, dass nicht sie es gewesen war, die die unangenehme Situation aufgelöst hatte. Verächtlich zog sie die Mundwinkel nach unten. Sie hatte gerettet werden müssen.

Wie ein unfähiges Katzenjunges, das zu hoch auf einen Baum geklettert war und auf den Feuerwehrmann hoffen musste. Wie eine Prinzessin in einem der alten Märchen, in denen Frauen maximal dazu geeignet waren, Kinder zu gebären und bei jedem auch noch so kleinen Problem nach ihrem heldenhaften Retter riefen.

Sie kniff die Augen leicht zusammen, als sie versuchte das Geschehene richtig einzuordnen. Dann spannte sie all ihre Muskeln an, streckte ihr Kreuz durch, atmete tief ein und drückte ihre Brust raus. Mit dem letzten Stolz, den sie aufbringen konnte, hob sie das Kinn, drehte den Kopf ein wenig zur Seite und ließ langsam den Blick zu dem Mann wandern, dessen Hand noch immer auf der Schulter des Obdachlosen ruhte.

Über seinem teuren Anzug hatte er einen schwarzen Wollmantel geworfen, dem man nicht weniger seinen Wert ansah. Ein hellgrauer Kaschmirschal rundete das Bild ab. Noch ruhte nicht nur seine Hand, sondern seine ganze Konzentration auf dem Mann, der sie noch eben so rüde festgehalten halte. Sein strenger Blick wirkte mahnend wie der eines alten Hochschullehrers. Lange fixierten seine dunkelbraunen Augen den hageren Mann, als wollten sie sichergehen, dass von ihm keine Gefahr mehr ausgehen würde.

Er trug die Haare nach hinten gegelt. Sein glatt rasiertes Gesicht zeigte kantige Züge. Seine stark vorstechenden Wangenknochen und seine vollen Augenbrauen verliehen ihm einen russischen

Tatsch. Es war der Mann aus dem Café, der sie noch eben vor ihrer Wohnungstür abgefangen hatte.

Als er sich scheinbar ausreichend lang davon überzeugt hatte, dass der Obdachlose seine Hasstirade nicht mehr fortsetzen würde, wandte er seinen Kopf mit der Anmut eines Raubtiers zu Mira.

Für den Bruchteil einer Sekunde zuckte sie innerlich zusammen, als sich ihre Blicke trafen. Doch anders als bei ihrem letzten Zusammentreffen, als seine Augen noch mit kaltem Glanz versucht hatten sie zu dominieren, erkannte sie nun, dass darin eine tiefgründige Wärme und so viel mehr als nur der Stolz eines Retters lag.

Mit einer markant tiefen Stimme und dem Hauch eines russischen Akzents sagte er:

«Ich heiße Andrej. Andrej Semjonow.»

Für einen Augenblick ließ er den Klang seines Namens im Raum stehen, als wäre damit alles gesagt, bevor er sanft fortfuhr: «Geht es dir gut, Mira?»

Langsam nickte sie ohne dabei den Blickkontakt von ihrem Gegenüber zu lösen. Stumm formten ihre Lippen das Wort «Danke».

Dann kniff sie leicht die Augenlider zusammen, legte den Kopf ein wenig schräg und fragte zögerlich: «Woher kennst du meinen Namen?»

Wie ein routinierter Pokerspieler ließ er mit keiner Regung erkennen, ob er sich von ihr in irgendeiner Weise ertappt fühlte. Unmerklich zuckte er mit den Achseln.

«Ich weiß vieles über dich.» Als wollte er seinen Worten jegliche Bedrohlichkeit nehmen, fügte er schnell hinzu: «Du bist ein besonderer Mensch.»

Noch ehe sie das Gehörte richtig verarbeiten konnte, wurde sie von hektischen Bewegungen zu ihrer Linken abgelenkt. Langsam drehte sie ihren Oberkörper und wandte schließlich den Blick von Andrej ab, dessen Augen ihrer Körperbewegung aufmerksam folgten. Fragend zog sie die Augenbrauen nach oben, als sie die wilden Bewegungen der Hände betrachtete, die sie noch eben gepackt hatten.

Wild gestikulierend fuchtelte der Obdachlose mit beiden Armen durch die Luft. Immer wieder spreizte er die Finger dabei weit ab, um sie gleich darauf wieder zu Fäusten zu ballen. So wirkte er wie ein Taubstummer, der mittels Zeichensprache versuchte sich verständlich zu machen, dabei aber von Krämpfen oder epileptischen Anfällen geschüttelt wurde.

In ruckartigen Bewegungen warf er seinen Oberkörper nach vorne, nur um ihn gleich wieder zurückzuziehen. Er erinnerte an eine eigenartig groteske Mischung aus dem Regentanz eines alten Indianerhäuptlings und einem Seiltänzer, der verzweifelt versuchte, das Gleichgewicht zu halten, während der Wind mit seinem Körper spielte.

Sein Gesicht ähnelte einer Fratze. Seine Augen waren weit aufgerissen und man konnte den Schrecken darin ablesen. Immer wieder öffnete er den Mund weit, zeigte seine gelben Zähne und streckte die Zunge nach vorne. Dann schloss er den Kiefer und blähte die Backen auf wie ein Laubfrosch, um als gleich wieder seinen Mund aufzuklappen und erneut seine Zunge wild kreisen zu lassen.

Kein Laut begleitete seine stummen Schreie.

Während die Mimik, die Hände und der Oberkörper des Obdachlosen von wilden Zuckungen geschüttelt einen grotesken Tanz der Verzweiflung aufführten, ruhte sein Unterleib still. Unterhalb der Gürtellinie schien es, als hätten die dort ansässigen Körperpartien nicht mitbekommen, welch wilden Kampf ihre oberen Artgenossen führten.

Nicht einen Zentimeter rührten sich die Füße, Waden und Oberschenkel des Mannes, als hätten seine Fußsohlen tief reichende Wurzeln geschlagen oder wären durch einen schnell aushärtenden Sekundenkleber mit dem gepflasterten Boden auf ewig verbunden.

Eine Zeitlang folgte Andrej ihrem verwirrten Blick, dem deutlich anzusehen war, wie angestrengt sie versuchte, die eigenartige Tanzaufführung zu verstehen, die ihr so unvermittelt geboten wurde.

«Er…», half Andrej ihr und wartete einen Augenblick, bis sie ihm ihren fragenden Blick zuwandte. «…stellt keine Bedrohung mehr dar.»

«Hast du das gemacht?», fragte sie langsam und deutete dabei mit einem leichten Kopfnicken auf den armen Teufel neben ihr.

Ihr Tonfall klang dabei so sachlich nüchtern, dass Andrej für einen Moment in die Augen der jungen Frau blicken musste, um zu ergründen, ob es neugieriges Interesse oder eine Anklage war, die hinter ihrer Wortwahl steckte.

Doch ebenso wie der Tonfall ihrer Frage, spiegelten auch ihre braunen Augen in diesem Moment weder Warmherzigkeit noch zornige Kälte wider. Lediglich ein feuriger Glanz weit hinter ihren schwarzen Pupillen deutete an, dass ihr die Situation keinesfalls gleichgültig war. Viel mehr schien es, als wäre sie selbst noch unschlüssig darüber, wie sie die Lage bewerten sollte.

Durch ein langsames Kopfnicken bejahte er ihre Frage.

«Ja. Ich habe das gemacht. Ich habe ihm gesagt, er soll stehen bleiben und still sein», bestätigte er ihre Frage schließlich und versuchte dabei ebenso sachlich und nüchtern zu klingen wie sie, auch wenn es ihn innerlich schwer beschäftigte, warum er nicht einschätzen konnte, was in ihrem Geist vorging.

Aufmerksam wanderte Miras Blick zwischen den ungleichen Männern hin und her. Noch immer wand sich der Oberkörper des Obdachlosen, als versuchte er einem unsichtbaren Würgegriff zu entkommen. Stumm flehten seine eben noch so kalten Augen sie um Hilfe an.

Andrej stand ganz still. Hochkonzentriert hielt er seinen Blick auf die junge Frau gerichtet, als wollte er jede auch noch so kleine Reaktion ihres Körpers wie ein Analyst erfassen und auswerten. Nachdenklich schüttelte sie den Kopf, bevor sie sich schließlich wieder ihrem russischen Retter zuwandte.

«Hast du mit ihm das gleiche gemacht, was du bei mir versucht hast?»

«Ja, ich war in seinem Geist», antwortete er ohne Umschweife.

Nachdenklich nickte sie und atmete durch spitze Lippen langsam aus, als sie sich in ihrer Vermutung bestätigt sah.

Als stünde er zum ersten Mal vor einem Mädchen, das er zum Tanzen auffordern wollte, versuchte Andrej krampfhaft, sich seine Aufregung nicht anmerken zu lassen. Sein Herz raste, während sich vor seinem geistigen Auge die verschiedenen Szenarien abspielten, wie Mira nun reagieren könnte.

«Wie machst du das?», fragte sie schließlich und ihre Augen zeigten deutliche Funken von Forscherdrang.

«Es ist eine Gabe», brach es erlösend aus Andrej heraus, der sonst eher sparsam und verhalten im Umgang mit Worten war.

«Es ist meine Gabe», korrigierte er sich. «Ich war schon immer gut darin, Menschen von etwas zu überzeugen. Vor allem dann, wenn ich mich voll und ganz auf sie konzentrieren kann. Es ist, als könnte ich ihnen meinen Willen aufzwingen, wenn ich einen Zugang zu ihrem Geist geschaffen habe.»

Er holte tief Luft und wartete für einen Augenblick ab, wie Mira reagieren würde.

Sie legte den Kopf leicht schräg und schien zu überlegen. Vermutlich spürte sie, dass er vielleicht der einzige Mensch war, der ihr dabei helfen konnte, ihre Gabe zu ergründen. Doch wie weit konnte sie einem dahergelaufenen Fremden vertrauen, der behauptete, er könne andere von allem überzeugen?

Deutlich sah er die Mischung aus Neugier und Skepsis in ihrem Blick und den inneren Kampf den sie mit sich selbst führte. Als er glaubte erkannt zu haben, was es war, dass sie brauchte, begann er zu lächeln.

Langsam drehte er sich zu dem noch immer wild gestikulierenden Mann zu seiner Rechten. Ohne dass er ihm erneut tief in die Augen sehen musste, nutze er die bestehende Verbindung zu ihm, als er mit Bestimmtheit sagte: «Halt dir deine Ohren zu und schließ die Augen.»

Mit einem ebenso mitleidigen wie faszinierten Blick beobachtete Mira konzentriert, wie der Obdachlose seine Hände zielgerichtet an seine Ohren führte und die Handflächen flach auf seine Ohrmuscheln presste. Dann senkte er das Kinn als wollte er demütig zu Boden blicken und schloss die Augen.

«Es funktioniert eigentlich bei allen Menschen», fuhr Andrej zufrieden fort. «Ein kurzer Blick in ihre Augen genügt und ich kann einen Zugang zu ihrem Geist schaffen. Wie eine Brücke. Oder ein Tor. Solange ich es offenhalten kann, kann ich dem Körper Befehle erteilen, als wäre ich das Gehirn. Am Anfang hatte ich nur Zugang zu geistig…» er legte die Stirn in Falten als er nach dem passenden Wort suchte. «einfachen Individuen», ergänzte er mit einem Schulterzucken. «Doch seit einiger Zeit kann ich alle Menschen von allem überzeugen.»

Verlegen lächelte er als er hinzufügte: «Alle bis auf dich.»

Mira zupfte die Bündchen ihrer Jackenärmel ein Stück weit über ihre Handgelenkte, als wäre es ihr unangenehm, anders zu sein.

Wieder gab Andrej der jungen Frau Zeit, sich mit dem Gedanken anzufreunden, bevor er fortfuhr.

«Ich dachte, ich wäre der einzige mit einer solchen Gabe. Bis ich dir in dem Kaffeehaus begegnet bin.»

Mira atmete tief ein und aus. Zweimal war sie im Begriff etwas zu sagen, brach jedoch im letzten Moment ab und sortierte ihre Gedanken neu. Vorsichtig setzte sie schließlich mit schwacher Stimme an:

«Und du glaubst…» wieder unterbrach sie sich und sah ihr Gegenüber mit großen Augen an, bevor sie den Mut fand, ihren Satz zu vervollständigen. «…ich habe dieselbe Gabe?»

«Nein.»

Entschlossen schüttelte Andrej den Kopf.

«Das glaube ich nicht. Ich bin mir sicher, dass du eine Gabe hast. Ich denke, dass ist der Grund, warum ich dich nicht überzeugen konnte. Genauso, wie du im Kaffeehaus die ungeteilte Aufmerksamkeit aller auf dich ziehen konntest außer meiner. Es sieht so aus, als wärst du immun gegenüber meiner Gabe…» kurz kniff er die Augen zusammen als müsste er überlegen. «so wie ich immun gegenüber deiner Gabe bin.»

Dann zuckte er leicht mit den Achseln.

«Aber ich weiß nicht, was deine Gabe genau bewirkt. Ich denke, deine Gabe ist anders. Ich verstehe nicht, wie sie funktioniert. Aber auf jeden Fall kannst du im Gegensatz zu mir…»

«…sehr viele Menschen gleichzeitig erreichen», hauchte sie und vervollständigte seinen Gedanken.

Anerkennend stimmte er ihr mit einem angedeuteten Kopfnicken zu, bevor er ergänzte: «Vielleicht ist dein Einfluss auf jede einzelne Person dafür kleiner.»

«Als könnte ich meine Gefühlslage auf die Menschen meiner Umgebung projizieren. Als hätte ich…» kurz hielt sie inne. «… einen großen Einfluss.»

Für einen Moment schien Mira in ihre Gedankenwelt abgetaucht zu sein.

«Du sagst, deine…» sie tat sich sichtlich schwer, weiter zu sprechen. Es dauerte einen Moment bevor sie schließlich tief Luft holte. Vorsichtig, als würde sie das Wort wie ein zerbrechliches Beweisstück mit einer Pinzette anheben, fuhr sie fort: «Gabe würde mittlerweile zielgerichtet funktionieren. Doch das war nicht immer so.»

Sie wartete einen Moment, bis er ihre Überlegungen erneut mit einem sanften Nicken wortlos bestätigte.

«Ich schaffe es einfach nicht, meine Gabe richtig einzusetzen. Was mache ich falsch und wie hast du gelernt damit umzugehen?»

Hilfesuchend sah sie den Mann im dunklen Mantel an.

Andrej fuhr sich nachdenklich mit der Hand durchs Gesicht.

«Ich habe einige Versuche gebraucht, bis ich meine Gabe zielgerichtet einsetzen konnte.»

Leicht kniff er die Augen zusammen, als schwelgte er in alten Erinnerungen.

«Am Anfang hat es gerade dann sehr gut funktioniert, wenn ich etwas wirklich wollte; wenn starke Emotionen hinter dem Wunsch des Erfolgs gesteckt haben; wenn es wichtig für mich gewesen war. Verstehst du?»

Miras Augenbrauen wanderten langsam in Richtung Haaransatz, während sie angestrengt überlegte, wie sie seinen Ratschlag am ehesten umsetzen könnte.

Schweigend betrachtete Andrej die junge Frau. Deutlich sah er an ihren Gesichtszügen, wie ihr Verstand arbeitete, während er darüber nachdachte, wie er es ihr besser begreiflich machen konnte.

Dann schaute er sich um, als würde er etwas suchen. Wie ein Scan wanderte sein Blick über den Weihnachtsmarkt. Schließlich schmunzelte er düster, als er gefunden hatte, wonach er gesucht hatte.

«Ich denke, wir sollten etwas ausprobieren.»

Ohne auf eine Zustimmung oder sonstige Reaktion von Mira zu warten, drehte er sich ruckartig zum Obdachlosen um, der, wie eine lächerliche Kombination aller drei Affen von Nikkō, hilflos abwartend neben ihnen stand und noch immer unfähig war, etwas zu sagen, zu sehen oder zu hören.

Wieder nutze Andrej die bestehende Verbindung zum Geist des Mannes, als er sagte: «Dein Leben ist wertlos. Beende es.»

Mit einem leichten Kopfnicken in Richtung des Rettungswagens, der ein wenig abseits des Weihnachtsmarktes stand, fuhr er fort: «Nimm das Auto dort hinten!»

Kurz ließ er seine Worte wirken. Dann deutete er mit einem weiteren Kopfnicken auf die große, sich behäbig drehende Holzkonstruktion, die ein gutes Stück entfernt in der Mitte des Weihnachtsmarktes stand.

«Du beschleunigst maximal, bahnst dir deinen Weg durch die Buden und Stände und fährst mit voller Geschwindigkeit gegen die Weihnachtspyramide, damit dein sinnloses Leben ein jähes Ende findet.»

Mit einem letzten Kopfnicken zeigte er auf die Punks am Fuß der Pyramide.

«Auf dem Weg dorthin versuchst du, möglichst viel von dem herumlungernden Pack zu überfahren. Beende auch ihr unwertes Leben.»

DIE LICHTER DER STADT

2 Tage vor dem letzten Morgen

Lange noch lag Samu in seinem weißen Bademantel gehüllt im Bett und dachte stirnrunzelnd über das Gespräch mit dem Traumweiser nach. So vieles hatte Xam nur vage beschrieben. So vieles war mehrdeutig. Aber in einem Punkt war sein Traumweiser unmissverständlich gewesen. Es gab neben Samu weitere Weltenmaler. Keine Fantasten.

Andere Weltenmaler.

Ungläubig schüttelte er den Kopf. *Kann das wirklich stimmen?* Gab es mehr von denen, die wie er und doch anders waren? Hatten sie andere Fähigkeit? *Welche?* Wenn es seine Aufgabe war, anders zu denken, was waren dann ihre Aufgaben? Wie viele waren es?

Xam hatte in der Mehrzahl gesprochen, fuhr es Samu durch den Kopf. Waren es zwei, ein Dutzend, eine Legion oder ein ganzer Volksstamm? Waren sie alle unterschiedlich und hatten alle unterschiedliche Aufgaben? So viele Fragen waren noch offen.

Voll innerer Unruhe wälzte er sich hin und her. Wieder kam er sich vor, wie der kleine Schuljunge, dem ein schöner Zaubertrick gezeigt worden war. Dem jedoch auf all seine Nachfragen hin immer nur häppchenweise ein viel zu kleiner Teil der Antwort serviert wurde. Wie nur sollte er die anderen Weltenmaler unter acht Milliarden Menschen erkennen? Warum half ihm sein Traumweiser nicht?

Aufgewühlt versuchte er einzuschlafen. Zu viele Fragen waren noch unbeantwortet. Er brauchte mehr Zeit mit seinem Traumweiser. Krampfhaft bemühte er sich, seine rasenden Gedanken zu beruhigen.

Doch so viele Teelichte er entzündete, so viel Melissentee er auch trank und so oft er auch warm duschen ging, um die Muskeln zu entspannen, weder sein Geist noch sein Körper kamen zur Ruhe. Zu sehr quälten ihn die Fragen. Zu sehr drehten sie unablässig Runden in seinem Kopf, poppten, schon fast verdrängt, wie ein Werbebanner im Internet wieder aus dem Nichts auf, verbanden sich mit den Fragmenten anderer Fragen und bildeten ein undurchdringliches Gestrüpp wirrer Ablenkung.

Schwer atmete er durch. Es war tatsächlich ein perfides Spiel. So dringend wollte er weitere Antworten. Doch je mehr er sich mit den Fragen beschäftigte, je drängender er die Antworten wollte, desto weiter entfernte er sich davon, entspannt einzuschlafen, und letztendlich auch von den Antworten, die nur sein Traumweiser ihm geben konnte.

Wollte er Antworten, durfte er sie nicht wollen, erkannte er schließlich mit einem bitteren Geschmack im Mund.

Eine Zeitlang wog er ab, vielleicht doch ein halbes Glas Rotwein zu trinken oder eine Schlaftablette zu nehmen, um seine Gedanken zum Schweigen zu bringen. Doch tief in seinem Inneren wusste er, dass das der falsche Ansatz war.

Eine Weile knirschte er verbissen mit den Zähnen, bis er schließlich zu dem Schluss kam, dass es nur einen Weg geben konnte.

Entschlossen schlug er die Bettdecke zur Seite, schwang die Beine über die Matratze und stand auf. Mit ausladenden Schritten ging er zur Tür, zog die Turnschuhe über, die auf dem Schuhabtreter standen und griff nach der Hundeleine. Dann drehte er sich noch einmal in Richtung Hundekörbchen um und rief: «Na, komm mit, alter Junge. Wir machen einen Spaziergang!»

Max hob den Kopf, legte ihn leicht schräg und schaute sein Herrchen mit einer Mischung aus Entgeisterung und Mitleid an. So verharrten beide einige Augenblicke, in denen Max keinerlei Anstalten machte, sich zu erheben. Es dauerte eine Weile, bis Samu verstand, was seinem Hund scheinbar missfiel. Er unterdrückte ein Lachen und legte die Stirn in Falten.

«Der Bademantel? Echt jetzt?», fragte er tadelnd mit gespielter Verärgerung, «Mein Outfit ist doch nun wirklich egal. Komm mit. Ich muss einen klaren Kopf bekommen.»

Samu wusste nicht, wie lange er gelaufen war und welchen Weg er eingeschlagen hatte. Er hatte seinen Verstand vollkommen ausgeschaltet und seinen Füßen die Entscheidung über jede Richtungsänderung überlassen. Nun wurde er von stechenden

Schmerzen seiner Fußsohlen in die Wirklichkeit gerissen, die vermutlich von den viel zu ausgelatschten Sohlen seiner Turnschuhe herrührten.

Er musste lange gelaufen sein. Die Sonne war bereits untergegangen und der fast volle Mond stand hoch am Himmel. Obwohl er nichts als seinen Bademantel und die Turnschuhe am Leib trug, fror er nicht. Fast schien es, als wollte sein Körper die Spiele der Wirklichkeit nicht mehr nach deren Regeln spielen und hätte einfach keine Lust mehr, sich von diesen profanen Gegebenheiten ablenken zu lassen.

Ein breites Lächeln schlich sich auf seine Lippen, als er sich umblickte.

Er stand auf dem Plateau, das er erst kürzlich entdeckt hatte. Das halb verfallene, ehemalige Kloster, warf lange Schatten im hellen Mondlicht. Der Wasserspeier, der noch immer an der Frontseite des gotischen Bauwerks prangte, wirkte in der Dunkelheit ebenso bedrohlich wie fehl am Platze.

Max drehte sich, seinen Urinstinkten folgend, zweimal im Kreis und legte sich erschöpft in das flache Gras, als hätte er für sich beschlossen, dass sein Herr nun mehr als genug Zeit für sich gehabt hatte und sie eindeutig für heute genug gelaufen waren. Samu setzte sich neben seinen treuen Australian Shepherd, kraulte ihm sanft das Fell hinter den Ohren und betrachtete versonnen die Lichter der Stadt.

«Sieh dir nur das rege Treiben dort unten an, alter Junge. Ein wuselnder Haufen Menschen. Kaum weniger Bewohner als in einem Ameisenhaufen und allesamt kaum weniger geschäftig als ein Schwarm Bienen.»

Er seufzte schwer, nachdem er seinem Hund ausreichend Zeit gelassen hatte, die Szenerie zu betrachten.

«Wie soll ich nur in diesem Haufen die anderen Weltenmaler finden?», flüsterte er mit einem Hauch Verzweiflung. «Und das ist nur eine mittlere Kleinstadt. Eine von tausenden. Wer sagt, dass die anderen Weltenmaler ausgerechnet hier sind? Sie könnten auf dem ganzen Planeten verteilt sein. Es könnte ebenso ein haitianischer Fischerjunge wie ein indischer Greis sein!»

Langsam schüttelte er den Kopf.

«Wie soll ich sie erkennen? Soll ich wie Scully und Mulder die

Tageszeitungen und das Internet nach besonderen Vorkommnissen durchstöbern und mich auf den Weg nach Istanbul machen, wenn dort einem Fischer ein dreiäugiger Fisch ins Netz gegangen ist?»

Lange schwiegen Samu und Max nachdenklich, ehe der blonde Mann erneut das Wort ergriff.

«Oder sollte ich mich den anderen Weltenmalern zu erkennen geben? Soll ich Tigergreifen über mir am Himmel kreisen lassen, in der Hoffnung, dass die anderen Weltenmaler mein Leuchtfeuer erkennen, bevor mich die Polizei in Handschellen abführt und der Staatsanwalt in die geschlossene Abteilung einweist?»

Wieder ließ er seinem Hund Zeit, um ausreichend über das Gesagte nachzudenken, ehe er selbst seine Fragen beantwortete.

«Nein. Das kann nicht der richtige Weg sein.»

Lange saßen sie auf dem weichen Gras und beobachteten nachdenklich die Lichter der Stadt. Ein leichter Wind zog auf und fuhr mit unbändiger Kraft durch die Bäume, die das Plateau umsäumten. Rauschend neigten sie sich vor der Urgewalt des Windes und raschelten dabei leise mit ihrem immergrünen Blattwerk.

Ebenso wie die Tannen sich der Kraft des Windes beugten, wurden auch die letzten Wolken, die sich träge versammelt hatten, verweht und offenbarten einen prächtigen, sternenklaren Himmel. Immer höher stieg der Mond am nächtlichen Firmament und ließ die Nachtschatten der Bäume und des verfallenen Klosters stetig kürzer werden, während die Zeit verging.

Beeindruckt von dem Kontrast der nächtlichen Schönheit der Natur und den unzähligen Lichtern der Stadt, die scheinbar verzweifelt versuchten, der Anzahl und dem Glanz der Sterne in nichts nachzustehen, ließ Samu seinen Blick mit offenem Mund auf- und abwandern. Schweigend genoss er die friedvolle Ruhe.

Es dauerte eine Weile, bis er langsam begann, die Augenbrauen zu einem breiten V zusammenzuziehen und die Stirn verwundert in Falten legte. Schienen die Lichtpunkte oberhalb wie auch unterhalb des Plateaus auf dem ersten Blick gleich, erkannte er doch schließlich den Unterschied, der die Himmelsgestirne so einzigartig machte. Während der Sternenhimmel in stoischer Konstanz erstrahlte, begannen die Lichter der Stadt sich mit der Zeit zu verändern.

Einige der Stadtlichter schienen intervallartig wie ein Leuchtturm zu flackern, dort wo Bäume sich vom Wind geneigt vor das Auge des Betrachters bogen und die Sicht erst wieder freigaben, als der Wind für einen Moment nachließ.

Die meisten Lichter änderten ihr monoton kaltweißes Strahlen zu einem prasselnd bunten Lagerfeuer, als mehr und mehr Fernsehgeräte in den Wohnzimmern eingeschaltet wurden. Andere Lichter verloschen, als die ersten Stadtbewohner zu Bett gingen.

Leuchtete jeder Stern am weiten Himmelszelt in erhabener Eintönigkeit, zeigte sich beim genaueren Beobachten der Stadtlichter die Individualität der Menschen.

«Hätte ich nur die Möglichkeit die Lichter der Menschen zu beobachten, könnte ich vielleicht erkennen, wer von ihnen…», hauchte Samu nachdenklich seinen Atem in die kalte Nacht. «Doch ein Plateau über einer Kleinstadt würde nicht ausreichen. Ich müsste die Lichter aller Menschen sehen. In allen Städten…»

Mit einem freudig gequälten Seufzen schlug er die Augen nieder und vergrub sein Gesicht für einige Zeit in seinen großen Händen. Kopfschüttelnd fragte er sich, wie er die so offensichtliche Lösung nur all die Zeit hatte übersehen können.

«Das ist ein Beobachtungsturm. Damit kannst du alles sehen!», flüsterte er lachend die Worte in seine Hände, die der Traumweiser ihm bei ihrer letzten Begegnung zugerufen hatte.

DER LETZTE GANG

3 Tage vor dem letzten Morgen

Mit zusammengezogenen Augenbrauen und gerunzelter Stirn ließ Mira ihren Blick zwischen Andrej und dem Obdachlosen hin und her wandern, während sie versuchte, die Situation zu begreifen. Sie traute ihren Ohren nicht. Hatte er dem armen Teufel tatsächlich den Suizid befohlen?

Das muss ein schlechter Witz sein.

Langsam wandte Andrej sich von dem Mann zu seiner Rechten ab und lächelte Mira voller Stolz an. Beinahe wirkte er wie ein treudoofer Hund, der es mühevoll geschafft hatte, das geworfene Stöckchen aus dem Dornendickicht zu befreien, anstatt sich einfach nach einem anderen umzuschauen, und nun auf die Anerkennung seines Herrchens hoffte.

Leicht neigte er den Kopf, als wollte er eine Verbeugung andeuten und sagen: «Bitte sehr. Jetzt bist du an der Reihe.»

Hastig wandte Mira sich von ihm ab und beobachtete gebannt, wie der Obdachlose reagieren würde. Für einen Augenblick wirkte er der Welt entrückt. Mitten in der Bewegung hatte er aufgehört, wie wild mit den Armen zu fuchteln. Die fast spastischen Bewegungen seiner Hände ruhten still. Den Mund hielt er geschlossen. Seine blauen Augen wirkten abwesend, als würden sie einen Punkt in weiter Ferne fixieren.

Deutlich glaubte sie einen glasigen Glanz weit hinter seinen Pupillen erkennen zu können, während seine Mundwinkel den Hauch eines Lächelns andeuteten. Für einen kurzen Moment hoffte sie, der Mann würde gänzlich zu einem Lächeln ansetzen, sich in einen Lachanfall steigern und schließlich kopfschüttelnd seiner Wege gehen.

Doch dann sah sie, wie sein Gesicht einen ernsten, beinahe feierlichen, vielleicht sogar seligen Ausdruck annahm. Als wäre ausgerechnet er es, dem die einzigartige Ehre zu Teil geworden war, vom Präsidenten höchst persönlich zu einem heiligen Krieg beordert worden zu sein. Als würde er verstehen, dass die

Aufgabe, die er erbringen musste, absolut notwendig war. Dass es nun an ihm lag, diese Pflicht zu erfüllen und nur er dafür in Frage kam.

Tief atmete er ein und füllte seine Lungen prall mit kalter Luft. Sein Brustkorb hob sich voller Stolz. Langsam streckte er seinen Körper durch und nahm eine ehrwürdige Haltung an, von der sein Rückgrat vermutlich in all den Jahren, in denen er zusammengekauert in der Ecke der Gesellschaft gelegen hatte, fast vergessen hatte, dass es sie gab.

Von seinem breitbeinigen Stand, der seinem Körper lange Zeit dazu gedient hatte, das trügerische Gleichgewicht besser halten zu können, zog er die Beine eng zusammen und stellte die Füße parallel nebeneinander. Er streckte die Hände und Finger durch und legte die Handflächen sauber an den Hosenbund, während die Arme eng an den Seiten seines Oberkörpers ruhten.

Wie der Veteran eines längst vergangenen Krieges, zwang er noch einmal unter Aufbietung seiner ganzen Willenskraft seinen geschundenen Körper dazu, ein letztes Mal Haltung anzunehmen, um diesem finalen Befehl gebührend Folge zu leisten.

Angstvoll weiteten sich Miras Augen, als sie erkannte, dass es ihm ernst war.

Schnell wandte sie sich wieder an Andrej, der sie noch immer voller Stolz anblickte und scheinbar darauf wartete, für seine grandiose Idee gelobt zu werden. Mit strahlenden Augen nickte er ihr zufrieden zu.

Tausend Worte flogen durch Miras Geist, der von der Situation jedoch zu überrumpelt war, um die passenden davon auszuwählen. Vehement schüttelte sie den Kopf. So gerne hätte sie ihn angeschrien. Oder ihm eine schallende Ohrfeige verpasst, bevor sie sich, wie im Flur ihres Hauses, umgedreht und stolzen Schrittes davongegangen wäre, um ihn, den Obdachlosen und ihre verfluchte Gabe hinter sich zu lassen.

Ein dünn geflüstertes «Nein», war alles, was sie hervorbrachte.

Andrej antwortete ihr mit einem wissenden Lächeln.

Ruckartig wandte sie sich wieder dem Obdachlosen zu, der keinerlei Anstalten machte, auf das wortkarge Gespräch zwischen Andrej und Mira in irgendeiner Form einzugehen.

Ohne jegliche Geste des Abschieds drehte er sich um und ging mit entschlossenen Schritten in Richtung des Rettungswagens.

Mit einer Mischung aus Wehmut und Angst sah sie ihm nach. Unfähig ihren Blick von ihm zu lösen, stand sie mit offenem Mund ungläubig da.

«Das ist Wahnsinn», sagte sie kleinlaut, halb zu sich selbst, halb zu Andrej, ohne sich dem Mann im schwarzen Mantel zuzuwenden.

Stumm stimmte Andrej ihr zu, während er aus den Tiefen seines Mantels sein silbernes Etui und sein Feuerzeug hervorzog. Als würde es wie eine Tüte Popcorn zum Kinofilm dazu gehören, zündete er sich genüsslich eine Zigarette an, entspannte sich und verfolgte amüsiert den letzten Gang des entschlossenen Mannes.

Mit zusammengebissenen Zähnen und einem Gefühl der Ohnmacht verfolgte Mira den Obdachlosen, der bereits die Hälfte seiner Wegstrecke zum Rettungswagen zurückgelegt hatte.

Die zwei jungen Sanitär des Deutschen Roten Kreuzes lehnten noch immer lässig an ihrem Fahrzeug, tranken arglos ihren Kaffee und unterhielten sich angeregt. Auch auf die Entfernung erkannte sie mit einem inneren Jubelschrei, dass beide kräftig gebaut waren. Vermutlich hatte die jahrelange Ausbildung, in denen sie Arztkoffer im Stechschritt zu Unfallorten getragen, Patienten aufgeholfen und Tragen durch unwegsames Gelände gehievt hatten, ihre Körper geformt.

Inständig hoffte sie, der Obdachlose würde spätestens dann zur Besinnung kommen und seinen wahnsinnigen Plan verwerfen, wenn er vor der absurden Aufgabe stand, den beiden Sanitätern zu erklären, dass er sich ihren Rettungswagen kurz ausborgen wollte. Vermutlich würde auch er erkennen, dass er keine Chance gegen die beiden kräftigen Männer hätte und würde jeden Moment mit hoch rotem Kopf abdrehen oder kehrt machen.

Zielstrebig ging er weiter und hielt auf die geöffnete Fahrertür zu.

Erschrocken erkannte Mira, dass er keinerlei Anzeichen von Unbehagen, Nervosität oder Angst zeigte. Auch machte er keine Anstalten, sein Tempo zu verlangsamen.

Im Gegenteil. Fast wirkte es, als würde er, jetzt wo er das Ziel vor Augen hatte, auf den letzten Metern noch einmal beschleunigen.

Soweit sie dies von seiner Gangart ableiten konnte, wirkte er wild entschlossen. Wie eine Tänzerin im Staatsballett federte er jeden seiner Schritte leichtherzig mit den Fußballen ab.

Erst als er bis auf wenige Schritte an den Rettungswagen heran war, wandte sich ihm einer der beiden Sanitäter zu. Er überragte den Obdachlosen um gut einen halben Kopf und war gerade im Vergleich zu dessen schmächtigen Körper, der durch jahrelange Entbehrungen dürr und ausgezehrt wirkte, als muskulös bis füllig zu beschreiben.

Die schweren Sanitäter Stiefel, die dick gefütterten Hosen und die robuste Jacke gaben ihm ein imposantes Erscheinungsbild. Der dunkle Vollbart rundete das Bild ab. Wäre die Farbe seiner Garderobe schwarz und nicht vorrangig weiß und rot gewesen, hätte er gut als Türsteher einer Rockerkneipe durchgehen können, dachte Mira hoffnungsvoll.

Seinem Gesichtsausdruck nach zu urteilen, wirkte er aufgeschlossen und dankbar für die Abwechslung der eintönigen Warterei. Freundlich lächelte er den deutlich älteren Mann an und fragte ihn etwas, das Mira über die große Entfernung nicht verstand, während er ihm zwei Schritte entgegentrat. Ob bewusst oder ungewollt, stellte er sich so mitten in dessen Weg und verhinderte, dass er unversehens die Fahrerkabine erreichen konnte.

Ohne sein Tempo zu drosseln hielt der Obdachlose weiter auf sein Ziel zu und trat an den Sanitäter heran. Mit zwei schnellen Schritten überwand er die soziale Distanz, die üblicherweise zwischen zwei Fremden herrscht, die ein ungezwungenes Gespräch führen wollten.

Für einen Unbeteiligten mochte es wirkten, als würde er einen alten Freund oder Verwandten, den er lange nicht mehr gesehen hatte, freudig begrüßen wollen. Doch noch immer hatte er die Arme eng am Körper angelegt und machte keinerlei Anstalten sie zu lösen, um zu einer herzlichen Umarmung anzusetzen.

Mit dem letzten Schritt, der die beiden ungleichen Männer voneinander trennte, nahm der Obdachlose seinen Kopf weit zurück, als müsste er vor Freude lachen. Doch seine Mundwinkel deuteten nicht den Hauch eines Lächelns an. Keinerlei Lachfältchen umspielten seine Augenpartie, als er sich leicht abfederte und seinen Körper, der nun wie ein Bogen gespannt war, schwungvoll nach vorne warf.

Völlig überrumpelt hatte der Angegriffene keine Chance auszuweichen, um sich aus der Gefahrenzone zu bringen oder schützend die Hände wie ein Boxer vors Gesicht zu heben. Gezielt rammte der Obdachlose seinem nichts ahnenden Gegenüber die Stirn mitten auf dessen Nasenwurzel.

Trotz der weiten Entfernung hörte Mira deutlich das Krachen der Knochen, als die Nase des Sanitäters mit unnötig übertriebener Gewalt zertrümmert wurde. Wie ein schlaffer Sack Reis fiel der eben noch so unüberwindbar wirkende Körper in sich zusammen.

«Nein!», rief sie mit vor Überraschung und Schreck geweiteten Augen.

Instinktiv wollte sie losstürmen und dem Mann zu Hilfe kommen, der reglos am Boden lag während hellrotes Blut schwallartig aus seinem deformierten Schädel strömte. Doch noch ehe sie den ersten Schritt tun konnte, hielt Andrej sie zurück.

«Ihm kannst du nicht mehr helfen», stellte er nüchtern mit einem bedauernden Kopfschütteln fest.

Der zweite Sanitäter, der in seinem Berufsleben sicherlich schon einige Schwerverletzte zu Gesicht bekommen hatte, starrte seinen am Boden liegenden Kollegen verständnislos an, als wartete er darauf, dass er aus eigener Kraft aufstehen würde, sich das Blut abschüttelte und ihm lächelnd zurief, dass alles nur ein schlechter Scherz gewesen wäre. Überwältigt von der plötzlichen Gewaltexplosion hatte er den Mund geöffnet als wäre er nicht mehr Herr seiner Kiefermuskeln. Ungläubig lehnte er tatenlos am Rettungswagen.

Ohne das blutende Häufchen Elend eines weiteren Blickes zu würdigen, stieg der Obdachlose mit einem ausladenden Schritt über den reglosen Körper des Sanitäters hinweg und setzte seinen Weg ungehindert in Richtung Fahrerkabine fort.

Miras Herz raste gepeitscht von Unmengen an Adrenalin und verteilte wütend heißes Blut in ihrem ganzen Körper. Wild fuhr sie Andrej an:

«Das ist Wahnsinn! Du musst ihn aufhalten, bevor noch mehr Menschen zu Schaden kommen!»

Schulterzuckend schnickte Andrej seine Zigarette weg und setzte einen mitleidigen Blick auf, während er langsam den Kopf schüttelte.

«Ich habe keinen Einfluss mehr auf ihn. Ich habe die Verbindung abgebrochen. Auf diese Entfernung kann ich ihn nicht aufhalten, selbst wenn ich wollte.»

«Warum tust du das?», schrie sie den gleichgültig wirkenden Mann an, während sie mit aufsteigender Panik beobachtete, wie der Obdachlose sich auf den Fahrersitz des Dreieinhalbtonners setzte.

Andrejs fast entschuldigend klingende Worte «Ich tue das für dich», nahm sie kaum noch wahr.

Schnell warf sie ihren Kopf nach links und überflog das Gebiet, dass der Rettungswagen zurücklegen musste, wenn der Verzweifelte den wahnsinnigen Befehlen Folge leisten wollte. Die Weihnachtsmarktpyramide war ein gutes Stück entfernt. Unzählige kleinere und größere Buden verstellten den Weg dorthin.

Die Gassen zwischen den Ständen waren bei weitem nicht dafür ausgelegt, dass ein Fahrzeug dieser Größenordnung sie ungehindert passieren konnte. Bestimmt sah das Notfallkonzept der Gemeinde vor, dass die Sanitäter sich ihren Weg zu einem möglichen Verletzen zu Fuß mit einer Trage bahnen sollten, um ihn durch das engmaschige Netz aus Gängen und Wegen zum Rettungswagen zu schleppen.

Selbst wenn der Obdachlose nicht die direkte Verbindung zu seinem Ziel wählen würde, sondern zumindest versuchen würde, den Wegen zwischen den Weihnachtsmarktbuden zu folgen, würde er unzählige der Stände niederreißen. Sicherlich würden die einfach verschraubten Holzbuden dem gut motorisierten, massigen Gefährt keinerlei Widerstand leisten.

Kopfschüttelnd versuchte sie zu überblicken, wie viele der nichts ahnenden Menschen in den Ständen der Amokfahrt zum Opfer fallen würden. Ruckartig zuckte ihr Kopf von rechts nach links.

Unfähig die Reaktionen ihres Körpers zu unterbinden, begann sie am ganzen Leib zu zittern, als ihr Blick an etwas hängen blieb, das sich genau zwischen dem Standort des Rettungswagens und der Weihnachtsmarktpyramide befand. Ihre Hände fühlten sich kalt an, während mit einem Schlag sämtliche Farbe aus ihrem Gesicht wich. Deutlich spürte sie, wie sich ihre Nackenmuskulatur verkrampfte, als sie die Zähne noch fester aufeinanderbiss.

Bedrohlich langsam wandte sie ihren Blick ab und drehte sich zu Andrej.

Zwischen zusammengebissenen Zähnen presste sie nur zwei Worte hervor, die die ohnehin wahnsinnige Szenerie noch einmal auf ein ganz anderes Level der Perfidie anhob:

«Die Kindereisenbahn!»

Noch während sie den zufrieden amüsiert dreinblickenden Mann vor sich finster anstarrte, glaubte sie weit hinter sich zu hören, wie der Motor des Rettungswagens gestartet wurde.

Langsam begann Andrej zu nicken.

«Es wird eine Menge Opfer geben. Nicht nur den Penner und die Punks, die unter der Pyramide rumlungern.»

Leicht legte er den Kopf schräg und ließ seine Pupillen mehrmals von einer Seite zur anderen wandern, als würde er vor seinem geistigen Auge die Kugeln eines Abakus von rechts nach links schieben.

«Die Verkäufer werden in ihren engen Bretterbuden die Gefahr nicht kommen sehen. Einige Passanten werden vermutlich nicht ausweichen können.»

Leicht zuckte er mit den Schultern, während er die Lippen mit gespieltem Mitleid aufeinanderpresste.

«Die Mütter werden vermutlich bei dem Versuch sterben, ihre Kinder von der Eisenbahn zu zerren.»

Noch einmal nickte er bestätigend, als er nüchtern die Situation zusammenfasste: «Es wird eine Menge Tote geben!»

Er ließ seine Worte für einen Moment sacken, ehe er mit einem Lächeln ergänzte: «Nur du kannst sie retten, Mira!»

In Mira tobte ein panischer Sturm geschürt aus Sorge und Verzweiflung. Wie konnte dieser Kerl so eiskalt mit den Leben von Menschen spielen? Was war er nur für ein Mensch? Alles begann sich zu drehen. Ihre Beine wurden taub und drohten dem Gewicht ihres Körpers nachzugeben. Für einen kurzen Augenblick glaubte sie, dass es vielleicht das Beste wäre, sich der friedvollen Ohnmacht hinzugeben, bevor sie sich selbst noch einmal zur Ordnung rief. Sie durfte das nicht geschehen lassen. Sie musste handeln.

Nur wie?

Die Polizei zu alarmieren würde nichts nützen. Sie könnte versuchen, sich dem Rettungswagen in den Weg zu stellen. Doch wenn der verblendete Obdachlose keine Skrupel hatte, Mütter und Kinder zu überfahren, warum sollte er vor ihr Halt machen? Sie könnte wie ein hysterisches Mädchen um Hilfe rufen. Doch wie viele der Menschen würden auf sie reagieren? Würden sie sie überhaupt beachten?

Sie könnte zu den Müttern eilen und versuchen, sie von der herannahenden Gefahr zu überzeugen. Doch würden sie ihr glauben und sich rechtzeitig in Sicherheit bringen? Wie lange würde es dauern, jede einzelne anzusprechen? Und was wäre dann mit den Passanten, den Rentnern, den Verkäufern und den Menschen, die um die Pyramide standen?

Langsam schüttelte sie den Kopf. Sie konnte nicht alle auf einmal erreichen. Kurz hielt sie inne.

Oder kann ich das doch?

Mit dem Mut der Verzweiflung nickte sie sich selbst bestätigend zu. Vielleicht war es die einzige Möglichkeit, die sie hatte.

Sie schloss die Augen und atmete tief ein und aus. Innerlich bemühte sie sich, ihren von Adrenalin gestressten Körper zur Ruhe zu bringen, während sie gleichzeitig versuchte, sämtliche äußeren Einflüsse zu ignorieren. Sie hatte eine Mission, auf die sie sich konzentrieren musste.

Sie durfte sich nicht ablenken lassen.

Sie konzentrierte sich darauf, all die Warnmeldungen, die die verschiedenen Rezeptoren ihres Körpers mehrmals pro Sekunde an ihr Gehirn sendeten, zu ignorieren. Als wäre ihr Verstand ein Briefkasten, der all die unwichtigen Werbezettel für einen Tag aussperrte. Um Platz zu haben, für den einen wichtigen Brief.

Sie bemühte sich, ihre Fußsohlen, die vom andauernden Stehen schmerzten, und ihre noch immer brennenden Oberarme zu vergessen.

Sie versuchte nicht an die Kälte zu denken, die ihr mittlerweile in die Knochen gefahren war.

Sie achtete nicht mehr auf ihr Hungergefühl und den

verführerischen Duft nach deftigen Essen, der ihr permanent in die Nase stieg und dazu aufrief, endlich etwas zu essen.

Sie verdrängte die Musik und die ständigen Geräusche, die unentwegt auf ihre Ohren eindrangen. Und sie versuchte, den ungebändigten Zorn auf den Mann an ihrer Seite zumindest für diesen Moment aus ihrem Geist zu verbannen.

Und dann sah sie es.

Sie sah den Weihnachtsmarkt, als würde sie als mächtiger Albatros mit weit ausgebreiteten Schwingen über den Platz gleiten. Sie sah die Stadt und die Straßen, die wie ein ausgeklügeltes Spinnennetz zu den Nachbargemeinden führten. Sie sah die nahe gelegene Großstadt mit all ihren Häusern und auch alle anderen Städte der Welt. Wie ein gigantisches Teleskop mit einer hochauflösenden Wärmebildkamera, das auf einem fernen Planeten installiert war, sah sie die Welt und all die Seelen, die auf ihr lebten zugleich.

Sie sah alle Empfänger.

Und sie sah die Botschaft.

Den einen wichtigen Brief zwischen all den Werbeprospekten, den sie versenden musste. Sie sah all die Menschen auf dem Weihnachtsmarkt, die die Botschaft empfangen mussten. Und sie sandte ihn aus. In all ihrer Prägnanz. So einfach, dass alle sie nachvollziehen konnten.

Stumm bewegten sich ihre Lippen, als ihr Geist die Botschaft in für die Menschen verständliche Worte verpackte:

«Lauft weg!»

Lange ließ sie sich Zeit, ihren Geist wieder für die Einflüsse der Welt zu öffnen, bevor sie zuletzt schließlich ihre Augenlider hob. Langsam nickte sie zufrieden, als sie ihren Blick über den Weihnachtsmarkt gleiten ließ.

Das eben noch so geschäftige Leben um sie herum schwieg. Der Platz war wie schlagartig verlassen, als hätte eine Wasserstoffbombe von einer Sekunde auf die nächste einen Großteil des Lebens aus ihrer Umgebung entfernt.

Nur vereinzelt flanierten Passanten mit misstrauischen Blicken noch durch die engen Gänge der Marktstände. Die Buden selbst waren bis auf ein paar Hartgesottene wie leergefegt. Die Kindereisenbahn fuhr passagierlos im Kreis. Keine Mütter standen mehr darum. Die Weihnachtsmarktpyramide war verlassen. Der Rettungswagen stand fahrerlos mit laufendem Motor noch immer an seinem Platz.

Sie hatte es geschafft. Sie konnte es. Sie konnte ein Gefühl unter den Menschen ihrer Umgebung verbreiten. Sie hatte einen großen Einfluss.

Mit einem ebenso beeindruckten wie stolzen Gesichtsausdruck löste Andrej seinen Blick von der vereinsamten Umgebung und wandte sich Mira zu. Wieder senkte er die Augenlider und beugte das Kinn leicht nach unten, als wollte er eine Verneigung andeuten.

«Du hast eine wahrlich starke Gabe, Mira.»

Für einen Augenblick schwieg er, als müsste auch er seine Gedanken neu sortieren. Dann zog er sein Smartphone aus der Tasche.

«Ich sende dir meine Kontaktdaten zu. Melde dich, wenn du bereit bist, für Antworten auf deine Fragen», sagte er, drehte sich um und ließ sie allein.

DIE TRÄUME DER WELT

2 Tage vor dem letzten Morgen

Zielgerichtet schob Samu die Hände von seinem Gesicht hoch in Richtung Stirn, fuhr sich durch die blonden Haare, legte die Ellenbogen eng an seinen Hals und massierte sich die verspannten Schultern. Er ließ sich Zeit, bis er sich entspannt genug fühlte, dann erst schloss er die Augen.

Als er sie wieder öffnete, fand er sich wie erhofft auf dem Beobachtungsturm wieder. Er stand aufrecht, hatte die Arme eng an den Körper und den Kopf leicht in den Nacken gelegt, als betrachtete er etwas weit oben am Himmel. Ein leichter Wind wehte beständig und trug einen kräftigen Duft von frisch geschlagenem Nadelholz an ihn heran.

Wie in der Wirklichkeit, in der er noch eben gesessen hatte, zeigte sich auch hier ein wolkenfreier Nachthimmel. An Stelle des Sternenmeeres zierte das schwarze Gewölbe jedoch nichts außer drei strahlend helle Monde. Sie waren mit großem Abstand zueinander weit über das Firmament verteilt und leuchteten in einem eigenwilligen feurigen Rot, das von einer blauen Corona umgeben war. Gemeinsam tauchten sie die gläserne Plattform des Beobachtungsturms in ein bizarres Licht, das keine Schatten warf.

So sehr sie sich auch in ihrer Farbenpracht, wie auch in ihrer Größe, ähnelten, fiel Samu auf, dass nur der rechte, der drei Himmelskörper, als ganzer Kreis erstrahlte. Beiden anderen fehlte jeweils noch ein kleiner Teil zum Vollmond. Jedoch wirkte es, als wären sie gerade dabei, zu voller Größe heranzuwachsen.

Eine Zeit lang stand Samu mit offenem Mund auf der gläsernen Plattform, betrachtete das malerisch schöne Bild am nächtlichen Himmel und fragte sich, was seine Traumlandschaft ihm mit dem Bildnis der drei Monde sagen wollte.

Er selbst hatte in seiner Vorlesung den Studenten immer wieder gebetsmühlenartig erklärt, dass jedes Element in Träumen eine direkte Verbindung zur Wirklichkeit darstellte. Auch wenn sie noch so weit hergeholt erschien. Es gab nichts in Träumen, das der Schlafende sich frei ausdachte. Alles hatte einen Bezug zu etwas, dass der Verstand wahrgenommen, jedoch vielleicht noch nicht gänzlich verarbeitet hatte.

Nachdenklich betrachtete er die drei rot-blauen Monde. Wusste sein Verstand bereits mehr als Samu bewusst war und versuchte ihm Hinweise auf Antworten zu geben, die er sich noch nicht zu fragen getraut hatte?

Langsam senkte er den Kopf. Heute würde er das Rätsel um die drei Monde nicht lösen können. Doch er hatte eine Aufgabe. Entschlossen schaute er sich auf der Plattform um, die matt im Licht der Monde leuchtete. Schnell überblickte er das gläserne Rund, auf dem er stand.

Er war alleine. Von seinem Traumweiser fehlte jede Spur. Ließ der Tigergreif ihn absichtlich allein? War es seiner Ansicht nach nun an Samu, einige seiner Fragen selbst zu beantworten? War er der Meinung, er hätte ihm lange genug die Hand gereicht, so dass er nun auf eigenen Füßen stehen sollte? Oder war er schlichtweg deshalb nicht hier, da Samus Verstand nicht nach ihm gerufen hatte, überlegte er mit einer nachdenklichen Kopfbewegung.

Das einzige, an das er gedacht hatte, als er seine Traumwelt betreten hatte, war der Beobachtungsturm gewesen. Schnell schüttelte er die Gedanken an seinen Traumweiser ab und konzentrierte sich auf das, weswegen er hier war.

Kurz blickte er sich um und betrachtete das einzig hervorstechende Gebilde, auf der sonst eintönig ebenen Plattform. Wie die Blüte einer überdimensionalen Seerose erhob sich die Glaskugel im Zentrum der flachen Plattform des Beobachtungsturms, die den weit ausladenden, schwimmenden Blättern des Wassergewächses glich. Fast magisch zog sie die Blicke des Betrachters auf sich.

Langsam schritt er auf die Glaskugel zu.

Doch je mehr er sich dem Zentrum des Turms näherte, desto mehr musste er sich eingestehen, dass er mit seiner ersten Einschätzung falsch lag. Keinesfalls hatte das eigenartige Gebilde den Begriff Kugel verdient. Von weitem war die grobe Kontur zwar kugelförmig. Doch bei näherem Betrachten stellte Samu fest, dass die Oberfläche nicht glatt war, wie man es von einer klassischen Glaskugel einer Wahrsagerin auf einem Jahrmarkt hätte erwarteten können.

Vorsichtig trat er einen weiteren Schritt heran.

Deutlich erkannte er nun, dass die Oberfläche geschuppt von unzähligen, sich überlappenden, kleinen Glasplättchen war, die dem Gebilde vielmehr das Äußere einer Artischocke oder eines geschlossenen Kiefernzapfens verliehen. Doch während eine Artischocke oder ein Kiefernzapfen vielleicht aus wenigen Hundert Schuppen bestand, war die Anzahl der Glasplättchen so groß, dass er sie in einem ganzen Leben nicht hätte zählen können. Gemeinsam brachen sie tausendfach das Licht, wie ein von Meisterhand lupenrein geschliffener Diamant.

Mit immer kleiner werdenden Schritten näherte er sich vorsichtig der filigranen Glaskugel. Unendlich langsam verlagerte er sein Gewicht auf das eine Bein, hob dann respektvoll den Fuß des anderen nur ein wenig an und schob ihn behutsam ein kleines Stück weiter vor, wobei er versuchte, keinerlei Geräusch zu verursachen.

Einer inneren Eingebung folgend, traute er sich kaum zu atmen. Er spürte, dass eine unbedachte Bewegung oder ein unbedarfter Laut den kostbaren Moment für immer zerstören könnte. Als könnten die Blätter der Seerose sich legen schützend um die verletzliche Blüte schlagen, würde sie das fragile Vertrauensverhältnis zu dem sich nähernden Fremden verlieren.

Erst kurz bevor die Spitzen seiner abgetretenen Turnschuhe die Kugel fast berührten, blieb Samu stehen.

Geräuschlos atmete er aus und nahm einen erneuten tiefen Atemzug, um seinen Herzschlag auf eine normale Frequenz zu beruhigen. Stirnrunzelnd senkte er den Oberkörper und beugte sich tief herab, bis sich seine Nasenspitze nur noch eine Armlänge über der Kugel befand.

Von dieser Nähe betrachtet, erkannte er, dass er abermals falsch gelegen hatte. Aus dem Stand hatte er noch geglaubt, die gläserne Oberfläche würde das letzte Licht der Umgebung wie die Facettenaugen einer Stubenfliege widerspiegeln.

Noch einmal richtete er sich vorsichtig auf und vergrößerte wieder den Abstand zwischen seinem Gesicht und der Kugel. Dann bewegte er seinen Kopf mit zusammengezogenen Augenbrauen ein wenig zur Seite, um seine Vermutung zu bestätigen.

Nachdenklich fuhr er sich mit der Hand durch den Bart.

Würden die facettenartigen Schuppen die Lichter der Umgebung widerspiegeln, würde sich ihr Abbild schimmernd verändern, sobald der Abstand oder der Winkel des Betrachters zur Spiegeloberfläche wechselte. Doch das taten sie nicht.

Jede der unzähligen kleinen Schuppen erstrahlte autark wie durch eine eigene Lichtquelle gespeist. Als würden sie nicht stumpf das Licht der Umgebung reflektieren, sondern ihre eigene Geschichte erzählen wollen. So leuchteten sie in einem eigenwilligen matten Glanz in den verschiedensten Grautönen.

Fast wirkte es, als wären innerhalb der Glasplättchen, wie zwischen den Objektträgern eines Mikroskops, unendlich viele, winzig kleine schwarz-weiß Dias platziert worden. Präpariert zu dem einzigen Zweck, beobachtet zu werden.

Hatte er gefunden, was er sich erhofft hatte?

Samu beugte sich noch ein wenig tiefer herab, bis seine Nase nur eine Handbreit von den gläsernen Schuppen entfernt war. Er atmete kontrolliert und konzentrierte sich auf das Glasplättchen direkt vor ihm, während er all die anderen neben und unter diesem versuchte ausblenden. Deutlich sah er nun den Inhalt, den das Glasplättchen matt leuchtend wiedergab.

Enttäuscht legte er die Stirn in Falten, streckte den Rücken durch und rückte ein Stück von der Glaskugel ab. Das Dia war einfach nur grau. Graue Eintönigkeit. Das war nicht, was er erhofft hatte zu sehen.

Als müsste er einen klaren Kopf bekommen, schüttelte er sich kurz, beugte sich entschlossen noch einmal herab und betrachtete ein anderes der unzähligen Dias.

Wieder richtete er sich auf, nachdem er eine Zeitlang in der gebeugten Position verharrt hatte. Nachdenklich massierte er sich die Schläfen. Hatte er den Zweck der Kugel falsch eingeschätzt? Warum zeigte auch dieses Plättchen ihm ein schlichtes, monotones Grau?

Was mache ich verkehrt? Betrachte ich die falsche Stelle?

Langsam ging er um die Glaskugel herum, bis er die gegenüberliegende Seite der Stelle erreicht hatte, an der er eben gestanden hatte. Kurz überlegte er noch einmal, ob seine Gedankengänge einen Sinn ergeben konnten. Dann beugte er sich vor und konzentrierte sich auf eines der Plättchen dort.

Ein breites Lächeln schlich sich auf seine Lippen. Er schien richtig zu liegen. Natürlich zeigten ihm die Dias auf der anderen Seite der Kugel kein klares Bild. Dort gab es nichts zu sehen.

Dort schläft niemand.

Fasziniert betrachtete er eine Zeitlang das Bild, das ihm das Plättchen vor ihm zeigte. Wie erhofft war es nicht nur die statische Momentaufnahme eines einzigen Augenblicks. Das Bild bewegte sich wie von einer Fernsehkamera aufgezeichnet. Als würde ein alter schwarz-weiß Film auf einem Röhrenfernseher aus den Siebzigerjahren laufen, war die Szene, die er sah, farblos, ein wenig unscharf und leicht krisselig.

Undeutlich glaubte er, ein junges Mädchen zu erkennen, das ganz alleine auf der vordersten Bank eines leeren Klassenzimmers saß und sich ängstlich umblickte.

Samu kniff die Augen ein wenig zusammen und stellte sich vor, vorsichtig an einem imaginären Okular zu drehen, durch das er blickte. Kaum hatte er den Gedanken vollendet, wurde das Bild gestochen scharf. Doch war es nicht nur die Bildqualität, die sich mit einem Mal verbesserte. Vielmehr war es so, als würde Samu in die Szene hineingezogen. Als wäre er plötzlich Teil des schwarz-weiß Films und nicht nur ein stiller Beobachter.

Als schwebte er wie ein allgegenwärtiger Geist im Klassenzimmer, nahm er den eigenwilligen Geruch der Kreide, des nassen Schwamms und der frisch gewischten Tafel wahr.

Mit einem viel zu lauten, strengen Klicken hörte er den schwarzen Sekundenzeiger, der auf dem weißen Zifferblatt der Uhr, die über der Tür hing, einen weiteren Schritt nach vorne preschte.

Als wären es seine eigenen Gefühle spürte er die Panik, die das Mädchen ergriff, als sich die Tür schließlich schwungvoll öffnete und ein unnatürlich großer Lehrer mit einem süffisanten Lächeln das Klassenarbeitsheft wie eine Trophäe hoch über dem Kopf erhoben präsentierte.

Zufrieden lächelte Samu. Er hatte mit seiner Vermutung doch richtiggelegen.

Mit einem Schweißtropfen auf der Stirn zog er sich aus dem Traum des Mädchens zurück. Er atmete tief ein und versuchte, die in ihm aufsteigende Aufregung in Zaum zu halten. Er musste jetzt einen kühlen Kopf bewahren. Langsam atmete er aus, wartete, bis sein Puls sich normalisiert hatte und fasste noch einmal seine sich überschlagenden Gedanken in klare Strukturen.

Er stand auf einem Beobachtungsturm. Auf seinem Beobachtungsturm. Vor ihm lag eine gläserne Kugel, mit der er die Träume der Lebewesen auf der Erde beobachten konnte. Und mehr. Er konnte an deren Träumen teilhaben. Als müsste er seine eigenen Gedankengänge bestätigen, nickte er kräftig.

Er war auf dem richtigen Weg.

Abrupt hielt er in der Bewegung inne, als ihm die Bedeutung dieses viel zu mächtigen Werkzeugs schlagartig bewusst wurde. Mit leicht zusammengekniffenen Augen sprach er leise seine Gedanken aus: «Wie nur soll ich unter all den Träumen diejenigen der anderen Weltenmaler erkennen?»

Wie so oft in jüngster Vergangenheit, schlug er sich einmal mehr mit der flachen Hand vor die Stirn, kaum dass er seine Bedenken laut ausgesprochen hatte. Wieder hätte er beinahe das Offensichtliche in der Flut neuer Erkenntnisse übersehen.

Natürlich wusste er, worin sich die Träume der Weltenmaler von denen der anderen Erdenbewohner unterschieden.

Entschlossen richtete er sich zu voller Größe auf und schloss die Augen. Er atmete tief durch und breitete die Arme in einer allumfassenden Geste aus, als wollte er die Glaskugel und die gesamte Welt umarmen. Mit geschlossenen Augen konzentrierte er sich wieder auf die dünnen Glasplättchen vor ihm, die die Träume aller widerspiegelten.

Doch anders als noch eben, versuchte er nicht, sich nur einen der Träume vorzunehmen und die übrigen auszublenden. Jetzt versuchte er sich auf alle Träume zugleich einzulassen.

Mit der Kraft eines Tsunamis brach eine gigantische Flut unzähliger Bilder auf Samus Verstand ein und schlug ihm die Luft aus den Lungen. Es fühlte sich an, als würde sein Brustkorb zerquetscht und sein Kopf gleichzeitig explodieren. Lichtblitze leuchteten wie ein tosendes Gewitter hinter seinen geschlossenen

Augen auf. Alles drang zugleich auf ihn ein, als wollte ihn die Bilderflut erdrücken.

Es dauerte einen unendlich langen Augenblick, bis er die Flut der Bilder eindämmen und so seinen Verstand vor der Ohnmacht bewahren konnte.

Und dann, innerhalb eines einzigen Wimpernschlages sah er sie. Er sah das Mädchen, das Angst vor der Klassenarbeit hatte. Er sah einen Mann, der mit breitem Lächeln hoch in den weißen Wolken flog. Er sah das angstverzehrte Gesicht eines anderen, der vor einem dunkelgrauen, bodenlosen Abgrund stand. Er sah den Traum eines schwarzen Hundes, der einem weißen Kaninchen nachjagte. Er sah eine Frau, die sich freudestrahlend nach einer silbergrauen Geldmünze bückte.

Er sah sie alle. Alle Träume der Welt.

Für einige Herzschläge genoss er das Mosaik der unzähligen Träume, die vor ihm erstrahlten. Dann holte er tief Luft, spitzte die Lippen als wollte er pfeifen, und atmete kräftig aus. Dabei drehte er sanft den Kopf von einer Seite der Kugel zur anderen, wie ein Kind, das die Kerzen einer Geburtstagstorte löschen wollte.

Er dachte an die Flugsamen einer Pusteblume, als all die eintönig grauen Träume, die von seinem Atem erfasst wurden, wild auseinanderstoben und in kreisenden Bahnen aus seinem Sichtfeld wirbelten. Erst als er seine Lungenflügel bis auf das letzte bisschen Luft geleert hatte, öffnete er selbstsicher die Augen.

Noch immer stand die Glaskugel mit all ihren gläsernen Schuppen vor ihm. Doch wirkte sie nun, als läge ein dünner Schleier auf ihr, der fast sämtliche der Glasplättchen verdeckte. Und genauso, wie es schien, dass die meisten der gläsernen Plättchen durch den Schleier nach hinten getreten waren, war es, als würden zwei Punkte der Kugel, die fast nebeneinander lagen, wie durch Suchscheinwerfer hervorgehoben.

Im strahlenden Licht erkannte er mit einem breiten Grinsen die einzig bunten Träume.

Neben ihm gab es anscheinend zwei weitere Weltenmaler. Nun lag es an ihm, ihnen ein Zeichen zu senden.

DER STERN

Die Nacht vor dem letzten Morgen

Ein breites Lächeln überspannte Miras Gesicht von einem Ohr bis zum anderen. Eigentlich war sie sich sicher gewesen, dass sie träumte. Aber es fühlte sich so unglaublich real an.

Sie spürte, wie die dünne Luft mit ihrem Schlafanzug spielte, durch ihr offenes Haar fuhr und sie an ihren nackten Fußsohlen kitzelte. Sie fühlte die Sonne, die mit unerschöpflicher Wärme ihren Rücken und ihren Nacken streichelte, sodass der zarte Flaum ihrer Nackenhaare sich wohlig aufstellte und jeden Kater zu einem versonnenen Schnurren gebracht hätte.

Mit den Beinen balancierte sie die Seitenwinde aus, die manchmal sanft wie eine leichte Brise und im nächsten Moment mit der Kraft eines Wirbelsturms an ihr zogen. Meist genügte eine kleine Drehung ihres Körpers, um stärkeren Winden auszuweichen. Nur manchmal musste sie die Beine wie die Schwanzfedern eines Raubvogels ein wenig abspreizen, um die Balance zu halten, wenn sie zu aufbrausend und wild wurden.

Alles fiel ihr so unglaublich leicht. Als wüsste ihr gesamter Bewegungsapparat, sei es einer inneren Intuition oder jahrelanger Erfahrung folgend, wie er reagieren musste. Ohne darüber nachzudenken erahnte sie die Schwerkraft, die sie wie ein längst vergessener Gedanke daran erinnern wollte, ihrem Ruf zu folgen.

Doch sie dachte nicht daran, auf sie zu hören.

Sie hielt die Arme weit ausgebreitet und spielte mit den Aufwinden, mit denen sie ihren Körper mit Leichtigkeit steigen oder sinken lassen konnte. Ein einziger Gedanke genügte. Mühelos ertasteten ihre Fingerspitzen die warmen, aufsteigenden Luftmassen und verrieten ihren Händen und Armen, welche Haltung sie einnehmen mussten, um majestätisch zu gleiten oder wie ein Pfeil durch die Luft zu schießen.

Ihr ganzer Körper war von einem mächtigen Gefühl vollkommener Erhabenheit erfasst, als sie frei wie ein Vogel durch die warmen Wolken flog.

Wenn es vielleicht doch nur ein Traum war, sollte er niemals enden.

Verträumt blickte sie sich um. Weit unter sich erkannte sie zwischen blauem Wasser die Konturen einer Landmasse. Angelockt wie eine Elster von etwas metallisch Glänzendem, kniff sie die Augen leicht zusammen, spreizte die Finger ein klein wenig auseinander, drehte die Daumen ein Stück in Richtung Boden und ließ sich sachte in großen Spiralen nach unten gleiten.

Es dauerte nicht lange, bis sie sich sicher war. Einzig warum sie ihr Traum ausgerechnet über den staubig gelben Wüsten Afrikas fliegen ließ, verstand sie nicht.

Immer näher flog sie gespannt dem Boden entgegen.

Ihre Augen weiteten sich, als sie sah, wie spröde und durstig die Landmassen waren, die von dieser Entfernung aus wie die abgestorbene Borke eines längst vertrockneten Baumes wirkten. Mitfühlend erkannte sie, dass sich die Weite der Trockenheit einsam vom einen bis zum anderen Ende des schwarzen Kontinentes erstreckte.

Zu viel Sonne und zu wenig Wasser hatten das Landesinnere an vielen Stellen auf immer verdorrt und zu einer kargen Mondlandschaft werden lassen, die einzig von unendlichen Sandmassen beherrscht wurden.

Gerade als ihr Kinn sich dazu entschließen wollte, vor Trauer zu zittern, sahen Miras scharfe Augen sie und ihr Herz begann wie wild zu schlagen.

Sie wirkte wie ein gigantisches Stück Verheißung für die sonst so karge Landschaft. Hoffnungsvoll verlief sie geradewegs von Ost nach West. Die genaue Länge war ohne entsprechende Landmarken schwer festzumachen. Als Mira zuletzt über sie gelesen hatte, war sie etwa zehn Kilometer lang gewesen. Deutlich gewachsen war sie seit dem vermutlich nicht. Als hätte sie geduldig wie eine eitle Schauspielerin auf die Aufmerksamkeit ihrer Zuschauerschaft gewartet.

Interessiert betrachtete Mira den leicht gezackten Verlauf, der an eine Narbe erinnerte, die durch ein schartiges Messer mehr gerissen als geschnitten worden war. Fast zärtlich ließ sie ihren Blick über das östliche Ende der frisch geborenen Erdspalte gleiten.

Für einen Moment schien es, als ob der Wind aufhörte zu wehen. Mira hielt den Atem an. Ihr Herz setzte für einen Schlag aus. Ihre Pupillen weiteten sich ungläubig, als sie erkannte, dass das Gebilde wuchs.

Ohne jegliches Geräusch zu verursachen, gab sich das Jahrmillionen alte Gestein dem unterirdischen Spannungsregime hin und zerbrach in einem stillen Jubelschrei der Freude. Weiter und immer weiter wanderten die gezackten Enden der Erdspalte den östlichen und westlichen Grenzen der Landmassen entgegen.

Immer schneller wuchs die Spalte an, wobei sie stetig auch an Breite und Tiefe zunahm. Wie ein bodenloser Schnitt im Land, erschaffen aus dem Nichts, vergrößerte sie sich sekündlich mit zunehmender Geschwindigkeit und raste schließlich wie der Riss einer Windschutzscheibe auf die umgebenden Wassermassen zu.

Fast zeitgleich erreichten beide Enden der Erdspalte das umgebende Meer.

Für einen Augenblick herrschte eine unwirkliche Stille, als müssten die trägen Wassermassen erst freundlich dazu eingeladen werden, die neuen Wege zu erkunden. Dann schoss das blaue Nass freudig ein und durchströmte die noch enge Schlucht aufgeregt wie ein kalter Gebirgsbach.

Innerhalb eines Wimpernschlages war die Klamm nicht mehr als solche zu erkennen. Sie erstrahlte nun als azurblaue Linie, die den Kontinent wie ein eleganter Gürtel umschlang. Fast wirkte das Land stolz auf sein einzigartiges Accessoire.

Wie eben noch die Erdspalte, war es nun Miras Grinsen, das schnell breiter wurde, als sie glaubte zu erahnen, was geschah.

Und tatsächlich. Als hätte er ihre Gedanken wie einen stummen Befehl vernommen, nahm der eben noch schmale Gürtel rapide an Breite zu, als beide Landteile sich wie zwei gleichgepolte Magnete voneinander entfernten.

Mira lachte laut auf. Immer wieder schlug sie die Augenlieder auf und nieder, um sich zu vergewissern, dass es real war, was sie sah. Mit einem Kribbeln im Bauch legte sie die Arme eng an den Körper und drehte sich glucksend im Flug um die eigene Achse. So, wie sie es sich erhofft hatte, kühlten die Wassermassen das viel zu große, ehemalige Landesinnere ab.

Schnell säumte ein grüner Flaum jungen Lebens die frisch entstandenen Küstensteifen. Als würde ein alter VHS Videofilm mit gedrückter Fast-Forward-Taste ablaufen, sah Mira in einer Art Zeitraffer, wie sich mehr und mehr Pflanzen entwickelten, rapide in die Höhe wuchsen und erblühten, um sich ihren Weg in das einst so trockene Land zu erkämpften. Büsche und Bäume entstanden wie aus dem Nichts, befestigten mit ihren Wurzeln den erosionsgefährdeten Küstenstreifen und spendeten dem Boden kostbaren Schatten und Kühle.

Insekten begannen sich auf den einladenden Blättern niederzulassen. Dicke Raupen fraßen sich durch das saftige Grün, verpuppten sich in Sekundenschnelle und stiegen als unzählige, bunte Schmetterlingsschwärme in den Himmel. Ameisen, Käfer und Würmer stritten sich bald um die besten Plätze am reich gedeckten Tisch und lockten Vögel an, die schnell begannen, in den Bäumen der Umgebung zu nisten.

Versonnen und voller Stolz bewunderte das rege Treiben des neuen Lebens, das sich immer schneller zu entwickeln schien, bis plötzlich die Zeit stillstand.

Kein Windhauch rauschte mehr an ihren Ohren vorbei. Ihr braunes Haar, das eben noch ungezähmt wie die Mähne eines jungen Mustangs im Wind geweht hatte, war nun wie eingefroren. Fast schien es, als ließe derjenige, der noch eben die Fast-Forward-Taste gedrückt gehalten hatte, seinen Finger aus einer plötzlichen Laune heraus nun auf der Pause-Taste ruhen.

Unschlüssig ließ Mira ihren Blick über den breiten Küstenstreifen wandern. Das rege Treiben am Boden, das wilde Krabbeln und der Wettkampf der Pflanzen um den besten Platz an der Sonne wirkte nun wie die Momentaufnahme einer Landschaftsfotografie. Bäume, Sträucher und Gräser wuchsen mit einem Mal nicht weiter. Ameisen, Käfer und sämtliche anderen Insekten verharrten in regloser Stille.

Nichts rührte sich. Alles war wie eingefroren.

Verärgert fragte sie sich, ob ihr wunderschöner Traum enden wollte, und sie gleich aufwachen würde, als sie eine zarte Bewegung am Rande ihres Sichtfeldes wahrnahm. Ruckartig schossen ihre weit geöffneten Augen herum, bis sie schließlich den Grund der Bewegung ausmachte.

Ein kleiner Zitronenfalter löste sich aus einer Wolke stillstehender Schmetterlinge. Wie ein leuchtender Feuerball wirkte sein sattes Gelb über dem nun so grünen Boden. Mit mutigen Schlägen seiner vier hauchdünnen Flügel schraubte er sich Mira entgegen.

Er wirkte voll aufgeregter Vorfreude, als er immer mehr an Höhe gewann und sich immer weiter von der Sicherheit seines Schwarmes entfernte.

Mit zusammengezogenen Augenbrauen folgte Mira seinem bewundernswerten Höhenflug, als er ihr mit der Beharrlichkeit einer Grundschullehrerin entgegenkam und sich schließlich zutraulich auf ihrem Handrücken niederließ. Freundlich lächelte sie das zarte Wesen an.

«Hallo kleiner Freund! Wer bist du denn?»

Ein wenig außer Atem antworte ihr der Zitronenfalter, wobei seine tief männliche Stimme so gar nicht zu einem Wesen passen wollte, das vermutlich weniger wog als Miras Fingerkuppe.

«Ich heiße Samu. Ich bin froh, dich gefunden zu haben.» Dabei nickte er bestätigend mit seinen langen Fühlern auf und ab.

«Samu?», fragte sie amüsiert. Dann deutete auch sie mit dem Kopf eine leichte Verbeugung an. «Ich heiße Mira.» Eine Zeitlang blickten die zwei ungleichen Wesen sich respektvoll in die Augen, als überlegten sie genau, was sie von der eigenartigen Begegnung halten sollten.

«Du hast einen weiten Weg auf dich genommen, um zu mir zu kommen, Samu.»

«Ich habe den Weg hierher auf mich genommen, weil ich dringend mit dir sprechen muss.»

Als müsste er sicher gehen, ob er ihr wirklich das sagen konnte, was er sagen wollte, ließ er noch einmal seinen Blick über den frisch geborenen Küstenstreifen wandern, dessen sattes Grün von braunen Käfern, roten Blütenblättern sowie Schmetterlingen und Vögeln in allen Farben der Welt bevölkert war.

«Du träumst bunt», stellte er schließlich fest. «Also…» noch einmal stockte er kurz, als fiele es ihm schwer, den nächsten Satz auszusprechen. «Also kennst du deine Gabe. Du bist ein Weltenmaler!» Wieder wartete er einen Moment, ob Mira ihn auslachen würde, bevor er erneut ansetzte. «Wie ich.»

Erwartungsvoll blickte der kleine Zitronenfalter sein Gegenüber an.

Mira neigte den Kopf leicht schräg und forderte ihn mit einem freundlichen Lächeln auf, fortzufahren.

Samu holte tief Luft und blähte den winzigen Brustkorb des Insekts weit auf.

«Es wird Zeit, dass wir eine neue Welt erschaffen!»

«Eine neue Welt erschaffen?», fragte Mira unsicher nach und war sich selbst unschlüssig, was sie von der eigenartigen Wendung halten sollte, die ihr ohnehin eigenartiger Traum gerade annahm. «Davon träume ich schon lange», erwiderte sie mit einer Mischung aus Wehmut und Stolz, wendete sich von ihm ab und ließ demonstrativ ihren Blick über den grünen Küstenstreifen schweifen.

Langsam schüttelte Samu den kleinen Insektenkopf, als ihre Blicke sich wieder trafen.

«Ich sehe, was du gewirkt hast», sagte er mit einem Hauch Anerkennung in der Stimme. «Aber so dürfen wir das nicht machen!», entfuhr es im härter, als er es eigentlich vorgehabt hatte. «Sie würden es uns nicht glauben», ergänzte er sanfter.

Mira legte die Stirn in Falten und dachte darüber nach, was Samu ihr zu sagen versuchte. Im Handumdrehen hatte sie die Welt ein Stückweit verbessert. Quasi über Nacht hatte sie Afrika halbiert und dem trockenen und viel zu heißen Land kilometerlange Küsten geschenkt.

Was ist falsch daran, etwas zu verbessern?

«Es sind unsere Gene», erklärte der Schmetterling, als er die Unsicherheit im Gesicht der jungen Frau deutete. «Unser Erbmaterial», ergänzte er stockend. «Jedes Wesen kennt seinen Platz auf der Erde», versuchte er ein einfaches Bildnis aufzubauen. «Jeder Schmetterling weiß, dass er niemals das Vierzigfache seines Körpergewichts tragen können wird, so wie jede Ameise weiß, dass sie sich niemals verpuppen und zum Schmetterling werden wird.»

Kurz wartete Samu ab und ließ Mira über seine Worte nachdenken. «Was meinst du, würde passieren, wenn du über Nacht einem Schmetterling die Fähigkeiten der Ameisen schenken würdest? Würde er anfangen, Steinbrocken durch die Gegend zu schleppen? Und was glaubst du, wie würden Menschen reagieren, wenn du über Nacht die Gesetzte der Physik ausschaltest und Afrika spaltest?»

Wieder ließ Samu ihr Zeit, bis sie ihm schließlich mit einem resignierten Schulterzucken und einem angedeuteten Kopfnicken zeigte, dass sie seinen Gedankengängen folgen konnte. Langsam und jedes Wort einzeln betonend schlussfolgerte er:

«Wir müssen die Reset-Taste drücken und eine völlig neue Grundordnung herstellen! Nur dann können wir eine neue Welt erschaffen.»

Mit einem nachdenklichen Blick nickte Mira versonnen.

«Eine neue Welt erschaffen», flüsterte sie leise. Dann lachte sie mutlos auf und wandte sich wieder dem kleinen Zitronenfalter auf ihrer Hand zu. «Wie sollten wir zwei eine solche Aufgabe stemmen können?»

«Nicht wir zwei!», antwortete Samu und amüsierte sich insgeheim darüber, dass sie die gleichen Gedankengänge, wie er noch vor einiger Zeit, durchlief. «Nur zu dritt können wir eine neue Grundordnung herstellen.»

Erstaunt beobachtete der gelbe Schmetterling Miras Gesichtszüge mit seinen hochauflösenden Facettenaugen. Leicht legte er den Kopf schräg, wobei seine Fühler der Bewegung wackelnd folgten. Die Tatsache, dass es neben ihnen beiden einen weiteren Weltenmaler gab, schien sie nicht besonders zu überraschen.

«Wir müssen uns treffen», vollendete sie seinen Gedankengang. «Wie finden wir dich?»

Überrumpelt von ihrer Entschlusskraft dachte der Schmetterling für einen kurzen Moment nach. Zu gerne wollte er einen angemessenen Rahmen für ihre Zusammenkunft ersinnen. Stolz wollte er den anderen Weltenmalern einen Einblick in seine Fähigkeiten gewähren, ohne dabei jedoch zu angeberisch zu wirken oder die Menschheit zu sehr zu verschrecken.

In alter Gewohnheit drehte er nachdenklich seinen Kopf von einer Seite zur anderen, wobei sein Rüssel wenig majestätisch hin und her schwang. Als er endlich glaubte, etwas Passendes gefunden zu haben, wandte er sich freudig wieder Mira zu.

«Kennst du die Weihnachtsgeschichte?», fragte er verschmitzt. Ohne eine Antwort auf seine Frage abzuwarten, platzte es aus ihm heraus: «Folgt dem Stern!»

Kaum hatte der Zitronenfalter den Satz ausgesprochen, wurde Mira aus ihrem eigenartigen Traum gerissen. Verärgert öffnete sie die Augen und fand sich in ihrem Bett wieder. Noch war es stockdunkel. Es musste mitten in der Nacht sein.

Sie fühlte sich, als hätte sie drei Tage lang kein Auge zugemacht. In ihrem Kopf schien ein rastloser Schmied mit Zorn auf einen Amboss einzuschlagen. Gleich einem pochenden Schmerz hallte in ihrem Schädel immer und immer wieder das Wort „Stern“ auf.

Nebelverhangen wirkte ihr Traum wie die Erinnerung an ein längst vergessenes Erlebnis nach. Verschlafen schüttelte sie sich.

Erst als ihr Geist sich langsam vom Schlaf verabschiedete, meldeten sich nach und nach die Muskeln ihres Körpers zu Wort. Jeder einzelne von ihnen schmerzte, als hätten sie eine Woche lang harte Feldarbeit geleistet. Dem Umstand nach zu urteilen, dass sie unter ihrer Bettdecke schweißgebadet war, schien es jedoch eher so, als hätte ihr Körper die Feldarbeit in den letzten zwei Stunden geleistet.

Schmerzvoll stöhnte sie auf und biss knirschend die Zähne zusammen. Dann atmete sie tief durch und drehte langsam den Kopf zum Fenster. Der wolkenlose Himmel zeigte eine sternenklare Nacht. Ungeduldig ließ sie ihre Augen von einem der weißen Punkte zum nächsten gleiten.

Alle sahen sie gleich aus.

War doch nur alles ein einfacher Traum gewesen? Sie wollte das einfach nicht glauben. Zu eigenartig, zu real und zu verwirrend und einleuchtend zugleich waren die Worte des Zitronenfalters gewesen. *Doch welchen der Sterne konnte er meinen? Welchem soll ich folgen? Und wohin?*

Weiter und immer weiter huschten ihre Augen voll brennender Ungeduld.

Und dann sah sie ihn. Zweimal zwinkerte sie ungläubig. Dann war sie sich sicher. Wie ein blutroter Saphir erstrahlte der Kern des Sterns in einem satten azurblau, während sein Äußeres von einer matt rot leuchtenden Corona umgeben war. Bei einem flüchtigen Blick in den Nachthimmel würde er vermutlich einem sorglosen Betrachter kaum auffallen. Erst bei näherem Hinsehen erstrahlte seine Einzigartigkeit.

Tief beeindruckt begann sie zu lächeln.

DIE AUSLESE

Die Nacht vor dem letzten Morgen

Fast fühlte es sich an wie ein Déjà-vu. Wieder saß Andrej in dem schwarzen Miet-SUV. Vorgestern hatte er an exakt der gleichen Stelle geparkt. Wieder war es kalt. Vielleicht sogar noch kälter. Schon bildeten sich kleine Eiskristalle auf der dunkel getönten Heckscheibe des übermotorisierten Geländewagens.

Wieder fühlte er sich unsicher. Ein Gefühl, das ihm früher wenig vertraut war und das ihn nun immer häufiger beschlich, seitdem er sich mit der Person „Mira" befasste.

Zu seiner linken wartete das unscheinbare Haus mit dem einst weißen Putz und blickte trotzig auf ihn herab. Der schmale Gehweg aus Waschbetonplatten, der von dem Spalier aus Thuja-Hecken festlich umrandet war, war im Dunkel der Nacht nur mit viel Fantasie zu erkennen. Die Briefkastenschlitze, die Namensschilder und Klingelknöpfe waren im diffusen Restlicht, das die Sterne und der sichelförmige Mond zu spenden vermochten, kaum noch auszumachen.

Der Stummel der Zigarette, an der er noch eben genussvoll gezogen hatte, leuchtete noch einen Moment lang matt auf dem dunklen Asphalt. Dann erlosch das Glimmen des Tabaks. Kopfschüttelnd musste Andrej wieder an die Menschen denken, die ebenso ausgelöscht waren. Oder würden sie erst noch ausgelöscht werden? Er war sich nicht sicher.

Einmal mehr schaute er skeptisch auf seine Armbanduhr. Die Nacht hatte gerade erst begonnen. Frühestens in fünf Stunden würden die Wecker derjenigen, die eine Arbeit hatten, klingeln. Noch waren die Lichter in den Wohnungen, die er von seinem Parkplatz aus sehen konnte, nicht eingeschaltet. Vermutlich schlief das ganze Viertel noch.

Als er losgefahren war, hatte er sich keine Gedanken über die Uhrzeit gemacht. Fast kopflos war er aufgebrochen. Ungewöhnlich für einen Mann, der sonst jeden Schritt mit

Selbstsicherheit beging, dachte er düster schmunzelnd. Aber er hatte keinen Raum zum Nachdenken gehabt. Er war sich sicher gewesen, dass er das Richtige tat. Oder viel mehr, dass es richtig war, etwas zu tun. Es war angebracht zu handeln. Auch wenn es vielleicht überstürzt war. Zu eigenartig war der Traum gewesen.

Zu real. Zu erschreckend. Zu schön?

In Windeseile war er aufgestanden und hatte die Zähne geputzt. Schnell hatte er sich seinen Anzug übergeworfen, seine Breitling um das Handgelenk geschlungen und die Haare zurückgegelt. Nicht perfekt. Aber den Umständen entsprechend angemessen.

Seine wenigen Habseligkeiten hatte er grob zusammengesammelt. Nur das Nötigste hatte er eilig in seinen Koffer gepackt. Er wollte mit leichtem Gepäck reisen. All das, was er nicht zu dringend brauchte, würde er sich vom Hotelpersonal nachsenden lassen. Wohin genau das sein würde, konnte er jetzt noch nicht sagen.

Wieder wanderten seine Gedanken zu dem, was sein Verstand ihm im Schlaf gezeigt hatte.

Alles hatte so real gewirkt. Wie ein Beobachtungssatellit in hoher Umlaufbahn war er weit über dem pazifischen Ozean geschwebt. Unter ihm hatte sich kilometerweit das kräftig blaue Meer erstreckt. Nur an wenigen Stellen erstrahlten türkisgrüne Flecken, die von einem Kranz weißer Gischt umsäumt waren, wo Riffe und Atolle nahe der Wasseroberfläche die Wellen brachen.

In seinem Traum hatte er nicht die Kälte der dünnen Luft gespürt. Noch hatte er die brennende Hitze der hochstehenden Sonne bemerkt, die am Äquator fast unermüdlich ihr stetes Werk vollstreckte. Kein Lufthauch war durch sein Haar gefahren. Kein Geräusch an sein Ohr gedrungen. Beinahe hatte es gewirkt, als betrachte er ein Foto. Eine Satellitenbildaufnahme.

Und doch hatte er gefühlt, dass er auf eine sonderbare Weise nicht nur Beobachter, sondern Teil des Ganzen war.

Gerade als er sich gefragt hatte, warum sein Traum ihm ausgerechnet ein malerisches Bild der Südsee zeigen wollte, war das Meer mit rasender Geschwindigkeit auf ihn zugekommen. Oder war er auf das Meer zugestürzt? Ohne Schwerkraft war das kaum zu sagen. Er hatte nicht das Bedürfnis gehabt zu schreien. Also schien er nicht gefallen zu sein.

Interessiert hatte er die Augen zu schmalen Schlitzen verengt und hatte versucht zu erkennen, worauf das Bild seine Aufmerksamkeit lenken wollte. Es hatte nicht lange gedauert, bis er erkannte, dass er geradewegs auf eine der kleineren Inseln mitten im Nichts des Blau zusteuerte. Ein annähernd kreisrundes Atoll. Reich bewachsen von sattem Grün.

«Na-ur-u», flüsterte er versonnen, als das Bild des Atolls mit den intensiven Grün- und Blautönen noch einmal durch seinen Verstand geisterte. Nachdenklich legte er denn Kopf schräg. Woher er den Namen der Koralleninsel kannte, konnte er nicht sagen.

Wieder blickte er demonstrativ auf seine Breitling. Dann holte er tief Luft und legte die Hand auf den silbernen Türöffner. Mit einem leichten Zug seiner Finger schwang die schwere Fahrertür des SUV fast geräuschlos auf. Sofort strömte die kalte Nachtluft in den Wagen und griff mit eisigen Fingern nach seinem Nacken.

Ein Schauer lief ihm über den Rücken, als seine Gedanken wieder zu den Inselbewohnern wanderten, deren Schicksal er in seinem Traum vorgestellt bekommen hatte. Sie waren der Inbegriff des menschlichen Stumpfsinns. Faul. Träge. Fett. War die malerische Insel auch umgeben von rein-weißer, schäumender Gicht, waren ihre Bewohner der Inbegriff von Abschaum.

Die fettigen schwarzen Haare waren schon so lange nicht mehr gewaschen worden, dass sie weitestgehend verfilzt waren. Auch die lieblos eingeflochtenen rosa Blüten konnten nicht von dieser Tatsache ablenken.

Die Outfits der fast zehntausend Inselbewohner zeugten von deren Müßiggang. Halb geöffnete, befleckte Hawaiihemden in den geschmacklosesten Farbkombinationen versuchten die tonnenförmigen Bäuche der Übergewichtigen zu kaschieren.

Der ausgeblichene Stoff der Badeshorts in XXXL war durch die baumdicken Oberschenkel bis zum Bersten gespannt und drohte jeden Augenblick nachzugeben und den Blick auf verkümmerte Männlichkeiten preiszugeben.

Ungepflegte gelblich verhornte Fußnägel lugten aus ausgetretenen Sandalen oder Badelatschen hervor und erinnerten daran, dass deren Besitzer schon lange nicht mehr dazu in der

Lage waren, selbst die rudimentärste Art der Körperpflege zu betreiben.

«Na-u-ru!», spuckte er das Wort aus, während er langsam aus dem Wagen stieg. Nirgendwo auf der Welt gab es gemessen an der Bevölkerung mehr fette Menschen als auf Na-u-ru.

Einst hatte das Land über das höchste Pro-Kopf-Einkommen weltweit verfügt. Ein paar schöne Jahre lang hatten die Inselbewohner das faule Leben in Reichtum und Sonne genießen dürfen. Aber schnell zeigte sich, dass der Reichtum der Insel keinen Segen brachte.

Über Generationen hinweg hatte sich der einst genügsame Volksstamm von den wenigen Früchten der Insel und der Fischerei ernährt. Doch mit dem Reichtum und dem Zugang zu westlichem Fast-Food kam die Fettleibigkeit. Diabetes, Faulheit und notorische Unzufriedenheit folgten schnell.

Nichts ist größer und selbstzerstörerischer als die Dummheit der Menschen, schoss es ihm durch den Kopf.

Und das war noch nicht einmal der Höhepunkt der eigenwilligen Geschichte des Atolls. Denn der Reichtum hatte nicht lang angehalten. Schnell war die einzige natürliche Ressource der Insel vollständig abgebaut.

Und war das Ende auch noch so absehbar, die Inselbewohner dachten nicht daran, ihr Geschenk der Natur sinnvoll anzulegen. Ohne jegliches Gespür für Weitsicht, verprassten sie ihren Reichtum in Rekordzeit bis zum völligen Bankrott.

Verärgert schüttelte er den Kopf.

Selbst die dümmsten Nagetiere schafften es, sich einen Teil der Nüsse für den harten Winter aufzusparen. Doch der Mensch war einfach nicht dazu geschaffen, weise zu handeln. Ob zufällig oder unterbewusst gelenkt; Seine Traumlandschaft hatte ihn zu einem Ort geführt, in dem er den Inbegriff menschlichen Abschaums zu sehen bekommen hatte.

Einzig warum war ihm zuerst nicht klar gewesen.

Mit geübten Handbewegungen korrigierte er den Sitz seines Mantels. Er schloss die Fahrertür, warf sich seinen Schal über und drehte sich in Richtung des Hauses, in dem Mira wohnte. Noch einen Moment lang blieb er stehen.

Sie hat sich nicht gemeldet, fuhr es ihm einmal mehr durch den Kopf. *Ist es zu früh? Braucht sie mehr Zeit, um über ihre Fähigkeit nachzudenken und sich ihrer Rolle bewusst zu werden?*

Fest presste er die Lippen zu einem schmalen Strich aufeinander. Es war zu spät für Gedankenspiele. Er brauchte sie.

Mit ausladenden Schritten überquerte er die Straße und folgte dem Pfad aus Waschbetonplatten. Umgeben vom nachtschwarzen Spalier der Thuja-Hecken tauchte er in eine fast unwirkliche Dunkelheit ein.

Wieder flogen Bilder seines Traumes durch seinen Geist. Es war schlichtweg faszinierend, wie einfach und effizient die Natur sein konnte. Schlagfertig und selbstlos. Versonnen setzte er zu einem Lächeln an. Und erst diese absolute Konsequenz.

Einfach bewundernswert.

Im Schutz des schmalen Vordachs in Sichtbetonoptik erreichte er die in Weiß eingefasste Glastür des heruntergekommenen Mehrparteienhauses. Unsicher wanderte seine Hand in Richtung der spärlich beleuchteten Phalanx aus Klingelknöpfen, die neben der Haustür darauf warteten, gedrückt zu werden.

Innerlich noch immer hin und hergerissen hielt er mitten in der Bewegung inne. Mit der rechten Hand schob er den Ärmel seines schwarzen Mantels ein Stück in Richtung Ellenbogen und legte seine Armbanduhr frei. Edel strahlten die weißen Ziernähte des schwarzen Lederarmbandes in der Dunkelheit. Ein wenig neigte er das Handgelenk und drehte das Zifferblatt seiner Blickrichtung entgegen.

«Halb zwei nachts», flüsterte er unsicher.

Einmal mehr fragte er sich, wie sie wohl reagieren würde, wenn er sie aus dem Schlaf riss, nur um ihr von einem eigenartigen Traum zu erzählen. Würde sie ihn ungläubig aus schlaftrunkenen Augen anstarren und ihm genervt die Tür vor der Nase zuschlagen?

Würde sie ihn für vollkommen verrückt halten und jeglichen weiteren Kontakt mit ihm im Keim ersticken? Sollte er lieber einen günstigeren Moment abwarten? Er könnte ihr Handysignal orten und sie zufällig auf dem Weg zur Arbeit abfangen?

Von seiner eigenen Unsicherheit genervt, schüttelte er den Kopf. Es gab nur den einen Weg.

Gerade als er sich entschlossen hatte, die Klingel endlich zu drücken, ging das Licht an. Fast schmerzhaft leuchtete die Glühbirne des Treppenhauses durch die Glastür vor ihm und blendete seine Augen, die sich schon längst an die Dunkelheit gewöhnt hatten. Verwundert wandte er sein Gesicht von der überraschenden Störung ab.

Kaum zwei Herzschläge später wurde die Tür schwungvoll aufgerissen. Engelsgleich von hinten angestrahlt stand Mira vor ihm. Nur kurz zuckte sie zusammen und hielt mitten in der Bewegung inne, als sie ihn erkannte.

«Ah, du bist schon hier», begrüßte sie ihn mit einem freudigen Lächeln, als wären sie alte Bekannte.

Sie trug eine graue Jogginghose, eine alte Jacke und ausgetretene Schuhe. Ihr braunes Haar hatte sie zu einem Pferdeschwanz zusammengebunden, aus dem noch einzelne ungebändigte Strähnen hervorlugten.

Ihr ganzes Äußeres wirkte, als hätte sie sich in Windeseile dazu entschieden, dass Haus zu verlassen. Doch so wahllos ihre Kleidung auch schien, strahlte ihr Gesichtsausdruck eine zufriedene Selbstsicherheit aus. Wenn sie davon überrascht war, ihn hier zu treffen, schaffte sie es ausgezeichnet das zu kaschieren.

«Hattest du auch diesen Traum?», fragte sie freundlich, wobei ihr leichtes Kopfnicken darauf hindeutete, dass die Frage mehr rhetorisch gemeint war. Sie wollte keine Zeit mit nichtigem Smalltalk vergeuden.

Mit großen Augen betrachtete Andrej die junge Frau vor ihm und versuchte ihre Worte und seine verwirrten Gedanken zu einem klaren Bild zusammenzufügen. Als er sah, dass ihr Blick sich mehr und mehr mit Ungeduld füllte, begann sein Mund Worte zu formen.

«Ja», gab er ungewöhnlich wenig eloquent mit einem entrückten Gesichtsausdruck zu. «Er war so…», für einen Augenblick suchte er nach dem passenden Adjektiv. «real?».

Zustimmend nickte Mira.

Ohne darüber nachzudenken, sprudelten ihre Gedanken in einer für sie mindestens ebenso ungewöhnlichen Geschwindigkeit und Anzahl aus ihrem Geist.

«Ja. Real. Das trifft es!», rief sie fröhlich.

Ihre Mimik spiegelte mehr und mehr eine eigenartige Verbundenheit wieder, als wäre sie glücklich darüber, endlich einen Vertrauten gefunden zu haben, dem sie ihr lange gehütetes Geheimnis anvertrauen konnte. «Es hat sich so unglaublich real angefühlt. Viel mehr als ein Traum!»

Langsam hatte auch Andrej seine Überraschung, die ihn einen Moment lang überrumpelt hatte, überwunden. Nun begann auch er, ihr seine Gedanken preiszugeben, als spüre auch er das unsichtbare Band, das ihre Schicksale unweigerlich miteinander verband.

«Es hat sich nach so viel mehr angefühlt», versuchte er, ihre vagen Gedanken zu bestätigen.

Wieder überlegte er kurz, welche Worte er wählen sollte und kam sich vor, als versuchte er die Quantenmechanik mit dem Wortschatz eines Dreijährigen zu beschreiben.

«Als würde es wirklich passieren. Als würden die Traumwelt und die Wirklichkeit miteinander verschmelzen. Als wären sie eins. Und als könnte ich…» entschuldigend lächelte er unsicher, als er bemerkte, dass er sich korrigieren musste. «als könnten wir steuern, was passiert.»

Er ließ seine Worte verhallen. Gespannt wartete er, um zu sehen, wie sie darauf reagieren würde. Eine Weile genossen sie die nachdenkliche Stille. Erst als sie ihm mit einem angedeuteten Nicken zustimmte, fuhr er zögerlich fort.

«Nicht nur im Traum meine ich. In der Welt!»

Aufgeregt kaute Mira auf ihrer Unterlippe, ehe es weiter aus ihr heraussprudelte.

«Ja!», rief sie freudig, als sie sich in ihren eigenartigen Erfahrungen bestätigt fühlte. «Es war so wunderschön! Das Land. Die Vielfalt. Die ganzen Tiere. Das Leben.», versuchte sie ihre sich überschlagenden Gedanken in Worte zu fassen. «Einfach unglaublich mit welcher Kraft sich die Natur am Ende durchsetze!»

«Du hast es also auch gesehen!», warf Andrej strahlend ein. «So faszinierend!», bestätigte auch er freudig nickend. «Diese Effizienz! Der Einfallsreichtum der Natur!»

«Kam es dir auch vor wie eine Art…», Mira suchte nach dem passenden Wort. «Zeitraffer?» Ergänzte sie vorsichtig.

«Ja!», bestätigte nun Andrej. «Alles passierte in Sekundenschnelle. Als hätte die Uhr der Evolution sich mit rasender Geschwindigkeit weitergedreht. Wie auf ein einziges Fingerschnippen hin waren die Schlupfwespen mutiert. Sie wuchsen. Nicht so sehr ihre schlanken Körper. Ihre Legerüssel wuchsen auf ein Vielfaches an. Und somit boten sich den Insekten neue Ziele für die Eiablage. Daher änderte von jetzt auf gleich die gesamte Spezies ihr Brutverhalten. Alle auf einmal. Alle zugleich.»

Andrejs Augen begannen zu strahlen, als er weiter sprach. «Als hätte ihnen jemand gesagt, dass es einen neuen natürlichen Feind auf der Insel gäbe, den es zu vernichten galt.»

Sein Blick wirkte in weite Ferne entrückt, als er sich die Bilder der vergangenen Nacht noch einmal vor seinem geistigen Auge aufrief.

Miras Miene verschloss sich plötzlich, als sie schließlich die Erkenntnis traf, was Andrej in seinem Traum gewirkt hatte. Ehrfürchtig berichtete er weiter.

«Millionen der kleinen Insekten zogen los und suchten ihre neue Beute heim. Ihre Opfer. Die Nahrung ihrer Brut.»

Unweigerlich zuckten seine Mundwinkel nach oben, während Miras Augen sich angsterfüllt weiteten.

«Die faulsten, trägsten und entsprechend fettesten unter den Inselbewohnern wurden zuerst erwählt. Je größer das Nahrungsangebot, desto größer waren die Überlebenschancen für den Nachwuchs. Zu Hunderten bohrten sie ihre langen Rüssel, die um ein vielfaches dünner als medizinische Spritzen waren, tief in das weiche Fettgewebe der Schlafenden. Dort hinterließen sie ihre Eier. Umgeben von einem warmen, weichen Nest aus Nahrung dauerte es keine zwei Stunden, bis die hungrige Brut erwachte.»

Andrejs Lächeln wurde noch ein wenig breiter.

«Vom pulsierenden Herzschlag des Wirts angelockt schlüpften sie und fraßen sich mit rasender Geschwindigkeit durch das Fett ihrer Opfer, die schreiend versuchten, die Parasiten aus ihren fettleibigen Körpern zu entfernen.»

Mira schüttelte angewidert den Kopf.

«Manche bissen sich an den Stellen, an die sie herankamen. Andere kratzten sich die Bäuche mit ihren bloßen Fingernägeln blutig. Ein paar Verzweifelte versuchten die Schlupfwespen mit Küchenmessern oder Gartenwerkzeugen aus ihren Körpern herauszuschneiden. Wieder andere badeten in hochätzenden Säuren.»

Versonnen nickte er langsam mit dem Kopf.

«Nur die Schlanken überlebten die Nacht. Die perfekte Auslese.»

Mit großen Augen starrte Mira ihn entgeistert an, als sie anfing zu begreifen. Wie Schuppen fiel es ihr von den Augen. Sie ärgerte sich über sich selbst. Wie hatte sie nur glauben können, dass der dunkel gekleidete Russe eine ähnliche Vorstellung von einer besseren Welt haben könnte wie sie.

Wütend stampfte sie mit dem Fuß auf.

Überwältigt von einer unkontrollierten Mischung aus Zorn, Ekel und Mitleid wollte sie sich einfach umdrehen, dir Tür hinter sich zu werfen, in ihr Bett legen und diesen Alptraum vergessen.

Innerlich fröstelnd zog sie die Bündchen ihrer Jacke über ihre Daumenballen und funkelte ihn kampflustig an. Dann atmete sie tief durch. Sie musste ihre Wut in Zaum halten. Sie musste ihre Gedanken zur Ordnung rufen. Zu wichtig war das, was auf dem Spiel stand.

Lange blickte sie ihrem gut gelaunten Gegenüber fest in die Augen, während ihre Lippen zwei schmale Striche bildeten.

«Es scheint, als hätten wir unterschiedliche Auffassungen davon, wie wir die Welt verändern wollen.»

Diplomatisch ergänzte sie: «Aber wir sind uns immerhin darin einig, dass etwas geschehen muss.»

Einen kurzen Augenblick ließ sie ihm Zeit, ihre Ansage zu verarbeiten. Dann deutete sie mit dem Kopf in Richtung des rötlich blau leuchtenden Sterns.

«Ich gehe davon aus, dass Samu auch mit dir gesprochen hat. Sonst wärst du nicht hier. Wir müssen reden. Zu dritt. Wir müssen dem Stern folgen.»

Sie wartete nicht darauf, dass Andrej ihre Worte mit einer zustimmenden Geste bestätigte. Es klang mehr wie ein unantastbarer Befehl als eine geschlossene Frage, als sie bestimmt ergänzte:

«Hast du ein Auto?»

TRIPTYCHON

Der letzte Morgen

Die Nacht war wundervoll friedlich und einsam. Matt strahlten die Sterne durch die Dunkelheit, während der Mond die wenigen Bäume, das Plateau und das alte Bauwerk in ein diffuses silbernes Licht tauchte. Trotzig warfen die dunklen Tannen und die groben Mauern des halb verfallenen Klosters das Licht der Nachtgestirne nur zaghaft zurück, als wäre es ein kostbarer Schatz, den es zu hüten galt.

Die kalte Luft brannte eisig mit jedem Atemzug tief in seinen Lungen. Doch Samu fror nicht. Fast regungslos saß er noch immer nur mit seinem Bademantel bekleidet, im Gras des Plateaus und wartete mit einem vorfreudigen Lächeln auf den Lippen. Deutlich war zu spüren, dass das Ende der Nacht kurz bevor stand. Bald würde es soweit sein.

Er hatte den Kopf weit in den Nacken zurückgelegt und betrachtete den eigenwillig bunten Stern über ihm. Nachdenklich fuhr seine Hand durch das weiche Fell seines treuen Begleiters, das im Mondlicht mehr grau als beige wirkte. Schon vor Stunden hatte Max sich neben seinem Herrchen eingekringelt und schlief seitdem friedlich. Nur selten zuckte eine seine Pfoten oder eine Lefze. Er schien einen ruhigen Traum zu haben.

Samu wollte nicht an Schlaf denken. Zu groß waren seine Anspannung und die Vorfreude auf das, was geschehen mochte.

Schlagartig wurde sein Lächeln breiter und sein Herz schlug ungewohnt schnell, als sich zwei Gestalten schweigend näherten. Er verengte die Augen zu schmalen Schlitzen. Noch waren nur zwei Silhouetten auszumachen, doch er erkannte, dass sie zielstrebig auf die Mitte des Plateaus, in Richtung des Klosters zuhielten.

Sie folgten dem Stern.

Die schmale, fast zierliche Statur, die zu der jungen Frau gehören musste, wirkte beinahe kindlich, während die Statur des Mannes an ihrer Seite auch gut zu einem professionellen

Schwimmer oder Kampfsportler hätte passen könnte. Er war mindestens einen Kopf größer als sie. Sein Gang strotzte vor eleganter Kraft und Selbstbewusstsein.

Erst als sie sich weiter näherten, erkannte Samu weitere Einzelheiten. Sie trug legere, weite Kleidung, die ihre Figur weitestgehend verschleierte. Die Ärmel ihrer Jacke hatte sie ein Stück weit über ihre Daumenballen gezogen. Ihre Haare waren zu einem Pferdeschwanz zurückgebunden. Ihr Gesichtsausdruck wirkte freundlich und spiegelte eine Mischung aus Zurückhaltung und kindlicher Neugier wieder.

Der Mann an ihrer Seite trug einen Schal über seinem teuren Mantel. Die dunklen Haare hatte er streng nach hinten gegelt. Seine Gesichtszüge zeugten von Entschlossenheit, Erfahrung und Härte.

Fast zeitgleich begannen beide erkennend zu lächeln, als ihre Blicke Samu auf der Lichtung trafen. Ohne das Tempo ihrer Schritte zu verlangsamen, hielten sie direkt auf den blonden Mann und seinen Australian Shepherd zu.

«Ich freue mich, dass ihr meinem Ruf gefolgt seid», begrüßte Samu die beiden Ankömmlinge mit einem breiten Grinsen. Mit der Hand deutete er eine einladende Geste an. «Setzt euch zu mir!»

Zögernd trat Mira einen Schritt näher und betrachtete unsicher die merkwürdig anmutende Gestalt im Bademantel. Noch einmal suchte sie den bestätigenden Blick von Andrej, ehe sie sich neben Samu im Schneidersitz niederließ. Auch Andrej setzte sich und komplettierte den Kreis des ungleichen Trios.

«Du bist also Samu?», eröffnete Andrej das Gespräch mit seiner kräftigen tiefen Stimme, deren Tonfall Samu an eine lauernde Raubkatze erinnerte.

Freundlich nickte der blonde Professor.

«Mein Name ist Andrej Semjonow», stellte der große Mann sich vor. «Und das…», mit einem leichten Kopfnicken deutete er in Richtung der jungen Frau neben ihm, «ist Mira Schneider.»

Einen Moment lang erwiderte Samu respektvoll Andrejs Blick, bevor er sich mit einem angedeuteten Kopfnicken zu Mira wandte und der Vorgestellten tief in die braunen Augen sah.

«Du warst in unseren Träumen», stellte sie ohne Umschweife fest. «Wie hast du das gemacht? Kannst du in den Träumen aller Menschen erscheinen?»

Entschuldigend zuckte Samu mit den Schultern, während seine Augen einen gewissen Stolz nicht verbergen konnten. Mühsam versuchte er, die passenden Worte zu finden, um all das zu beschreiben, was sein eigener Verstand selbst kaum begreifen wollte.

«Ich habe…», begann er stockend, «sehr viele Möglichkeiten in meinen Träumen. In einer meiner Traumlandschaften erschuf ich eine Art Beobachtungsturm, um damit die Traumwelten aller Lebewesen sehen zu können. Unter den unzähligen Träumen habe ich schließlich eure erkannt. Ihr träumt bunt!»

Unweigerlich musste er schmunzeln, als er seinen eigenen Gedankenwirrwarr hörte und sich fragte, für wie verrückt die beiden ihn wohl halten mussten. Schnell versuchte er, das Gesagte zu konkretisieren. «Nur Weltenmaler, die ihr Potenzial bereits entfaltet haben, träumen bunt. So jedenfalls hat es mir mein…»

Verärgert über seine nur unzusammenhängenden Erklärungsversuche brach er den Satz ab. «Es ist kompliziert.»

Innerlich hin und her gerissen starrte Mira Samu unverhohlen an und fragte sich, ob er ihnen nicht helfen wollte oder nicht helfen konnte. Einen Moment lang maß sie ihn mit strengem Blick und legte die Stirn in Falten.

Auch Andrej entging nicht, dass Mira mit ihren Fragen bei ihrem Gastgeber nicht weiter kam, daher zog er dessen Aufmerksamkeit mit einem Räuspern auf sich. Er verdrehte die Augen fragend nach oben, legte den Kopf in den Nacken und blickte mit hochgezogenen Augenbrauen zu dem rot und blau leuchtenden Stern.

«Und…», setzte er vorsichtig mit einer Mischung aus Unglaube und Respekt an «du hast diesen Stern gemacht?» Kurz wartete er auf eine Reaktion von Samu. Als dieser, sichtlich dankbar für den Themenwechsel, nickte, ergänzte er «Wir sind gerade nicht in einem deiner Träume. Du hast die Wirklichkeit verändert? Einfach so? Wie machst du das?»

Samu konnte seinen Stolz kaum verbergen und genoss den kurzen Moment der Anerkennung, während er erneut überlegte, wie er seine eigenartige Fähigkeit schlüssig darlegen könnte.

«So wie ich die Träume verändern kann, kann ich in gewisser Weise...», wieder stockte er, «auch die Realität verändern. Es ist fast das gleiche. Nur viel anstrengender. Es müssen kleine Änderungen sein, die die Menschen nicht zu sehr hinterfragen und eher akzeptieren können. Große Veränderungen sind unglaublich anstrengend und kosten viel Kraft...»

Kopfschüttelnd brach er seinen erneuten Erklärungsversuch ab, zog die Augenbrauen kraus und presste die Lippen fest aufeinander, als ihm bewusst wurde, wie wirr seine Worte klingen mussten.

All das, was ihn noch vor wenigen Wochen an seinem Verstand hatte zweifeln lassen, versuchte er nun zwei Fremden mitten in der Nacht auf einem Hügel plausibel zu erklären. Als wäre es das normalste auf der Welt, die Farbe eines Sterns zu verändern, um ihn als Wegweiser zu nutzen. Verlegen zuckte er mit den Schultern und schaute seine Gäste entschuldigend an. «Ich weiß, wie eigenartig das klingt!»

Es dauerte einen Moment, ehe sich seine Gesichtszüge entspannten und sich schließlich ein schelmisches Grinsen auf seine Lippen stahl. Er legte den Kopf leicht schräg während er eine Idee entwickelte. Schließlich drehte er demonstrativ den Oberkörper ein Stück zu Seite.

Neugierig folgten Andrejs und Miras Augen seinem Blick und betrachteten unschlüssig das dunkle Kloster zu seiner Linken, ehe er fortfuhr: «Warum sollte ich versuchen, euch etwas zu erklären, was ich selbst kaum verstehe. Ich kenne jemanden, der das sicherlich viel besser kann!»

Kaum hatte er die Worte ausgesprochen, zerriss ein ohrenbetäubender Knall die Stille der Nacht, der an berstendes Gestein erinnerte. Erschrocken folgten Miras und Andrejs Augen dem Ursprung des Geräuschs zur Front des Klosters. Stirnrunzelnd betrachteten sie den Wasserspeier, der über dem Rundbau des alten Bauwerks wachte. Ungläubig schüttelten sie die Köpfe, als sich am Fuß der steinernen Figur ein langer Riss auftat.

Unendlich langsam begann der etwa armlange geflügelte Dämon sich von den uralten Mauern zu lösen, die ihm so lange als Sockel gedient hatten. Träge wie eine Amphibie nach einer viel zu langen Winterstarre, streckte sich das steinerne Wesen und erwachte unter den verblüfften Blicken von Mira und Andrej zum Leben.

Mit einem wilden Fauchen aus seiner weit aufgerissenen Fratze öffnete der Wasserspeier schließlich die dunkel leuchtenden Augen, spreizte die steinernen Schwingen zu ihrer vollen Spannweite und stieß seinen muskulösen, echsenartigen Körper vom Sockel ab.

Befreit von seiner jahrhundertelangen Starre drehte der massige Gargoyle überraschend wendig zwei kurze Runden über dem Plateau, als genieße er die neu gewonnene Freiheit. Dann steuerte er in einem anmutigen Sinkflug auf den Kreis der drei Weltenmaler zu.

Die weit ausgestreckten Vordertatzen federten den Schwung seines munteren Flugs sanft ab als das schwere Wesen zielsicher zwischen Mira und Andrej landete, die respektvoll ein Stück zur Seite rutschen.

Anmutig ließ er sich auf seinem Hinterteil nieder, legte seine imposanten Flügel an und drückte schließlich erhaben das Kreuz durch. Mit dem strengen Blick eines altehrwürdigen Lehrers wanderten seinen katzenartigen Augen gemächlich zwischen Andrej, Mira und Samu umher.

«Darf ich euch unseren Traumweiser vorstellen», sagte Samu mit einer angedeuteten Verneigung an seine beiden sichtlich verblüfften Mitmenschen gewandt.

Mit einer eigenwilligen Interpretation eines Lächelns erwiderte der Wasserspeier Samus Begrüßung und zeigte dabei seine mächtigen Reißzähne.

«Endlich ist das Triptychon der Weltenmaler vereint», sprach er feierlich mit einer Stimme, die schwer wie Granit als mächtiger Donnerhall über das gesamte Plateau hinwegfegte.

Würdevoll neigte er seinen Kopf mit den spitz aufgestellten Ohren und wandte sich an Samu: «Der Fantast. »

Einen ehrwürdigen Augenblick ließ er das Wort bedächtig verhallen, ehe er sich an Andrej wandte: «Der Überzeuger.»

«Und der Verbreiter», schloss er zufrieden, nach einer nicht weniger respektvollen Pause, an Mira gewandt.

Mit erwartungsfreudigem Blick bat Mira das steinerne Wesen ungeduldig, fortzufahren.

«Der Verbreiter hat, wie kein anderer Weltenmaler, die Fähigkeit, die Massen zu erreichen. Seine Gedanken, direkt übertragen oder manifestiert in Wort, Schrift, Musik oder Bild, bewegen die Menschen. Er schafft es, Emotionen in Anderen zu wecken, Gefühle zu beeinflussen und Meinungen zu lenken.»

Mit einem angedeuteten Kopfnicken wandte er sich Andrej zu.

«Auf Menschenmassen hat der Überzeuger keinen Einfluss. Doch er kann, wie kein anderer Weltenmaler, einzelne Menschen für sich und seine Sache gewinnen. Er schafft es, nicht nur abstrakte Gefühle, sondern explizite Gedanken, Aufgaben oder Vorgänge in den Geist eines einzelnen zu implizieren.»

Bestätigend nickte Andrej.

«So, wie es dem Verbreiter natürlich leichter fällt, seinen eigenen, starken Emotionen auf Andere zu übertragen, ist es auch für den Überzeuger einfacher, Menschen von etwas zu überzeugen, an das er selbst glaubt oder das ihn emotional bewegt. Doch gibt es für euch beide keine Grenzen in eurer Fähigkeit, wenn Euer Potential voll entfesselt ist.»

«Der Fantast», fuhr er schließlich an Samu gewandt fort, «denkt in neuen Bahnen fernab der bestehenden Realität. Sein Geist ist weit offener und viel weniger gefangen von den Einflüssen seiner Umgebung. Er denkt frei und unbeeinflusst. Für ihn besteht keine Barriere zwischen der Freiheit seiner Gedanken und der manifestierten Wirklichkeit. Auch dem Überzeuger und dem Verbreiter ist es möglich, die Grenze zwischen Gedanken und Realität zu überschreiten, doch niemandem fällt dies so leicht, wie dem Fantasten.»

Ein Moment der Stille verging, ehe Andrej es war, der als erster das nachdenkliche Schweigen brach. «Also können Weltenmaler tatsächlich die Wirklichkeit verändern? Einfach, in dem sie es sich…», kurz überlegte er und suchte nach dem passenden Wort, «wünschen?»

Ruckartig drehte ihm der Wasserspeier seinen Kopf zu und zeigte erneut seine messerscharfen Zähne, was ebenso gut ein wohlwollendes Lächeln wie auch eine bedrohliche Ermahnung sein konnte, ihn nicht noch einmal in seinen Ausführungen zu unterbrechen.

«Nicht nur Weltenmaler! Jedes Wesen hat prinzipiell das Potenzial, Gedanken in Realität zu wandeln», führte er weiter aus. «Um einzelne Ideen zu verwirklichen, bedarf es mehr oder minder viel Konzentration und Zielstrebigkeit».

Einen Moment lang wirkte er wie eine eitle Katze, die sich in der Sonne ihr Fell lecken wollte, während er seine steinerne Flanke betrachtete und nach einem passenden Beispiel suchte.

«Ein Bildhauer sieht die abstrakte Idee einer Skulptur in seinem Geist, die dort als wahlloser Gedanke entstand. Mit viel Arbeit, Mühe und Geschick kann er sie aus einem Stein herausarbeiten und somit Realität werden lassen.»

Sichtlich zufrieden mit dem Vergleich sah er einem nach dem anderem tief in die Augen, während er weitersprach. «Weltenmaler, und insbesondere Fantasten, überbrücken die anstrengende handwerkliche Arbeit. Sie können Ideen aus ihrem Geist heraus direkt zu Realität werden lassen.»

Wieder nickte Andrej, als er sich durch die Worte des Traumweisers bestätigt fühlte.

«Doch auch Weltenmaler müssen ihre Fähigkeiten erst erlernen. Zu Beginn kostet es auch sie sehr viel Energie, Dinge wahr werden zu lassen», fuhr das steinerne Wesen fort. «Meist geschieht dies unbewusst im Traum, wenn ihr Geist weniger abgelenkt von den Sinneswahrnehmungen des Körpers und gänzlich entspannt ist.

Nachdenkliche Falten bildeten sich auf Andrejs Stirn, bei dem Versuch, das Gehörte mit seinen Erfahrungen abzugleichen.

Wieder überlegte der Traumweiser für einen Moment, ehe er ein erläuterndes Beispiel gefunden hatte. «Im Schlaf kann das Gehirn sein volles Potenzial ausschöpfen. Komplex ausgearbeitete Traumlandschaften bauen sich dann in Sekundenschnelle auf, wachsen auf ein Vielfaches an und passen sich innerhalb eines Wimpernschlages an die blitzartigen Einfälle der Träumer an. Die Schwierigkeit liegt darin, die Möglichkeiten eures Geistes mit der Wirklichkeit zu vereinen.»

Andächtig sah er Andrej in die Augen. «Deine Träume ließen einen gesichtslosen Verbrecher und einen neuartigen Tumor-Virus

Realität werden und erschufen eine Schlupfwespenmutation.»

Ehe er weitersprach wandte er seinen Blick zu Mira. «Deine Traumfantasien waren der Ursprung einer neuen Insel vor der Küste Liguriens, ließen eine gigantische Erdspalte in Afrika entstehen und sind für den Klimawandel verantwortlich. Unterschätzt eure Macht des Wirkens nicht!»

«Deshalb wachte ich Tag für Tag mit rasenden Kopfschmerzen auf», flüsterte Mira, als sie begann, die Zusammenhänge zu verstehen.

«Aber wenn», fuhr sie fort, als sie in Gedanken versuchte, weitere Puzzleteile zu einem großen Ganzen zusammenzufügen. «Aber wenn Andrej und ich schon solch große Veränderungen aus unseren Träumen wirken konnten...»

«wie groß muss dann seine Macht erst sein!», vollendete Andrej mit einem bewundernden Blick in Richtung Samu ihren Satz.

«Fantasten haben einen großen Einfluss auf die Geschichte dieses Planeten», bestätige der Traumweiser die beiden Weltenmaler. «Denkt nur zurück an Thomas Edison oder Leonardo da Vinci. Sie haben wahrlich die Welt verändert.»

Einen kurzen Augenblick hing er seinen Worten nach. «Doch unterschätzt nicht das Potenzial der Verbreiter und Überzeuger. Erinnert euch an Charles Darwin oder Konfuzius», sagte er in Andrejs Richtung, bevor er sich zu Mira wandte, um seinen Satz zu vollenden: «sowie an Joseph Göbbels, Elvis oder Johannes Gutenberg.»

«Sie alle waren Weltenmaler?», fragte Samu verblüfft.

«Und sie haben die Welt verändert!», bestätigte ihn der Wasserspeier mit einem leichten Kopfnicken. «Doch sie alle waren allein für sich. Die Möglichkeiten der Weltenmaler potenzieren sich, wenn verschiedene ihrer Art aufeinander treffen!»

Nachdenklich fuhr Samu sich mit der Hand durch den Bart.

«Denkt an Jesus von Nazareth. Er war Überzeuger. Er alleine hat die Welt schon maßgeblich verändert. Doch erst als er auf den Verbreiter Simon Petrus traf, erschufen sie gemeinsam eine Weltreligion, die die Geschicke der Menschen noch bis heute lenkt!»

Behände drehte der Wasserspeier seinen Kopf und wandte sich erneut Mira zu.

«Das seht ihr auch an euren jüngsten Träumen. Fast spielerisch konntest du einen ganzen Kontinent spalten, als Samu dich in deinem Traum besucht hat. Und das ist nichts im Vergleich zu der Macht, die entfesselt wird, wenn alle drei Arten Weltenmaler zusammenarbeiten. Gemeinsam könnt ihr ganze Welten erschaffen!»

Wie ein Priester, der den Segen über seine Gemeinde spricht, drückte der steinerne Gargoyle sein Kreuz durch, und breitete die Flügel zu voller Spannweite aus. Fast feierlich schloss er seine Predigt, wobei er jedes Wort langsam aussprach und einzeln betonte.

«Nur das Triptychon aus Fantast, Überzeuger und Verbreiter kann neue Welten erschaffen und die Seelen dorthin überführen.»

Eine Zeitlang herrschte ein ehrfürchtiges Schweigen, ehe Samu vorsichtig nachfragte. «Was meinst du damit, Seelen zu überführen?»

Tief atmete der Traumweiser ein, hielt die Luft für einen Moment in seinem schmalen Brustkorb und schien über Samus Worte nachzudenken. Als er seinen Atem aus dem Körper entweichen ließ, erklang ein Ton, der eine unbestimmte Mischung zwischen einem wohligen Schnurren und einem bedrohlichen Fauchen war.

«Seelen sind die Essenz des Seins», antwortete er kryptisch. «Sie sind die Konstante. Das einzig Wahrhaftige. Wie die Planeten des Universums um Sonnen kreisen, dreht sich alle Materie nur um sie. Das Universum. Die Planeten. Die Welten, die die Weltenmaler um sie herum erschaffen, sind nur ihretwegen. Ihr Freizeitpark. Ihr Spielzimmer. Ihr Bällebad. Alles um sie bei Laune zu halten.»

«Um sie bei Laune zu halten?», wiederholte Andrej ungläubig.

«Seht euch als Architekten!», versuchte der Traumweiser Andrej ihre Aufgabe zu erläutern. «Architekten, die einer anspruchsvollen Familie ein angemessenes Heim errichten sollen, um ihnen den Aufenthalt in unserem Dorf so angenehm wie möglich zu machen.»

Noch immer sah Andrej das steinerne Wesen mit fragendem Blick an.

«Seelen sind anspruchsvoll. Sie wollen unterhalten sein. Sind Seelen unzufrieden mit ihrem Heim, ziehen sie sich zurück. Zurück bleibt dann nur unbelebte Materie. Seelenlose Körper.»

«Die Altenheime!», flüsterte Mira mit weit aufgerissenen Augen, als in ihrem Geist die unzähligen Zimmer der endlosen Flure auf dem Weg zu ihrem Lieblingsplatz aufblitzten, die mit den leeren Hüllen einst lebensfroher, agiler Menschen gefüllt waren.

«Demenz kann eines der Anzeichen dafür sein», bestätigte der Traumweiser ihre Schlussfolgerung. «Seelen sind schon immer. Sie können nicht erschaffen werden. Sie vergehen nicht, sie sterben nicht. Sie können sich jedoch sehr wohl aus der Wirklichkeit des aktuellen Seins zurückziehen. Sie entschwinden in ihre eigene Welt, wenn sie der aktuellen nicht mehr trauen, wenn ihnen Änderungen zu groß oder falsch vorkommen, oder wenn sie für sich entschieden haben, dass die Welt in eine falsche Richtung läuft.

Die Menschheit hat dieses Phänomen in jüngster Zeit leider immer öfter beobachten müssen. Auch wenn sie es bei weitem nicht versteht! Sie bezeichnen diejenigen, deren Seelen sich nur noch in geringem Maß für die Wirklichkeit interessieren, als krank oder gestört und geben der Krankheit Namen wie Demenz, Autismus, Apathie oder Depression.»

Langsam nickte Samu.

«Doch es ist nicht damit getan, als Architekt ein perfektes Haus zu entwerfen. Es braucht auch einen überzeugenden Makler und eine gute Marketingabteilung», versuchte der Traumweiser weiter in seinem Bildnis zu bleiben, als er merkte, dass die Weltenmaler ihm wieder folgen konnten.

«Würde ein einzelner oder nur zwei von euch versuchen, eine eigene Welt für die Seelen zu erschaffen, würden sie scheitern. Es bedarf der Macht der drei, Fantast Überzeuger und Verbreiter, um den Seelen glaubhaft zu versichern, dass die Wirklichkeit, wie sie nun ist, richtig ist. Ansonsten würden sie sich über kurz oder lang in ihr eigenes Reich zurückziehen. Die erschaffene Welt wäre nutzlos. Nur das Triptychon kann mit Leichtigkeit

Realitäten verändern und die Seelen der Welt in ein anderes Sein transferieren.»

Noch einmal blähte das steinerne Wesen seinen Brustkorb zu voller Größe auf und entließ das eigenwillige Knurrgeräusch, das dieses Mal ein wenig mehr nach einem zufriedenen Schnurren als nach einer Bedrohung klang.

«Nur wenn die Idee einer fantastischen Welt, ersonnen aus dem Geist eines Fantasts, mit der Glaubwürdigkeit des Überzeugers und der Einflussweite des Verbreiters in die Welt entlassen wird, können Seelen in eine neue Welt überführt werden.»

Zufrieden mit seinen Ausführungen ließ der Traumweiser in Gestalt des geflügelten, steinernen Wasserspeiers seine katzenartigen Augen über die Gesichter der drei Weltenmaler wandern. Geduldig gab er ihnen Zeit, die vielfältigen Informationen zu verarbeiten, um ihre eigenen Schlüsse daraus zu ziehen.

Mira hielt die Arme vor dem Bauch verschränkt. Die Bündchen ihrer Ärmel hatte sie wie so oft ein Stück über die Handballen geschoben. Nachdenklich kaute sie auf ihrer Unterlippe. Nur selten streifte sie eine widerspenstige Haarsträhne hinter das Ohr, die sich aus ihrem Zopf gelöst hatte.

Andrej hatte den Kopf weit in den Nacken gelegt und starrte ungewöhnlich still in den Nachthimmel. Welcher Art die Gedanken waren, die durch seinen Geist waberten, zeigte sein geschultes Pokerface nicht.

Und auch Samu fiel in eine eigenartig sentimentale Stille. Mit sanften Bewegungen fuhr seine Hand nachdenklich durch das weiche Fell seines Hundes. Sein Kinn begann unmerklich zu zittern, als er den Blick auf den schlafenden Australian Shepherd richtete, der ihn all die Jahre treu begleitet hatte.

«Was wird mit uns geschehen, wenn wir eine neue Welt erschaffen haben?», fragte er mit belegter Stimme, wobei er offen ließ, wen genau er meinte.

Verständnisvoll zog der Gargoyle bei dem Versuch eines mitfühlenden Lächelns die Lefzen nach oben und entblößte seine messerscharfen Reißzähne. «Es ist eure Welt. Erschaffen aus eurem Geist. Sie soll als Heimat aller Seelen dienen. Auch der euren.» Mit einem versöhnlichen Blick auf Max fuhr er fort: «Ob eure Seelen sich in der neuen Welt begegnen werden, vermag ich nicht zu entscheiden.»

Nur wenig erleichtert zwang Samu sich zu einem halbherzigen Lächeln.

«Was ist, wenn sie nicht gut ist?», warf Andrej nach einem etwas unbehaglichen Moment des Schweigens ein. «Können wir die Welt anpassen, wenn wir merken, dass sie…» kurz zögerte er, als es ihm sichtlich schwer fiel, seine Gedanken in Worte zu fassen, «nicht geeignet ist?»

Wieder erklang das Knurren tief aus dem steinernen Leib des Wasserspeiers.

«Jede Welt ist ein Unikat. Ihre Entstehung ist wie die Geburt eines Kindes. Ihr könnt nicht das Neugeborene in den Uterus der Mutter zurückschieben und auf ein anderes Ergebnis hoffen, wenn ihr mit dem ersten Versuch unzufrieden seid. Niemand kann sagen, wie sich eure Welt entwickeln wird und ob es eine gute oder schlechte Version werden wird. Baut ein solides Grundgerüst! Gebt ihr alles an die Hand, was sie braucht, um sich zu entfalten! Und habt Vertrauen in euer Werk. Lasst uns ihr eine Chance geben! Erst wenn sich wieder zu viele Seelen von ihr abwenden, werde ich erneut das Triptychon der Weltenmaler einberufen!»

«Erneut?», platzte es förmlich aus Andrej heraus. «Es ist schon einmal passiert?»

«Das Ereignis, das geschah, als zuletzt alle drei Weltenmaler gemeinsam wirkten, wird von den meisten Menschen als Urknall oder Schöpfung bezeichnet, und markiert den Beginn der aktuellen Welt», bestätigte der Traumweiser mit seinem eigentümlichen Lächeln.

«Der aktuellen Welt?», wiederholte nun Mira die Worte des Traumweisers mit fragendem Blick. «Wie viele hat es denn schon gegeben?»

Mit einem bedeutungsvollen Ausdruck deutete der steinerne Wasserspeier zum Nachthimmel, ehe er Miras Frage beantwortete. «Mehr als diese Welt Sterne hat!»

Eine ausgedehnte Stille senkte sich über das nächtliche Plateau. Kein Windhauch brachte das immergrüne Blattwerk zum Rascheln. Kein Vogelgezwitscher erklang. Kein Laut war zu hören. Über den Weltenmalern hing eine erwartungsvolle Ruhe.

Matt leuchteten die Sterne am Firmament. Die dunklen Tannen schimmerten düster im silbrigen Licht des untergehenden Mondes. Deutlich war zu spüren, dass die morgendliche Sonne kurz davor stand, den Beginn eines neuen Tages einzuläuten. Doch noch zeigte sich das eitle Taggestirn nicht über der weiten Ebene.

Es dauerte einen letzten Moment, ehe der Mond am Horizont verschwand. Ohne Sonne und ohne Mond stellte sich ein diffus graues Zwielicht ein, das diese Welt so noch nie gesehen hatte.

«Die Welt, wie sie ist, ist an ihrem Ende angelangt», stellte der Traumweiser nüchtern fest und unterbrach die fast mystische Stille. Langsam drehte er seinen Kopf und ließ seinen Blick über den weiten Himmel gleiten. «Der Mond ist untergegangen. Doch keine neue Sonne wird heute aufgehen. Diese Welt hat ihren letzten Morgen gesehen. Es ist Zeit für eine Neuordnung!»

Noch einmal blickte er die drei Weltenmaler tiefgründig an und verabschiedete sich stumm von jedem einzelnen. Langsam senkte er die Augenlider. Ein sanftes Geräusch, das an zaghafte Schritte auf einem Kiesbeet erinnerte, war zu hören, als er wieder zu leblosem Stein erstarrte.

DER ERSTE MORGEN

Der letzte Morgen

Lange noch saßen Mira, Andrej und Samu still im Kreis.

Jeder für sich hing seinen Gedanken nach, während die Welt um sie herum wie in Winterstarre ruhte. Kein Wind wehte. Kein Laub raschelte. Alles stand starr wie eingefroren. Kein Vogel wollte mit seinem fröhlichen Zwitschern den Morgen begrüßen. Die Welt lag trüb in bizarrem Grau. Ein diffuses Nichts, das darauf wartete, entwickelt zu werden.

Noch immer hatte die Sonne nicht aufgehen wollen. Auch wenn bereits Stunden vergangen sein mussten, seit dem das Nachtgestirn sich zum vielleicht letzten Mal verabschiedet hatte. Einmal mehr drehte Andrej sein Handgelenk und betrachtete stirnrunzelnd den weißen Sekundenzeiger seiner Armbanduhr. Er stand still. Genau wie alles um sie herum, seit das eigenartige Wesen zu Stein erstarrt war und sie in dieser Unwirklichkeit zurückgelassen hatte.

Einmal mehr schüttelte er seine Hand und hielt das Zifferblatt der Breitling an sein Ohr. Nachdenklich presste er die Lippen aufeinander. Die Uhr war fast neu. Er hatte sie für den letzten gemeinsamen Abend mit Boris gekauft. Dass sie nach dieser kurzen Zeit einfach kaputt gegangen sein sollte, war bei einem Chronograph dieses Formats ausgeschlossen.

Es war, als hätte jemand einfach auf eine Pause-Taste gedrückt.

Langsam sanken seine Mundwinkel nach unten, als er sich über die Konsequenzen dieser Schlussfolgerung im Klaren wurde. Wenn der Traumweiser wirklich die Zeit angehalten hatte und die Seelen nun tatsächlich auf eine neue Welt warteten, würde er dann jemals wieder einen Abend mit seinem Bruder im Kasino verbringen?

Noch einmal schloss Mira die Augen und horchte aufmerksam in ihren Körper hinein. Normalerweise, wenn sie versuchte, zur Ruhe zu kommen, warteten die Sinnesorgane ihres Körpers mit einem wahren Arsenal an Signalen auf, die sie unermüdlich auf ihr Bewusstsein abfeuerten.

Doch nun war scheinbar nichts mehr normal. Ihr war weder kalt noch warm. Sie spürte keinen Hunger. Sie hatte nicht das Bedürfnis, ihre Blase zu entleeren. Sie vernahm nicht einmal einen flehentlichen Aufschrei ihrer Knie, die durch die lange Zeit im Schneidersitz schon längst hätten rebellieren müssen.

Süffisant schmunzelnd wanderten ihre Gedanken zu Sandra. So oft hatte ihre Mutter ihr gesagt, sie sollte auf ihr Herz hören. Nun hörte sie nicht einmal mehr das Rauschen des Blutes in ihren Ohren widerhallen, das rhythmisch pochend durch ihren Kreislauf gepumpt wurde.

Fast kam es ihr so vor, als hätte sich ihr Körper von ihr abgewendet. Als gäbe es nichts mehr, was er ihr zu sagen hätte. Keine Warnhinweise. Keine Rückmeldungen. Keine Wünsche. Als wollte er sie nicht mit seinen belanglosen Bedürfnissen von ihrer Aufgabe ablenken. Sie traute sich nicht, es auszuprobieren. Doch sie war sich sicher, dass ihre Lungen sich nicht einmal dann beschweren würden, wenn sie einfach aufhören würde, zu atmen.

Gedankenverloren betrachtete Samu seine Finger. Unentwegt fuhr er sanft durch Max bunt gescheckte s Fell. Langsam neigte er den Kopf. Es fühlte sich einfach nicht richtig an.

Nachdem ihr Traumweiser sie allein gelassen hatte, hatte Samu lange Zeit nicht wirklich sagen können, was genau sich nicht richtig anfühlte. Danach hatte er es sich erstmal nicht eingestehen wollen.

Doch letztendlich wusste er tief in seinem Herzen, dass es nicht mehr Max war, den er streichelte. Vielmehr fühlte es sich an, als läge dort neben ihm nur ein Stofftier. Eine ausgestopfte, leblose Variante seines einst treuen Gefährten.

«Wir sind es ihm schuldig!», durchbrach er auf einmal die Stille. «Ihnen allen!», verbesserte er sich selbst. «Lasst uns eine neue Welt erschaffen!»

Auf der Suche nach Bestätigung, blickte er erst Mira und dann Andrej fest in die Augen.

Fast zeitgleich nickten beide entschlossen.

Samu versuchte erst gar nicht, seine unzähligen Gedanken in eine schlüssige Reihenfolge zu bringen. Mit einem befreiten

Glanz in den Augen ließ er seinen Worten freien Lauf.

«Alles auf dieser Welt ist so unglaublich statisch. So konstant», beinahe spuckte er das Wort aus. «Die meisten Menschen werden geboren, leben und sterben an einem Wohnort, in einer Region oder zumindest in einem Land.»

Kurz stockte er, als er versuchte, seine Gedankengänge zu präzisieren. «Sie leben jedenfalls an Land. In einem Haus. Unter den strikten Gesetzen der starrköpfigen Physik. Sie laufen auf der Erde. Atmen die immer gleiche Luft ein. Stets umgeben von derselben Schwerkraft und dem blauen Himmel über sich.»

Kopfschüttelnd unterbrach er sich selbst. «Warum nur diese Belanglosigkeit? Diese…» Beinahe verhaspelte er sich, als sich die Worte in seinem Mund überschlugen. «Einfallslosigkeit? Diese Langeweile? Das ist nicht gerade das Bällebad, von dem der Traumweiser sprach!»

Fragend sah Mira den blonden Professor an, der mehr und mehr daran scheiterte, seine Gedanken in klare Worte zu fassen.

Schwer seufzend atmete Samu ein, als er ihren Blick bemerkte. Noch einmal konzentrierte er sich und versuchte langsamer zu sprechen.

«Fangen wir bei den Grundlagen an. Warum sollten alle Seelen auf nur einem Planeten leben? Stets in derselben, unstillbaren Hoffnung, dass es irgendwo, in einem unerreichbar fernen Universum vielleicht anderes Leben geben könnte. Warum nutzen wir dieses Verlangen, dieses Fernweh nach anderem, diesen Forscherdrang der Seelen nicht aus?»

Kurz wanderte sein Blick zu Max, der noch immer leblos neben ihm lag. «Wie bei einem Hund!» Stolz strahlte er, als er glaubte, ein einfaches Beispiel gefunden zu haben, dass seinen Worten einen Sinn verleihen konnte. «Bei Hunden versuchen wir doch auch ihren natürlich Jagdinstinkt mit Bällen und Frisbees zu befriedigen!»

«Wie kannst du dir sicher sein, was Seelen wirklich wollen?», unterbrach Mira seine Gedankengänge zaghaft. «Ich meine, der Forscherdrang ist doch wohl nur den Menschen gegeben worden. Ich denke nicht, dass Bienen sich für außerirdisches Leben interessieren. Bienen sind erfüllt, wenn sie arbeiten! Kaninchen wollen sich fortpflanzen. Jedes Lebewesen auf der Erde hat seine eigenen Wünsche. Seinen eigenen Antrieb.»

Kurz zuckte Samu zusammen, ließ sich aber nicht von Miras Einwand irritieren.

«Wie wäre es mit unzähligen Welten? Für jede Seele eine eigene!» Fuhr er aufgeregt fort, als sich eine weitere Idee in seinem Geist entwickelte. «Oder besser noch. Mehr als eine für jede Seele! Und jede wäre anders. Verrückt auf ihre eigene, charmante Art und Weise! Manche, die aus Wasser bestehen. Andere aus Feuer, Licht oder Gerüchen. Manche, in denen alles richtig ist. Oder falsch. Manche angefüllt mit fremden, grünen Lebewesen. Manche einsam, wie ein Urlaub auf einer Südseeinsel? Abertausende, unterschiedliche Welten!»

Schneller und immer schneller sprudelten die Worte aus seinem Mund, bis seine Zunge schließlich kaum noch nachkam, seine Gedanken in Laute zu formen.

«Und jeden Tag wechseln sie! So wie in der vergangenen Welt mit jedem Sonnenuntergang ein neuer Tag begann, könnte in unserer Version jeder neue Tag auf einer anderen Welt beginnen!»

Wieder stockte er und fuhr sich aufgeregt mit der Hand durch den Bart, als seine Gedanken sich erneut überschlugen.

«Warum auf den nächsten Tag warten?», stellte er sich schließlich in einem eigenartigen Zwiegespräch selbst die Frage. «Innerhalb einer Nacht haben wir ja auch mehrere Träume! Wenn auch mehr oder minder wahllos!», kam ihm die Erkenntnis. «Wie wäre es, wenn die Seelen sich nach Belieben ihre Welten aussuchen könnten. Eigene Traumlandschaften. In denen alles perfekt ist. Neu erschaffen mit jedem Wimpernschlag!»

Ein breites Lächeln schlich sich auf Samus Lippen, als er seine eigenen Ideen ein weiteres Mal freudestrahlend revidierte. «Nein. Nicht nur die Welten um sie herum. Auch die Körper, in denen sie leben! Warum sollten Seelen ein ganzes Menschenleben lang in ein und demselben Körper verbringen? Warum sollten wir überhaupt irgendetwas an Körper oder Materie binden? Geben wir doch der Fantasie der Seelen die Zügel in die Hand! Ein wunderschöner, niemals endender Traum.»

Andächtig wanderte sein Blick zwischen Mira und Andrej hin und her, die mit angestrengten Minen versuchten, seinen

Gedankensprüngen zu folgen. Eine nachdenkliche Stille stellte sich zwischen den Weltenmalern ein.

Schließlich war es Andrej, der das Wort ergriff und Samu kopfschüttelnd ansprach.

«Ein wunderschöner Traum?» wiederholte er zweifelnd dessen letzte Worte. «So wie das Paradies?»

Strahlend nickte Samu.

«Ein Leben in einer Traumwelt ähnlich einem Paradies kann nicht funktionieren!», verwarf er brutal die Vorstellungen des Fantasts. «Das Leben braucht beide Seiten: Schwarz und Weiß. Es muss Verluste geben, Krankheiten, Tod. Ungerechtigkeiten. Neid. Nur das ist der Antrieb zu ständigen Verbesserungen und somit Weiterentwicklung!», führte der Überzeuger aus.

«Wenn wir wirklich die Macht haben, eine neue Welt zu erschaffen, müssen wir dafür sorgen, dass die Menschheit sich nicht wieder wie ein Virus vermehrt, bis der Planet die schiere Masse an Menschen nicht mehr aufnehmen kann!», ergänzte er erklärend. «Dann wäre unsere Welt erneut zum Untergang verurteilt! Es braucht mehr limitierende Faktoren. Mehr Krankheiten. Seuchen. Tod. Die Menschheit darf nie wieder unantastbar über allem erhaben sein. Wir brauchen mindestens einen gleichwertigen Gegner, damit sich die Populationen aller Rassen in Schach halten.»

Mit zusammengekniffenen Augen funkelten beide Männer sich an, während Samu versuchte, den kontroversen Standpunkt des Überzeugers zu verstehen.

Es war Mira, die nach einer ausgiebigen Pause tief Luft holte und ansetzte, etwas zu sagen. Gespannt wandten die Männer ruckartig ihren Blick auf die junge Frau, um zu sehen, für wen sie Partei ergreifen würde.

«Ein Leben im Traum kann nicht funktionieren!», bestätigte sie Andrejs Ausführungen mit einem sanften Kopfschütteln in Samus Richtung, der enttäuscht die Stirn in Falten legte.

Dann wandte sie sich ohne Umschweife an den Überzeuger und erklärte weiter: «Aber Hass und Neid kann auch nicht der Antrieb sein.»

Einen Augenblick gab sie beiden Männern Zeit, ehe sie ihren Standpunkt weiter klarmachte. «Der Antrieb aller

Spezies muss doch von positiven Attributen wie Fortpflanzung, Weiterentwicklung und Verbesserung geprägt sein. Was wäre das sonst für eine Welt?»

Schweigend blickten die drei Weltenmaler sich an und versuchten die Ansätze der anderen zu verstehen, die kontroverser kaum sein konnten. Es dauerte eine Weile, bis Samu mit den Schultern zuckte und mit einem vorsichtigen Kopfschütteln Mira anblickte.

«Du willst also, dass unsere Welt auf den gleichen Grundsätzen basiert, wie diejenige, die gerade für gescheitert erklärt wurde?», fragte er sie angriffslustig.

Mira überging die Frage des Fantasts mit einem Lächeln und konterte stattdessen mit einer Gegenfrage.

«Und du willst, dass jede Seele, jedes Lebewesen in einem eigenen, kleinen Universum, einem eigenen Mikrokosmos lebt?»

Hastig nickte Samu, als er sich von der jungen Frau endlich verstanden fühlte und glaubte, sie auf dem richtigen Pfad zu wissen.

«Jedes Universum soll einzigartig sein. Andersartig?», hakte sie weiter nach und musste nicht lange warten, bis Samu ihre Worte abermals ungeduldig bestätigte.

Langsam schlich sich ein vorsichtiges Lächeln auf ihre Lippen, während sie die Augen nachdenklich zusammenkniff und ihren Gedankengang weiterspann.

«So könnte eines der Universen beispielsweise aus flüssiger Dunkelheit bestehen, in der annähernd Schwerelosigkeit herrscht, während in einem anderen Universum die Seelen von fester, essbarer Materie umgeben wären. Das nächste Universum könnte wiederum von kaltem Licht durchflutetet sein, das dem Körper so wenig Widerstand bietet, dass er große Weiten in kürzester Zeit zurückzulegen zu vermag?»

«Ja, ja und ja!» bestätigte Samu ihre Ansätze überschwänglich und schlug kräftig mit der Faust in seine flache Hand ein, als er glaubte, sie auf seine Seite gezogen zu haben.

Finster blitzten Miras Augen auf. Immer breiter wurde ihr Lächeln. «Du scheinst zu glauben, dass nur Menschen eine Seele haben. Nimm die anderen Lebewesen auf diesem Planeten nicht aus deiner Gleichung heraus!»

Schlagartig änderte sich Samus Mimik, als ihm sein Fehler bewusst wurde. Beinahe wirkte er wie ein Schuljunge, der von seiner strengen Lehrerin die Leviten gelesen bekam, als Mira fortfuhr:

«Jedes Wesen lebt in seinem eigenen Mikrokosmos, seinem eigenen kleinen Universum. Denk nur an Tiefseefische, die in absoluter Dunkelheit in annähernder Schwerelosigkeit leben, umgeben von einem Druck, der jedes andere Wesen zermalmen würde. Denk an Regenwürmer, die sich ihr Leben lang blind durch feste Erde um sie herum fressen. Oder denk an Seemöwen, die im strahlenden Sonnenlicht umgeben von eisiger Höhenluft mit nur wenigen Flügelschlägen von Küste zu Küste gleiten. Sie alle haben Seelen!»

Schlagartig wich alle Farbe aus Samus Gesicht. Seine Pupillen weiteten sich erschrocken, als er erkannte, wie sehr er die Vielfalt der Erde und die Vorarbeit der unzähligen Fantasten vor ihm unterschätzt hatte.

«Du meinst…», brachte er schließlich stockend hervor. «Du meinst all diese Lebewesen… sie … wechseln zwischen den…» fast schien es, als traute er sich nicht, den Satz zu vollenden. «… sie wechseln zwischen den einzelnen Mikrokosmen?»

Entschieden nickte Mira. «Nenn es Seelenwanderung, Wiedergeburt oder Weltenwechseln. Nenn es wie du willst. Aber es beschreibt immer das gleiche. Den Beginn eines neuen Spiels in einem anderen Bällebad voller Abwechslung, bevor das alte zu langweilig werden konnte. Was sonst konnte das letzte Triptychon der Weltenmaler bei der Entwicklung der unzähligen verschiedenen Lebensräume auf unserem Planeten im Sinn gehabt haben?»

Erstauntes Schweigen herrschte zwischen den Weltenmalern, als sie begannen, die Herangehensweise ihrer Vorgänger nachzuvollziehen.

Ehrfürchtig senkte Samu seine Stimme zu einem Flüstern herab, als er einen weiteren Zusammenhang der Denkweise der anderen Weltenmaler erkannte. «Und jede Spezies hat eine unterschiedliche Lebensspanne! Riesenschildkröten werden bis zu vierhundert Jahre alt. Eintagsfliegen…» Verschmitzt blickte er Andrej an. «Naja ihr wisst schon. Unsere Vorgänger haben die jeweilige Zeit vorgegeben, die eine Seele in jedem einzelnen Bällebad verbringen sollte.»

Mit ernstem Gesicht erwiderte Andrej Samus Blick, als er für sich seine Schlüsse aus den Gedanken seiner beiden Kollegen zog. «Das einzige Problem ist der Mensch. Er übertrifft die Lebensdauer seines Kosmos, der für seinen Lebensraum bestimmten Zeitspanne.»

Es dauerte eine Weile, bis Mira die verschiedenen Lebensformen auf der Erde durchgegangen war und schließlich dem Überzeuger widerwillig zustimmte. «Vielleicht ist wirklich der Mensch das Problem. Er lebt zu lange, langweilt sich letzten Endes so sehr, bis seine Seele sich schließlich zurückzieht. Er ist das Problem. Oder glaubt ihr, dass es Autismus, Burn-Out oder Demenz bei anderen Arten gibt?», fragte sie rhetorisch.

«Vielleicht sollten wir einfach...» kurz stockte sie, als sie versuchte im Sinnbild des Traumweisers zu bleiben. «das Bällebad der Menschen spannender machen. Der Mensch müsste mehr Beschäftigung erfahren. Mehr Vielfalt innerhalb eines Menschenlebens. Natürlich veränderte sich die Erde im Laufe der Zeit. Doch bis Berge abgetragen und neuen Inseln entstanden waren, dauerte es vielleicht einfach viel zu lange?», führte sie strahlend aus.

«Vielleicht sollte sich der Lebensraum der Menschen mehrmals innerhalb eines Menschenlebens verändern. Ein steter Wechsel neuer Inseln, Flüsse, Berge und permanenter Vulkanausbrüche. Ein Wandel ähnlich unserer Welt nur eben viel schneller!» Immer mehr kam sie mit einem seligen Gesichtsausdruck ins Schwärmen. «So wären die Menschen dazu eingeladen, sich ständig an ihre Umgebung anzupassen. Das Leben wäre so viel weniger statisch».

Strahlend sah sie Samu an, als sie bewusst dessen Wortwahl übernommen hatte.

«Stellt euch nur vor. Gestern noch wohnten die Menschen auf einer luftigen Anhöhe und schon heute gäbe es diesen Berg nicht mehr. Das bringt Vielfalt. Vielfalt ist Gerechtigkeit. Es gäbe keine Regionen mehr, in denen Menschen auf längere Zeit Hunger leiden müssten, weil sie zu trocken oder karg wären. Was gestern noch eine dürre Savanne war, wäre morgen schon ein fruchtbares

Eldorado. Somit gäbe es keine regionale Ungerechtigkeit. Keine reichen Länder, die im Überfluss leben und schier unendliche Ressourcen haben, während andere leiden», versuchte sie noch einmal ihr Bild einer perfekten Welt zu malen.

«Der Mensch erfährt zu wenig Veränderung über die Dauer seines Lebens!», bestätigte Andrej die Grundüberlegung, die hinter Miras Ausführungen steckte. «Doch der Schlüssel kann nicht darin zu finden sein, dass wir ihm noch mehr Veränderung schenken. Das Leben ist abwechslungsreich genug. Würden wir versuchen, es noch vielfältiger zu machen, würde sich vermutlich nur noch schneller eine Langweile einstellen. Ein Überdruss. Spätestens nach der zehnten Insel, die vor deinem Haus entsteht, ist es einfach nichts Besonderes mehr!», griff er Miras Bildnis auf. «Ähnlich wie man sich an Regentage gewöhnt.»

Nur kurz presste die Verbreiterin ihre Lippen zu einem schmalen Strich zusammen, bevor sie widerwillig nickend Andrejs Argumentation recht gab.

«Wir müssen die Dauer der Menschenleben wieder auf ein Maß begrenzen, dass seiner Umgebung angemessen ist!», brachte der Überzeuger seine Ausführungen nun betont langsam zu seiner Schlussfolgerung.

«So dachte das Triptychon vor uns doch auch! Was meint ihr wohl, warum es Hunger, Krankheiten und Seuchen gab? Die Weltenmaler versuchten damit, den Menschen zu zeigen, wann es Zeit wäre, den aktuellen Körper zu verlassen und das Leben zu wechseln!», beantwortete er seine Frage selbst. «Menschen verfallen nicht umsonst im Alter. Haarausfall, Zahnlosigkeit, Rückenschmerzen, Falten, Sehschwäche. Der Verfall ist ein Weckruf! Eine Erinnerung daran, dass es Zeit wird zu gehen! Zu wechseln!»

Erschrecken zeigte sich in Miras Gesicht. Ihre feinen Nackenhärchen stellten sich auf, als sie leise ergänzte: «Doch der Mensch ignoriert alle Warnhinweise vehement. Er setzt sich mit Haartransplantationen, künstlichen Zähnen, Sehhilfen und allem, was die Medizin zu bieten hat, gegen den gutgemeinten Verfall zur Wehr und verlängert sein Leben über das gesunde Maß hinaus!»

Wieder stelle sich eine nachdenkliche Pause ein, bis Samu schließlich schwer einatmete. «Ich frage mich, ob unsere Vorgänger zu den gleichen Schlüssen gekommen sind wie wir», sagte er stockend.

«Ich meine…», wieder suchte er nach den passenden Worten. «Sie hatten ihre Welt auch ohne Menschen beginnen lassen! Der Mensch war mehr ein…» nachdenklich schüttelte er den Kopf. «ein Fehler im System. Eine wilde Mutation, die letztlich zum Scheitern führte!», stellte er schließlich fest.

«Aber wie könnten wir die Evolution aufhalten?», warf Mira ein. «Die Natur entfaltet sich, wohin sie will. Wie könnten wir verhindern, dass sich eine Spezies über die anderen hinwegsetzt, stetig weiterentwickelt und schließlich ihr Leben über das gesunde Maß hinaus zu verlängern vermag?»

Mit harten Gesichtszügen beantwortete Andrej ihre Frage. «Es ist der Überlebenswille!», sagte er düster. «Der viel zu ausgeprägte Selbsterhaltungstrieb aller Lebewesen!»

Langsam nickte er selbstbestätigend mit dem Kopf, ehe er weitersprach. «Irgendwann war es dem Menschen nicht mehr genug, nur den Fortbestand der eigenen Art durch Fortpflanzung zu sichern. Ab diesem Zeitpunkt versuchte jeder einzelne Mensch, sein eigenes Leben um jeden Preis zu verlängern. Mit der Verzweiflung des Schiffbrüchigen klammert er sich an diese Welt, anstatt ganz einfach loszulassen!»

Noch einmal blickte er Samu und Mira vielsagend in die Augen, als er glaubte, der Lösung des Problems auf der Spur zu sein. «Der unbändige Wille zu Überleben, ist viel zu tief in jedem einzelnen Lebewesen verankert!»

Vorsichtig zuckte Samu mit den Schultern. «Vielleicht müssen wir diesen Überlebenswillen nur ausschalten, wenn er das ganze System zum kollabieren bringen kann. Was ist so schlimm an einem Selbstmord, wenn du dein Leben satt hast und glaubst, es wäre Zeit ein anderes auszuprobieren?»

Kurz suchte er nach einem erläuternden Beispiel. «Ein Computerspiel beendest du doch auch ohne Gewissensbisse, wenn es dich langweilt und startest gleich das nächste mit neuer Vorfreude!»

«Die Hoffnung auf das Leben danach», flüsterte Mira andächtig, als sie glaubte, einen weiteren Zusammenhang verstanden zu haben. «Vielleicht haben Jesus und Petrus genau das erkannt!», rief sie schließlich voller Selbsterkenntnis.

«Vielleicht standen sie an genau der gleichen Stelle wie wir. Und haben versucht, die Fehlbildung der Welt zu korrigieren! Sie wollten dem Menschen mit der Aussicht auf den Himmel das Leben nach dem Tod wieder schmackhaft machen!»

«Einzig die Macht des Triptychons hat ihnen zur perfekten Vollendung gefehlt», ergänzte Andrej ihre Überlegungen.

Kopfnickend reichte Samu Mira zu seiner Linken und Andrej zu seiner Rechten die Hand. In stummer Übereinkunft gaben auch Mira und Andrej sich vorfreudig lächelnd die Hände und schlossen den Kreis der Weltenmaler.

Ein letztes Mal sahen sich die drei ungleichen Menschen wild entschlossen in die Augen, ehe sie wie aus einem Mund sprachen.

«Fangen wir an!»